Sophia's wens

Corina Bomann bij Boekerij:

Het vlindereiland
De maneschijnsonate
De jasmijnzussen
De stormroos
Een wonderlijke winterreis
Het klaprozenjaar
Winterbloesem
De rozentuin

De vrouwen van de Leeuwenhof:
Agneta's erfenis
Mathilda's geheim
Solveigs belofte

De kleuren van schoonheid:
Sophia's hoop
Sophia's wens

boekerij.nl

Corina Bomann

Sophia's wens

Parijs, 1929. De stad heeft haar geen geluk gebracht.
Is Europa te klein voor een vrouw die groots droomt?

BOEKERIJ

ISBN 978-90-225-9318-9
ISBN 978-94-023-1767-1 (e-book)
ISBN 978-90-528-6273-6 (audio)
NUR 302

Oorspronkelijke titel: *Die Farben der Schönheit: Sophias Träume*
Vertaling: Lilian Caris en Iris van der Blom
Omslagontwerp: Bürosüd
Omslagbeeld: © www.buerosued.de
Auteursfoto: © Sabine Fröhlich
Zetwerk: CeevanWee, Amsterdam

1

1929

De januarihemel hing zwaar en loodgrijs boven de zee. Alleen aan de horizon kwam zo nu en dan een zwak roze schijnsel tussen de wolken tevoorschijn. Een ijzige wind streek langs mijn gezicht en kroop onder mijn jas.

Ik had lekker warm en knus in mijn hut kunnen zitten, maar het was er krap en de muren kwamen op me af. Ook stond mijn hoofd er niet naar om vertier te zoeken in de salon, waar het om deze tijd al een drukte van belang was. Het enige wat ik wilde, was eindelijk aankomen en met mijn naspeuringen beginnen.

We zaten nu bijna een week op zee. Gisteren hadden we tijdens het diner te horen gekregen dat we twee dagen later in Dover zouden zijn. Van daaruit zou ik met de ferry de overtocht naar Calais maken, voordat ik met de trein zou doorreizen naar Parijs.

Ik was nog steeds onder de indruk van het feit dat madame Rubinstein dit traject meerdere malen per jaar aflegde. Hoe kon ze dat verdragen? Ik herinnerde me nog goed dat ik met haar voor het eerst de oceaan was overgestoken. Destijds had zij, de succesvolle onderneemster in cosmetica, me de kans gegeven om mijn levensdroom te vervullen: cosmetica produceren en het vrouwen daarmee mogelijk maken mooi en zelfbewust te worden. Ze had me uit Parijs meegenomen om me als scheikundige in haar fabriek te laten werken. Na een lange, verdrietige periode had ik voor het eerst weer hoop gekoesterd.

Sinds ik een paar weken geleden was ontslagen, had ik niets meer van haar gehoord. Had ze haar huwelijk weten te redden? Ze had in elk geval haar Amerikaanse aandeel in Rubinstein Inc. verkocht om zich weer bij haar man, Mr Titus, te kunnen voegen. Ik zou er graag iets over willen horen, maar aan boord van een schip was de nieuwsvoorziening onregelmatig. Er waren alleen kranten als we een haven hadden aangedaan. We bevonden ons midden op de oceaan, in het rijk van onwetendheid.

Mijn hand ging onwillekeurig naar mijn jaszak. De brief met daarin de getypte bewering dat mijn zoon nog in leven zou zijn, had ik altijd bij me. Mocht ik mezelf een sprankje hoop toestaan?

Mijn gedachten waren bij mijn dagen in het ziekenhuis na zijn geboorte. Het bericht van zijn dood, de depressie die erop volgde. Was er toen iets geweest waar ik beter op had moeten letten? Had ik aanwijzingen over het hoofd gezien? In mijn herinnering gaapte een donker gat. Hoe ik me ook inspande, ik slaagde er niet in licht in de duisternis te brengen.

'Een grandioos uitzicht, vindt u niet?' hoorde ik iemand vragen. Ik haalde mijn hand uit mijn zak en keek om. De man die ongemerkt achter me was verschenen, had hoge jukbeenderen en een priemende blik. Zijn ogen waren zo zwart als kool, zijn hoge voorhoofd gaf hem een intellectueel aanzien. Op zijn neus droeg hij een nikkelen bril met ronde glazen.

Hij was het type man dat me vroeger beslist niet had zien staan. Zijn glimlach verraadde de bedoeling achter zijn woorden.

'Jazeker,' antwoordde ik koeltjes. 'Maar als u het goedvindt, geniet ik er liever alleen van.'

Mijn vriend Darren had me kort tevoren verlaten en de herinnering aan onze laatste avond samen brandde nog steeds pijnlijk in mijn ziel. Mijn hart was nog niet toe aan toenaderingspogingen.

De man lachte een beetje gekwetst en draaide onzeker de gouden ring om zijn vinger rond. Een trouwring. Het gebaar deed me huiveren. Het wierp me ver terug in mijn herinnering. Ook Georg, mijn minnaar, was getrouwd geweest. Hij had me voorgespiegeld dat hij zijn vrouw wilde verlaten. Uiteindelijk had hij dat niet gedaan en mij toen ik zwanger was in de steek gelaten.

'U viel me op,' zei hij. 'Een vrouw als u...'

'O?' vroeg ik een beetje vinnig. 'Wat wil dat zeggen? Een vrouw als ik?' Ik haalde diep adem. Hij was een onbekende die ik waarschijnlijk nooit zou terugzien. Ik mocht mijn woede op Georg niet op hem botvieren.

'Jong, knap, en zo te merken gezegend met een sterke wil.'

Zulke woorden hadden me er destijds toe verleid te denken dat Georg serieuze bedoelingen met me had. Maar mijn docent aan de universiteit had me gebruikt en zwanger gemaakt. Ik zou dezelfde fout niet nog eens maken.

'U bent hier elke dag om dezelfde tijd,' ging de onbekende man verder. Blijkbaar was hij niet van plan het zo gauw op te geven. 'En onze paden hebben zich ook in de eetzaal al een paar keer gekruist, maar u zult wel nooit notitie van me hebben genomen.'

Dat had ik inderdaad niet. Waarom zou ik? Ik was meestal in gedachten bij mijn zoontje. Dat hielp me Darrens afwijzing te vergeten. En ik was ook niet het type vrouw dat na een verloren liefde meteen op zoek ging naar een nieuwe.

De onbekende schraapte zijn keel toen hij merkte dat hij zo niet verder kwam. Maar mijn ontoegeeflijkheid was mijn schild, dat me ervoor behoedde te wanhopen. Ik was niet bereid me met hem in te laten, al vond ik hem wel aantrekkelijk. Hij was getrouwd. Ik zou mijn geluk niet op het ongeluk van anderen bouwen en mezelf daardoor opnieuw in de afgrond storten.

'Misschien komt het doordat ik momenteel erg veel heb om over na te denken,' antwoordde ik.

'En u kunt uw gedachten met niemand delen? Of wilt u dat niet?'

Ik keek de man aan. Ik mocht hem dan misschien zijn opgevallen, maar hij mij niet. Zijn gezicht was net als dat van andere mannen een schim geweest die ik niet nader had bekeken sinds mijn relatie met Darren was verbroken.

'Zulke mensen zijn er wel,' zei ik. 'Maar die bevinden zich niet hier op de oceaan. En er zijn gedachten die je niet zomaar deelt. Niet eens met je vrienden.'

'En met een onbekende?'

Ik schudde mijn hoofd. 'Een onbekende zou het niet begrijpen.'

Ik had met Kate, de huishoudster van mijn huisbaas, wel het een en ander gedeeld aan de keukentafel, toen we bespraken of ik zou moeten onderzoeken of de bewering in de brief klopte. Maar tegenover Darren had ik mijn kindje en het litteken dat mijn lichaam sinds de bevalling ontsierde verzwegen, waarmee ik alles had kapotgemaakt.

Een onbekende zou me zeker veroordelen om wat er was gebeurd. Om mijn lichtgelovigheid, mijn naïviteit. Ik was niet schuldig aan de dood van mijn kindje, ook al kon ik mezelf zijn overlijden niet vergeven. Als mijn zoontje inderdaad was gestorven.

De man zette zijn licht gekwetste glimlachje weer op. 'Nou, misschien gaat u er nog eens anders over denken. Ik sta altijd open voor een interessant verhaal. Al ken ik u niet, ik denk toch dat u iets met zich meedraagt wat verteld zou moeten worden.' Hij zweeg even en voegde er toen aan toe: 'Als u van mening verandert, vraagt u dan naar James Joyce. We zullen immers nog een paar dagen met elkaar doorbrengen, nietwaar?'

Na die woorden draaide hij zich om en liep naar de andere kant van het schip.

Ik keek hem na. Hij zou een schrijver kunnen zijn, misschien een bekende van Mr Titus. Maar het was beter om niets te zeggen en me niet met hem in te laten. Hij zou me niet kunnen helpen bij de taak die voor me lag.

Toen het me aan dek te donker en te kil was geworden, ging ik terug naar mijn hut. Ik deed het licht aan, trok mijn jas uit en wikkelde me in de grove wollen deken die op mijn bed lag. Toen ging ik aan het bureautje zitten.

Mijn notitieboekje stond vol steekwoorden, dingen die ik me herinnerde uit mijn tijd in Parijs. Ik was op zoek gegaan naar aanknopingspunten en had mijn herinneringen uiterst nauwkeurig gerangschikt en gecategoriseerd, alsof het om een huiswerkopdracht ging.

Er waren bijvoorbeeld indrukken van plaatsen waar ik was geweest. Ik had vooral het ziekenhuis heel nauwkeurig beschreven. Ik had schetsjes gemaakt van de straten en van de praktijk van Marie Guérin, de vroedvrouw bij wie ik me had laten onderzoeken. Ze had mijn naam niet willen weten, maar had het wel over adoptie gehad. En dan was er nog het pension van madame Roussel, waar ik de eerste stappen had gezet om naar Amerika te gaan. Een paar plaatsen classificeerde ik als onschuldig, andere als verdacht. Het ziekenhuis en de praktijk van Marie Guérin had ik omcirkeld.

Vervolgens had ik een lijst van personen gemaakt. Mensen die ik vluchtig had ontmoet, zoals de vrouw die me in de taxi naar het ziekenhuis had gezet, of monsieur Jouelle, de minnaar van mijn vriendin Henny, die mij volledig ten onrechte met minachting had bejegend. Het personeel van het ziekenhuis: dokter Marais, zuster Sybille, Aline DuBois, de vroedvrouw, en zusters van wie ik de naam niet had onthouden, maar van wie ik het gezicht zou herkennen als ik hen zag.

Het was natuurlijk ook mogelijk dat er een onbekende in het ziekenhuis was opgedoken die mijn kindje had gestolen. Dat ze me in de kliniek hadden verteld dat Louis dood was om dat pijnlijke incident te verdoezelen. Maar mijn gevoel zei me dat er iets anders was gebeurd.

Toen mijn ogen begonnen te prikken ging ik op bed liggen. Ik was inmiddels gewend aan de bewegingen van het schip. In het begin was het moeilijk geweest, vooral omdat de zee vaak erg woelig was. Ik was voortdurend licht misselijk geweest, anders dan de eerste keer dat ik de oceaan was overgestoken. Waarschijnlijk had de aanwezigheid van madame me daarvoor te veel afleiding geboden.

Ik had haar nu graag hier gehad om me af te leiden van de herinneringen aan mijn ouders, die opnieuw de kop opstaken. In deze kleine, schommelende hut kropen ze uit de duistere hoekjes van mijn brein om me opnieuw te vervullen van de woede en teleurstelling die ik destijds had gevoeld. Ik had al zo lang geen contact meer met hen. Ze hadden niet eens van zich laten horen toen ik ze over de dood van mijn kindje had geschreven.

Ik zou makkelijk per trein van Parijs naar Berlijn kunnen reizen om hen op te zoeken. Even overwoog ik serieus om dat te doen, maar algauw floot ik mezelf terug. Het zou zinloos zijn, tijdverspilling. Ik zou me volledig concentreren op mijn zoektocht naar Louis.

2

Parijs leek niet veranderd. Het gewemel op straat was niet te vergelijken met dat in New York, maar voelde wel vertrouwd. Ook al was het winter, de huizen zagen er nog altijd schitterend en stijlvol uit. De kleuren waren grotendeels verdwenen, maar ik wist dat ze zouden terugkeren zodra de zon hoger kwam te staan en de lente haar intrede deed. De bloembedden in de voortuinen zouden net als de balkons opnieuw worden beplant en in de open ramen zouden fleurige gordijnen wapperen.

Bij al het vertrouwde dat ik tijdens de taxirit ontdekte, viel me op hoe ik zelf veranderd was sinds ik aan de zijde van madame Rubinstein aan boord was gegaan van de veerboot naar Dover.

In versleten en veel te wijde jurken was ik naar de Nieuwe Wereld afgereisd. De studente van goeden huize was een nooddruftig meisje geworden dat in Parijs alleen dankzij de hulp van haar vriendin had kunnen overleven.

Nog geen twee jaar later was er in elk geval uiterlijk niets meer over van dat door het lot zo beproefde wezen. De kleren die ik aanhad vielen niet meer op doordat ze sjofel waren. Ik was een vrouw geworden die gezien werd. Het litteken eronder zag niemand en als het aan mij lag, zou ook niemand het meer te zien krijgen.

Terwijl ik keek naar de mensen die we passeerden, voelde ik opwinding opkomen. Ik zou Henny weerzien, mijn vriendin, mijn redster in de nood na de ramp met Georg! Ze had me in haar huis opgenomen toen mijn vader me verstoten had. Samen met haar was ik naar Parijs gegaan. Ze had carrière gemaakt en ervoor gezorgd dat ik het volhield.

Naast alle onzekerheid die ik ondervond, was dat een lichtpuntje dat mijn hart verwarmde. Hoe zou het haar zijn vergaan? Onze briefwisseling was minder frequent geworden, maar dat kwam vast alleen doordat ze het druk had en helemaal door haar verloofde in beslag werd genomen.

Toen de omgeving armoediger begon te worden, besefte ik dat we in de buurt van de Rue du Cardinal Lemoine kwamen. De straat was nog slechter dan vroeger; er waren klinkers losgeraakt, die aan de kant lagen opgestapeld. Hoewel de chauffeur zijn best deed de kuilen te omzeilen, werd ik flink door elkaar geschud.

Ik had een hotel kunnen nemen, maar ik wilde bij mensen zijn die ik kende. Henny woonde er weliswaar al een tijdje niet meer, maar Geneviève en madame Roussel zouden er wel zijn. Ik verheugde me erop hen te zien.

Een paar minuten later stopte de taxi voor het pension. De voorgevel zag er nog net zo uit als vroeger, afgezien van een paar nieuwe scheuren onder de ramen. Madame Roussel achtte renovatie blijkbaar nog niet nodig.

Ik betaalde en nam mijn bagage in ontvangst. Terwijl de taxi wegreed, liep ik de binnenplaats op en keek om me heen. Ergens boven klonk muziek. Waarschijnlijk had een van de gasten in de betere kamers een grammofoon meegebracht. Dat deed me een beetje denken aan de bovenbuurman in mijn ouderlijk huis. Die gedachte zette ik echter vlug van me af en ik pakte mijn koffer stevig vast. Zoals meestal stond de voordeur open, ook al legde madame Roussel haar gasten voortdurend uit dat ze hem dicht moesten doen om diefstal te voorkomen.

Ik liep naar binnen en liet mijn blik gaan over de trap waarover ik zo vaak naar boven of beneden was gelopen. Toen hoorde ik een deur dichtvallen.

Ik herkende de voetstappen van madame Roussel meteen. Toen ze me zag, bleef ze verrast staan. 'Lieve help, ben je er al?' vroeg ze.

Ik had in mijn telegram slechts een vage aankomstdatum aangegeven. Je wist maar nooit hoe het weer op zee was, en het was winter, het stormde dus vaker.

'Ja, de zee was kalmer dan ik had verwacht,' zei ik, en ik stak haar mijn hand toe. Madame Roussel negeerde dat en omhelsde me. De geur van rozenzeep stroomde mijn neus in.

'Fijn dat je er weer bent, meisje! Kijk toch eens wat er van je geworden is! Amerika heeft je geluk gebracht, hè?'

Dat had het inderdaad. Maar dat geluk voelde onzeker aan. Alle wegen vóór me waren in mist gehuld en ik moest de juiste weg zien te vinden. Om mijn zoontje te vinden.

'Is onze oude kamer, waar Henny en ik hebben gewoond, misschien vrij?' vroeg ik.

'Die krijg je niet meer, hoor!' zei madame Roussel. 'Kom mee, ik heb iets beters voor je!'

Even later bracht ze me naar de 'deftigere' accommodaties in het naastliggende gebouw. De grammofoon was intussen stilgevallen.

'Woont Geneviève hier nog?' vroeg ik toen we de trap op liepen.

'Af en toe laat ze zich inderdaad zien,' antwoordde madame Roussel. 'Maar haar beroep heeft ze opgegeven. Al maandenlang komt slechts een en dezelfde man bij haar.'

Had mijn vroegere kamerbuurvrouw het geluk gevonden? Ik wenste het haar toe en verlangde ernaar eindelijk weer eens met haar te praten. Ze had me indertijd, toen ik pas in Parijs was, heel erg geholpen en me ook bijgestaan toen mijn kindje gestorven was. Zij had me de vrouwelijke dokter aanbevolen die ervoor zorgde dat ik niet door het duister in mijn hart werd opgeslokt.

'Hier,' zei madame Roussel en ze wees op de deur voor ons. Die was net als de andere deuren op deze opgang roodbruin geschilderd en van een nummer voorzien. We stonden voor kamer 9.

De hospita haalde haar sleutelbos uit haar zak en maakte de

deur open. De kamer was verrassend ruim. In plaats van een eenvoudig metalen bed, zoals in onze vroegere kamer, was er een hemelbed. Op de vensterbank stonden een paar planten en er was ruimte genoeg voor een bureau en een kledingkast.

'Normaal reken ik vijf franc per week voor deze kamer. Jij krijgt hem voor drie franc,' verklaarde ze en ze liep haastig naar de ramen om ze open te zetten. 'Natuurlijk ben je ook hier niet verschoond van de dampen van de latrinekar, maar de ramen sluiten beter. En je krijgt meer lucht.'

'Bedankt, madame Roussel, wat aardig van u.' Ik keek om me heen. De ruimte hoefde de vergelijking met mijn kamer in New York niet uit de weg te gaan. En het was een paleis vergeleken met het optrekje waar ik samen met Henny had gewoond.

'De huisregels ken je vast nog wel.'

'Natuurlijk,' antwoordde ik. Maar waarschijnlijk zou ik net als de anderen vergeten de deur naar de binnenplaats dicht te doen.

'De vrouwen uit de buurt vroegen trouwens wanneer je weer crème gaat maken. Ik heb ze verteld dat je in Amerika zat, bij Helena Rubinstein, en dat ze de crèmes hier in het warenhuis kunnen kopen, maar toch blijven ze het vragen.'

'Ik maak op het moment geen crèmes,' zei ik.

'O nee, wat dan? Parfum?'

'Ik werk niet meer voor madame Rubinstein. Ze... Ze had huwelijksproblemen en heeft het Amerikaanse bedrijf verkocht. Veel mensen zijn hun baan verloren, zoals ik.'

Madame Roussel keek me onthutst aan. 'En wat ben je nu van plan?'

'Dat weet ik nog niet. Ik ben hier in de eerste plaats omdat ik dit heb gekregen.' Ik liet haar de brief van de onbekende afzender zien.

'*U kent mij niet, en waarschijnlijk zullen we elkaar nooit ontmoeten*,' las ze hardop. '*Ik wil u slechts één ding zeggen: uw zoontje leeft. Ik weet niet waar ze hem naartoe hebben gebracht, maar hij leefde en ademde toen ik hem de laatste keer zag. Meer kan ik niet zeggen.*'

Verschrikt sloeg ze haar hand voor haar mond. 'Daar ging het dus over!' Ze dacht even na, toen vroeg ze: 'Denk je dat er iets van waar is? Dat je kind nog leeft?'

'Ik weet het niet,' zei ik. 'Maar ik moet uitzoeken waar die brief vandaan komt. Ik moet weten of er toen in het ziekenhuis iets is gebeurd wat voor me verborgen is gehouden.'

Madame Roussel knikte. 'Dat zal lastig zijn, want als iemand een fout heeft gemaakt, zal hij dat niet willen toegeven. Maar ik wens je veel geluk.'

'Bedankt, dat stel ik op prijs.' Ik glimlachte naar madame Roussel, die me een poosje peinzend aankeek.

'Als je de keuken wilt gebruiken, laat het dan maar weten,' zei ze toen en ze draaide zich om.

'Vanzelfsprekend, madame Roussel,' antwoordde ik en ik deed de deur dicht. Ik wilde even uitrusten en dan bij Henny op bezoek gaan.

3

Ruim een uur later stond ik voor het adres dat Henny als afzender op haar brieven had vermeld. Het was een voornaam pand in jugendstil met lieflijke balkonnetjes die in de zomer werden verfraaid met bonte bloembakken. Aan een van de balkons hingen wat dennentakken, waarschijnlijk achtergebleven kerstversiering, hoewel Kerstmis al meer dan een maand achter ons lag.

Je kon niet alleen aan het pand zelf zien dat hier welgestelde Parijzenaren woonden. De omgeving zag er verzorgd uit en hoewel het winter was, lagen de voortuintjes er heel netjes bij. In het voorjaar moest de bloemenpracht gewoonweg overweldigend zijn.

Henny leek het werkelijk goed voor elkaar te hebben. Ze was nu geen simpel danseresje meer dat in smoezelige pensionnetjes of op een kamertje driehoog achter moest wonen. Ze was een succesvolle vrouw, tenminste, zolang monsieur Jouelle gek op haar was.

Persoonlijk mocht ik de assistent-bedrijfsleider van de Folies Bergère niet. Hij had me al vanaf het begin als vuil behandeld en Henny ingeprent dat ik alleen maar misbruik van haar maakte. Hij had me een profiteur genoemd en had geprobeerd een wig tussen mijn vriendin en mij te drijven. Henny had er niets van willen weten. Ik had graag zijn gezicht willen zien toen ze hem vertelde dat ik in Amerika een nieuw, succesvol leven was begonnen.

Toch werd ik nerveus bij de gedachte dat ik de kans liep hem tegen het lijf te lopen.

Om deze tijd zou Henny's verloofde normaal gesproken in het theater zijn, maar toch zag ik er een beetje tegen op om op de bel te drukken. Uiteindelijk ging ik toch maar het trapje naar de voordeur op en liep ik het rijtje namen langs. In het midden zag ik Jouelle staan. Ik haalde diep adem en drukte op de bel. Met bonzend hart wachtte ik op antwoord. Ik keek omhoog, maar achter welk raam Henny woonde kon ik niet zeggen.

Er klonk een klik. 'Hallo, wie is daar?' vroeg iemand in het Frans. In de afgelopen twee jaar had Henny veel bijgeleerd, maar ze had nog steeds een duidelijk accent.

'Henny?' vroeg ik opgelucht.

De stem aan de andere kant viel stil. Had ik me vergist?

'Ik ben het, Sophia,' antwoordde ik. 'Ik ben hier, in Parijs!'

Henny zweeg. Was ik voor niets gekomen? Dat Henny niets zei, bracht me in de war.

Het volgende moment klonk de zoemer bij de deur en sprong het slot open. Een beetje onzeker ging ik naar binnen. Het trappenhuis deed me sterk denken aan mijn ouderlijk huis, al was het hier iets krapper. De matten van bast op de traptreden dempten het geluid van mijn voetstappen, zodat bijna het enige geluid dat ik waarnam het bonzen van mijn hart was.

Henny stond me bij de deur van haar appartement op de tweede verdieping op te wachten. Ze droeg een zwarte ochtendjas met ingeweven donkerrode rozen. Haar haar zat in de war en zo aan haar gezicht te zien kwam ze net uit bed.

'Goeie genade, Sophia, wat doe jij hier?' vroeg ze. Ze leek inderdaad nog maar net wakker te zijn, want ze sprak nogal moeizaam.

'Ik... Ik had je geschreven. Is mijn brief niet aangekomen?'

Mijn armen voelden vreemd gevoelloos aan. Daar voor me stond mijn vriendin. Ik had alle reden om haar in de armen te vallen. Maar Henny was veranderd. Vroeger had ze nooit zo afwezig geleken. Zelfs niet als ik haar onverhoeds uit haar slaap had gehaald.

'Jawel... Ja, natuurlijk!' zei Henny, en opeens leek ze op te schrikken en brak de glimlach die ik zo goed kende door op haar gezicht. Ze vloog op me af en sloeg haar armen om me heen.

Ik haalde diep adem en de spanning trok meteen weg uit mijn lichaam. Misschien was ze inderdaad niet bedacht geweest op mijn komst. Of had ze verwacht dat ik later zou aankomen en haar later kwam opzoeken. Toch kon ik de verdenking niet van me afzetten dat monsieur Jouelle er iets mee te maken had of ze haar post al dan niet las.

'Hoe gaat het met je?' vroeg Henny terwijl ze haar handen over mijn wangen liet gaan.

Ik drukte haar nog eens stevig tegen me aan. Wat was het fijn om haar te zien!

'Kom toch binnen!' zei ze en ze trok me bij mijn arm de gang van haar woning in. Er hing een zoetige geur. Ze legde uit: 'Wierookstaafjes. Dat is de nieuwste rage hier in Parijs. Het kan ons vrouwen niet exotisch genoeg zijn. Maar dat is bij jullie vast ook zo.'

'Nee, tot nu toe nog niet,' antwoordde ik. 'Wat in de mode is, komt maar heel langzaam van over de oceaan. Veel vrouwen dragen nog steeds dezelfde kapsels als vroeger. Ik ook.' Ik liet mijn hand over de wrong in mijn nek gaan. Ik had het nog niet over mijn hart kunnen verkrijgen om een modieus pagekopje te laten knippen.

'Dat verbaast me niets, je bent ook zo gehecht aan je haar,' zei Henny, en hoe langer ik naar haar keek, des te duidelijker zag ik dat ze niet was veranderd; in elk geval niet wat mij betrof.

'Waar is je verloofde?' vroeg ik.

Henny haalde haar schouders op. 'In het theater. Ik ben 's ochtends meestal alleen. Maar kom toch eerst eens verder,' voegde ze eraan toe. 'Kan ik je koffie aanbieden? Of thee? Maurice is dol op thee.'

'Wat jij het liefst hebt.'

'Koffie dan,' zei ze. 'Ga maar even in de woonkamer zitten. Ik trek vlug even iets aan en ga dan de keuken in.'

Ik deed wat ze vroeg terwijl Henny achter een van de deuren

verdween. De woonkamer zag eruit als een exotische salon. Er stonden een leren bankstel en grote potplanten. Het behang was donkerrood met een dessin van roze rozen en tere bladstengels. In de kamer hing de milde geur van sigarenrook. Waarschijnlijk was die ook in de zware veloursgordijnen getrokken.

In hoge boekenkasten stonden rijen in leer gebonden en met goud gedecoreerde boeken. De globe naast een van de ramen kon wel eens een bar bevatten. Ik had zoiets wel eens gezien toen ik eens met mijn ouders op bezoek was bij een zakenrelatie van mijn vader. Je kon de bovenste helft van de wereldbol openklappen, waarna er diverse flessen tevoorschijn kwamen.

Ik liep naar het raam, dat een prachtig uitzicht bood op de stad en de Jardin du Luxembourg. De hele kamer ademde de geest van monsieur Jouelle. Maar van Henny bespeurde ik hier niets. Als dit alleen Henny's woning was geweest, was ik een beetje rondgelopen en had ik alles wat nader bekeken. Maar de gedachte dat monsieur Jouelle kon terugkomen en me hier zou zien drukte mijn stemming. Henny zou hem natuurlijk wel hebben verteld dat ik in Amerika werkte. Maar ik zag nog steeds voor me hoe hij me met een van woede vertrokken gezicht heel duidelijk maakte uit Henny's leven te verdwijnen.

Een ratelend geluid in de keuken haalde me uit mijn overpeinzingen. Ik ging op het geluid af tot ik in een ruime keuken stond. Monsieur Jouelle had blijkbaar de hele verdieping gehuurd.

De keuken baadde in het licht en was schitterend ingericht. Het meubilair was licht gehouden en paste heel mooi bij de tegels van Delfts aardewerk die de wanden sierden. De blank geschuurde tafel leek veel te groot voor een woning als deze.

'De huishoudster komt pas tegen de avond terug,' legde Henny uit terwijl ze gemalen koffie in een kan deed. 'Maar we hadden destijds in Berlijn ook geen dienstmeisje.'

'Nee, inderdaad niet,' bevestigde ik.

Het viel me op dat Henny er wat minnetjes uitzag. Kon het zijn dat ze niet al te gelukkig was met deze woning? Ze had al die jaren sinds haar vertrek uit haar ouderlijk huis alleen en in kleine kamertjes gewoond. Ze was nu al weer een hele tijd samen met Jouelle, maar ze leek er nog niet echt aan gewend te zijn het huishouden niet helemaal zelf te hoeven doen.

'Ga toch zitten, de koffie is zo klaar,' zei ze. Ze zette de fluitketel op het fornuis, waar een weldadige warmte vanaf straalde.

'Hoe gaat het hier nu met je?' vroeg ik en ik ging op de lange bank aan de tafel zitten. 'Goed,' antwoordde ze met een schouderophalen. 'En met jou? Je schreef in je telegram alleen maar dat je naar Parijs kwam. Had je daar een bepaalde reden voor? Ga je hier misschien een salon overnemen? De meisjes in het theater hebben het steeds over nieuwe schoonheidssalons die opengaan.'

'Nee, ik ga geen salon openen,' zei ik. 'En ik werk ook niet meer voor madame Rubinstein. Ik ben hier om mijn zoontje te zoeken.' Ik vertelde haar over de brief en Henny keek me geschrokken aan.

Had ze mijn brief daarover niet gekregen? Had Jouelle hem misschien achtergehouden? Het liefst had ik het haar rechtstreeks gevraagd, maar ik wist dat dit onderwerp makkelijk op ruzie kon uitlopen. Bovendien leek hij haar echt goed te behandelen. Dat hij mij niet mocht, was iets tussen hem en mij.

Het geluid van de fluitketel schalde door de keuken. Henny stond op en goot water in de koffiekan. Toen nam ze de kan mee naar de tafel en schonk een kopje koffie voor ons in.

'Het is fijn om weer eens Duits te spreken,' zei ze onverwachts. 'Dat heb ik de afgelopen jaren erg gemist. Soms begon ik tegen mezelf te praten om het weer eens te horen. Zo nu en dan was ik bang het te verleren.'

Ik pakte haar hand, die ijskoud aanvoelde. Haar vingers beefden een beetje.

'Wat is er met je?' vroeg ik.

'Niets,' antwoordde ze. 'Ik ben gewoon af en toe wat nerveus. De dokter zegt dat het misschien door de concurrentie onder de danseressen komt. Dat die me op de zenuwen werkt.'

'Zijn ze dan nog steeds niet aan je gewend?' Ik begon me zorgen te maken.

'Jawel,' antwoordde Henny. 'Maar het maakt uit of je een nieuweling bent of de verloofde van Maurice.' Haar stem stokte even, en toen keek ze me stralend aan. 'Maar dat hoeft ons humeur niet te bederven, nietwaar? Je komt toch wel op onze bruiloft?'

'Natuurlijk,' antwoordde ik met een brok in mijn keel. Zou Jouelle het wel prettig vinden als ik haar bruidsmeisje was? Of alleen al aanwezig zou zijn?

'Mooi zo!' zei ze vrolijk, maar op een manier die zo gekunsteld leek dat ik Henny er niet in herkende.

'Zou je verloofde het wel goedvinden?' vroeg ik sceptisch.

'Hoezo niet? Ik heb hem veel over je verteld. Hij is blij dat het goed met je gaat in Amerika.'

'Hebben jullie al een datum geprikt?' vroeg ik, want waar het Jouelle betrof had ik het gevoel dat ik me op dun ijs begaf.

'Nog niet, maar dat gaan we wel doen.' Ze knikte, alsof ze zichzelf ervan moest overtuigen dat het zou gebeuren. 'We gaan het doen. En dan ben jij de eerste die het hoort.'

'Je weet toch wel dat een brief er heel lang over doet voor ik hem krijg?'

Ze glimlachte en antwoordde: 'Ik vertel het aan niemand tot jij hem hebt.'

Ik wist dat ze die belofte niet kon houden. De meisjes zouden erachter komen, misschien door Jouelle. Maar dat was prima. Henny had haar nieuwe leven en ik had het mijne, hoe dat er in de toekomst ook uit zou zien.

Weer viel er een stilte en ik kon bijna zien dat Henny's gedachten in haar hoofd over elkaar heen buitelden. Tegelijkertijd zag ik dat ze haar lippen samenperste, zodat geen ervan zou ontsnappen.

'En waar wil je dan beginnen met zoeken?' vroeg ze, iets te schril en te geforceerd. Het leek wel of ze beleefd wilde zijn. Dat was nog iets wat ik niet van haar kende.

'In het ziekenhuis. Ik ga proberen de zusters te spreken te krijgen, misschien ook de dokter.'

'Als een van hen erachter zit, zullen ze je vast niet de waarheid vertellen.'

'Maar ik moet toch ergens beginnen!'

Henny knikte, maar zei verder niets. Waarom voelde de hele situatie opeens zo vreemd aan? Vroeger hadden we overal over kunnen praten, maar nu had ik het gevoel een stoorzender te zijn.

'Ach, wat gaat de tijd toch hard!' riep Henny opeens uit. 'Ik wil niet onbeleefd zijn, maar ik vrees dat je moet gaan,' zei ze na een blik op de klok. 'Maurice komt zo terug.'

Ik schudde verbaasd mijn hoofd. We hadden toch nog maar een paar minuten bij elkaar gezeten? De koffie in mijn kopje was nog niet eens koud. 'Blijft hij dan niet tot vanavond in het theater?'

'Hij komt tussendoor altijd thuis om mij te zien.'

Ik begreep het. Al waren er twee jaar verstreken, hij zou me hier niet dulden. Zelfs niet nu ik een succesvolle vrouw was.

Ik knikte en liet mijn hoofd zakken. 'Oké.' Ik probeerde mijn teleurstelling niet te laten merken. De Henny van vroeger zou me bij de hand hebben gepakt en dan waren we samen in een park gaan wandelen, zoals we destijds in Berlijn deden.

Ik stond op. 'Bedankt voor de koffie.'

Ze pakte mijn hand. 'Ik hoop dat je vindt wat je zoekt.'

'Dank je wel.' We keken elkaar een moment in de ogen en toen sloot ik haar in mijn armen. Ik maakte me grote zorgen. Gedroeg ze zich alleen zo vreemd omdat ze mijn bezoek niet prettig vond of verborg ze iets voor me? 'Zodra ik meer weet, meld ik me bij je.'

'Ja, doe dat.' Ze glimlachte en keek toen over mijn schouder alsof ze bang was dat Jouelle dadelijk achter me zou opduiken.

Ze liep met me mee naar de deur. 'Pas goed op jezelf,' zei ik tegen haar en ik streek een paar lokken uit haar gezicht. 'En als je iets op je hart hebt, laat het me dan weten. Ik logeer bij madame Roussel.'

'Succes,' antwoordde ze kortaf. 'Tot ziens.' Met die woorden maakte ze zich van me los en deed de deur dicht.

Ik was zo van mijn stuk gebracht door haar gedrag, dat ik stokstijf bleef staan. Wat was er zojuist gebeurd? Waarom had ze zo veel haast om van me af te komen en waarom was ons afscheid niet hartelijker geweest? Ik dacht terug aan vroeger, maar zelfs als er tussen ons woorden waren gevallen, had ze zich nooit zo merkwaardig koel gedragen.

Beneden ging de voordeur open. Ik kromp ineen. Was het echt Jouelle? Een ogenblik speelde ik met de gedachte de trap naar boven te nemen en me daar te verschuilen, maar toen verwierp ik dat idee. Als Jouelle eraan kwam, mocht hij best weten dat ik Henny had bezocht.

Langzaam liep ik de trap af. Inderdaad kwam ik een man tegen, maar het was niet Jouelle. De oudere heer met de grijze snor groette beleefd en passeerde me.

Opgelucht liep ik verder de trap af. Op straat aangekomen haalde ik diep adem. Ik voelde me gespannen en angstig. Stel dat het niet goed ging met Henny? Lag het werkelijk aan de afstand in tijd en ruimte dat we bijna als vreemden tegenover elkaar waren komen te staan?

Mijn gedachten joegen door mijn hoofd. Henny zou het me toch wel hebben verteld als ze hulp nodig had, of niet soms? Zou Jouelle echt een ander mens zijn geworden?

Die nacht lag ik wakker en staarde naar het plafond. Vaag verwachtte ik de latrinekar te zullen horen, hoewel ik wist dat het nog te vroeg was.

Mijn voeten deden pijn en mijn hoofd bleef malen. Ik zag beelden uit het verleden voor me. Ik zag de Henny van vroeger voor me en de Henny van een paar uren eerder. En ik voelde duidelijk de zwaarte van mijn zorgen op me drukken. Mijn kindje kon ergens daarbuiten zijn. Henny was veranderd. Ik wist niet wat ik moest doen als ik naar Amerika terugging.

Maar ik hield mezelf voor dat ik zou weten welk pad ik moest volgen wanneer ik eenmaal duidelijkheid zou hebben over het lot van mijn zoontje. Net als op die dag waarop ik voor de etalage met kinderkleding stond, voelde ik de vurige wil om het kind te redden. En ik zou het zeker redden zodra ik hem in mijn armen kon sluiten of zeker wist dat zijn zieltje in de hemel was.

4

De volgende ochtend liet ik me door een taxi naar het Hôpital Lariboisière brengen. In mijn handtas zat de brief. Wat daarin stond, was ernstig. Als mijn zoontje nog leefde, kon het alleen maar betekenen dat hij bewust of onbewust was verwisseld. Dat zou een vreselijk schandaal zijn.

Maar klopte die bewering? Ik wilde zo graag dat de schrijver de moed had gehad zijn naam of op z'n minst een aanwijzing voor zijn verblijfplaats te vermelden.

In het smalle straatje voor de stenen toegangspoort van het ziekenhuis hield de chauffeur halt. Ik betaalde hem en stapte uit. Terwijl de auto keerde en wegreed, gunde ik mezelf een moment om na te denken en mijn gevoelens te peilen.

In mijn dromen had ik deze plaats vaak opgezocht, telkens weer op zoek naar mijn zoontje. De herinnering aan wat er gebeurd was, liet niet lang op zich wachten. Ik voelde weer de oude innerlijke pijn. Het verlies van mijn kindje zou ik waarschijnlijk nooit te boven komen. Maar ik ontdekte ook hoop in mijn hart. Wat er ook gebeurd was: als Louis nog leefde, was er misschien een manier om hem te vinden.

Ik liep door de stenen poort de binnentuin van het ziekenhuis in. Daar bevonden zich veel wandelaars in dikke jassen, sommigen vergezeld door verpleegsters, die zich warm hielden met lange, donkere capes. De zomerse bloemenpracht van toen ik hier indertijd verbleef was verdwenen.

Ik ging het gebouw met de afdeling verloskunde binnen. Hoewel ik meteen de weg kon vinden, kwam de inrichting me vreemd voor. Toen ik destijds aankwam, had ik niet op de details gelet en toen ik weer wegging, was ik bezig mijn verdriet onder controle te houden.

Ik begaf me naar de receptiebalie, waarachter een gesluierde verpleegster zat. Ze was wat ouder; er staken wat grijze haarstrengen onder haar sluier uit.

'Kan ik iets voor u doen, madame?' vroeg de non.

'Ik... Ik wil naar de kraamafdeling.'

'Wilt u iemand bezoeken?' vroeg de zuster.

'Ik zou graag een van de verpleegsters spreken. Sybille was haar naam, als ik het me goed herinner. En mogelijk ook met dokter Marais en Aline DuBois, de vroedvrouw. Zij hebben voor me gezorgd toen mijn kind hier ter wereld kwam.'

De verpleegster nam me even op, toen knikte ze. 'Mademoiselle DuBois werkt hier niet meer.'

Dat verbaasde me. Waarom zou de vroedvrouw weg zijn gegaan? Was er in het ziekenhuis iets voorgevallen? Of had ze iets geweten?

'En ik weet niet zeker of Sybille er nu is, maar probeer het gerust,' vervolgde de non. 'Weet u de weg nog?'

Ik knikte. En of ik de weg nog wist!

De kraamafdeling was licht en zonnig, en het zachte gejammer van pasgeborenen in de verte drong tot me door toen ik de hoge dubbele deuren opende. Mijn hart verkrampte. Vroeger was dat anders geweest, maar nu nam ik vrouwen die met hun kinderwagen voorbijkwamen slechts terloops waar en voor het blèren van de zuigelingen wist ik me met succes af te sluiten.

Maar het was of hier een pas geheelde wond weer werd opengehaald. Mijn borst voelde ineens rauw en gehavend aan, net als destijds, toen ik niet had kunnen ophouden met huilen.

Algauw vermande ik me echter en liep de gang door. Ik moest er eindelijk achter komen wat er met Louis gebeurd was! Een paar zaaldeuren stonden open. Vanuit mijn ooghoeken ving ik een glimp op van de gordijnen die de bedden van elkaar scheidden. Ik hoorde stemmen, maar zag gelukkig niemand.

Bij de verpleegsterskamer klopte ik op de witgeschilderde deur. Even later klonken er voetstappen op de knarsende plankenvloer. De vrouw die opendeed, droeg net als alle andere verpleegsters een witte kap, maar haar gezicht kwam me niet bekend voor.

'Pardon,' zei ik. 'Mijn naam is Sophia Krohn. Tweeënhalf jaar geleden was ik hier op de afdeling als patiënt.'

De zuster trok haar wenkbrauwen op. 'Wat kan ik voor u doen?'

'Ik zou graag zuster Sybille spreken. Zij heeft toen voor me gezorgd.'

De verpleegster wierp me een verbaasde blik toe, maar knikte toen. 'Een momentje, ik ga kijken waar ze is.'

Ze wees naar de klapstoelen langs de muur. Ik ging zitten. Onrustig wrong ik mijn handen. Ik wist niet precies hoe ik moest beginnen. Meteen allerlei beschuldigingen uiten zou misschien niet de juiste manier zijn.

De tijd ging maar langzaam voorbij. Blijkbaar was zuster Sybille niet zo makkelijk te vinden, of was ze bezig. Ik wendde me opzij en keek door het raam. Een paar kraaien draaiden kringetjes door de kale boomkruinen. Mijn gedachten gingen terug naar de periode van mijn zwangerschap. Het was niet gemakkelijk geweest om samen met Henny in het kleine kamertje te wonen, altijd eerder hongerig dan voldaan. Het merendeel van de tijd had ik bij ambtelijke instanties gezeten, ik had me nutteloos gevoeld en was vergeten dat ik voor mezelf moest zorgen.

Naderhand had ik mezelf vaak verweten dat ik beter op mezelf en mijn kindje had moeten letten. Maar welke dokter zou een onbemiddelde zwangere hebben begeleid? En betere voeding had ik me van het weinige dat we hadden niet kunnen veroorloven. Het was al heel wat dat ik een dak boven mijn hoofd had en niet aangewezen was op de daklozenopvang.

En dan de bevalling... Ik kon me nog goed herinneren dat ik

in de Bibliothèque Nationale in elkaar gezakt was en een onbekende vrouw me had geholpen.

'Madame?' klonk een vrouwenstem.

Ik draaide me om. Al mijn gedachten verdwenen op slag.

Zuster Sybille keek me vragend aan. Blijkbaar herkende ze me niet. Dat was niet verwonderlijk, want ze moest de afgelopen jaren honderden vrouwen onder haar hoede hebben gehad.

Ik stelde me voor: 'Ik ben Sophia Krohn. Tweeënhalf jaar geleden ben ik hier geweest en ben ik op 2 augustus bevallen. U... U bent erg aardig voor me geweest.'

Ook mijn naam zei haar duidelijk niets.

'Mijn zoontje... Hij is gestorven.'

'O,' zei ze, 'dat spijt me. Maar ik kan me u niet herinneren.'

'Dat geeft niet,' zei ik, terwijl ik mijn teleurstelling verborg. 'Ik heb alleen een vraag.' Ik keek opzij. De zuster die Sybille had gehaald stond nog steeds bij de deur. Wat wij te bespreken hadden leek haar bijzonder te interesseren.

'Kunnen we ergens heen gaan waar we onder vier ogen kunnen praten?' vroeg ik. 'Een paar minuten maar. Ik wil u alleen iets vertellen, heel even.'

Sybille keek me aan alsof ik mijn verstand had verloren, maar ze knikte. 'Oké.'

Ik liep achter haar aan een stille gang in. Ook hier waren deuren waarachter iemand kon staan luisteren, daarom dempte ik mijn stem terwijl ik de brief uit mijn tas haalde. 'Ik kan me indenken dat u zich mij niet herinnert,' verklaarde ik. 'U ziet hier zo veel vrouwen, het is een voortdurend komen en gaan...'

'Wat wilt u?' vroeg Sybille een beetje ongeduldig.

'Ik heb gehoord dat de vroedvrouw, Aline DuBois, hier niet meer werkt.'

'Ze is vorig jaar weggegaan omdat ze ging trouwen. Waarom wilt u haar spreken? En waarom mij?'

Nu was het zover. 'Kijk, deze brief heb ik onlangs ontvangen,' zei ik. Ik haalde het schrijven uit de envelop en overhandigde het haar. Mijn vingers trilden als een espenblad. 'Het... Ik vraag me af wie dit kan hebben geschreven.'

Sybilles ogen gingen over de regels, keer op keer. Mijn hart klopte zo hevig dat ik dacht dat het elk moment kon barsten.

'Dat is... Dat moet een wrede grap zijn,' zei ze ten slotte en ze vouwde het blaadje weer op. 'Als uw kindje hier is gestorven, is dat heel betreurenswaardig, maar ik vrees dat ik daar niets aan kan veranderen. En er valt ook niet aan te tornen.'

'Hebt u hem dan gezien?' vroeg ik en ik voelde dat vertwijfeling me bijna de adem benam. 'Hoe kunt u zeker weten dat het zo is als u zich mij niet eens herinnert?' Mijn ogen vulden zich met tranen, waardoor het beeld van de verpleegster vervaagde.

Sybille staarde me aan. Het scheen me toe dat ze de herinnering bij mijn gezicht probeerde te zoeken, maar die niet kon vinden.

'U hebt toch vast dossiers van uw patiëntes,' vervolgde ik. 'Misschien is het mogelijk... om er even in te kijken. Om zeker te weten dat hij... dood is.'

Het gezicht van de verpleegster verhardde. Ze dacht even na, toen zei ze: 'Ik begrijp uw verdriet. Veel vrouwen overkomt dat. Maar ik kan u geen inzage in de dossiers geven. Ik weet alleen dat uw zoontje dood is. Zijn graf bevindt zich op de Cimetière de Montmartre. Daar worden alle kinderen begraven die niet lang geleefd hebben.'

Ik staarde haar aan. Waarom deed ze zo onaardig? Ik had een heel andere herinnering aan haar. Destijds had ze me heel begripvol geleken.

Ik schraapte mijn keel. 'Beschrijf me alstublieft waar het graf zich bevindt.'

Zuster Sybille noemde het perceel en legde uit hoe ik er het best kon komen.

'Vergeet die brief,' zei ze erachteraan. 'Ongeacht wie u die gruwelijke streek heeft geleverd, u moet er geen waarde aan hechten. Uw zoontje is in dit ziekenhuis gestorven, zoals de overlijdensakte ongetwijfeld bewijst. Het spijt me, maar daar kan ik niets aan veranderen.'

Ik knikte en stopte het briefje weer in mijn tas. 'Kunt u me dan zeggen waar ik madame DuBois kan vinden?'

'Dat weet ik niet,' antwoordde ze nors, blijkbaar geïrriteerd dat ik niet bereid was het gewoon te laten rusten. 'Ze heeft geen adres achtergelaten.'

Dat betreurde ik, want Aline DuBois was een van de weinigen geweest die mijn zoontje in leven hadden gezien. Maar met zuster Sybille kwam ik blijkbaar niet verder.

'Bedankt voor uw tijd,' zei ik en ik nam afscheid.

Ik was al bijna bij de trap toen ik vanuit mijn ooghoeken iets wits zag. Als op bevel van een innerlijke stem keek ik opzij en zag een arts die zich met een patiëntendossier onder zijn arm door de gang haastte.

Geen twijfel aan: het was dokter Marais, de arts die mijn bevalling had begeleid! Ik herkende zijn donkere haar en zijn houding. Voordat de kans die me geboden werd tot mijn brein doordrong, kwamen mijn benen al in beweging.

'Dokter Marais!' riep ik en ik stak mijn hand op. 'Wacht alstublieft een moment!'

De arts hield zijn pas in en draaide zijn hoofd naar me toe, maar in zijn blik verscheen geen teken van herkenning.

'Kan ik u even spreken? Mijn naam is Sophia Krohn. U hebt twee jaar geleden in augustus mijn zoontje Louis ter wereld geholpen.'

Dokter Marais leek diep in zijn herinnering te moeten graven. Toen vroeg hij: 'Wat kan ik voor u doen?'

Ik haalde de brief tevoorschijn. 'Een paar weken geleden kreeg ik een bericht waarover ik u graag zou spreken.'

De arts fronste zijn voorhoofd. 'Dan kunnen we beter naar mijn kantoor gaan. Wilt u me volgen?' Dokter Marais leidde me een lange gang door, en vervolgens een trap op.

Bij het horen van de kreet van een vrouw kromp ik in elkaar. Dokter Marais verklaarde: 'We zijn vlak bij de verloskamers. Een van mijn collega's is met een bevalling bezig.'

Ik kreeg een droge keel. Mijn tijd in de verloskamer herinnerde ik me nog goed. De pijn en de duisternis die volgde op de narcose. De emoties waren zo overweldigend, dat het zweet me uitbrak.

'Voelt u zich niet goed?' vroeg dokter Marais toen ik me niet verroerde.

'Jawel, het gaat alweer,' zei ik, hoewel dat niet waar was. Maar ik vermande me en deed mijn best om te voorkomen dat mijn ledematen begonnen te trillen.

Nadat we nog een gang achter ons hadden gelaten, waren de kreten niet meer te horen. Dokter Marais deed een deur open en zei me naar binnen te gaan.

Het vertrek was behoorlijk klein, maar vol licht. Op de rekken langs de muren stonden ordners netjes op een rij. Verder zag ik een paar dikke medische boeken. Naast een van de ramen stond een skelet me vanonder zijn kale schedel toe te grijnzen. Ik wendde mijn blik af.

Ik moest dokter Marais van zijn werk hebben afgehouden, want op het tafelblad voor hem lag een opengeslagen patiëntendossier. Dat klapte hij haastig dicht toen hij achter zijn bureau ging zitten.

'Gaat u toch zitten, madame,' zei hij en hij vouwde zijn handen boven de tafel. Even nam hij me op, toen haalde hij diep adem. 'Ik kan me u herinneren,' zei hij toen. 'Uw vliezen waren gebroken. We moesten een keizersnede uitvoeren omdat het kindje verkeerd lag.'

Dat hij het zich herinnerde, luchtte me een beetje op.

'Het was een grote schok voor ons dat uw kindje stierf. Nadat het de geboorte amper had overleefd, koesterden we hoop. Maar Gods wegen zijn soms ondoorgrondelijk.'

Ik wist niet hoe ik moest beginnen. De arts kwam zo oprecht en sympathiek over. Hoe zou ik hem kunnen verwijten dat het er op zijn afdeling niet op de juiste manier aan toe was gegaan?

Ik besloot het diplomatiek aan te pakken. 'Wat u voor me gedaan hebt, stel ik zeer op prijs. U hebt mijn leven gered.' Ik haalde het briefje uit de envelop en schoof het over de tafel naar hem toe. 'Daarom wend ik me tot u. U zult vast wel begrijpen dat ik dit moet nagaan.'

Terwijl de ogen van dokter Marais over de regels vlogen, werd de aanvankelijk nauwelijks zichtbare rimpel tussen zijn wenkbrauwen dieper. Ik zocht naar tekenen van schuldbesef op zijn gezicht, maar ik merkte weinig meer dan dat hij een beetje verbleekte.

Ten slotte leunde hij naar achteren en sloeg zijn armen over elkaar. 'Ik weet niet wat ik hierop moet zeggen,' begon hij en hij keek me doordringend aan.

Ik voelde mijn rug verstijven. 'Dat wist ik ook niet. Zegt u me maar wat ik hiervan moet denken.'

'Dit is een grap, een kwalijke grap, meer niet.'

Ik haalde diep adem. 'Wie zou zo'n grap met mij moeten uithalen? En waarom?' vroeg ik. 'Toen ik naar Parijs kwam, kende ik hier niemand. De enige mensen met wie ik nader contact had, waren mijn hospita en de bewoonster van de kamer naast ons. En mijn vriendin natuurlijk. Voor alle drie steek ik mijn hand in het vuur. Dus wie zou die grap hebben moeten uithalen?'

'Iemand die geld van u wil?' Dokter Marais wekte nog steeds een kalme indruk, maar zijn blik werd duister. Hij leek in gedachten na te gaan hoe dit nieuws zijn afdeling en ook hemzelf zou kunnen schaden.

'Destijds bezat ik geen cent. De rekening voor de bevalling is door de verloofde van mijn vriendin voldaan. Die heeft er beslist geen belang bij dat ik hier terugkom nadat hij met succes van me af gekomen is.'

Marais zweeg en zijn blik boorde zich in de mijne.

Het kostte me moeite niet te gaan trillen. Maar ik moest sterk zijn. Ik zou geen tweede kans krijgen om in dit ziekenhuis iemand te ondervragen.

'En wat is er dan naar uw mening gebeurd?' vroeg dokter Marais uiteindelijk. 'Wilt u soms suggereren dat er... op deze afdeling onregelmatigheden zijn geweest?'

'Dat weet ik niet,' zei ik. 'Maar ik wil u vragen me te steunen. Ik weet niet tot wie ik me anders moet wenden...'

Hij leek een hele tijd de mogelijkheden tegen elkaar af te wegen. 'Hoor eens, ik raad u af deze kwestie in de openbaarheid te brengen,' zei hij uiteindelijk tot mijn verrassing. 'Zulke zaken...'

'... zouden u in opspraak kunnen brengen?' viel ik hem in de rede. Ik kon niet geloven dat hij alleen aan de gevolgen voor het ziekenhuis dacht. Hoe zat het dan met mijn kind? 'Dan moet u er toch belang bij hebben me te helpen.' Ik slaakte een diepe zucht. 'Ik wil niets insinueren. Ik wil alleen zekerheid. Als het een grap is, wie zit er dan achter? Denkt u niet dat u dat ook zou willen weten als u in mijn schoenen stond?'

'Natuurlijk, maar...'

'Ik verlang niet van u dat u voor detective gaat spelen. Ik verlang alleen van u dat u in de gaten houdt wat er op uw afdeling gebeurt. Voordat er nog een kindje verdwijnt of doodverklaard wordt terwijl het helemaal niet dood is. Ik ga in elk geval onderzoek doen, op alle gebied. Dat moet u beseffen.'

Dokter Marais maalde met zijn kaken. Ten slotte kwam hij overeind. 'Doe wat u niet laten kunt. Maar mocht u het wagen dit ziekenhuis zonder enig bewijs in opspraak te brengen, dan zult u de gevolgen daarvan moeten dragen. Het bestuur zal niet schromen u wegens smaad voor het gerecht te dagen. En voor nu goedendag, madame!'

Minutenlang keken we elkaar in de ogen. Woede borrelde op in mijn maag en woorden hoopten zich op in mijn keel. Het liefst had ik ze allemaal naar zijn hoofd geslingerd, maar ik besefte dat dat geen zin had. 'U wilt me dus niet helpen?' vroeg ik kalm.

Dokter Marais haalde zwaar adem. Nu leek hij degene te zijn die zich maar met moeite kon beheersen. 'Ik zie niet in hoeverre ik dat zou kunnen doen. Die brief is een hersenspinsel. Gaat u nu maar, ik heb het druk!'

Zijn woorden troffen me als een klap in mijn gezicht, waardoor ik me een tijdje niet kon verroeren. Op een gegeven moment verliet ik het kantoor van de dokter, maar alles om me heen leek wazig. Ik kon niet eens zeggen wanneer en waarheen hij was verdwenen.

5

Het wolkendek boven de Cimetière de Montmartre leek lager te hangen dan elders in Parijs, maar tussen de wolken door waren stukjes koele, blauwe lucht te zien. De wind ruiste door de bomen en langs de grafstenen, maar verder was het stil. Ik liep door de hoge stenen poort en keek om me heen.

Ik was al lang niet meer op een begraafplaats geweest. In Duitsland had ik op z'n hoogst op Eeuwigheidszondag het graf van mijn onbekende grootouders bezocht. Voordat mijn zoontje was gestorven, was ik nooit direct met de dood geconfronteerd.

Destijds had ik me er niet toe kunnen zetten hiernaartoe te gaan. Mijn verdriet was te overweldigend geweest en het had me ook zinloos geleken, want mijn zoontje zou daar geen eigen graf hebben. Hij was slechts een van vele kindjes wie het niet was vergund aan het leven te beginnen.

Maar nu wilde ik zien waar hij lag, áls hij hier al was.

Het zand knarste onder mijn enkellaarsjes. Zuster Sybille had me uitgelegd waar ik moest zijn. Ik moest me haasten. In dit jaargetijde werd het vroeg donker en ik wilde niet verdwalen op een pikdonker kerkhof.

De grafmonumenten van grijs en beige zandsteen met hun trieste engelen zagen er niet bijzonder aanlokkelijk uit. Hoe zou het grafmonument voor de kinderen eruitzien? Zou er eigenlijk wel een zijn? In het voorbijgaan liet ik mijn blik langs wat kleinere grafstenen gaan. Vaak waren het eenvoudige lieden die onder een kruis of een stenen plaat hun laatste rustplaats hadden gevonden. Bij een ervan bleef ik staan.

Het graf behoorde toe aan een jonge vrouw genaamd Nicole Blanchard. Ze was al acht jaar dood, maar de foto boven haar naam zag eruit alsof hij nog maar kortgeleden was genomen. Ze was amper twintig, had zwart haar en droeg een bril. Het kon inbeelding zijn, maar ze vertoonde een frappante gelijkenis met mij. Waaraan zou ze zo jong zijn gestorven?

Toen zag ik nog een naam onder de hare staan. Er stond slechts één jaartal bij, maar het was hetzelfde als bij Nicole. Was ze tijdens de bevalling overleden? Of in het kraambed? Was haar keizersnede niet zo verlopen als de artsen hadden gewild?

Ik voelde opeens verdriet zwaar op mijn borst drukken. Deze vrouw was ongeveer van mijn leeftijd geweest toen ze stierf. Haar kind was evenmin blijven leven. Zo had het mij ook kunnen vergaan. Ik had kunnen sterven. Zou ik dan samen met mijn zoontje zijn begraven? En als hij wel was blijven leven, wat zou er dan van hem zijn geworden?

Ik schudde de gedachte van me af. Er was een tijd geweest dat ik had gewenst dat ik de plaats van mijn zoontje had kunnen innemen. Dat hij had mogen leven. Maar het was anders gelopen. Ik stond voor het graf van deze onbekende vrouw. En mij wachtte het graf van mijn kind.

Zwijgend nam ik afscheid van de onbekende en ik vervolgde mijn weg langs standbeelden en grafmonumenten. De namen die in de sokkels waren gebeiteld of boven de deuren waren aangebracht zeiden me niets. Hoe verder ik doorliep, hoe bedrukter ik me voelde. Maar er was geen sprake van nu rechtsomkeert te maken.

Na een poosje kwam ik bij een sierlijk gegraveerd ijzeren kruis. Het stond midden op een klein perceeltje dat met witte kiezelstenen was bedekt. Hier en daar lag een boeket te verpieteren. Namen waren er niet te ontdekken, behalve die van het ziekenhuis waar alle kinderen die onder deze witte steentjes rustten ter wereld waren gekomen.

Mijn hart bonsde in mijn borst. Tegelijkertijd had ik het gevoel dat iemand een scheermes over mijn huid haalde.

Als Louis hier werkelijk lag, was ik nu dichter bij hem dan ooit. Waar zouden ze hem hebben begraven? De exacte plek was niet zichtbaar onder de steentjes.

Ik drukte mijn hand tegen mijn mond. De tranen rolden over mijn wangen en drupten op de kiezels. Ik had gedacht dat de pijn verdwenen was, maar hij kwam nu terug als een wild dier dat de kerker waarin hij was opgesloten had weten open te breken. Met een klaaglijke kreet liet ik me op mijn knieën zakken. De stenen waren koud en ik voelde een windvlaag aan mijn rug trekken. Ik kreeg het gevoel dat ik zou omvallen. Maar dat gebeurde niet. In plaats daarvan huilde ik tranen met tuiten tot de grond ervan doordrenkt was.

Toen ik weer tot bedaren was gekomen, stond ik op en streek fier mijn wangen droog. Mijn huid prikte en mijn slapen bonsden. Ik voelde heftige pijnscheuten in mijn buik. Het was alsof het litteken dat ik daar had weer was opengehaald. Maar wat ik voelde, was niet meer alleen rouw. Het was woede die in me opkwam. Lag Louis hier eigenlijk wel? En als dat niet het geval was? Als ik inderdaad was bedrogen?

Dokter Marais had mijn leven gered en daar was ik hem uitermate dankbaar voor, maar ik werd razend bij de gedachte aan mijn gesprek met hem. Dat hij mijn woorden zonder meer terzijde had geschoven... Was het dan zo onwaarschijnlijk dat er een kind was verwisseld of was ontvoerd van de kraamafdeling? Geen enkele arts had overzicht over zijn hele afdeling. Dat hadden ook de zusters niet. Er moesten momenten zijn waarop de kindjes alleen waren en een onbekende ze uit hun bedje kon halen. Ik wilde gewoon niet geloven dat iemand een grap met me had uitgehaald, ook al was de vermoedelijke waarheid hartverscheurend.

Ik zou naar de politie gaan. Ik zou ergens anders hulp zoeken. Als dokter Marais werkelijk van niets wist, had hij ook niets te vrezen. En per slot van rekening gold mijn zorg niet hem, maar mijn kind! Als hij ergens schuldig aan was, moest hij de gevolgen onder ogen zien. Maar ik wilde mijn zoontje zien. Ik wilde gewoon weten of het goed met hem ging.

Nog eenmaal keek ik naar het grafmonument en probeerde ik Louis' aanwezigheid te voelen. Maar ik voelde niets. 'Ik zal je vinden,' mompelde ik zachtjes, terwijl ik mijn vuisten balde. Toen draaide ik me om en liep vastberaden naar de toegangspoort. Er was een kleine kans dat mijn zoontje hier niet begraven lag. Aan die hoop wilde ik me vastklampen.

Terug in het pension voelde ik me uitgeput, alsof ik een vermoeiende werkdag achter de rug had. Het was nog kouder geworden en het duister maakte mijn gedachten niet bepaald helderder. Ik liep door de poort en zocht in mijn tas naar mijn sleutel.

'Kijk nu eens wie er in dit rattenhol verzeild is geraakt.'

De maar al te bekende vrouwenstem deed me opkijken. Mijn voormalige buurvrouw Geneviève stond voor me. Ze had een pruimkleurige jas aan en een roze dophoedje op. Ze haalde een sleutelbos uit haar handtas en schonk me een brede glimlach.

'Geneviève!' Ik liep naar haar toe en sloot haar in mijn armen. 'Wat heerlijk om je terug te zien!'

'Het genoegen is geheel mijnerzijds. Wat brengt jou naar Parijs, lieverd? Blijkbaar heeft niemand eraan gedacht me op de hoogte te brengen!'

'Het is een persoonlijke kwestie,' antwoordde ik. 'We hebben het er boven wel over. Als je even tijd hebt.'

Geneviève trok haar wenkbrauwen op. 'Is het zo ernstig?'

'Het is... in elk geval niet zo makkelijk uit te leggen.' Ik keek omhoog naar de felverlichte ramen. 'Ik wil niet dat er iemand meeluistert.'

'Goed dan,' zei Geneviève na een korte stilte. 'Kom maar mee.'

Ik liep met haar mee naar boven. Haar kamer zag er nog hetzelfde uit als vroeger. Ik wierp een korte blik op de deur van de kamer ertegenover, waar Henny en ik destijds hadden gewoond, en toen duwde Geneviève me haar kamer in en rechtstreeks naar haar bed.

'Je kunt rustig gaan zitten,' zei ze, en alsof ze mijn gedachten kon lezen voegde ze eraan toe: 'Ik ben uit het vak gestapt, een tijd geleden al. Je hoeft dus niet bang te zijn, behalve ik ligt er niemand meer in dit bed. Als ik behoefte aan een man heb, ga ik naar mijn vriend.'

Ik ging zitten en zonk weg in het matras. Toen keek ik rond. Er was nauwelijks iets aan de kamer veranderd. De gordijnen, dezelfde als vroeger, waren schoon. Ook stond de toilettafel nog op dezelfde plaats. Aan een van de muren hing wel een nieuw schilderij. Het was een aquarel van een landschap.

'Jacques heeft dat voor me geschilderd,' vertelde Geneviève toen ze me zag kijken. 'Hij vond dat ik het hier moest ophangen, zodat ik altijd aan hem denk.'

'Wat romantisch,' antwoordde ik.

'Maar je bent vast niet naar Parijs gekomen om te babbelen over romantische dingen.'

'Nee, ik...' Ik vouwde mijn handen in mijn schoot. 'Ik ben hier vanwege mijn kindje.'

Een ogenblik lang leek het of Geneviève iets wilde zeggen, maar toen ging ze met een zucht op de stoel voor de commode zitten.

'Ik heb een brief gekregen,' begon ik en ik vertelde haar wat er was gebeurd. 'Nu mijn bezoek aan het ziekenhuis niets heeft opgeleverd, ga ik morgen naar de politie.'

Geneviève slaakte een zucht. 'Arme schat... Maar je hebt gelijk, ga maar naar de politie. Misschien krijg je een fatsoenlijke *commissaire* te spreken die zich voor je inzet. En als het toch een grap is...' Ze keek me vol medeleven aan. 'Ik kan me voorstellen hoeveel hoop je koestert. En ik wens je toe dat je hoop in vervulling gaat.'

Ze boog voorover en legde haar hand op de mijne. Ik voelde haar warmte. Wat had ik graag warmte als deze van Henny willen krijgen! Henny, die paniekerig op de klok had gekeken in afwachting van Jouelle.

Alsof ze mijn gedachten kon lezen vroeg Geneviève ten slotte: 'Heb je je vriendin al gezien?'

'Ja, gisteren,' antwoordde ik. 'Ik ben bij haar langs geweest. Ze woont nu in een prachtig appartement en het lijkt erop dat monsieur Jouelle haar heel goed behandelt.'

Geneviève keek me weifelend aan. 'Dan heb je het dus niet gemerkt?'

'Wat gemerkt?' vroeg ik.

'Ik vind haar veranderd. Als ik niet beter wist, zou ik denken dat ze ziek was.'

'Ziek?' Ik schudde mijn hoofd. 'Dan zou ze me wel iets hebben verteld! Trouwens, wanneer heb je haar voor het laatst gezien?'

'Dat is inderdaad wel een tijdje geleden,' erkende Geneviève. 'Ik ga af en toe naar het theater. Ze was anders dan anders. Ze leek... afwezig, haar gezicht leek wel uit marmer gehouwen. Dat mag monsieur Jouelle misschien aanstaan, maar ik heb heel wat vrouwen gezien die onbeschoft door hun vrijers werden behandeld en er kapot aan dreigden te gaan.'

'Denk je dat Jouelle haar mishandelt?'

Geneviève perste haar lippen op elkaar en haalde toen haar schouders op. 'Wie zal het zeggen? Ik ben er niet bij.'

Voor mijn geestesoog doemden afschuwelijke scenario's op. De vrouwen in madames fabriek hadden het er wel eens over gehad dat sommige mannen hun echtgenotes sloegen en thuis een sfeer van angst teweegbrachten. Maar Henny had niets gezegd en ik had zelf ook geen ervaring met vrouwen in zo'n moeilijke situatie.

'En wat moet ik nu doen?' Die vraag was meer voor mezelf dan voor Geneviève bedoeld, maar ze antwoordde: 'Ik ben bang dat je niets kunt doen. Ze woont samen met Jouelle, ze is met hem verloofd. Als ze met hem trouwt, is het aan hem om over haar te waken.'

'En als hij daarin tekortschiet?'

‘Dat is haar zaak. Net als jij destijds zelf de knoop hebt doorgehakt toen je besloot je kindje te laten komen.’ Geneviève zuchtte. ‘Het leven is niet altijd simpel. Vooral niet voor degene wiens leven het betreft. Het is lastig de juiste weg te vinden en soms zie je als buitenstaander heel goed wat een betere keuze zou zijn. Maar het is niet aan jou om een ander te vertellen hoe die zijn leven het best kan leven. Als die man niet goed is voor je vriendin, zal ze daar zelf achter moeten komen.’

‘En als haar ondertussen iets overkomt? Ik zou het mezelf nooit kunnen vergeven...’

‘Wat zou haar moeten overkomen?’ vroeg Geneviève. ‘Ze is al meer dan twee jaar met hem samen. Wacht gewoon af. Als ze je om hulp komt vragen, dan help je haar. Voor die tijd kun je niets doen.’

Dat vond ik moeilijk te accepteren. Maar ik wist dat ze gelijk had.

6

Het politiebureau bracht de herinnering aan het eindeloze wachten op een verblijfsvergunning terug. Even stond ik besluiteloos voor de deur. Moest ik wel aangifte doen? Als aanknopingspunt had ik alleen dat briefje zonder afzender en zonder ook maar een enkele naam. Slechts een bewering en een verzoek om vergiffenis. Ten slotte vermande ik me, liep de trap op en ging naar binnen.

Het politiebureau was met donker hout ingericht en het daglicht werd door houten jaloezieën gefilterd. De lamp boven mijn hoofd was blijkbaar lang niet meer schoongemaakt, want in het onderste gedeelte van de glazen bol lagen dode vliegen. Een tegelkachel in het voorvertrek deed zijn best warmte te verspreiden, maar omdat de deur voortdurend openging vervloog die al weer vlug.

Ik liep naar de balie, waarachter een man van middelbare leeftijd een beetje onbeholpen op een schrijfmachine zat te tikken.

'Bonjour, monsieur,' zei ik, waarop de geüniformeerde agent zijn bezigheid staakte en opkeek.

'Bonjour, madame, wat kan ik voor u doen?'

'Ik wil aangifte doen van kinderroof,' antwoordde ik.

De man trok zijn borstelige wenkbrauwen op. 'Kinderroof! Dat is een ernstige aanklacht. Wie zijn de benadeelden?'

'Dat ben ik zelf,' zei ik. 'Ik heb reden aan te nemen dat mijn kind bij de geboorte is verwisseld, met opzet of per ongeluk, dat weet ik niet, maar ik heb een anonieme brief gekregen waarin dat wordt gesuggereerd.'

De agent nam me een poosje op, toen vroeg hij: 'U komt niet uit Frankrijk, nietwaar?'

'Nee, ik ben Duitse. Maar tijdens mijn verblijf in Parijs had ik een verblijfsvergunning.' Ik had maar al te graag geweten wat er in de man omging.

'Ik zal het doorgeven aan een collega,' zei hij uiteindelijk en hij stond op. 'Gaat u even zitten.' Hij wees op een houten bank, waarop iemand een sjaal had laten liggen die nu nonchalant over de leuning hing.

Ik nam plaats en zag de agent in het achterste deel van het vertrek verdwijnen. Er drongen gedempte stemmen tot me door; ergens werd blijkbaar iemand verhoord of werd een getuigenverklaring afgenomen.

Dit politiebureau mocht er dan anders uitzien dan het bureau waar ik op mijn verblijfsvergunning had zitten wachten, maar ook hier leken minuten eindeloos te duren. Blijkbaar moest de agent iemand vinden die met me wilde praten.

Ten slotte verscheen hij weer, met een man in een bruin pak in zijn kielzog. Hij was gezien het licht grijzende haar aan zijn slapen van middelbare leeftijd. Terwijl de agent weer achter zijn schrijfmachine ging zitten, kwam hij naar me toe en stak zijn hand uit. Hij stelde zich voor: 'Ik ben commissaire Jeroult van de recherche.'

'Aangenaam kennis te maken,' antwoordde ik. 'Mijn naam is Sophia Krohn.'

'U bent Duitse, nietwaar?' vroeg hij met een joviale glimlach. 'Ik heb ooit een Joseph Krohn gekend in de Elzas. Is dat soms familie?'

Ik schudde mijn hoofd. 'Nee, ik kom uit Berlijn.'

'Komt u maar mee en vertel me dan over uw zaak.'

We liepen een klein vertrek in, dat duidelijk een verhoorkamer was. Bij een houten tafel met een schrijfmachine en wat velletjes papier erop stonden twee stoelen. Bedremmeld keek ik rond.

'Mijn excuses dat ik u hier moet spreken,' verklaarde commissaire Jeroult terwijl hij de deur dichtdeed. 'In mijn kantoor is het een chaos. Het is niet te geloven hoeveel mensen in deze tijd van het jaar op domme ideeën komen. Gisteren nog hebben we een vrouw uit de Seine opgevist; vermoedelijk iets in de relationele sfeer.' Hij ging bedrijvig achter de schrijfmachine zitten en draaide er een velletje papier in. 'Gaat u zitten,' zei hij. Hij wees op de lege stoel tegenover hem en begon te typen.

Ik nam plaats. Tegelijkertijd vroeg ik me af hoeveel getuigen, hoeveel misdadigers hier zouden hebben gezeten.

'Uw naam is dus Sophia Krohn.'

'Ja,' antwoordde ik.

'Geboortedatum?'

'5 augustus 1905.'

Ook dit gegeven typte hij op het blaadje. 'Mijn collega zei dat u een geval van kinderroof wilde aangeven. Waar gaat het precies om?'

Met trillende handen maakte ik mijn tas open en haalde de brief tevoorschijn, samen met de overlijdensakte die ik voor Louis had gekregen. 'Een paar weken geleden heb ik deze brief ontvangen, volgens welke mijn zoontje nog in leven moet zijn. Ze hebben tegen me gezegd dat hij kort na zijn geboorte in het Hôpital Lariboisière is overleden, en nu beweert deze brief het tegendeel.' Ik schoof de bescheiden naar hem toe.

De commissaris keek me een beetje onnozel aan. 'Ik vrees dat ik meer informatie moet hebben. Vertelt u het hele verhaal eens van begin af aan.'

Waar moest ik beginnen? Met de dag waarop ik gehoord had dat ik zwanger was van een man die er, tegen zijn belofte in, niet over peinsde te gaan scheiden? Of met de dag dat ik met gebroken vliezen naar het ziekenhuis was gebracht?

Ik koos voor de dag van Louis' geboorte en het moment dat een keizersnede noodzakelijk werd geacht. Ik deed verslag van het feit dat ik daarbij in coma was geraakt en dat ik nadat ik was ontwaakt te horen had gekregen dat mijn zoontje na twee dagen was gestorven. Ik liet hem de overlijdensakte zien en vertelde hoe zwaar het me was gevallen mijn weg in het leven weer te vinden. Toen ging ik verder met de dag dat de geheimzinnige brief bij mij in New York was verschenen. 'Ik heb geen idee wie de persoon in kwestie zou kunnen zijn,' verklaarde ik tot besluit. 'Maar de bewering dat mijn kind nog leeft, moest ik beslist onderzoeken.'

De commissaris typte nog een tijdje door, toen haalde hij zijn handen van het toetsenbord en pakte de documenten. Hij bestudeerde kort de overlijdensakte en daarna las hij het briefje. Ik vroeg me af of de politie in staat zou zijn de afzender op te sporen. In de detectives die mijn New Yorkse oud-collega Ray Bellows altijd las, was er meestal een snuggere rechercheur die ook in lastige zaken de dader wist te vinden.

Ten slotte liet commissaire Jeroult de brief zakken en leunde naar achteren. 'Is dit alles wat u voor me hebt?' vroeg hij.

'Ja,' antwoordde ik een beetje verbaasd. Wat had hij dan nog meer willen hebben?

'Zo te zien is met de overlijdensakte alles in orde. Hij is door een arts opgesteld en ik zie niets ongewoons. Er worden in Parijs dagelijks honderden opgesteld, soms zelfs in ons bijzijn.'

'Maar de brief,' hield ik vol. 'Daarin staat klip en klaar dat mijn kind nog leeft!'

'U hebt echter geen idee wie u dit schrijven heeft doen toekomen, nietwaar?'

'Nee, natuurlijk niet,' antwoordde ik. 'Het briefje heeft, zoals u ziet, geen afzender.'

'En u hebt geen idee hoe de afzender aan uw adres kan zijn gekomen?'

'Nee. Ik bedoel, ik weet niet...'

Jeroult haalde diep adem. 'Wie wist uw adres? U zei dat u vanuit Duitsland hier bent gekomen.'

'Al voor de bevalling. Ik woonde hier in een pension.'

'En dat hebt u in het ziekenhuis als adres opgegeven?'

'Ja,' antwoordde ik. 'Indertijd wist ik nog niet dat ik naar Amerika zou gaan.'

'Aan wie hebt u uw nieuwe adres gegeven?'

'Aan mijn vriendin,' antwoordde ik. 'Henny Wegstein, ze werkt als danseres in de Folies Bergère.'

'Wist uw vriendin van het verlies van uw zoontje?'

'Natuurlijk. Ik heb met haar samengewoond. En ik schreef haar.'

'Kan zij uw adres hebben doorgegeven?'

Ik keek de man aan. Zo langzamerhand kreeg ik het gevoel dat ik een misdadigster was. 'Dat weet ik niet,' zei ik. 'Hoogstwaarschijnlijk niet. Ze kende niemand, en in het ziekenhuis al helemaal niet.'

'U denkt dus dat de afzender iemand uit het ziekenhuis is?' vroeg Jeroult door.

'Ik... Ik weet het niet. Het zou kunnen. Wie anders zou moeten weten dat mijn kind nog leeft?'

De commissaris keek me onderzoekend aan, en toen boog hij wat voorover en vouwde zijn handen op het tafelblad. 'Om een onderzoek naar het ziekenhuis in te stellen zijn er niet genoeg aanwijzingen. U hebt een rechtsgeldige overlijdensakte en een brief, die van wie dan ook afkomstig kan zijn. Misschien wel van uw vriendin zelf.'

'Henny zou nooit zo wreed zijn!' wierp ik tegen.

'Soms veranderen vrienden.'

Ik schudde mijn hoofd. Ineens had ik het gevoel dat ik geen lucht meer kreeg. Als Henny er echt achter stak... Als dat haar manier was om mij naar zich toe te laten komen, zodat ik haar zou helpen...

Ondenkbaar! Ik haalde diep adem. Zoiets mag je niet denken, hamerde ik er bij mezelf in.

'Dan kunt u dus niets voor me doen?' vroeg ik en ik voelde woede opkomen. 'En dat terwijl ik hier een brief heb waarin beweerd wordt dat er een misdrijf is gepleegd? Hoe zit het met vingerafdrukken?' Mijn stemvolume zwol aan; ik kon me niet beheersen.

'Madame, u hebt van een arts een overlijdensakte gekregen,'

zei de commissaris in een poging me te kalmeren, maar mijn hart ging wild tekeer en het lukte me niet mezelf onder controle te krijgen.

'Die overlijdensakte zou vals kunnen zijn, hebt u daar al aan gedacht?' schreeuwde ik. 'De arts zou zich vergist kunnen hebben, of...'

'Madame,' riep Jeroult uit. 'Bedaar! Ik kan in dit geval niets doen, behalve uw aangifte noteren.'

Moeizaam ademhalend keek ik de man aan en ik vroeg me af hoe hij zich in mijn situatie zou gedragen. Zou hij als ik zijn vrouw was dat briefje ook zo afdoen?

'Maar u moet geen valse hoop koesteren,' vervolgde hij. 'Die brief is naar alle waarschijnlijkheid onbeduidend, een grap, meer niet. Bovendien bevat hij geen relevante informatie voor ons. 'U kunt hem hier laten, maar...'

'Niet nodig,' zei ik vlug en ik probeerde me te vermannen. Het laatste wat ik wilde was de brief – de enige aanwijzing dat Louis mogelijk nog leefde – in handen geven van een politieman die geen interesse had om het spoor na te trekken.

'Laat maar zitten. Goedendag.' Met die woorden stond ik op en stormde naar de deur. Achter me hoorde ik de commissaris roepen, maar daar schonk ik geen aandacht aan.

Verward, kwaad en machteloos stampte ik het kamertje en het politiebureau uit. Ik beefde over mijn hele lichaam en vergat in mijn woede de agent achter de balie gedag te zeggen. Mijn handen trilden zo erg, dat de brief eruit gleed en in de sneeuw viel. Vlug raapte ik hem op en stopte hem in mijn handtas.

'Mademoiselle?' vroeg een stem achter me. Toen ik me omdraaide zag ik een donkerharige man in een bruine broek en een beige jas, om wiens hals de sjaal bungelde waarvan ik had gedacht dat die vergeten was. 'Excuseert u mij dat ik u aanspreek, maar ik heb daarnet op het bureau het een en ander opgevangen.'

Ik trok mijn wenkbrauwen op. Wat dacht hij te hebben gehoord? De commissaris had toch de deur dichtgedaan!

'Ik weet niet waar u het over hebt,' gaf ik te kennen, terwijl ik weerstand in me voelde opkomen.

'Uw kind. Misschien kan ik u helpen, als de politie dat niet kan.'

'Hebt u ons afgeluisterd?' vroeg ik verontwaardigd.

Er gleed even een glimlachje over het gezicht van de onbekende. Het deed me een beetje aan het schalkse lachje van Darren denken. De gedachte aan hem kon ik op dat moment helemaal niet gebruiken, dus die zette ik vlug van me af.

'Laten we zeggen dat ik het in het voorbijgaan heb opgevangen. De deuren in het politiebureau zijn niet erg dik, en de meeste sluiten niet goed. Bovendien sprak u nogal luid.'

Mijn wangen begonnen te gloeien. 'Ik... Ik wilde niet...'

'Gezien uw situatie kan ik begrijpen dat u uw stem verhief. Die *flics* gaan ingewikkelde zaken uit de weg. In tegenstelling tot privédetectives zoals ik.'

'En wat had u dan op het politiebureau te zoeken?' vroeg ik wantrouwig.

'Af en toe weet men mijn diensten te waarderen. Rechercheurs zijn vaak niet goed op de hoogte van criminele praktijken. Of van hoe ze vermisten moeten terugvinden. Daar gaat het toch om: uw kind is vermist.'

'Mijn zoontje is dood,' wierp ik tegen. 'Althans volgens de overlijdensakte.'

'Dat maakt de zaak ingewikkeld,' zei de man, terwijl hij zijn handen in zijn broekzakken stak. 'Maar u lijkt te twijfelen. En u komt niet over als een gestoorde.'

'Dat gaat u helemaal niets aan,' antwoordde ik en ik draaide me om. Ik had die vreemde vogel al veel te veel verteld.

'Wacht!' riep hij en hij kwam naast me staan. Toen haalde hij een stukje papier uit zijn broekzak. 'Alstublieft, zodat u niet denkt dat ik een of andere schurk ben die munt uit uw situatie wil slaan.' Het papiertje was een visitekaartje met de naam Luc Martin erop. Het adres was me onbekend, in die wijk was ik nooit geweest.

'U kunt altijd contact opnemen als u hulp nodig hebt. Ik zeg het nog maar eens: de politie zal u niet helpen, ongeacht hoe uw geval er specifiek uitziet. Ik beschik over andere mogelijkheden om aan informatie te komen.'

Er ging een koude rilling door me heen. Hoe zou die informatie eruitzien? Waar zou hij die vandaan halen? Ik had het gevoel dat het er daarbij niet op oorbare wijze aan toe zou gaan.

'Dank u, ik zal erover nadenken,' antwoordde ik en ik wilde weglopen, maar toen zei hij: 'Nog een momentje, mademoiselle.'

Ik verstijfde.

'Welke arts heeft de sectie verricht? Misschien moet u eens bij hem navraag doen.'

'Hoezo?'

'Ik hoorde dat er sprake was van een overlijdensakte. Iemand moet die toch hebben opgesteld.'

De woorden bleven me in de keel steken. Wat kon dat hem nou interesseren? En wat had hij nog meer gehoord? Had dan niemand hem kunnen beletten af te luisteren?

'Er is een overlijdensakte,' bevestigde ik. 'Dat is de reden waarom de politie niets wil doen. Die zegt dat het daarmee ophoudt.'

'En wat doet u twijfelen?'

'De bewering in een anonieme brief dat het kind nog leeft.'

De man perste zijn lippen op elkaar en knikte. 'Als u niet van mijn diensten gebruik wilt maken, wil ik u in elk geval een goede raad geven: praat met de arts die de overlijdensakte heeft opgesteld.'

'Dan moet ik dus gewoon het ziekenhuis binnenwandelen en het vragen?'

'Ja, waarom niet? Hij heeft uw zoontje gezien en kan misschien uitsluitsel geven.'

Ik schudde mijn hoofd. Ik was ervan overtuigd dat hij hetzelfde zou zeggen als zuster Sybille en dokter Marais. Ik draaide me om, klaar om weg te lopen, maar mijn benen weigerden dienst.

'Probeer het,' riep hij achter me. 'En als u daar geen antwoord krijgt, komt u maar naar mij toe.'

Ik liet de woorden langzaam tot me doordringen. Ik had het koud en mijn tanden klapperden, maar ik kon niet zeggen of het door de kou kwam of door het gesprek over de overlijdensakte. 'Ik...' zei ik en ik keek om, maar de man was verdwenen.

De volgende uren zwierf ik door de stad. Het begon licht te sneeuwen en de bevroren daken kregen een nieuwe versiering. De sneeuwvlokken maakten mijn voetsporen op het trottoir zichtbaar.

Ik wist niet waar ik naartoe zou gaan. En ik wist ook niet wat me meer in verwarring bracht: de uitspraken van de rechercheur of die van de onbekende man wiens visitekaartje in mijn jaszak zat. Kon ik hem geloven? Was er echt nog hoop? En wat moest ik denken van zijn raad om het bij de arts te proberen die het overlijdensbericht had opgesteld? Had ik maar een ander spoor gehad! Een duidelijker spoor, dat bij de politie stand had gehouden.

Toen de schemering de hemel met lichtroze sluiers bedekte, besloot ik terug te gaan naar het pension. De duisternis viel in dit jaargetijde vroeg in en toen ik bij madame Roussel aankwam, was het al donker. Ik liep door de poort, nog vol rondrazende gedachten.

Ik haalde mijn sleutelbos tevoorschijn en bleef staan. Eerst voelde ik de aanwezigheid van een ander mens alleen maar, toen maakte een gedaante zich los uit de schaduwen van de binnenplaats. Mijn hart sloeg over toen ik monsieur Jouelle herkende.

'Goedenavond, mademoiselle Krohn,' zei hij en hij maakte licht spottend een soort van buiging.

'Monsieur Jouelle,' zei ik terug en ik zette onwillekeurig een stap achteruit. Henny moest met hem hebben gepraat; hoe zou hij anders kunnen weten dat ik hier was? 'Wat komt u doen?'

'Het nieuwe leven in Amerika lijkt u te bevallen,' zei hij nadat hij me een tijdje had opgenomen. 'En dat er geen kind meer is helemaal.'

Zijn woorden waren een steek in mijn maag. Ik kon niet geloven dat Henny dat allemaal had verteld. Graag had ik hem een passend antwoord gegeven, maar mijn keel zat dicht. Tegelijkertijd zette woede haar klauwen in mijn ziel.

'Mijn verloofde vertelde me dat u weer terug bent,' vervolgde Jouelle. 'Ik wil u verzoeken van verder bezoek aan haar af te zien. Het gaat niet goed met haar, en uw bezoek heeft haar toestand nog verergerd.'

Ik schudde verward mijn hoofd. 'Gaat het niet goed met Henny? Daar heeft ze niets over gezegd.'

'Ze wilde u niet ongerust maken. Omwille van Henny en van uzelf raad ik u aan uit de buurt van mijn huis te blijven, begrepen?'

Dus ik mocht Henny niet meer opzoeken? Hoe kwam hij erbij me dat te gebieden? En waarom had Henny hem eigenlijk over mij verteld? 'Henny is mijn vriendin,' antwoordde ik enigszins onbeholpen. 'Ik ken haar veel langer dan u, en als het niet goed met haar gaat zal ik haar helpen.'

'Ze heeft uw hulp niet nodig!' Zijn woorden troffen me als zweepslagen. 'En ze heeft ook geen behoefte aan een vriendin die haar in verwarring brengt! U blijft uit de buurt van mijn huis, anders laat ik u bij de eerstvolgende keer wegens intimidatie en huisvredebreuk arresteren!' Met die woorden kwam Jouelle in beweging. In het voorbijgaan schampte hij ruw mijn schouder, zodat ik even wankelde.

'Ellendeling!' bromde ik zachtjes, terwijl zijn gestalte in de doorgang verdween. Ik had het graag hardop geroepen, maar ik was bang voor zijn reactie. En wat had het voor zin hem uit te schelden? Waarschijnlijk zou dat zijn lage dunk van mij alleen maar bevestigen.

Trillend over mijn hele lichaam en tegelijkertijd inwendig sidderend van woede liep ik naar de achterdeur van het pension. Gelukkig waren de meeste gasten rond deze tijd weg of op hun kamer. De vochtige kou die door de stegen trok dreef de mensen de cafés in. Ik was blij dat niemand me met Jouelle had gezien.

Toen ik de deur door ging, kwam ik een van de buren van

mijn etage tegen. Zijn naam wist ik niet, maar hij moest een Engelsman zijn. In elk geval klonk er een Engels accent in zijn woorden door toen hij vroeg: 'Is alles in orde met u, Miss?'

'Ja, dank u, het is niets,' antwoordde ik, terwijl ik moeite deed mijn woede te bedwingen. 'Het is alleen vreselijk koud buiten.'

'Ja, het weer maakt het een mens momenteel niet makkelijk,' zei hij en hij tikte tegen zijn hoed. 'Goedenavond, Miss.'

'Goedenavond,' antwoordde ik en ik liep de trap op.

Kwaad slingerde ik mijn handtas op het bed en trok mijn jas uit. Honderden scheldwoorden voor Jouelle kwamen bij me op, en een diepe teleurstelling maakte zich van me meester. Dat Henny hem verzocht had me op te zoeken en me te zeggen dat ik bij haar uit de buurt moest blijven achtte ik onwaarschijnlijk. Maar ze had hem over me verteld. Ze had gezegd dat ik weer in Parijs was, dat ik mijn kindje had verloren, en misschien ook dat ik mijn kind kwam zoeken.

Het dreigement dat hij me zou laten arresteren moest ik serieus nemen, want daar achtte ik Jouelle wel toe in staat. En het zou me ook niet verbazen als Henny weer niet haar mond kon houden als ik haar opzocht.

Ik liep naar het bed en haalde de brief tevoorschijn. Ik had niet verwacht dat de politie me niet zou willen helpen. Zoals de commissaris naar me had gekeken, moest hij me voor gestoord hebben gehouden. Maar hoe zat het met die eigenaardige detective die me had aangesproken? Zou hij iets voor me kunnen doen?

Ik haalde het kaartje tevoorschijn. Zijn aanbod leek nogal dubieus. Wie wist met wat voor types hij zich afgaf. Misschien was hij er ook op uit een vrouw als ik geld af te troggelen voor 'diensten' die geen resultaat opleverden. Ik schudde mijn hoofd en legde het kaartje op het nachtkastje.

7

Sinds het aanbreken van de dag liep ik al in mijn kamer te ijsberen. Ik had pijnlijke enkels en trillende knieën, maar ik kon me er gewoon niet toe zetten om te gaan zitten. Mijn hoofd liep om en ik vreesde dat mijn gedachten een onontwarbare kluwen zouden vormen als ik tot rust kwam.

Mijn ontmoeting met Jouelle bleef maar door mijn hoofd spoken. Ik had andere zaken die mijn aandacht vereisten. Ik moest me met mijn kindje bezighouden. Dat laatste leek me na het gesprek met dokter Marais urgenter dan ooit. Maar ik voelde dat het slecht gesteld was met Henny. Ze was mijn vriendin en ik begreep niet waarom Jouelle me niet toestond te helpen. Misschien kon ze me haar probleem niet uitleggen, misschien was ze bang. Wie weet ook voor haar verloofde.

Ik moest een manier vinden om haar te helpen, om haar nog eens te spreken te krijgen. Ik moest te weten komen of Jouelle haar had verteld dat hij bij me langs was geweest. En als haar vriendin wilde ik ook horen of ze het eens wat met wat hij had gezegd.

Hoewel het absurd leek, was het theater de enige plaats die ik kon bedenken om haar te bereiken. Jouelle had geëist dat ik niet meer bij hem thuis zou komen, maar hij had me niet verboden het theater te betreden. En hoe zou hij kunnen weten dat ik in het publiek zat?

Voor zover het de balletrepetities betrof kende ik de gang van zaken bij de Folies Bergère niet en ik begreep ook wel dat ik niet zomaar naar binnen kon lopen. Gezien de manier waarop Jouelle met me had gesproken, vermoedde ik dat hij zijn personeel had opgedragen me weg te sturen als ik Henny te spreken wilde krijgen. Dus zou ik het anders aanpakken. Ik wilde eens kijken hoe ze tijdens haar optreden overkwam. En ik hoopte dat ze me in de menigte toeschouwers zou zien zitten en dan later naar me toe zou komen.

Ik wachtte de hele dag en nam in gedachten telkens weer de ontmoeting met mijn vriendin door. Wat zou ik zeggen? Hoe zou ik proberen haar aan het praten te krijgen? Ik zette alle mogelijke reacties van Henny op een rijtje. Afwijzing, verontwaardiging, ongeloof, boosheid, verdriet. Ik kon niet meer inschatten welke reactie er zou komen, want Henny was een vreemde voor me geworden. Ik was ervan overtuigd dat de oude Henny nog ergens verscholen zat en haar moest ik zien terug te vinden. Dan pas kon ik weer met een gerust hart een openhartig gesprek met haar voeren.

's Avonds trok ik de enige jurk aan die ik had meegenomen: een bruine, van warme wol en met een kanten kraagje. Het was geen jurk voor bijzondere gelegenheden, meer iets voor koude dagen, maar ik zou er niet in opvallen.

Ik nam de bus. Die was 's avonds behoorlijk vol, maar dat maakte me niets uit.

Bij het theater aangekomen hapte ik verbijsterd naar adem. Het was zo veranderd dat ik het nauwelijks herkende. De hele voorgevel was vernieuwd. Van de oude Folies Bergère was alleen de naam nog over, die overigens in een erg sobere belettering werd weergegeven. De gevel deed me nu enigszins denken aan de fabriek van madame, met die rechte belijning en de hoge vensters. De decoraties waren minder krullerig, maar toch heel elegant. Het opvallendst was een groot gouden reliëf van een danseres die tussen wolken of doeken leek te zweven. Ze was geheel naakt, afgezien van een hoofdtooi, een voorhoofdsband misschien of een hoedje. Ik moest meteen aan Henny denken. Ook zij had bij haar optredens een kapje van parels gedragen. De afbeelding was gestileerd, maar ze had hier best model voor kunnen staan. Ik vroeg me opeens af waarom Henny me niets over de verbouwing had geschreven, hoewel dat toch een vermeldenswaardige gebeurtenis was geweest.

De mensen verdrongen zich voor de ingang. Het deed me een beetje denken aan vroeger in Berlijn, toen ik in Nelsons theater werkte, met dat verschil dat ik nu degene zou zijn die haar jas afgaf.

Opgelucht dat Jouelle nergens te bekennen was kocht ik een kaartje, waarna ik naar de garderobe liep. De meisjes achter de balie lachten en maakten grapjes met de gasten, vooral met de jonge mannen.

Tussen de andere bezoekers ging ik de grote zaal binnen. Ik wist niet waar het vandaan kwam, maar ik stelde me opeens voor dat ik met Darren aan mijn zijde binnenkwam om de voorstelling te bekijken. Maar Darren was weg; ik zou hem niet terugzien. Hij wist niet eens dat ik hier was. Hoewel het al een tijd geleden was dat we elkaar hadden gezien, trof deze gedachte me als een stomp in mijn maag en was het me zwaar te moede.

Nog steeds betrapte ik mezelf er af en toe op dat ik wou dat hij bij me thuis in New York zou langsgaan om naar me te vragen. Ik had Kate niet gevraagd om niemand te vertellen waar ik naartoe was gegaan. Misschien zou hij naar me komen informeren. Ik schudde de gedachte van me af. Dat zou hij niet doen, daarvan was ik overtuigd. Hij was me vast al vergeten en ik moest hem voorgoed uit mijn hoofd zetten.

Nadat ik de placeur mijn kaartje had laten zien, bracht hij me naar mijn plaats. Rondom klonk het geroezemoes van stemmen als een zwerm wespen boven mijn hoofd. De mensen naast me spraken geanimeerd over de revue die ze de week tevoren hadden gezien. Ik luisterde even mee en hoorde ook de naam Josephine Baker vallen. Blijkbaar zou ze hier binnenkort weer optreden.

Ten slotte werd de zaal donker. Tegelijkertijd sprongen de

schijnwerpers aan; ze verlichtten de bühne, waar het rode doek opging. Begeleid door vlotte orkestklanken kwamen de eerste danseressen op. Allemaal rank en slank, met een gevederde hoofdtooi en heel schaars gekleed. Ik probeerde Henny te ontwaren, maar ik zag haar niet.

De vrouwen dansten op een manier waarmee ze inmiddels zelfs Josephine Baker overschaduwden. Ik zat me echter alleen maar af te vragen waar Henny toch zou zijn. Was ze ingedeeld voor een nummer dat later zou worden opgevoerd?

Na een half uur met een reeks andere variéténummers kwamen de danseressen weer op. Ik had de eerdere programmaonderdelen niet met aandacht bekeken; ze waren als vluchtige gedachten langs me heen gegaan.

Nu ontdekte ik Henny eindelijk.

In Berlijn had ik haar vaak naakt voor de spiegel zien staan en daarom viel het me nu op dat ze flink vermagerd leek. Onder haar wijde ochtendjas was me dat niet opgevallen, maar nu zag ik het wel. De fijne parelkettinkjes verborgen niets, haar uitstekende ribben ook niet, noch haar dunne armen. At ze soms niet genoeg? Zou ze inderdaad ziek zijn?

Het deed geen afbreuk aan haar beweeglijkheid: ze danste vol vuur. Ze had zelfs iets weg van Josephine Baker, behalve dan dat er geen vrolijke maar een bijna waanzinnige, fanatieke glimlach op haar bloedrood gestifte lippen lag. En dat was niet het enige aan haar wat me liet schrikken.

Henny's ogen waren donkere, uitdrukkingsloze parels op een bedje van grijze oogschaduw. Hoewel ze moest zien wat er om haar heen gebeurde, leek het alsof ze niets waarnam. Ik had gehoopt dat ze me in het oog zou krijgen, maar zelfs als ik even de indruk had dat ik in haar blikveld zat, zag ik geen spoor van herkenning.

Ik kreeg opeens het gevoel dat er een riem om mijn borstkas zat die strak werd aangetrokken. Het lukte me niet om met mijn ademhaling dat beklemmende gevoel weg te krijgen. Het liefst was ik overeind gesprongen en naar buiten gerend, maar daarmee zou ik onnodig de aandacht op me hebben gevestigd. Wie weet volgde monsieur Jouelle de voorstelling wel vanuit een loge.

Ik wendde mijn blik af. Ik kon Henny zo niet langer aanzien. Wat was er de afgelopen twee jaar toch met haar gebeurd? Wat had Jouelle haar aangedaan? Dit kon toch niet de prijs zijn die ze had moeten betalen om in Parijs te blijven, terwijl elk theater in Berlijn haar met alle egards zou hebben teruggenomen!

Na afloop van de voorstelling liep de foyer vlug vol. Monsieur Jouelle was ik gelukkig nog niet tegengekomen. Misschien zat hij wel thuis. Ik betwijfelde of hij zich nu in het domein van de danseressen ophield.

Ik keek even om me heen en begaf me toen omzichtig achter de schermen van het theater. Het geroezemoes kwam met me mee, maar ik leek niemand op te vallen. Na een poosje op goed geluk door de gangen te hebben gezworven, er steeds op bedacht dat er een deur kon opengaan, hoorde ik babbelende vrouwenstemmen. Ik liep eropaf en kwam bij een kamer waaruit me de geur van zwaar parfum tegemoet zweefde. Ik wist dat ik goed zat.

Behoedzaam liep ik naar de deuropening. Er zaten halfnaakte vrouwen voor een rijtje spiegels, bezig met het verwijderen van de make-up die ze tijdens hun optreden hadden gedragen. Ik was zo geconcentreerd op zoek naar Henny tussen de anderen, dat ik niet merkte dat sommigen mijn aanwezigheid was opgevallen.

'Hé, wat doe jij hier?' vroeg iemand met een hese stem. 'Kom je solliciteren of zo?' Ze oogstte het gelach van de twee danseressen naast zich.

Ik verstrakte. 'Ik wil mijn vriendin graag even spreken. Henny Wegstein.'

De vrouwen wisselden veelzeggende blikken. 'Die is hier niet, schat,' antwoordde de vrouw ten slotte. 'Ze heeft haar spullen gepakt en is naar haar beau vertrokken. Zoals altijd.'

Ik merkte dat nu ook anderen hun oren spitsten. Hun blikken troffen me als speldenprikken. Wie Henny's 'beau' was wist ik. Maar waarom noemden die vrouwen hem zo? Hadden Henny en Jouelle hun verloving geheimgehouden? Ik besefte nu ook wat de danseressen van haar dachten. Hun minachting droop bijna van de spiegels.

'En weet u misschien ook waar ik haar anders kan vinden? Ik bedoel, als ze niet bij haar...'

'Dat weten we niet, schat. En ga nu maar weer weg. Wat Henny doet boeit ons niet.' En met die woorden keerden ze me hun rug toe.

Enigszins ontdaan bleef ik in de deuropening staan. De vrouwen zetten hun gesprek voort alsof ik lucht voor hen was.

Wat moest ik nu doen? Naar monsieur Jouelles kantoor gaan? Misschien was Henny daar wel, maar ik wilde niet het risico nemen dat er narigheid van kwam. Dus draaide ik me om en zette koers naar de foyer.

Opeens hoorde ik voetstappen achter me.

'Madame!' werd er geroepen. Er kwam een jonge vrouw op me af. 'Hebt u even?' vroeg ze.

Ik keek haar verbaasd aan.

'Ik... Ik weet dat ik eigenlijk niets mag zeggen. Maar ik zag dat Henny u na aan het hart ligt. Het is ingewikkeld.'

'Wat is ingewikkeld?' vroeg ik. 'Dat ze me niet wil zien? Ze is altijd mijn beste vriendin geweest. En nu wil ze me niet meer zien. Niet meer met me praten.'

'Dat ligt niet aan u,' zei ze.

'Inderdaad. Het ligt aan haar... minnaar.' Als Henny nog niets had verteld over haar verloving, wilde ik haar niet verraden.

'Misschien,' antwoordde de danseres behoedzaam. 'Maar ze heeft een moeilijke tijd achter de rug. En daarover heeft ze u blijkbaar niets verteld.'

Ik trok mijn wenkbrauwen op. Wat voor een moeilijke tijd? Ze had me de laatste tijd minder regelmatig geschreven, maar elke brief die wel kwam was als een zonnestraal geweest die door mijn raam naar binnen scheen. Uit haar woorden had ik niet kunnen opmaken dat er iets mis was.

'Het ging heel slecht met haar. We dachten allemaal dat ze zwanger was. Er werd flink over haar geroddeld.'

Ik kreeg het gevoel dat er een steen op mijn borst lag. Henny zwanger? Dat was toch onmogelijk! Ze lette veel beter op dan ik. Misschien was het maar een gerucht. 'Wat was er dan met haar aan de hand?' vroeg ik.

De danseres keek om zich heen, alsof ze bang was dat Henny elk moment tevoorschijn kon komen. Of Jouelle.

'Maak je geen zorgen, ik hou het voor me,' vervolgde ik en ik legde mijn hand op haar arm. 'Ik moet alleen weten wat haar is overkomen. Ik moet het weten om haar te kunnen helpen.'

Het meisje keek me aan en trok toen haar arm terug. Ik kon zien dat ze in tweestrijd verkeerde.

'Elaine!' klonk het plotseling door de gang. Doordat ze ineenkromp, begreep ik dat zij degene was die werd geroepen. We hadden niet veel tijd meer.

'Nou, we vermoedden dat ze misschien zwanger was,' legde ze bijna gejaagd uit. 'Maar toen was ze dat niet meer. Sommigen van ons denken dat ze haar kind bij een engeltjesmaker heeft achtergelaten. Omdat Jouelle dat wilde. Daarna begon ze op de draak te jagen. En daar krijgt niemand haar meer vanaf.'

'Op de draak jagen?'

'Elaine!' klonk het nu nog iets nadrukkelijker.

'Dat is alles wat ik weet,' voegde ze er nog aan toe. Toen draaide ze zich om en verdween weer in de gang.

Ik bleef als aan de grond genageld staan. Henny zou zwanger zijn geweest? En haar kindje hebben laten aborteren omdat Jouelle dat wilde? Was dat mogelijk, of had dat meisje het maar verzonnen? Was het een kwalijke roddel, omdat Henny een belangrijke rol voor iemands neus had weggekaapt? En wat betekende 'op de draak jagen'?

De drang die ik voelde om met Henny in gesprek te komen was nog nooit zo groot geweest. Als ik met haar sprak, zou ze alles kunnen uitleggen. Maar misschien zou ze het wel ontkennen, om vervolgens de meisjes een uitbrander te geven.

Hoewel ze ergens achter deze muren moest zijn, maar een paar meter van me vandaan, had ze evengoed in een ander land kunnen zitten. Het leek of er een oceaan tussen ons lag, zo ver waren we van elkaar verwijderd.

Toen ik weer buiten stond, keek ik omhoog langs de façade van de Folies Bergère. De letters lichtten op in de nacht en werden gevangen door de dampwolken die uit de rioolputten opstegen. Het scheen kouder te zijn geworden. De scherpe geur van sneeuw hing in de lucht en de wolken kleurden donkeroranje.

Waarschijnlijk zou Henny algauw met Jouelle uit het theater komen. Misschien zouden ze in zijn auto stappen en wegrijden. Ik wilde weg zijn als ze tevoorschijn kwamen. Na wat ik zojuist gehoord had, moest ik eens goed nadenken over hoe ik met haar in contact kon komen.

8

Ik schrok wakker uit een nachtmerrie waarin Henny door een draakachtig monster werd achtervolgd. Het was inmiddels licht geworden, en door het raam zag ik een heldere blauwe hemel. De zon stond te stralen boven besneeuwde daken. Het moest die nacht weer hebben gesneeuwd, en wel zo hevig dat de wolken die de sneeuw hadden meegebracht waren verdwenen.

Ik waste me en kleedde me aan, toen ging ik naar beneden. Madame Roussel was er niet, maar er stond een koffiekan op de tafel. Ik wist dat Fransen heel sober ontbeten. Een croissantje met een beetje boter en sinaasappeljam. Madame Roussel had dat allemaal in de keukenkast gezet.

Ik haalde alles tevoorschijn en ging aan de tafel zitten. De andere gasten die hier 's ochtends anders aten, waren nergens te bekennen. Waren ze al het huis uit?

'Goedemorgen,' klonk een slaperige stem. Geneviève stond in de deuropening. Ze had haar ochtendjas aan.

'Goedemorgen,' zei ik verbaasd terug.

'Je hoeft je niet zo te verbazen,' zei ze, terwijl ze naar de keukenkast slofte, een kopje pakte en koffie voor zichzelf inschonk. 'Van madame Roussel mag ik koffie nemen. En soms ook een croissantje.'

'Ik ben hier niet om madame Roussels eten te bewaken,' zei ik en ik schoof de jam naar haar toe.

'Heb je succes gehad?' vroeg ze en ze nam een slokje.

'Waarmee?'

'Je bent gisteren nogal lang weggebleven. Ik dacht dat je naar je vriendin was gegaan.'

'Dat heb ik ook gedaan. Of beter gezegd, dat wilde ik. Ik ben in het theater geweest.'

Geneviève knikte en ging op de stoel tegenover me zitten. 'En?'

'Ik kon niet met haar praten. Maar ik heb haar op het toneel gezien. En ik heb het gemerkt. Dat ze veranderd is.' Ik boog mijn hoofd. 'Ik zag dat ze anders was. En niet omdat ze een rol speelde. Toen ze in Berlijn in het theater danste, was ze altijd gewoon zichzelf. Maar nu... Er was niets van haar over. Ze was net een pop. Een trekpop die beweegt, meer niet.'

'Precies wat ik dacht. Maar waarom heb je haar niet gesproken?'

'Terwijl ik met Jouelle in hetzelfde gebouw was?' Ik schudde mijn hoofd en vervloekte mezelf in stilte om mijn lafheid. 'Die had me er door de beveiliging uit laten gooien.'

'Waarom?'

'Omdat ik de danseressen lastigval, weet ik veel.'

Geneviève haalde diep adem. 'Je moet het nog een keer proberen. Er is niets op tegen dat een vrouw zich bij de kleedkamer van de danseressen vertoont om haar bewondering te laten blijken.'

'Dat heb ik geprobeerd,' antwoordde ik. 'Ik bedoel, ik ben in de kleedkamer geweest. Maar daar was ze niet. De meisjes zeiden dat ze bij haar beau was. Ik kon onmogelijk naar haar toe gaan.'

Ik tuurde naar de tegels op de vloer. Een paar waren gebarsten: er zaten haarfijne lijntjes in het steen. Ik vroeg me af hoe steen kon barsten als er maar een paar mensen overheen liepen. Waarschijnlijk kwam het door de optelsom van belasting en tijdsduur dat de tegels murw werden. Zo leek het ook met de vriendschap tussen Henny en mij te zijn gegaan.

'Maar een van de meisjes kwam achter me aan,' vervolgde ik. 'Ze zei dat Henny een zware tijd heeft moeten doormaken. Ze wist niet precies wat er aan de hand was, maar er werd blijkbaar gefluisterd dat ze zwanger was geweest. En toen zei ze iets wat ik niet begreep. Henny zou "op de draak jagen".'

Geneviève haalde scherp adem. 'Op de draak jagen, zei je?'

'Wat betekent dat?' vroeg ik. 'Ik vrees dat mijn Frans niet goed genoeg is om het te begrijpen.'

'Met je Frans is het wel in orde,' antwoordde ze. 'Maar het verbaast me niet dat je de uitdrukking niet kent. Ook al was je een gevallen vrouw, diep in je hart ben je een puur, onschuldig meisje.'

'Wat betekent het dan?' vroeg ik ongeduldig.

'Ze is verslaafd aan opium.'

'Opium?' Mijn brein begon te werken. Ik wist natuurlijk wat opium was. Het sap van de papaver, met als voornaamste bestanddelen bepaalde alkaloïden, die de zinnen benevelden. Hoe langer gebruikers er afhankelijk van waren, hoe moeilijker het voor hen was er weer van af te komen.

'Hoe...' Mijn stem begaf het, en mijn keel voelde ineens vreselijk droog aan. 'Hoe heeft dat kunnen gebeuren?'

'Dat weet ik niet. Maar dat spul gaat rond in kunstenaarskringen. Het theater is daarvan niet uitgezonderd. Op zeker moment moet ze ermee in aanraking zijn gekomen. Sommigen van mijn vroegere collega's die verslaafd raakten, kregen het van hun minnaars. Toen ze eenmaal verslaafd waren, zijn ze er niet meer mee opgehouden.'

Ik zag dat Geneviève tranen in haar ogen kreeg. 'Ik vind het zo erg,' zei ze terwijl ze haar neus optrok. 'Ik weet hoeveel ze voor je betekent. En ik wou dat het anders was. Een van mijn beste vriendinnen is door de draak verslonden. Net als vele anderen. Ik kwam soms ook in de verleiding, maar het lukte me die te weerstaan.'

Zou Henny uiteindelijk ook 'door de draak verslonden' worden?

'Maar ik moet toch iets kunnen doen?' zei ik en ik sprong op. Het feit dat mijn vriendin verslaafd was aan een verdovend middel dat haar dood kon worden, verscheurde me.

'Niemand kan de draak verjagen. Dat moet ze zelf doen. Misschien met hulp van iemand die haar na staat. Haar verloofde misschien. Als hij daartoe in staat is.'

Ik begon te ijsberen. Ik voelde me zo hulpeloos dat ik het het liefst had uitgeschreeuwd. 'Maar wat kan ik dan doen?' Ik greep in mijn haar en trok eraan, alsof ik op die manier een idee tevoorschijn kon toveren.

'Je kunt nog een keer proberen met haar te praten. Of je stuurt haar iemand die haar een bericht brengt. Ik zou dat wel kunnen doen, als je wilt.'

Zou een brief al mijn zorgen tot uitdrukking kunnen brengen? Het risico dat Jouelle hem in handen kreeg en Henny daar misschien voor zou straffen, was te groot.

Toen viel me in wat ik kon doen. Het kaartje van monsieur Martin lag nog steeds in de la van mijn nachtkastje.

'Ik denk dat ik een idee heb,' zei ik. 'Bedankt, Geneviève.'

'Ik help je altijd graag.'

Ik glimlachte naar haar en liep de keuken uit.

Twee straten voor het adres dat de detective me had gegeven vroeg ik de taxichauffeur om te stoppen. Ik stapte uit, betaalde en probeerde me te oriënteren. Het was een behoorlijk verloederde wijk, typisch een buurt voor arbeiders die weinig verdienden en mensen die niet mochten of konden werken.

Kolengruis ontsierde het trottoir en er slingerde afval rond. Een krantenpagina fladderde over de straat. Hier en daar hoorde ik stemmen uit open ramen. Ik vroeg me af waarom ze openstonden, want het was zo ijzig koud dat mijn adem wolkjes voor mijn lippen vormde.

Na een paar minuten vond ik het adres. Een klein, wat verbleekt naambordje vermeldde inderdaad de naam van de detective. Ik liep de trap naar het souterrain af en klopte aan. Het geluid galmde door de gang, en daarna werd het weer stil. Er leek niets te bewegen. Was monsieur Martin misschien niet aanwezig? Ik draaide me om en keek naar de gevel aan de overkant. Sommige ramen waren beplakt met krantenpapier, waarschijnlijk om barsten in de ruiten provisorisch af te dekken. Mogelijk probeerden de bewoners daarmee ook de warmte binnen te houden. Ik kromp in elkaar van schrik toen er achter me een sleutel in het slot werd omgedraaid.

De detective zag er een beetje slaperig uit. Verdwaasd veegde hij over zijn gezicht, en het duurde even voor hij me herkende. 'Ach, de jongedame van het politiebureau. Wat brengt u hier?'

'Ik heb uw hulp nodig,' antwoordde ik, terwijl ik probeerde mijn neus af te sluiten voor de sterke tabaksgeur. Dat lukte niet.

'Vanwege uw kind?' vroeg hij, en voordat ik antwoord kon geven voegde hij eraan toe: 'Kom binnen!'

Binnen was het donker en zag het er op het eerste gezicht weinig uitnodigend uit. Veel leek monsieur Martin niet te bezitten. Ik ontdekte naast de deur een scheve ladekast, waarop zijn sleutels lagen. Aan de kledinghaak aan de muur ertegenover hingen zijn jas en zijn sjaal, evenals een platte pet.

De woning leek uit twee vertrekken te bestaan. We bevonden ons in een keuken, die hij ook als woonkamer gebruikte, zoals de versleten sofa verried. Door de openstaande deur van de tweede kamer zag ik het voeteneinde van een metalen bed zoals die ook in de goedkopere kamers van madame Roussels pension stonden.

'Mijn excuses als het een beetje wanordelijk overkomt,' zei Martin en hij ruimde schutterig het gebruikte vaatwerk van de tafel af. 'Ik ga met mijn cliënten meestal naar een café en laat ze daar hun nood klagen.'

Ik herinnerde me dat er onder het adres een telefoonnummer had gestaan.

'Gewoonlijk bellen de mensen naar de etage hierboven, dat wil zeggen naar mijn huurbaas, die de aanvraag aan me doorgeeft. Goeie vent, Jean.'

'Ik heb geen telefoon,' verklaarde ik. 'En u hoeft voor mij ook geen moeite te doen of met me naar een café te gaan. Ik heb alleen maar een verzoek.'

'Natuurlijk. Gaat u zitten,' zei hij. Hij pakte iets van het aanrecht en trok een keukenstoel naar zich toe. Ik zag een notitieblok in zijn handen. 'Nou, brand maar los, wat hebt u uit de arts gekregen die de overlijdensakte heeft opgesteld?'

Ik keek hem verbaasd aan. 'Overlijdensakte?'

'Ik heb u toch aangeraden om hem op te zoeken. Durfde u dat niet?'

'Ik ben hier niet vanwege mijn zoontje,' zei ik.

Monsieur Martin keek me aan. 'O nee?' vroeg hij verrast.

Ik schudde mijn hoofd. 'Het gaat om mijn vriendin. Ze is danseres in de Folies Bergère.'

'Degene die de commissaris ervan verdacht dat ze dat briefje heeft geschreven? Dan denk ik dat u toch hier bent vanwege uw kind.'

Daar ging ik niet op in. 'Het is me opgevallen dat ze erg veranderd is,' verklaarde ik. 'Ze wekte een zo afwezige indruk toen ik haar weer ontmoette. Toen dook ineens haar geliefde, of nee, haar verloofde bij me op. Hij zei tegen me dat ik bij haar uit de buurt moest blijven. Mijn verschijnen zou alles alleen maar erger maken.'

De detective fronste zijn voorhoofd. 'Dat zou ik ook zeggen als ik wist dat mijn vriendin iets had uitgehaald.'

'Ik denk niet dat zij achter die brief zit. Maar ik ben ervan overtuigd dat hij...' Hoe moest ik het zeggen? Er was geen bewijs dat monsieur Jouelle mijn vriendin mishandelde. 'Toen ik haar gisteren in het theater zag, werd me duidelijk dat er iets niet klopte. Een meisje in het theater zei tegen me dat ze "op de draak jaagde".'

Er verscheen een zorgelijke rimpel op het voorhoofd van de detective.

'Ik wist eerst niet wat dat betekende,' vervolgde ik. 'Maar ik ben erachter gekomen dat het zo genoemd wordt als iemand verslaafd is aan opium.'

Martin bromde iets onverstaanbaars, toen veegde hij over zijn gezicht. 'Dat spijt me. Dat spul... Veel van mijn vroegere oorlogskameraden zijn eraan ten prooi gevallen. Ze geloofden dat ze er baat bij hadden, maar de draak heeft het alleen maar erger gemaakt. Een van hen heeft geprobeerd ervanaf te komen en heeft dat ternauwernood overleefd. Het is vreselijk dat dat spul nog niet verboden is.'

'Wat kan ik doen?' vroeg ik, terwijl ik mijn armen om mezelf heen sloeg om een rilling te onderdrukken. Ik had het ineens verschrikkelijk koud, en dat kwam niet doordat monsieur Martin zijn kachel niet voldoende stookte.

'De vraag is: wat wilt u van me? Moet ik ervoor zorgen dat uw vriendin uit de klauwen van de draak komt? Dat zal me niet lukken. Moet ik uitzoeken of zij echt achter die brief zit die u hebt gekregen? Dat zou me eerder lukken.'

'U...' begon ik, maar ik stokte meteen. 'U zou kunnen uitzoeken hoe ik haar kan helpen. Wanneer ik haar kan bereiken zonder dat die man bij haar is of haar in de gaten houdt.'

De detective leunde zichtbaar teleurgesteld naar achteren. 'Wilt u daar geld aan uitgeven?'

'Misschien kunt u ook ontdekken wat die man met mijn vriendin uitvoert. Misschien is dat genoeg om ervoor te zorgen dat ze bij hem weggaat.'

Martin schudde zijn hoofd en tuurde toen een poosje door het raampje in de deur.

'Om wie gaat het?' vroeg hij toen.

'Hij heet Maurice Jouelle,' antwoordde ik. 'Hij werkt bij de Folies Bergère.'

'Dat kunt u vergeten!' klonk het onmiddellijk.

'Waarom?'

'Als buitenlandse weet u het misschien niet, maar Jouelle heeft een zekere naam. Natuurlijk niet officieel, maar... Ik zou niet met hem willen omgaan. Hij heeft te veel contacten, ook met mensen die opium aanbieden. Het zou me niet verbazen als hij uw vriendin daarmee heeft kleingekregen.'

Ik staarde hem aan alsof hij me een klap had gegeven. Mijn hart werd zwaar en de tranen sprongen me in de ogen. Als het waar was wat hij zei... Waarom was Henny erin meegegaan? Om zeker te zijn van een plaats in de Folies? Hoelang zou dit al aan de gang zijn?

'Ik moet haar spreken,' zei ik. 'Maar ik weet niet wanneer ik haar kan ontmoeten zonder het risico te lopen door Jouelle betrapt te worden. Ik moet een tijd weten waarop ze niet binnen zit. Misschien doet ze elke dag boodschappen.'

De detective leek na te denken. 'Oké. Ik zal uitzoeken wanneer uw vriendin alleen is,' zei hij toen berustend. 'Dat gaat drie franc kosten.'

'Goed,' antwoordde ik en ik stond op. 'Dank u wel.'

'Misschien bedenkt u zich nog met betrekking tot uw kind,' zei hij, terwijl hij eveneens opstond. 'Ik kan u verzekeren dat ik middelen en manieren heb om iets te ontdekken. Het kan misschien even duren, maar ik ben betrouwbaar.'

Ik knikte.

'U hebt hulp nodig,' vervolgde Martin. 'U kunt hier niet eeuwig blijven. Tenzij u alles opgeeft. De zoektocht naar een vermiste kan lang duren en behoorlijk frustrerend zijn. Soms verstrijken er jaren, tientallen jaren. In uw geval is het bijzonder lastig, want u hebt uw zoontje nooit gezien. Hij kan zich niets herinneren, kan niet eens eisen naar huis te worden gebracht. Alleen met veel geluk zult u hem vinden... Of als u iemand hebt die, net als ik, de beschikking heeft over bronnen die hij kan aanboren.'

Welke bronnen mochten dat dan zijn? En als zelfs hij zei dat zo'n zoektocht lang kon duren... 'Ik zal erover nadenken. Probeert u iets over mijn vriendin te weten te komen. Dan spreken we elkaar weer.'

9

Die zondag verliet ik 's ochtends het pension voor een wandelingetje door het park. Ik had er dringend behoefte aan wat afstand te nemen van mijn zorgen om Henny. Hoewel ik besefte dat het even zou duren voordat monsieur Martin erachter was wanneer hij haar kon bereiken, zat ik op hete kolen en soms ijsbeerde ik als een gekooid dier door mijn kamer. Dat Henny kennelijk verslaafd was aan opium verontrustte me hevig en ik voelde me vreselijk hulpeloos.

Het was fris buiten en de zon scheen. Er glinsterden ijskristallen op de bomen en struiken. Mussen fladderden boven de paden op zoek naar broodkruimels die mensen hadden laten vallen of voor ze hadden uitgestrooid.

Ik wist niet goed wat te doen en dus probeerde ik afleiding te zoeken. Maar ik werd voortdurend aan mijn zorgen herinnerd. Ik zag vrouwen die met hun kinderen speelden en werd overvallen door jaloezie gepaard met een gevoel van hopeloosheid. Zou ik ooit ontdekken wie me die brief had gestuurd? Zou het beter zijn de zaak te laten rusten?

Terwijl ik zo liep te piekeren schoot me te binnen dat ik één persoon op de lijst die ik aan boord van het schip had gemaakt nog niet had opgezocht.

Marie Guérin, de vroedvrouw.

Ik liep naar de dichtstbijzijnde bushalte. Hoewel er al heel wat tijd was verstreken, was ik het adres van Marie Guérin niet vergeten.

Toen ik uit de bus stapte werd ik begroet door klokgelui. Een paar kinderen waren verwikkeld in een gevecht met vuile sneeuwballen. Toen ze me zagen stopten ze daar even mee en bekeken me alsof ik een geestverschijning was. Amper was ik hen gepasseerd of ze hervatten hun spel.

Voor het huis bleef ik even staan wachten. Door een van de ramen, die op een kier stonden, kwam het geluid van stemmen. De ruiten waren beslagen, zodat je niet naar binnen kon kijken. Blijkbaar was madame Guérin bezig met de zondagse maaltijd voor haar gezin.

Ik klopte aan. De stemmen, waaronder een van een man, verstomden. Even later ging de deur open. Marie Guérin keek door de kier van de deur. Er verscheen een blik van herkenning op haar gezicht. 'U hier!' zei ze. 'Wat brengt u weer bij mij?' Haar blik gleed zoekend langs mijn lichaam.

'Ik wil niet storen,' begon ik. 'Neemt u me niet kwalijk dat ik zomaar kom binnenvallen, maar ik was in de buurt en...'

De vroedvrouw knikte. 'Kom verder.' Ze liet me binnen. De geur van gebraden vlees die ik opsnoof deed me even denken aan de zondagse maaltijden bij mijn ouders.

Madame Guérin ging me door de gang voor naar haar spreekkamer. De keukendeur stond wagenwijd open. Ik zag mannenbenen in een broek van grove corduroy en een ander paar benen in een lichtere broek. Ze had blijkbaar een zoon.

'Marie, wie is daar?' De vraag werd gesteld met een schorre stem, die van de oudere man moest zijn.

'Gewoon, een patiënte. Begin maar vast.'

Er klonk gekletter van schalen. De mannen leken het gewend te zijn dat Marie Guérin van de zondagse maaltijd werd weggeroepen.

De vroedvrouw deed de deur achter zich dicht. Toen wees ze naar de onderzoeksbank. 'Gaat u maar zitten en vertel me wat u op het hart hebt. U moet wel bedenken dat ik u vandaag niet meteen kan helpen bij uw probleem.'

Ik keek haar eerst verbaasd aan, maar toen begreep ik het. Ze vermoedde dat ik van een kind af wilde. 'Ik ben niet opnieuw zwanger,' zei ik ronduit.

Marie Guérin, die al aan de wastafel stond, hield in en keek me vragend aan.

'Ik ben hier omdat ik even met u wil praten. Vanwege mijn zoontje. Ik was zwanger van hem toen u me onderzocht.'

De vroedvrouw draaide zich naar me om. 'Ik hoop dat het goed met hem gaat.'

'Dat weet ik niet,' antwoordde ik en ik vertelde wat er was gebeurd.

Marie Guérin kreeg een droevige blik in haar ogen. 'En wat kan ik doen om u te helpen?'

'U vertelde me destijds dat er mogelijkheden waren om een kindje te laten adopteren,' zei ik. 'Als mijn zoontje is blijven leven...' Mijn stem stokte. 'Zouden er mensen in het ziekenhuis kunnen zijn die zuigelingen... tegen de wil van hun moeder laten adopteren?'

Marie Guérin haalde diep adem en ging op een krukje zitten. Het leek alsof ze even tot zichzelf moest komen. 'Luister, ik heb niets met het ziekenhuis te maken,' zei ze kalm. 'Ik begrijp dat u elke mogelijkheid moet overwegen. Maar de adopties die ik aanbied verlopen legaal. De moeders gaan naar een advocaat, verklaren afstand te doen en krijgen hun kindje dan niet eens te zien, want dat zou het nog erger maken. Er is een reden voor dat ik niemand naar haar naam vraag. Zodat iets als dit hier nooit gebeurt.'

'Als wat? Dat vrouwen bij u langskomen en naar hun kind vragen?'

De vroedvrouw knikte. 'Ik krijg hun naam vaak alleen te horen als ze terugkomen omdat ze me willen bedanken. Vrouwen die hun kindje willen afstaan verzwijgen hun identiteit, wat het beste is voor alle partijen. Ik help bij de bevalling en dan geef ik het kindje af, meestal aan een zuster die namens de adoptieouders optreedt. Soms is er ook een advocaat bij. Daarna heb ik nog een tijdje de zorg voor de vrouwen, want het lichaam protesteert als het bruut ontwaakt uit de droom van een kindje. Er zijn naweeën; daar weet u alles van.'

Ja, dat herinnerde ik me maar al te goed. Het had een tijd geduurd voordat mijn lichaam doorhad dat er geen zuigeling was die verzorgd wilde worden.

'Hebt u wel eens iets gehoord over kinderen die... waren gestolen?'

'Het komt altijd wel voor dat er kinderen worden gestolen of verwisseld. Maar geloof me: het zou mijn eer te na zijn om zoiets te doen. De vrouwen die hun kind willen afstaan komen uit vrije wil naar me toe. Ik oefen geen dwang uit. Ik heb zelf een zoon en ik zou tot moord in staat zijn als iemand hem van me wilde afpakken.'

Ik kromp ineen. Zulke taal had ik niet verwacht uit de mond van een vroedvrouw.

'U kunt uw onderzoek het best in de kliniek voortzetten. Als er ergens iemand u iets kan vertellen, is het daar.' Ze zuchtte en keek een poosje door het raam naar buiten. Toen vervolgde ze: 'Maar hou er wel rekening mee dat u er misschien nooit achter komt. Wie het ook was die u heeft geschreven kan een moment van wroeging hebben gehad, maar zo'n moment is vlug vervlogen als het geld op is. En het gaat in zo'n geval altijd om geld.'

Mijn zoontje verkocht aan een onbekend stel. Die gedachte was zo verschrikkelijk dat ik in snikken uitbarstte.

'Het spijt me,' zei Marie Guérin. 'Ik wilde u niet laten schrikken.'

Ik schudde mijn hoofd en bedwong mijn tranen. 'Dat hebt u niet gedaan. Ik dank u voor uw eerlijke woorden.' Ik stond op van de bank en rechtte mijn rug.

'Wilt u misschien blijven mee-eten? Het komt niet elke week voor dat we gebraden vlees hebben, maar nu het feest is...'

'Feest?' vroeg ik.

'Mijn zoon is vandaag twintig geworden. Hij is een heel bijzondere jongeman.'

Dat wilde ik graag geloven, maar ik kon haar aanbod niet aannemen. ‘Ik... Ik wil niet storen,’ zei ik. ‘Hartelijk dank voor de uitnodiging.’

Marie Guérin glimlachte en stond ook op. ‘Goed. Dan wens ik u alle goeds en ik hoop dat we elkaar nog eens terugzien. Ik zou heel graag willen weten hoe het met u en uw zoontje is afgelopen.’

‘Als ik hem vind, kom ik weer bij u langs.’ Ik gaf haar een hand en ze liep met me mee naar de voordeur. Daar nam ik afscheid, en ik stapte naar buiten.

Toen ik uit de bus was gestapt, haastte ik me naar het pension. De wind was nu milder. Bijna spookachtig ruiste hij rond de gebouwen. Overal vielen druppels van de daken en zo nu en dan waaide er wat ijs op straat. De zon scheen nog steeds, maar vanuit het oosten kwamen er dreigende wolken opzetten.

Ik ging zo op in mijn gedachten aan alles wat madame Guérin had gezegd, dat ik degene die me in de poort tegemoetkwam pas opmerkte toen ik vlak voor hem stond. Met een kreet van schrik deinsde ik terug. Aanvankelijk dacht ik dat het Jouelle was, maar toen herkende ik de man en nam hoopvolle verwachting bezit van me.

‘Bonjour, mademoiselle,’ zei Luc Martin terwijl hij wat ijs van zijn revers klopte. ‘U woont hier gevaarlijk. Daarnet op de binnenplaats ben ik bijna gespietst door een ijspegel. Maar goed dat ik het gehoor van een kat heb.’ Hij glimlachte innemend.

‘Dat is spijtig,’ antwoordde ik. ‘Hebt u iets ontdekt?’

‘Ja, inderdaad. Het is kinderspel om iemand te schaduwen die nooit in conflict met de wet is geweest. Dit zijn de tijden waarop u haar alleen kunt aantreffen. Het lijkt erop dat ze elke dag even naar het park gaat. U zult haar heel makkelijk kunnen vinden.’

Hij gaf me een briefje waarop hij Henny’s bewegingen van de afgelopen dagen had genoteerd.

‘Ik kan echter niet garanderen dat u haar daar ook echt zult aantreffen. Met de informatie van een halve week kun je geen harde conclusies trekken over de andere helft. Maar het is de moeite waard om toch een poging te wagen.’

'Dank u wel.' Ik maakte mijn handtas open en gaf hem de afgesproken drie franc.

'Hoe is het met de zoektocht naar uw zoontje?' vroeg hij, terwijl hij het geld in zijn zak stopte. 'Hebt u al iets weten te bereiken?'

Ik schudde mijn hoofd. 'Niet veel, helaas.'

'Maar u vermoedt dat hij u ontstolen is?'

'Ik weet het niet.'

Martin knikte en zweeg even. 'Laat u mij alstublieft de zaak onderzoeken.' zei hij toen. 'Ik beloof u dat ik niet meer geld vraag dan u in staat bent te betalen.'

Ik dacht er even over na en vroeg toen: 'Waarom wilt u mijn kind vinden?'

'Omdat ik denk dat het wel eens om een grote zaak kon gaan. U wilt het toch ook? Uw kindje in de armen sluiten? Misschien kan ik dat voor u bewerkstelligen. U hoeft mij alleen maar mijn gang te laten gaan. Betaal me gewoon vijftig franc vooruit. Ik hou u regelmatig op de hoogte van mijn vorderingen.'

Ik verkeerde in tweestrijd. Vijftig franc was een aanzienlijk bedrag. Zou hij dat waard zijn? Het was mijn vurigste wens om Louis eindelijk in mijn armen te houden. Hem te leren kennen. Ik dacht terug aan de woorden van Marie Guérin. Zij zou omwille van haar zoon bereid zijn te doden. Dat zou ik vast niet hoeven doen, maar als ik zekerheid over zijn lot wilde krijgen, had ik hulp nodig. Wat betekende dat geld dan nog? Ik had toch nog genoeg over van madames oorbellen.

'Afgesproken,' zei ik.

Luc Martin trok even een ongelovig gezicht, maar toen lichtten zijn ogen op. 'U krijgt er geen spijt van! Ik beloof u: als hij leeft, vind ik hem.'

Ik wist niet of ik hem kon vertrouwen, maar hij was mijn laatste hoop. En als monsieur Martin het goed met me voorhad, had ik hier in de oude wereld in elk geval een paar ogen – en ook armen – die Louis misschien in mijn plaats konden weghalen bij zijn onrechtmatige ouders. Ik zou hier oren hebben die voor me konden horen en een stem die me zou informeren als er wat meer aanknopingspunten zouden zijn. Dan kon ik altijd nog beslissen of het de moeite waard was om hier nog eens terug te komen.

'Zo veel heb ik niet bij me,' zei ik. 'Als u even wacht...'

'Het heeft geen haast,' antwoordde hij.

Ik liep de trap op. Ondertussen probeerde ik naar de stem in mijn binnenste te luisteren. Kon ik op hem vertrouwen? Monsieur Martin had me informatie over Henny gebracht. Hij was betrouwbaar gebleken. Maar wat zou hem ervan weerhouden niets te doen als ik weer in New York was? Toch was hij de enige die op mijn verzoek wilde ingaan. Bij het ziekenhuis en de politie had ik nul op het rekest gekregen.

Ik deed de deur van mijn kamer achter me dicht en liep naar het raam. De detective was er nog; hij stond op de binnenplaats te roken. Ondertussen maakte hij met de neus van zijn schoen een tekeningetje in de vuile sneeuw. Ik ging bij het raam vandaan en liep naar mijn koffer. In de zoom van twee rokken had ik geld genaaid. Ik pakte mijn reisnecessaire, haalde er een schaartje uit en knipte de zoom van een ervan los. Even later had ik de bankbiljetten in mijn hand.

Ik stopte het gevraagde bedrag in de zak van mijn jas en propte de rest in een zijvak van mijn koffer. Dat was wel geen erg veilige plek, maar het slot op mijn deur functioneerde en ik zou het geld de komende dagen toch nodig hebben.

Even later liep ik terug naar monsieur Martin. 'Hier,' zei ik, terwijl ik hem het rolletje bankbiljetten overhandigde. Ik had mezelf in Amerika aangewend om bankbiljetten op te rollen, want daar deed bijna iedereen dat.

'U vertrouwt me dus?' vroeg hij. Hij stak zijn hand uit, maar pakte het geld nog niet aan.

'Heb ik een andere keuze?' vroeg ik.

'U zou er nog even over na kunnen denken.'

'Maar ik kan niet eeuwig in Parijs blijven.' Ik stak mijn hand met meer overtuiging naar hem uit. 'Pak het aan en vind mijn zoontje. En als u hem niet vindt, zorg er dan voor dat u een spoor vindt, een naam, wat dan ook, iets waarmee de politie wat kan beginnen. Zodat ze die brief niet opnieuw als een hersenspinsel beschouwen.'

'Dat zal ik doen.' De detective keek me nadenkend aan en stopte het geld in zijn jaszak. 'En vertelt u me nu alles wat u over deze zaak weet.'

Ik keek om me heen. Verwachtte hij dat ik hem mee zou nemen naar mijn kamer?

'Wat denkt u ervan om even naar een café te gaan?' stelde hij voor, alsof hij mijn gedachten had gelezen. 'Café Amateur is hier vlakbij, als ik me niet vergis.'

'Voor zover ik weet is dat geen plaats voor een fatsoenlijke vrouw.'

'Ik ben bij u. Wat kan u gebeuren?' Weer glimlachte hij innemend en ik knikte. Er kon heel wat gebeuren, maar Luc Martin zou misschien meer gedaan krijgen dan ik.

Café Amateur zag er op het eerste gezicht vrij netjes uit. Dat verraste me. Uit de woorden van madame Roussel had ik opgemaakt dat het een verlopen kroeg voor criminelen was, waar je geen voet over de drempel kon zetten zonder een mes op je keel te krijgen. Was dat misschien haar manier om haar pensiongasten ervan te weerhouden hun geld hier voor een maaltijd uit te geven?

Toen de detective de deur opendeed, kwam me een sterke tabaksgeur tegemoet. Ergens stond zachte muziek op. 'Kijk, het is hier toch best gezellig?'

Ik keek om me heen. De houten tafels en stoelen zagen er hetzelfde uit als in elke andere kroeg. De lambrisering was van roodbruin hout. Een paar ouderwetse lampen verspreidden een gelig licht. Het deed me een beetje denken aan de speakeasy in New York waar Darren me mee naartoe had genomen, alleen ontbraken hier de zangeressen en de illegale champagnepiramide. Ook was er geen kelner te bespeuren.

Monsieur Martin loodste me mee naar een tafeltje in een hoek met een schilderij erboven. Dat was zo donker geworden, dat de oorspronkelijke afbeelding niet meer te onderscheiden was. 'Zo,' zei de detective terwijl hij een sigarettendoosje uit zijn broekzak haalde. 'Vertelt u me nu maar eens over uw kind.'

'Wilt u echt de omstandigheden weten waaronder hij ter wereld is gekomen?' vroeg ik. Ik was eigenlijk niet van plan om met een onbekende over mijn bevalling te praten.

'Ik heb alle beschikbare informatie nodig.' Hij stak zijn sigaret op.

Ik moest even hoesten van de rook. Vroeger had ik dat ook gehad als mijn vader een sigaar had opgestoken. Ik had het nooit prettig gevonden dat hij rookte. Gelukkig was roken in de laboratoria van de universiteit verboden geweest om het risico op ontploffing te vermijden.

'Vindt u het vervelend dat ik rook?' vroeg de detective, nadat mijn blik hem blijkbaar was opgevallen.

'Nee, ik...'

'U vindt het vervelend,' zei hij en hij doofde de sigaret in de asbak. Hij keek er even naar en stopte hem toen terug in het doosje. 'Verspilling is zonde, nietwaar?'

Even later verscheen er een kelner. Het kon ook de kroegbaas zijn. Zijn schort zat vol natte plekken, alsof hij zojuist glazen had gespoeld.

'Wat kan ik voor u doen?' vroeg hij.

Martin keek me aan.

'Een café au lait,' antwoordde ik, omdat dat het eerste was wat me te binnen schoot. De kelner beantwoordde dit met gemompel. Hij schreef niets op.

'Omdat het nog te vroeg is voor een pernod, sluit ik me aan bij de jongedame.'

Weer gemompel, en toen liep de man weg.

'Hij is het niet gewend dat klanten iets anders dan alcohol bestellen. Waarschijnlijk is hij verbaasd.'

Ik keek om me heen. Buiten ons was er geen levende ziel te

bekennen. ‘Weet u zeker dat het café al open is?’

‘Ja, hoor!’ antwoordde Martin. ‘Als dat niet zo was, had hij ons niet binnengelaten.’

‘De klanten moeten dus nog komen?’ Ik keek op de wandklok, waarvan de slinger onvermoeibaar heen en weer ging. De wijzers stonden op tien over vijf.

‘De stamgasten zijn hier niet voor zes uur. Tegen die tijd moeten we wel klaar zijn.’

De kelner bracht onze koffie en verdween weer.

Ik keek Martin aan. ‘Goed dan,’ zei ik. ‘Laten we beginnen bij de bevalling.’ Ik beschreef hoe ik in de bibliotheek in elkaar was gezakt. Dat ik naar het ziekenhuis was gebracht. Dat de dokter me had verteld dat er een keizersnede moest worden uitgevoerd. Ik vertelde hem ook hoe het had gevoeld om langzamerhand weg te zinken en weer tot het leven terug te keren. En hoe hevig de pijn was geweest toen ik te horen kreeg dat mijn kindje dood was.

Monsieur Martin hoorde alles rustig aan terwijl hij telkens aan zijn koffiekopje nipte. De koffiegeur stroomde mijn neusgaten in en alleen dat leek me al helderder van geest te maken. Uiteindelijk pakte ik mijn kopje en nam zelf een slokje. Het brouwsel was van verrassend slechte kwaliteit. Ik schoof het kopje weer van me af.

‘Ik heb geen idee wat er is gebeurd in de periode dat ik in coma lag. Er kan van alles zijn gebeurd. Niemand heeft blijkbaar op mijn kindje gelet.’

‘De zusters?’

‘Ja, eigenlijk was het hun taak. Maar... misschien hebben ze niet goed opgelet. Misschien kon het kindje van een arme vrouw hun niets schelen. Misschien zagen alle zuigelingen er in hun ogen hetzelfde uit.’

De detective knikte.

‘Wilt u geen aantekeningen maken?’ vroeg ik.

Hij tikte op zijn slaap. ‘Ik sla alles op wat ik zie en hoor. Dat is mijn talent.’

Ik knikte. Misschien was dat inderdaad zo.

'U hebt dus met de arts en met de zuster gesproken,' zei hij.

'Met zuster Sybille en dokter Marais.'

'En hoe zit het met de vroedvrouw die de bevalling heeft geleid?'

'Aline DuBois. De zuster zei dat ze verhuisd was. Volgens haar wist niemand waarnaartoe.'

'Aline DuBois?'

De detective leek de naam in zijn oren te knopen. 'En kunt u zich verder nog iemand herinneren?'

Ik schudde mijn hoofd. 'Dit is alles wat ik heb. Maar het is misschien ook goed om te weten dat ik vandaag met Marie Guérin heb gesproken. Zij is vroedvrouw voor de armen. Ze heeft me tijdens mijn zwangerschap onderzocht.'

'En dat zegt u nu pas?'

'Zij kan het niet geweest zijn,' antwoordde ik. 'Ze wilde destijds noch mijn naam, noch mijn adres weten en ze werkt ook niet in het ziekenhuis. Maar ze heeft me wel de mogelijkheid geboden mijn kindje te laten adopteren. Ik heb haar aanbod afgewezen en ben weggegaan. Toen ik haar vandaag sprak, zinspeelde ze erop dat kinderen soms met opzet worden verwisseld of gestolen en dan aan echtparen worden verkocht.'

'Ik ken Marie Guérin wel,' zei hij een tikje grimmig. 'Ze is niet alleen vroedvrouw, maar ook engeltjesmaakster.'

'Dat kan wel zijn, maar ze was aardig voor me en ik had ook de indruk dat ze eerlijk tegen me was.'

'Ik zal die eerlijkheid eens toetsen,' antwoordde hij. 'Misschien hebt u de ware schuldige aan het schrikken gemaakt. Ik zal al die mensen een voor een nader bekijken.'

'Wees wel voorzichtig,' zei ik. 'De dader zou wel eens gevaarlijk kunnen zijn.'

'Zeker! Maar daarvoor zijn er mannen als ik, nietwaar?'

Ik knikte en probeerde de hoop die in me ontkiemde niet al te sterk te laten groeien. Het was mogelijk dat hij net als ik op een ondoordringbare muur zou stuiten.

Martin nam nog een laatste slok uit zijn kopje en keek toen naar het mijne. 'De koffie is niet zo best, hè?'

'Nee,' antwoordde ik. 'Wilt u de mijne?'

Hij schudde zijn hoofd. 'Nee, maar dank u wel. Voor uw vertrouwen.' Met die woorden stond hij op en ging op zoek naar de kelner.

We verlieten het café. Er kwamen een paar mensen onze kant op lopen; arbeiders in werkkleding, vrouwen in dikke jassen. Het was inmiddels donker geworden.

Bij het afscheid zei Martin: 'Mademoiselle Krohn, ik... Ik wil u alleen nog adviseren voorzichtig te zijn wat uw vriendin betreft. Het kan zijn dat er nog iets anders achter die kwestie met de opium zit.'

'Wat dan?'

'Het zou kunnen dat Jouelle haar met behulp van opium gewillig maakt en haar dan aan andere mannen... Als u begrijpt wat ik bedoel.'

Ik schrok van zijn openhartigheid. Ik schudde mijn hoofd, hoewel ik begreep wat hij had gezegd. Ik kon het alleen niet geloven. 'Denkt u echt dat dat het geval is?'

'Ik heb al veel gezien, mademoiselle. Vooral bij mannen als Jouelle. Als u uw vriendin spreekt, kunt u haar misschien aanbieden met u mee naar Amerika te gaan. Dat is het enige wat u kunt doen. Zolang ze hier blijft, zal ze niet aan die man ontkomen.'

Na deze woorden tikte hij tegen zijn platte pet en verdween.

10

Na een nacht vol verontrustende dromen ging ik op weg naar de Jardin du Luxembourg. De woorden van de detective hadden me nieuwe energie gegeven. Henny vragen met me mee te gaan naar Amerika leek me onontkoombaar, vooral als monsieur Martins vermoeden gegrond was. Ze moest weg bij Jouelle, anders vreesde ik het ergste voor haar.

Vastberaden liep ik de straat door naar de bushalte. De tijd van de ochtendspits was voorbij. De meeste wachtenden droegen eenvoudige kleding, maar er waren ook chiquer geklede dames bij. Soms ontmoetten onze blikken elkaar even, maar dan wendden ze zich algauw weer af. Ik viel tussen hen niet meer op. Dat was vroeger wel anders geweest.

De bus kwam. Ik ging zitten en keek uit het raam, maar wat er buiten gebeurde nam ik nauwelijks waar. Telkens weer overdacht ik hoe ik Henny duidelijk moest maken dat ze misschien in gevaar was. Mogelijk zag ze dat zelf anders, of was ze gewoon bang...

Toen ik bij de Jardin du Luxembourg kwam, sloeg een klok in de verte twaalf uur. In een brasserie had ik een belegde baguette gekocht. Veel trek had ik niet, maar het diende als tijdverdrijf tot Henny verscheen.

Ik veegde wat ijskristallen van het bankje die van een boom gedwarreld waren en ging zitten. Rond die tijd waren er niet veel mensen. Af en toe kwam er iemand voorbijwandelen: een oude man, een dame in een felgekleurde mantel. Een jonge vrouw deed me denken aan de roodborstjes die ik ooit in Berlijn vanuit mijn raam had geobserveerd. Wat was het in die tijd allemaal eenvoudig geweest!

Ik wendde mijn blik van de vrouw af, want ik wilde geen herinneringen laten opkomen. Het volgende moment ontdekte ik een andere kleurige vlek. De koningsblauwe mantel trok mijn aandacht. Erboven troonde een hoofd met blond haar. Ik spande mijn spieren. Eerst zag ik haar gezicht maar vaag, toen steeds duidelijker. Ze leek me niet op te merken. De observatie van de detective klopte.

'Henny?' riep ik en ik stond op. De baguette liet ik weer in de bruine zak verdwijnen.

Mijn vriendin bleef staan; het leek of ze opschrok uit diepe gedachten. 'Sophia?' vroeg ze een beetje ongelovig. Blijkbaar was ik de laatste die ze hier verwachtte.

Mijn hart ging als een gek tekeer. 'Henny! Wat fijn je weer te zien!' Ik rende naar haar toe en daarbij had ik het gevoel dat ik haar voor het eerst sinds lange tijd weer tegenkwam, terwijl er nog maar een paar dagen voorbij waren. 'Hoe gaat het met je? Is alles in orde?'

Henny keek me met grote ogen aan. 'Ja,' zei ze. 'Waarom zou dat niet zo zijn?'

Er was zo veel dat niet in orde leek met haar. Alleen al dat ze niet liet merken dat we elkaar pas nog gezien hadden, stemde me tot nadenken.

'Dat doet me plezier,' zei ik. Ik wist niet goed hoe ik verder moest gaan. 'Ik... Ik heb je pas nog zien optreden. Je... Je was heel goed.'

'Dank je.' Ze keek om zich heen. Dacht ze dat Jouelle hier ergens was? Moest ik haar vertellen dat hij me had opgewacht? Dat hij me bedreigd had? Moest ik haar confronteren met de uitspraak van haar collega, over de draak?

Ik pakte haar hand. 'Henny! Als er iets is wat je me wilt vertellen...'

Henny trok haar hand weer terug. Een onzeker lachje gleed over haar gezicht. 'Wat wil je weten?'

‘Hoe zit het met Jouelle?’ vroeg ik. ‘Behandelt hij je werkelijk goed?’

‘Ja, natuurlijk. Waarom vraag je dat? Hij heeft ervoor gezorgd dat ik een vaste aanstelling in het theater kreeg.’

‘Natuurlijk.’ Ik stak mijn armen omhoog, maar wist niet wat ik ermee moest doen. Ik wilde haar het liefst omhelzen, maar ze zou me waarschijnlijk hebben afgeweerd.

‘Ik... Ik wilde je aanbieden met me mee naar Amerika te gaan. Zaterdag ga ik weer terug, en ik weet zeker dat ik een ticket voor je kan regelen. Als je dat zou willen.’

Ze schudde haar hoofd en keek me verbaasd aan. ‘Ik heb hier mijn optredens. Ik kan niet zo makkelijk op reis gaan als jij.’

Blijkbaar was ze vergeten om welke reden ik hier was.

‘Henny, je moet ermee stoppen,’ hoorde ik mezelf zeggen voor ik het wist. ‘Je moet dat spul niet meer nemen.’ Eigenlijk had ik haar er niet op willen aanspreken, maar de vrouw voor me was bezig de echte Henny te verslinden. Dat mocht ik niet laten gebeuren. Weer pakte ik haar hand. ‘Ik weet dat je verslaafd bent aan opium. Ik weet dat Jouelle je volledig onder de plak heeft! Hij is naar me toe gekomen, weet je! Hij heeft tegen me gezegd dat ik bij je uit de buurt moet blijven. Hij zei dat dat is wat je wilt. Is dat echt zo?’

Henny’s pupillen werden groot. Even was het alsof de sluier die haar eerder had omgeven optrok. Maar toen verhardde haar blik. ‘Wat beeld jij je in?’ zei ze hijgend. ‘Hoe kom je erbij zoiets te zeggen?’

‘Omdat het de waarheid is,’ antwoordde ik. ‘Je collega zei dat je op de draak jaagt. En ik...’ Ik stokte. Ik kon niet tegen haar zeggen dat ik een detective op haar afgestuurd had om haar gangen na te gaan. ‘Heb je echt tegen Jouelle gezegd dat je wilde dat ik bij je uit de buurt bleef?’

Henny keek bijna betrapt. Had ze hem werkelijk gevraagd mij dat te laten weten? Dat kon ik niet geloven. Maar ze had hem beslist over mijn bezoek verteld.

‘Henny, je moet van de opium afblijven! Vroeger had je daar

toch ook geen behoefte aan, waarom nu ineens wel?'

Ze perste als een koppig kind haar lippen op elkaar. 'Jij weet niet hoe het is,' zei ze toen klagend.

'Nee, dat weet ik inderdaad niet. Maar ik kan je helpen. Ga met me mee naar Amerika. Mijn trein gaat vrijdagochtend om tien uur. In Amerika zijn veel variététheaters, daar zou je makkelijk een aanstelling kunnen krijgen. Dan zou je van alles af zijn. Dan zou je van die man af zijn.' Nog terwijl die woorden uit mijn mond tuimelden, wist ik dat ik een fout maakte. Ik had Jouelle erbuiten moeten laten.

Henny's gezichtsuitdrukking verhardde. 'Wie denk je wel dat je bent?' vroeg ze zachtjes. 'Je bent mijn moeder niet en je hoeft me niet te vertellen wat ik doen moet.'

'Maar...'

Haar woedende blik legde me het zwijgen op. 'Verdwijn!' viel ze tegen me uit. 'Verdwijn uit mijn ogen en laat je hier niet meer zien! Ik ken je niet meer!'

Haar woorden troffen me als een klap in mijn gezicht.

'Henny!'

Niet alleen háár woorden weerklonken in mijn hoofd. Ineens was er ook de stem van mijn vader die verklaarde dat ik niet meer zijn dochter was.

Ik begreep niet wat ik fout had gedaan.

Henny draaide zich met een ruk om en liep stampend weg.

'Henny!' riep ik nog een keer, maar ik was niet bij machte haar achterna te gaan. Het bloed klopte in mijn aderen. Had ik nu mijn vriendin verloren?

Ik keek haar na terwijl ze woedend door het park liep. Haar blauwe mantel werd steeds kleiner en verdween ten slotte tussen de bomen. Maar zelfs als ze was blijven staan had ik haar niet meer kunnen zien, want van wanhoop sprongen de tranen me in de ogen, en ik huilde bitter.

Toen ik weer wat gekalmeerd was, ging ik terug naar mijn bankje. De tranen brandden op mijn gezicht. Ik kon niet geloven wat er zojuist was gebeurd! En ik maakte mezelf verwijten. Ik had niet zo met de deur in huis moeten vallen. Maar hoe had ik dan anders moeten beginnen, terwijl zij deed alsof ze me niet pas nog had gezien?

Ondanks de kou bleef ik nog een poosje in het park zitten. De ene gedachte volgde op de andere, en dat bezorgde me hoofdpijn. Maar ik kon niet in mijn pensionkamertje gaan zitten, waar ik het gevoel zou hebben gehad dat de muren op me afkwamen.

Ik voelde me ellendig. Of mijn zoontje ooit gevonden zou worden wist ik niet. En mijn vriendin had me duidelijk gemaakt dat ze niets meer met me te maken wilde hebben. Dat ze niet wilde ophouden met haar verslaving.

Toen ik ten slotte terugliep naar het pension, voelde ik me nog altijd naar. Met elke stap werd mijn angst dat Jouelle nog een keer zou opduiken groter. Ik wilde dat ik iemand naast me had, iemand die me tegen mannen als hij beschermde. Maar ik was alleen en moest mezelf beschermen.

Ik stapte door de poort en liet mijn blik over de hele binnenplaats gaan. Er was niets verontrustends te bespeuren. De grammofoon klonk weer, en onder begeleiding van de klanken ervan liep ik de gang in. Een van de lampen moest zijn uitgevallen, want een deel van de trap was donker. Zou madame Roussel dat al weten? Ik had geen zin het haar te gaan vertellen. Niet nu mijn beste vriendin net met me had gebroken. Ik wilde gewoon alleen nog maar alleen zijn en huilen.

Toen ik voetstappen van boven hoorde, boog ik mijn hoofd en liep verder.

'Sophie!' klonk het bijna verrast boven me.

Ik keek omhoog en zag Geneviève. Wat had die in dit deel van het pension te zoeken? Vlug veegde ik over mijn gezicht en probeerde ik me te vermannen, maar ik merkte duidelijk dat dat niet lukte.

'Wat scheelt eraan?' vroeg ze terwijl ze me kritisch opnam. Ook al was het schemerig, ik kon mijn gezwollen gezicht niet voor haar verbergen. 'Heb je nieuws over je kindje gekregen?'

Ik schudde mijn hoofd. 'Nee. Henny. Ze heeft een einde aan onze vriendschap gemaakt.'

Geneviève schudde ongelovig haar hoofd. 'Dat bedoelde ze vast niet serieus.'

'Jawel, ze bedoelde het beslist serieus,' antwoordde ik. 'Terwijl ik haar alleen maar wilde helpen.' Ik besefte dat ik er niet omheen kon Geneviève uitvoerig verslag te doen. Maar dat wilde ik niet op de trap doen. 'Als je meegaat, vertel ik je alles.'

Geneviève aarzelde.

'Maar als je andere plannen hebt...'

'Nee,' zei ze vlug en ze pakte mijn hand.

Onze blikken ontmoetten elkaar, en ik knikte. Toen gebaarde ik dat ze me moest volgen. Ik deed mijn deur open.

'In mijn kamer is het plafond vochtig, waarschijnlijk is het dak lek,' zei ze, terwijl ze om zich heen keek. 'Madame Roussel heeft me voorlopig in dit deel ondergebracht, een etage hoger. Ik geloof dat het wel opweegt tegen de hogere huur.'

'Ga zitten,' zei ik en ik wees naar een van de ouderwetse oorfauteuils. Toen liep ik naar het raam en deed de gordijnen dicht. Van de wereld buiten had ik voor vandaag genoeg. 'Waarom woon je eigenlijk nog steeds hier?' vroeg ik, terwijl ik eveneens ging zitten. 'Je zou toch bij je vriend kunnen intrekken?'

'Ik heb behoefte aan vrijheid,' verklaarde ze en ze spreidde haar armen. 'De kamer hier mag dan wel niet veel voorstellen, maar het is een plek die ik helemaal voor mezelf heb. Zeker nu ik mijn broodwinning eraan heb gegeven. Mijn geliefde is een aardige vent, maar af en toe moet ik een beetje afstand nemen. Alleen op die manier blijft onze relatie fris.'

Ik knikte. Misschien was dat voor haar het juiste. De man aan haar zijde moest wel vrij sterk in zijn schoenen staan om naast haar niet te verbleken.

'Vertel eens wat er gebeurd is.'

Ik deed verslag van mijn opdracht aan de detective, dat ik hem gevraagd had uit te zoeken wanneer ik Henny zonder Jouelle kon aantreffen, en dat ik haar in het park had gesproken.

'Ze luisterde niet eens naar me,' besloot ik mijn relaas. 'Ik heb haar aangeboden met me mee te gaan naar Amerika, weg van die kerel. In New York zijn zo veel theaters, daar zou ze vast worden aangenomen. En ze is Duitse. Ze zou door de autoriteiten worden toegelaten.' Ineens voelde ik me een drenkeling die wanhopig probeerde houvast te vinden.

Geneviève raakte mijn arm aan. 'Je bedoelde het goed,' zei ze. 'En na alles wat je me verteld hebt, was dat het enige wat je kon doen. Maar soms...' Ze stokte en leek haar woorden af te wegen voordat ze verderging. 'Soms kun je iemand gewoon niet redden, als hij of zij niet gered wil worden. Ik vrees dat je moet afwachten tot ze beseft in welke situatie ze zit. Tot die tijd zal ze je hulp niet aannemen.'

'Ik ben bang dat ze nooit meer iets van me wil weten.'

'Dat denk ik niet. Als je boos bent, zeg je soms dingen die je niet meent. Zodra ze weer een helder hoofd heeft, zal ze inzien dat je gelijk had.'

'Maar stel dat ze nooit meer een helder hoofd krijgt? Als de opium haar verslindt?'

Geneviève keek me lang aan, toen antwoordde ze: 'Henny is een volwassen vrouw. Ze zal weer tot zichzelf komen, daar ben ik van overtuigd. Tot die tijd zul je moeten wachten. Wachten en hopen.'

'Ik wacht en hoop al op zo veel,' antwoordde ik bedrukt.

'Op zekere dag zul je daarvoor worden beloond, dat weet ik zeker. En geloof me, wat je dan krijgt, zal fijner zijn dan alles wat je ooit hebt gezien of ervaren.'

11

Henny's afwijzing had me diep geraakt en ik kon dat gevoel ondanks Genevièves bemoedigende woorden niet van me afzetten. Op de dagen die volgden bleef ik mezelf verwijten maken. Telkens weer haalde ik me onze ontmoeting voor de geest. Op welk moment was de stemming omgeslagen? Wanneer had ik moeten voelen dat ik er niets mee opschoot haar voor het hoofd te stoten? We waren altijd heel eerlijk tegenover elkaar geweest. Ik had gewoon niet doorgehad dat daar inmiddels verandering in was gekomen. Het liefst had ik haar om vergiffenis gevraagd, maar hoe moest ik dat aanpakken? Als ze Jouelle had verteld dat we elkaar hadden ontmoet, zou hij haar vast en zeker nog beter bewaken of zich hier misschien weer vertonen. Daar moest ik echt niet aan denken...

De afgelopen dagen had ik me afgevraagd of er een mogelijkheid bestond om haar nog eens te bereiken. Haar te verzekeren van mijn vriendschap. Haar nogmaals voor te stellen met me mee naar Amerika te gaan. Ik had me niet meer in het park gewaagd, maar ik wist wel zeker dat ook Henny zich daar niet meer had laten zien. We hadden niet vaak ruzie gehad, maar als het gebeurde hadden we er allebei de voorkeur aan gegeven de ander uit de weg te gaan.

Ik durfde haar niet thuis op te zoeken. Ze zou me niet binnenlaten. Ik moest iemand vinden die haar kon aanspreken zonder dat ze diegene onverrichter zake liet staan. De enige die me te binnen schoot was monsieur Martin. Hij zou haar een bericht kunnen overbrengen, zelfs als Jouelle erbij was.

Ik werd ontvangen met geblaf terwijl ik de trap naar Luc Martins appartement af liep. Had hij een vierbenige vriend aangeschaft? Toen merkte ik dat het geblaf uit de etage boven de zijne kwam. Het volgende moment werd de deur opengetrokken.

'Dat verdomde mormel!' gromde hij, toen zag hij mij staan. 'O, u bent het!' Hij schraapte zijn keel en streek zijn warrige haar glad. Ik kreeg de indruk dat hij net uit bed was gestapt. Zijn verkreukelde kleren wezen daar ook op. 'Neemt u me niet kwalijk, de hond van mijn verhuurster drijft me tot waanzin. Hij blaft al dagen onophoudelijk.'

'Zou zijn bazin misschien iets zijn overkomen?' Ik kon me voorstellen dat de hond van mevrouw Passgang uit het huis van mijn ouders ook alarm zou slaan als zijn vrouwtje het bewustzijn had verloren.

'Dat zou je inderdaad denken. Maar ik ben gaan kijken en ze is zo fris als een hoentje. Wel is ze behoorlijk doof en daardoor heeft ze niet in de gaten wat een kabaal haar kleine Filou maakt.' Martin haalde diep adem. 'Wat kan ik voor u doen, mademoiselle Krohn? U bent hier vast niet om afscheid te nemen. Is u nog iets over uw kindje te binnen geschoten?'

'Nee,' zei ik. 'Weet u al iets meer?'

'Ik ben bang van niet. Ik heb geïnformeerd naar de verdwenen vroedvrouw, maar tot dusver geen antwoord gekregen.'

Ik knikte. 'Ik ben hier ook niet vanwege mijn zoontje. Ik wil u eigenlijk vragen om iets voor me te doen.'

'Waar gaat het om?'

'Ik zou mijn vriendin graag een bericht willen sturen.'

'Hebt u haar niet aangetroffen?'

'Jawel, ik heb haar gesproken. Ze heeft me weggestuurd. Of liever gezegd, ze heeft onze vriendschap verbroken toen ik haar de waarheid over haar verloofde had gezegd.'

Martin zoog lucht naar binnen tussen zijn tanden door. 'Tja, misschien had u het diplomatieker moeten aanpakken.'

'Dat kan wel zo zijn,' antwoordde ik, 'maar een vriendschap moet er toch tegen bestand zijn dat je je vriendin de waarheid zegt? Dat je haar wilt waarschuwen? U hebt immers zelf gezegd dat die Jouelle niet te vertrouwen is.'

'Dat klopt. Maar ik heb ook gezegd dat u voorzichtig moest zijn. En dat betrof niet alleen die vent. Vrouwen die in zo'n relatie zitten willen meestal de ware aard van de man van wie ze houden niet zien. Die hebben ze zelfs niet door als ze voortdurend klappen krijgen.'

Nu kromp mijn maag pas echt samen. Ik had blijkbaar een grote fout begaan. Een fout die Henny misschien leed bezorgde.

Luc Martin krabbelde aan zijn kin. 'Neemt u me niet kwalijk, ik wilde u geen verwijten maken. Wilt u binnenkomen? Ik heb schrijfpapier in huis. Als u opschrijft wat u wilt zeggen, probeer ik het briefje aan mademoiselle Wegstein te geven.'

'Dank u.' Ik ging achter hem aan naar binnen. Daar zag het deze keer nogal rommelig uit. Door de hele kamer lag wasgoed en op de keukentafel stond een berg vaat.

'Excuus voor de troep,' zei hij en hij maakte haastig de keukentafel leeg. 'De afgelopen dagen waren een beetje chaotisch.'

Het lag op het puntje van mijn tong om te vragen of hij het geld dat ik hem had gegeven er al doorheen had gejaagd. Maar toen ik beter keek, zag ik dat er nergens een drankfles lag. Het zag er eerder naar uit dat hij iets zo belangrijks te doen had gehad, dat hij niet aan het huishouden was toegekomen.

'Hier,' zei hij toen hij me uiteindelijk een schrijfblok aangaf. 'Schrijft u maar op wat u haar wilt vertellen. Ik zal mijn best doen het aan haar te geven. Natuurlijk kan ik niet beloven dat ze zal reageren zoals u graag wilt.'

'Zo'n belofte vraag ik helemaal niet van u,' reageerde ik. 'Ik ben u dankbaar dat u het wilt proberen.'

'Graag,' zei hij en hij wees naar een van de stoelen. 'U bent op het moment mijn beste klant.'

Ik ging zitten en pakte het potlood dat naast het schrijfblok lag. Wat moest ik tegen haar zeggen? Ik dacht even na en schreef toen:

Lieve Henny,

De manier waarop we onlangs uit elkaar zijn gegaan spijt me erg. Ik had het recht niet je de les te lezen. Ook wil ik me verontschuldigen voor de verwijten die ik je heb gemaakt. Je bent mijn beste vriendin en je bent er altijd voor me geweest. Dat zal ik nooit vergeten. En ik wil je zeggen dat ik er altijd voor jou zal zijn als je me nodig hebt.
Morgenochtend vertrek ik om tien uur naar Calais, waar ik tegen zes uur 's avonds aan boord van de Magdalena ga. Misschien wil je aan me denken. En misschien wil je wel met me meegaan. Ook al lijkt het je onmogelijk, we vinden wel een oplossing.

Liefs,
Sophia

Ik keek eens goed naar wat ik had geschreven. Had ik de juiste woorden gevonden? Als Henny nog steeds woedend op me was, zou ze ze misschien niet lezen. Maar stel dat ze alleen maar bang voor Jouelle was geweest? Als ze inmiddels van gedachten was veranderd?

Ik vouwde de brief dicht. 'Hebt u misschien een envelop voor me?' Ik draaide me om naar Martin. Terwijl ik aan het schrijven was had ik hem niet gezien, maar nu merkte ik dat hij naar me had zitten kijken.

'Natuurlijk,' zei hij en hij stond op. Hij rommelde wat in een la. 'Het is een gebruikte envelop, maar ik denk dat uw vriendin dat niet erg zal vinden. Misschien is het voor haar juist reden om de brief te lezen.'

'Ik hoop het.' Ik pakte de envelop aan en deed de brief erin. Daarna vouwde ik hem dicht. Even overwoog ik om haar naam erop te schrijven, maar zag er toch van af. Het was beter als ze niet meteen in de gaten had van wie de brief afkomstig was. Ten slotte gaf ik de envelop aan monsieur Martin.

'Ik zal proberen haar in het theater te pakken te krijgen,' zei de detective. 'U kunt op me rekenen.' Hij schonk me een glimlach.

'Hartelijk dank,' zei ik terwijl ik opstond.

Voordat ik naar de deur kon lopen hield hij me tegen. 'U vertrekt dus binnenkort?'

'Morgen,' antwoordde ik, waarop hij knikte.

'Pas goed op uzelf. Je weet maar nooit wat er allemaal kan gebeuren op zo'n schip.'

'Op zo'n schip heerst vooral verveling,' zei ik en ik betrapte mezelf erop dat ik zijn glimlach beantwoordde. 'Er zal me heus niets overkomen.'

'Ik hoop het.' Hij reikte me de hand. 'We houden contact, goed?'

'Dat zullen we doen.' Ik schudde hem de hand en keek hem in de ogen. Pas nu viel het me op dat ze goudbruin waren en ik besefte dat ik hem de afgelopen dagen bij geen enkele ontmoeting echt had waargenomen. Maar nu zag ik de goedheid in zijn blik en was ik ervan overtuigd dat hij me zou helpen. 'Het ga u goed, monsieur Martin,' zei ik.

'U ook, mademoiselle Krohn. Ik hoop dat we elkaar terugzien.'

'Dat hoop ik ook.'

We keken elkaar nog eens aan en ik voelde me eigenaardig verward toen ik de deur uit liep. Ik ging de trap op en toen ik op het trottoir was aangekomen schudde ik mijn hoofd om de gedachte die bij me opkwam te verdrijven.

12

‘Je wilt dus weer terug naar dat idiote continent?’ vroeg Geneviève schertsend toen ik bij haar aan de deur verscheen om afscheid te nemen.

‘Ik heb geen andere keuze,’ antwoordde ik en ik merkte dat mijn hart verkrampte. Ik had het gevoel dat ik nog maar pas begonnen was, en ik had nog altijd geen zekerheid over het lot van mijn kind. Het was een soort verraad om weg te gaan. Maar het moest. ‘Je weet hoe het hier is. Of zijn de bepalingen voor het zoeken naar werk veranderd?’

Geneviève schudde haar hoofd. ‘Nee, ze zijn eerder strenger geworden. Buitenlanders krijgen tegenwoordig helemaal geen aanstelling meer. Velen van hen gaan nu naar Engeland, omdat het hier uitzichtloos is.’

‘Zie je wel,’ merkte ik op en ik fronste mijn voorhoofd. Bij de gedachte Louis, als hij echt in leven was, hier voorlopig aan zijn lot over te laten, werd mijn keel dichtgesnoerd. Maar wat kon ik doen? Tot dusver jaagden we een spookbeeld na. En om de zoektocht voort te zetten moest ik in mijn levensonderhoud kunnen voorzien. Dat was hier niet mogelijk.

‘Ik heb inderdaad met de gedachte gespeeld hier te blijven,’ bekende ik. ‘Maar hoe zou dat moeten zonder werk? Zonder een dak boven mijn hoofd? Madame Roussel zou me hier niet gratis laten wonen.’ Ik haalde trillend adem, vocht tegen de tranen, die toch kwamen, en pakte Genevièves handen vast.

Ze leek verrast door mijn plotselinge emoties. ‘Pardon, ik wilde niet...’

'Het komt niet door jou,' antwoordde ik. 'En het is ook weer niet zo dat ik niets meer doe om Louis te vinden. Ik heb die detective over wie ik je heb verteld in de arm genomen. Degene die Henny heeft geobserveerd.'

'En je denkt dat hij iets voor elkaar kan krijgen?'

'Ik hoop het.' Er verscheen een gepijnigd lachje om mijn lippen, en ik voelde een bitterzoet verlangen opkomen. 'Als alles goed gaat, en hij vindt hem, dan haal ik hem naar Amerika.'

Opeens kreeg ik een idee. Ik kon zelf niet bedenken waarom ik er niet eerder aan had gedacht. Op dat moment trof het me zo hevig dat ik verstijfde.

Ik had de brief met het aanbod van Miss Arden bewaard. Als ik voor haar ging werken, kon ik haar misschien vragen me naar Europa te sturen. Als ik in Parijs werkte, in opdracht van haar, zou ik naar Louis kunnen zoeken zonder last te krijgen met de autoriteiten.

'Wat is er?' wilde Geneviève weten toen ze me zo onbeweeglijk zag staan.

Hoofdschuddend keerde ik in de werkelijkheid terug. 'Niets, ik... Ik kreeg een ingeving. Misschien is er een mogelijkheid om naar Parijs te gaan. Voorgoed. Maar daarvoor moet ik eerst terug naar Amerika.'

'Wil je erover praten?'

Ik schudde mijn hoofd. 'Nee. Ik moet het eerst eens voor mezelf helder zien te krijgen hoe ik het ga aanpakken. Maar er is een sprankje hoop.'

'Dat is fijn.' Geneviève omhelsde me en glimlachte. 'Veel geluk met je reis. En dat je vlug mag terugkomen om je zoontje te halen.'

'Dank je wel. Ik hoop dat we elkaar gauw terugzien.'

We keken elkaar nog even aan, waarbij er tranen in haar ogen blonken.

'Blijf gezond, Geneviève.'

'Jij ook, Sophie!'

Ik knikte en maakte me toen van haar los. Inwendig trilde ik van opwinding. Ik kon er niets aan doen dat mijn idee over Miss Arden steeds grotere vormen aannam en me met hoop vervulde.

Beneden in de keuken trof ik madame Roussel. Tot mijn grote verrassing had ze een pakketje met pasteitjes en gebakjes voor me gemaakt. 'Dat had toch niet gehoeven,' zei ik terwijl ik de kamersleutel op de tafel legde.

'Je moet iets hebben voor onderweg. Er is me verteld dat het eten in Amerika verschrikkelijk is.'

'Zo erg is het nou ook weer niet. En misschien is er aan boord wel een Franse kok.'

'Dat is te hopen. Maar de reis naar Calais duurt lang, en je moet ook nog naar Engeland. Ik wil niet dat je hongerlijdt.'

'Wat aardig van je.'

'En je moet weten dat je altijd naar mij toe kunt komen als je in Parijs bent. Geef je geld niet uit aan die overdreven dure hotels.'

Ik glimlachte. 'Dat zal ik niet doen. Het ga je goed!' We omhelsden elkaar, toen verliet ik met mijn proviand en mijn koffer het pension.

Op het station betaalde ik de taxichauffeur en liep de wachtruimte in. Mijn trein vertrok over een half uur; dat was niet lang, maar genoeg om op een wonder te wachten. Zou Henny verschijnen?

Ik ging zo zitten dat ik de ingang in het oog kon houden. De wijzers van de stationsklok schoven verder, maar geen van de vrouwen die binnenkwamen was Henny.

Uiteindelijk werd het tijd om naar het perron te gaan. Ik stond op, pakte mijn koffer en liep de trap op. Ik twijfelde er niet aan dat Martin mijn bericht had overgebracht. Hij had zo zijn middelen en manieren. Maar Henny leek me niet te hebben vergeven. En ze leek ook geen uitweg uit haar situatie te willen vinden. Machteloosheid overspoelde me, waardoor opnieuw de tranen kwamen.

Op het perron stonden veel mensen, sommigen van hen zaten op grote koffers. Een paar jongetjes in knickerbockers renden vrolijk rond, tot hun moeders hen kordaat tot de orde riepen. Een van de knullen glimlachte breed naar me, zodat ik zijn fietsenrek zag. Ik wendde me af. Als Luc Martin geen wonderen verrichtte, zou ik mijn zoon nooit zo zien. Ik zou nooit met hem meegaan op zijn eerste schooldag, nooit merken dat hij verliefd was. Als hij tenminste nog bestond. Zo langzamerhand begon ik daaraan te twijfelen.

Terwijl ik probeerde de aanblik van de kinderen te vermijden, ontdekte ik een vrouw die qua postuur op Henny leek. Mijn hart maakte een sprongetje. Ik stak mijn hand op, klaar om mijn vriendin te roepen. Maar toen draaide ze zich opzij en zag ik dat ze het niet was. Meteen liet ik mijn hand weer zakken. Teleurstelling overmande me.

Als verstijfd keek ik naar de rails die het station uit leidden. Pas toen de komst van de trein door de luidsprekers boven mijn hoofd werd aangekondigd en de locomotief verscheen, kwam ik weer tot mezelf. Ik kon niet op Henny blijven wachten. Ik zou haar schrijven, maar zouden mijn brieven haar bereiken?

De trein stopte en ik ging in de rij staan. Die werd maar langzaam korter. Telkens weer keek ik om. Zou Henny toch nog komen? Ten slotte zat er niets anders op dan in te stappen. Ik begaf me naar mijn plaats, keek voortdurend naar buiten, zocht met mijn blik het perron af. Ik maakte mezelf wijs dat ze in een andere wagon kon zijn ingestapt. Tegelijkertijd wist ik dat ze me had weten te vinden als ze hier echt weg had gewild.

In Calais observeerde ik de uitstappende reizigers. Veel tijd had ik niet meer. Ik moest een taxi zien te vinden om me naar de haven te brengen. Terwijl onrust zich van me meester maakte, liep ik op het station heen en weer. Als Henny was meegereisd, zou ze ergens op me staan wachten.

Maar de trein kwam weer in beweging zonder dat ik haar op het perron ontdekte. Moedeloos zakte ik neer op een bankje. Er kwamen nieuwe reizigers aan, en weldra zou er een andere trein binnenrijden. Ik liet hen langs me heen stromen. Het besef dat Henny niet zou komen opdagen, brandde in mijn maag. Misschien zou ik haar nooit meer zien. De angst mijn schip te missen bracht me ertoe weer op te staan. Ik liep de trap af en liep naar de uitgang.

Ik ontdekte een taxi niet ver van het station, waarin achter het stuur een knorrig ogende man de krant zat te lezen. 'Alles gaat naar de haaien,' mopperde hij.

'Monsieur, wilt u me naar de haven brengen?' onderbrak ik hem.

Hij keek over de rand van de krant, nam me even op, toen legde hij hem opzij. 'Stapt u maar in.'

Ik deed het achterste portier open en legde mijn koffer in de taxi. Eigenlijk had de chauffeur zich om mijn bagage moeten bekommeren, maar blijkbaar mocht ik al blij zijn dat ik een taxi had gevonden.

'Waarheen gaat de reis?' vroeg de chauffeur toen we wegreden. De bestrating was zo hobbelig dat ik van de ene kant naar de andere werd gegooid.

'Naar de haven,' antwoordde ik. Had hij me niet verstaan?

'Nee, ik bedoel vanaf de haven. Waar gaat u heen? Naar Engeland?'

'Amerika,' antwoordde ik.

'O, Amerika. Ik heb gehoord dat daar binnenkort een nieuwe president wordt beëdigd. Bent u Amerikaanse?'

Officieel was ik dat nog niet. 'Nee, maar daar werk ik. Over een paar jaar krijg ik mogelijk het staatsburgerschap.'

'In elk geval moet de nieuwe president een goede man zijn. Hoover heet hij, nietwaar?'

'Ja,' antwoordde ik. Ik had de vrouwen in de fabriek erover horen praten dat er ene Herbert Hoover was verkozen. Maar het had me niet echt geïnteresseerd, want ik mocht toch niet stemmen. Het verbaasde me dat een Franse taxichauffeur daar belangstelling voor had.

'Ik zou willen dat wij iemand als hij als president hadden. Onze politici zijn zwakkelingen. Ze hadden Duitsland nog veel meer moeten afpakken dan de Elzas.'

Ik perste mijn lippen op elkaar. Hij besefte niet dat hij een Duitse in zijn wagen had. Ik wist niet wat ik moest zeggen. Het keizerrijk had een grote schuld op zich geladen. Maar konden de mensen die ellendige oorlog niet eindelijk eens vergeten? Het was intussen meer dan tien jaar geleden...

'U hebt het in elk geval goed. Ik wou dat ik ook naar Amerika kon. Jazz en vrijheid... Daar zou ik wel aan kunnen wennen.'

Ik had hem kunnen uitleggen dat het leven in Amerika niet alleen bestond uit jazz en de mogelijkheid te doen wat je wilde. Maar dat zou te ver gaan. Ik zweeg, en de chauffeur verging de lust een gesprek met me te beginnen.

Gelukkig was er zo weinig verkeer, dat we vlug bij de haven aankwamen.

Blij dat ik eindelijk aan boord kon gaan, betaalde ik de chauffeur en haalde mijn koffer van de achterbank.

'Het beste, mademoiselle! Over een paar jaar komen we elkaar daarginds weer tegen!' zei de chauffeur en hij reed weg. Ik keek hem na. Wilde hij echt naar Amerika emigreren? Zo ja, dan hoopte ik dat hij iemand zou vinden die hem een kans gaf, net als mij was overkomen.

De rij voor de veerboot was behoorlijk lang. Het scheen me toe dat er die dag meer passagiers mee wilden dan de eerste keer. Of had ik daar toen vanwege madame gewoon niet op gelet?

Ik haalde diep adem en zette mijn koffer bij de rij wachtenden. De mensen voor me namen me even op, daarna gingen ze door met hun gesprek. Mijn blik bleef hangen bij een dame in een fuchsiarode bontmantel met een hoge kraag en bijpassende hoed. Tussen de donkere en grijze jassen leek ze een voorjaarsbloem die na een lange periode van donkerte en kou haar kopje naar het licht uitstak. Een poosje kon ik niet anders doen dan naar haar staren.

Weer moest ik aan Henny denken. De hoop dat ze zou komen opdagen had ik opgegeven, maar ik vroeg me af hoe ze eraan toe was. Zou ze nog steeds wrok tegen me koesteren? Had ze er misschien toch spijt van dat ze zo rigide had gereageerd?

Ik zat vol zelfverwijt en wenste dat ik niet naar het park was gegaan. Maar had dat iets veranderd? Jouelle had me al verboden haar te zien. Zou het contact misschien niet hoe dan ook zijn verbroken? Kon ik misschien toch op een brief hopen?

De man in uniform haalde me uit mijn wirwar van gedachten. 'Uw kaartje alstublieft, mademoiselle.' De rij was zonder dat ik het had gemerkt opgeschoven en ik was automatisch meegegaan.

'Ja, natuurlijk,' zei ik en ik liet mijn plaatsbewijs zien. De man controleerde het en knikte. Ik liep langs hem heen de loopplank op.

Even later vertrok de veerboot onder luid getoeter van de scheepshoorn. De menigte achterblijvers zwaaide en vervaagde tot een mengsel van veelkleurige stippen en witte zakdoeken, tot ook die uiteindelijk verdwenen. Aan de andere oever van het Kanaal zou het schip voor de grote reis op me liggen wachten. Een reis die me naar huis, maar ook naar het ongewisse voerde.

Maar één ding wist ik al wel: als het me lukte Miss Arden te overtuigen van mijn kunnen, zou mijn weg weldra weer naar Parijs leiden.

13

De teleurstelling dat Henny niet in de haven was komen opdagen, bleef de hele terugreis bij me hangen. Telkens weer betrapte ik mezelf erop dat ik alle mogelijke scenario's langsliep. Had Jouelle haar gesnapt en in hun appartement opgesloten? Had hij haar paspoort afgepakt? Of was het haar eigen beslissing geweest om niet met me mee te gaan? Wilde ze echt niets meer van me weten?

En dan was er nog Louis, mijn zoontje. Het was zo ontmoedigend dat ik geen enkel spoor had gevonden. Maar wat had ik dan verwacht? Een kwestie als deze kon nu eenmaal niet binnen een paar dagen worden opgelost. Ik had gedaan wat in mijn macht lag, maar ik wist inmiddels dat die macht beperkt was. Mijn hoop was gevestigd op monsieur Martin. Hij was ter plaatse, hij kende mensen en voor hem gingen deuren open die voor mij gesloten bleven. Ik vertrouwde erop dat hij me helderheid kon verschaffen.

Het was vreemd, maar door de aanblik van het Vrijheidsbeeld raakten mijn gedachten over Parijs uiteindelijk een beetje op de achtergrond. Het was alsof ik een onbekende omgeving had verlaten en nu thuiskwam. Ik verheugde me al op Kate en Mr Parker, ook al wist ik niet hoe het verder moest.

Maar ik had wel een idee en ik was blij dat ik de brief van Miss Arden niet had verscheurd. Misschien zou zij het me mogelijk maken om binnenkort al naar Parijs terug te keren. Naar monsieur Martin en het spoor naar mijn zoontje dat hij misschien had gevonden.

Ons schip legde korte tijd later in de haven aan. Al meteen heerste er een bedrijvigheid om me heen die ik niet meer gewend was.

Ik nam de eerste trein naar Brooklyn. De laatste restjes sneeuw op de daken smolten weg in de zon. De plassen weerkaatsten de blauwe hemel. Weldra zou het lente zijn en zou het leven zijn kringloop hervatten.

Bij het huis van Mr Parker aangekomen haalde ik mijn sleutels uit mijn tas. Ik verheugde me op mijn kamer, al zou het een eeuwigheid duren voordat de haard warm werd. Ik had nog maar net voet in de gang gezet en de sleutel in het slot van het postkastje gestoken of Kate keek al om de hoek.

'Je bent er weer!' riep ze, terwijl ze de theedoek die ze in haar hand had over haar schouder gooide. Het volgende moment had ze haar armen om me heen geslagen. Ze droeg een rozenparfum dat me meteen een prettig gevoel gaf, evenals haar warmte, die door mijn klamme kleren drong. 'Wat heerlijk om je terug te zien!'

'Ik vind het ook heerlijk om weer hier te zijn,' antwoordde ik. Inwendig wapende ik me tegen de vraag die onontkoombaar leek.

Kate maakte zich een beetje van me los, liet haar handen op mijn armen liggen en keek me aan. 'Heb je zin in koffie?' vroeg ze toen. 'Ik bedoel, als je hebt gekeken of je post hebt.'

Ik maakte de klep open. Zoals ik had verwacht lag er niets in. Ik zette mijn koffer neer en liep achter haar aan naar de keuken.

'Mr Parker is er niet,' zei ze. 'Zijn zoon heeft een kindje gekregen. Hij is zijn nieuwe kleinzoon gaan bekijken.'

'Dat is mooi,' antwoordde ik en op hetzelfde moment voelde ik me weer bedrukt. Mr Parker was grootvader geworden! Dat was zo heerlijk, dat de tranen me in de ogen sprongen.

Kate merkte het en haalde een keurig gestreken zakdoekje uit haar schort. 'Hier, pak aan. Het spijt me, ik wilde je niet...'

'Geeft niet,' zei ik, terwijl ik de tranen uit mijn ooghoeken depte. 'Ik ben bang dat ik nog een beetje sentimenteel ben door de overtocht. Ik heb in Parijs veel kinderen gezien en me af en toe voorgesteld...' Ik ging aan de keukentafel zitten. Mijn voeten brandden en mijn ogen prikten. Gedurende de reis had ik wel enigszins kunnen wennen aan het tijdverschil, maar toch was ik ontzettend moe.

'Heb je een spoor gevonden?' vroeg Kate, terwijl ze de ketel opzette.

'Nee,' antwoordde ik, waarop Kate met een ernstige hoofdknik reageerde. Waarschijnlijk had ze het al vermoed toen ik in mijn eentje over de drempel was gestapt.

'Heb je dan in elk geval zekerheid gekregen?' vroeg ze na een tijdje. Ze pakte een blik koffie uit de kast. Even later begon de keuken naar koffie te geuren, wat me weer een beetje deed opleven.

'Niet echt. Maar er is wel iemand die me heeft beloofd op onderzoek uit te gaan.'

'Een detective?' Kate raadde het meteen goed.

'Ja. Hij zei dat hij veel meer mogelijkheden had om op zoek te gaan naar mijn kindje.'

'Dat hebben die kerels inderdaad. Je moet alleen niet al te precies kijken hoe ze aan hun informatie komen.'

'Wat bedoel je daarmee?'

Kate schudde haar hoofd. 'Ach, laat maar. De detectives in de oude wereld zijn vast anders dan veel van die schurken hier. En ik ken die man immers niet, misschien brengt hij je kindje inderdaad bij je terug.' Kate glimlachte me bemoedigend toe. 'Neem me niet kwalijk dat ik zo negatief klonk. De afgelopen weken...'

'Wat is er aan de hand?' vroeg ik, want ik voelde wel dat ze iets op het hart had.

'Mr Parker,' zei ze, terwijl ze op de stoel tegenover me ging zitten. 'Volgens mij gaat het niet goed met hem. Hij zegt niets, maar... ik voel gewoon dat er iets niet pluis is.'

'In welk opzicht?'

'Hij is soms erg... vergeetachtig. En soms staart hij minutenlang voor zich uit zonder antwoord te geven als ik hem iets vraag.'

'Misschien is er iets wat hem bezighoudt,' antwoordde ik. Gek genoeg moest ik terugdenken aan de tijd na mijn bevalling, toen er een grauwsluier over mijn wereld hing.

'Misschien,' herhaalde Kate. 'Maar volgens mij zit er iets anders achter. De laatste dagen had ik veel tijd om na te denken en... Als hem iets overkomt, zou ik niet weten waar ik naartoe moest.'

'Er overkomt hem vast niets,' wierp ik tegen. 'Probeer maar niet te veel conclusies uit zijn gedrag te trekken. En vraag het hem anders, als het je onzeker maakt.'

'Hij is mijn baas!'

'Maar je mag toch wel vragen hoe het met hem gaat? Vooral omdat jullie de hele dag met elkaar te maken hebben.'

'Jawel, maar... Hij zal het me vast niet vertellen.'

'Als er echt iets is, doet hij dat wel.'

Kate knikte, maar ze leek niet overtuigd. Ik wou dat ik haar meer vertrouwen kon geven, maar ik had Mr Parker niet gezien en kon nog geen oordeel vormen. 'Wanneer komt hij thuis?' vroeg ik.

'Dat weet ik niet precies. Waarschijnlijk als hij zijn kleinkind goed genoeg heeft bekeken.' Kate zuchtte diep, keek me toen aan en probeerde te glimlachen. 'Maar nu ben jij er,' zei ze. 'Het is fijn dat er hier weer iemand is. Als je alleen thuis bent, beginnen de muren tegen je te praten.'

Ik begreep wat ze bedoelde. Het waren niet de muren die praatten, maar de herinneringen die zich in de duistere hoekjes van je brein hadden genesteld in afwachting van een kans om tevoorschijn te komen. Zo was het mij ook vergaan in mijn kamer in Parijs. 'Ja, en ik ben ook niet van plan gauw weer bij je weg te gaan. Maar ik zal wel op zoek moeten naar een nieuwe baan.'

'Ik ben ervan overtuigd dat je iets zult vinden! Voor een meisje als jij staan ze vast en zeker in de rij!'

'Ik hoop het,' zei ik en ik bracht mijn kopje naar mijn lippen.

De koffie slaagde er niet in me op te peppen. Mijn armen en benen voelden steeds zwaarder aan en ik genoot van het vooruitzicht op mijn bed neer te ploffen. Ik sleurde mijn koffer de trap op. In mijn kamer aangekomen zette ik hem bij de deur en ging op mijn bed zitten. Het was er koud, want Kate had niet gestookt, omdat ze niet had geweten wanneer ik precies thuis zou komen. Maar ik voelde me prima. Sinds ik mijn ouderlijk huis had verlaten had ik dit gevoel niet vaak meer gehad, maar nu was het alsof ik thuis was gekomen. Echt thuis en niet op een plek waar ik alleen maar woonde. Ik deed mijn ogen dicht met de bedoeling maar een paar minuutjes uit te rusten. Er waren een hoop zaken die mijn aandacht vergden en die ik moest voorbereiden.

Toen ik ontwaakte werd het al donker. Het licht van de straatlantarens vlamde op en viel door de jaloezieën. Ik stond op en liep naar het raam. Aan de overkant had Mr Miller zijn lampen aangedaan. Terwijl ik naar zijn gestalte aan de eettafel stond te kijken snoof ik opeens een verleidelijke geur op. Kennelijk was Kate van plan mijn terugkeer te vieren met een feestelijke maaltijd.

Vreemd genoeg moest ik ineens aan Darren denken. Mijn hart werd zwaar en weemoed overviel me. Ik herinnerde me nog goed hoe Mr Miller had gescholden toen Darren hem met hard getoeter uit zijn zondagsrust had gehaald. Zou Mr Miller zich afvragen waar die knaap was gebleven? Vermoedelijk was hij eerder blij dat hij niet meer langskwam. Maar ik... Ik miste hem. Ik had gedacht dat het minder zou worden, maar het gevoel kwam terug nu ik weer aan hem moest denken. Hij was een fatsoenlijke, liefdevolle man. Het brak mijn hart te weten dat ik de kans had gekregen, maar het zelf had verbruid.

De hanger die hij me cadeau had gegeven bewaarde ik nog steeds, al was ik ervan overtuigd dat hij mijn dasspeld inmiddels had weggegooid. Waarschijnlijk dacht hij al niet meer aan me. Iemand als hij moest wel weer een nieuwe vriendin hebben gevonden. Een die niet bang was om openhartig met hem over haar verleden te praten. Of een die geen verleden had dat ze moest verzwijgen.

Ik haalde diep adem en probeerde die gedachte van me af te schudden. Toen liep ik naar het bureautje. Daar trok ik de middelste la open, waarin ik onder meer Henny's brieven bewaarde. Met een zucht schoof ik ze aan de kant en pakte de envelop die hier de vorige herfst was aangekomen nadat ik met Miss Arden had kennisgemaakt op een feest bij het echtpaar Vanderbilt. Pikant genoeg was het madame Rubinstein geweest die me naar dat feest had meegenomen.

Het handschrift van Miss Arden was nog steeds even krachtig als haar uitspraken en haar aanbod. Het was niet erg netjes om te proberen een werknemer van een concurrerend bedrijf weg te lokken. In de fabriek hadden ze het er vaak over gehad hoe hoog madame het opnam als zich zoiets voordeed. Ik had haar er nooit iets over gezegd, omdat een overstap toen voor mij toch geen optie was, maar nu was het tij gekeerd.

Wat voor werkgeefster zou Miss Arden zijn? Hoe zagen haar laboratoria eruit? We hadden erover gespeculeerd, maar onze concurrente had haar geheimen altijd als een Cerberus bewaakt.

Mijn blik ging langs de letters.

Mocht u van mening veranderen aangaande uw huidige positie, dan bent u van harte uitgenodigd om door de rode deur binnen te komen.

De rode deur. Madame had zich zo'n karakteristiek kenmerk niet gegund. Als ik mijn collega's mocht geloven had ze zich daarover altijd minachtend uitgelaten. Maar haar kantoorruimten waren wel een bolwerk van kunst. Hoe zou het in dat opzicht bij Miss Arden zijn?

Ik vouwde de brief weer op. Nog altijd zat het me niet helemaal lekker om bij haar te solliciteren. Maar op dit moment was het mijn beste optie. Miss Arden deed in niets onder voor madame Rubinstein, anders hadden ze elkaar niet zo grimmig beconcurreerd. Haar producten waren goed en ik zou, als haar aanbod nog stond, eindelijk de kans krijgen om weer te werken. Nog afgezien van de kans om naar Parijs te gaan.

Ik deed de brief in mijn handtas en ging mijn kleren voor de komende dag uitzoeken.

14

De volgende ochtend ging ik op weg naar het hoofdkantoor van de firma Arden. Dat was maar één blok van de Rubinstein-vestiging, dus ik kende de weg. Ik stapte in de *subway*, net als die keer dat ik bij madame was ontboden.

De rode deur die het Arden Building sierde had ik destijds wel waargenomen, maar ik had me er verder niet mee beziggehouden. Nu werd ik alleen al bij de gedachte dat ik erdoorheen zou gaan nerveus. Onrustig plukte ik aan mijn mantelpakje. Ik had voor het blauwe gekozen. Er zaten witte biezen langs de kraag. Toen ik het in de winkel aanpaste had het me heel elegant toegeschenen, maar nu voelde ik de drang om er de hele tijd aan te plukken. Zou het aan Miss Ardens eisen voldoen? Had het misschien de verkeerde kleur? De wereld van Miss Arden was rood en roze, terwijl madame de voorkeur had gegeven aan crème, goud en blauw. Als Helena Rubinsteins concurrente haar kantoor net zo had ingericht als de flacons in de kasten eruitzagen, zou ik het effect hebben van een vlag op een modderschuit.

Daar kwam bij dat ik me opeens onvoldoende voorbereid voelde. Afgezien van de brief van Miss Arden had ik niets bij me. Maar wat had ik ook moeten meebrengen? Een universitair diploma had ik nooit behaald. En een getuigschrift van Rubinstein Inc. had ik tot nog toe ook niet gekregen. Maar ik had bij madame een eigen cosmeticalijn ontwikkeld. Ik had Miss Arden op de party van Mr Vanderbilt ertoe gebracht me op te merken. Ze zou me echt niet hebben aangesproken als ze niet onder de indruk was geweest van wat ik bij madame had gedaan. Misschien werd het eens tijd wat zelfvertrouwen te tonen. Ik kon Miss Arden niet als een angstig muisje tegemoet treden! Ik rechtte mijn rug en deed de rode deur open.

Wat zich voor mijn ogen ontvouwde, was net zo indrukwekkend als bij mijn eerste bezoek aan madame. Maar de stijl was inderdaad heel anders. Terwijl het hoofdkantoor van Rubinstein een haast mannelijk effect had, werd ik hier in een wereld van goud en roze ondergedompeld. Het interieur deed denken aan de salon van een Engelse hertogin.

De dame achter de receptiebalie droeg haar haar in zacht golvende krullen. Haar gezicht was bepaald kleurrijk opgemaakt. Vooral de roze lippenstift trok mijn aandacht.

'Wat kan ik voor u doen, Miss?' vroeg ze vriendelijk toen ze merkte dat ik keek.

'Mijn naam is Sophia Krohn, en ik zou graag Miss Arden spreken.'

De volmaakt geëpileerde wenkbrauwen van de receptioniste schoten omhoog. 'Ik vrees dat dat niet mogelijk is. Miss Arden is in bespreking.'

Ik legde de envelop op de balie. 'Wilt u dit aan haar geven alstublieft?' vroeg ik. 'Ik blijf wel wachten tot ze tijd heeft.'

'Maar...' begon de vrouw.

Ik wachtte haar bezwaar echter niet af. 'Alstublieft,' zei ik, 'het is belangrijk.'

'Goed dan, het kan alleen wel een tijdje duren.'

'Dat is geen probleem,' antwoordde ik en ik liep naar de zitgroep die een eindje van de balie vandaan stond. Daar nam ik plaats en ik zag dat de jonge vrouw weifelend naar de envelop keek. Even later haastte ze zich naar de lift.

Nerveus wrong ik mijn handen. De spanning werd met de minuut sterker. Hoe zou Miss Arden reageren wanneer ze de brief zag?

Gebiologeerd staarde ik naar de lift. Telkens wanneer de deur openging kromp ik onwillekeurig in elkaar. Maar meestal verschenen er alleen maar mannen met een jas aan en een hoed op. Tussendoor zag ik ook twee vrouwen in lichte mantels. De receptioniste liet lang op zich wachten.

Uiteindelijk verscheen ze toch, maar ze liep meteen weer naar de balie. Wat had Miss Arden gezegd? Had ze haar een notitie meegegeven? Het liefst was ik naar haar toe gerend om het haar te vragen, maar na mijn eerdere optreden durfde ik dat niet.

De minuten vergingen en werden langzaamaan een uur, en daarna twee. Ik had het kunnen weten en een boek mee moeten nemen. Hoe had ik me kunnen inbeelden dat ik meteen zou worden ontvangen? Nu madame Rubinstein het land had verlaten, had ik voor Miss Arden immers geen waarde meer.

Toch bleef ik zitten, al knorde mijn maag inmiddels. Vroeger, toen ik bijna geen geld bezat, had ik ook honger gehad, maar dat was zonder een fatsoenlijk ontbijt. Wat wende je toch vlug aan het goede leven...

Er verstreek nog een half uur, en kijkend naar de voorbijgangers die langs de hoge ramen liepen werd ik langzaamaan slaperig. Ik probeerde me ertegen te verzetten, maar tevergeefs.

'Miss Krohn?' riep toen een stem aan de zijkant. Ik schrok op. Pas een paar tellen later besefte ik dat de receptioniste me had geroepen. Ik pakte mijn tas en liep naar haar toe.

'Miss Arden wil u graag zien. Met de lift komt u bij haar kantoor.' Ze wees naar opzij.

'Bedankt voor het overbrengen van mijn bericht,' zei ik.

'Graag gedaan,' antwoordde ze en ze wendde zich tot de heer die achter mij bij de balie was komen staan.

Ook hier stond in de lift een man in uniform, net als bij madame. Deze zag er echter niet uit als een liftboy, maar eerder als een portier in een chic hotel. Ik vroeg hem me naar het kantoor van Miss Arden te brengen en memoreerde nog even de tekst die ik had voorbereid. Als Miss Arden hoorde dat ik ontslagen was, zou ze me misschien niet meer willen hebben. Maar als ik beweerde dat ik zelf ontslag had genomen... wie zou haar dan van het tegendeel op de hoogte brengen?

In het voorvertrek werd ik door een secretaresse ontvangen. Ze droeg een frambooskleurig pakje dat ik een tijdje geleden in de etalage van Macy's had gezien. 'Miss Arden is nog even in gesprek met haar echtgenoot, maar daarna heeft ze tijd voor u. Neemt u plaats.' Ze wees naar een roze chesterfieldbank, en ik zakte neer op de zachte kussens.

Het duurde inderdaad slechts even voor de deur openging en er een man in een zandkleurig kostuum naar buiten kwam. Hij had donkerblond haar en zag er zongebruind uit. Hij hield een map onder zijn arm.

'Carla, zeg me nog eens wanneer ik die afspraak met de heren van Saks heb.'

De secretaresse keek het na. 'Om twee uur, Mr Jenkins.'

'Dan heb ik nog ruim de tijd. Ik ben op de reclameafdeling als mijn vrouw me zoekt.'

'Ik zal het haar laten weten, Mr Jenkins,' antwoordde de secretaresse met een stralende glimlach.

De man draaide zich om en zette zonder een blik op mij te werpen koers naar de deur. Dat was dus de legendarische Thomas Jenkins. Ik kon me herinneren hoe Darren over hem had gesproken. Dat hij de man achter Miss Arden was. In tegenstelling tot Mr Titus stond hij niet bekend als rokkenjager, maar als geniale reclameman. Er werd zelfs gezegd dat hij in feite het Arden-imperium had opgebouwd. Als Miss Arden iets wenste, voerde hij het uit. De oorsprong van haar cosmetica lag bij haar, maar zonder zijn uitstekende strategieën zou haar bedrijf waarschijnlijk maar half zo groot zijn geweest.

Even later verscheen Miss Arden in de deuropening. Haar stralend rode golvende haar was in een boblijn geknipt. Ze was gestoken in een beige geruite kokerrok, waarop ze een zijdeachtige witte blouse droeg. Op het eerste gezicht leek ze fragiel, maar bij nadere beschouwing zag je vastberaden gelaatstrekken en een bazige houding.

'Ach, daar is ze dan,' zei ze met een bijna triomfantelijke glimlach en ze beduidde me haar te volgen, haar kantoor in. 'Komt u mee, Miss Krohn.'

Ik stond op en streek de vouwen in mijn mantelpakje glad. Toen liep ik naar haar toe en gaf haar een hand. 'Bedankt dat u tijd voor me hebt gemaakt.'

Miss Arden beantwoordde mijn handdruk. 'Het doet me plezier dat u me hebt weten te vinden. Maar ik had gehoopt dat we elkaar wat eerder terug zouden zien.'

'De omstandigheden waren er tot nog toe niet naar,' zei ik, terwijl ik naar binnen liep.

Ook Miss Arden hield van kunst. Prachtige schilderijen sierden de muren van haar kantoor en er stonden gouden beeldjes in een vitrine die door een spot werd belicht om ze nog beter te laten uitkomen.

In tegenstelling tot madames kantoor stonden er grote vazen met bloemen. Rozen, tulpen en voluptueuze roze pioenrozen wedijverden om de aandacht van de bezoeker. Terwijl ik me zat af te vragen waar ze die pracht in februari vandaan had gehaald, werd me duidelijk dat het zijden bloemen waren, die bedrieglijk natuurgetrouw waren gemaakt. Bovendien droeg het dikke tapijt met roze patronen ertoe bij dat haar kantoor een veel vrouwelijker indruk wekte dan dat van madame.

'Omstandigheden?' vroeg ze.

'Ik moest een familiekwestie regelen,' zei ik. Ze hoefde pas van mijn zoontje te weten als monsieur Martin Louis gevonden had.

'Welnu, Miss Krohn, gaat u toch zitten,' zei Miss Arden, terwijl ze weer plaatsnam achter haar bureau, dat uit dezelfde eeuw leek te stammen als de stoelen ervoor, die eruitzagen alsof de Franse Zonnekoning er nog op had gezeten.

Ik ging op een ervan zitten.

Miss Arden nam me een poosje op en toen vroeg ze: 'Nou, wat hebt u op het hart?'

Ik wist niet of ik met de deur in huis moest vallen. Maar wat kon ik anders doen? 'Ik wil graag bij u komen werken,' verklaarde ik dus maar zonder omhaal.

Miss Arden leunde naar achteren. Op haar smalle gezicht speelde een glimlachje, dat ze nauwelijks probeerde te verbergen. 'Wat heeft u van gedachten doen veranderen?' vervolgde ze. 'U wilde tenslotte een paar maanden geleden beslist niet bij uw oude bedrijf weg.'

Ik had haar op de mouw kunnen spelden dat haar brief me van mening had doen veranderen, maar ze zou zeker hebben gemerkt dat dat niet waar was. 'Zoals u vast wel hebt gehoord, heeft Miss Rubinstein alle aandelen in haar Amerikaanse vestiging aan de Lehman Brothers verkocht,' antwoordde ik. 'Ik zie geen reden meer tot loyaliteit jegens madame.'

Miss Arden hoorde die woorden met een knikje aan. 'Ik heb gehoord dat er ontslagen zijn gevallen,' zei ze na even te hebben nagedacht.

Meteen steeg het bloed me naar de wangen. 'Hoe weet u dat?' vroeg ik betrapt.

Ze glimlachte geheimzinnig. 'Ik heb zo mijn contacten.'

'Spionnen, bedoelt u?'

Miss Arden begon allesbehalve damesachtig te lachen. 'Zo zou ik het niet willen noemen, maar het komt er wel op neer. Ik weet zeker dat Mrs Titus hetzelfde zou hebben gedaan als zij nog op haar stoel had gezeten.'

Daar had ik niets op te zeggen, want daar had ik geen idee van, en het tegendeel kon ik ook niet bewijzen.

'Dus?' vroeg Miss Arden door. 'Behoort u tot degenen die zijn ontslagen?' Ze fixeerde me met haar ogen en ik had het gevoel dat ze ondanks de zachtheid in haar blik recht in mijn ziel kon kijken.

'Ja, ik was een van hen,' zei ik. Nu was het eruit.

Miss Arden nam me op. Er was iets in haar blik waardoor ik me genoodzaakt voelde een verklaring te geven. 'Ik was een van de laatsten die waren aangenomen,' voegde ik eraan toe. 'De nieuwe directie heeft degenen die als laatsten op de loonlijst stonden ontslagen.'

'Pfff!' Miss Arden stiet opnieuw een lachje uit en gooide het hoofd in de nek. 'Typisch bankiers! Die denken alleen aan geld! Die ouwe heks zal schuimbekken als ze het hoort.'

Zou ze dat echt? Ik onderdrukte de reflex om het voor Helena Rubinstein op te nemen. Ze was veeleisend en streng, maar een heks was ze niet. Ook al hadden een paar arbeidsters haar na de verkoop wel zo genoemd.

'Ik ben van mening dat ze daarmee een cruciale fout hebben begaan,' vervolgde Miss Arden toen ze weer wat gekalmeerd was. 'Des te beter! Daarmee heeft Rubinstein afgedaan en kunnen wij haar plaats innemen.'

Die openlijke vijandigheid maakte me aan het schrikken. Helena Rubinsteins haat was wat subtieler geweest. Of ik had haar echt vuige commentaren niet meegekregen.

Bijna was ik geneigd te vragen waar die antipathie tussen hen beiden, die waarschijnlijk qua vermogen en aanzien aan elkaar gewaagd waren, toch vandaan kwam, maar toen zei Miss Arden: 'Ik ben niet zo dom als die bankiers. Ik neem u aan. Tenslotte hebt u een zekere reputatie. Omdat Mrs Titus zo veel vertrouwen in u had dat ze u een nieuwe lijn liet ontwikkelen, bent u voor mij ideaal. En naar ik hoorde, heeft uw product het heel goed gedaan. Als u zich met zoiets zelfstandig had gevestigd, had ik voor nog meer concurrentie moeten vrezen.'

Ik staarde haar aan. Zo'n groot compliment had ik nog nooit gekregen. Ook niet van madame Rubinstein.

'We zullen het ditmaal echter vanaf het begin goed aanpakken. U gaat niet in het laboratorium zitten verzuren. Ik heb andere plannen met u.'

Ik trok mijn wenkbrauwen op. 'Maar ik ben scheikundige! Ik wil graag producten ontwikkelen die vrouwen helpen om zich goed te voelen. Zich mooi te voelen, begeerd. Ik wil bijdragen tot hun welbevinden, en wel op een directe manier, door cosmetica te vervaardigen!'

'Dat weet ik. Maar ik zie ook dat u niet afgestudeerd bent. Bij Mrs Titus mag u dan in het lab hebben gewerkt, het is bekend hoe weinig profijt haar banen opleveren. Maar nu bent u bij mij.' Ze zweeg even, toen bekeek ze me van top tot teen. 'U bent echt een mooie vrouw. Uiteraard valt er nog meer van u te maken, maar dat krijgt u vlug onder de knie. Als u eenmaal voldoet aan de bij ons gebruikelijke norm, zal ik u misschien meer publieke taken geven.'

Van pure verrassing wist ik niet wat ik moest zeggen. Eigenlijk moest een sollicitatiegesprek over mijn kwaliteiten gaan en niet over mijn uiterlijk. Tegelijkertijd verkrampte er iets in me door de toon waarop ze over madame sprak en de manier waarop ze haar aanduidde. Ik voelde hoe verbeten Miss Arden de strijd tegen haar concurrente voerde.

'Maar dat is toekomstmuziek, nietwaar? U moet eerst eens onze manier van werken leren kennen, want ik wil graag dat u deel van mijn bedrijf gaat uitmaken. Ik betaal u zevenduizend dollar per jaar.' Ze keek me onderzoekend aan, alsof ze een reactie verwachtte. Ik was blij vanwege het hoge bedrag. Maar ik vond het nog steeds verwarrend dat ze me niet als scheikundige wilde hebben.

'Ik wil dat u zich thuis voelt,' ging ze verder. 'Dat lijkt Mrs Titus niet te zijn gelukt.'

Ik had graag opgemerkt dat madames enige fout was dat ze het Amerikaanse deel van het bedrijf had verkocht. Maar ik achtte het beter om er niet op in te gaan. In plaats daarvan vroeg ik: 'En wat ga ik dan precies doen?'

'Eerst gaat u in een van mijn beste salons beginnen. Wanneer u zich daar hebt ingewerkt, zal ik u een nieuwe taak geven. Ik zal uw vorderingen in de gaten houden. Als ik tevreden ben, krijgt u een vaste aanstelling.'

Ik knikte. En ik besefte tegelijkertijd waarom ze het zo aanpakte. Ze wilde zien of ze me kon vertrouwen. Tenslotte kon Helena Rubinstein me ertoe hebben aangezet haar te bespioneren. Maar dat zei Miss Arden niet.

'Dat klinkt geweldig,' zei ik en ik trok een blij gezicht. In principe was ik enthousiast. Maar het verontrustte me ook dat Miss Arden het over een proeftijd had. En dat ze me niet in het lab wilde inzetten. Wat was ze met me van plan? Zou ze me naar Parijs laten gaan?

Ik wendde me nog eenmaal tot haar. 'Miss Arden, mag ik u iets vragen?'

'Maar natuurlijk, Miss Krohn!' antwoordde ze joviaal.

'Als ik naar tevredenheid functioneer... zou het mogelijk zijn dat u me dan ook in Parijs laat werken?'

Miss Arden fronste haar voorhoofd. 'Waarom Parijs?'

'Nou...' Ik kreeg het ineens vreselijk warm in mijn mantelpakje. 'Dat is toch de belangrijkste stad op het gebied van mode? Ik zou er in elk geval graag ervaring opdoen.'

'Het filiaal in Parijs is goed bezet. Hetzelfde geldt voor de andere Europese vestigingen. Mogelijk stuur ik u er ooit heen om de gang van zaken daar te bekijken, maar voorlopig wordt u hier ingezet. U moet eerst begrijpen wat het betekent om voor Elizabeth Arden te werken. Daarna zien we wel verder.'

Die woorden temperden mijn enthousiasme een beetje. Blijkbaar zou mijn droom om naar Parijs te gaan niet zo vlug kunnen worden verwezenlijkt. Maar misschien zou ze van mening veranderen als ik haar had laten zien wat ik kon. Op dit moment had ik geen andere keus.

'Hartelijk dank, Miss Arden,' zei ik, wat haar plezier leek te doen.

'Kom morgenochtend hiernaartoe om alles te bespreken. Om negen uur. Dan introduceer ik u, en daarna gaat u naar de salon.'

'Ik zal er zijn.' Gespannen als een veer zat ik te wachten op haar teken dat ik kon gaan. Ik wist niet wat ik van dit alles moest denken.

Ze stond op en stak me haar hand toe. Ik deed hetzelfde. 'Welkom bij Elizabeth Arden,' zei ze met een stevige handdruk. 'Ik weet zeker dat we goed met elkaar overweg zullen kunnen.'

Enigszins beduusd door het gesprek wankelde ik het kantoor van Miss Arden uit. Voor de deur moest ik me eerst even herstellen. Ze had me echt aangenomen! Niet als scheikundige, maar voor zevenduizend dollar per jaar als leerling in een salon. Het was een enorm bedrag, maar ik had geen idee wat ze van me verwachtte. Scheikunde was mijn vak. Van schoonheidsbehandelingen had ik geen verstand.

Maar dit was het! Dit was mijn kans, ook al zag die er anders uit dan ik me had voorgesteld. Het zou mooier zijn geweest als ze me had toegezegd dat ik na mijn leertijd naar Parijs kon gaan. Misschien hielp het als ik het gewoon afwachtte. Misschien zou Miss Arden de wens van een gewaardeerd medewerkster toch vervullen.

Op de een of andere manier slaagde ik erin het Arden Building uit te komen en stond ik weer op straat. Ik had weer een baan! Op dat moment had ik dat graag tegen iemand geroepen, maar de voorbijgangers in hun mantels en overjassen hadden geen belangstelling voor mij.

Onderweg naar de subway liep ik nog een keer langs het gebouw waar Rubinstein Inc. zetelde. Voorheen zou ik het risico hebben gelopen madame tegen te komen wanneer ze bij haar favoriete delicatessenwinkel haar lunch had gehaald. Maar ze was hier niet meer. Zou ik ooit te weten komen hoe het haar was vergaan?

Aan de overkant van de straat bleef ik staan en keek op naar het gebouw. Alles leek als vanouds, maar ik merkte dat er iets veranderd was. Ik was veranderd, opnieuw. Even keek ik naar de weerspiegeling van de wolken in de ruiten. Ik vroeg me af of daarboven op de vijfde verdieping een bespreking werd gehouden. Naar verluidt was madame elke ochtend met een bespreking met haar vertrouwelingen begonnen.

Zou Miss Arden dat ook doen? Wie zou ik morgen tegenkomen, afgezien van de echtgenoot? Wie vormden de achterban van Miss Arden?

Mijn hart begon te bonzen. Ergens klonk een sirene. Het klonk alsof de politie eraan kwam. Ik keek weer omhoog naar de ramen. De auto raasde voorbij.

Ik wist niet wat ik tegenover madame Rubinstein moest voelen, maar ik wist dat ik gedaan had wat juist was. Het werken voor Miss Arden zou me misschien ooit naar Parijs voeren. En dan mogelijk naar mijn zoontje.

15

'Kate?' vroeg ik terwijl ik de voordeur opende. Mijn stem schalde door de gang, maar er kwam geen antwoord. Alles was stil. Was Kate niet thuis?

Ik barstte bijna van verlangen om Kate te vertellen wat ik vandaag had meegemaakt. In de subway had ik mijn glimlach niet van mijn gezicht gekregen. De mensen hadden me al bevreemd aangekeken, maar ik kon gewoon niet anders. Ik was zielsgelukkig!

Omdat er niemand thuis leek te zijn liep ik eerst maar eens naar mijn kamer. Daar deed ik mijn garderobekast open en liep de klerenhangers langs. Wat zou ik morgen aantrekken? Voor het sollicitatiegesprek van vandaag had ik het beste mantelpakje dat ik had aangetrokken. Alle andere konden er op z'n hoogst mee door op een grijze dag, als niemand veel oog had voor een gesprekspartner. Gelukkig had Miss Arden er geen aanstoot aan genomen dat het niet de 'juiste' kleur had. Zou ik voor de bijeenkomst op zo korte termijn nog een ander mantelpakje kunnen krijgen?

Opeens hoorde ik beneden de deur opengaan. Zou het Kate zijn? Ik vloog naar buiten. 'Kate, ik...'

Toen ik Mr Parker zag stierf mijn stem weg. Hij zag er inderdaad gekromd en ziekelijk uit. 'Mr Parker,' zei ik. Hij bleef staan en keek omhoog. Ik liep naar beneden, want het zou onbeleefd zijn geweest om van bovenaf tegen hem te praten.

'Ah, u bent er weer, Miss Krohn! Hoe was het in de oude wereld?' vroeg hij.

We schudden elkaar de hand.

'Fijn,' antwoordde ik. 'Interessant bedoel ik.' Ik wist niet goed welk woord ik het best kon gebruiken. Fijn in de gebruikelijke betekenis was mijn verblijf niet geweest.

'Interessant?' vroeg hij. 'Hebt u een spoor van uw zoontje gevonden?'

'Helaas niet, maar ik heb daar iemand die me wil helpen.'

Mr Parker trok rimpels in zijn voorhoofd. 'Er moet veel in u omgaan. En toch lijkt u zo beheerst.'

'Ik zou er niets mee opschieten als ik zou wanhopen, nietwaar?' Ik slaakte een zucht en zette toen een glimlach op. Mr Parker mocht zich geen zorgen om me maken. 'Ik vertrouw degene die me helpt. Hij heeft me ook al goede diensten bewezen toen ik nog in Parijs woonde.'

Parker knikte. 'Dan hoop ik dat deze persoon succes zal hebben en dat u spoedig naar Parijs kunt reizen om uw kindje op te halen. En dat u de stad dan ook eens door de ogen van een reiziger kunt bekijken. Tenslotte is Parijs de stad van de liefde.' Hij zuchtte diep. 'Jammer dat ik haar nooit heb kunnen aanschouwen.'

'Bent u nooit in Parijs geweest?' Ik had gedacht dat een man als hij wel in Europa zou zijn geweest, vooral omdat hij er vrienden had, zoals hij meer dan eens had verteld.

Hij schudde zijn hoofd. 'Nee, dat is me nooit gelukt.'

'Misschien komt het er nog wel eens van,' zei ik, waarop hij gelaten zijn schouders liet zakken.

'Ik vrees dat die mogelijkheid zich niet zo vaak meer zal voordoen,' antwoordde hij terneergeslagen.

Waarom was hij zo pessimistisch? Hij was al op leeftijd, zeker, maar met een beetje geluk had hij nog vele jaren voor zich. En de reis was niet zo inspannend als soms werd gedacht.

'Gaat het wel goed met u, Mr Parker?' vroeg ik.

Mijn huisbaas keek me enigszins verward aan en toen gleed er een glimlach over zijn gezicht. 'We worden er nu eenmaal niet jonger op, nietwaar? En daar word je je vooral bewust van als er weer eens een kindje ter wereld komt.'

'Kate heeft me al verteld over uw kleinzoon. Van harte gefeliciteerd!'

'Dank je wel. Het is echt een mooi ventje. Laten we hopen dat hij opgroeit tot een fatsoenlijk man.'

'Dat hoop ik ook.' Ik zag wel in dat hij geen zin had om op mijn eigenlijke vraag in te gaan. Ik dacht terug aan Kates bezorgdheid. Ook mij viel op dat hij leek te zijn veranderd. Hij wekte de indruk uitgeput te zijn.

'Ik... Ik heb trouwens een nieuwe baan,' zei ik.

'O, gefeliciteerd!' reageerde Mr Parker. 'Welke firma is de gelukkige?'

'Elizabeth Arden,' antwoordde ik. 'Ik hoop dat u dat geen probleem vindt.'

'Probleem?' vroeg hij verbaasd. 'Waarom zou dat een probleem voor me zijn?'

'U bent met madame Rubinstein bevriend.'

Dat wuifde hij weg. 'Het is al een tijd geleden dat ik haar voor het laatst heb gezien. En wat u betreft maakt het me niet uit waar u werkt, zolang u de huur betaalt en u zich fatsoenlijk gedraagt. En dat doet u allebei, dus ik mag niet klagen.'

Ik schonk hem een glimlach. 'Dank u, Mr Parker.'

'Geen dank, liefje.' Hij hief zijn hand als groet en verdween in zijn appartement.

Een half uur later stapte ik weer in de subway. Omdat Kate nog niet terug was en mijn kleren in de spiegel niet mooier werden, had ik besloten mijn garderobe wat uit te breiden. Macy's was altijd behoorlijk lang open en met enig geluk zou ik iets vinden waarin ik de volgende ochtend indruk op Miss Arden kon maken.

In de ondergrondse was het even druk als even later op de trottoirs. Ik moest opletten dat er niemand tegen me op botste, want sommige mannen waren tijdens het lopen zo verdiept in hun krant dat ze niet zagen wat er links of rechts van hen gebeurde.

In het warenhuis zelf wemelde het van de mensen, en dat terwijl de nieuwe etalages nog lang niet waren onthuld. Op weg naar de dameskleding kwam ik langs de cosmetica-afdeling. De producten van Miss Arden kon je niet over het hoofd zien, maar ik moest mijn best doen om iets van madame Rubinstein te vinden. Blijkbaar had de verkoop haar aanzien bij Macy's flink wat schade berokkend. Wat zou ze ervan zeggen als ze erachter kwam dat haar concurrente aan een zegetocht was begonnen?

'Sophia?' vroeg een stem vol ongeloof achter me.

Ik draaide me om. 'Ray?'

Een ogenblik lang geloofde ik mijn ogen niet, maar daar stond mijn vroegere collega, keurig gekleed in het uniform van de verkoopsters van Macy's en met haar haar in zachte golven over haar oren gekapt.

'Goeie genade, wat doe jij hier?' vroeg ze.

We vielen elkaar in de armen. Daarbij rook ik heel duidelijk haar parfum. Het geurde naar rozen en viooltjes met een vleugje sandelhout. Het was me vroeger in het lab nooit opgevallen dat Ray parfum droeg.

'Dat wilde ik jou net vragen,' antwoordde ik. 'Sinds wanneer werk je bij Macy's?'

'Sinds drie weken,' zei Ray. 'Er zijn nog meer ontslagen gevallen in de fabriek. Ik zat bij de laatste groep.'

'Wat erg.'

Ray wuifde het weg. 'Nergens voor nodig. De sfeer in de fabriek is met de komst van de nieuwe eigenaren totaal veranderd. Die types lieten zich alleen maar zien als er weer een stel mensen moest vertrekken. Iedereen was alleen nog maar bang dat hun auto elk moment het terrein op kon rijden.' Ze zuchtte diep en dwong zichzelf tot een glimlachje. 'Nu hoef ik niet meer bang te zijn.' Ze hief haar handen alsof ze de cosmetica-afdeling wilde omarmen. 'En dit hier is immers ook niet verkeerd.'

'Maar je droomde er toch van om in een lab te werken?' Ik werd overvallen door droefheid. Zo hadden de nieuwe eigenaren van Rubinstein Amerika er dus voor gezorgd dat er nog meer dromen als een zeepbel uiteen waren gespat.

'En hoe is het met jou?' vroeg Ray. 'Je ziet er niet uit alsof je hongerlijdt.'

Ik schudde mijn hoofd. 'Dat doe ik ook niet. Miss Arden heeft me vandaag aangenomen. En nu ben ik op zoek naar een nieuw mantelpakje.'

Ray ademde hoorbaar in. 'Miss Arden? Daarmee heb je een goede vangst gedaan!'

'Ja, ik heb geluk gehad.' Ik had Ray nooit iets verteld over de brief die ik na het feest bij de Vanderbilts had gekregen.

'Dat je de moed had om daar te solliciteren.' Ze keek om zich heen. 'Ik deed het al in mijn broek toen ik hier langsging. Er was wel een personeelsadvertentie geplaatst, maar er waren zo veel meisjes. Een paar van hen waren zelfs een stuk knapper dan ik.'

'Ach, hou toch op!' wierp ik tegen. 'Jij bent heel knap! Bovendien weet je wat je hier verkoopt, want je hebt het voor een deel zelf gemaakt.'

'Dat zei de manager ook. Dat laatste, bedoel ik. Gelukkig leek mijn uiterlijk hem niet te interesseren. Ik heb gehoord dat er een meisje onzedelijk is betast toen ze kwam solliciteren.'

'Hier, in dit warenhuis?' Ik had kennisgemaakt met een van de eigenaren en hij had eigenlijk een heel fatsoenlijke indruk op me gemaakt.

Ray schudde haar hoofd. 'Nee, niet hier. Het ging om een klein bedrijfje, waar ze stenotypistes zochten. De eigenaar zat gewoon aan haar knie terwijl hij met haar praatte! Je mag tegenwoordig blij zijn als een chef niet iets wil wat niet in de functieomschrijving staat.'

Ik vroeg me af waarom ik opeens het beeld voor ogen kreeg van Georg en het meisje met wie hij in Berlijn in het theater was geweest. Vlug duwde ik de gedachte weg.

'In elk geval lijkt Miss Arden je goed te doen,' ging Ray verder. 'Zeg eens, hoe is het lab waar je werkt? Heb je misschien behoefte aan een assistente?' Rays ogen lichtten hoopvol op.

'Ik werk niet in het lab,' antwoordde ik. 'Ik ga in een van de salons beginnen.'

'Als schoonheidsspecialiste?'

'Dat hoor ik morgen. Daarom ben ik hier. Ik heb iets nodig waarin ik me morgen op het kantoor kan vertonen. Er schijnt een grote vergadering te zijn waarbij ik word voorgesteld.'

Ray keek me wezenloos aan. 'Maar je bent zo'n goede scheikundige. Waarom wil ze je in de salon hebben?'

'Dat weet alleen Miss Arden zelf,' zei ik schouderophalend. 'Maar ik heb besloten deze kans te benutten. Ik kan niet alleen crèmes produceren, het zal me ook wel lukken er cliëntes mee in te smeren. Misschien onderstreept het mijn geloofwaardigheid als ik ze bijvoorbeeld kan vertellen wat de samenstelling van de middeltjes is. Maar ik weet zeker dat dit alleen het begin is en dat me iets groots te wachten staat.'

Ik zette een optimistisch glimlachje op en voegde eraan toe: 'Vermoedelijk wil Miss Arden gewoon weten of ze me kan vertrouwen. Ik zou madame immers alle recepten kunnen verraden.'

'Madame is hier niet meer,' wierp Ray tegen.

'Ze is niet langer eigenaar van de Amerikaanse tak,' preciseerde ik. 'In Europa wordt ze nog wel vertegenwoordigd.'

'Maar waarom zou Miss Arden je in dienst hebben genomen als ze denkt dat je de recepten zou kunnen doorsluizen naar madame?'

'Miss Bellows?' vroeg iemand achter ons voordat ik kon antwoorden. 'Is alles in orde?'

Een al wat oudere, zeer verzorgde vrouw in verkoopstersuniform strekte haar nek.

'Ja, Mrs Potter, het gaat prima!'

De vrouw wierp me een sceptische blik toe en wendde zich toen weer af.

'Zij moet me inwerken,' legde Ray uit toen Mrs Potter buiten gehoorsafstand was. 'Of liever gezegd: ze is de Cerberus die me bewaakt. Nog een paar weken, dan ben ik van haar af, maar nu let ze op elke beweging en springt bij elk kuchje op als een duveltje uit een doosje.'

‘Zeg gewoon dat ik geen keuze kon maken,’ antwoordde ik.

‘Dat hoeft niet. Tot nu toe heb ik me nergens schuldig aan gemaakt.’ Ray pakte mijn hand. ‘Ik ben bang dat ik niet met je mee kan gaan naar de mantelpakjes. Maar wat zou je ervan vinden om komend weekend samen uit te gaan? Zaterdag misschien? Ik heb dringend een beetje afleiding nodig en wil dolgraag horen hoe je grote vergadering bij Arden is verlopen.’

‘Graag,’ antwoordde ik. ‘Wat is je voorstel?’

‘Ik bedenk wel iets,’ zei ze. ‘Laten we elkaar voor de Roxy ontmoeten. Daar in de buurt zijn een paar speakeasy’s waar we gezellig tipsy kunnen worden.’

Ik knikte. ‘Klinkt goed. Is acht uur oké?’

‘Nou en of!’ Ze schonk me een glimlach en liet me los. ‘Nou, tot zaterdag dan maar!’

‘Tot zaterdag,’ antwoordde ik en ik keek haar na terwijl ze tussen de schappen met cosmetica verdween.

16

Bij het schijnsel van de wandlamp bekeek ik mezelf in de spiegel. Het was nog vroeg in de morgen en het zou nog een paar uren duren voordat ik bij Miss Arden moest verschijnen. Maar ik hield het in bed niet meer uit.

Zachtjes streek ik over mijn taille. Het pakje zat werkelijk fantastisch. De afgelopen jaren was de snit veranderd. De taille zat hoger en het jasje had geometrische biezen. De rok was ook strakker en liep licht klokkend uit tot de knie.

De verkoopster had gezegd dat ik dat met mijn slanke figuur heel goed kon hebben, en ik moest haar gelijk geven. Toch voelde ik me bij het licht van mijn kamerlamp wat al te extravagant en was ik ook van de kleur niet meer zo zeker. De rozenhouttint had in het licht van het warenhuis heel chic geleken. En het had me bijna een vingerwijzing van het lot toegeschenen dat ik bijpassende pumps had gevonden. Maar nu was ik bang dat het overdreven zou zijn.

Maar het was te laat om iets anders te kiezen. Bovendien had Miss Arden me al in het blauwe pakje gezien. Deze keer moest ze een andere indruk van me krijgen. Of beter gezegd: iedereen die bij haar was!

Om het jasje niet vuil te maken trok ik het weer uit en hing het over de rugleuning van de stoel. Een blik op de klok zei me dat het nog steeds veel te vroeg was. Maar ik zou nu toch niet meer kunnen slapen.

Mijn oog viel op het bureau. Nog voor het slapengaan was ik

aan een brief voor Henny begonnen, maar die had ik niet afgemaakt. De vraag of het zin had haar te schrijven had me in mijn slaap achtervolgd. In het ergste geval gooide ze de envelop ongeopend in de haard – als ze hem al kreeg en Jouelle hem niet onderschepte. Moest ik hem afmaken? Henny laten weten wat er gebeurd was? Haar weer om vergeving vragen en hopen dat Jouelle de brief niet zou onderscheppen? Even verkeerde ik in tweestrijd, toen ging ik zitten en nam de penhouder ter hand.

Toen ik de brief af had, streek het morgenlicht over de daken in de buurt. Versuft keek ik op. Mijn slapen bonsden licht en daarom deed ik even mijn ogen dicht.

Een paar keer had ik opnieuw moeten beginnen, maar nu leken de bewoordingen me precies goed. Ik schoof de brief in de envelop en plakte hem dicht. Onderweg naar de subway was een winkel waar ook post werd verzonden. Daar zou ik na afloop van de afspraak bij Miss Arden langsgaan.

De korte nachtrust had mijn teint geen goed gedaan, zo bevestigde een blik in de spiegel me. Ik haalde mijn make-upspullen tevoorschijn. Hoewel ik er inmiddels routine in had gekregen, had ik het gevoel dat ik voor het eerst van mijn leven de penselen hanteerde.

Er hing zo veel af van die dag. Miss Arden had me een toezegging gedaan, maar ik was er zeker van dat de plaats die ik in haar bedrijf zou gaan innemen door de bespreking zou worden bepaald. Ik stelde me erop in dat ze me voor haar medewerkers op de proef zou stellen.

Mijn hand trilde toen ik het rood op mijn lippen aanbracht. Toch werd het een mooie boog, waarmee madame vast tevreden zou zijn geweest. Als ik eraan dacht hoe ik haar indertijd tegemoet was getreden... In mijn schamele, veel te wijde jurken, zonder make-up. Dat was nu wel anders.

Terwijl ik de penselen neerlegde, bedacht ik dat ik Henny over Miss Arden had moeten schrijven. Iets had me ervan weerhouden, terwijl ik Henny altijd alles had verteld en nooit geheimen voor haar had gehad. Maar ook dat was nu anders. Ik wist niet eens of ze eigenlijk nog wel mijn vriendin was.

Toen ik klaar was, trok ik het jasje aan, fatsoeneerde nog een keer mijn kapsel voor de spiegel en zette mijn bril recht. Ooit zou ik een nieuwe moeten aanschaffen... Toen pakte ik mijn spullen en liep de kamer uit.

Kate was nog niet op. Ook verder was alles stil.

Al had ik nog zo'n behoefte aan koffie, niets hield me binnen. Ik moest naar buiten, de vlijmende ochtendwind voelen en de watten uit mijn hoofd laten wegwaaien.

Mijn eerste dag bij Elizabeth Arden! Ik betwijfelde dat ik peterselie zou moeten sorteren en fijnsnijden zoals in madames fabriek. Maar ik tastte volkomen in het duister als het ging om het verloop van die dag.

Toen ik het huis uit kwam hoorde ik luid getoeter. Ik draaide me om en zag een donkere auto die op die van Darren leek. Terwijl ik verstijfde, reed het voertuig me voorbij. Achter het stuur zat een wat oudere man met een pet in een bruin tweedjasje. Ik haalde diep adem. Het was duidelijk niet Darren.

Tijdens de reis naar Europa had ik me af en toe voorgesteld hoe een weerzien tussen ons zou verlopen. Maar inmiddels zag ik ertegen op. Het was misschien beter iets wat achter je lag ook daar te laten. Alleen kon ik dat in het geval van mijn zoontje niet zo makkelijk doen. En in het geval van Darren wilde mijn hart dat niet.

Het was prettig om weer in de bedrijvigheid van Manhattan op te gaan. Ik rook de uitlaatgassen in de lucht, vermengd met de geur van een bakkerij die met verse waar klanten probeerde te lokken.

Weer stapte ik de rode deur door, om te constateren dat het in de entree wemelde van de mensen. Ditmaal stuurde de receptioniste me rechtstreeks naar de lift, waar ik met een paar anderen in stapte. Meteen vulde de kleine cabine zich met de geur van scheerlotion en pommade. Het viel me op dat ik als enige vrouw tussen mannen in pak stond. Werkten die allemaal voor Miss

Arden? Zouden zij ook bij de bijeenkomst zijn?

Ik bekeek hen van top tot teen. Bij sommigen begon het haar al wat dunner te worden, anderen vertoonden grijzende slapen. De meesten droegen een trouwring. Een man voor wie dat niet gold, nam me glimlachend op. Ik wendde mijn blik af. Mijn pakje leek effect te sorteren, maar niet zoals ik het voor ogen had gehad. Ik was niet hier om een aanstaande te vinden.

Aangekomen op de etage waar de vergaderruimte zich bevond stapte ik samen met de mannen uit. Blijkbaar hadden ze dezelfde bestemming als ik.

Terwijl zij heel vanzelfsprekend langs haar heen liepen, stelde ik me voor aan de secretaresse die voor de zaal stond. Ze wist wie ik was en dat ik werd verwacht. 'U kunt het best meteen naar binnen gaan,' zei ze. 'De meeste anderen zijn al aanwezig.'

Onzeker liep ik door. Bij de deuropening aarzelde ik. Er stonden heel veel mannen luidruchtig met elkaar te praten. Hier en daar was ook een vrouwenstem te horen. De enige man in het gezelschap die ik herkende was Mr Jenkins. Hij droeg een chic zilvergrijs pak met bijpassende das, terwijl de andere heren over het algemeen zwarte of bruine kostuums droegen. De overhemden waren echter allemaal smetteloos wit en onberispelijk gesteven.

Tot mijn opluchting waren er toch meer vrouwen dan de gesprekken van buitenaf deden vermoeden. Ze droegen heel elegante mantelpakjes en wekten de indruk dat ze net van de kapper kwamen. Allemaal hadden ze make-up van Miss Arden op; in elk geval wezen de kleuren in die richting. Ze leken een beetje op poppen die, hoewel ze verschillende gezichten hadden, door een en dezelfde poppenmaker waren vervaardigd. Tegenover hen voelde ik me enigszins ongemakkelijk. De enige make-up die ik had, was nog van Rubinstein. Ik wist niet of dat Miss Arden zou opvallen.

Zodra ik de deuren door liep richtte de aandacht van de aanwezigen zich op mij, wat niet bepaald een kalmerend effect had. Ik voelde me een beetje net als toen madame de door mij gemaakte serie verzorgingsproducten zou keuren.

'Dan zijn we nu compleet,' zei Miss Arden en ze gaf een teken de deuren te sluiten.

Ik bleef even besluiteloos staan. Ik had de vrije plaats aan de ronde tafel al bespeurd, maar durfde er niet te gaan zitten voordat Miss Arden dat aangaf.

'Ik wil graag eerst Sophia Krohn welkom heten,' zei Miss Arden. 'Zij heeft mijn aanbod aangenomen om bij Rubinstein Inc. weg te gaan en bij ons in dienst te treden.'

Er klonk geroezemoes in het gezelschap. Sommige mensen keken vijandig. Anderen leken zich af te vragen wat ik hier kwam doen. Dat kon ik hun niet kwalijk nemen. Madame was immers de grootste concurrent van Miss Arden, en ik was eigenlijk niet iemand die aan zo'n bespreking hoorde deel te nemen. Toch hechtte Miss Arden er blijkbaar aan me aan de aanwezigen voor te stellen.

'Het doet ons plezier u bij ons te hebben, Miss Krohn,' zei ze en ze wees naar de lege stoel. 'Gaat u zitten alstublieft.'

Terwijl de blikken me als pijlen volgden begaf ik me naar mijn plaats.

Een van de mannen nam het woord en zei: 'Miss Arden, weet u zeker dat dit een goede beslissing is? U weet dat afkopen... problematisch kan zijn.'

Miss Ardens gezicht verduisterde. 'Mr Blake, twijfelt u soms aan mijn oordeelsvermogen?'

In eerste instantie leek het of dat het geval was, toen nam Mr Jenkins het woord. 'Mr Blake, het in dienst nemen van Miss Krohn biedt talloze voordelen. Wie anders zou ons een blik in de denkwijze van de concurrentie kunnen bieden?'

Dacht hij echt dat ik madames bedrijfsgeheimen zou verraden? Ineens kreeg ik het onverdraaglijk warm in mijn pakje.

'U denkt dus in deze jongedame een spion te hebben gevonden?' De man nam me spottend op.

'Mr Blake!' kwam het waarschuwend van Miss Arden. 'Ik heb besloten haar aan te stellen. Punt uit. Als u moeite hebt mijn beslissing te accepteren, moet u dit gezelschap maar verlaten.'

De man perste zijn lippen op elkaar, maar hij stond niet op om te gaan en hij zei ook niets terug.

'Mooi,' zei Miss Arden, en even hoorde ik weer de stem van madame in mijn hoofd zoals ze indertijd de verpakkingsman had berispt. Hoewel de stem van Miss Arden veel lichter en vrouwelijker klonk dan die van madame, vertoonden beide vrouwen toch op z'n minst gelijkenis op het punt dat hun ondergeschikten hun bedrijfsvoering niet in twijfel mochten trekken.

'Het is vandaag een wat ongebruikelijk gezelschap, zoals u misschien al hebt gemerkt,' begon Miss Arden. 'Ik vind het belangrijk dat Miss Krohn weet welk apparaat achter het merk Elizabeth Arden staat.'

Belangrijk voor een toekomstige schoonheidsspecialiste? Dat leek me wat eigenaardig, en ik vroeg me af wat nou eigenlijk mijn taak was als ik niet in het lab zou moeten werken.

'De heren rechts van mij,' verklaarde ze, 'bieden ondersteuning met betrekking tot marketing, publiciteit en distributie. Mr Jenkins, mijn echtgenoot, heeft daarover de leiding. De dames links maken zich verdienstelijk als bedrijfsleider van mijn schoonheidssalons, waarvan er hier in de stad verscheidene zijn. Ik denk dat het bij Mrs Titus ongeveer hetzelfde was.'

'Ik... Ik heb de mensen daar niet zo goed leren kennen,' antwoordde ik. 'Ik heb meer tijd in het laboratorium doorgebracht.'

'Dat is jammer,' merkte Miss Arden lichtelijk ontstemd op. Had ze echt gedacht dat ik zou vertellen over de bedrijfsstructuur bij madame? Ik was maar een simpele scheikundige, meer niet. De heren die madame bij de beoordeling hadden vergezeld, waren net zomin aan me voorgesteld als de mannen die achter madame stonden en bij de bestuursvergaderingen waren.

'Toch geloof ik dat u nuttig voor ons kunt zijn. In elk geval heeft Mrs Titus genoeg vertrouwen in u gehad om u een nieuwe cosmeticalijn te laten ontwikkelen.' Ze liet haar blik afwachtend over de aanwezigen gaan. Verwachtte ze bezwaren? Niemand waagde het iets te zeggen.

'Miss Hodgson?' Miss Arden keek een van de dames aan. 'U bent een van mijn beste salondirectrices, en ik wil graag dat u Miss Krohn onder uw hoede neemt.'

'Vanzelfsprekend, Miss Arden, met alle genoegen.'

Miss Arden wendde zich weer tot mij. 'Miss Hodgson leidt een van mijn succesvolste salons in de stad. Van haar zult u veel kunnen leren.'

Ik knikte en keek Miss Hodgson aan. Met haar platinablonde haar leek ze wat koeltjes, en haar make-up was onberispelijk en had de sporen van de vergane levensjaren grotendeels van haar gezicht weten te wissen.

'Daar zie ik naar uit,' antwoordde ik en ik glimlachte naar Miss Hodgson, maar haar gezichtsuitdrukking bleef als van steen.

De volgende minuten openbaarde Miss Arden met haar afdelingshoofden en salondirectrices details over nieuwe producten die ze in het voorjaar op de markt wilde brengen.

Na een uur, waarin ik meer te horen kreeg dan mijn verstand kon bevatten en waarin ik het gevoel had dat ik weer net als vroeger op de universiteit zat, werd de zitting opgeheven. De vrouwen gingen na een kort gesprek uit elkaar, en ik wachtte op Miss Hodgson, die nog iets met Miss Arden te bespreken had.

Na een tijdje verscheen ze weer. 'Bent u zover, Miss Krohn?' Haar stem klonk als die van een generaal.

'Ja, Miss Hodgson,' antwoordde ik.

'Mooi, laten we dan maar gaan.'

Toen we ons omdraaiden kwam Mr Jenkins naar ons toe en sprak me aan. 'Miss Krohn, hebt u even voor Miss Hodgson u meeneemt?' Hij keek naar de salondirectrice, die knikte.

'Ja, natuurlijk, Mr Jenkins.'

'Mooi. Komt u maar mee.'

Mr Jenkins zetelde in een ruim kantoor dat sober maar geavanceerd was ingericht. Het bureau was groot en zag er net zo modern uit als dat van madame, hoewel de rest van het interieur sterk van het hare verschilde.

'U moet het mijn vrouw maar niet kwalijk nemen dat ze u zo presenteerde,' begon Jenkins tot mijn verrassing. 'Ze kan haar geluk niet op dat het haar is gelukt iemand uit huize Rubinstein te strikken.'

'Ze heeft me niet gestrikt,' antwoordde ik. 'Ik moest een nieuwe baan hebben nadat de tegenwoordige eigenaren van Rubinstein Inc. me eruit hadden gegooid.'

'En toen dacht u aan mijn vrouw. *Clever*.'

Ik had hem kunnen uitleggen dat ze me na de party een brief had geschreven, maar dat liet ik aan Miss Arden over.

'Ik werk graag met cosmetica. Het liefst maak ik die, maar Miss Arden zei dat ik op andere gebieden nuttiger zou zijn.'

'Miss Arden,' herhaalde Mr Jenkins bijna spottend. 'U kent tenminste al de juiste aanspreekvorm. Er zijn dagen dat ze die zelfs van mij eist.'

Dat was bij een echtpaar nauwelijks voorstelbaar, maar zoals hij daar voor me zat, leek hij inderdaad eerder een leidinggevende werknemer dan de echtgenoot van het hoofd van de onderneming. Misschien was het echter ook maar een grapje.

'Zo werd ze door de medewerkers in het Rubinstein-laboratorium al genoemd,' antwoordde ik, wat klopte. Alleen madame zelf noemde haar 'dat mens' of 'Mrs Jenkins'.

'O ja?' vroeg Mr Jenkins. Hij hield zijn hoofd scheef en bekeek me onderzoekend. 'Je zou denken dat Mrs Titus haar werknemers inprent andere woorden voor mijn vrouw te gebruiken.'

Wilde hij me op de proef stellen? Ik besloot het zakelijk te houden. 'De benaming staat de werknemers van madame vrij, en iedere medewerkster heeft voor zover ik weet een eigen wil.'

Jenkins' blik bleef op me rusten. 'Ja, Mrs Titus laat zich madame noemen, nietwaar? Hoewel ze geen Française is.'

Ik begon me onbehaaglijk te voelen. Wat hadden die vragen te betekenen? 'Ik denk dat de bazin van elke onderneming zo haar eigen aanspreekvorm heeft. Voor een medewerker spreekt het vanzelf dat je die respecteert, of zie ik dat verkeerd?'

Er verscheen een glimlach op Mr Jenkins' gezicht. 'U hebt

daarnet een heel diplomatiek antwoord gegeven toen mijn vrouw iets over de structuur bij madame Rubinstein wilde weten. En dat terwijl u haar niets meer verplicht bent.'

Wilde hij daarmee suggereren dat mijn trouw nog altijd madame gold? Er liep een rilling over mijn rug. Dat ik madame niets meer verplicht was, betekende nog niet dat ik haar niet respecteerde, ook al nam ik haar de verkoop nog steeds kwalijk.

'Ik vind het onbetamelijk om te praten over een werkgever bij wie je weg bent gegaan,' antwoordde ik en ik spande mijn spieren. 'Mijn vader heeft me geleerd dat discretie een deugd is. Op alle gebieden.'

'En dat principe geldt voor u ook als een werkgever u onrecht aandoet of u ontslaat?'

Nu wist ik zeker dat hij me op de proef stelde. Dat hij wilde weten wat zijn vrouw te wachten stond als ik ooit bij het bedrijf weg zou gaan.

'Natuurlijk,' antwoordde ik. 'Maar ik zal niet aarzelen om de kennis die ik bij madame Rubinstein heb verworven ook haar ten goede te laten komen. Als ik daarvoor de kans krijg.'

Mr Jenkins bekeek me nog een poosje kritisch, en toen knikte hij. 'Het zal nog blijken welk talent u het best kunt ontwikkelen. De bezetting van onze laboratoria is heel goed, dus eigenlijk hebben we geen scheikundige nodig.'

'Dat is jammer,' antwoordde ik. Zou dat ooit veranderen?

'Maar we staan altijd open voor nieuwe ideeën. Mocht u iets bedenken wat onze productlijnen zou kunnen verrijken, laat het me dan alstublieft weten.'

'Aan u?' vroeg ik verwonderd. Ik ging er eigenlijk van uit dat Miss Arden mijn aanspreekpunt was.

'Ik ben hier verantwoordelijk voor de reclame en de distributie. Als ik denk dat het verkoopbaar is, vindt het ook bijval bij Miss Arden.'

Met die woorden stond hij op en stak me zijn hand toe. 'Ik wens u een succesvolle eerste werkdag, Miss Krohn. Van Miss Hodgson zult u beslist veel leren.'

Ik nam zijn hand aan en schudde hem. 'Dank u, Mr Jenkins.' Toen verliet ik zijn kantoor.

Tijd om me over het eigenaardige gesprek te verbazen had ik echter niet. Miss Hodgson stond al voor de deur van Mr Jenkins' kantoor te wachten. 'Bent u klaar?' vroeg ze knorrig.

'Ja,' antwoordde ik.

'Goed, komt u dan maar mee.' Met sierlijke stappen en wiegende heupen liep ze voor me uit. Ik rechtte mijn rug en liep achter haar aan.

17

Tijdens de taxirit naar de salon bleef Miss Hodgson onverstoorbaar zwijgen. Mijn pogingen tot een gesprek kapte ze kortaangebonden af, terwijl er vandaag echt wel wat over het weer te zeggen was. Wolken en zon leken daarboven verwikkeld in een heftige slagenwisseling. Af en toe viel er motregen op de ruiten van de taxi, die gevolgd werd door zonnestralen waarvan ik zelfs door het glas heen de warmte op mijn gezicht kon voelen. Maar mijn nieuwe leidinggevende was in haar eigen gedachten verzonken en gaf me het gevoel een stoorzender te zijn waarmee Miss Arden haar had opgescheept.

De salon met de klinkende naam Céline bevond zich in een zeer chique buurt met wat kleinere huizen die zich met hun witte muren en zware zuilen schrap zetten tegen de wolkenkrabbers op de achtergrond.

Het gebouw waarin de vestiging was ondergebracht onderscheidde zich nauwelijks van de woonhuizen. Het tere beige van de muren was uitnodigend als een luxe flacon, en ook hier kwam je binnen door een roodgelakte deur.

De inrichting van de foyer was iets minder schitterend dan die van het hoofdkantoor, maar de stijl van Miss Arden was duidelijk te herkennen. De gordijnen waren van donkerrode stof, geen velours, maar iets met een modernere uitstraling. De stoelen waarop de cliëntes op hun behandeling wachtten zagen er massief maar ook uitnodigend uit. Het liefst was ik daar even gaan zitten uitrusten, want mijn nieuwe schoenen deden mijn voeten allesbehalve goed.

Maar er was geen tijd om te zitten. Miss Hodgson gebaarde dat ik haar moest volgen naar de glazen toonbank, waarin een selectie schoonheidsproducten van Miss Arden stond uitgestald.

'Hebt u bij Mrs Rubinstein ooit in een van haar salons gewerkt?' vroeg ze, terwijl ze met forse passen de ruimte doorkruiste.

'Nee, maar ik weet wel hoe ze er vanbinnen uitzien.'

'Daar zult u niet veel aan hebben, vrees ik,' antwoordde Miss Hodgson met enige spot. Nadat ze me even goed had bekeken voegde ze eraan toe: 'Dat geldt ook voor uw make-up. Van nu af aan draagt u alleen nog Arden-Pink als lippenstift, ook in uw vrije tijd, want u vertegenwoordigt het huis! Ik zal Sabrina vragen u eerst eens een opknapbeurt te geven. In de salons van Miss Arden hanteren we een hoge standaard.'

Ik staarde haar verbluft aan. Ook al was ik geen expert met de make-upkwast, ik had me die ochtend toch extra moeite getroost. En dan dat voorschrift om ook in mijn vrije tijd producten van Arden te gebruiken. Wie moest dat controleren? En hoe zag die standaard waarover ze het had er dan wel uit? Ik keek naar de vrouw die zich net over een agenda boog. Ze zag er inderdaad tot in de puntjes verzorgd uit. De lijntjes om haar ogen waren perfect aangebracht, haar wenkbrauwen in de juiste vorm geëpileerd. Haar lippenstift, vanzelfsprekend in Arden-Pink, leek door Botticelli persoonlijk op haar mond te zijn geschilderd. Met haar lichte huid kwam de receptioniste bijna onaards op me over, als een fee uit een sprookje.

'Helen, hoe staat het ervoor, is Sabrina momenteel vrij? Ze moet onze nieuweling opmaken.'

'Hallo,' zei ik tegen de receptioniste. 'Ik ben Sophia Krohn.'

'Helen Brody,' antwoordde ze met een koel glimlachje.

'En?' drong Miss Hodgson nors aan.

Miss Brody keek met een bevallige beweging van haar hoofd opzij en antwoordde rustig: 'Ze is met een cliënte bezig, maar dat zal niet lang meer duren. Tien minuten, een kwartiertje misschien.'

'Mooi zo. Laat u haar alstublieft weten dat het de bedoeling is om Miss Krohn aan onze standaard aan te passen. Ik ben in mijn kantoor, voor het geval ze iets te vragen heeft.' Toen wendde ze zich weer tot mij. 'Als u klaar bent komt u naar me toe, afgesproken?'

'Afgesproken,' zei ik haar na, waarop Miss Hodgson statig wegbeende.

Ik dacht terug aan de dag waarop madame me persoonlijk de fabriek had laten zien.

Hulpzoekend keek ik naar Miss Brody. Zij verdween ook, om even later terug te komen in gezelschap van een glimlachende jonge vrouw met een kort platinablond kapsel en een van de bevalligste gezichtjes die ik ooit had gezien. Toch zag ze er in het geheel niet uit als een etalagepop.

'Hallo, ik ben Sabrina,' zei ze en ze reikte me haar hand. 'Dus jij bent onze nieuweling?'

'Ja, dat klopt. Sophia.'

Sabrina nam me mee naar een kamer waar een aantal grote verlichte spiegels stonden. De stoelen waren allemaal onbezet, wat vast niet lang zo zou blijven. Ik nam plaats voor een van de spiegels. Het licht was fel en deed me een beetje denken aan de schminkspiegels in de Folies Bergère, toen ik op zoek was naar Henny. Maar hier leek het er aanzienlijk rustiger en beschaafder aan toe te gaan.

Op het tafeltje voor de spiegel zag ik een groot aantal flesjes en potjes staan. Er lagen ook een paar paletten, die eruitzagen als de verfdoos van een schilder. Blauwe en roze tinten concurreerden met zilver, groen, goud, diepzwart en antraciet. Ik wist niet dat het gezicht van een vrouw zo veel kleuren kon hebben. De vraag naar de samenstelling van dit alles kwam bij me op, maar het leek me onverstandig hem te stellen.

'Trek je jasje maar uit. Het ziet er duur uit, dus ik wil er geen vlekken op maken.'

'Ik krijg toch wel een kapmanteltje om?' wierp ik tegen.

'Jazeker, maar poeder waait soms overal naartoe. We willen het toch niet bederven?'

Ik deed wat me was gevraagd, hing mijn jasje aan de kapstokhaak en ging weer op de stoel zitten. Sabrina legde een kapmanteltje om mijn schouders en zei dat ik achterover moest leunen.

'Doe je bril maar af en sluit je ogen,' zei ze op een warme toon, die ze vast ook bij haar cliëntes aan de dag legde. 'Ik ga eerst je make-up verwijderen en dan met amandelolie je gezicht masseren, zodat je spieren en je huid zich een beetje ontspannen. Dat zou je elke ochtend en avond moeten doen, dan blijft je huid soepel.'

Zag mijn huid er dan niet soepel uit? Ik was er eigenlijk nog nooit zo tevreden mee geweest als nu. Maar een schoonheidsspecialiste zag dat met haar geschoolde blik misschien anders.

Ik volgde Sabrina's aanwijzing op en hoorde haar een flesje opendraaien. Even later voelde ik een warme vochtige doek op mijn huid, waarmee ze mijn make-up verwijderde. Ze ging daarbij heel behoedzaam te werk, zodat ik me meteen ontspande.

Terwijl ze vervolgens met haar zachte handen mijn gezicht masseerde, werd ik omgeven door de zoete geur van de amandelolie. Een aangename siddering trok door mijn lichaam. Ik was nooit eerder behandeld door een gediplomeerde schoonheidsspecialiste. Voor mijn werk in het laboratorium was dat niet nodig geweest. Hier scheen dat wel het geval te zijn.

Ze masseerde mijn huid vrij langdurig, toen legde ze een vochtige doek op mijn gezicht en vertelde me dat het vocht zo kon intrekken. Terwijl ik geduldig afwachtte onder de doek hoorde ik haar een paar dingen klaarleggen.

'Je kunt het nu niet zien, maar ik zal het later nog eens voordoen als ik een cliënte behandel,' zei ze. 'Als een cliënte mooier gemaakt wil worden, ga jij precies dezelfde stappen uitvoeren die ik nu neem. Maar deze keer mag jij ervan genieten.'

In de minuten die volgden voelde ik opnieuw haar handen, maar daarnaast ook dikke, zachte, borstelige kwastjes op mijn gezicht. Sabrina bracht oogschaduw en mascara aan en accentueerde mijn jukbeenderen. Ze legde elke stap uit en ik wou dat ik ze ook echt had kunnen zien, maar ik moest naar boven kijken of opzij of mijn ogen dichtdoen. Maar zelfs als ik naar voren keek kon ik nauwelijks iets zien. Door mijn bijziendheid vervaagde alles tot een massa van licht en kleuren.

Tegelijkertijd kwamen er van alle kanten talrijke geuren op me af. Mijn neus probeerde van alles waar te nemen, maar ik zou er waarschijnlijk pas achter komen uit welke bestanddelen Miss Ardens cosmetica bestond als ik wat langer voor haar werkte.

Ik was nog maar net klaar of Miss Hodgson verscheen achter ons. Sabrina legde het lippenpenseel weg en hield haar hoofd afwachtend schuin, als een beeldhouwster wier werk ter beoordeling voorlag.

Ik zette mijn bril weer op om te zien hoe ik eruitzag – en wat voor gezicht mijn nieuwe leidinggevende zou trekken. Zou het haar bevallen hoe Sabrina me had aangepast aan 'onze standaard'? Zelf was ik in elk geval enthousiast, ook al zag ik er met deze make-up heel anders uit. Sabrina had mijn wenkbrauwen tot een lichte boog gevormd, iets waar ik me nooit mee had beziggehouden. De kleur op mijn lippen was zo gekozen dat mijn tanden er niet gelig door leken en de rouge paste er perfect bij. Ik voelde me als betoverd.

Miss Hodgson echter nam me even kritisch op en haar afkeuring werd maar al te duidelijk. 'U hebt inktvlekken op uw blouse,' merkte ze op. 'Ik hoef u vast niet te vertellen dat smetteloze kleding hier in de salon vanzelfsprekend is.'

Ik kromp ineen bij haar woorden. Ik keek omlaag en zag dat ze gelijk had. Die kleine puntjes had ik vanochtend over het hoofd gezien. Hoe waren ze op de stof terechtgekomen? Een korte herinnering aan mijn studententijd kwam boven. Mijn moeder had er ook wel eens over gemopperd dat ik tijdens de colleges vlekken op mijn blouse had gekregen. 'Neemt u me alstublieft niet kwalijk, ik heb vanmorgen heel vroeg een brief geschreven,' legde ik uit en meteen bedacht ik dat de envelop nog in mijn tas zat.

'En u hebt daarna niet nog eens in de spiegel gekeken?' zei ze met krakende stem.

'Jawel, maar...' Het besef dat ik me uitsluitend op mijn gezicht had geconcentreerd deed me verder zwijgen.

En Miss Hodgson vond nog meer gebreken. 'Wat jammer dat u een bril draagt,' merkte ze zuchtend op. 'Dames met brillen zijn geen erg goed voorbeeld voor de cliëntes, omdat hun oog-make-up achter hun dikke glazen verdwijnt.'

Dikke glazen? Ik had mijn bril altijd fijntjes gevonden. En hij was onmisbaar als ik me normaal wilde bewegen. En nu zou ik met mijn bril geen goed voorbeeld zijn? Dat irriteerde me een beetje. De laatste keer dat iemand zich negatief over mijn bril had geuit, was op school geweest.

'Het spijt me, Miss Hodgson,' antwoordde ik. 'Maar zonder bril zie ik helaas bijna niets. En in mijn beroep is het belangrijk dat ik geen flesjes verwissel, nietwaar?' Dat was in de salon niet anders dan in het lab.

Miss Hodgson trok een gezicht. 'Natuurlijk. Maar een bril ontsiert het gezicht van de vrouw. Nou ja, misschien gaat het ondanks alles wel lukken. U zult hier ten slotte niet eeuwig blijven.' Met die woorden verdween ze weer. Ze had geen woord van lof voor Sabrina overgehad.

'Dat heb je echt heel mooi gedaan,' zei ik terwijl ik mezelf in de spiegel bekeek. 'Het is jammer dat Miss Hodgson te boos was om dat te zien.'

Sabrina glimlachte scheef. Het leek of ze dit niet voor het eerst meemaakte. 'Trek het je niet aan,' fluisterde ze. 'Miss Hodgson weet bij iedere vrouw op de eerste dag wel iets te vinden wat haar irriteert.'

'Dat met die inktvlekken was een misser,' probeerde ik mezelf te rechtvaardigen. 'Ik... Ik had het echt niet gezien.' Ik plukte aan mijn blouse, waar de inktvlekjes op buikhoogte prijkten. Ze waren piepklein, maar Miss Hodgson had kennelijk een adelaarsblik. 'En aan mijn bril kan ik niets doen,' ging ik verder en ik probeerde mijn ergernis te onderdrukken. Het was vroeger al net zo geweest, ook mijn medeleerlingen deden alsof mijn bril door mijn eigen schuld op mijn neus terecht was gekomen. 'Ze kan toch niet willen dat ik als een mol mijn weg probeer te vinden en alle potjes omvergooi? Of erger nog, dat ik de verkeerde zalfjes pak en bij een cliënte iets opbreng wat ze niet wil of waar ze niet tegen kan?'

'Dat wil ze zeker niet,' antwoordde Sabrina gniffelend. 'Maar toch zul je af en toe goed naar haar moeten luisteren. Ze is een van de beste filiaalleidsters die Miss Arden heeft en geniet daarom een zeker aanzien. Als ze zegt dat je make-up niet in orde is, werk je die meteen bij. En als ze vindt dat bepaalde kleding je niet staat, is het raadzaam die te verkopen en je er hier nooit meer in te vertonen.'

Bij die woorden begon ik bijna te verlangen naar de fabriek van Rubinstein met de lange tafels met kruiden. Ook daar was het de eerste weken moeilijk geweest, maar ik had me niet op een bepaalde manier hoeven kleden of opmaken. Tegelijkertijd was dit een avontuur dat ik wilde aangaan. Het was een verandering in mijn leven die ik zelf teweeg had gebracht, niet een die anderen me hadden opgedrongen. Het zou me lukken, en de tijd in de salon zou ook weer voorbijgaan.

'Je moest nu maar naar boven gaan, naar haar kantoor,' zei Sabrina terwijl ze haar kwastjes begon te sorteren. 'Mijn volgende cliënte komt er zo aan en ze wil je spreken.'

'Maar ze is toch al hier geweest?'

Sabrina lachte scheef. 'Ze was hier omdat het haar te lang duurde. Haar komst was een vermaning. Zo doet ze dat altijd. Zolang ze niet bij je langskomt is alles in orde, maar als ze wel verschijnt ben je te traag. Dat kun je alvast in je oren knopen voor de komende tijd.'

'Dat zal ik zeker doen,' zei ik en ik pakte mijn jasje.

18

Als ik had gedacht dat ik meteen zelf met cliëntes aan de slag kon gaan, had ik het mis. Mijn bezigheid bestond er vooralsnog uit Sabrina en de andere schoonheidsspecialistes te observeren.

De uitleg in Miss Hodgsons kantoor was kort maar krachtig geweest en ging vergezeld van de opmerking dat ik dan wel een uitzonderingspositie had, maar dat ik me niets in het hoofd moest halen. Zonder degelijke opleiding zou hier normaal gesproken niemand worden aangesteld. Dat betekende dat ik extra mijn best moest doen.

In elk geval leek ze de daaropvolgende dagen niets op mijn kleding aan te merken te hebben. Ik lette er nauwgezet op dat er nergens ook maar het minste of geringste pluisje of vlekje te zien was, hoewel dat er eigenlijk niet toe deed, want ik moest een lichte witte jas aandoen wanneer ik Sabrina en haar collega's observeerde bij het verfraaien van de cliëntes.

Nu eens deden ze stoombehandelingen, dan weer masseerden en klopten ze talloze producten in hun huid, in de hoop al dan niet diepe rimpels te laten verdwijnen. Ik stond versteld van de metamorfose die de vrouwen ondergingen. Onopvallende bleke schepsels die je mogelijk ongemerkt zou zijn gepasseerd, werden soms adembenemende schoonheden zoals die op filmaffiches te zien waren. Sabrina was net een beeldhouwster die van een ruw stuk steen iets prachtigs kon maken. Ik voelde diep respect voor haar vaardigheden.

Miss Hodgson zelf schoolde de dames, zodat deze tussen hun

afspraken door thuis ook iets konden doen. Ik hield me elke dag op de achtergrond, in de hoop dat ze me niet in het bijzijn van de cliëntes zou aanspreken. Maar dat deed ze toch elke keer weer. 'Kijk goed, Miss Krohn. Van mijn medewerksters eis ik dat ze dit bij zichzelf doen, elke dag. En u kunt er zeker van zijn dat ik het merk als dat niet gebeurt.'

'S Avonds deden mijn voeten zeer van het staan. Mijn hoofd leek een spons die zich had volgezogen met indrukken, mijn handen jeukten, maar niet van dadendrang. Als er niets was om bij toe te kijken, werd ik aan het werk gezet om ervoor te zorgen dat het er allemaal netjes en schoon uitzag. Ik waste spatels en schaaltjes af, verzamelde de vuile handdoeken en nam leveranties van de wasserij in ontvangst. Ik sopte kastjes uit en bracht het magazijn waar de verzorgingsproducten werden opgeslagen op orde. Ik merkte dat alles zonder uitzondering bij Miss Arden vandaan kwam, alleen de sponzen en het textiel werden bij andere bedrijven gekocht. Zouden de schoonheidsspecialistes het merken als je ze een onbekend product in handen gaf?

Thuis was ik meestal zo moe dat ik niet in staat was tot een lang gesprek met Kate of om mijn gezicht met crèmes te behandelen. Ik deed er alleen amandelolie op en dommelde dan droomloos in.

Die zaterdag verheugde ik me op de avond met Ray. Het was voor het eerst sinds Darren en ik uit elkaar waren gegaan dat ik voor mijn plezier iets ondernam, en ik was dan ook opgetogen. Het zou fijn zijn om met mijn vroegere collega te kletsen en te horen wat er de afgelopen weken allemaal was gebeurd.

Zoals Sabrina het me had geleerd, bracht ik rouge aan op mijn wangen; daarna wijdde ik me aan mijn lippen. Aan oogmake-up waagde ik me niet, want ik was bang met het potlood uit te schieten en mezelf in mijn oog te steken. Bovendien zou je die door mijn bril toch nauwelijks kunnen zien. En in tegenstelling tot Miss Hodgson zou Ray zich daar niet aan ergeren.

Voor het uitstapje in het New Yorkse nachtleven liet ik de keuze vallen op de groene satijnen jurk uit het warenhuis. Ik had er een beetje spijt van dat ik de kostbare oorhangers die ik van madame had gekregen had verkocht. Maar waarschijnlijk zou het toch te riskant zijn geweest om ze bij een andere gelegenheid dan een party bij de Vanderbilts te dragen. Ik trok mijn mantel aan, pakte mijn tas en liep naar beneden.

Kate stond in de keuken met de afwas te kletteren. Mr Parker was nergens te bekennen. Ik keek door de deur. 'Ik ben een paar uurtjes weg.'

Kate kromp in elkaar en liet van schrik de afwasborstel vallen. 'Lieve help, moet je me zo laten schrikken?' Ze legde haar hand op haar borst. Er verscheen een vochtige afdruk op haar schort.

'Sorry,' zei ik. 'Ik heb met een vriendin afgesproken. We gaan ons een beetje in het uitgaansgewoel storten.'

Zulke woorden vond ik zelf uit mijn mond wat eigenaardig klinken, maar door het weerzien met Ray voelde ik me stoutmoedig. Het zou heerlijk zijn voor eventjes de wereld te vergeten.

'Veel plezier, en pas goed op jezelf. In de stad lopen heel wat knappe kerels rond die je het hoofd op hol kunnen brengen.'

'Maak je geen zorgen, ik let wel op.'

'Wat is er eigenlijk met die jongeman gebeurd die hier altijd aan kwam rijden en een hoop lawaai maakte? Mr Miller van hiertegenover mist hem vast.'

Ik liet het hoofd hangen. 'Het heeft niet zo mogen zijn.'

'O,' zei Kate. Ze dacht even na, toen vervolgde ze: 'Ik weet zeker dat je iemand vindt die jou verdient.'

'Ja. Misschien,' zei ik. Nu verdiende ik eerst maar eens een beetje plezier en misschien een cocktail. 'Een fijne avond, Kate!'

'Jij ook, *honey*! Kom maar terug met een paar verhalen, oude vrouwen als ik hebben dat nodig.' Ze lachte en ging verder met de afwas.

Op de afgesproken plaats stond Ray al op me te wachten. Hoewel het licht van de straatlantarens niet al te best was, klapte ze haar make-upspiegel open en werkte haar lippenstift bij. Die was niet van Arden, noch van Rubinstein.

'Je komt eruit te zien als een clown als je je bij dit licht opmaakt,' merkte ik schertsend op. 'Bij Miss Hodgson zou dat niet mogen!'

'Wie is dat?' vroeg Ray verbaasd zonder haar blik van haar spiegelbeeld af te wenden.

'Mijn salondirectrice. Die hecht er veel waarde aan dat make-up er natuurlijk maar stralend uitziet.'

'Natuurlijk? We doen dat toch juist om er niet natuurlijk uit te zien!' Ray lachte, klapte de spiegel dicht, stopte hem in haar tas en omhelsde me. 'Daar ben je dan. En ja, misschien zie ik eruit als een clown. Daar waar we straks heen gaan, is dat een voorwaarde.'

'Dan heb ik niet de juiste make-up, vrees ik.' Ik had de lippenstift genomen die Sabrina me na mijn derde dag had toegestoken met de mededeling dat hij overtollig was. Ik had eerst geaarzeld omdat ik bang was dat Miss Hodgson het als diefstal zou zien. Maar ik merkte dat alle meisjes in de salon restanten make-up meenamen die niet meer toonbaar waren voor de clientèle. Op mijn lippen glansde nu Arden-Pink, beschaafd maar stralend. Alleen niet stralend genoeg vergeleken bij het donkere bordeauxrood dat Ray ophad.

'Ach, dat is wel in orde,' zei Ray na een korte inspectie. 'In elk geval heb je de juiste kleding aan.'

Ik keek naar mijn bruine mantel, waarin ik bijna met de duisternis versmolt. Daaronder droeg ik de groene satijnen jurk die ik indertijd bij mijn ronde door het warenhuis had aangeschaft. Je zag er niet aan af dat hij afgeprijsd was geweest.

'Kom mee, ik weet een tent waar we zeker plezier zullen hebben.' Ze stak haar arm door de mijne en trok me mee door een wirwar van steegjes vol met vuilnisbakken en hoge hekken die onbevoegden de weg versperden. De buurt zag er allesbehalve betrouwbaar uit. Zelfs katten wilden er niet lang blijven. Haastig, alsof ze moesten vluchten voor bijtgrage honden, glipten ze langs ons heen.

Na een tijdje sloegen we een straatje in waarin je zo op het eerste gezicht geen speakeasy zou vermoeden. Het leek een straat in een woonwijk, een beetje verloederd, een paar ramen waren dichtgespijkerd. Ik zou nooit hebben gedacht dat er in de buurt van de Roxy zo'n straat zou zijn.

Bij een huis met roodbeklede lampen voor de ramen bleven we staan. 'Is het hier?' vroeg ik en ik keek om me heen. Ik hoorde niets en zag ook geen andere gasten. Misschien wilde iedereen afzonderlijk naar binnen gaan om niet op te vallen. Indertijd, toen ik met Darren voor de eerste keer naar een speakeasy was gegaan, was het heel anders geweest.

'Ja, het is hier. Maar niet op de bovenverdieping. Ze trok me aan mijn hand een trap af die me een beetje deed denken aan de toegang tot de woning van de detective. Daar was alles donker, maar Ray klopte toch aan. Na een poosje werd er een luikje opengeschoven.

'Wachtwoord,' zei een stem.

'*Mockingbird*,' antwoordde Ray.

'Je vriendin is op de hoogte?' vroeg de man daarop. In het donker ving ik een glimp van zijn ogen op, meer zag ik niet van zijn gezicht.

'Ja, ze is op de hoogte,' antwoordde Ray. 'En ze is oké.'

'Nou, welkom dan in de Moonshine!' Hij ontgrendelde de deur en liet ons binnen. Eerst rook ik alleen oud metselwerk, maar toen herkende ik de geuren van parfum, scheerlotion en alcohol. De man die ons had binnengelaten bleef in de schaduw staan. Ray schonk geen aandacht aan hem, en het leek mij het beste om dat ook te doen. Vergeleken bij deze tent was de bar waar Darren me mee naartoe had genomen een legale zaak.

'Je moet weten dat ze het wachtwoord om de drie dagen veranderen,' fluisterde Ray toen de portier buiten gehoorsafstand was. 'Als je niet het juiste wachtwoord geeft, kom je er niet in.'

Ik vroeg me af hoe Ray dan het juiste wachtwoord te horen kreeg.

'Wie is die man?' vroeg ik.

'Joe,' antwoordde Ray, 'gewoon alleen maar Joe. Niemand kent zijn volledige naam. Hij zorgt er niet alleen voor dat de juiste mensen binnenkomen, hij staat ook op de uitkijk voor als de juten komen.'

Ik verstijfde. 'Kan de politie hier komen opdagen?'

'Rustig maar,' zei Ray. 'Af en toe zijn er in deze buurt razzia's, dat is heel normaal. Die jongens proberen voortdurend te ontdekken wanneer er iets gebeurt. Joe kan behoorlijk goed inschatten of iemand een rare snuiter is of, erger nog, een politie-informant.'

Wachtwoorden en razzia's. Ik kon me voorstellen wat Ray leuk vond aan dit soort gelegenheden. Het waren net zulke kroegen als in haar favoriete romans. En al werd ik een beetje angstig, in mijn buik begon het ook te kriebelen.

'Hoe komen ze erachter dat er razzia's zijn?' vroeg ik.

'Ze kopen agenten om of maken gebruik van andere bronnen, bijvoorbeeld de Italianen. Die horen veel meer en zijn goed georganiseerd.'

'Criminelen?'

'Nieuwsgierig aagje,' antwoordde ze ontwijkend, terwijl ze me verder mee naar binnen nam. Daar was geen garderobejuffrouw om jassen in ontvangst te nemen, en ook geen champagnefontein, zoals die keer met Darren. Alleen tafels waarop een provisorisch allegaartje van lampen of kandelaars stond. De mensen die er zaten waren niet veel meer dan schaduwen.

'Laten we even iets bij de bar gaan halen om in de stemming te komen,' zei Ray. 'Ik heb gehoord dat er vandaag een vent optreedt die schuine moppen vertelt. Ik denk dat het grappig zal worden.'

Ik had er nog steeds zo mijn twijfels over of we hier wel plezier konden hebben, maar ik wilde geen spelbreker zijn.

De bar was het enige beter verlichte deel van de ruimte – waarschijnlijk alleen maar opdat de flessen erachter dan niet werden verwisseld. Twee grote Tiffany-lampen schilderden kleurige lichtvlekjes op de stellage, die er ook heel provisorisch uitzag. Van een plank en twee hoge stoelen was zonder poespas een bar getimmerd. Daarachter was een groenterek neergezet waarop normaal gesproken kool en aardappels lagen. Nu stond er een bonte verzameling flessen op, sommige met, andere zonder etiket. De barkeeper had een schort om zijn heupen, zijn witte overhemd droeg hij bij de kraag een stukje open. Zijn huid had een gouden glans en zijn haar was pikzwart.

'Hoi, schatje,' zei hij toen hij Ray herkende. 'Vandaag ben je eens niet alleen.' Toen hij me toelachte, zag ik een gouden tand blinken. 'Jou ken ik nog niet, maar ik zal je gezicht onthouden.'

'Dat is... aardig van u,' zei ik, waarop hij begon te lachen.

'Ah, jij bent van de nette soort. Dat zie je hier steeds minder.'

Ik wist niet of dat een compliment was en koos ervoor alleen maar te glimlachen.

Hij wendde zich tot Ray. 'Als altijd?'

Ze knikte. 'En maak er ook eentje voor mijn vriendin. Die heeft niet veel verstand van drank.'

Ik wilde al protesteren, maar moest constateren dat ze gelijk had. Ik dronk alleen alcohol als iemand bij een of andere gelegenheid een glas voor mijn neus zette.

'Wanneer heffen ze dat verbod nou eens op?' vroeg Ray aan de barkeeper, die daarop zijn schouders ophaalde.

'Geen idee. Maar zolang het niet legaal is, gaan de zaken hier goed.' Hij mixte de drankjes en schonk ze ten slotte in twee hoge glazen. Het alcoholgehalte was enorm, dat verried mijn neus meteen. Maar de kleur deed me aan barnsteen denken, dat mijn moeder aan een ketting had gedragen. Even later stroomde er een zoete en tegelijk scherpe geur mijn neus in.

'Cheers!' zei Ray en ze proostte me toe.

Ik pakte het glas, waarop zich een condenslaagje had gevormd. Al de eerste slok benam me de adem. 'Wat is dit?' vroeg ik hoestend.

'Planter's punch,' antwoordde Ray vrolijk. 'Volgens recept van Jims moeder. Eigenlijk hoort het met vier delen water te zijn, maar omdat Jims moeder uit Kansas komt, is het er maar een.'

'En wat zijn de andere?'

'Jim doet daar altijd heel geheimzinnig over, maar ik denk dat het duidelijk is: citroensap, suiker, drie glazen rum. Of zelfgestookte jenever. Je weet bij hem nooit wat hij erin doet. De etiketten op de flessen kloppen niet altijd. Maar je voelt je er lekker licht in het hoofd van, en daar gaat het toch om als je in een bar bent.'

Ik begreep wat ze met 'licht in het hoofd' bedoelde, maar ik wist niet of ik bereid was de controle over mezelf te verliezen. Ik zette mijn glas neer, want de alcohol brandde in mijn maag.

Ray leek eraan gewend te zijn, zij slurpte tenminste vrolijk door. 'Weet je, ik mis de dagen in het lab heel erg,' begon ze toen. 'Het warenhuis betaalt best goed, maar het is zo saai om de klanten elke dag dezelfde spullen aan te smeren. Soms vraag ik me af of ik bij de telefonistes niet beter op mijn plaats was geweest.'

'Heeft Macy's dan telefonistes?'

'Ja! En ze hebben ook af en toe figuranten nodig voor hun defilés. En met Kerstmis. Maar dat is seizoenswerk.' Ze boog haar hoofd, als van plotselinge droefenis vervuld, en zette ook haar glas neer. 'Wees maar blij dat je er niet meer was toen het met de nieuwe eigenaren echt losbarstte,' zei ze met een stem die helemaal niet vrolijk meer klonk. 'Ze hebben grondig gesaneerd. Zelfs Miss Clayton is vervangen door een man, die geen enkel idee van cosmetica heeft.'

'Is Miss Clayton ontslagen?'

'Ja, net als bijna de helft van de vrouwen. Ze vonden dat vrouwen toch gewoon konden trouwen om in hun onderhoud te voorzien. Ook een paar mannen moesten vertrekken, maar madame had er niet heel veel in dienst. Van het lagere personeel zijn er maar weinig ontslagen; de chauffeurs hebben ze allemaal gehouden.'

Mijn maag verkrampte. Zo veel mensen hadden hun baan verloren omdat madame de zaak had verkocht. Wat zou ze zeggen als ze het hoorde? Of kon het haar niet schelen? In elk geval had ze zo veel mensen die voor haar hadden gewerkt teleurgesteld. En dat allemaal voor een huwelijk dat niet te lijmen was.

'Weet je of de anderen alweer werk hebben gevonden?'

'Clara zit in een andere fabriek. We komen elkaar af en toe tegen. Maar de anderen...' Ze maakte een wegwerpgebaar. 'Uit het oog, uit het hart. Ik weet zelfs niet waar Miss Clayton is gebleven. Er gaan geruchten dat ze bij Miss Grayson is begonnen, een klein cosmeticabedrijf hier in de stad, maar dat geloof ik pas als ik haar daar zie.'

Ik dacht even na, toen vroeg ik: 'En geen van allen heeft het bij Miss Arden geprobeerd?'

Ray schudde haar hoofd. 'Ze hebben allemaal zo lang voor madame gewerkt, dat ze dachten dat Arden de booswicht was. Niemand zou op het idee komen een pact met de vijand te sluiten, ook nu niet. Zelfs niet als ze daardoor uit de brand werden geholpen.' Ze keek me aan. 'Maar jij hebt het gewaagd. Jou heeft ze niets kunnen aanpraten. Van jou heeft ze geen adept gemaakt.'

Was dat zo? Ik betrapte mezelf er zo nu en dan op dat ik haar nog steeds madame noemde. Ik had bij Miss Arden gesolliciteerd omdat het me een mogelijkheid leek. Wie, zoals ik, al eens in ellende had dreigen te verzinken, kon zich niet door misplaatste loyaliteit laten weerhouden. 'Ik zag haar alleen als mijn bazin, als iemand die me een kans had gegeven. Miss Arden heeft me een nieuwe kans gegeven, en die zal ik aangrijpen.'

Ray knikte, en ik meende boosheid in haar ogen te ontwaren. Maar niet op mij.

'Ben je kwaad op haar?' vroeg ik.

'Eerst niet,' antwoordde Ray. 'Maar intussen... Ze heeft ons toch maar mooi in de problemen gebracht. Haar huwelijk...'

'Ik heb gehoord dat ze gaan scheiden.'

'Zie je wel!' zei ze en ze pakte haar glas. 'Allemaal voor niets! Ze heeft het bedrijf verkocht en ons in de ellende gestort. Ja, ik ben kwaad op haar. En mocht ze ooit terugkomen, dan zal ik haar voor de voeten spugen als ik haar zie.' Met die woorden nam ze nog een grote slok. Was de alcohol debet aan haar woorden?

Plotseling klonk er een alarmroep, gevolgd door geschreeuw. 'De juten!'

Ik kromp in elkaar. Ray zette haar glas neer en gleed van de barkruk. Jim, de barman, mompelde: 'Shit,' en hij draaide zich spoorslags om. Of hij vluchtte of zich onder zijn provisorische toog verstopte kon ik niet zien.

De barbezoekers sprongen op en renden door elkaar heen. Toen klonk er een knal. Eerst dacht ik dat het een schot was, maar toen besefte ik dat de deur met geweld was opengebroken. Als verlamd zag ik dat mannen in bruine jassen en in politie-uniformen de deur door stormden. Ze hadden vrijwel allemaal een wapen in hun hand.

'Het feest is afgelopen, dames en heren!' riep een mannenstem. 'Handen omhoog!'

'Shit!' vloekte Ray. Toen pakte ze me bij mijn arm en trok me mee.

'Waar wil je heen?' vroeg ik verstijfd van schrik.

'Naar de toiletten!' Ze sleurde me harder mee dan ik met mijn schoenen kon bijhouden.

Ik struikelde, wist me gelukkig te herstellen en rende achter Ray aan door de donkere gang. Mijn hart bonsde zo hard dat ik nauwelijks het geroep en gegil hoorde dat achter me opklonk.

'Wat moeten we nou doen?' vroeg ik in paniek, terwijl ik de deur achter me op slot deed. De politie zou hier zeker ook komen kijken.

'We klimmen door het raam!' Ray wees naar het kleine ruitje dat tussen de hokjes in de muur zat.

'Daardoor?' vroeg ik ontzet. De opening leek me absoluut niet breed genoeg voor een volwassen mens.

'Natuurlijk!' Ray deed haar schoenen al uit.

'Maar...' Voordat ik nog iets kon zeggen was ze al bij het raampje en strekte zich uit naar de grendel. Frisse nachtlucht stroomde naar binnen en verdreef de urinelucht.

'Hoe moeten we daarbij komen?'

Hoorde ik stappen in de gang? In elk geval was het verder terug behoorlijk rumoerig. Blijkbaar probeerden de agenten gasten te beletten om te vluchten. Wat zouden ze met ons doen als ze ons hier vonden?

'Ik geef je een voetje, en als je buiten bent, trek je mij omhoog. Net als echte gangsters!'

'Ik ben nooit van plan geweest een echte gangster te worden.'

'Wie weet waar het nog goed voor is. Hier.' Ze zakte een beetje door haar knieën, vouwde haar handen in elkaar en bood me die als opstapje. 'Nou, vooruit! Of weet je niet hoe het moet?'

Even aarzelde ik. Als kind waren Henny en ik vaak over hekken of muren geklommen, soms ook doordat een van ons de ander een voetje gaf.

'Hallo?' vroeg iemand in de gang. Ik verstijfde.

'Vooruit!' drong Ray fluisterend aan. 'En wee je gebeente als je mij hier laat zitten!'

Ik glipte uit mijn schoenen, probeerde houvast te vinden aan de muur, toen stapte ik op haar hand. Met een kracht die ik niet van haar had verwacht tilde ze me omhoog, zodat ik mijn bovenlichaam door het raampje kon wringen. Geschrokken constateerde ik dat het met traliewerk was afgesloten.

Paniekerig duwde ik ertegen, en tot mijn opluchting merkte ik dat het in beweging kwam. Nadat het me was gelukt het opzij te duwen, klom ik naar buiten, waar ik in een achtertuin uitkwam. De lichtjes van het huis boven me straalden een zwak schijnsel op de grond uit, dat echter niet sterk genoeg was om alles volledig te belichten.

Ik boog me naar het raampje en stak mijn armen naar binnen. Het eerste wat ik te pakken kreeg waren onze schoenen, die Ray met tegenwoordigheid van geest aangaf. Ik gooide ze naar buiten en stak weer mijn handen uit naar Ray. Ditmaal pakte ze ze vast. Achter haar klonk gebons.

'Vooruit met de geit!' sommeerde Ray, en ik trok uit alle macht. Ik had geen idee of ze zich met haar voeten van de vloer afzette, of misschien had ik van pure angst meer kracht dan anders. Het lukte me om haar met een flinke ruk op te trekken. Ray zette zich met haar knieën schrap in de sponning, en toen kwam ze overeind.

'Laten we maken dat we wegkomen,' zei ze met trillende stem. Het volgende moment klonk er gekraak. Ik wist niet of het uit de bar kwam of dat iemand de deur van de toiletruimte had opengebroken. Haastig klommen Ray en ik naar buiten en zochten onze schoenen op. Toen we ze hadden, stapten we er vlug in en renden de tuin door.

Ten slotte vonden we een poort naar de vrijheid. Op de hoek van de straat stond een reusachtige politiewagen. De chauffeur had blijkbaar genoeg afleiding om ons niet op te merken. We glipten door de duisternis weg en zorgden ervoor dat de afstand tussen ons en de speakeasy zo groot mogelijk werd.

Ineens begon Ray te lachen.

'Wat valt er te lachen?' vroeg ik hijgend achter haar, zonder meteen antwoord te krijgen. Ze bleef maar lachen. Had ze bij alle spanning misschien haar verstand verloren? Of begon de alcohol nu pas goed te werken?

'Dat was toch grappig, of niet soms?' vroeg ze, terwijl ze haar pas vertraagde en uiteindelijk stil bleef staan.

'Grappig?' vroeg ik terug en ik zette mijn hand in mijn zij om de steken daar tegen te gaan. Ik had lang niet meer zo hoeven te rennen.

'Ja, we zijn aan ze ontsnapt. Het was net zoals in die romans van mij! Zoiets heb ik altijd al willen meemaken.'

'Ach, heb je zoiets nog nooit meegemaakt?' Gezien het feit dat ze had geweten wat ons te doen stond, had ik aangenomen dat ze zoiets al eens eerder had beleefd.

'Ik ben anders een tamelijk braaf meisje,' antwoordde ze grinnikend.

'Ik geloof je op je woord,' mompelde ik. Geleidelijk aan begon mijn hart langzamer te kloppen.

Ray sloeg haar armen om mijn schouders. 'Vergeef me alsjeblieft. Ik kon het niet weten. Ik kom pas sinds een paar weken in die tent. Waarschijnlijk zal ik nu een andere moeten gaan zoeken, want als de juten een kroeg sluiten, dan is het ook echt afgelopen.'

'Het is al goed,' zei ik. 'Het was echt een avontuur. En ik ben blij dat ze ons niet gepakt hebben. Maar mijn schoenen zal ik wel niet meer schoon krijgen.'

Arm in arm liepen we verder. Een beetje voelde ik me als indertijd met Henny. Zij zou een ontsnapping als deze ook geweldig hebben gevonden...

Bij het dichtstbijzijnde station van de subway bleven we staan. Ray moest in de tegenovergestelde richting, dus was het moment van scheiden daar.

'Zien we elkaar nog terug?' vroeg Ray met een lachje. 'Ik bedoel, na dit akkefietje heb je alle reden om niet meer met me uit te willen, maar misschien...'

'Ik weet waar ik je kan vinden,' zei ik. 'En ik ben te bereiken op mijn oude adres bij Mr Parker. Als je ergens behoefte aan hebt...'

'... neem ik contact met je op. En doe jij dat ook bij mij.'

Nog eenmaal omhelsden we elkaar.

'Ik hoop dat je gauw de door jou gewenste miljonair aan de haak slaat,' gaf ik haar mee.

'En ik hoop dat jij je geluk vindt bij Miss Arden. En mocht je weer in een laboratorium gaan werken en een assistente kunnen gebruiken...'

'Dan ben jij de eerste die ik zal vragen.'

Ray maakte zich van me los en ik keek haar na terwijl ze naar haar perron liep. Even later kwam mijn treinstel eraan. Ik stapte in en vroeg me af of ik Kate wel over deze avond moest vertellen.

19

In de weken die volgden was ik afwisselend euforisch en wanhopig. Het duurde een tijd voordat ik ook maar enigszins in de buurt van de cliëntes mocht komen. Ik bleef afwassen, handdoeken aanslepen, kratten uit de opslagruimte halen en me bezighouden met de leveranties van de wasserij, waarbij ik telkens weer overhooplag met de chauffeurs, want die vonden het nodig commentaar te leveren op mijn kapsel en mijn jasschort.

Maar langzamerhand begreep ik hoe een schoonheidssalon functioneerde en dat het daarbij niet alleen ging om de behandelingen van de cliëntes. Ik leerde het vak vanaf de basis en begon in te zien wat Miss Arden daarmee beoogde. Ze had me niet uit wantrouwen hiernaartoe gestuurd. Ze wilde dat ik begreep waar het hier om draaide. Om de waarheid te zeggen had madame deze zorgvuldigheid niet aan de dag gelegd.

En toen, eindelijk, op een zwoele dag aan het begin van de zomer, mocht ik mijn eerste cliënte behandelen onder toeziend oog van Sabrina. Ik masseerde behoedzaam de gezichtshuid van de al wat oudere dame, legde er ter ontspanning warme doeken op en ging ten slotte aan de gang met penselen en pincetten.

Sabrina observeerde me glimlachend. 'Je leert vlug,' zei ze, toen de cliënte een paar minuten moest rusten en we een korte pauze konden nemen.

'Ik heb lang genoeg toegekeken.'

'Geloof me, liefje, er zijn er heel wat geweest die langer hebben toegekeken dan jij en het toch niet konden op hun eerste dag. Je lijkt talent te hebben.'

Ik moest even terugdenken aan mijn mannelijke medestudenten, die op onze eerste dag in het universiteitslab wachtten op het moment dat ik iets zou laten vallen, maar daarin teleurgesteld werden. Ook de oude professor, die op ons werk toezag, had moeten toegeven dat ik talent had. Maar of mijn tijd aan de universiteit Sabrina zou interesseren? Hier had niemand langer op school gezeten dan nodig was.

'Dank je, dat is heel lief van je,' zei ik dus alleen maar. Toen ging de wekker alweer; de pauze voor Mrs Belleville was voorbij.

Ik beleefde echt plezier aan de cliëntes van Miss Arden en ik miste het lab niet meer zo erg. Maar Miss Hodgson maakte me minstens eenmaal per week duidelijk dat ik mijn aanwezigheid hier uitsluitend te danken had aan het feit dat ik ooit bij madame had gewerkt. 'Ik kan me nauwelijks voorstellen dat Miss Arden u had aangenomen als ze er niet op uit was geweest die Rubinstein een loer te draaien.' Op zulke momenten moest ik me met kracht inhouden om haar niet van repliek te dienen.

'Maar wie weet verrast u me toch nog eens,' zei ze meestal op mijn zwijgen en dan had ik weer een paar dagen rust.

Met de schoonheidsspecialistes in de salon kon ik goed opschieten. Sabrina was mijn houvast en na verloop van tijd kwamen Janet en Becky erbij. De eerste was heel benieuwd naar Europa en toen ik eens had laten vallen dat ik een tijd in Parijs had gewoond, moest ik haar telkens weer vertellen hoe het leven daar was. Af en toe moest ik iets verzinnen om haar tevreden te houden. Ik gooide er een paar voorvallen uit Berlijn tussen, wat haar in het geheel niet opviel.

'Ooit ga ik naar Europa,' zei ze dweepziek. 'En dan ga ik alles bekijken waarover je vertelt. En wie weet leer ik wel een leuke monsieur kennen.'

'Mannen kun je hier ook krijgen,' zei de iets robuustere Becky. 'Er zijn er die doen alsof ze rechtstreeks uit Frankrijk komen, bij anderen is dat ook echt zo.'

'Dat is niet hetzelfde,' dweepte Janet verder. Ik kon aan haar zien dat ook verhalen over minder leuke heren als Maurice Jouelle haar niet van haar voornemen af zouden brengen.

Bij het voortschrijden van de zomer beschikte ik uiteindelijk over een kleine eigen cliëntenkring. Het waren geen bijzonder gegoede dames, die bleven gereserveerd voor Miss Hodgson en Sabrina. Het waren voornamelijk vrouwen die een salon als deze wilden uitproberen of zich eens iets fijns wilden gunnen. Miss Hodgson was van mening dat er aan hen niets kon worden verknoeid, dus liet ze me mijn gang gaan.

Het was één ding om een crème te produceren, maar het was ook verrassend bevredigend om te zien hoe die werkte en wat een geluksgevoel je er een vrouw mee kon bezorgen. Ze hadden geen dikke portemonnee, maar glimlachten breeduit als ze de salon weer verlieten.

Alleen Miss Hodgson leek ik maar niet tevreden te kunnen stellen. Nu eens vond ze mijn werkplek te rommelig, dan had ze weer van alles aan te merken op de manier waarop ik mijn haar had gedaan. Als mijn make-up 's ochtends niet helemaal was gelukt of als ik zo onnadenkend of in gedachten verzonken was geweest dat ik mijn gezicht had aangeraakt, merkte ze het onmiddellijk en wees ze me in het bijzijn van de cliëntes terecht. Af en toe verscheen ze ook tijdens een behandeling en corrigeerde dan zogenaamde fouten.

Soms riep ze me aan het eind van de dag bij zich om me vanuit het niets een donderpreek te geven. Meestal ging het er dan om dat ik mijn uiterlijk verwaarloosde en de naam van haar salon te grabbel gooide. Ik was me van geen schuld bewust en vocht tegen mijn tranen.

Uit Parijs kreeg ik verder geen nieuws. Elke dag als ik thuiskwam keek ik hoopvol in mijn postvakje, maar telkens was het leeg. Post van Henny verwachtte ik niet meer, hoewel ik ernaar verlangde. Ik vestigde mijn hoop op Luc Martin; wie weet vond hij een spoor van mijn kindje.

Op een ochtend eind augustus kwam Helen, onze receptioniste, mijn behandelkamer binnen. 'Er is een brief van Miss Arden voor u gekomen,' zei ze, terwijl ze me een envelopje aanreikte. Ik veegde met een handdoekje de restjes crème van mijn handen en pakte het aan. De envelop zat dichtgeplakt; kennelijk wilde ze niet dat anderen het lazen.

'Hebben de anderen ook een brief gekregen?' vroeg ik Helen. Ze keek onheilspellend, alsof er onweer in de lucht hing.

'Nee,' antwoordde ze. 'Alleen jij.' Ze zei het niet, maar in haar stem klonk de waarschuwing door dat ik maar beter kon gaan zitten als ik de envelop openmaakte. Was het misschien een ontslagbrief? Of zou ze me ontbieden naar aanleiding van een klacht van Miss Hodgson?

Ik stopte de brief in de zak van mijn jasschort. 'Dank je,' zei ik tegen Helen en ik richtte mijn aandacht weer op mijn cliënte. Ik probeerde niet te laten merken hoe gespannen ik was, maar Miss Lewis had het natuurlijk meteen door omdat ik haar huid iets vlugger masseerde dan anders.

'Verwacht u slecht nieuws?' vroeg ze, toen ze een blik in de spiegel had geworpen en mijn gezicht had gezien.

'Eigenlijk niet,' antwoordde ik. 'Maar bij onaangekondigde brieven heb je toch gauw het gevoel dat ze ongeluk brengen.'

'Het kan ook best iets prettigs zijn. Een bevordering misschien.'

Bijna was ik in de lach geschoten. Een bevordering? In deze salon leek dat ondenkbaar. Maar het was wel mogelijk dat Miss Arden me zou overplaatsen. Moest ik daar blij om zijn of zou ik van de regen in de drup komen?

Ik ontspande mijn greep en probeerde rustiger te masseren. Ik wilde er niet aan denken dat Miss Arden me er misschien uit zou gooien. Ik wilde er niet aan denken wat ik in zo'n geval zou moeten doen.

Toen Miss Lewis was vertrokken, stralend mooi en met een glimlach, ruimde ik mijn werkplek op, want ik wilde me niet alweer door Miss Hodgson laten betichten van slordigheid. Toen ging ik op mijn krukje zitten en haalde de brief tevoorschijn. Het was net zo'n envelop en hetzelfde handschrift als toen. Met trillende handen en een onrustig gevoel in mijn maag haalde ik de brief eruit.

Beste Miss Krohn,

Ik verzoek u komend weekend met me mee te gaan naar Maine. Mijn chauffeur haalt u vrijdag tegen negen uur op.

Groet,
E.A.

P.S.: Neemt u kleding mee voor een soiree, ik wil niet dat u me blameert.

Vol ongeloof schudde ik mijn hoofd. Ik moest met Miss Arden meegaan? En dan zei ze er niet eens bij wat de bestemming en wat de reden van het reisje was? Zou iemand me voor de gek houden? Maar het was onmiskenbaar haar handschrift. En ook de inhoud paste bij haar.

Ik las de brief nogmaals en draaide de envelop om en om, maar er was niets wat duidde op een vervalsing. Miss Arden wilde echt dat ik met haar meeging.

Alleen was de salon op vrijdag en zaterdag open. Gewoon wegblijven kon ik niet, ik moest Miss Hodgson op de hoogte brengen. Maar zou ze me geloven? Of wist ze er al van?

Na mijn volgende cliënte raapte ik moed bijeen om naar Miss Hodgson te gaan. Om deze tijd gaf ze geen les, maar deed ze administratief werk. De rekeningen moesten worden gearchiveerd en bestellingen geplaatst.

Ik klopte op de deur, die openstond. Ik voelde mijn hartslag vlak onder mijn kin. 'Miss Hodgson, mag ik u even storen?' vroeg ik.

'Een ogenblikje!'

Ik knikte en bleef op de drempel staan. Ze boog zich weer over haar register en noteerde in alle rust de som van een paar kwitanties voordat ze haar potlood weglegde en tegen me zei: 'Wat is er, Miss Krohn?'

'Miss Arden heeft me een berichtje gestuurd.'

'Hopelijk geen ontslagbrief,' antwoordde ze met een glimlach vol leedvermaak.

'Nee,' antwoordde ik en ik gaf haar de brief. 'Ze wil dat ik morgen met haar meega naar Maine.'

Daar had Miss Hodgson niet op gerekend. Keer op keer vloog haar blik over de regels, alsof ze het niet kon geloven of alsof ze het handschrift op echtheid wilde controleren.

'Dat betekent dat ik de afspraken met mijn cliëntes niet kan nakomen.'

Miss Hodgson snoof. 'Het is onze directrice die uw diensten verlangt.'

'Ik mag dus gaan?'

'Vanzelfsprekend. Uw cliëntes zullen wel teleurgesteld zijn.'

'O, maar ik zal natuurlijk proberen het ze te laten weten. De meesten hebben telefoon en misschien kan Sabrina of Claudia degenen overnemen die ik niet kan bereiken.' Van Claudia wist ik het niet zeker, maar Sabrina zou deze of gene cliënte er zeker tussen schuiven.

'Maar dit betekent ook dat u overuren moet maken om de verloren tijd in te halen,' antwoordde Miss Hodgson zelfgenoegzaam. 'En u begrijpt wel dat ik u vandaag geen vrij kan geven.'

'Dat is geen probleem,' zei ik. 'Ik blijf zo lang als nodig is.'

Miss Hodgson leek erover na te denken. 'Goed,' zei ze toen. 'Wilt u beneden tegen Helen zeggen dat ze me een kopje koffie moet brengen?'

Ik knikte en trok me terug.

Hoewel ik wist hoe Miss Hodgson in elkaar zat, was ik toch een beetje teleurgesteld dat ze me geen goede reis wenste. Tenslotte ging ik met haar bazin mee, en hoogstwaarschijnlijk op zakenreis. Maar toen vermande ik me weer. Ik had gezworen me door haar niet klein te laten krijgen. Morgen ging ik op stap met Miss Arden en vandaag zou ik doen wat nodig was.

Beneden bracht ik Helen op de hoogte, die me lichtelijk verbaasd aankeek. Toen richtte ik mijn aandacht op mijn volgende cliënte. Mrs Travers was al eens bij me geweest en ik had de indruk gekregen dat ze niet naar mijn adviezen wilde luisteren. Toch had ze een nieuwe afspraak gemaakt. Toen ik de hoek om liep naar de behandelkamers zag ik haar al bij de receptie staan. Ik haalde eens diep adem en liep naar haar toe om haar te begroeten.

Toen mijn laatste cliënte was vertrokken, vroeg ik Helen om de agenda. Ik schrok van de vele afspraken. 'Wat is hier gebeurd?' vroeg ik en ik sloeg mijn hand tegen mijn voorhoofd. 'Wanneer hebben al die vrouwen een afspraak gemaakt?'

'In de afgelopen dagen,' antwoordde Helen. 'Maar drie van hen hebben zich vandaag als nieuwe cliënte van jou gemeld. Of liever gezegd, Miss Hodgson heeft me geïnstrueerd jou de nieuwe cliëntes te geven.'

Ik onderdrukte een verwensing. Miss Hodgson had Helen dus opdracht gegeven mij meer dan vol te boeken en het natuurlijk niet nodig gevonden haar te vertellen dat het misschien niet verstandig was voor morgen en overmorgen afspraken bij mij in te plannen.

'Wat is er?' vroeg Helen, die kennelijk voelde dat er iets niet in orde was.

'Heeft Miss Hodgson je niets verteld?' vroeg ik.

'Nee, wat bedoel je?'

'Dat ik de komende dagen niet aanwezig ben.'

Helen trok haar wenkbrauwen op.

'Miss Arden heeft me laten weten dat ik vrijdag en zaterdag met haar mee op reis ga. Ik zal dus al mijn afspraken moeten afzeggen.'

Helen meed opeens mijn blik. Ik fronste mijn voorhoofd en toen werd alles me duidelijk: Miss Hodgson had wel degelijk met haar gesproken.

'Ze zei dat ik gerust meer afspraken kon noteren,' gaf Helen ten slotte toe.

'Hoezo?' vroeg ik. 'Zodat ze zeker weet dat ik vandaag niet voor middernacht weg kan?'

Helen werd rood. 'Het spijt me. Zij is de baas. Ik moet doen wat ze me opdraagt.'

Ik balde mijn vuisten. Op dat moment had ik veel zin om naar boven te rennen en die vreselijke vrouw de waarheid te vertellen. Maar zou dat iets uitmaken? De cliëntes verdwenen niet vanzelf.

'Miss Arden is de baas,' antwoordde ik. Ik probeerde rustig te blijven, hoewel ik beefde over mijn hele lichaam. 'En ik ga niet met haar op pad omdat ik het gezellig wil hebben. Ik heb eerlijk gezegd geen flauw idee waarom ze me ontbiedt, maar het zal zeker om werk gaan.'

Ik schudde mijn hoofd. Helen had altijd zo aardig geleken. Maar nu moest ik wel inzien dat ze niet eens het lef had om Miss Hodgson erop te wijzen dat ze onrechtvaardig handelde.

'Het spijt me, dat wist ik niet.'

Misschien klopte dat ook wel; ze zag er zo terneergeslagen uit.

'Nou ja, ik kan maar beter vlug beginnen als ik al die mensen nog moet bereiken.'

'Ik zou je kunnen helpen,' stelde Helen voor, maar ik schudde mijn hoofd.

'Nee, laat maar. Ik krijg het wel voor elkaar. En als ik de dames niet kan bereiken, stuur ik ze een kaartje.' Vervolgens nam ik de agenda mee naar het kantoor, dat Miss Hodgson al lang had verlaten.

20

Volkomen uitgeput wankelde ik even voor elf uur 's avonds naar de subway. Ik had het koud, en tegelijkertijd had ik het gevoel dat mijn huid brandde van de spanning. Eigenlijk had ik ernaar uitgekeken met Miss Arden mee te gaan. Maar ik was nu te moe om me er echt op te verheugen. In stilte vervloekte ik Miss Hodgson. Bij haar vergeleken was Miss Clayton een engel geweest! Ik kon me niet voorstellen dat Miss Arden haar geïnstrueerd had zo gemeen tegen me te zijn.

Op het perron waren er ondanks het late uur nog veel mensen. Ik was blij dat ik niet de enige was. Maar wanneer was je in deze stad in je eentje? Er waren nauwelijks plaatsen waar je niemand tegenkwam. Op dat moment was ik daar dankbaar voor.

Eindelijk verscheen de metro. Er stapten maar weinig passagiers in. Een jong paar, dat blijkbaar uit was geweest, lachte luid. Een paar mannen keken de jonge vrouw na, die duidelijk aangeschoten was. Ik schonk hun slechts een korte blik en stapte in. Toen de metro begon te rijden sloot ik mijn ogen. Niet in slaap vallen, vermaande ik mezelf.

Maar dat gebeurde toch. De geluiden om me heen vervaagden en de wereld verdween in mist. Uiteindelijk schrok ik weer wakker, bang dat ik mijn halte voorbij was gereden. Maar toen stopte de metro, vlak voor een bord met de naam van het station. Nog twee haltes te gaan. Opgelucht herademde ik en ik ging rechterop zitten.

Het volgende moment stapte er een figuur in met een drankkegel die ik al van verre kon ruiken. De man waggelde naar voren en keek om zich heen. Naast het paartje, dat nog steeds zat te lachen en te tortelen, zaten er bij mij in de buurt nog drie andere vrouwen.

Ik bad in stilte dat de man geen aandacht aan me zou schenken, maar natuurlijk deed hij dat wel. 'Hé, mokkel, heb je zin in een beetje gezelschap?' vroeg hij, en hij ging pal naast me zitten. Ook in Berlijn was ik wel eens door dronkenlappen aangesproken. Meestal kon ik hen uit de weg gaan. Maar in de subway kon ik geen kant op.

'Nee, eigenlijk niet,' antwoordde ik.

'Het ziet er anders wel naar uit,' mompelde hij en hij legde zijn hand op mijn knie. Ik duwde hem weg en wilde opstaan, maar hij hield me vast bij mijn pols. 'Zeker preuts, hè? Blijf toch zitten, ik bijt niet!'

In paniek keek ik om me heen. De vrouw tegenover me had haar ogen nog steeds dicht.

'Laat me met rust!' viel ik tegen hem uit.

De kerel lachte alleen maar en kneep harder, van zijn kegel kreeg ik tranen in mijn ogen. Het kon de mensen om me heen waarschijnlijk niet schelen wat hij met me deed.

Gelukkig stopte de metro even later. Ik trok me los en rende naar de deur. Van pure paniek klopte mijn hart me in de keel.

'Hé, wat is dat nou?' schreeuwde de vent achter me nijdig. 'Ben ik voor jou soms niet goed genoeg, hè? Ben ik het niet waard, slet die je bent?'

Bij die woorden kromp ik in elkaar. Ik ging niet voor niets slechts zelden nog 's avonds laat in mijn eentje op stap. Als Ray bij me was geweest, was dit niet gebeurd.

Met knikkende knieën en trillend over mijn hele lijf stapte ik uit. Mijn hart ging tekeer en ik hoopte maar dat hij me niet achterna kwam. Bij de trap keek ik totaal buiten adem om. Mijn oren suisden en ik kreeg kippenvel bij de gedachte die kerel achter me te zien.

Op dat moment begon de metro te rijden. Of de opdringerige

man nog op zijn plaats zat kon ik niet zien, maar hij leek me niet achterna te zijn gekomen. Met nog steeds trillende benen liep ik de trap op. Ik had ook op de volgende metro kunnen wachten, want tenslotte was ik nog een halte van mijn bestemming verwijderd, maar ik besloot te gaan lopen.

Het deed me goed frisse lucht in te ademen, ook al rook die een beetje naar de vuilnisbakken die ergens op een binnenplaats stonden. Er was geen kip te bekennen, er blafte alleen een hond. Op dit station was ik al diverse keren uitgestapt om boodschappen te doen. Aan weerszijden van de straat waren winkeltjes, waarvan de etalages in tegenstelling tot die van Macy's bijna nooit opnieuw werden ingericht, of het moest zijn dat ze van eigenaar verwisselden.

Die onveranderlijkheid kalmeerde me, en langzaamaan verdween de schrik. Toch haastte ik me zonder om te kijken langs de straten en zo kwam ik na een kwartiertje aan bij het huis van Mr Parker. Net als mijn huisbaas lag zijn huishoudster vast ook al onder de wol. Zou Kate zich zorgen hebben gemaakt?

Ik draaide voorzichtig de sleutel om in het slot en ging naar binnen. Er viel maanlicht door de deuropening en dat verlichtte het trappenhuis voldoende om me te laten zien dat ik alleen was. De gedachte dat hier iemand op de loer kon liggen was niet realistisch, maar de stilte in huis was wel geruststellend.

Nadat ik de buitendeur achter me dicht had getrokken, liep ik naar de brievenbus. Toen ik de klep opende, viel er een brief uit. Mijn onaangename ervaring verdween op slag naar de achtergrond toen ik de afzender zag. Ik deed het ganglicht aan en scheurde de envelop open.

Chère mademoiselle Krohn,

Mijn excuses dat ik sinds onze laatste ontmoeting zo veel tijd heb laten verstrijken. Ik hoop dat u goed in Amerika bent aangekomen.
Zoals afgesproken heb ik uw vriendin uw bericht overgebracht,

maar ze leek er niet erg mee ingenomen te zijn.
Na lang heen en weer praten kon ik haar overhalen om de brief aan te nemen. Wat ze ermee gedaan heeft kan ik u echter niet zeggen. Mogelijk heeft het verstand gezegevierd en heeft ze inmiddels contact met u opgenomen. Ik hoop dat u beiden elkaar weer vindt, want weinig is pijnlijker dan een goede vriend te verliezen.

Helaas verloopt het onderzoek met betrekking tot uw zoontje moeizamer dan ik had verwacht. U had gelijk: het personeel van het ziekenhuis heeft een dikkere huid dan ik dacht. Zelfs met charme heb ik de verpleegsters niets kunnen ontfutselen, en dat zegt wel iets.
Maar voor u denkt dat ik niet serieus bezig ben: ik ben natuurlijk fatsoenlijk gebleven. Het lijkt me echter dat geheimen er goed worden bewaard. Ik heb dus andere bronnen aangeboord. Marie Guérin is daarbij heel behulpzaam geweest. Mensen uit de arbeidersklasse als wij begrijpen elkaar, en dus heeft ze me een paar namen genoemd van personen die alles weten over adoptie. Wat zal ik zeggen? Het ziet ernaar uit dat er werkelijk een soort markt is voor kinderen. Na de verliezen die die onzalige oorlog ons heeft gebracht zijn veel mensen belust op nageslacht dat de plaats van de verloren zonen kan innemen. Maar degenen die daarmee goudgeld verdienen zijn niet op hun achterhoofd gevallen. Helaas ben ik wat onvoorzichtig geweest, zodat mijn nieuwsgierigheid me een paar gebroken vingers heeft opgeleverd. Schrik niet, ze genezen goed. Ik weet hoe die lui zijn.
Ik zal van tactiek veranderen en houd u op de hoogte. U hebt vast een heleboel vragen. Een ervan kan ik misschien al meteen beantwoorden: nee, er zijn geen aanwijzingen dat de mannen die me belaagden in contact staan met het ziekenhuis. Maar dat betekent nog niet dat dat niet het geval is. Ik ga verder zoeken en beloof dat ik voorzichtig zal zijn.

Adieu!
Uw Luc Martin

Ik las de brief nog twee keer en kon niet verhinderen dat ik bij de passage waarin hij over de gebroken vingers vertelde mijn hand voor mijn mond sloeg. Dat het zo gevaarlijk zou worden, had ik niet verwacht. Maar hoe opgelucht ik ook was dat ik eindelijk iets van hem hoorde, mijn bezorgdheid nam erdoor toe. Stel dat mijn zoontje in de handen van zulke lieden was gevallen? En wat voor mensen moesten het zijn die zich op die manier een kind verschaften? Ik had er bijna spijt van dat ik de envelop meteen had opengemaakt, want mijn hart klopte in mijn keel en mijn slapen bonsden pijnlijk.

Pas na een tijdje was ik in staat naar boven te gaan. Daar legde ik de brief op het bureau en begon ik te ijsberen. Ik hoefde hem niet nog eens te lezen, want de woorden waren in mijn hoofd gebrand: *een markt voor kinderen... nageslacht, de plaats van de verloren zonen innemen...*

Mijn kind was een jongetje geweest. Stel nou dat iemand hem uit het ziekenhuis had gestolen? Dat de artsen zijn dood hadden gefingeerd omdat ze wisten dat de politie zich erbuiten zou houden?

Maar waarom had iemand me dan geschreven om me op het spoor te zetten? Ik had mijn leven voortgezet in de veronderstelling dat Louis dood was. Het kon misschien het geweten van de schrijver verlichten, maar voor mij betekende het de kwelling van voortdurende onzekerheid. Mogelijk was het ook een leugen... Maar kon ik mezelf nog wijsmaken dat me iets op de mouw was gespeld? Nu de vingers van mijn detective waren gebroken omdat hij 'zo nieuwsgierig' was?

Uiteindelijk werd ik door vermoeidheid overmand. Het tempo van de draaimolen van mijn gedachten vertraagde. Ik liet me op mijn bed neervallen. Daarbij schoot me te binnen dat Luc Martin ook over Henny had geschreven. Henny, die mijn brief had aangenomen. Met tegenzin, weliswaar, maar ze had hem geaccepteerd. Bestond er een kans dat ze de brief die ik haar hiervandaan had gestuurd ook had gelezen?

Maar ik had niet de energie daar nog over na te denken. Mijn ogen vielen dicht en de duisternis nam elke gedachte aan Henny, monsieur Martin en mijn zoontje mee.

Hoewel ik het gevoel had goed en droomloos te hebben geslapen, was ik geradbraakt toen de wekker ging. Even verkeerde ik in de verleiding hem uit te zetten en me nog eens om te draaien, maar toen dacht ik er gelukkig aan dat ik die dag met Miss Arden op reis zou gaan.

Ik vroeg me nog altijd af waarom ze juist mij wilde meenemen. Als het om iets zakelijks ging, was Miss Hodgson dan niet beter gezelschap geweest? Of een andere filiaalhoudster? Ik was toch maar een eenvoudige schoonheidsspecialiste! En dan ook nog eens eentje in opleiding.

Maar toen zette ik mijn twijfels van me af. Ik was blij dat ze mij, en niet iemand anders had uitgekozen! Na het nieuws van monsieur Martin van de afgelopen avond was dit het lichtpuntje dat ik nodig had. Anders zou ik vast het hele weekend bezig zijn geweest me voor te stellen dat mannen de detective aanvielen en misschien ook mijn zoontje in hun macht hadden.

Toen de auto van Miss Arden voor de deur stopte, had ik me met behulp van make-up enigszins toonbaar gemaakt. Ik had niet veel ingepakt; voor een weekend in de zomer was de garderobe te overzien. Voor de 'sociale gelegenheid' had ik een prachtige blauwe japon meegenomen, en bovendien twee van mijn mooiste blouses, want ik wilde Miss Arden werkelijk niet te schande maken.

De chauffeur sjorde mijn koffer vast op het bagagerek, toen stapte hij weer in en begon te rijden. Het voertuig baande zich een weg door het ochtendverkeer, dat ook die dag een beetje chaotisch leek. Ik vroeg me af waarom Miss Arden me had laten afhalen maar zelf niet in de auto zat. Zou hij me naar het station brengen?

Maar na een poosje besefte ik dat hij niet de weg naar het Grand Central Station was ingeslagen. In plaats daarvan stopte hij voor een gebouw dat ik nog nooit had gezien. Het pand leek heel oud en had met zijn fraaie bloemenversiering bij de ramen ook in Berlijn-Charlottenburg kunnen staan.

De chauffeur stapte uit en belde aan. Even later ging de deur open, en de chauffeur verdween naar binnen. Even later kwam hij terug met twee grote koffers, die hij ook op het bagagerek van de wagen vastbond. Was dit het privéadres van Miss Arden? Het volgende moment verscheen ze, in een bruin reiskostuum en met een klein hoedje op. Mr Jenkins kon ik niet ontdekken. Kwam hij nog, of ondernamen we de reis maar met z'n tweeën?

Miss Arden praatte even met de chauffeur, daarna liet ze hem het portier openmaken en stapte ze in en ging naast me zitten. 'Fijn u te zien, Miss Krohn. Ik hoop dat het geen probleem voor u was op zo'n korte termijn de afspraken met uw cliëntes te verzetten.'

'Nee, absoluut niet, Miss Arden,' antwoordde ik, voor het geval dat ze Miss Hodgson nog zou spreken.

'Mooi, dan kunnen we gaan. James, wil je zo goed zijn ons naar de vestiging te brengen?'

De vestiging?

Miss Arden leek mijn verwondering op te merken, want ze verklaarde: 'Mijn echtgenoot gaat ook mee. Ik heb de nacht bij een vriendin doorgebracht, vandaar die kleine omweg.'

Op de een of andere manier klonk het vreemd. In de nacht voor een onderneming sliep ze niet thuis, maar bij een vriendin? Ik had geen idee hoe het er met haar huwelijk voorstond, maar het leek erop dat ze haar man niet had willen zien. Het volgende ogenblik kreeg ik nog een enigszins verontrustende gedachte: waarom liet ze eerst mij afhalen, en daarna pas haar echtgenoot?

'Waar gaan we heen, als ik vragen mag?' begon ik. 'In uw brief hebt u geen bestemming genoemd.'

Miss Arden glimlachte. 'Houdt u niet van verrassingen?'

Bij die vraag aarzelde ik. Toen ik met Darren op stap ging was ik al gek geworden bij de gedachte dat ik niet wist waar we heen gingen. 'Eigenlijk wel,' antwoordde ik, en ik probeerde de herinnering aan het uitstapje naar het 'pirateneiland', zoals Darren

Gardiners Island genoemd had, te verdringen. 'Maar als het een reis betreft weet ik graag waar ik me op moet instellen.'

Miss Arden glimlachte. 'We gaan op bezoek bij een oude vriendin van me, Elisabeth Marbury. Hebt u al eens van haar gehoord?'

Ik schudde mijn hoofd.

'Welnu, dan zult u haar leren kennen. Ze werkt als literair agent en theateragent. De meest adembenemende stukken van heel New York zijn gestoeld op haar bemiddeling. De beste auteurs komen en masse naar haar toe.'

Wat had zo iemand met ons bedrijf te maken? Wilde ze misschien investeren? Was ze een vermogende cliënte die een privépresentatie van onze producten wilde? In dat geval wenste ik dat Miss Arden me beter had geïnstrueerd. 'Moet ik daar iets speciaals doen?' vroeg ik, hoewel de vraag waarom ze juist mij had uitgekozen me sterker bezighield.

'Nee, u hoeft alleen maar toe te kijken, en vooral een goede indruk te wekken.'

Toekijken had ik bij Miss Hodgson wel geleerd.

Nadat we bij het hoofdkantoor waren aangekomen, stapte de chauffeur uit en verdween in het gebouw. Ik probeerde mijn onrust te onderdrukken. Misschien betekende het niets dat Miss Arden niet thuis had overnacht. Ik wist uit de verhalen van mijn collega's dat het echtpaar een privé-etage boven de bedrijfsruimte bewoonde. Maar stel dat er meningsverschillen tussen hen waren? Het laatste wat ik wilde was weer mijn baan verliezen omdat de eigenares van een bedrijf haar huwelijk wilde redden.

Even later verscheen de chauffeur in gezelschap van Mr Jenkins. Die droeg een bruin geruit jasje en een bijpassende knickerbocker, die tot onder de knie kwam. Die kledij verraste me, want zo zag hij er bepaald niet uit alsof hij op zakenreis ging. Het leek eerder of hij op zomervakantie ging.

'Goedemorgen,' groette hij de aanwezigen toen hij op de passagiersstoel plaatsnam. 'Klaar voor het avontuur?'

Hij moest mij bedoelen, want zoiets zou hij vast niet tegen zijn vrouw zeggen. Toch aarzelde ik met mijn antwoord en ik keek onzeker naar Miss Arden. Die deed alsof haar man er niet was. Wanneer je de nacht gescheiden had doorgebracht, begroette je elkaar toch eigenlijk...

'Zeker,' zei ik uiteindelijk.

'Mooi!' antwoordde hij en hij richtte zich tot de chauffeur. 'James, geef dan maar gas!'

James startte de motor en voegde in in het verkeer.

21

De zon werd weerspiegeld in de Belgrade Lakes toen we laat in de middag bij het huis van Miss Marbury aankwamen. Ik keek ernaar uit kennis te maken met Miss Ardens beroemde vriendin.

Tijdens de rit had Mr Jenkins me van alles over Miss Marbury verteld. Enkele jaren eerder had ze veel invloed op de suffragettebeweging gehad. Tot haar persoonlijke vriendenkring behoorden de invloedrijkste mannen en vrouwen van de oostkust. Ze omringde zich met de vermogendste en machtigste vrouwen van het land, zei Mr Jenkins – dus dan was het niet zo vreemd dat Miss Arden ook tot haar kring behoorde.

Miss Arden was erg stil tijdens dit gesprek, gedurende de hele rit trouwens. Ze leek in gedachten verzonken. Maar als ik naar haar keek zag ik dat ze haar man goed in het oog hield, alsof ze erop zat te wachten dat hij een fout zou maken. Mr Jenkins leek het niet te merken, of misschien negeerde hij het wel. Maar haar ogen waren als messen, klaar om toe te steken. Wat had dit te betekenen? Ik vond het niet prettig om te zien, zoals ik het ook niet prettig had gevonden dat ik vóór Mr Jenkins en Miss Arden was opgehaald. Als ze toen al in de auto hadden gezeten, was hun gedrag me misschien niet zo sterk opgevallen.

Miss Marbury woonde in een witte villa die al meer dan tweehonderd jaar oud moest zijn. De puntgevel en de erkers deden me een beetje aan een Engels landhuis denken. Waarschijnlijk stamde het huis nog uit de tijd dat deze streek een Engelse kolonie was. De leeftijd van het huis was overigens alleen af te lezen aan de architectuur. Het was bijzonder goed onderhouden. In de tuinen stond een overweldigend aantal heesters en vaste planten in wit, roze en paars. De oprit was nauwgezet bestraat en aan weerszijden stonden lantarens, die late bezoekers de weg wezen. Achter het huis verhieven zich majestueuze, in mijn ogen uitheemse bomen. Ik vond het een beetje jammer dat ik tot dan toe niet de kans had gehad me te verdiepen in de Amerikaanse plantkunde – de tuinen achter madames fabriek daargelaten.

Miss Ardens auto kwam tot stilstand en Mr Jenkins stapte uit, net als de chauffeur.

'Wat is er, liefje? Wil je blijven zitten?' Miss Ardens woorden haalden me uit mijn bespiegelingen. Voor haar was dit alles niet nieuw, maar voor mij was het alsof ik door een Engelse lord was uitgenodigd.

'O, nee, natuurlijk niet.' Ik liet me van de achterbank glijden. De lucht was fris en ik rook een zoete bloemengeur. Dat verraste me enigszins. Ik was gewend aan de stadslucht, de lucht van rokende schoorstenen, uitlaatgassen, vuil en olie. Ik leek hier wel in een Franse parfumwinkel te zijn terechtgekomen.

'Een indrukwekkende villa, vind je niet?' vroeg Miss Arden. 'Ik wou dat ik zelf zoiets tot mijn bezittingen kon rekenen...'

Voordat ze meer kon zeggen ging de deur open. Er verscheen een vrouw in een lavendelkleurige japon, begeleid door een butler in een donker kostuum. Ze had een vrij mollig figuur. Kennelijk had ze problemen met lopen, want ze leunde op een wandelstok. Ze had grijzend haar, wat echter goed paste bij haar teint en haar glanzende donkere ogen.

Ik twijfelde er niet aan dat het Miss Marbury was die nu de trap af kwam. Toen ze ons zag leken haar rug direct wat rechter en haar loop wat soepeler te worden. 'Lizzy, lieverd!' riep ze uit en ze drukte Miss Arden aan haar weelderige boezem. Het leek Miss Arden niet te deren. Ze straalde over haar hele gezicht. 'Wat heerlijk je weer te zien!' riep ze. 'Het lijkt of het tien jaar geleden is.'

'Terwijl het maar een paar weken waren,' antwoordde Miss

Marbury lachend. Toen wendde ze zich tot Mr Jenkins. 'Tom, mijn beste, fijn dat je ditmaal mee kon komen. We verwachten ook een paar heren, zodat je je niet hoeft te vervelen.'

'Ik verveel me nooit in jouw gezelschap, Elisabeth,' antwoordde hij en hij gaf haar een handkus. Het viel me op dat Miss Arden en Miss Marbury dezelfde voornaam hadden. Zou dat verwarring opleveren onder de gasten, die misschien gewend waren elkaar bij de voornaam aan te spreken?

'We waren heel blij met je uitnodiging, Bessie,' zei Miss Arden nu, waarmee mijn vraag was beantwoord. Bessie was dus Miss Marbury en Lizzy was Miss Arden, althans voor vrienden.

'En wie is deze jongedame? Heb je soms een dochter geadopteerd van wie ik niet op de hoogte ben?' Miss Marbury bekeek me met een hartelijke glimlach, waardoor ze sympathieker overkwam dan ze op het eerste gezicht had geleken.

Ik gaf haar een hand en stelde me voor. 'Ik ben Sophia Krohn. Ik werk sinds een half jaar voor Miss Arden.'

'Sophia!' riep ze uit en ze pakte mijn hand zo stevig vast als ik tot nog toe alleen nog maar met mannen had meegemaakt. 'Een prachtige naam. Vindt u het goed als ik u Sophia noem? Ik vind dat het niet aan mannen voorbehouden mag zijn om wat vertrouwelijker met elkaar om te gaan. We zijn immers zusters, nietwaar?'

Ik knikte, al was ik verbaasd over haar woorden en een beetje bang dat ik hier alle vrouwen bij hun voornaam zou moeten aanspreken. 'Als u dat wilt, kunt u me rustig Sophia noemen,' antwoordde ik glimlachend, terwijl Miss Marbury mijn hand maar bleef vasthouden.

'Een charmant meisje dat je daar hebt opgedaan. En ik krijg de indruk dat ze een goed gesprek wel weet te waarderen.' Ze lachte opnieuw en eindelijk liet ze mijn hand weer los. Ik onderdrukte een zucht van verlichting. Mijn vingers voelden aan alsof ze in een bankschroef hadden gezeten.

Maar dat werd meteen al onbelangrijk, want Miss Marbury nodigde ons uit om naar binnen te gaan. Het interieur van het huis overtrof de buitenkant veruit. Heel even dacht ik weer in het heiligdom van madame terecht te zijn gekomen. Zelfs de hal was gedecoreerd met prachtige schilderijen en sculpturen. Het was alsof je een museum binnenkwam. Maar de krachtige koffiegeur was een overduidelijk teken dat hier mensen woonden.

Miss Marbury ging ons voor naar de salon. Daar waren het niet alleen schilderijen die mijn bewondering wekten, er stonden ook tal van exotische planten. Enkele van die reuzen in aardewerken sierpotten leken rechtstreeks uit Azië te komen.

Door mijn aandacht voor de planten had ik bijna de elegante, in een roomkleurige middagjapon gehulde vrouw over het hoofd gezien. Ze was in bijna alles het tegendeel van Miss Marbury: slank, met zacht golvend blond haar en een welhaast aristocratisch gezicht. Ze bewoog zich als een elfje naar ons toe.

'Elsie!' riep Miss Arden uit en ze omhelsde de vrouw die had zitten wachten. Deze omhelzing was duidelijk tederder, bijna behoedzaam, alsof dit wezentje bij aanraking kon breken.

Nadat ook Mr Jenkins haar had begroet stelde Miss Marbury mij voor: 'Elsie, dit is Sophia Krohn. Lizzy heeft in haar een nieuw juweel gevonden. Sophia, dit is Elsie de Wolfe, mijn liefste vriendin.'

'Aangenaam met u kennis te maken,' zei ik.

'Geheel mijnerzijds,' antwoordde Miss de Wolfe met een krachtige, bijna schorre stem die ik bij iemand als zij niet had verwacht. We schudden elkaar de hand en het viel me op hoe sierlijk haar vingers waren. Hoewel ik dagelijks het gezicht van mijn cliëntes met olie masseerde en met crème insmeerde, had ik vergeleken bij haar ruwe vingers. Miss de Wolfe nam me op alsof ze naar iets zocht in mijn ogen. Toen knikte ze kort en wendde zich weer tot Miss Arden.

'Jullie blijven toch wel het hele weekend?' vroeg Miss Marbury. 'Ik heb iets geweldigs georganiseerd. Jullie zullen erg enthousiast zijn.'

'Je weet toch dat er niets bijzonders voor nodig is om me tot blijven te verleiden?' reageerde Miss Arden. Zo mild en ontspannen had ik haar niet eerder meegemaakt.

Ik keek om naar Mr Jenkins, maar hij was al verdwenen. Hij was hier ook wel een beetje uit de toon gevallen. Dit was een vrouwendomein, dat was me direct duidelijk.

'Ik weet het, liefje, maar verleidingen zijn belangrijk. Ze zorgen dat er vaart in ons leven blijft. Je moest eens zien wat mijn nieuwe cliëntes met die verleidingen hebben gedaan. Een van hen heeft een roman geschreven die de recensenten het schaamrood op de kaken zal jagen.' Ze wierp een blik op mij. Dacht ze dat ik te jong was voor romans die je 'het schaamrood op de kaken' joegen?

'Ach, kind, je moet doodop zijn. Waarom ga je je kamer niet even bekijken en wat rusten?'

Ik was niet doodop en hoefde ook niet te rusten, maar ik begreep dat Miss Marbury met Miss Arden en Miss de Wolfe alleen wilde zijn. Waarschijnlijk was dat gebruikelijk bij zo'n bezoek. Mr Jenkins wist dat en had zich op tijd uit de voeten gemaakt.

'Claire!' riep Miss Marbury. Even later verscheen er een dienstmeisje in een zwart-wit uniform. Net als het huis leek ook zij uit een volkomen andere tijd te komen. Ze maakte een lichte kniebuiging. 'Wat kan ik voor u doen?'

'Wil je deze jongedame even naar haar kamer brengen? De party begint om acht uur, Sophia, tot die tijd heb je nog even om wat te rusten en je op te frissen.'

'Hartelijk dank, Miss Marbury,' antwoordde ik, waarna ik het dienstmeisje door de salon naar de hal volgde en vandaar de trap op. De treden kraakten licht en terwijl ik naar boven liep viel mijn blik op de portretten aan de met hout betimmerde muren. Waren dat familieleden van Miss Marbury?

'Deze kant op, Miss,' zei het dienstmeisje toen ik even was blijven staan bij de beeltenis van een jonge vrouw uit de achttiende eeuw met bloedrood gestifte lippen. Bestonden er toen al schoonheidsproducten? Ik meende ergens te hebben gelezen dat vrouwen hun lippen met luizenbloed hadden gekleurd. Blijkbaar waren rode lippen altijd al aantrekkelijk geweest...

'Ik kom eraan,' antwoordde ik en ik stapte de overloop op. De wanden daar waren bekleed met nogal donker hout. De wandlampjes, die ook overdag moesten branden, konden niet elk hoekje verlichten.

Des te feller kwam het daglicht me tegemoet toen het dienstmeisje de kamerdeur opende. Twee van de hoge vensters die ik al van buitenaf had bewonderd maakten dat de kamer vol daglicht stond. Vol verbazing keek ik om me heen. Het hemelbed zag er ouderwets uit, maar ook heel comfortabel met zijn dikke matras en de sprei met een rozendessin. Er was een open haard, die nu echter niet brandde, en bovendien een groot bureau van waarachter je uitzicht had op de tuin. Daarnaast een garderobekast met vele deuren en vakjes. Miss Marbury hield blijkbaar van oud meubilair.

'De badkamer vindt u achter dat deurtje. Als u iets nodig hebt, belt u maar.' Het meisje wees eerst naar een nauwelijks waarneembare deur in de lambrisering en vervolgens naar een schellekoord naast een van de ramen.

'Dank je,' zei ik en ik keek haar na terwijl ze de deur uit liep. Toen liet ik mijn blik opnieuw door de kamer gaan. Dit was de riantste accommodatie die me ooit was toegewezen. Toen ik drie jaar eerder mijn ouderlijk huis verliet had ik niet durven dromen ooit een kamer als deze tot mijn beschikking te hebben. Natuurlijk was ik alleen maar te gast, maar ik was hier ontvangen door een vrouw met status. En mijn werkgeefster was ook een vrouw met status. Als ik niet zwanger was geworden, als ik gewoon was doorgegaan met mijn leven zoals het was, wat zou er dan van me zijn geworden?

In de uren die volgden kon ik door mijn raam zien hoe het personeel de tuin in een sprookjesachtig feestterrein veranderde. Er werden tal van tafels en stoelen aangedragen en kleine paviljoens opgezet, die met feestverlichting en guirlandes werden versierd. Bovendien werden er lampions in de bomen gehangen. Als het donker werd, moest het er wel uitzien alsof er duizenden glimwormpjes boven de tuin zweefden. Mijn hart ging tekeer van opwinding. Wie zouden er allemaal komen? Miss Marbury leek zo belangrijk te zijn, dat er misschien ook wel filmsterren bij zaten.

Toen drong zich een vermoeden aan me op. Stel dat madame Rubinstein hier zou verschijnen? Dat Miss Arden me alleen maar had meegenomen om haar te laten zien dat ik van nu af voor haar werkte? Madame was in de eerste plaats kunstverzamelaar, maar hechtte ook veel waarde aan literatuur en toneel. Ik voelde bij deze gedachte even paniek opkomen. Toen hield ik mezelf voor dat ik mezelf niets hoefde te verwijten. Ik was bij madames bedrijf vertrokken omdat ik was ontslagen. Als ik de komende avond met haar werd geconfronteerd, zou ik haar dat recht in haar gezicht zeggen.

Even voor half acht kwamen de eerste gasten aan bij de villa van Miss Marbury. Hun chique limousines stonden geparkeerd langs de rotonde van de oprijlaan en bij de oprit. Het geroezemoes van beneden was bij mij boven te horen. Ik wierp nog een keurende blik in de spiegel, streek mijn kapsel glad en keek of mijn make-up in orde was.

In mijn cocktailjurkje en op hooggehakte schoenen waarmee ik in New York het dichtstbijzijnde station van de subway niet eens zou hebben gehaald, liep ik mijn kamer uit naar beneden. Luid gemurmel kwam me tegemoet. In de hal stonden enkele gasten bijeen die in een levendig gesprek waren gewikkeld. Gelukkig merkte niemand me op terwijl ik op mijn hoge hakken de trap afdaalde.

Na een tijdje vond ik Miss Arden buiten bij Miss Marbury. Ze zaten samen onder een baldakijn dat boven het gazon was gespannen. Of eigenlijk troonde Miss Marbury daar, omgeven door een paar andere vriendinnen, die net hofdames leken.

De lampions in de bomen waren nog niet aangestoken, maar samen met de talrijke boeketjes en linten vormden ze zo ook al een betoverende aanblik.

'Ah, daar hebben we Sophia!' riep Miss Marbury uit toen ze

me in het oog kreeg. 'Ik hoop dat je een aangename middag hebt gehad.'

'Ja, dank u wel,' antwoordde ik.

'Je ziet er veel uitgeruster uit,' beweerde Miss Marbury, waarna ze me met een handgebaar uitnodigde in haar kringetje te komen zitten.

Mr Jenkins was nergens te bekennen. De dames leken hem ook niet te missen. Ze gingen door met hun gesprek, dat over een toneelstuk ging met zo te horen een nogal angstaanjagende inhoud. De recensenten zouden het waarschijnlijk genadeloos afkraken als het ooit op de planken kwam. In plaats van af te zien van publicatie had Miss Marbury juist daarom zin het te verkopen.

'Er heeft nog nooit iemand nadeel ondervonden van een schandaaltje,' legde ze met een subtiel glimlachje uit. 'Ik ben ervan overtuigd dat ik een theaterdirecteur met lef zal vinden die de ophef zal weten uit te buiten.'

Ik constateerde in de loop van het gesprek niet alleen dat Miss Marbury een zeer intelligente vrouw was, maar ook dat het toneel een wereld apart was, die me ondanks mijn werk in Nelsons Berlijnse variététheater vreemd was.

Ik hoopte alleen dat ze me niet om mijn mening zou vragen. Mijn ouders hadden niet veel om toneel gegeven en bij meneer Nelson waren alleen revues opgevoerd. Uit wat ik hoorde maakte ik op dat ik niet kon meepraten als het ging om toneelstukken van hoog niveau. Maar gelukkig richtte Miss Marbury zich algauw tot andere gasten.

In de uren die volgden leerde ik niet alleen de uitstekende kwaliteiten van Miss Marbury's kokkin kennen, maar ontmoette ik ook heel wat mannen en vooral vrouwen die zich allemaal ontpopten als vrienden of kennissen van beide dames. Mr Jenkins had niet overdreven: het aantal mensen dat hen op handen droeg was aanzienlijk.

Tot mijn opluchting zag ik madame nergens tussen de gasten.

Weliswaar was ze geneigd altijd net iets te laat te komen om verzekerd te zijn van een entree waarbij aller ogen op haar gericht waren, maar ook na ruim een uur was ze niet komen opdagen en kon ik opgelucht ademhalen.

Wel maakte ik kennis met een wat jongensachtig aandoende dame. Ze stelde zich voor als Emily Fletcher. 'Bent u ook bevriend met Bessie?' vroeg ze, terwijl ze zo dicht bij me kwam staan dat ik haar parfum kon ruiken. Het was een mengeling van rozen en bergamot, eerst terughoudend, maar naarmate ze langer naast me stond raakten mijn zintuigen er meer door bedwelmd.

'Ik ben met Miss Arden meegekomen,' legde ik uit. 'Ik heb Miss Marbury en Miss de Wolfe pas een paar uren geleden ontmoet, maar ze leken me allebei erg aardig.'

'Bessie is geweldig!' flapte ze eruit. 'Als je haar niet mag, heb je geen smaak. En dan Elsie! Ik denk dat ik ook op die vrouw verliefd zou kunnen worden.'

'Ja, ze zijn allebei heel sympathiek,' zei ik.

'En u, waar komt u vandaan? Als u Miss Arden kent, komt u vast uit New York.'

'Ik kom eigenlijk uit Duitsland,' zei ik. 'Maar ik woon hier inmiddels al bijna drie jaar.'

'En hoe bevalt de grote stad?'

Ik had moeten opmerken dat ik ook in Duitsland in een grote stad had gewoond, want ik kreeg het vage gevoel dat ze me aanzag voor een provinciaaltje. Maar ik hield me in. 'Heel goed. Op het eerste gezicht leek me het leven er wat hectisch, maar je went eraan.'

'New York is echt heel bijzonder. Geen wonder dat Bessie hier niet permanent wil wonen, ze moet er gewoon af en toe uit.' Miss Fletchers blik dwaalde een beetje af. 'Die geheime bars zijn zo opwindend. Hoe heten ze ook weer?'

'Speakeasy's,' antwoordde ik, want dat was de term die Ray had gebruikt.

'Ja, precies, dat was het woord!' zei Miss Fletcher met lichtjes in haar ogen. 'Bent u er wel eens geweest?'

'De man met wie ik een tijdje een relatie had heeft me er een keer mee naartoe genomen,' zei ik. 'En de laatste keer was ik met een vriendin mee. Maar ik geloof niet dat ik nog eens door de politie achternagezeten wil worden.'

'U hebt een relatie met een man gehad?' vroeg Miss Fletcher verbaasd.

'Ja, heel kort maar. We... pasten niet bij elkaar.' Ik perste mijn lippen op elkaar en wou dat ik niet over Darren was begonnen. Het lag me niet om met onbekenden over mijn relaties te praten, zoals anderen wel deden. Bovendien, wat viel er nu eigenlijk over te vertellen?

'U bent dus niet...?' Miss Fletcher bekeek me van top tot teen.

'Ik begrijp u niet,' antwoordde ik hoofdschuddend. 'Wat ben ik niet?'

De vrouw bloosde. 'Ik dacht dat u ook de voorkeur gaf aan vrouwen boven mannen.'

Nog steeds was het me een raadsel waar ze naartoe wilde. Omdat ze mijn verwarring zag, verklaarde ze zich nader: 'Bessie en Elsie zijn een stel. Ik dacht dat het er in uw hart ook zo uitzag.'

Nu meende ik haar te begrijpen. 'U bedoelt dat Miss Marbury...'

'... lesbisch is.' Ze sprak het woord uit dat ik tot dan toe nog maar heel zelden had gehoord, hoewel ik de betekenis kende. Aan de universiteit had een aantal studentes zich 'volgelingen van Sappho' genoemd. Ik was altijd met een grote boog om die meisjes heen gelopen, want ze bezorgden me een ongemakkelijk gevoel.

Ik keek naar Miss Marbury, die juist op dat moment een blik met Miss de Wolfe wisselde. Ik was met Henny in zekere zin ook zo vertrouwelijk omgegaan, maar mijn gevoelens waren altijd onschuldig geweest. Nu ontdekte ik echter in de ogen van Miss Marbury iets wat ik ook in Darrens ogen had gezien. Ze leek voor Miss de Wolfe niet alleen genegenheid, maar ook liefde te koesteren.

'Als ik niet beter wist, zou ik denken dat Miss Arden ook een van ons is,' zei de vrouw. 'Maar ze heeft haar echtgenoot en die laat ze niet vallen...' Het klonk bijna alsof ze het jammer vond. 'Maar u kunt er rustig van uitgaan dat ruim de helft van de aanwezige dames onze opvattingen deelt. Ik hoop dat dat geen probleem voor u is.'

'Nee.' Ik schraapte mijn keel. 'Natuurlijk niet.'

'Mooi zo. We bijten namelijk niet,' zei mijn gesprekspartner lachend terwijl ze mijn schouder streelde. 'Al denken sommige mannen van wel.' Ze nam nog een slokje uit haar glas en voegde eraan toe: 'Nou, ik wens u nog een gezellige avond, liefje. Ik hoop dat onze paden elkaar nog eens zullen kruisen.'

'Dat hoop ik ook,' antwoordde ik.

Miss Fletcher keek me diep in de ogen en zei: 'Wat jammer dat u van mannen houdt. U bent zo mooi dat ik graag een poging had gewaagd.' Na die woorden liep ze weg.

Toen de party al een tijdje aan de gang was en ik niet meer kon staan vanwege mijn schoenen, zocht ik een plekje in de luwte, op een gigantische steen waaruit je heel goed een monument of een sculptuur had kunnen houwen. Het leek of mijn hoofd vol watten zat. Enerzijds door de cocktails die ik had gedronken, anderzijds door de openbaringen van die avond.

Hoe was Miss Fletcher op het idee gekomen dat ik lesbisch was? Kon je aan me zien dat ik geen man had? Was ik veranderd in een blauwkous of zoiets? Of was het voldoende geweest dat ik een kennis van Miss Marbury was?

Als ik terugkeek op de afgelopen maanden moest ik toegeven dat ik nauwelijks oog voor mannen had gehad. Had ik daardoor bij Miss Arden de indruk gewekt dat ik niet in mannen geïnteresseerd was? Had ze me meegenomen opdat ik hier misschien een partner vond? Een vrouw, als het dan geen man mocht zijn? Ik schudde de gedachte van me af. Nee, Miss Arden had geen interesse in privézaken. Er moest iets anders achter mijn verblijf hier zitten.

‘En, is de drukte u ook te veel?’ vroeg een man naast me. Ik draaide me om en herkende Mr Jenkins. Hij had een whiskyglas in zijn hand waarin nog een bodempje zat, dat hij ronddraaide.

‘Ik moest alleen even gaan zitten,’ zei ik, terwijl ik naar mijn voeten wees. ‘Ik ben het niet meer gewend zo lang op zulke hoge hakken te staan. In de salon draag ik altijd platte muiltjes.’

‘Begrijpelijk,’ antwoordde Jenkins. ‘Hebt u er bezwaar tegen als ik even naast u kom zitten? Ik vrees dat ik al lang niet meer in gezelschap van zo veel vooraanstaande figuren ben geweest.’

Ik vroeg me af wat Miss Arden ervan zou vinden als ze Mr Jenkins naast me zag zitten. ‘Graag,’ zei ik en ik schoof een stukje opzij. Gelukkig hield Mr Jenkins een beetje afstand toen hij ook op de steen ging zitten.

‘Begrijpt u me niet verkeerd,’ zei hij, terwijl hij in zijn glas keek. Ik merkte dat hij licht aangeschoten was. ‘Ik heb eigenlijk niets tegen mensen met status. Ik mag ze wel. Maar als de een zichzelf belangrijker vindt dan de ander is de grens van wat nog te verdragen is wel dichtbij.’

‘Wat fijn voor mij dat ik veel van die prominenten niet ken,’ antwoordde ik. ‘Ik had eerder gerekend op filmsterren, maar die lijkt Miss Marbury niet te hebben uitgenodigd.’

‘De film is niet helemaal haar metier, ze is meer van de literatuur. En van mooie vrouwen.’

‘Daar heb ik al iets over gehoord.’

‘O ja?’ Jenkins trok zijn wenkbrauwen op. ‘Wie heeft u dat verteld?’

‘Miss Fletcher,’ zei ik.

‘Aha,’ zei hij. ‘Nou, dan zal u hier niets meer verbazen.’

Na een korte stilte zei hij: ‘Bessie Marbury is een prachtvrouw. Sommige mannen zijn een beetje bang voor haar, maar wie haar goed kent weet haar te waarderen.’

‘Ja, ze is inderdaad een eminente persoonlijkheid,’ gaf ik toe, want ik wilde niet de indruk wekken dat ik negatief over Miss Ardens vriendin dacht.

‘Veel van de vrouwen die u hier ziet zetten zich al jaren in voor vrouwenrechten. Miss Marbury heeft een zeer invloedrijke kring om zich heen verzameld. Sommige dames hebben zelfs nog de tijd van korsetten en hoepelrokken meegemaakt. U bent nog jong en hebt die strijd waarschijnlijk nauwelijks gevolgd.'

'Mijn vader vond suffragettes vermoeiend, maar er werd thuis eigenlijk nooit over gesproken,' antwoordde ik. 'Ze vielen me pas echt op toen ik naar de universiteit ging en toen vroeg ik me af waarvoor ze nog streden nu het kiesrecht er inmiddels door was.'

'Als u het Miss Marbury zou vragen, zou ze u uitleggen dat er altijd iets is om voor te strijden. U zult zien dat vrouwen over een paar jaar alleen nog broeken dragen en misschien kunnen we ze dan nauwelijks meer van mannen onderscheiden.'

'Dat geloof ik niet,' zei ik. 'Vrouwen zullen zich altijd tot schoonheid aangetrokken voelen. Zelfs al zouden ze broeken gaan dragen, dan zullen ze er toch op letten dat ze goed van een man te onderscheiden zijn.'

Ik zweeg even en, aangespoord door de lichte alcoholroes waarin ik ongetwijfeld verkeerde, voegde ik eraan toe: 'Bovendien is het ons onmogelijk een baard te laten groeien.'

Mr Jenkins keek me aan. 'En hoe zit dat met u? Wilt u ooit zo'n angstaanjagende vrouw worden?'

'Nee,' flapte ik eruit, misschien wat ondoordacht, want als ik naar Miss Marbury keek was ik erg onder de indruk en zou ik best iets van haar vrijmoedigheid en haar invloed willen hebben.

'Echt niet?' vroeg hij verrast. 'Als u mijn vrouw deze vraag zou stellen, zou ze direct ja zeggen.'

'Miss Arden is toch al een invloedrijke vrouw?' vroeg ik.

Er verscheen een subtiel glimlachje op Mr Jenkins' gezicht. 'Ik dacht dat u angstaanjagend zou zeggen.'

'Dat oordeel zou ik me nooit aanmatigen. Bovendien vind ik haar niet angstaanjagend. Eerder respect afdwingend.'

'Ja, dat kan kloppen,' antwoordde hij nadenkend. 'Wat u aangaat is ze ook wel erg welwillend. Andere mensen hebben Lizzy heel anders meegemaakt. Laten we hopen dat ze u welgezind blijft.'

Dit klonk eigenaardig en ook wel enigszins verontrustend. Tegelijkertijd kwam de vraag weer bij me op die me bezighield sinds ik de uitnodiging om mee te gaan had gekregen.

'Mag ik u iets vragen?' Ik durfde de vraag te stellen omdat ik me op dat moment sterk genoeg voelde.

'Zegt u het maar, Miss Krohn.'

'Waarom ben ik meegevraagd? Ik bedoel, ik pas overduidelijk niet tussen al deze mensen. Miss Fletcher dacht weliswaar dat ik ook lesbisch was, maar...'

'En? Bent u dat?' vroeg Mr Jenkins schalks.

'Ik geloof van niet. Ik... Ik ben wel eens met een man samen geweest. Dat het niets is geworden, kwam niet door gebrek aan interesse voor mannen. Ik ben in hun ogen wellicht te... onconventioneel.' Daar klopte niets van. Ondanks mijn studie was ik heel conventioneel. Maar dat ging Mr Jenkins niets aan.

'Ik ben ervan overtuigd dat u weer een man zult vinden,' zei hij. 'Al zal mijn vrouw het zeker niet prettig vinden als u trouwt en het bedrijf verlaat.'

'Om te trouwen moet ik eerst iemand vinden.' Ik zette een scheef glimlachje op. 'Maar dat is geen kwestie waarover ik het nu wil hebben. Ik ben tevreden met mijn leven zoals het is.'

Mr Jenkins knikte en tuurde nog even nadenkend in het duister.

'Nou, waarom ben ik hier?' drong ik aan, want hij had handig geprobeerd me van mijn vraag af te leiden.

'Mijn vrouw volgt haar eigen regels als het erom gaat hoe ze werknemers inzet. Veel van haar beslissingen met betrekking tot het personeel lijken op het eerste gezicht ongerijmd. U herinnert zich toch nog wel dat u verbaasd was niet in het laboratorium te worden geplaatst, terwijl u scheikunde hebt gestudeerd en in dat vakgebied voor madame Rubinstein hebt gewerkt?'

'Ja, natuurlijk,' zei ik.

'Zo gaat ze altijd te werk. Ze geeft mensen een functie waarvoor ze aanvankelijk niet geschikt lijken te zijn, maar die juist heel goed bij hen blijkt te passen. Zo ook in uw geval. U hebt cosmetica gemaakt en nu past u die toe. Ik neem aan dat u desondanks de scheikundige formules ervoor in uw hoofd hebt.'

Ik knikte.

'Ik denk dat mijn vrouw een plan met u heeft. Welk weet ik nog niet, maar ze informeert de betrokkene en de mensen om zich heen pas als ze zeker van haar zaak is. Uw tijd in de salon is bedoeld als opleiding, net als uw bezoek hier. Ze heeft nooit eerder iemand uit de onderneming kennis laten maken met haar vriendinnen.'

'Zelfs Miss Hodgson niet?'

'Zelfs haar niet, nee. U bent de eerste. Ze wil dat u gewend raakt aan deze hogere kringen. Misschien omdat ze wil dat u er alles over te weten komt en dat u die kennis ooit inzet ten behoeve van haar bedrijf.'

Hij zei 'haar bedrijf', niet 'ons bedrijf'.

Tot dan toe had ik gedacht dat ze me niet alleen als trofee zag, als iets wat ze madame Rubinstein afhandig had gemaakt. Ik maakte mezelf wijs dat het mijn eigen beslissing was geweest, maar had ik wel bij haar gesolliciteerd als ze me na de party bij Vanderbilt die brief niet had gestuurd? Ik had geen idee. Het klopte dus wel: ze had madame mij afhandig gemaakt. Ik was een trofee. Maar dat was niet de reden dat ik hier was. Wat Mr Jenkins had gezegd stelde alles in een ander licht.

'Bovendien heeft Lizzy een zwak voor mooie vrouwen,' voegde hij eraan toe. 'Als dat niet zo was, zou ze immers geen goede cosmeticafabrikante zijn. Ze heeft heel graag mooie vrouwen om zich heen en u bent daar een van.'

'Ik draag een bril,' wierp ik tegen en ik schoof mijn montuur demonstratief langs mijn neus omhoog.

'Die hebt u nodig en hij doet geen afbreuk aan uw uiterlijk. Hoewel u misschien best eens een moderner montuur kunt aanschaffen. De opticiens beginnen zo langzamerhand in te zien dat een bril ook een sieraad kan zijn.'

Hij schonk me een glimlach en we bleven een tijdlang stilzwijgend zitten. Ik moest eerst eens laten bezinken wat hij had gezegd. Misschien had Miss Fletcher toch gelijk en hield Miss Arden meer van vrouwen. Mooie vrouwen. Misschien schatte ze me verkeerd in... Maar wat Mr Jenkins had gezegd was wel in overeenstemming met mijn ervaringen met Miss Arden. Ze hielp mensen vooruit en verzekerde zich daarmee van hun loyaliteit. Daar wilde ik aan denken en niet aan de mogelijkheid dat ze misschien gevoelens voor me koesterde die ik niet kon beantwoorden.

'Oké,' zei hij ten slotte en hij stond op. 'Ik kan maar beter teruggaan naar de mannen. Anders denken ze nog dat de suffragettes me aan een boom hebben vastgebonden.' Hij schoot in de lach. 'Een fijne avond nog, Miss Krohn.'

'U ook, Mr Jenkins,' antwoordde ik. Ik keek hem peinzend na. Tegelijkertijd voelde ik opeens een enorme druk. Wat zou Miss Arden in me zien? Wat waren haar plannen met mij? Na voor madame te hebben gewerkt dacht ik het een en ander over vrouwen te weten. Maar de waarheid was dat ik niets wist.

22

Ik was dankbaar dat ik niet erg dol was op alcohol, en dat ik daardoor de volgende ochtend niet met hoofdpijn wakker werd. Toen ik opstond voelde ik me fris en uitgerust. De plattelandslucht leek zijn werk te doen. De kringen onder mijn ogen waren sinds ik hier was ook niet meer zo donker. Of was dat slechts verbeelding?

Ik liep naar het raam, schoof de gordijnen, die de kamer in een rode gloed hadden gedompeld, opzij en opende een van de dubbele ramen. Vogelgekwetter waaide naar binnen, samen met een naar hooi ruikend briesje. Ik deed mijn ogen dicht, en terwijl ik inademde had ik het gevoel dat de lucht ook de uiterste hoekjes van mijn lichaam bereikte. Ik had er nooit over gedacht hoe het zou zijn op het platteland te leven, maar ik moest toegeven dat in deze omstandigheden ontwaken me erg goed beviel.

Een half uur later, toen ik me had gewassen en mijn rietgroene zomerjurk had aangetrokken, ging ik naar beneden. Er waren stemmen te horen, vergezeld van gerinkel van kopjes. Was het ontbijt al begonnen?

Toen ik de eetzaal binnenkwam, zag ik twee dienstmeisjes, die bezig waren de couverts neer te leggen. Ik was dus nog te vroeg. Omdat ze me niet leken op te merken, observeerde ik hen even. Wat moest het toch eigenaardig zijn om personeel te hebben... Natuurlijk was Kate ook altijd in huis, maar zij en Mr Parker leken meer een vertrouwde eenheid. De meisjes hier wekten echter alleen al door hun uniformen een indruk van distantie ten opzichte van de andere bewoners.

Uiteindelijk zagen ze me en staakten hun bezigheden. 'Goedemorgen, Miss,' zei Claire. 'Het ontbijt zal nog een tijdje op zich laten wachten, na een feest vertoont Miss Marbury zich hier pas tegen negen uur.'

'Ach, natuurlijk,' antwoordde ik een beetje verlegen en ik trok me terug. Wat moest ik nu? Naar mijn kamer teruggaan? Een boek uit de bibliotheek halen?

Een wandeling leek me het meest aangewezen. Buiten wendde ik mijn gezicht naar de zon. Mijn huid voelde wat strak aan, ondanks de crème die ik had aangebracht. Kwam dat ook door de lucht hier? Of door de zon? Ik zette me in beweging en liep over het gazon, dat er weer net zo maagdelijk bij lag als bij onze aankomst. De knechten die Miss Marbury had ingehuurd, moesten vroeg in de ochtend hebben opgeruimd. Alleen een lila tulen strik die aan een struik hing was aan hun aandacht ontsnapt.

In de schaduw van een hoge boom bleef ik staan en keek rond. De aanblik van de zachtronde heuvels en het dichte bostapijt maakte een verlangen bij me wakker. Niet naar Berlijn of Parijs, maar naar Darren. Dat was vreemd, want ik had al een poosje niet meer aan hem gedacht. Waarschijnlijk kwam dat door al dat gepraat over vrouwen die van vrouwen hielden, en mannen die zulke vrouwen afschrikwekkend vonden. Ik wilde dat ik hem over de afgelopen avond kon vertellen. Maar dat kon niet.

Uiteindelijk liep ik een eindje van Miss Marbury's villa vandaan. Tijdens de rit erheen had ik een meertje ontdekt. Ik hoopte dat ik het kon vinden. Ik liep de weg af en zag even later iets glinsteren. Inderdaad vond ik kort daarop de toegang tot het water. Weer moest ik aan Darren denken. Het zou hem hier zijn bevallen, en mogelijk zou hij weer een verhaal ten beste hebben gegeven waarin een piraat of rover hier in de buurt een schat had begraven. Ik dacht eraan hoe we arm in arm waren gaan wandelen en verlangde naar zijn warmte, zijn woorden, zijn aanwezigheid.

Ik verdrong die gedachte, want het leverde niets op om in het verleden te blijven hangen. Maar het volgende moment schoot

Henny me te binnen. We waren in de zomer aan de Wannsee geweest, en ook al had ik met mijn dikke buik niet kunnen zwemmen, ik had erg van de tijd daar genoten. Even speelde ik met de gedachte mijn jurk uit te trekken en gewoon in het water te springen. Maar toen merkte ik dat er iets bewoog. Twee vrouwen kwamen uit de struiken en liepen op hun tenen naar het water. Ik had erom kunnen wedden dat ik ze gisteren op de party had gezien. Juichend sprongen ze in het water en lachten en kusten elkaar. Een poosje keek ik gefascineerd naar hen, en toen ging ik weer weg. Ze waren er waarschijnlijk niet op bedacht dat ze bespied werden, dus besloot ik hun hun privémoment te gunnen.

Bij mijn terugkeer waren Miss Marbury en ook Miss Arden al op. Mr Jenkins was niet te bekennen.

'Sophia, liefje!' zei Miss Marbury toen ze me zag. 'Al zo vroeg op de been?'

'Ik heb een wandelingetje gemaakt,' antwoordde ik. 'Ik ben altijd vroeg wakker, en ik dacht, ik ga eens bij het meertje kijken.'

'U bent dus een natuurliefhebster?' vroeg ze.

'In de stad is er niet veel gelegenheid om in alle rust naar een meer te kijken,' zei ik.

'Dat is waar. New York staat om andere dingen bekend dan botanica, afgezien van Central Park. In de stad zijn eerder de uitwassen van het menselijk streven te bewonderen. Er is haast geen geweldigere stad!'

Daar moest ik haar gelijk in geven. Berlijn en Parijs waren ook geweldig, maar New York stak ze met zijn wolkenkrabbers naar de kroon.

'Lizzy heeft me verklapt dat je uit Duitsland komt,' zei Miss Marbury nu en ze gaf me een arm. 'En dat je gestudeerd hebt.'

'Scheikunde,' antwoordde ik.

'O, dus natuurwetenschappen! Lizzy, je hebt me niet eens verteld dat er zich een natuurwetenschapster onder ons bevindt.'

Miss Arden gaf daar geen antwoord op, waarschijnlijk omdat ze me zonder diploma niet als wetenschapster zag.

'Voor mij blijft dat een gesloten boek. Ik ben eerder gericht op woorden en verhalen,' verklaarde Miss Marbury. 'Zijn er in jouw vak ook verhalen te vertellen? Op het toneel worden wetenschappers meestal als een beetje warrig voorgesteld, zoals in *Frankenstein*. Kent u dat boek misschien?'

Ik knikte. De krankzinnige wetenschapper die bezeten was van het idee een mens te scheppen, had me als tiener aangename rillingen bezorgd. 'Maar ik kan jullie verzekeren dat niet alle wetenschappers ruzie met God maken,' antwoordde ik. 'Het was eerder mijn bedoeling om het leven van mensen met behulp van scheikunde beter te maken. In het bijzonder het leven van vrouwen, wat cosmetica betreft.'

'Ja, wat zouden we zijn zonder de zegeningen van de wetenschap? Maar als je het mij vraagt, is elke poging om iets aan een mensenleven te veranderen een poging om ruzie met God te krijgen. Zelfs als het gaat het om het bevorderen van schoonheid. Het is net als in het theater: je spiegelt de mensen een wereld voor die er anders niet was geweest.'

Klopte dat? Haar woorden zetten me aan het denken. Zeker, make-up was een illusie. Maar vrouwen hadden behoefte aan het gevoel mooi te zijn. Of toch niet?

Toen ik jong was, wilde ik beslist een mooie huid hebben. Georg had bewondering gehad voor mijn uiterlijk, voor mijn haar, en ik voelde me gevleid. Vreemd genoeg had de tijd erna, waarin ik weinig aan mijn uiterlijk kon doen, me de ogen geopend wat mijn bedoelingen betreft. Mooie vrouwen werden voorgetrokken, dat had ik tot nog toe altijd weer gemerkt. En ik had het me in mijn hoofd gezet om voor alle vrouwen die schoonheid bereikbaar te maken. Ik werkte nog steeds voor Miss Arden, nog steeds leerde ik. Misschien leidde dat ooit tot iets heel anders. De droom om ooit een eigen winkel te hebben, had ik nog niet opgegeven.

'Maar ik wil je niet onzeker maken, liefje,' voegde Miss Marbury eraan toe. 'Je doet geweldig werk, en bedenk dat rode lippenstift een handelsmerk is van ons suffragettes.'

'Hoewel je die nooit hebt opgehad,' wierp Miss Arden tegen,

waarmee ze voor het eerst het woord nam nadat ze peinzend voor zich uit had zitten staren.

'Dat klopt, ook lippenstiften waren bang voor mijn grote mond. En dat zijn ze nog steeds. Maar het was een signaal aan de mannenwereld dat niet onderschat moet worden. Daarmee hebben we ons zichtbaar gemaakt!'

Ik probeerde me Miss Marbury voor te stellen in een kring van vrouwen met rood gestifte lippen, destijds in mijn jeugd toen je nooit make-up op vrouwengezichten zag. Ja, ze waren zichtbaar geweest, maar die zichtbaarheid had veel ergernis opgeleverd.

'Ik denk dat we nu het landgoed eens moesten gaan bekijken. Voor een vrouw als jij is het echt ideaal, Lizzy!'

'Ik brand van verlangen om het te zien!' antwoordde Miss Arden, en ze gaf Miss Marbury een arm.

Toen we op weg gingen om het stuk grond te bekijken was Mr Jenkins nog steeds niet beneden. Miss Arden leek gespannen. Ze mocht dan de baas van het bedrijf zijn, maar als er belangrijke zaken aan de orde waren had ze haar man graag bij zich. En het landgoed dat Bessie Marbury Miss Arden wilde laten zien leek belangrijk voor haar te zijn.

'We kunnen erheen lopen,' verklaarde Miss Marbury. 'Het is niet al te ver. Jammer dat het moet worden verkocht. Maar de een zijn dood is de ander zijn brood.' Met die woorden begaf ze zich naar de uitgang. Het lopen leek haar die dag nog zwaarder te vallen, maar niemand durfde haar ervan af te brengen, ook Miss de Wolfe niet. Toen ze de trap achter zich had, liepen we naar de poort.

Tot mijn verrassing sloegen we de richting in waar ook het meertje lag.

'Dat is de Long Pond, 'verklaarde Miss Marbury toen we even bleven staan, en ze wees met haar stok. 'Vlak ernaast ligt het landgoed. Ik denk dat het bij uitstek geschikt is voor je plannen, Lizzy.'

Ik vroeg me af welke plannen dat waren. Wilde ze misschien een weekendhuis kopen om in het gezelschap van haar vriendinnen uit te rusten?

We gingen verder langs het meer. Miss Marbury zei nauwelijks iets; ze had duidelijk moeite met het pad. Miss de Wolfe keek af en toe bezorgd naar haar.

Toen achter ons voetstappen klonken, keek ik om. De man die achter ons aan kwam, moest Mr Jenkins zijn, ik herkende tenminste zijn reiskostuum. Na een tijdje sloot hij zich bij ons aan. 'Mijn excuses, dames, ik ben bang dat ik me verslapen heb. Toen ik beneden kwam werd me gezegd dat jullie al onderweg waren.'

'Wees maar niet bang, Tom, zoals je ziet ben ik momenteel niet al te best ter been. Je zou ons hoe dan ook hebben ingehaald.'

Ik merkte dat Miss Arden haar echtgenoot een verwijtende blik toewierp. Was dat omdat hij te laat was? Ik richtte mijn blik op het landschap en deed alsof ik niets gezien had.

Na een half uur kwam er een groepje imposante bomen in zicht die zo dicht bebladerd waren dat je het erachter liggende terrein nauwelijks kon zien. Nadat we de woudreuzen achter ons hadden gelaten en een kleine heuvel hadden beklommen, strekte het zich voor ons uit. Het besloeg meerdere hectaren en omvatte talrijke gebouwtjes, die vroeger van dienst moesten zijn geweest voor de boerderij. Er was een heleboel wildgroei, maar ook heerlijk veel plaats voor tuinen.

'Mag ik jullie voorstellen?' zei Miss Marbury met de trots van een makelaar in haar stem. 'The Gables. Een van de mooiste landgoederen in de omgeving van Vermont, en een huis vol geschiedenis.'

The Gables wekte inderdaad de indruk vol geschiedenis te zitten en moest nog ouder zijn dan de villa van Miss Marbury. Het landhuis was in Engelse stijl gebouwd en leek nog afkomstig uit de tijd dat de eerste Pilgrim Fathers in Amerika aankwamen. Mr Parker had daar met Thanksgiving tijdens de kalkoenmaaltijd over verteld.

Het opvallendst aan dit landgoed, dat bestond uit een hoofdgebouw met twee verdiepingen en talrijke, deels met het hoofdgebouw verbonden nevengebouwen, was de kleur. Het dak had een mosgroene glans, wat beslist niet de bedoeling was geweest en te maken had met de veroudering van de pannen. De muren echter waren stralend geel en vormden een sterk contrast met de groene weiden eromheen. Verder waren er een paar stallen en een lege omheinde paardenwei. Maar de blikvanger bleef het hoofdgebouw, met ramen die me een beetje aan de adellijke huizen in Parijs deden denken.

'Ik heb de beheerder de sleutels weten af te troggelen, zodat je ook een blik op het interieur kunt werpen,' verkondigde Miss Marbury en ze liet zich door Miss de Wolfe de sleutelbos aangeven. 'Zullen we dan maar?'

Ik keek naar Miss Arden, die wel verlamd leek bij de aanblik, maar dan in positieve zin. Zou haar goede oog voor de talenten van mensen ook voor huizen gelden? Ik wenste op dat moment dat ik gedachten kon lezen. Dat ze over de buitenkant van het huis meteen al enthousiast was, kon je duidelijk aan haar zien. Haar ogen straalden, en ook de rest van haar gezicht glom zoals ik nooit eerder had gezien.

We liepen de met barokke gipselementen getooide deur door en betraden de hal. Op het parket lag een stoflaag, die nog duidelijker zichtbaar werd toen Mr Jenkins in opdracht van Miss Marbury de vensterluiken opendeed.

Het licht dat door de hoge ramen naar binnen viel, bescheen elk hoekje van de ruimte en maakte de lakens waarmee meubels, schilderijen en spiegels bedekt waren oogverblindend. Stucornamenten sierden het plafond, en hoewel de kroonluchters die hier misschien ooit hadden gehangen waren weggehaald, kon je je goed voorstellen welke pracht er in voorbije tijden had geheerst.

Maar ik merkte ook iets onaangenaams op. Het rook naar verkoold hout. 'Is er brand geweest?' vroeg ik, terwijl ik om me heen keek. Er waren geen sporen van brand te ontdekken, maar ik was er zeker van dat ze ergens in het gebouw moesten zijn.

'Je hebt een goede neus, Sophia,' zei Miss Marbury. 'Ja, er is brand geweest, gelukkig aan de achterzijde. Daarbij zijn een paar vertrekken beschadigd geraakt, maar niet al te ernstig. Zullen we er gaan kijken?'

'Is dat dan niet gevaarlijk?' Als er in Berlijn brand was geweest, had de brandweer de mensen altijd gewaarschuwd om het pand niet in te gaan.

'Nee, ik denk het niet. De vorige eigenaren zijn niet weggegaan omdat het dak boven hun hoofd instortte. Ze dachten dat het huis vervloekt was. Wij weldenkende mensen geloven niet in geesten, nietwaar?'

Ik schudde mijn hoofd en liep achter de anderen aan.

De brand was inderdaad niet erg desastreus geweest. Die betrof vooral de keuken, die een grove stenen vloer en dikke stenen muren had. De brand moest bij het fornuis zijn ontstaan, dat verrieden de roetsporen. Er waren een paar ruiten gebroken en er lagen glasscherven op de vloer, maar of ze door de hitte gebarsten waren of door de brandweer ingeslagen viel niet te zeggen. Het bluswerk had in elk geval het behang geruïneerd en een vreselijke chaos veroorzaakt. De sporen daarvan waren nog altijd te zien.

'Ik ben ervan overtuigd dat de schade hier eenvoudig hersteld kan worden. De vorige eigenaren waren idioten, dat ze dit huis vanwege zo'n futiliteit hebben opgegeven. Maar de echtgenote wilde hier niet meer komen, omdat ze vreesde in haar slaap door brand te worden verrast.' Miss Marbury schudde haar hoofd.

'Het is prachtig,' zei Miss Arden zichtbaar aangedaan.

'Wacht maar tot je het uitzicht op de Long Pond ziet. Er is een heuveltje waarvandaan je een geweldig panorama hebt. Maar eerst laat ik je nog de zaal zien die zich uitstekend zou lenen voor cocktailparty's.'

Miss Marbury en Miss de Wolfe liepen vooruit. Mr Jenkins volgde hen, maar Miss Arden en ik bleven naar de keuken staan kijken. 'Wat denkt u, Miss Krohn?'vroeg ze na een tijdje. 'Zou u zich in zo'n huis prettig voelen?'

'Het is wat groot voor mijn behoeften,' antwoordde ik.

'En als u een gezin had? Kinderen?'

Dat laatste woord stak me als een speldenprik. Kinderen. Zou ik ooit kinderen hebben? Kinderen behalve mijn zoontje, dat mogelijk nog in leven was, maar misschien ook niet.

'Voor een groot gezin zou het huis zeker geschikt zijn. Maar eerlijk gezegd zie ik mezelf niet als moeder. Ik heb niet eens een man.'

'Soms is daar geen man voor nodig. Ik heb me laten vertellen dat Josephine Baker een heleboel kinderen geadopteerd heeft – zonder man. Zegt die naam u iets?'

Mijn hart verkrampte. Henny. Ik zag weer voor me hoe blij ze was geweest met haar engagement in Parijs. Maar ook zij was niet een vrouw die ik me met een schare kinderen kon voorstellen. 'Ik denk dat ik er eerst maar eens voor moet zorgen dat ik me een huis als dit kan permitteren,' antwoordde ik ontwijkend. 'Ik zal daar nog een poosje voor moeten sparen.'

Het volgende ogenblik besefte ik dat Miss Arden mijn woorden kon opvatten in die zin dat ze me te slecht betaalde. Maar ze negeerde die opmerking. 'Soms heb je geen kinderen nodig om zo'n huis te vullen,' zei ze mijmerend.

Wat zou ze in gedachten hebben? Een party, zoals die van Miss Marbury de afgelopen dag? Een nieuwe zaak? Op de een of andere manier had ik steeds het gevoel dat Miss Arden over nieuwe ondernemingen dacht. Misschien was daar ook een bij waarin ik een ander aandeel had dan cliëntes opmaken?

De rondleiding ging verder, door de bijgebouwen, die nog in verbazend goede staat waren, en de stallen. De paarden waren al lang weg, maar een zweem van de lucht ervan vermengd met de geur van op de zolder overgebleven hooi was nog altijd waarneembaar.

Uiteindelijk keerden we terug naar het huis. Mr Jenkins bleef achter, want hij wilde nog een beetje buiten rondkijken.

'De vorige eigenaren hebben weinig van het landgoed gemaakt,' meldde Miss de Wolfe. 'Ze waren er praktisch nooit. Er wordt aangenomen dat het landgoed deel uitmaakte van een erfenis die ze niet echt konden of wilden beheren.'

'Het lijkt er wel op dat ze er toch behoorlijk over moesten nadenken, want het heeft lang geduurd voor het te koop werd gezet,' voegde Miss Marbury eraan toe.

'Ik neem het,' zei Miss Arden, nog voor het einde van de rondleiding.

Miss Marbury trok haar wenkbrauwen op. 'Neem je het?'

Miss Arden knikte. 'Ja. Ik geloof dat het precies is wat ik wil. Nee, ik moet zeggen, ik ben op slag verliefd!'

'Maar dat is fantastisch!' riep Miss Marbury uit. 'Dan zijn we eindelijk echt buren.'

'Dat zijn we zeker,' antwoordde Miss Arden, terwijl ze opkeek naar de massieve dakbalken. 'Ik zou hier een paardenfokkerij kunnen beginnen, denk je niet? Met een eigen renstal.'

'Een uitstekend idee!' riep Miss Marbury dwepend. 'Je zou een van de eerste vrouwen zijn die dat doen. Misschien kun je zelf rijden. Je bent er klein genoeg voor.'

In Miss Ardens blik verscheen vervoering. Zag ze zichzelf al op een paardenrug over de renbaan stuiven? Meer dan ooit vroeg ik me af wat ik hier te zoeken had. Ik had een beetje gehoopt dat ze misschien een locatie voor een nieuw laboratorium zocht of een nieuwe fabriek wilde opzetten. Paarden waren niet bij me opgekomen.

'Hoeveel tijd zullen de formaliteiten in beslag nemen?' vroeg Miss Arden uiteindelijk, waarmee ze uit haar dagdroom terugkeerde.

'Als ik mijn advocaat inschakel, slechts een paar weken. Waarschijnlijk zijn de erfgenamen zo blij dat ze dat blok aan hun been kunnen kwijtraken, dat ze toestaan dat je je paarden hier al eerder onderbrengt.' Miss Marbury zweeg even, en toen voegde ze eraan toe: 'Kom, laten we er eentje gaan nemen op je beslissing.'

Miss Arden keek me aan. 'U lijkt een beetje teleurgesteld, Miss Krohn.'

Was dat me aan te zien? 'Ik ben niet teleurgesteld,' antwoordde ik, terwijl ik mijn best deed te glimlachen. 'Ik dacht alleen...' Ik hield op. Kon ik echt mijn mening geven? In elk geval was ik teleurgesteld dat ze zich niet, zoals ik had gedacht, met een nieuw plan voor de zaak wilde gaan bezighouden. Een paardenfokkerij! Dat was wel het laatste wat ik van Miss Arden had verwacht.

'Wat dacht u?' informeerde ze.

'Ik dacht dat u een locatie zocht met een zakelijke bestemming. Een fabriek misschien, of een laboratorium.' Bijna was me ontglipt dat ik zoiets had verwacht, omdat ze me voor dit weekend had uitgenodigd.

Even heerste er stilte. Had ik me echt zozeer in Miss Arden vergist? Kocht ze het landgoed dan alleen voor privégenoegens en paarden?

'Paarden houden is anders ook een zakelijke kwestie,' zei ze ten slotte. 'U zult niet geloven hoeveel geld een goede paardenfokkerij en een renstal kunnen opleveren.'

'Maar u maakt cosmetica!' wierp ik bijna verontwaardigd tegen. 'Madame zou zo'n locatie hebben gebruikt om een hotel of salon op te zetten!' Op slag kreeg ik een knalrood hoofd. Ik had een doodzonde begaan door Helena Rubinstein te noemen. Toen dat tot me doordrong had ik me het liefst heel klein gemaakt. Ik hield mijn adem in. Duidelijk voelde ik de ijzige kilte die Miss Arden ineens leek uit te stralen. Ik had een enorme blunder begaan.

Even heerste er stilzwijgen. Miss Arden keek me met fonkelende ogen aan. Miss Marbury en Miss de Wolfe hielden zich op de achtergrond. Vanuit mijn ooghoeken zag ik hun bezorgde gezichten.

Mijn hart ging als een razende tekeer. Ooit had een van de schoonheidsspecialistes in de salon van Miss Hodgson de doodzonde begaan te zeggen dat de zaak van Miss Arden een draaideur had, waardoor medewerkers er vlugger uit kwamen dan erin. Zou ze me ontslaan?

Miss Arden nam me met haar fonkelende ogen grondig op.

Het scheen me toe dat zelfs de vogels ophielden met zingen om niet haar toorn te wekken. 'Wat ik met mijn bezittingen doe, is aan mij alleen, denkt u niet?' vroeg ze uiteindelijk. Hoewel ze zachtjes en kalm sprak, meende ik ternauwernood onderdrukte woede in haar woorden te horen.

'Uiteraard, Miss Arden,' zei ik en ik boog mijn hoofd.

Ze staarde me nog een poosje aan, toen siste ze min of meer: 'Noem de naam van dat mens nooit meer in mijn bijzijn, begrepen?'

Ik knikte. Vermoedelijk woog het noemen van madame vele malen zwaarder dan mijn voorstel voor het gebruik van het landgoed.

'Mijn excuses, ik wilde u niet ergeren,' zei ik, maar Miss Arden richtte haar aandacht alweer op haar vriendinnen. Toen ik opkeek zag ik dat ze zichtbaar haar best deed om te glimlachen. Maar de vrolijke stemming die er daarnet nog had geheerst, was verdwenen.

23

De volgende ochtend zouden we, kort na het uitgebreide ontbijt waarop Miss Marbury had aangedrongen, teruggaan naar New York. Ik was er eigenlijk blij om, want na mijn faux pas van de vorige dag jegens Miss Arden was me verder een ijzig zwijgen ten deel gevallen. Tijdens het diner had ik nog eens geprobeerd haar mijn excuses aan te bieden, maar ook toen had ze gedaan alsof ik en wat ik te zeggen had lucht waren.

Ik had de hele nacht liggen piekeren. Wat zou er nu gebeuren? Zou ik mijn baan kwijtraken? Hoewel ik er op enig moment in was geslaagd in slaap te vallen, werd ik meteen weer door angst overvallen toen ik mijn ogen opendeed. Die angst achtervolgde me naar de badkamer en de garderobekast en toen ik de trap af liep. De angst belette me ook om het heerlijke buffet aan te raken. Bij het zien van wat er stond opgedist dacht ik alleen maar dat me vast nooit meer zoiets zou worden voorgezet.

Miss Arden babbelde geanimeerd met haar vriendinnen. Als ze mijn aanwezigheid al had opgemerkt, negeerde ze die waarschijnlijk. Daar was ik enerzijds blij om, anderzijds maakte het me zwaar te moede.

'Wat is er toch met je, liefje?' vroeg Miss Marbury verbaasd. Ik kromp ineen. Ik was in gedachten verzonken geweest en had niet gemerkt dat ze naast me was komen staan. 'Heb je last van je maag?'

Ik was ervan overtuigd dat Miss Arden nogmaals met haar over mijn gedrag had gesproken. 'Ik... Ik heb 's ochtends soms geen trek,' zei ik. 'Ik heb ook een beetje hoofdpijn, misschien ligt het daaraan.'

'O, zal ik je een middeltje laten brengen?' Er verscheen een bezorgde uitdrukking op Miss Marbury's gezicht. 'Die hoofdpijn ken ik maar al te goed. Ik heb er vaak last van als ik recensies lees van zelfingenomen redacteuren die geen benul hebben van ons vak of van kunst in het algemeen.' Ze lachte diep vanuit haar keel en streelde toen mijn onderarm. 'Wil je zo'n middeltje proberen? Ik heb me laten vertellen dat koude opgietingen ook helpen, maar dat zou zonde zijn van je mooie kapsel.'

'Nee, dank u, het zal wel gaan,' beweerde ik en ik pakte demonstratief een paar druiven van het buffet. 'Ik probeer het eerst eens met wat lichte kost.'

'Goed zo,' zei Miss Marbury. Ze trippelde tevreden weg. Ik keek naar de druiven in mijn hand en voelde een grote tegenzin om ze op te eten. Toen ik me ervan had vergewist dat niemand keek, legde ik ze terug.

Na het ontbijt namen we afscheid van Miss Marbury en Miss de Wolfe. Mr Jenkins hielp de chauffeur met het dragen van onze tassen en koffers. Ik betreurde het dat de auto geen derde rij zitplaatsen had. Nu moest ik wel naast Miss Arden gaan zitten. Het stilzwijgen voelde aan als een beer die tussen ons in zat. Onwillekeurig schoof ik dichter naar het portier.

Toen we wegreden van het terrein van Miss Marbury's villa was ik ervan overtuigd dat ik hier voor het laatst was geweest. Miss Arden zou me niet nog eens meenemen. Erger nog, ik vreesde dat ik zou worden ontslagen zodra we de stadsgrens van New York hadden bereikt, zo niet eerder.

In elk geval zou ik vandaag weer in mijn eigen bed kunnen slapen. Al was het heel knus geweest in Miss Marbury's kamer, toch had ik het gevoel gehad dat ik bijna was bezweken onder de dekens. Bovendien had ik bij het bezichtigen van de stallen een paar muggenbeten opgelopen die ontzettend jeukten. Thuis moest ik nog ergens een pakje azijnzure aluinaarde hebben om mee te koelen. Zo niet, dan had Kate er misschien iets voor.

Het was wel een belevenis geweest om kennis te maken met Miss Marbury. Wat ze had gezegd over schoonheid en het menselijk ingrijpen in goddelijke belangen was me bijgebleven. Ik wou dat ik iets beter bekend was met haar wereld.

'En, wat wil je met dat landgoed gaan doen?' vroeg Mr Jenkins terwijl de chauffeur de auto de weg op draaide. Het was voor het eerst dat hij in mijn bijzijn met haar over het perceel sprak.

Het zweet liep me over mijn rug en ik keek ingespannen naar buiten alsof ik zijn woorden niet had gehoord. Ze zou mijn mening zeker niet nog eens willen horen en al helemaal niet in het bijzijn van Mr Jenkins.

Even leek het erop dat Miss Arden de vraag niet had gehoord, maar toen antwoordde ze: 'Je weet toch dat ik een zwak voor paarden heb. Ik zou me kunnen voorstellen daar een renstal te beginnen.'

'Echt waar, een renstal?' vroeg Mr Jenkins. 'Met jockeys en alles erop en eraan?'

'Waarom niet?' antwoordde Miss Arden bijna kil. 'In tijden als deze is het helemaal niet verkeerd om een tweede firma in een andere bedrijfstak te hebben. Er wordt bij de paardenrennen om belachelijke bedragen gewed. En het prijzengeld is ook altijd behoorlijk. Maar de reputatie zou voor mij het belangrijkst zijn. Veel grote zakenlieden hebben een eigen stal, waarom wij dan niet?'

Ik vroeg me af of madame, als ze van deze renstal hoorde, in hoongelach zou uitbarsten of met de gedachte zou spelen zoiets te beginnen.

'Wat denkt u ervan?' Miss Arden had zich tot mij gewend. Haar woorden troffen me als een zweepslag. Ik durfde niet op te kijken. 'U hebt immers een heel eigen mening over dit onderwerp, nietwaar?'

'Alstublieft, Miss Arden, vergeeft u me,' zei ik en ik zag dat mijn woorden parelend als druppels van een regenpelerine van haar afgleden. Haar blik en haar gezicht bleven even star.

'Ik vroeg om uw mening,' antwoordde ze scherp. 'U had er ook geen moeite mee die in het bijzijn van mijn vriendinnen te uiten!'

Mr Jenkins keek me meelevend aan. Waarschijnlijk had ze zich tegenover hem ook al over me uitgelaten.

'Ik...' begon ik. Mijn keel werd onmiddellijk droog en rauw. 'Het spijt me heel erg dat ik me niet heb ingehouden. Ik had...' Ik stokte toen me duidelijk werd dat ik op het punt stond madame er opnieuw bij te halen. 'Ik had mijn mond moeten houden.'

Miss Arden snoof. 'Ik wil dat u in het bijzijn van Mr Jenkins herhaalt wat u zei.'

Hulp zoekend keek ik naar Miss Ardens echtgenoot. Maar van hem hoefde ik waarschijnlijk geen steun te verwachten. 'Ik heb gezegd dat het beter zou zijn The Gables als hotel of salon te gebruiken dan voor het fokken van paarden,' gaf ik uiteindelijk wat gegeneerd toe.

Weer snoof Miss Arden.

Madame had het ook nooit geduld als iemand zich met haar zaken bemoeide. Wel was ik ervan overtuigd dat zij meer visie had gehad en geen stal zou zijn begonnen op zo'n fraai perceel.

Even heerste er stilte. Ik voelde me nog slechter dan eerst.

'Je zult vast de juiste beslissing nemen,' zei Mr Jenkins ten slotte. 'Dat heb je tot nu toe altijd gedaan.' In zijn stem klonk een lichte berusting door. Wilde dat zeggen dat mijn idee hem beviel? Maar als dat zo was, had hij kennelijk niet de wil om zijn vrouw te overtuigen. Hij richtte zijn blik weer op de voorruit en achterin heerste opnieuw een ijzig stilzwijgen.

Tegen de avond kwamen we in New York aan. Gelukkig zette Miss Arden mij als eerste af, zodat ik haar zwijgen niet langer hoefde te verdragen. Hoewel ik wist dat ze niet naar me zou luisteren, bedankte ik haar en wenste haar en haar man een mooie avond, waarna ik zonder achterom te kijken met mijn tas naar het huis liep.

Bij binnenkomst hoorde ik dat Kate met de afwas bezig was.

Vanuit de woonkamer klonk gedempte muziek. Waarschijnlijk zat Mr Parker over zijn krant gebogen, zoals destijds mijn vader. Dat ik op dit moment juist aan hem moest denken, deed mijn stemming geen goed.

'Hé, ben je terug uit de wereld der rijken?' vroeg Kate, die uit de keuken was gekomen, nog voordat ik naar mijn postvakje kon lopen. Ik had haar niet kunnen vertellen wat de bestemming van mijn tripje was, maar ze had haar vermoedens gehad.

'Kate, hallo!' Ik viel haar om de hals. 'Ja, ik ben terug en ben blij weer thuis te zijn.'

'Waar heeft je illustere werkgeefster je mee naartoe genomen? Naar een bal?'

'Naar Maine,' antwoordde ik. 'Naar het tuinfeest van een kennis.'

'O, was er ook kreeft?' vroeg Kate met een subtiel glimlachje. 'Ik heb gehoord dat je in Maine 's werelds beste broodjes kreeft kunt krijgen!'

'Ja, bij het buffet wel. Maar ik heb er geen geproefd, dus of het de beste waren kan ik je niet vertellen.'

'Vast en zeker wel!' riep Kate bijna dromerig uit en ze voegde eraan toe: 'Er is een brief voor je gekomen. De postbode had hem per ongeluk in onze brievenbus gestopt.' Ze veegde haar handen af aan haar schort en verdween in de keuken. Een paar tellen later kwam ze terug. 'Hier. Zo te zien uit Frankrijk.'

Nog een brief? Maar ik had er toch pas nog een van monsieur Martin gekregen? Had hij succes gehad met zijn onderzoek? Of was het een bericht van Henny? Met trillende vingers draaide ik de brief om en toen ik het handschrift zag, verdwenen mijn gedachten over Miss Arden naar de achtergrond.

'Is het iets spannends?' vroeg Kate, die me goed in het oog hield en waarschijnlijk mijn lichte glimlachje van mijn lippen had gelezen.

'De detective over wie ik je heb verteld heeft geschreven,' zei ik. 'Dan moet er nieuws zijn.' Had hij mijn zoontje gevonden? Ik durfde het bijna niet te veronderstellen, maar misschien...

‘Ik hoop dat het goed nieuws is,’ zei Kate, waarop ze zich in de keuken terugtrok.

Terwijl ik me naar de trap haastte, scheurde ik de envelop open, een beetje te onbesuisd, want een hoekje van de brief moest eraan geloven. Mijn handen trilden zo erg, dat ik de brief er niet uit kreeg, dus bleef ik halverwege staan. Ik las:

Chère mademoiselle Krohn,

Vandaag kan ik u meedelen dat ik denk madame te hebben gevonden. Van een oude boer vlak bij Arles kreeg ik de tip dat een vrouw DuBois die ooit vroedvrouw is geweest in Parijs met haar man een klein boerderijtje in de buurt heeft betrokken.
Ik moet toegeven dat de zoektocht naar deze dame lijkt op het bekende zoeken naar de naald in de hooiberg. Ik heb al diverse tips gekregen die vals bleken te zijn. De naam DuBois komt veel voor en er zijn minstens evenveel vroedvrouwen die besluiten de hectische, smerige stad te ontvluchten. Toch heb ik ditmaal reden tot hoop. Alles lijkt te kloppen, leeftijd, uiterlijk en meisjesnaam. Laten we hopen dat ik niet door een woeste waakhond word verscheurd!
Verder heb ik het nog een keer in het ziekenhuis geprobeerd. Ik heb de neiging me in een zaak vast te bijten en me niet zo makkelijk te laten afschrikken, maar deze keer hebben ze me met de politie gedreigd. Toen heb ik er de voorkeur aan gegeven me terug te trekken. Kennelijk doet het verhaal de ronde dat ik op zoek ben. Dat staat een paar mensen niet aan.
Het is me opgevallen dat er van tijd tot tijd iemand opduikt op plekken waar ik me bevind. Gelukkig hadden ze het niet op mijn vingers voorzien. Ik zal wel iets omzichtiger te werk moeten gaan. Het kan ook zijn dat het onze gezamenlijke vriend Jouelle niet beviel dat ik zijn vriendin een brief heb overhandigd; ik moet elke mogelijkheid overwegen.

Morgen ga ik eerst eens op weg naar madame DuBois, of hoe ze tegenwoordig ook mag heten. Zodra ik terug ben, schrijf ik u weer. Mocht die brief deze inhalen – je weet maar nooit volgens welke criteria de post brieven verspreidt – wees dan niet verbaasd.

Ik blijf mijn best doen en meld me zodra ik kan.

Met vriendelijke groet,
Luc Martin

Ik drukte de brief tegen mijn borst. Monsieur Martin maakte geen melding van nog een aanval op zijn persoon en dat was alvast goed nieuws. Misschien had Jouelle die vechtjassen wel op hem afgestuurd. Ik achtte hem ertoe in staat. Maar het beviel me helemaal niet dat iemand hem in de gaten leek te houden. Moest ik me zorgen maken?

Maar eindelijk was er dan een spoor! Die gedachte maakte me warm vanbinnen en zorgde ervoor dat de narigheid met Miss Arden enigszins naar de achtergrond verdween.

Ik liep door naar boven. Daar las ik de brief nogmaals en ik sliep die nacht in met het schietgebedje dat de vrouw die monsieur Martin had gevonden de echte Aline DuBois zou zijn en dat ze hem het een en ander kon vertellen. Als ik wist waar mijn zoontje was, kon ik de detective van zijn opdracht ontslaan.

24

Die maandag stapte ik met buikpijn in de subway. Ik had mijn ogen nog niet opengedaan of het besef drong in volle omvang tot me door dat die dag de gevolgen van mijn betweterij duidelijk zouden worden.

Dat Miss Arden me niet zelf ontslagen had, betekende niets. Waarschijnlijk zou ze die taak aan Miss Hodgson overdragen. Tenslotte was ik een werkneemster in haar salon, en waarschijnlijk zat ze op dit moment in Miss Ardens kantoor aan te horen hoe haar bazin haar hart over mij luchtte. In mijn hoofd kwamen alle mogelijke varianten op van de donderpreek die me te wachten stond zodra ik de drempel van de salon had overschreden. Als een geslagen hond sloop ik naar binnen.

‘Hé, wat is er met jou?’ vroeg Helen, die haar plaats achter de balie al had ingenomen. ‘Je ziet eruit alsof je last van je maag hebt. Wil je een maagtablet?’

Ik staarde haar niet-begrijpend aan. ‘Nee, dank je. Het gaat wel.’

Tenslotte was ik ervan overtuigd dat ik er die dag niet lang meer zou zijn. Had het nog wel zin een witte jas aan te trekken? Ik besloot het toch te doen, want ik wilde mijn collega’s niet met hun neus op mijn blunder drukken.

In de kantine bespraken Sabrina en de anderen het weekend, en ik hoopte dat niemand me zou vragen naar dat van mij. Terwijl ik in Maine eigenlijk geen nare tijd had gehad, afgezien van de poging van een dame die geprobeerd had me tot haar geliefde te maken. De gasten waren interessant geweest en het eten was ook zonder het genot van broodjes kreeft uitstekend. Maar het ongenoegen van Miss Arden woog daar ruimschoots tegen op en liet de balans in negatieve richting doorslaan.

'Je ziet eruit alsof je geen al te best humeur hebt,' merkte Sabrina op toen ze me zag. 'Je was het weekend toch weg?'

Ik knikte.

'Vertel op, heeft iemand je hart gebroken?'

'Nee, daarvoor waren er te weinig mannen. Miss Marbury's kennissen zijn voornamelijk vrouwen.'

'Was je bij Miss Marbury?' Sabrina zoog de lucht tussen haar tanden door naar binnen. 'Dat is een van de invloedrijkste vrouwen van het land. In New York kent vrijwel iedereen haar, en velen vrezen haar scherpe tong.'

'Eigenlijk was ze heel vriendelijk,' zei ik.

'Maar wat is er dan? Heb je je maag bedorven? Of is er iets anders gebeurd?'

Sabrina schoot daarmee in de roos, maar hoe moest ik het haar vertellen? 'Het was allemaal nogal vermoeiend,' zei ik ontwijkend. 'Ik heb nog nooit zo veel interessante mensen bij elkaar gezien.'

'Daar zou je je toch eigenlijk energiek door moeten voelen, of niet soms? Als ik onder interessante mensen ben, voel ik me vol energie.'

'Word je daar dan helemaal niet moe van?' vroeg ik verbaasd.

'Nou, het hangt ervan af hoe de avond verloopt,' antwoordde Sabrina dubbelzinnig.

Helen bespaarde me een antwoord. Ik kromp in elkaar toen ze de kantine binnenkwam en mijn naam riep.

'Mrs Morrison is hier voor jou. Je eerste afspraak vandaag.'

Ik staarde haar aan alsof ik ineens het Engels was verleerd. 'Oké, ik kom eraan,' antwoordde ik verdwaasd.

'Je moet me later alles vertellen!' riep Sabrina me achterna, terwijl ik door de gang achter Helen aan liep.

Mrs Morrison was een van de klanten die ik voor het weekend

had moeten afzeggen. 'Is alles weer in orde met je, liefje?' vroeg ze. Waarschijnlijk dacht ze dat ik de afspraak wegens ziekte had verzet.

'Ja, natuurlijk, Mrs Morrison,' antwoordde ik en ik pakte een cape. 'Hetzelfde als altijd, of wilt u eens iets anders proberen?'

Ik wist dat Mrs Morrison niets anders zou willen. Ze nam altijd kompressen en daarna nieuwe make-up, waarmee ze haar man wilde verrassen. Maar dat zou geen verrassing zijn, want ze koos altijd dezelfde tinten voor haar oogleden, wangen en lippen.

Na drie kwartier waren we klaar en kon ik een tevreden cliënte laten gaan. De fooi die ze me gaf was bijna vorstelijk te noemen. Stiekem stopte ik hem in mijn zak. Toen ze weg was, staarde ik mezelf in de spiegel aan. Het licht reflecteerde in mijn brillenglazen en bracht elke onvolkomenheid in mijn huid tevoorschijn.

Hoewel ik me ook die dag zorgvuldig had opgemaakt, waren de kringen om mijn ogen overduidelijk zichtbaar. Mijn lippenstift zou ik over een uur wel weer moeten bijwerken. Die dreigde al een beetje te gaan uitlopen, wat hier niet graag gezien werd en, zoals ik moest erkennen, een slecht voorbeeld zou geven.

Toen Miss Hodgson van achter het gordijn tevoorschijn kwam, kromp ik in elkaar en draaide me vlug om. Ik besefte dat het moment gekomen was. Waarschijnlijk was ze net terug van de bespreking met Miss Arden. 'U bent er dus weer,' zei ze kortaf.

'Zoals u ziet.' Mijn stem trilde. Zou ze nu met mijn ontslagbrief voor de dag komen?

Ze keek een tijdje naar mijn spiegelbeeld, en even later bedacht ik pas dat het beter was haar direct aan te kijken. Ik draaide me om.

'Hebt u in het weekend iets geleerd?'

Die vraag verbaasde me. Wat had ik moeten leren? Had ze soms gedacht dat Miss Arden me had meegenomen om me iets te leren? Of bedoelde ze iets anders? Miss Hodgsons woorden moest je altijd voorzichtig interpreteren.

'Ja, ik denk het wel,' antwoordde ik en ik probeerde uit haar blik op te maken waar ze eigenlijk op uit was. Voor het aanzeggen van ontslag was haar gedrag een beetje eigenaardig.

Strikt genomen had ik inderdaad iets geleerd: mijn tong beter in bedwang te houden als het om madame ging. Mijn hart klopte me in de keel.

'Mooi,' zei Miss Hodgson ineens.

'Mooi?' herhaalde ik.

'U kunt weer aan het werk gaan, maar doe eerst iets aan uw make-up. Uitgelopen lippenstift kan ik niet tolereren.'

Ik staarde haar aan. Was het enige wat ze te zeggen had een opmerking over mijn make-up?

'Aan het werk!' zei ze met een stem als een zweepslag, waarna ze zich omdraaide.

Als door de bliksem getroffen staarde ik naar haar rug. Ze had me niet ontslagen. Had ze wellicht Miss Arden nog niet gesproken? Moest de grote ramp nog plaatsvinden?

De dagen erna voelde ik me onrustig. Mijn handen wilden niet meer warm worden, wat mijn cliëntes niet prettig vonden. Een oudere dame merkte op: 'Met zulke koude handen is het in de liefde een mooie boel.'

Ik werd rood, maar zei niets en probeerde mijn handen aan de radiatoren te warmen.

Uitgeput wankelde ik elke avond naar huis. Soms vergat ik te eten, waardoor Kate het nodig vond me te vragen wat er aan de hand was.

'Niets,' antwoordde ik. 'Het werk is momenteel wat vermoeiender dan anders.'

'Dan moet je er goed op letten dat je pauzes neemt en goed eet. Hier.' Met die woorden duwde ze een dienblad in mijn handen en verdween.

Nog een week lang hield ik er rekening mee te worden ontslagen, maar er gebeurde niets. Het was alsof Miss Arden me was vergeten. Ik wist niet wat ik daarvan moest denken. Enerzijds kon het betekenen dat ik in haar ogen te weinig betekende om zich nog met me te bemoeien. Anderzijds was het ook mogelijk dat ik in het weekend een kans had verspeeld waarvan ik niets had geweten.

Hoewel ik hoopte vlug bericht van monsieur Martin te krijgen, bleven nieuwe brieven van hem uit. Terwijl hij toch eigenlijk had beloofd te schrijven zodra hij de vroedvrouw had opgezocht. Was er iets tussen gekomen? Of was er iets met hem gebeurd?

Een week later vroeg ik Kate om raad. Ze luisterde geduldig en zei toen: 'Het gaat niet vlugger als je jezelf gek maakt. Hij laat van zich horen als hij iets te weten komt. Je kunt toch al weinig doen, want tussen jou en Parijs ligt een grote, uitgestrekte oceaan. En daar kun je niet zomaar overheen.'

Dat was waar. De overtocht duurde minstens een week. De tijd daarvoor zou Miss Hodgson me niet geven als er geen goede reden voor was. Er zat echt niets anders op dan Kates raad op te volgen. En daardoor ging het inderdaad beter. Ik liet me door mijn werk in beslag nemen en zorgde ervoor dat ik nergens aan dacht wanneer ik moe in bed lag. Het enige wat ik deed, was elke week een schietgebedje houden dat Luc Martin mijn zoontje mocht vinden.

25

Twee maanden later was het weekend bij Miss Marbury nog maar een vage herinnering. Nadat de zomer ons had geplaagd met hittegolven, waardoor de plafondventilators in de salon flink warmliepen, werden we nu bezocht door regenweer.

De vraag waarom ik destijds was meegenomen naar Miss Marbury was niet meer van belang. Ik was alleen maar blij dat Miss Arden het voorval leek te zijn vergeten.

Ik had het druk in de salon, Miss Hodgson zat ons achter de broek. Ze drong er bij ons op aan nog meer cliëntes te behandelen. Hoe we dat voor elkaar moesten krijgen wisten we geen van allen, maar we hoefden in elk geval niet te zoeken naar nieuwe belangstellenden, want ze kwamen uit zichzelf naar ons toe. De agenda's zaten meer dan vol en het zag ernaar uit dat er nog meer werk op ons af zou komen, gezien de komende feestdagen in november.

'Iedere vrouw wil zich op een feestdag van haar beste kant laten zien,' legde Miss Hodgson uit tijdens een bijscholing voor de medewerksters. 'En jullie gaan ze daarbij helpen, en wel goedgehumeurd en vriendelijk.'

'Alsof we ooit niet vriendelijk zijn,' mopperde Trudy, een schoonheidsspecialiste die een paar weken eerder bij ons was begonnen. Ze frunnikte wat in de zak van haar jasschort. Daar had ze altijd een pakje sigaretten in zitten en aan haar rusteloosheid merkte ik dat ze wilde roken. Het stond Miss Hodgson niet aan als ze telkens naar buiten sloop met haar stinkstok, maar tot dusver had het geen grote problemen opgeleverd.

Onze salonleidster was echter nog lang niet klaar met ons.

'Becky, jij moet eens een blik werpen in een van de catalogi die net zijn binnengekomen. De manier waarop je je make-up aanbrengt doet wat ouderwets aan. We staan voor het begin van een nieuw decennium en dan kan een beetje verandering geen kwaad.'

Becky perste haar lippen op elkaar. Ik kon me voorstellen wat er in haar omging.

'En Miss Krohn, u moet wat beter letten op de reinheid van uw werkplek. U komt toch uit Duitsland, waar de mensen zo consciëntieus zijn? Doet u uw volk voortaan recht.'

Ik voelde een blos opkomen. Mijn werkplek was nooit vuil. Soms een beetje rommelig, ja, maar dat was een slechte gewoonte die ik ook al tijdens mijn studie niet had weten af te leren. In een laboratorium kon je er nu eenmaal niet voor zorgen dat je werkoppervlak altijd goed geboend was. Meestal werd het in een mum van tijd toch weer vuil.

Maar dit was typisch Miss Hodgson. Omdat mijn cliëntes geen klachten hadden en zelfs degenen met een kleine portemonnee telkens bij me terugkwamen, kon ze me wat dat betrof niet bekritiseren. Dus wees ze me maar op mijn vermeende gebrek aan reinheid.

Op deze avond eind oktober ging ik even langs bij Joe Bannister, de eigenaar van de deli die Kate me op mijn eerste dag hier had aanbevolen. Al liet Kate meestal wel iets voor me over van de middagmaaltijd wat ik dan kon opwarmen, vandaag had ik trek in zijn sandwiches met koude kip. Toen ik begeleid door het geklingel van de winkelbel naar binnen ging, merkte ik dat het ongebruikelijk druk was voor een donderdag. Twee mannen in pak stonden met hun jas over de arm wild gebarend te praten met andere mannen die hun iets leken te verwijten. Ik sloeg er geen acht op en liep door naar de toonbank, waarachter Joe druk heen en weer liep. Hij keek bezorgd en zag behoorlijk bleek om zijn neus.

‘Goedenavond, Joe,’ begroette ik hem. ‘Ongewoon druk hier.’

‘Geen wonder op een dag als vandaag.’

‘Wat is er gebeurd?’

Joe wierp een korte blik naar de mannen achter in de zaak. Ze waren nog steeds luidruchtig in gesprek. ‘De beurs!’ zei Joe. ‘Het ziet ernaar uit dat er iets vreselijks is gebeurd op de beurs.’

Ik trok mijn wenkbrauwen op. Mijn vader had ook wat effecten bezeten, maar ik had nooit belangstelling voor de beurshandel gehad. ‘Wat houdt dat in?’

Joe wees met zijn kin naar de mannen in pak. ‘Ik heb het van die twee daar. Kennelijk hebben een paar beleggers in paniek geprobeerd hun effecten van de hand te doen. Bij het sluiten van de beurs is de Dow Jones in een vrije val geraakt.’

Dat zei me helemaal niets, maar uit Joe’s ontsteltenis maakte ik op dat de situatie zeer ernstig was. ‘Hoe kan dat dan?’ vroeg ik onbeholpen.

Joe haalde zijn schouders op. ‘Geen idee. Die daar zeiden dat er een bubbel was die is gebarsten. En nu heeft iedereen die door zijn aankopen de Dow Jones de hoogte in heeft gedreven het nakijken.’

Joe had evengoed Chinees tegen me kunnen spreken. Wat was de Dow Jones en wat had die bubbel te betekenen? ‘En wat betekent dat voor ons?’

‘We zullen tot armoede vervallen,’ antwoordde Joe. ‘Veel mensen zijn van het ene moment op het andere failliet en blijven met hoge schulden zitten. Het is te vrezen dat er bedrijven moeten sluiten. Dan komen de mensen op straat te staan en krijg je nog meer schulden en ellende.’

Dat klonk afschuwelijk. Op dat moment kon ik er alleen aan denken wat er van ons zou worden als zo’n faillissement en zo’n schuldenlast ook Miss Arden zou treffen. Zou ook zij tot verkoop moeten overgaan en ons dan in de steek laten, zoals madame had gedaan?

Met wisselende gevoelens van verbijstering en ongeloof kwam ik Mr Parkers huis binnen. Ditmaal stond niet de grammofoon aan, maar de radio in de woonkamer. Er was juist een nieuwsuitzending aan de gang. Omdat ik Kate niet zag hing ik mijn jas aan de kapstok, keek ik even in mijn postvakje, dat ook vandaag leeg was, en liep ik vlug naar boven. Het liefst was ik even blijven staan om te luisteren. Als het echt zo ernstig was wat Joe had verteld, zou het zeker op het nieuws zijn.

Na een tijdje hield ik het niet meer uit. Hoe smakelijk Joe's sandwich ook was, ik had nauwelijks trek en wilde ook niet alleen blijven met mijn zorgen en gedachten. Dus liep ik naar beneden tot aan de deur van de woonkamer, die openstond. Er was nog steeds iemand aan het woord, maar de nieuwsberichten waren blijkbaar afgelopen. Mr Parker zat op zijn sofa en Kate stond naast hem. Ze keken beiden naar de radio alsof er elk moment een monster uit kon komen.

'Goedenavond,' zei ik, waarop ze allebei een schrikbeweging maakten.

'Goedenavond, Miss Krohn!' antwoordde Mr Parker. 'Hebt u het al gehoord?'

Ik twijfelde er niet aan dat hij de kwestie met de beurs bedoelde. 'Ja, Joe heeft me er zojuist iets over verteld.'

'Een groot onheil,' zei Kate. 'En er zal nog meer onheil uit voortkomen. Niet voor te stellen wat er gebeurt als de mensen nu massaal werkloos worden.'

'Heeft de beurs dan zo veel macht?' vroeg ik. Het kwam me allemaal nog steeds heel onwerkelijk voor.

'Jazeker,' legde Mr Parker uit. 'Net als de banken verkopen ook heel veel grote bedrijven aandelen. Als nu iedereen die met zijn aankoop bedrijven heeft gefinancierd zijn aandelen afstoot, zijn die bedrijven en de banken de klos. Er is sprake van dat de bank Lehman Brothers de voornaamste aanstichter is.'

'Lehman Brothers?' Die naam sloeg bij me in als een bom. Ik zag de twee juristen weer voor me die me aan het begin van het jaar ontslag hadden aangezegd. Lehman Brothers had de fabriek van Rubinstein gekocht en nu was de bank failliet? Of begreep ik het gewoon verkeerd? Wat betekende dit voor de fabriek van Rubinstein?

'In elk geval moeten we afwachten wat het effect van deze gebeurtenis zal zijn,' ging Mr Parker verder. 'Er is nog nooit iets goeds uit voortgekomen als er een bank was omgevallen. Meestal worden er heel wat mensen mee de diepte in gesleurd, zo niet andere banken, gezien de strak in elkaar grijpende financiële structuren van ons land.'

'Misschien is het allemaal niet zo erg als wordt gevreesd,' zei ik in een poging mezelf moed in te spreken. Ik was inmiddels gewend aan het werk in de salon en had geen behoefte aan alweer een enorme ommezwaai in mijn leven.

'Misschien. Als ik gelovig was, zou ik u aanraden te bidden, maar nu kan ik u alleen vertellen dat u uw geld in eigen hand moet houden. Zolang het nog iets waard is.'

Die woorden bleven me de hele nacht bij. Hoewel ik probeerde in slaap te vallen, bleef ik maar woelen en liet ik de mogelijkheden passeren die me restten als het faillissement van Lehman Brothers ook Miss Arden zou treffen. Zou het in dat geval mogelijk zijn om een baan bij een ander bedrijf te krijgen? Dat leek onwaarschijnlijk. Van een eigen bedrijf was helemaal geen sprake. En mijn studie? Zou ik me hier ergens kunnen inschrijven? Maar al bestond die mogelijkheid, dan bleef het probleem van de financiering bestaan. Zonder geld kon ik me zelfs mijn woning niet meer veroorloven.

De dagen die volgden stonden de kranten bol van de 'beurskrach', zoals het werd genoemd. Overal op de trottoirs en bij de stations van de subway stonden mensen met hun neus diep in de krant gestoken. Er werd wild gespeculeerd en algauw bleken inderdaad de eerste bedrijven failliet te gaan. Sommige mensen waren zo wanhopig dat ze resoluut een eind aan hun leven maakten. Berichten over vreselijke sterfgevallen stapelden zich op.

Ook in de salon heerste onrust. Miss Arden had zich tot dusver nog niet over de kwestie uitgelaten, maar dat wilde nog niets zeggen. Miss Hodgson en de andere salonleidsters konden elk moment voor een vergadering bijeengeroepen worden. Ik moest er niet aan denken wat daarop zou volgen.

Enkele cliëntes bleven weg, maar andere kwamen terug. Het waren vreemd genoeg juist de minder welgestelden die kwamen, terwijl enkele dames die met een rijke man getrouwd waren hun afspraken verschoven of meteen helemaal afzegden.

'Vermoedelijk speculeerden de mannen van de minder welgestelde cliëntes niet op de beurs,' giste ik. Net als de voorbijgangers op de straathoeken had ik mijn neus in de kranten gestoken, maar dan alleen op mijn kamer na werktijd. Ik begreep inmiddels wat de ineenstorting van de beurs zo tragisch maakte en welk gevaar ons nu allemaal bedreigde.

'Ik hoorde dat de man van Mrs Harris zijn werkplaats moet sluiten omdat hij die is begonnen met een krediet van Lehman Brothers,' vertelde Sabrina terwijl ze voor de derde keer de paletten en potjes op haar werkplek ordende. Een paar van haar cliëntes waren uitgevallen, en bedrijvig als ze altijd was, wist ze nu niet wat ze met haar handen aan moest.

'Heeft Lehman Brothers niet ook het bedrijf van Mrs Rubinstein gekocht?' vroeg Trudy me. Ik had er niet onderuit gekund haar te vertellen over mijn vroegere werkgeefster.

'Inderdaad,' antwoordde ik.

'Dan zal het wel niet lang meer duren of we hebben van die kant geen concurrentie meer te duchten,' merkte Sabrina op. 'De Lehmans zullen het bedrijf vast vlug verkopen of moeten sluiten.'

Die woorden troffen me hard. De fabriek van Rubinstein sluiten? Het was nauwelijks voor te stellen, maar na alles wat je zo hoorde... In elk geval zou madame er ongelooflijk kwaad over zijn dat de koper van haar onderneming, die ze met zo veel passie had opgebouwd, alles kapot had gemaakt.

'Gelukkig heeft Miss Arden tot nu toe elk aanbod om haar bedrijf over te nemen van de hand gewezen,' wist Sabrina te melden. 'Ik heb gehoord dat iemand haar vijfentwintig miljoen dollar heeft geboden!'

'Vijfentwintig miljoen!' riep Trudy uit.

'Zo veel geld krijgen wij in ons hele leven niet te zien!' reageerde Sabrina.

Ik kon op dat moment alleen maar denken dat ze dat aanbod misschien beter had kunnen accepteren. 'Zo'n aanbod zal ze waarschijnlijk niet nog eens krijgen,' zei ik peinzend.

'Bedoel je dat ze het geld had moeten aanpakken om te gaan rentenieren?'

'Dat zou Miss Arden vast niet kunnen,' gaf ik toe. En madame had het ook alleen gekund omdat ze haar huwelijk wilde redden.

'Daar heb je gelijk in, dat kan ze niet. En dat doet ze ook niet. Daar moeten we blij om zijn, anders zou het ons net zo vergaan als het personeel van Rubinstein.' Sabrina leek te merken hoe hard haar woorden klonken, want ze voegde eraan toe: 'Gelukkig ben jij nu hier. Je hebt de juiste beslissing genomen, als je begrijpt wat ik bedoel.'

Dat begreep ik en ik zag het net zo. Toch had ik te doen met al die vrouwen in de fabriek, die misschien binnenkort al op straat zouden staan, als het klopte wat Sabrina beweerde.

Op weg naar huis bleven Sabrina's woorden me door het hoofd spelen. Niet vanwege de arbeidsters die misschien hun baan kwijtraakten, maar vanwege het bedrag dat Miss Arden was geboden. Zeven miljoen dollar voor Rubinstein was al een enorme som geweest, maar vijfentwintig? Betekende dat dat Miss Arden madame had overtroefd? Hield dat ook in dat ze erin zou slagen te overleven? Wie zo'n bedrag van de hand kon wijzen, moest genoeg bezitten om ook de crisis die zich nu aandiende te overwinnen.

26

Het kerstfeest werd vanwege het ene na het andere bericht over bedrijfsfaillissementen overschaduwd door de vrees dat de volgende ramp die zou kunnen worden gemeld, die van ons, dat wil zeggen die van Miss Arden zou kunnen zijn. Herinneringen aan madame Rubinstein kwamen weer naar boven, dat ze ons in de steek had gelaten en daarmee alles kapot had gemaakt.

Miss Hodgsons salon liep nog steeds goed, we hadden genoeg te doen. Maar hoe zag het er in de hoogste regionen uit? Had Miss Arden misschien verlies geleden op de beurs zonder dat wij het wisten? Elke dag hadden we het gevoel op ijs te dansen, in de hoop dat het zou houden, en met de vrees dat we erdoor zouden zakken.

Over het huis in Maine hoorde ik niets meer. Zulke informatie bereikte de salon niet, en sinds we daarvandaan teruggekomen waren had ik Miss Arden niet meer gezien.

Ook van monsieur Martin kwam geen bericht meer. Ik interpreteerde zijn zwijgen inmiddels als zodanig dat hij op een punt was aangeland waarop zoeken geen zin meer had. Misschien was het verstandiger het gebeurde te vergeten, en ook dat die brief ooit gekomen was. Ik had op het punt gestaan de dood van mijn zoontje definitief af te sluiten. Misschien lukte het me op dat punt verder te gaan.

Halverwege 1930 leken veel mensen hun reserves te hebben opgebruikt. Er moesten nog meer bedrijven sluiten, er kwamen steeds meer werkzoekenden en bedelaars. In de kranten stonden berichten over verwoestende hongersnood op het platteland en op straat zag het er net zo uit als vlak na de oorlog, toen de soldaten thuisgekomen waren zonder te weten wat de toekomst hun brengen zou.

Hoewel ik niets van monsieur Martin of Henny hoorde, vroeg ik me af hoe het met hen ging, daarginds in Europa. Daar zouden eveneens inflatie en grote armoede heersen. Hoe zou het met mijn ouders zijn? Zouden ze hun zaak kunnen behouden? Ik had niet veel, maar het zou voldoende zijn om hen te steunen. Maar mijn vader zou waarschijnlijk liever zijn hand afhakken dan iets van mij aannemen. Toch kon ik er niet omheen in ieder uitgemergeld mannengezicht mijn vader te zien. En daarvan waren er veel in New York.

Bij de jaarlijkse werknemersbijeenkomst, waarvoor wij ook waren uitgenodigd, waarschuwde Miss Arden ervoor bepaalde stadsdelen te bezoeken. 'De criminaliteit stijgt evenredig met de honger,' verklaarde ze. 'Jullie dames zijn allemaal te waardevol om je door van die verlopen types te laten vermoorden. Wees daarom voorzichtig als jullie in het donker naar buiten gaan.' Toen zei ze iets waar ik in eerste instantie van schrok. 'Hoe het ook zij, de crisis lijkt goed voor ons bedrijf te zijn. De vrouwen bijten van zorgen op hun nagels, fronsen hun voorhoofd en trekken zich de haren uit het hoofd – des te meer hebben ze ons nodig, om weer tot zichzelf te komen.'

Er volgde gefluister op die uitspraak. Ik wist niet of het de anderen net zo verging, maar ik vond het nogal harteloos. Maar naar het zich liet aanzien, leek ze gelijk te hebben. Terwijl overal de ellende niet te overzien was, maakte Elizabeth Arden winst. Het aantal salons werd niet uitgebreid, maar de afzonderlijke instituten hadden meer klandizie. Dat vond ik opmerkelijk. Onze bezorgdheid nam daardoor wat af.

Toen bereikte ons nieuws, sensationeel nieuws, dat ook duidelijk maakte dat Miss Ardens glorieuze voortgang voorbij was.

'Heb je het al gehoord?' vroeg Trudy samenzweerderig toen ik de kleedkamer in kwam. Ze rook als een tabaksfabriek en ik vroeg me af hoe ze die lucht, die Miss Hodgson zo verafschuwde, uit haar kleding en haar wilde krijgen.

'Wat zou ik gehoord moeten hebben?' vroeg ik, terwijl ik mijn witte jas aantrok.

'Dat die ouwe heks weer terug is.'

'Welke ouwe heks?' vroeg ik.

'Rubinstein. Ze zou haar bedrijf hebben teruggekocht. Voor twee miljoen dollar!'

Ik sperde mijn ogen open. Madame was weer in New York! 'Hoe weet je dat?' vroeg ik en ik probeerde mijn verwarring te onderdrukken.

'Uit *Time Magazine*. Hier.' Trudy haalde het blad onder de tafel vandaan. We wisten allemaal dat ze stiekem las als er geen cliëntes in aantocht waren. Ze bladerde door het tijdschrift tot ze bij het artikel kwam.

Het eerste wat me opviel, was de enorme foto boven het artikel. Madame troonde in een roze japon met gigantische oorringen op een divan. De inrichting van de ruimte kwam me niet bekend voor. Blijkbaar had ze de foto in Parijs laten nemen, of misschien ook in Australië, waar ze haar zaak had gehouden. Zeker van de overwinning, met een zwarte wrong in haar nek, keek ze langs de camera heen, met haar ogen op een onbekende bestemming gericht. Ik wist zeker dat de kleur van de japon een rechtstreekse oorlogsverklaring was aan Miss Arden.

'Wat zeg je daar nou van!' was het commentaar van Helen, die erbij kwam staan terwijl ik vliegensvlug het artikel doorlas. Daarin werd gezegd dat madame met de koop enorm veel winst had gemaakt. Ik kon me nog goed herinneren dat ze de Amerikaanse vestiging voor zeven miljoen had verkocht. 'Eerst kon ze niet vlug genoeg uit de stad wegkomen vanwege haar echtgenoot, en nu ze van hem af is, komt ze terug. Geen wonder; de scheiding zal haar vast het een en ander hebben gekost.'

Waren madame en Mr Titus gescheiden? Daar had ik nog niets over gelezen, maar ik had in zekere zin met haar te doen. Ik wist hoeveel ze van haar werk hield en hoezeer ze aan haar bedrijf verknocht was. Dat was heel lang belangrijker voor haar geweest dan haar huwelijk. Was het dan verwonderlijk dat de verkoop de breuk tussen haar en Mr Titus niet had kunnen lijmen?

'Maar misschien moet ik in jouw bijzijn niet zo over haar praten. Tenslotte heb je bij haar gewerkt.'

'En nu werk ik hier, Helen, vergeet dat niet,' antwoordde ik iets scherper dan nodig. Maar ik had er intussen genoeg van dat iedereen me alleen als de vroegere werkneemster van madame zag. Per slot van rekening was ik al meer dan een jaar hier!

'Vergeef me,' zei Helen, en ze wees naar het artikel. 'En wat denk jij? Krijgen we concurrentie?'

Ik had de neiging mijn hoofd te schudden, maar daarmee zou ik mezelf hebben voorgelogen. Madame zou beslist proberen met ons te concurreren. 'Ze zal beginnen haar bedrijf weer op poten te zetten. We zullen nog een poosje rust hebben, maar niet lang. Madame...' Ik stokte bij de herinnering aan het vreselijke gesprek op The Gables, maar omdat ik geen reactie zag op de gezichten van mijn collega's, vervolgde ik: 'Madame zal zich niet zo makkelijk de kaas van het brood laten eten. Ze zal voor haar bedrijf vechten.'

'Laten we dan maar hopen dat Miss Arden weer meer naar haar bedrijf zal omkijken en minder naar haar paarden,' merkte Trudy op, terwijl ze een sterk naar viooltjes ruikend parfum in haar hals sproeide.

'Paarden?' vroeg ik verbaasd. Had ze er dan echt werk van gemaakt en The Gables in een renstal veranderd?

'Dat heb ik pas nog gelezen. Ze is begonnen met paarden fokken. Naar verluidt neemt ze onder haar mans naam zelfs deel aan paardenrennen.'

Het kostte me moeite niet mijn hoofd te schudden. Had Miss Arden in deze zware tijden niets anders te doen? Maar ik verbood mezelf te oordelen. Ik mocht blij zijn dat ze me er na het noemen van madame niet uit had gegooid. Soms had het geen zin iets te willen veranderen wat niet te veranderen viel.

De avond voor mijn verjaardag lag ik wakker en staarde naar het plafond. Ook Louis' geboorte was weer een jaar langer geleden. Sinds anderhalf jaar was ik terug van mijn reis naar Europa. Mijn plan om weer naar Parijs te gaan was tot nog toe op niets uitgelopen. Zou het daar ooit nog van komen? Ik wilde de hoop nog niet verliezen Als Miss Arden besefte dat ze zich op mij kon verlaten, was ze misschien bereid mijn wens in te willigen.

Na mijn werk bracht ik mijn tijd door op de versleten sofa met thee en boeken die ik uit de bibliotheek van Mr Parker leende. Kate had gezegd dat hij daar niets op tegen had en dus verdiepte ik me in reisverhalen over Afrika en Azië, evenals in romans die me vertrouwd maakten met de Amerikaanse geschiedenis.

Aan uitgaan viel momenteel niet te denken. Veel gelegenheden hadden vanwege geldgebrek moeten sluiten.

Toen ik Ray in het warenhuis wilde opzoeken, ontdekte ik dat ze ontslag had genomen. Dat maakte me verdrietig, want daardoor verloor ik haar weer uit het oog.

In plaats van iets te ondernemen met Ray ging ik af en toe wandelen met Sabrina wanneer ze in het weekend niet samen was met haar vriend. We bekeken etalages en stelden ons voor welke garderobe we voor het komende voorjaar zouden aanschaffen.

In januari van het nieuwe jaar ging ze met me mee naar een opticien, want mijn oude bril was niet alleen lelijk, ik kon er ook niet echt goed meer mee zien. Dat was me opgevallen toen ik met oudjaar naar het vuurwerk keek. De brillenwinkel lag in een zijstraat en had speciale aanbiedingen, wat me zeer gelegen kwam. Het was ijzig koud en onze adem liet een waas achter op de etalageruit.

'Je moet een licht montuur hebben,' verklaarde ze toen we binnen de diverse modellen bekeken. 'Achter die grote glazen verdwijn je helemaal. Je gezicht is veel te smal voor zulke asbakken.'

'Asbakken?' vroeg ik verbaasd, en toen het drong tot me door wat ze bedoelde.

De opticien was een niet zo lange man met een rond brilletje op zijn neus. Hij had een middenscheiding in zijn haar en droeg in zijn vestzak een ouderwets zakhorloge. 'Uw vriendin heeft gelijk, u moet inderdaad een licht montuur kiezen. Hier.' Hij reikte me een bril aan met een fijn metalen frame en kleine ovale glazen.

Mijn oude bril had ik vooral gehad om mijn ogen bij het werken in het laboratorium te beschermen. Maar nu ik in de spiegel keek, herkende ik mezelf niet meer. Met het nieuwe montuur zag mijn gezicht er heel anders uit. Veel volwassener en mooier. Zo had ik mezelf nog nooit gezien. Ik was zo gefascineerd door de aanblik, dat ik pas weer bij zinnen kwam toen de opticien me aansprak. 'Kiest u voor dit model?'

'Ja,' zei ik, 'dit wil ik heel graag.'

'Goed, dan moet ik alleen nog uw gezichtsvermogen bepalen.'

Met die woorden verzocht hij me mee te gaan achter een gordijn, waar hij me een volumineus montuur opzette, dat ik al van vroegere bezoeken aan een opticien kende.

Later, toen we in een cafeetje zaten, vroeg Sabrina: 'Hoe staat het eigenlijk met jouw liefdesleven? Het viel me op dat je er altijd het zwijgen toe doet wanneer we het over onze vrienden of mannen hebben.'

Dat klopte, ik deed bijna nooit mee met zulke gesprekken. Wat had ik ook moeten zeggen? Veel gelegenheid om iemand te leren kennen had ik niet. En Darren spookte nog altijd door mijn hoofd, en daarmee ook zijn afwijzing vanwege mijn litteken. 'Ik heb weinig gelegenheid om een man tegen te komen,' antwoordde ik enigszins ongemakkelijk en ik bracht mijn kopje naar mijn mond.

'Je bent verlegen,' constateerde Sabrina. 'Eigenlijk is daar geen reden voor. En bij cliëntes heb ik je ook heel energiek en doortastend meegemaakt.'

'Dat zijn klanten,' weerlegde ik. 'Bij mannen ligt het anders.'

'Dat verschilt niet zo heel veel. Ik zou zelfs zeggen: met mannen is het makkelijker.'

'Ik... Ik heb daar andere ervaringen mee,' wierp ik tegen. 'En ik denk dat ik nog niet over mijn laatste vriend heen ben.'

'Hoelang is dat geleden?'

'Iets meer dan een jaar,' zei ik.

'Dan moet het echt serieus zijn geweest.'

'Dat was het ook.' Ik liet mijn hoofd hangen. 'In elk geval wilde ik dat. Maar het was veel te vlug over.'

'Waarom?'

Ik keek Sabrina aan. Zou ik haar vertellen wat er was gebeurd? Ik besloot het niet te doen en zei alleen: 'Het lag aan mij. Ik... Ik was niet open genoeg, denk ik. Ik heb te weinig vertrouwen in hem gesteld. Nou ja...' Ik zuchtte diep.

Sabrina legde haar hand op de mijne. 'Maak je geen zorgen, je vindt je geluk nog wel. Zeker met die nieuwe bril.' Ze glimlachte bemoedigend naar me. 'En als we eindelijk uit het tranendal van deze economische crisis komen, kunnen we ook weer uit dansen gaan.'

Twee weken later verscheen ik met mijn nieuwe bril op mijn werk.

Ik voelde me zekerder van mezelf en stralender, en blijkbaar zagen mijn collega's dat ook. Zelfs Miss Hodgson bleef staan toen ik haar tegen het lijf liep. Ze bekeek me even, toen gleed er een zweem van een glimlach over haar gezicht. 'Dat werd tijd, Miss Krohn,' zei ze. 'U weet dat een aantrekkelijk uiterlijk voor onze salon van grote betekenis is. U ziet er hiermee veel beter uit.'

'Dank u,' antwoordde ik enigszins verrast, want Miss Hodgson was niet bepaald scheutig met complimenten.

'Die bril van jou schijnt toverkracht te hebben,' zei Sabrina toen ik het haar vertelde. 'Zelfs Miss Hodgson is onder de indruk. Je moet echt de kerels hier aankijken en naar ze lachen. Mogelijk spreekt een van hen je aan om een afspraakje te maken.'

'Ik zal het proberen,' antwoordde ik, en voor het eerst in lange tijd had ik ook echt zin om naar mannen uit te kijken. Misschien was er een wie het niet kon schelen dat ik een litteken had dat verband hield met een geschiedenis waarover ik niet graag sprak.

Die avond, toen ik op het punt stond me klaar te maken om naar bed te gaan, klonken er voetstappen op de trap. Even later werd er geklopt. Ik kromp in elkaar. Had Kate misschien een telegram voor me aangenomen? Ik liep naar mijn kamerdeur, deed open en keek inderdaad in het bezorgde gezicht van Kate.

'Het gaat niet goed met Mr Parker!' riep ze ontredderd. 'Kun je misschien mee naar beneden komen? Jij hebt toch gestudeerd?'

Ik wilde tegenwerpen dat chemie en geneeskunde twee volkomen verschillende vakgebieden waren, maar ze leek zo bang, dat ik alleen knikte. We liepen de trap af en Kate bracht me naar de woonkamer, waar Mr Parker in een fauteuil zat. Al van verre zag ik dat hij vreselijk bleek was.

'Ik wilde hem roepen voor het eten, maar hij kon niet uit zijn stoel komen,' verklaarde Kate op fluistertoon en toen bleef ze bij de deur staan, terwijl ik naar hem toe ging.

'Mr Parker?' vroeg ik.

De blik van de man staarde in de leegte, op zijn voorhoofd parelden zweetdruppels, alsof alleen al zitten hem enorme inspanning kostte.

'Hebt u ergens pijn?' vroeg ik.

'Nee, ik...' Zijn lippen trilden en nu viel me op dat de ene helft van zijn gezicht slap neerhing. Dat herinnerde me aan een van de docenten aan de universiteit, die aan een beroerte een aangezichtsverlamming had overgehouden. De artsen hadden hem kunnen redden en hij had ook weer les kunnen geven, maar zijn gezicht was aan de rechterkant altijd eigenaardig onbeweeglijk, waardoor hij er griezelig uitzag.

'Er moet een dokter komen, vlug!' zei ik tegen Kate en ik schoot overeind.

Ze sloeg haar hand voor haar mond, toen antwoordde ze:

'Vier straten verderop zit er een, dokter Benjamin, maar het zal even duren voor hij hier is...'

'Bel hem alsjeblieft!' onderbrak ik haar. 'Hij moet komen, koste wat het kost.'

Mr Parker liet een gekreun horen dat als een afwijzing klonk.

Kate staarde haar werkgever even aan, en toen rende ze weg.

'Doe niet zo veel moeite,' mompelde Mr Parker. 'Ik...' De rest van zijn zin liep uit op een koeterwaals dat ik niet verstond. De rechterhelft van zijn gezicht leek nu vrijwel onbeweeglijk. Er was geen twijfel aan, dit moest een beroerte zijn.

Even later verscheen Kate buiten adem in de woonkamer. 'Dokter Benjamin komt eraan.'

'Hoort u dat, Mr Parker?' vroeg ik. 'Er komt hulp.' Ik pakte zijn hand. 'Dokter Benjamin komt zo bij u. Ik pas zolang op u.'

De volgende ogenblikken verliepen ongekend langzaam. Bezorgd keek ik naar Mr Parker, met wie het steeds slechter leek te gaan. Mijn hart bonsde hevig. Hoewel mijn vader de laatste was aan wie ik wilde denken, zag ik hem voor me, en hoewel hij me verstoten had, was ik bang dat hij dood zou gaan. Toen zei ik tegen mezelf dat dit Mr Parker was, en ook al was ik de afgelopen jaren weinig bezig geweest met het geloof, nu zond ik toch een schietgebedje naar de hemel.

Twintig minuten later verscheen dokter Benjamin buiten adem aan onze voordeur. Kate zag hem nog voordat hij kon aanbellen en rende erheen. Even later stond hij in de woonkamer. Hij was nog heel jong, zijn donkerblonde haar stond rechtovereind, en het zag ernaar uit dat Kates telefoontje hem bij zijn avondtoilet had overvallen. Zijn haar was vochtig en op zijn wangen zat wat opgedroogd schuim. Bovendien had hij inderhaast zijn jas verkeerd dichtgeknoopt, maar niets aan zijn verschijning deed er nu toe.

'Waar is de patiënt?' vroeg hij na een korte groet. Ik stond op en wees naar Mr Parker, die inmiddels nog maar nauwelijks bij bewustzijn was. Er kwamen vage geluiden van zijn lippen, en de hand die ik zo lang had vastgehouden was ijskoud. Maar hij ademde nog.

In korte bewoordingen schilderde ik dokter Benjamin hoe ik hem had aangetroffen, en toen begon hij hem te onderzoeken. 'U moet een ambulance bellen en hem naar het dichtstbijzijnde ziekenhuis laten brengen,' zei hij vervolgens. 'Ik kan helaas niet veel voor hem doen. In het ziekenhuis kunnen ze hem beter helpen.'

Op de achtergrond hoorde ik Kate zachtjes huilen. Wanhoop maakte zich van me meester. Dokter Benjamin leek dat te merken, want hij voegde eraan toe: 'Ik blijf natuurlijk tot hij opgehaald wordt.'

'Kunt u niet met hem meegaan?' vroeg ik.

'Goed. Ik zal met hem meegaan naar het ziekenhuis. Daar nemen mijn collega's het over.'

Ik keek bezorgd naar Mr Parker. Zou hij het redden? Een beroerte, dat klonk verschrikkelijk.

Ten slotte draaide ik me om. Kate was niet in staat om te bellen; ze huilde nu harder. In elkaar gedoken hurkte ze in de hoek naast de deur. Ik liep naar het toestel, nam de hoorn eraf en verzocht de telefoniste om verbinding met het dichtstbijzijnde ziekenhuis.

Toen de ambulance eindelijk arriveerde, was ik opgelucht. Met Mr Parker ging het onveranderd slecht, maar dokter Benjamin was van mening dat zijn hart sterk genoeg was om ook de komende uren te doorstaan.

Samen met Kate, die intussen een tas had ingepakt, keek ik toe terwijl hij op de brancard werd gelegd en naar de ziekenwagen werd gebracht. Die reed met loeiende sirene weg. Ik wist zeker dat de komst van de ambulance alle buren naar het raam had gelokt, maar gelukkig liet niemand zich zien. Er waren alleen een paar katten aan het bakkeleien. Hun schelle gekrijs weerklonk spookachtig door de nacht.

'Wat moet ik als hij er niet meer is?' Kate begon luid te snikken. Tot nog toe had ze zich min of meer weten te beheersen, maar nu stortte ze helemaal in. Ik nam haar in mijn armen en merkte dat ze over haar hele lijf trilde.

'Ik ben ervan overtuigd dat de dokters goed voor Mr Parker zullen zorgen. Ze zullen hem niet dood laten gaan.'

'En als het nou Gods wil is?'

'Ik weet zeker dat dat niet aan God ligt. Mr Parker is een goed mens. Niemand wenst hem kwaad toe, laat staan de dood.' Ik had haar graag willen troosten, maar ik kon er alleen maar aan denken hoe slecht Mr Parker er de afgelopen maanden had uitgezien.

We liepen het huis weer in en gingen in de keuken zitten. Kate leek erg afwezig, dus ik besloot koffie te gaan zetten. Toen die klaar was ging ik naast Kate zitten en proefde ervan. Het brouwsel smaakte afschuwelijk. Koffiezetten behoorde duidelijk niet tot mijn talenten. Maar Kate leek het niet te storen. Ze dronk het op en staarde weer voor zich uit.

'Maak je geen zorgen,' zei ik en ik sloeg mijn arm om haar schouder. 'Met Mr Parker komt het wel weer goed. Maar we moeten het zijn zoon laten weten, denk je ook niet?'

Kate knikte, pakte haar zakdoek en snoot haar neus. 'Dat zou wel het beste zijn.'

27

In de dagen die volgden kregen we bijna geen nieuws over Mr Parkers gezondheidstoestand. We waren in het weekend in het ziekenhuis geweest om naar hem te informeren, maar omdat we geen familie waren kregen we geen inlichtingen en werden we ook niet bij hem toegelaten.

Mr Parkers zoon liet zich bij ons niet zien. Toen we hem thuis belden beweerde zijn vrouw ook niets te weten. We verkeerden in het ongewisse en leefden van dag tot dag vrezend voor rampzalig nieuws. Kate probeerde net als ik afleiding in haar werk te vinden. Dat lukte mij waarschijnlijk beter, omdat ik het huis uit kon gaan en met cliëntes en collega's kon praten. Kate bleef daarentegen tussen haar vier muren zitten met de herinnering aan Mr Parkers toestand en hoe die geleidelijk was verslechterd.

'Ha, Kate, hoe gaat het?' vroeg ik die vrijdagavond terwijl ik een klein pakje op tafel legde. Er waren wat afzeggingen geweest en Trudy had alle werkneemsters gek weten te maken met verhalen over hamsterinkopen. Dus was ik even bij Joe's Deli langsgegaan en had daar wat lekkernijen gekocht, die ik met Kate wilde delen.

Kate gaf geen antwoord. Ik had het eerst niet gemerkt, maar nu viel me op dat ze afwezig naar de muur zat te staren waar de keukenklok hing.

'Kate?' herhaalde ik. Mijn hart kromp ineen.

Nu keek ze me eindelijk aan. In haar ogen lag een peilloos verdriet. 'Mr Parker is vanmiddag overleden,' zei ze bijna toonloos.

'Ik was er, al wist ik zeker dat ze me niet zouden toelaten. Ik wilde gewoon bij hem in de buurt zijn en... toen vertelden ze het.'

Ik ging op de keukenstoel naast haar zitten. Het beetje blijdschap dat ik had gevoeld over mijn aankoop was in één klap verdwenen. Het had er niet goed uitgezien, maar ik had gehoopt dat hij het zou redden. Kates vrees was bewaarheid. En nu?

'Wat erg,' zei ik, want iets anders kwam niet bij me op. Kate begon te snikken en ook ik kreeg tranen in mijn ogen. Ten slotte omhelsden we elkaar en huilden we als twee dochters die hun vader hadden verloren.

Op de middag van Mr Parkers begrafenis hingen de wolken laag boven de stad.

Ik had Miss Hodgson ertoe weten over te halen me een halve dag vrij te geven. Mr Parker was weliswaar slechts mijn huisbaas geweest, maar ik had gedaan alsof hij een vriend van de familie was en dat had Miss Hodgson overtuigd. 'U moet de werktijd wel inhalen,' had ze me nageroepen, waarna ze me had laten vertrekken.

Kate was nog steeds volledig van de kaart. Ze had me een arm gegeven en keek naar haar schoenen terwijl we de ene voet voor de andere zetten. Ook ik had geen zin om te praten. Alles leek onzeker. Mr Parker had geen bezwaar tegen een onderhuurster gehad, maar hoe zou zijn zoon erover denken? En de rest van de familie? Wie zou het huis erven en het voor het zeggen hebben? Of zou de familie het zelfs verkopen?

We liepen over de Green-Wood Cemetery. De oude grafmonumenten zagen er onder de grijze hemel troosteloos uit en het leek steeds kouder te worden. De kiezelstenen knarsten onder onze schoenzolen.

Opeens hield Kate me tegen. 'Kijk eens,' zei ze terwijl ze naar een van de grafmonumenten wees. Het zag eruit als een miniatuurversie van een sprookjesslot. Midden op de schrijn stond een standbeeld van een beeldschoon jong meisje, dat de bezoekers begroette met een lieflijk glimlachje. Haar linkerhand lag op haar hart. 'Dat is Charlotte Canda,' legde ze me uit en opeens leek ze haar verdriet om Mr Parker te zijn vergeten. 'Dat dit graf er nog steeds is...'

'Waarom niet?' vroeg ik, gefascineerd door de vreemde uitstraling van het bouwwerk.

'Het moet stokoud zijn,' antwoordde Kate, 'en ik heb pasgeleden nog gelezen dat de begraafplaatsen uit hun voegen barsten.'

'Maar zo'n schitterend graf zullen ze toch niet afbreken?'

Kate leek het niet te horen. 'Mr Parker heeft me ooit het verhaal van dit graf verteld. Ik was met hem meegegaan naar de begrafenis van een vriend, heel wat jaren geleden al. Het arme kind was de dochter van een schooldirecteur. Ze had kort tevoren haar debuut gemaakt in de society en was verloofd met een aantrekkelijke Franse edelman. Op de avond van haar zeventiende verjaardag, het moet 3 februari zijn geweest, kwam ze met een vriendin en haar vader terug van haar verjaardagsfeest. Haar vader liep met haar vriendin mee tot aan haar voordeur, zoals dat destijds hoorde, terwijl Charlotte in de koets bleef wachten. Het weer was onstuimig, de paarden schrokken en ze sloegen op hol. Zij werd uit de koets op het asfalt geslingerd en is in de armen van haar vader gestorven.'

Ik kreeg er kippenvel van. Zo'n jong leven, uitgedoofd op haar verjaardag. Wat een vreselijk lot!

'Kort daarna vonden ze een tekening tussen haar spullen,' vertelde Kate verder. 'Die stelde een grafmonument voor haar pas overleden tante voor, een sprookjesslot. Haar vader heeft dat grafmonument voor haar laten maken. Het moest zeventien voet hoog en zeventien voet breed zijn en het moest gedecoreerd zijn met zeventien rozen. Ik heb het nageteld en het klopt. En hoe langer je naar dit monument kijkt, hoe meer je over Charlotte te weten komt. Haar huisdieren, haar interesses, alles zit erin, voor eeuwig vastgelegd.'

Kate zweeg. Van veraf kon je onmogelijk alle details herkennen, maar ik ontkwam er niet aan de perfectie van het graf te bewonderen. Het marmer, hoewel verweerd en overwoekerd door mos, leek nog steeds te stralen.

Na een tijdje ging Kate verder: 'Ik hoef jou niet te vertellen wat het betekent om een kind te verliezen. Haar ouders zullen buiten zichzelf van verdriet zijn geweest. Haar verloofde heeft de pijn van zijn verloren liefde in elk geval niet kunnen verwerken en heeft zichzelf een jaar later van het leven beroofd. Als zelfmoordenaar mocht hij niet in gewijde grond liggen en al helemaal niet naast zijn bruid. Dus hebben ze hem in ongewijde grond vlak bij haar begraven. De tragiek hiervan heeft Mr Parker erg aangegrepen. En nu zal hij hier zelf rusten.' Ze drukte haar zakdoek tegen haar gezicht. Ik legde mijn arm om haar heen. We konden hier niet blijven staan, want de rouwdienst zou zo beginnen.

Het verhaal van Charlotte Canda speelde nog steeds door mijn hoofd toen Mr Parker werd bijgezet. Hij was opgebaard in een zware eiken grafkist met als decoratie een bloemstuk van witte rozen.

Het waren er zeker meer dan zeventien.

Het meisje was op 3 februari overleden, slechts twee dagen voor Mr Parker. Ik vroeg me af of dit de begraafplaats van zijn keuze was. Zou hij Charlotte in de hemel ontmoeten? Ik probeerde me die scène voor te stellen, tot Kate haar hand op mijn arm legde. Toen besefte ik dat de dragers de kist met Mr Parker al in het graf lieten zakken.

'We moesten maar naar huis gaan,' zei ze vreemd kalm. 'Zolang het nog ons thuis is.'

'Is er dan geen receptie?' vroeg ik, terwijl ik om me heen keek. De groep familieleden had zich rond het graf geschaard en een vrouwenhand wierp een roos in de donkere kuil.

'Jawel, maar die is voor Mr Parkers familie,' antwoordde Kate. 'Ik ben slechts een simpele huishoudster. Mij willen ze daar niet bij hebben.'

'Hoe weet je dat?' vroeg ik. 'Je hebt zo veel jaar voor Mr Parker gewerkt. Dat zou toch wel het minste zijn.'

Kate schudde haar hoofd. 'Ik ken de jonge Mr Parker. En de

andere familieleden ook. Ze hebben het niet zo op werknemers die niet bij henzelf in dienst zijn. En ook niet op eenvoudige mensen.' Ze dacht even na en zei toen: 'We zouden een Irish coffee kunnen drinken op Mr Parker. In Mr Parkers bar staat vast nog wel een fles Schotse whisky van overzee en ik heb ook nog wat slagroom in huis. Ik weet zeker dat de jonge Mr Parker het niet merkt als daar wat van weg is.'

'Goed idee!' zei ik. 'En ik trakteer op appeltaart. Daarvoor hoeven we alleen maar een omweggetje langs de bakker te maken.'

Kate knikte en daarmee was het besluit genomen.

Even later zaten we aan de taart met Irish coffee, die nieuw voor me was. Buiten het laboratorium had ik nooit veel belangstelling voor alcohol gehad. Destijds in Berlijn had mijn vader verklaard dat het onbetamelijk was en hier in New York was mijn laatste ontmoeting met een echte cocktail bijna op een arrestatie uitgelopen.

Maar Irish coffee was iets heel anders. De room en de sterke koffie overvleugelden de whiskysmaak nauwelijks, maar de warmte en de alcohol deden de spanning in mijn hoofd verdwijnen. Charlotte Canda loste op in een milde nevel, evenals Mr Parkers grafkist en de onderliggende gedachte aan mijn kind, die er altijd was. In plaats daarvan praatten we over Mr Parker en Kate gaf een paar anekdotes ten beste, zoals de keer dat hij ruzie kreeg met een politieagent vanwege een fles limonade, of hoe er tijdens een feestje niet geheel toevallig een scheut jus op de jurk van een akelig familielid belandde. Die verhalen plaatsten Mr Parker, die altijd zo geleerd en erudiet had geleken, in een volledig ander daglicht.

'Je moet een man zoeken, meisje,' zei Kate toen plompverloren. 'Een die je een dak boven het hoofd kan bieden, een huis waar je niet uit gegooid wordt.'

'Welke man kan dat in een tijd als deze nog garanderen?' vroeg ik. Opeens moest ik weer aan Darren denken. Gek genoeg zag ik hem voor me zoals hij in die verboden bar met me had zitten praten over de arbeidsvoorwaarden van immigranten. Het zal wel aan de alcohol hebben gelegen, die me steeds meer naar het hoofd steeg.

'Eentje die zijn geld niet heeft verspeeld door op de beurs te spiekula... lee...' De whisky leek ook Kate in zijn greep te krijgen en haar tong lam te leggen.

'Speculeren,' corrigeerde ik haar.

'Precies!' zei ze, terwijl ze vermanend met haar vinger zwaaide. 'Zoek er een die benul van geld heeft.'

Ik schudde mijn hoofd en dronk mijn Irish coffee op. 'Het is beter als ik zelf genoeg geld verdien om me een dak boven mijn hoofd te kunnen veroorloven. Mannen zijn onbetrouwbaar.'

'Dat is ook weer waar,' gaf Kate toe. 'Maar waarmee kan een vrouw tegenwoordig zo veel geld verdienen? Kijk mij maar eens!'

Ik glimlachte en dacht aan Miss Arden en Helena Rubinstein. Wat de laatstgenoemde deed wist ik niet. Maar het was me duidelijk dat zelfs deze grote crisis Miss Arden niet kon deren. Als het mij ooit zou lukken een eigen bedrijf te beginnen, kon ik mijn wens misschien realiseren. Ook als dat betekende dat ik misschien mijn hele leven alleen zou blijven.

Die nacht schoten er allerlei gedachten door mijn hoofd. Ik was nog ver verwijderd van een eigen bedrijf en een eigen huis. Ook al verdiende ik geld, toch stond ik voor een probleem. Als de familie dit huis werkelijk zou verkopen en Kate en ik moesten verhuizen, waar moesten we dan naartoe? Met mijn inkomen kon ik natuurlijk makkelijk een woning vinden. Maar wat zou er van Kate worden? Zou ze in een tijd als deze wel een nieuwe baan vinden? Ik bekeek de situatie van alle kanten, maar een oplossing wist ik niet te bedenken.

Ik had zo'n dorst, dat ik uiteindelijk mijn bed uit ging. Ik sloeg mijn ochtendjas om en liep naar beneden. Op de trap hoorde ik al een zacht gesnik. Bij de keukendeur aangekomen zag ik Kate met haar gezicht in haar handen aan tafel zitten. Haar haar stond alle kanten op en er zaten natte vlekken op het lijfje van haar nachthemd. De Irish coffee, die alles in een roze sluier had gehuld, leek ook bij haar zijn werking te hebben verloren.

Ik twijfelde of ik haar zou aanspreken. 'Is alles goed met je?' vroeg ik ten slotte.

'Nee,' antwoordde ze. 'Ik ben zo bang voor wat er komen gaat. In deze tijd, in deze economische situatie... Niemand zal nog een huishoudster in dienst willen nemen.'

'Dat weet je niet,' zei ik. 'Er zijn nog altijd mensen die geld genoeg hebben. We hebben heel wat cliëntes die niets merken van de economische crisis.'

Ik had in de krant gelezen dat de landbouwgebieden in het zuiden beduidend harder waren getroffen, omdat de boeren waren aangewezen op bankkredieten.

'Maar ze zullen mij geen van allen kunnen gebruiken. Ik kom op straat terecht. Of in de daklozenopvang.'

'Dat zal niet gebeuren,' wierp ik tegen. Ik knielde naast haar neer. 'Misschien heeft de jonge Mr Parker wel iemand nodig die het huis op orde houdt.'

'Maar dan stuurt hij natuurlijk zijn eigen butler.'

Dat Mr Parker junior een butler had maar misschien niet eens een klein salaris voor de huishoudster van zijn vader overhad, vond ik ergerlijk. Maar daar was op dit moment niemand mee geholpen.

'Ik zal zien wat ik kan doen. Ik laat je niet in de steek, Kate.'

Kate haalde haar neus op en knikte. 'Je bent een lieverd. Bedankt dat je het wilt proberen.'

'Ik ga het niet alleen proberen,' antwoordde ik, opeens vastberaden. 'Ik ga ervoor zorgen dat het lukt!'

28

Doodmoe en met zware ledematen liep ik de volgende ochtend de salon binnen. In mijn achterhoofd zat nog de mededeling van Miss Hodgson dat ik het verzuim van de vorige dag moest inhalen, maar ik wist met de beste wil van de wereld niet waar ik de energie daarvoor vandaan moest halen.

Toen ze me zag wenkte Helen me: ze had een bericht van Miss Arden. 'Ze heeft een paar minuten geleden gebeld en me meegedeeld dat je naar haar toe moet komen. Onmiddellijk.'

Bijna was me ontglipt dat ze me ook thuis had kunnen bellen, dan had ik me de weg hierheen kunnen besparen. 'Wil je alsjeblieft de eerste cliëntes afzeggen?' vroeg ik in plaats daarvan. 'Ik kom zo vlug mogelijk terug.'

Ik wist dat een paar dames geërgerd zouden reageren, vooral omdat ik vanwege de begrafenis al een paar afspraken had moeten verzetten. Maar als de bazin riep, kon je haar beter niet laten wachten.

Tijdens de rit in de subway vroeg ik me af waarom Miss Arden me had ontboden. Dat ze me nu, na al die tijd die sinds het voorval op The Gables was verstreken, nog wilde ontslaan was weliswaar niet onmogelijk, maar mijn onderbuikgevoel zei me dat het om iets anders ging.

Een half uur later liep ik door de rode deur naar binnen en stapte in de lift. De liftbediende glimlachte vriendelijk naar me, en even later stond ik in het voorvertrek van Miss Arden. De telefoon rinkelde en de secretaresse verzocht me even te wachten.

Zenuwachtig nam ik plaats op een stoel.

'Miss Arden kan u nu ontvangen,' riep de secretaresse ten slotte toen ze de hoorn van de telefoon weer had neergelegd. Ik stond op. Door de deur hoorde ik een mannenstem. Was er nog iemand?

'Miss Krohn, kom binnen en doe de deur achter u dicht!' klonk de stem van Miss Arden zodra ze me in het oog kreeg.

De deur viel achter me dicht en mijn blik dwaalde meteen naar de chic geklede man die net uit een van de leren stoelen was opgestaan. Ik schatte hem eind veertig. Zijn gelaatstrekken waren door zijn leeftijd een beetje verslapt, en toch zag hij er met zijn donkere wenkbrauwen en donkere haar heel aantrekkelijk uit. Hij had een lange smalle neus en licht geprononceerde lippen. In een advertentie voor verzorgingsproducten voor heren zou hij het beslist goed hebben gedaan.

Miss Arden droeg haar haar geonduleerd in zachte krullen, en het grijze mantelpakje met de witte blouse stond haar bijzonder goed. Ook zij stond op. 'Miss Krohn, mag ik u voorstellen? Dit is Henry Sell, de baas van mijn reclameafdeling.'

De knappe man kwam naar me toe, pakte mijn hand en drukte er een vluchtige handkus op. 'Aangenaam kennis te maken, Miss Krohn.'

'Het genoegen is geheel aan mijn kant,' antwoordde ik enigszins verward. Waarom was de baas van Miss Ardens reclameafdeling ook hier?

'Gaat u toch zitten,' zei Miss Arden en ze wees op de fauteuil tegenover hem. 'Ik heb geweldig nieuws voor u.' Ze wierp de man een welhaast verliefde blik toe. 'Of liever gezegd, wij.'

Meteen begon het in mijn hoofd te kolken. Wat had dit te betekenen?

'U hebt toch een tijd geleden gevraagd of ik u buiten New York kon inzetten?'

Ik trok mijn wenkbrauwen op. Mijn verstand had even nodig, maar toen... Was dat echt mogelijk? Zou ze me naar Parijs sturen? We hadden het daar lang niet meer over gehad, maar misschien had Miss Arden onthouden wat ik bij het sollicitatiegesprek had gezegd. Mijn hart begon vol verwachting te kloppen.

'Mr Sell en ik hebben het over onze stallen in Maine gehad. Dat kunt u zich misschien wel herinneren. Dat mooie landgoed dat we hebben bezichtigd.'

Ik werd rood. Natuurlijk kon ik me dat herinneren.

'U had niet eens helemaal ongelijk met wat u zei,' begon ze juist over datgene waarvan ik gehoopt had dat ze het er nooit meer over zou hebben. 'Maar ik wil niet op de zaken vooruitlopen.' Ze wendde zich tot de adonis. 'Henry, vertel haar over je kennis in Lake Placid.'

Mr Sell glimlachte, en toen zei hij tegen me: 'U kent hem vast niet, dus ik zal u de naam besparen. Alleen dit: hij wil van zijn huis een herenclub maken. Met alles wat daarbij hoort: biljarten, polo, duivenschieten... Eerst verklaarde iedereen hem voor gek, maar de zaak begint te lopen. De bezoekersaantallen zijn enorm gestegen.' Hij glimlachte naar me, maar ik kon hem niet helemaal volgen. Wat had een herenclub met mij te maken? Toen kwam ik op een idee: 'Wilt u daar misschien een salon voor herencosmetica beginnen?' vroeg ik voorzichtig. 'Hebt u daar producten voor nodig?'

Voor zover ik wist had Miss Arden geen verzorgingsproducten voor mannen in haar assortiment. Ook al wist ik daar niet erg veel van, ik kon me de waren die mijn vader in zijn drogisterij had aangeboden nog goed herinneren. Scheerlotion, haartonics, pommade en knevelwas zouden geen probleem zijn!

Miss Arden begon te lachen. 'Nee, liefje, iets veel beters!' zei ze, waarmee ze me weer naar de basis van de feiten terughaalde. 'Ik ga op Maine Chance een club openen.'

'Maine Chance?' vroeg ik niet-begrijpend. Mijn hoofd was nog steeds bij Parijs, maar blijkbaar was dat voor Miss Arden helemaal niet de reden geweest om mij te laten komen.

'Zo heet The Gables tegenwoordig. Mijn man stelde die naam voor, zo klinkt het hoopvol.'

'En daar wilt u een herenclub openen?' Ik voelde het ijs onder me als het ware dunner worden.

'Nee, natuurlijk niet!' antwoordde ze. 'Ik wil een club voor dames! Een schrijn voor schoonheid! Toen ik dat verhaal hoorde, zijn me de schellen van de ogen gevallen. We zullen in onze club net als in een herenclub activiteiten aanbieden, maar dan op een gebied waar we verstand van hebben. Cosmetica, sport, mode... De mogelijkheden zijn onbeperkt. Daarmee zullen we Rubinstein Inc. ver overtroeven!'

Een schrijn voor schoonheid. Indertijd, toen ik het idee had geopperd er een hotel of een salon te beginnen, was ze boos geworden.

'En u gaat die schrijn voor schoonheid voor me opzetten!' vervolgde ze voordat ik iets kon zeggen.

'Wat?' vroeg ik ontsteld. Dus toch geen Parijs. In plaats daarvan wilde ze me naar Maine sturen. Teleurstelling maakte zich van me meester, maar ik probeerde dat zo goed mogelijk te verbergen.

'U hebt toch veel van Miss Hodgson geleerd, nietwaar?' vroeg Miss Arden goedgemutst. 'Ik weet zeker dat u inmiddels weet hoe je een goede salon moet leiden. Voorlopig zijn het ook geen speciale opdrachten die u moet uitvoeren. Ik ben momenteel in gesprek met een architecte over de verbouwing. Maar ik heb iemand nodig die het huis daarvoor op orde brengt, toezicht houdt op de bouwwerkzaamheden en later de binnenkant naar mijn wensen vormgeeft. U lijkt me daar de ideale persoon voor.'

'Ik ben slechts scheikundige,' antwoordde ik. 'En tevens schoonheidsspecialiste.'

'U bent onnodig bescheiden,' zei ze. 'Ik heb gehoord dat u heel getalenteerd bent en veel plezier in het werk hebt. Voor de taak die ik u wil geven is dat precies wat ik nodig heb. Iemand die enthousiast is en in staat om mijn wensen uit te voeren.'

Ik had al gehoord dat Miss Arden de neiging had mensen in dienst te nemen die niets met de cosmeticabranche te maken hadden. Zo waren er radiopresentatoren en voormalige verslaggevers onder de reclamemensen, en in de fabriek zouden zelfs Russische prinsen werken, als je Helen kon geloven. En nu was ik aan de beurt. Een scheikundige die een damesclub moest opzetten. Ik moest denken aan Miss Marbury en haar opmerking dat ze flinke vrouwen wist te waarderen. Had zij Miss Arden ervan overtuigd dat ik de aangewezen persoon was? Of wilde Miss Arden me gewoon zo ver mogelijk uit madames invloedssfeer weg hebben?

Miss Arden keek me aan. 'Dus, wilt u die baan?'

Ik beantwoordde haar blik en keek toen naar Mr Sell, die de indruk wekte dat het hem absoluut niet interesseerde of ik de baan accepteerde of niet. Hij had een geweldig idee gehad, en Miss Arden zou hem daar dankbaar voor zijn.

Maar wat moest ik doen? Als ik naar Maine ging zou enerzijds mijn doel – overgeplaatst worden naar Parijs – op de lange baan worden geschoven. Anderzijds zou ze, als ik erop inging, misschien ooit mijn wens inwilligen. Maar 'misschien' was daar geen garantie voor. Mogelijk zou ze me nooit naar Europa sturen. En mogelijk zou mijn zoontje steeds ouder worden, en zou ik hem nooit vinden...

'U lijkt niet erg blij,' zei Miss Arden verbaasd toen ik aarzelde.

'Ik...' Het viel me steeds zwaarder om mijn teleurstelling te verbergen. Mijn verstand zei me dat me een geweldige kans werd geboden. Zo'n club opzetten was een uitdaging die ik graag wilde aangaan. Maar mijn hart treurde omdat ik daardoor verder van mijn eigenlijke doel zou raken.

'Als u uw werk tot mijn tevredenheid doet, krijgt u de leiding over de beautyfarm. Iedere andere werkneemster zou jaloers op u zijn.'

Dat was dan wel juist, maar geen van hen moest naar Parijs om haar zoontje te vinden. Ik verkeerde nog een poosje in tweestrijd, maar wist dat ik niet al te veel tijd kon nemen. Miss Arden verwachtte antwoord. Haar aan het lijntje houden betekende haar wrevel opwekken. Mogelijk gaf ze dan de opdracht aan iemand anders en dacht ze de volgende keer niet meer aan mij.

'Wat is het bezwaar?' vroeg ze door. 'Denkt u dat het een te zware opgave voor u is?'

'Nee!' antwoordde ik. 'Ik... Ik hoopte alleen dat u me naar Parijs zou sturen. Ooit.' Ik werd rood.

Miss Arden keek me aan, en toen begon ze te lachen. 'Maar liefje, wat wil je daar? De toekomst ligt hier! Ik doe u een aanbod dat u nergens zult krijgen! Parijs mag dan een mooie stad zijn, maar het gebeurt allemaal hier. En afgezien daarvan heb ik daar niemand nodig, ik heb u hier nodig! Dus, wat zegt u ervan?'

Ik kreeg het warm en het zweet parelde op mijn voorhoofd. De teleurstelling werd nog groter, en ik voelde een brok in mijn keel. Tegelijkertijd wist ik dat ik niets tegen haar beslissing had in te brengen. Als ik me haar ongenade op de hals haalde, zou ze waarschijnlijk nooit meer een wens van me in overweging nemen.

'Ja,' hoorde ik mezelf zeggen, en tegelijkertijd was het alsof er iets in me brak. 'Ik neem het aanbod aan.'

Miss Arden glimlachte. 'Zie je wel, Henry?' zei ze tegen Mr Sell, zonder haar blik van mij af te wenden. 'Ik zei toch dat het een verstandig meisje is. Je hebt geen idee hoe blij ik ben dat ik haar die ouwe heks afhandig heb weten te maken.'

Madame. Ik zou er wel nooit aan wennen dat beiden hun concurrente tegenover hun werknemers niet op een respectvolle manier aanduidden. En het irriteerde me ook een beetje dat ze me behandelde alsof ik een kind was. Ze had madame mij niet afhandig gemaakt, ik was naar haar toe gekomen omdat ik geen andere keus had gehad. Maar dat interesseerde Mr Sell vast net zomin als de reden waarom ik naar Parijs wilde.

'Goed, Miss Krohn,' zei Miss Arden. 'U hebt twee weken om uw cliëntes over andere medewerksters te verdelen en uw huur op te zeggen. Ik betaal u achtduizend dollar per jaar en bied u de mogelijkheid om daar na de opening in vaste dienst te komen. Vooropgesteld dat u goed werk aflevert, maar dat is voor mij vanzelfsprekend.'

Achtduizend dollar! In deze tijden! Ik wist dat de economische crisis Miss Ardens bedrijf geen schade had berokkend, maar zo'n bedrag was voor mij haast gênant gezien het feit dat steeds meer winkels in de stad moesten sluiten en dat het aantal bedelaars voortdurend toenam.

'En ik heb nog een verzoek, of beter gezegd: een clausule, die ik in uw nieuwe contract zal opnemen.'

Ik herinnerde me de huwelijksclausule van madame nog heel goed. Zou het net zoiets zijn? Ik wapende me al bij voorbaat.

'U bewaart het stilzwijgen over alles wat er op Maine Chance gebeurt. U mag ook niemand vertellen over het doel van uw onderneming. U kunt hoogstens bekenden over uw verhuizing informeren. Over de club vertelt u onbevoegden pas iets als ik het persoonlijk toesta.'

Ik knikte. Zwijgen zou me niet zwaar vallen. Wat me wel zwaar viel, was inzien hoe geweldig dit aanbod was.

'Goed, dan zijn we het eens. U vertrekt over twee weken naar Maine Chance.' Miss Arden stond op en reikte me de hand. 'Ik heb hoge verwachtingen van u, Miss Krohn.'

Hoewel me een prachtige kans in de schoot was geworpen, kon ik er niet echt blij om zijn. Parijs was mijn doel geweest, om naar mijn zoontje te zoeken. Maar nu moest ik naar Maine verhuizen en daar zou ik voorlopig niet meer wegkomen. Ik vroeg me af of ik had gedaan wat juist was. Ik had nog altijd de mogelijkheid me terug te trekken en het contract niet te ondertekenen. Maar wat dan? Zoals Miss Arden het zei: in Parijs had ze niemand nodig, en het had ook niet geklonken alsof dat zou veranderen.

Als ik op het aanbod inging, hoefde ik me ook niet langer af te vragen hoelang ik nog in het huis van Mr Parker kon blijven. Ik hoefde niet te vrezen voor wat de jonge Mr Parker met het pand ging doen. Ik zou een nieuwe verblijfplaats hebben. En ik kreeg een nieuwe taak, die het misschien toch mogelijk maakte om ooit naar Parijs te gaan. Liet monsieur Martin nu maar van zich horen!

Bij thuiskomst maakte ik de brievenbus open, maar alleen om hem zoals meestal leeg aan te treffen. Ik zuchtte diep en deed het deurtje weer dicht.

'Ben jij dat, Sophia?' vroeg Kate vanuit de keuken. Hoewel ze zich na de dood van Mr Parker overal in huis had kunnen ophouden, gaf ze de voorkeur aan de keuken, alsof die haar voorouderlijk rijk was.

'Ja, ik ben het,' antwoordde ik. Ik stapte de deur door en zag haar aan de tafel zitten, met voor zich een kussensloop die wat slijtage vertoonde.

'Nu kom ik eindelijk aan verstellen toe,' verklaarde ze op mijn verbaasde blik. 'Er is immers niet veel meer te doen. O ja, ik heb de ham in de kelder aangesneden. Als wij hem niet opeten bederft hij, dus ik dacht, ik ben maar zo vrij...'

'Mr Parker junior zal er niets op tegen hebben,' zei ik. 'Als hij al iets van zich laat horen en dit huis niet vergeet.'

'Maak je niet ongerust, hij zal beslist van zich laten horen. Hij moet er alleen nog over denken wat hij ermee gaat doen.' Ze zuchtte diep en legde haar naald weg. 'In elk geval kan hij niet beweren dat ik een profiteur ben geweest. Als hij het huis verkoopt, zal alles in orde zijn, voor zover dat in mijn vermogen ligt.'

'Hij moet je daarvoor betalen,' zei ik. 'Je werkt momenteel voor kost en inwoning. Waarbij de kost beperkt is.'

'Er zat nog wat huishoudgeld van Mr Parker in de koffiebus,' zei Kate. 'Maar dat is niet eeuwig toereikend en het zou wel fijn zijn om weer loon te krijgen. Maar laten we het niet over mij hebben.' Ze deed haar best om te glimlachen, toen keek ze me onderzoekend aan. 'Wat is er met jou aan de hand? Je kijkt zo bedrukt.'

Ik ging op de keukenstoel zitten. Mijn hele lijf voelde loodzwaar aan. 'Miss Arden heeft me vandaag bij zich geroepen. Ze heeft me aangeboden om een damesclub in Maine te gaan opzetten.'

'Een damesclub?' vroeg Kate verbaasd. 'Wat moet ik me daarbij voorstellen? Een plaats waar vrouwen sigaren roken en biljarten?'

'Zoiets.' Ik glimlachte, want het idee dat vrouwen in herenkostuum sigaren rokend voor een biljarttafel stonden beviel me wel. 'Het moet in elk geval een plaats zijn waar vrouwen zich na hard werken kunnen ontspannen.'

'Dat zou dan net iets voor mij zijn,' zei Kate, en ze lachte.

'Waarom niet?' merkte ik op. Ik zei niet dat Miss Arden rijke dames voor ogen had, die niet elke cent hoefden om te draaien. 'Ik heb haar gevraagd waarom ze nou juist mij daarvoor had uitgekozen, want ik ben een eenvoudige scheikundige, maar ze zei dat ik de aangewezen persoon was.'

'Dat klinkt toch fantastisch! Waarom trek je dan zo'n gezicht?'

'Omdat ik iets anders had gehoopt. Ik dacht dat ze me naar Europa zou sturen, naar Parijs.'

'Vanwege je zoontje?'

Ik knikte. 'Ja. Ik dacht, als ik bij haar ga werken, krijg ik ooit de Europese vestiging toebedeeld. In plaats daarvan stuurt ze me naar Maine.'

Kate legde haar hand op mijn arm. 'Heb je haar dan gezegd waarom je dat wilt?'

Ik schudde mijn hoofd. 'Nee, ik... Ik wil niet dat ze het weet. Bovendien heeft ze gezegd dat ze in Parijs niemand nodig heeft.'

'Nou, dan moet je er maar het beste van maken, honey,' antwoordde Kate. 'Na alles wat je hebt meegemaakt, verdien je een betere baan dan die in de salon. Ook al is het niet helemaal wat je wilde.'

'Ik ben wel blij met die baan. Maar... diep vanbinnen heb ik een slecht geweten. Het voelt alsof ik mijn zoontje steeds meer in de steek laat.'

'Heb je dan al nieuws uit Parijs?' vroeg ze.

'Nee. Sinds de laatste brief is er niets meer gekomen.'

'En denk je dat je aanwezigheid in Parijs ertoe zou kunnen leiden dat de detective je zoontje vlugger vindt?'

Ik perste mijn lippen op elkaar. Dat zou ik mezelf graag wijsmaken, maar als ik er goed over nadacht: wat kon ik daar doen? Hoe zou ik hem kunnen helpen?

Kate stak haar hand naar me uit en streek een haarlok naar

achteren. ‘Ik weet dat het moeilijk is. Maar misschien is het echt het beste dat jij naar Maine gaat en je aan een nieuwe taak wijdt. Als de detective je kind vindt, kun je altijd nog naar Europa teruggaan. Maar zo ben je geen grote hulp voor hem, vrees ik.’ Ze hield even op, keek naar de kussensloop en voegde eraan toe: ‘Ik ben in elk geval erg blij dat je zo’n aanbod hebt gekregen. De rest wijst zich vanzelf.’

‘Dank je wel,’ zei ik en ik merkte dat ik me nu om een andere reden bezwaard voelde. Ik had een geweldig aanbod gekregen, maar voor Kate waren de zorgen nog niet voorbij. Ik zou haar hier moeten achterlaten, overgeleverd aan de wil van Mr Parker junior.

‘En als je nou eens meegaat?’ vroeg ik. ‘Mee naar Maine. Het is een groot huis, en Miss Arden zal beslist personeel moeten hebben. En ook als dat niet nodig is, heb ik misschien een huishoudster voor mezelf nodig.’ Ik had ook kunnen voorstellen haar gewoon mee te nemen, maar ik wist dat haar trots daardoor gekrenkt zou worden. Ze had immers nu al een slecht geweten omdat ze hier was terwijl Mr Parker haar geen opdrachten meer kon geven.

‘Wil je mij in dienst nemen?’ vroeg Kate ongelovig, toen schudde ze lachend haar hoofd. ‘Met dat schamele loontje van jou?’

‘Het is geen schamel loontje,’ wierp ik tegen. ‘Het is veel meer dan ik ooit heb gehad.’

Kate knikte en dacht even na. ‘Dat is heel lief van je,’ zei ze toen. ‘Maar ik vrees dat ik het koude weer daarginds niet zo goed kan verdragen. Bovendien heb ik het grootste deel van mijn leven hier doorgebracht. Ik kan me niet voorstellen op het platteland te leven.’

‘Kate,’ zei ik en ik pakte haar hand.

Ze glimlachte. ‘Het is al goed. Jij hebt je plaats gevonden en ik zal de mijne vinden, dat weet ik zeker. Ook al is de wereld gek geworden, het gaat me lukken.’

29

Na een paar onrustige nachten had ik me verzoend met mijn nieuwe taak en ook met de gedachte niet op korte termijn naar Parijs te zullen gaan. Dat ik Louis niet zelf kon gaan zoeken bracht me in gewetensnood en stemde me bedroefd, maar Kate had gelijk. Monsieur Martin had niets aan mij bij zijn zoektocht. En ik wist ook nog steeds niet of Louis wel in leven was.

Kate bezorgde me nog steeds hoofdbrekens. Wat moest er van haar worden als ik weg was? Hoe kon ik haar helpen? Wanneer ik even tijd had keek ik de tijdschriften in de salon na op personeelsadvertenties.

Toen mijn promotie bekend werd, kwam ik in Miss Hodgsons salon in het middelpunt van de belangstelling te staan. Zonder de details aan mijn collega's prijs te geven liet ik de kans niet schieten om te vertellen over mijn opdracht, die me naar Maine zou leiden, naar het nieuwe perceel met het indrukwekkende huis dat Miss Arden het voorgaande jaar had aangekocht.

'Laat ze je daar voor staljongen spelen?' vroeg Gladys hatelijk, maar ik liet haar opmerking glimlachend passeren.

'Het gaat niet om paarden,' antwoordde ik. 'Tenzij je onze cliëntes ook als paarden wilt aanmerken.'

'Nou, in het geval van Miss Ross twijfel ik wel,' zei Jenna bijdehand, tot groot vermaak van de anderen. Ook ik kon een grijns niet onderdrukken, want dat Miss Ross met zo'n gebit was uitgerust kon niet anders dan een grap van de natuur zijn.

Ik genoot van de aandacht en hoefde niet lang op de meeste

meisjes in te praten om ze mijn cliëntes te laten overnemen.

Miss Hodgson daarentegen leek een beetje gepikeerd te zijn. Ik was ervan overtuigd dat Miss Arden ook haar niet had verteld wat de werkelijke reden van mijn overplaatsing was, maar ze leek iets te vermoeden en zich gepasseerd te voelen.

Mijn voorpret over Maine Chance werd mede vertroebeld doordat ik niet wist wat er van Kate zou worden. Ze hield zich kranig, maar ik wist dat ze zich zorgen maakte. Ook vrouwen liepen door de straten met stukken karton waarop stond dat ze werk zochten. Ik wilde niet dat Kate zich bij hen zou moeten voegen. Maar wat kon ik voor haar doen? Ik kende niemand die rijk genoeg was om zich een huishoudster te veroorloven. Mijn cliëntes mochten hun geld dan misschien in Miss Ardens salon uitgeven, ik wist dat ze daartoe op andere zaken bezuinigden. Hun uiterlijk was belangrijker dan ooit; de buren mochten niet zien hoezeer ze van geldgebrek te lijden hadden.

Die middag leek zich de gelegenheid voor te doen iets voor Kate te betekenen. Ik keek op de klok. Miss Arden was altijd tot laat op kantoor. Als ik eenmaal in Maine was, zou ik haar alleen persoonlijk kunnen spreken als ze ons daar bezocht. De telefoon was niet geschikt voor mijn plan. Dus besloot ik naar haar toe te gaan, op gevaar af dat ze me niet zou ontvangen of niet eens op kantoor was.

Ik stapte in de subway en liet me naar Manhattan vervoeren.

De dame van de receptie wierp me een verbaasde blik toe toen ik haar mijn verzoek kenbaar maakte. 'Het is belangrijk,' drong ik aan.

'Miss Arden is in bespreking. U zult moeten wachten.'

'Dat geeft niet,' antwoordde ik. 'Ik heb de tijd.'

Eenmaal boven liep ik bij de secretaresse naar binnen. 'Ik weet dat Miss Arden in bespreking is,' begon ik, zodat de secretaresse het me niet nogmaals hoefde uit te leggen. 'Ik wacht wel, het gaat om een belangrijke kwestie die ik voor mijn vertrek naar Maine wil bespreken.'

De secretaresse, die me blijkbaar herkende, knikte naar me.

‘Neemt u maar plaats voor de vergaderkamer,’ zei ze en ze beschreef waar ik naartoe moest.

Ik liep zo zachtjes mogelijk over het tapijt en ging op een van de stoelen zitten, in de hoop dat de deur over niet al te lange tijd open zou gaan. Toen hoorde ik plotseling een krakend geluid, alsof iemand een vaas op de grond had gegooid.

Ik keek om, maar ik zag noch de secretaresse, noch iemand anders. Ook in de vergaderzaal was het merkwaardig stil. Maar even later hoorde ik iemand schreeuwen. In dubio of mijn hulp nodig was, stond ik op. Stel dat iemand een ongeluk had gekregen?

Maar ik was nog maar net de gang in gelopen of het werd me duidelijk dat mijn hulp allesbehalve gewenst zou zijn. ‘Wat denk je eigenlijk wel!’ snauwde iemand. Het moest Miss Arden zijn. Ik had haar nog nooit op zo’n harde, scherpe toon horen praten. ‘Ik heb je vanaf het begin gezegd dat dit míjn bedrijf is. Het mijne en niet het jouwe!’

‘Maar ik ben je echtgenoot!’ klonk het woedende antwoord. Ook Mr Jenkins begon luid te spreken. Hij kon schateren, en dat deed hij vaak, maar ik had hem nooit eerder horen schreeuwen. Zijn tirade ging verder. ‘Je hebt het allemaal aan mij te danken. Hoe denk je dat je ervoor zou staan als ik niet alles voor je had opgebouwd?’

‘Jij hebt helemaal niets opgebouwd, je bent een van mijn werknemers, meer niet!’ Miss Ardens stem klonk als een zweepslag.

Ik vond het gênant om mee te luisteren. Ook al ging het niet over mij, toch kromp ik in elkaar. De herinnering aan het moment dat mijn vader me het huis uit had gegooid kwam weer boven. Zou Miss Arden Thomas Jenkins er ook uitgooien?

Uiteindelijk kon ik mijn verstijving doorbreken en ging ik weer op mijn stoel zitten. Een gevoel van verwarring nam bezit van me. Het duurde niet lang of ik hoorde dat er in de gang een deur werd opengetrokken en vervolgens hard dichtgeslagen. Maar het was niet die naar de vergaderkamer. Er klonken voetstappen, zware stappen, die mijn kant op kwamen.

Op het moment dat Mr Jenkins verscheen betreurde ik het enorm dat ik daar zat. Maar de secretaresse had me hiernaartoe gestuurd... Eerst dacht ik niet dat hij me zou zien zitten, maar toen hield hij zijn pas in. 'Miss Krohn, wat brengt u hier?'

'Ik...' Mijn keel was opeens gortdroog. Ik voelde me betrapt en bloosde. 'Ik wilde Miss Arden spreken. Ik... Ik wil haar iets vragen.'

Mr Jenkins keek me aan met ogen die nog steeds fonkelden van woede. Het was waarschijnlijk geen goed idee geweest om de naam van zijn vrouw te noemen. Maar toen knikte hij. 'Oké. Ze... zal zo wel komen.' Zijn stem beefde licht, alsof hij moeite moest doen hem onder controle te krijgen.

'Dank u, Mr Jenkins,' zei ik, waarop hij me nog eens zichtbaar ingehouden toeknikte en vervolgens met lange passen naar de uitgang liep.

Even later klonken er opnieuw voetstappen en mijn lichaam verstijfde andermaal. Maar deze keer wachtte ik niet af tot Miss Arden of wie dan ook zou verschijnen. Ik stond op om de indruk te wekken dat ik net was komen aanlopen.

Inderdaad verscheen meteen daarna Miss Arden. Ze had een wat harde trek om haar mond, maar daar kwam verandering in toen ze mij zag. 'Miss Krohn?' vroeg ze verbaasd. 'Wat verschaft me het genoegen?' Haar stem beefde niet en ook verder duidde niets in haar verschijning op de woordenwisseling van even tevoren. Haar elegant gesneden donkergrijze mantelpakje zat perfect en haar rode lokken waren onberispelijk gekapt.

'Miss Arden, neemt u me niet kwalijk dat ik onaangekondigd kom binnenvallen,' begon ik. 'Hebt u misschien een momentje de tijd? Ik heb een verzoek en ik weet niet tot wie ik me anders moet wenden.'

Miss Arden knikte. 'Komt u maar mee naar mijn kantoor.'

Met forse passen marcheerde ze voor me uit, als een generaal die net een belangrijke veldslag heeft gewonnen. In haar kantoor zette ze een raam open. Vanaf de straat kwam luid getoeter binnen, maar dat leek haar niet te storen. 'Zegt u het maar,' zei ze, terwijl ze naar de stoel voor haar bureau wees. Toen streek ze over haar haar, hoewel haar lokken niet in het ongerede waren geraakt. Het leek er meer op dat ze met dit gebaar haar toch aanwezige innerlijke beroering wilde gladstrijken.

Ik bedankte haar en ging zitten. 'Ik heb een kennis die in nood dreigt te geraken.'

'Hebben we die in deze tijd niet allemaal?' vroeg Miss Arden. Op scherpe toon voegde ze eraan toe: 'Het enig goede aan het faillissement van Lehman Brothers is dat ze daarmee ook de voormalige onderneming van Mrs Titus te gronde zullen richten. Als ze nog steeds zo heet.'

Ik onderdrukte een zucht van frustratie. Hoe kon ze toch zo doen? Ze had zelf kennelijk problemen met haar echtgenoot. Leedvermaak trok alleen maar eigen leed aan.

'En, om wie gaat het?' vroeg ze toen. 'Een collega uit die fabriek?'

Ik schudde mijn hoofd. 'Het gaat om de huishoudster van mijn overleden huisbaas,' legde ik uit. 'Het ziet ernaar uit dat we binnenkort het huis moeten verlaten. In mijn geval zou dat geen probleem zijn, want ik zal dankzij uw genereuze aanbod woonruimte hebben.' Ik kon aan haar gezicht zien dat haar beviel wat ik zei. 'Ik wilde vragen of u haar niet zou kunnen gebruiken als huishoudelijke hulp. Ze is erg ijverig en gewetensvol en...'

Miss Arden stak haar hand op. 'Ik heb genoeg personeel. Mensen die ik vertrouw. Uw kennis is vast een aardig mens, maar ik ken haar niet.'

'Ik sta garant voor haar,' zei ik. 'U zou echt veel aan haar hebben.'

Miss Arden keek me weifelend aan. Toen schudde ze haar hoofd. 'Het antwoord is nee.'

'Maar...'

'Maar,' zei ze met nadruk, waarmee ze me tot zwijgen bracht. 'Ik zal het Bessie vragen. In haar kringetje bevinden zich altijd wel dames die goed personeel nodig hebben. In deze tijd zal het geen probleem zijn om iemand te vinden, maar niet iedereen weet de vereiste discretie te betrachten.'

'Dat zou heel vriendelijk van u zijn,' zei ik. Als ze zou navragen bij Elisabeth Marbury was dat beter dan niets. Die had veel contacten. En als Miss Arden een goed woordje voor Kate deed...

'Ik kan natuurlijk niets beloven,' voegde ze er direct aan toe.

'Ik ben u alleen al eeuwig dankbaar omdat u het probeert,' zei ik.

Miss Arden keek me even aan en knikte toen. Ik wist dat dit het moment was waarop ik haar alleen moest laten. 'Nogmaals hartelijk dank, Miss Arden.'

Ik stond op om weg te gaan toen ze zei: 'Goede reis naar Maine Chance. Dit project wordt het belangrijkste dat ik in de komende tijd ga aanpakken. Verpruts het niet.'

'Dat zal ik niet doen, Miss Arden.' Daarop draaide ik me om en liep haar kantoor uit.

30

De dagen verstreken en mijn vertrek naar Maine kwam steeds dichterbij. Ik bracht de tijd na mijn werk door met het uitzoeken van mijn spullen. Daarbij stuitte ik ook op mijn laboratoriumkistje. Daar lag inmiddels een laag stof op. De afgelopen maanden had ik er nauwelijks nog aan gedacht dat ik zelf ooit crèmes wilde maken. Ik had het bij Miss Hodgson zo druk gehad dat ik het werk in het lab niet eens had gemist. Zou ik het ooit weer gaan gebruiken? Misschien om een eigen winkel te openen?

Het rinkelen van de deurbel haalde me uit mijn gedachten. Kate was weg, om op bezoek te gaan bij een kennis in de buurt. Omdat er verder niemand thuis was, rende ik naar beneden. 'Een ogenblikje alstublieft!' riep ik en ik stormde naar de deur. Even later keek ik in het gezicht van een postbode.

'Wat is er?' vroeg ik.

'Ik was dit vergeten op mijn ronde,' zei hij. 'Mijn excuses.' Hij overhandigde me een envelop.

Een korte blik vertelde me dat die uit Frankrijk kwam en aan mij geadresseerd was. 'Bedankt!' zei ik, waarop de man in uniform tegen zijn pet tikte. Ik deed de deur dicht en bekeek de envelop. Hij kwam uit Parijs. Toen ik de afzender zag, haalde ik opgelucht adem. Monsieur Martin was blijkbaar toch niets overkomen. Ik nam de brief mee naar mijn kamer en scheurde hem open.

Beste mademoiselle Krohn,

Vergeeft u me alstublieft dat ik nu pas van me laat horen. De afgelopen weken heb ik wat problemen gehad. Maakt u zich niet ongerust, het was niet Jouelle die me te lijf is gegaan, en inmiddels ben ik er ook zeker van dat het niets te maken heeft met het onderzoek voor uw zaak.
Iemand als ik dient vele heren, zoals u zich wellicht kunt indenken, en een van die heren was een beetje... teergevoelig. Wie rondsnuffelt moet er rekening mee houden dat hij klappen krijgt, dat is nu eenmaal zo in mijn metier. Maar dat is achter de rug, de blauwe plekken zijn verdwenen en de wonden genezen. Ik kan weer aan het werk.

Ik legde het epistel neer. Blauwe plekken? Wonden? Bij het idee van wat er met hem kon zijn gebeurd, draaide mijn maag om. Ik kneep mijn ogen dicht en probeerde de opkomende misselijkheid te onderdrukken. Opnieuw kwam de angst om mijn zoontje boven, en het hulpeloze gevoel werd bijna allesoverheersend. Ik haastte me naar het raam en deed het open. De koude avondlucht werkte kalmerend, en ik las verder.

Ten gevolge van dat akkefietje kon ik pas kortgeleden op zoek gaan naar madame DuBois, of liever madame Herver, zoals ze bleek te heten. Inderdaad is ze vroedvrouw geweest in Parijs, in het Hôpital Lariboisière. En mogelijk wist ze iets – maar dat kon ze niemand meer vertellen. In haar huis trof ik slechts haar echtgenoot, die me huilend liet weten dat zijn vrouw zich een paar dagen eerder van het leven had beroofd. Ze had zich in de schuur verhangen zonder een afscheidsbrief achter te laten. Andere notities leken er ook niet te zijn. De afgelopen weken, zo verklaarde hij, had ze veel gepiekerd en leek ze in een zwarte sluier te zijn gehuld. Op het laatst had ze zelfs niet meer willen eten.
Uiteraard heb ik gevraagd of ze iets verteld had. Of ze brieven

had geschreven. Maar de man antwoordde ontkennend. Daarvan had hij niets gemerkt. 'Vermoedelijk,' zo zei hij, 'is het haar aan het hart gegaan dat ze niet meer in het ziekenhuis kon werken. Toen vervolgens bleek dat ze geen kinderen kon krijgen, had haar ziel geen rust meer.'
Eerlijk gezegd geloofde ik dat niet. Ik ken genoeg vrouwen wie de kinderzegen ontzegd is, maar geen van hen heeft zich daarom van het leven beroofd. Is dat een bewijs dat ze schuldig was? Was de wanhoop over het feit dat ze onrecht had begaan de ware reden? Ik kan het niet zeggen, en helaas zullen we het nooit te weten komen ook.

Het spijt me dat ik u geen beter nieuws kan brengen. De dood van Aline DuBois gooit mijn mooie plannen overhoop. Maar na alles wat er dit jaar al is gebeurd, verbaast het me niet. De volgende maanden brengen me misschien nieuwe sporen of op z'n minst een idee.
Moge het u tot die tijd goed gaan. Ik laat van me horen zodra ik een nieuw aanknopingspunt heb gevonden. Mocht dat me niet binnen een half jaar lukken, dan krijgt u uw geld terug.

Hoogachtend,
Luc Martin

Ik liet mijn armen zakken. De brief fladderde naar de vloer, maar ik maakte geen aanstalten hem op te rapen. Mijn armen waren te zwak, mijn hart, dat eerst nog angstig had gebonsd, te zwaar.

Krachteloos ging ik op mijn bed zitten en staarde door de halfopen jaloezieën voor het raam naar de lichtjes in de woningen aan de overkant. Nu en dan gleed er een schaduw doorheen, van mensen die hun eigen leven leidden, hun eigen problemen moesten oplossen. Mogelijk hadden ook zij een zwaar kruis te dragen. Toch wenste ik even dat ik met hen kon ruilen.

Aline DuBois was dood, door eigen hand uit het leven verdwenen. Monsieur Martin was terughoudend geweest met haar schuld toe te dichten. Maar welk aanknopingspunt had hij nu nog? Het ziekenhuis zou hem beslist laten arresteren als hij weer met onaangename vragen kwam. Dat stelde de mensen daar in een niet al te best daglicht, maar het was geen bewijs. En zonder bewijs was verdergaan onmogelijk.

Ten slotte, toen de lichtjes aan de overkant gedoofd waren, stond ik op en liep naar mijn bureau. Geld kon me op dat moment niet schelen. Ik wilde iets doen, maar wist niet wat. Ik kwam op het idee monsieur Martin een brief te schrijven. Tot nog toe had ik geen van zijn brieven beantwoord. Het was zinloos hem aan te sporen nu het spoor doodgelopen was. Maar misschien zou het hem plezier doen als ik zijn werk bleek te waarderen. Dat ik het op prijs stelde dat hij voor mijn kind zijn gezondheid op het spel zette. Ook al was mijn hart bezwaard omdat het opsporen van mijn zoontje op de lange baan leek te zijn geschoven. Ik haalde mijn postpapier tevoorschijn en begon te schrijven.

Geachte monsieur Martin,

Hartelijk dank voor de brieven waarin u me informeerde over de stand van zaken. U hebt me behoorlijk schrik aangejaagd met het nieuws over uw verwondingen. Ik hoop dat u helemaal bent hersteld en weer in goede conditie verkeert. Pas goed op uzelf, ik zou beslist niet willen dat u nog meer verwondingen oploopt. Het lot van mijn kind opgehelderd te weten, het misschien zelfs te vinden, betekent veel voor me, maar dat geluk mag niet gestoeld zijn op het leed van een ander mens.
Het doet me veel verdriet te horen dat madame DuBois het leven heeft gelaten. Ik herinner me haar als een vriendelijke vrouw. Ze heeft me bijgestaan bij de bevalling. Ik heb nooit het gevoel gehad dat ze een bezwaard gemoed had, maar ik kende haar nauwelijks. Ik zal er nog een poosje over nadenken wat haar dood betekent. Is ze schuldig of onschuldig? De tijd zal het misschien leren.

Als u het gevoel hebt dat u niet verder kunt zoeken, neem ik u dat niet kwalijk. Ik ben niet van plan op te geven, maar ik weet alleen niet hoe ik mijn speurtocht moet voortzetten. Misschien weet u een manier. Ik ben bereid u door te betalen tot het punt dat u echt niet verder komt. Maar misschien hebt u dat punt al bereikt? Laat het me maar weten. Ik zou graag vernemen wat er precies gebeurd is, dat zou me rust geven. Maar misschien is het daar niet de juiste tijd voor?

Ik liet mijn pen zakken. Ik had geschreven dat ik niet wilde opgeven, maar alle zinnen die daarop volgden wezen in tegenovergestelde richting. En was het ook niet verstandiger om het te vergeten? Misschien was de brief waarin gemeld werd dat Louis nog leefde gewoon het product van een verwarde geest geweest. Ik moest aan Henny denken. Alles in me verzette zich ertegen het te geloven, maar wie kon zeggen waar opium iemand toe kon brengen?

Ik maakte de brief af en liet hem op het bureau liggen. De volgende ochtend zou ik beslissen of ik hem verstuurde of niet. Maar ik wist nu wel dat het juist was geweest om het aanbod van Miss Arden aan te nemen.

31

Op mijn laatste dag in de salon, toen ik 's middags bijna niets meer te doen had, kwam Miss Hodgson de opslagruimte binnen. Ik had aangeboden om als laatste klusje daar orde op zaken te stellen.

'De voorraden moeten eigenlijk weer eens worden aangevuld,' zei ik, want ik nam aan dat ze kwam controleren of ik mijn werkdag wel vol zou maken. 'Sommige crèmes zijn bijna op en we hebben ook nog maar heel weinig gezichtslotion.'

'Als u me een lijstje geeft, zal ik Helen laten bestellen wat nodig is.'

Omdat ik wist dat Miss Hodgson zo'n lijst zou willen hebben, had ik die al opgesteld. 'Ik zet alles nog even op z'n plek en dan moet het hier weer op orde zijn.'

'Ik wilde alleen even zeggen dat ik u zal missen,' flapte Miss Hodgson eruit.

Ik staarde haar verrast aan. Ik had bij dit controlebezoekje overal rekening mee gehouden. Ook dat ze net als bij Assepoester een paar linzen in het stof zou gooien en me dan zou bevelen ze op te vegen. 'Dank u, dat is erg aardig van u.'

'U bent een van de beste krachten geworden die ik ooit in deze salon heb gehad.' Miss Hodgson frummelde met haar vingers alsof ze het gênant vond om me te prijzen, of ertoe was gedwongen. Was dat misschien ook zo? 'Ik geef toe dat ik aanvankelijk niet geloofde dat het iets zou worden met u. Maar u hebt mijn mening gelogenstraft. We zijn allemaal klein begonnen, nietwaar?'

Ik wist niet goed hoe ik moest reageren. 'Hartelijk dank,' zei ik toen maar. 'Voor alles wat ik bij u heb mogen leren.' Ik stond er zelf van te kijken dat ik het oprecht meende. Ze had me vervelender klusjes kunnen toebedelen. Zo had ze me ook urenlang crèmepotjes kunnen laten afwassen. Maar de opdracht van Miss Arden was geweest mij het een en ander bij te brengen en daar had ze zich aan gehouden.

'Misschien zien we elkaar ooit nog wel eens,' zei ze. 'Miss Arden heeft zich over uw nieuwe functie tegenover mij niet concreet uitgelaten, maar misschien geeft die aanleiding om elkaar tijdens een vergadering weer eens te kunnen spreken.'

Ik had geen idee waar die behoefte van haar kant uit voortkwam. Wilde ze me op de proef stellen? Was ze nieuwsgierig en hoopte ze me er met deze woorden toe aan te zetten haar iets te verklappen? Ik beperkte me tot een glimlach, in de wetenschap dat ze me mijn jasschort het liefst van het lijf zou rukken als ze had geweten voor welke functie ze was gepasseerd. 'Dat zou ik erg leuk vinden.' Ik stak haar mijn hand toe en zij pakte hem aan.

'Als u hier klaar bent, kunt u rustig weggaan,' zei ze. 'En als u een getuigschrift nodig hebt, wil ik dat graag voor u opstellen.' Met die woorden verliet ze de opslagruimte.

Tegen vijf uur was ik klaar en hing ik het jasschort van de salon voorgoed aan de kapstok. Toen ik met mijn mantel over mijn arm de ontvangstruimte binnenkwam, zag ik daar tot mijn grote verrassing Miss Denver staan, een van Miss Ardens secretaresses. De dag zat vol verrassingen. 'Goedemiddag,' begroette ik haar. 'Komt u voor een behandeling?'

'Miss Arden heeft me een bericht voor u gegeven,' zei ze met een ernstig gezicht, waardoor het vuur door mijn aderen schoot. Ze haalde een envelopje uit haar tas. 'Ze zei dat u er vertrouwelijk mee moet omgaan.'

Wat voor vertrouwelijk bericht kon Miss Arden voor me hebben? 'Dank u,' zei ik en ik stopte de brief in mijn jaszak.

'Veel succes in Maine,' zei Miss Denver met een verlegen glimlachje. 'Ik zou daar ook dolgraag willen wonen. Het schijnt er heel idyllisch te zijn.'

'Dat klopt,' antwoordde ik. 'Als je van het landleven houdt.'

'O, dat doe ik beslist,' zei ze zonder aarzelen. 'Nou ja, wie weet stuurt Miss Arden mij er ook nog eens naartoe.' Ze glimlachte veelzeggend. Mijn geheime missie was kennelijk toch niet zo strikt geheim.

'Wie weet,' antwoordde ik. 'Ik zal een goed woordje voor u doen als ik de kans krijg.'

'Dank u.' Miss Denver raakte kort mijn hand aan en nam afscheid.

Ik keek haar na en haalde ten slotte de brief uit mijn zak. Ik ging ervan uit dat Miss Arden me nog een paar laatste instructies wilde geven. Maar de inhoud verraste me. Ik las vlug de met de hand geschreven zinnen en stormde toen naar buiten.

In de subway zat ik op hete kolen. Wat mij betrof had hij harder mogen rijden of een paar haltes mogen overslaan.

'Kate!' riep ik opgewonden, toen ik het huis van Mr Parker binnenkwam. 'Kate, ik heb nieuws!'

Ik bleef stokstijf staan toen een man me de weg versperde. Hij droeg een donker pak en de kraag van zijn overhemd was zo sterk gesteven dat zijn hoofd wel leek opgespietst.

'En u bent?' vroeg hij, terwijl hij me indringend met zijn staalgrijze ogen opnam.

'Sophia Krohn,' antwoordde ik, van mijn stuk gebracht. Wat had hij hier te zoeken? Toen hoorde ik nog meer stemmen. Er werd een geanimeerd gesprek gevoerd. 'Ik ben de huurster van Mr Parker,' voegde ik eraan toe, toen de onbekende me enigszins confuus aankeek.

'O,' zei hij. 'Ik dacht dat u misschien een kijker was.'

'Een kijker?' vroeg ik.

'Mr Parker wil het huis verkopen. Vandaag is de eerste bezichtigingsdag. Maar als u daar niets mee van doen hebt...'

Even bleef ik als aan de grond genageld staan. 'Ik vrees dat ik niet een van uw kijkers ben,' antwoordde ik. Kate had me niet verteld dat ze vandaag bezoek verwachtte. Of dat de zoon van Mr Parker overwoog het huis te verkopen.

Toen hoorde ik iets kletteren in de keuken. 'Neemt u me niet kwalijk,' zei ik tegen de onbekende, kennelijk een makelaar, en terwijl hij zich in de woonkamer terugtrok liep ik naar Kate.

Ze stond met een nors gezicht bij het fornuis en vulde juist een koffiekan met water.

'Hallo, Kate,' groette ik haar. 'Wat is hier aan de hand?'

Ze keek opzij en ik zag dat ze had gehuild. 'Wat er aan de hand is?' reageerde ze grimmig. 'De zoon van Mr Parker heeft niets beters te doen dan het huis heel vlug te verkopen. Zijn vader is net een paar weken dood en zijn enige gedachte is hoe hij aan geld komt!'

'Wat moet hij ook met een huis in New York?' zei ik sussend. 'Hij woont in Boston en zal niet zomaar kunnen verhuizen.'

'Vroeger deed je dat wel. Vroeger liet je je ouderlijk huis niet zomaar veilen.'

Ik liep naar Kate toe en sloeg mijn armen om haar schouders. Ze begon te snikken. 'En wat moet er nu van mij worden? De nieuwe eigenaar zal een oude taart als ik heus niet zomaar overnemen.'

'Je wilt toch ook niet als een meubelstuk mee worden verkocht?' vroeg ik. Ik liet haar los en haalde de brief die Miss Denver me had gegeven uit mijn zak.

'Hier, ik heb iets voor je.' Ik hield haar de envelop voor.

Kate keek me vragend aan. 'Wat is dat?'

'Kijk zelf maar.'

Kate haalde de brief uit de envelop, las hem en sloeg haar hand voor haar mond. 'Miss Morgan wil me in dienst nemen?'

Ik knikte. 'Ze heeft iemand nodig die haar huis hier in New York bestiert. Een betrouwbaar iemand. Kennelijk heeft Miss Arden jou aan Miss Marbury aanbevolen en zij heeft het er vervolgens met haar kennis over gehad. Anne Morgan zal behalve bankiersdochter ook wel een liefhebster van literatuur zijn. Ik denk dat je je bij haar niet zult vervelen.'

Kate schudde ongelovig haar hoofd en drukte toen de brief aan haar borst. 'Ik kan het gewoon niet geloven,' zei ze snikkend.

'Jawel, je kunt het rustig geloven. En ik kan met een gerust hart naar Maine vertrekken.'

Kate maakte een rondedansje en omhelsde me zo stevig, dat ik nauwelijks lucht kreeg. Toen ze me weer losliet, glimlachte Kate tussen haar tranen door. 'Het liefst zou ik die vlegels daar deze koffie over hun gesteven overhemd gieten.'

'Doe dat maar liever niet; de jonge Mr Parker moet je nog een getuigschrift geven,' zei ik lachend. 'Zal ik je even helpen?'

Kate knikte. 'Dank je.'

'Ik trek even mijn jas uit.' Met die woorden verliet ik de keuken. Ik wist niet wie zich gelukkiger voelde, Kate of ik. Maar ik was blij dat ik haar niet hoefde over te leveren aan de gratie van de mannen in de woonkamer.

De volgende dag besteedde ik aan het inpakken van mijn spullen. De bezichtiging van het huis had gisteren nogal veel tijd in beslag genomen. Tijdens mijn pogingen om wat vroeger te gaan slapen, die grandioos waren mislukt, had ik de gedempte stemmen van de mannen en hun gelach gehoord. Er leken geen vrouwen te zijn gekomen. Pas ver na middernacht was het stil geworden. Het enige wat ik toen nog hoorde waren de voetstappen van Mr Parker junior in de hal, die blijkbaar van plan was hier de nacht door te brengen.

Pas tegen half acht werd ik wakker en even later zat ik weer midden tussen mijn spullen. Het was niet veel, maar meer dan ik uit Berlijn of Parijs had meegenomen. Ik vouwde alles netjes op en stopte het in mijn koffer. Als laatste haalde ik mijn laboratoriumkistje tevoorschijn. Zou ik ooit nog in een lab werken? Ik miste het creatieve aspect van de scheikunde wel. Misschien zou ik in Maine de kans krijgen me weer met wat experimenten bezig te houden.

Toen ik naar beneden ging, zag ik alleen de jonge Mr Parker

aan de keukentafel zitten. Geen spoor van Kate. 'Goedemorgen,' groette ik en ik liep naar de koffiekan die op het fornuis stond.

Parker keek op van zijn lectuur. 'Morgen,' zei hij en hij vouwde de krant dicht.

'Ik ben Sophia Krohn, de huurster van uw vader. Gecondoleerd met uw verlies.'

'Dank u, Miss Krohn, dat is erg vriendelijk van u,' antwoordde hij. Hij nam een slokje koffie.

Ik wist niet goed wat ik moest zeggen. Het was vreemd om Mr Parkers zoon in huis te hebben. In al die tijd dat ik hier woonde had hij zich nooit laten zien. Toch had ik hem meteen herkend, want hij leek sprekend op Mr Parker.

'Kate is zeker niet thuis?' vroeg ik, hoewel ik aanvoelde dat Mr Parker weinig zin in een gesprek had.

'Nee, ze zei dat ze vanmorgen een afspraak had.'

Dat was waar ook, het gesprek met Miss Morgan zou om acht uur plaatsvinden, dus had ze vroeg van huis gemoeten. Ik had haar graag nog een bemoedigend schouderklopje meegegeven.

Omdat Mr Parker kennelijk niet van plan was me in de keuken alleen te laten, ging ik met mijn kopje koffie aan tafel zitten en vroeg: 'Hoe is de bezichtiging verlopen? Hebt u een koper gevonden?'

Verrast dat ik hem aansprak, keek hij me aan. 'Tot nog toe niet,' antwoordde hij ontwijkend.

'Hebt u goede hoop dat een van hen zou kunnen bijten?' Mijn formulering leek hem van zijn stuk te brengen.

'Ik weet niet of de koper kamers wil verhuren,' zei hij onverwachts. 'Maar onder bepaalde voorwaarden zou ik een goed woordje voor u kunnen doen.'

Hij liet zijn blik langs mijn lichaam glijden op een manier die allesbehalve gepast was. Ik had hem het liefst een oorvijg verkocht. Blijkbaar was hij toch geen exact evenbeeld van zijn vader, die zoiets nooit zou hebben overwogen. 'Ik vroeg het niet omdat ik hier wil blijven,' antwoordde ik koeltjes. 'Het was belangstelling, meer niet. Ik heb al een nieuw onderkomen gevonden.'

Parker leek teleurgesteld. Had hij echt gedacht dat ik hem zomaar mijn lichaam zou aanbieden opdat een potentiële koper mijn huurcontract zou verlengen?

'Fijn voor u,' zei hij en toen pakte hij zijn krant weer. Mijn vraag beantwoordde hij niet.

Ik dronk mijn kopje leeg en stond weer op. Ik kon beter naar mijn kamer gaan voordat die vent nog meer rare ideeën kreeg.

Een uur later hoorde ik de deur dichtslaan. Ging Mr Parker weg? Ook al vond ik dat ik heel gevat had gereageerd, zijn opmerking had me toch een onprettig gevoel bezorgd. Dit huis, dat zo lang mijn thuis was geweest, wekte enige weemoed bij me op, maar ik was blij dat ik deze kans van Miss Arden had gekregen.

Om te zien of de kust vrij was sloop ik mijn kamer uit, net op tijd om nog een glimpje van Kates rok op te vangen. Ik liep naar beneden en ging achter haar aan de keuken in. 'En?' vroeg ik. Ik voelde mijn hart zo hard kloppen dat het leek of ik na haar aan de beurt was voor een sollicitatiegesprek.

Ze liet zonder een spier te vertrekken haar blik op het fornuis rusten. Wilde dat zeggen dat Miss Morgan haar niet had aangenomen?

'Kate?' drong ik aan en daarmee leek ze uit haar overpeinzingen op te schrikken.

Ze keek me aan, bedeesd bijna, en zei toen: 'Dat huis is gigantisch.'

Wat had dat te betekenen? Vragend trok ik mijn wenkbrauwen op.

'Miss Morgan schijnt een respectabele vrouw te zijn,' antwoordde ik. Iets anders kon ik niet verzinnen.

'Ze is vooral een rijke vrouw,' zei Kate, nog altijd zichtbaar onder de indruk.

'En, wat heeft die rijke vrouw tegen je gezegd?' vroeg ik ongeduldig. Kate woonde in de grote stad, hoe kon zij zich nog verbazen over een gebouw?

'Ja,' antwoordde ze.

'Ze heeft ja gezegd?' herhaalde ik bijna ongelovig, hoewel ik eigenlijk niet anders had verwacht.

Kate knikte.

'Maar dat is toch fantastisch!' riep ik uit en ik sloot haar juichend in mijn armen. Heel even maakte Kate nog een krachteloze indruk, maar toen leken haar levensgeesten weer te zijn gewekt.

'Ik kan het nog steeds niet geloven.' Eindelijk brak er op haar gezicht een glimlach door. 'Een vrouw in zo'n mooi huis wil dat ik daarvoor ga zorgen! Ze zei dat ze me een paar meisjes zou geven over wie ik de leiding krijg. Net een butler!'

'Hoofd van de huishouding,' corrigeerde ik en ik voelde dat mijn hart overstroomde van vreugde als een fles sodawater die voor het openen was geschud. 'Je bent nu een rasecht hoofd van de huishouding!'

'Ja, daar lijkt het wel op.' Ze lachte ongelovig. 'Die Miss Arden moet wel een heel goed woordje voor me hebben gedaan.'

Op dat moment hoorde ik opnieuw de deur. Ik keek naar buiten en zag Mr Parker junior langs het raam lopen. Hij had het blijkbaar niet nodig gevonden ons gedag te zeggen.

'Nee,' wierp ik tegen. 'Ik denk eerder dat jij een goed woordje voor jezelf hebt gedaan. Je hebt zo veel ervaring en talent! Bovendien was Mr Parker bevriend met madame Rubinstein. Ik vermoed dat dat onder heel wat huiseigenaren in New York zeker bekend is.'

'Ik neem aan dat dat laatste de doorslag heeft gegeven,' zei ze en haar ogen begonnen te schitteren. 'Wat zou je ervan vinden als ik een lekkere cake voor ons bakte? Nu Mr Parker weer is vertrokken...'

'Misschien komt hij nog terug.'

Kate schudde haar hoofd. 'Hij heeft een hekel aan dit huis. Hij wil er zo vlug mogelijk vanaf. Maar wat mij betreft mag hij naar de hel lopen, dat maakt mij niets meer uit.'

32

De trein kwam met een vertraging van tien minuten met veel kabaal binnenrijden. Een paar ogenblikken eerder had ik een aantal passagiers nog horen mopperen, maar nu pakten ze allemaal haastig hun bagage op en stroomden naar voren. Ik liet een oudere dame voorgaan die zichtbaar moeite had zich met haar wandelstok overeind te houden. Toen ze dreigde te struikelen, hield ik haar aan haar arm vast. Ze voelde opmerkelijk licht. Zou ik ook ooit zo worden?

'Bedankt, meisje,' zei ze hijgend. 'Vroeger, toen ik zo oud was als u, was ik beter ter been. Het is verbazend wat je door de tijd heen allemaal achter je laat.' Met die woorden raakte ze me, en hoewel ik nog niet zo ver door de tijd was gereisd, dacht ik even terug aan alles wat ik achter me had gelaten. Mijn geliefde, mijn ouders, mijn zoontje, Darren en Henny. Berlijn, Parijs en nu New York. Ook Kate zou ik een hele tijd niet zien, hoewel het me geruststelde dat ze een veilige plek had. Miss Morgan zou haar leren waarderen, daar was ik van overtuigd. Het leven was soms ook een kwestie van telkens weer opnieuw beginnen. Ik keek naar de oude vrouw voor me. Hoe vaak zou ze op reis zijn geweest? Haar verstand was duidelijk nog helder, en haar lichamelijke beperkingen leken haar niet van het reizen te weerhouden.

Na een tijdje kwam ik bij mijn zitplaats. Het leek me een onmogelijke opgave om mijn koffer in het bagagerek te krijgen, maar gelukkig was er in het compartiment een behulpzame man aanwezig. 'Laat u dat maar aan mij over, Miss. U wilt zich daar toch geen breuk aan tillen?'

Voor ik iets kon zeggen hees hij de koffer al omhoog. Ik zette mijn laboratoriumkistje op mijn zitplaats en maakte mijn mantel los.

'Mijn naam is Harry Styles,' zei hij. 'Ik ben op zakenreis, en u?'

'Sophia Krohn,' zei ik. 'En ik ben ook op zakenreis.'

Hij keek eerst naar mij, en toen naar mijn laboratoriumkistje. 'Cosmetische benodigdheden?' giste hij.

'Zoiets,' antwoordde ik. 'Dat is mijn laboratoriumkistje.'

De man stak geïmponeerd zijn onderlip naar voren. 'U bent dus scheikundige?'

'Ja,' antwoordde ik voor het gemak.

'Wat vrouwen tegenwoordig niet allemaal doen,' zei hij, en alsof hij er meer dan zijn naar schatting veertig jaar op had zitten, voegde hij eraan toe: 'Vroeger interesseerden vrouwen zich vooral voor het huishouden. Nu blazen ze de wereld op.'

'Met dynamiet heb ik niets te maken,' antwoordde ik en ik had er plezier in hem een beetje in het ongewisse te laten. 'Datgene waaraan ik werk is heel wat vreedzamer.'

'U maakt me nieuwsgierig,' zei hij, maar voor hij kon doorgaan verschenen er nog twee mannen in de coupé. Daardoor werd hij afgeleid en hij leek me te vergeten. Ik ging zitten en haalde een boek uit mijn handtas. Bij de kiosk op het station had ik een romannetje gekocht: de, zoals de flaptekst beloofde, 'dramatische geschiedenis van Lady Bane, die van haar titel werd beroofd en daarna voor het vermogen van haar man moest vechten' – uiteraard aan de zijde van een mysterieuze man met staalblauwe ogen.

Toen de trein begon te rijden deed ik alsof ik geboeid zat te lezen, maar mijn gedachten gingen al naar het huis bij de Belgrade Lakes. Ik had nooit op het platteland gewoond. Wanneer Henny en ik ons onze toekomst voorstelden, was zoiets als een landgoed of een hoeve daar nooit in voorgekomen. We waren het erover eens geweest dat het landleven heel saai was en pas interessant werd als je genoeg had van je echtgenoot.

Het volgende moment schoot me te binnen dat ik monsieur

Martin moest laten weten dat hij brieven of telegrammen niet meer naar mijn oude adres in New York moest sturen. Misschien moest ik hem de volgende dag na aankomst meteen schrijven, want ik betwijfelde of Mr Parker junior de moeite zou nemen mijn post door te sturen. Waarschijnlijk zou hij zich ook pas weer in het huis vertonen bij het tekenen van de verkoopakte.

Stralende zon scheen over de nog lege velden en kale bossen toen ik op Maine Chance aankwam. In het voorjaar zou het groen hier regelrecht uitbarsten, maar nu viel er afgezien van een paar krokussen langs de weg weinig vegetatie te ontdekken. Nu ik het huis voor de tweede keer zag leek het vrij eenvoudig, wat waarschijnlijk kwam doordat in de zomer het licht stralender en de entourage fleuriger was geweest. Maar de komende jaren zou hier iets unieks ontstaan. Ik geloofde in Miss Ardens visioen en was blij daar deel van uit te maken.

'Kan ik iets voor u doen, Miss?' vroeg een mannenstem. Toen ik opzijkeek, zag ik een man die een bruin paard aan de teugel meevoerde. 'Dit is het landgoed van Miss Arden uit New York.'

'Dat weet ik,' antwoordde ik. De man moest een van de mensen uit Miss Ardens stal zijn. 'Mijn naam is Sophia Krohn, Miss Arden heeft me gestuurd.'

De man nam me op, toen zei hij: 'Gaat u maar naar binnen. Er zijn vandaag nog meer mensen gekomen, u zult ze in het huis wel vinden.'

Ik knikte, tilde mijn koffer op en liep het kiezelpad af. Toen ik de deur opendeed hoorde ik vrouwenstemmen. Ik kon niet goed horen waar, maar ze moesten ergens in het gebouw zijn.

Tot mijn grote verrassing kwam het volgende moment Bessie Marbury me tegemoet. 'Ah, Sophia, liefje, het doet me plezier u weer te zien!' zei ze en ze spreidde haar armen. Even later knelde ze me hartelijk aan haar weelderige boezem. Dat ze zich mij nog herinnerde verbaasde me meer dan haar omhelzing. 'Lizzy heeft me laten weten dat u zou komen. Zelf kan ze hier helaas niet zijn, maar omdat ik in mijn zomerhuis was, heb ik me bereid verklaard iedereen te verwelkomen.'

'Dat is heel aardig van u, Miss Marbury,' antwoordde ik. Het was al bijzonder dat een vrouw als zij zich om het personeel hier bekommerde. Ze had vast wel een assistente die dat op zich kon nemen. Maar ik was blij dat ik niet alleen was in dit huis, waar nog de nodige zorg en liefde aan moest worden besteed.

'Kom, ik stel u aan de anderen voor. Naar ik van Lizzy hoorde, gaat u hier alles regelen.'

'Dat zal ik in elk geval proberen.' Gelukkig had Miss Arden beloofd me gedetailleerde instructies te sturen. Dan hoefde ik hopelijk, zoals ze had aangekondigd, echt alleen maar 'een oogje in het zeil te houden'.

Miss Marbury bracht me naar de keuken, die intussen provisorisch opgeknapt was. De jonge vrouwen die me daar opwachtten waren een kokkin en twee dienstmeisjes. Ik vroeg me af wat ze hier nu al te doen hadden, terwijl de werklui er zeker nog een puinhoop van zouden maken en er nog geen gasten waren. Maar het was niet aan mij om Miss Ardens beslissing in twijfel te trekken.

'Dames, deze vrouw zal deze instelling voortaan leiden. Jullie moeten de instructies van Miss Krohn onvoorwaardelijk opvolgen, is dat duidelijk?'

De blikken van de vrouwen dwaalden bijna angstig naar mij. Ze leken uit deze streek te komen, droegen geen make-up en waren niet bijzonder modieus gekleed. Hoe zou ik op hen overkomen? Waarschijnlijk als een opgedirkte tante. Ik betuigde mijn dank en sprak de wens uit dat we goed zouden samenwerken, waarna ik me door Miss Marbury naar mijn kamer liet brengen.

'Het is allemaal nog lang niet klaar,' verklaarde ze. 'De vorige eigenaren hebben dit juweeltje langdurig verwaarloosd. Ik was verrukt toen ik hoorde dat ze eindelijk besloten hadden tot de verkoop over te gaan.' Ze deed de kamerdeur open. 'We hebben geprobeerd hem zo goed mogelijk in orde te maken. Maar hij zal onder uw handen pas echt opfleuren.'

De kamer was groot en licht, maar dat was de enige luxe die

hij te bieden had. Ik had niet veel verwacht, maar van het versleten behang en de vergeelde plinten schrok ik wel een beetje. Zoiets had ik voor het laatst in Henny's Berlijnse woning gezien. De ramen leken ook niet goed te sluiten, want ik voelde een koude luchtstroom. Nog afgezien van het geluid van de ruisende wind in de bomen voor de ruiten. Het meubilair deed me denken aan een vlooienmarkt. Er waren veel meubels, maar de meeste zagen er niet erg stabiel uit. Het ijzeren kacheltje echter beloofde dat het in de winter aangenaam warm zou worden.

'Ik hoop dat u zich hier prettig voelt.'

Dat hoopte ik me in elk geval ooit te gaan voelen. 'Dank u wel, Miss Marbury,' zei ik. 'Ik zal Miss Arden niet teleurstellen.'

'Dat is prijzenswaardig, maar bedenk vooral dat u zichzelf niet mag teleurstellen.' Met die woorden verliet ze de kamer.

Ik keek nog wat aandachtiger rond. Hier en daar ontdekte ik een mooi detail, zoals een verbleekte roos op de beschildering of een fraai gedraaide deurknop. Toch zou ik veel te doen krijgen, zo veel dat ik geen tijd zou hebben mijn laboratoriumkistje in gebruik te nemen.

Maar één ding moest ik nog doen voor ik aan de slag ging. Mijn blik viel op mijn koffer. Mijn schrijfgerei lag helemaal bovenop naast het briefpapier. Ik moest monsieur Martin bericht sturen. En ik wilde mijn ouders schrijven om hun te laten weten waar ze me konden bereiken. Hoop dat ze een antwoord zouden sturen had ik niet, maar ik voelde me ertoe verplicht. En Henny zou ik ook schrijven. Zelfs als ze me niet meer wilde zien, moest ze toch weten waar ze me kon vinden, voor het geval dat ze me nodig had.

33

1933

De winter bracht begin 1933 een strenge kou met zich mee, maar gelukkig functioneerden alle kachels op Maine Chance inmiddels prima en ook het werk aan het grote huis naderde zo langzamerhand zijn einde. Ik kon nauwelijks geloven dat er al drie jaren waren verstreken. De maanden waren omgevlogen en mijn noeste arbeid was alleen onderbroken als er berichten uit New York kwamen of als Miss Arden langskwam om te kijken hoe het met haar paarden ging.

Ik had in het naburige dorp een paar nieuwe kennissen opgedaan met wie ik af en toe afsprak voor een kopje koffie of een wandeling. Ook kwam Rue Carpenter wel eens langs, een architecte uit New York en een goede vriendin van Miss Arden.

Miss Carpenter, een energieke grijsharige vrouw die altijd onberispelijke mantelpakjes en een inmiddels ouderwets aandoende cloche droeg, had drie jaar eerder al een nieuwe salon aan Fifth Avenue in New York ontworpen, samen met een Rus genaamd Remisoff. Het was me niet vergund geweest om die zaak persoonlijk te bezichtigen, want kort na de opening had een gebroken leiding bijna het hele huis onder water gezet en was mijn aanwezigheid hier vereist. Maar Peg, onze kokkin, had me een tijdschrift met foto's ervan laten zien. Wat de schitterende inrichting betrof en de gymnastieklokalen, die deden denken aan goed verlichte balletzalen, was ik wel een beetje jaloers dat ik niet de opdracht had gekregen die salon op te zetten. Maar toen Miss Carpenter op Maine Chance verscheen, wisten we dat ook wij deel uitmaakten van iets fantastisch.

We begonnen met het bepalen welke kamers voor de gasten zouden zijn en wezen de diverse ruimten een functie toe. Er moesten een kapsalon en een schoonheidssalon komen, maar ook gymnastieklokalen en kamers voor stoombaden en massagebehandelingen. Bovendien hadden we plannen voor een prachtige gemeenschappelijke ruimte met een bibliotheek en een open haard, waar de dames zich konden ontspannen. Toen ik de ontwerpen zag, maakte mijn hart een vreugdesprongetje. Ik kon niet geloven dat ik op een dag de leiding over dit alles zou hebben.

Miss Arden en ik waren dan ook erg aangedaan toen Miss Carpenter op 7 december 1931 plotseling overleed. De plannen voor Maine Chance waren uitgewerkt, maar ze zou de verwezenlijking ervan niet meer meemaken. Dat deed ons verdriet, maar het leidde er niet toe dat van haar inzichten werd afgezien. Er werden andere architecten aangetrokken en de schetsen en tekeningen van Miss Carpenter waren gelukkig gedegen genoeg om in haar geest te worden gerealiseerd.

Dat betekende voor ons dat er een nogal roerige periode aanbrak. Ononderbroken liepen er bouwvakkers in en uit. De stroom viel vaak uit en het werd een avontuur om aan schoon water te komen. Gelukkig lag het huis van Miss Marbury niet ver weg. Ze was zo vriendelijk ons toe te staan in geval van nood daar een bad te nemen.

Ik vond haar een aangename gesprekspartner, al voelde ik me in haar bijzijn wat onzeker. Ze was zo belezen en gedistingeerd dat ik me tegenover haar enigszins tekort vond schieten. Af en toe vroeg Miss Marbury ook naar kwesties van het hart, maar in dat opzicht had ik haar niet veel te vertellen. Buiten de werknemers in de stallen waren er vrijwel geen mannen op Maine Chance en die interesseerden me niet. Het enige wat ik wilde was een succes van het huis maken.

Eindelijk waren we dan zover. De behandelkamers waren klaar en het wachten was alleen nog op de uiteindelijke inrichting. De tuin was deels al aangelegd, de rest zou komend voorjaar worden beplant. In de bijgebouwen hadden we nu woonruimte voor ongeveer twintig werkneemsters. Zelf woonde ik nog steeds op de bovenverdieping. Of dat zo zou blijven moest nog worden beslist, want er stond nog een klein huisje op het terrein, dat een apart gastenverblijf of een woning voor mij kon worden.

In totaal zou het huis zo'n vijftien tot twintig gasten kunnen herbergen. Ik wist dat Miss Arden de beautyfarm, zoals ze hem had genoemd, zeer exclusief wilde houden en dat het voor haar niet aankwam op een hoge bezettingsgraad. Ze wilde liever dat het rijke vrouwen aansprak die bereid waren veel geld uit te geven aan exquise behandelingen en producten.

Ik betrapte mezelf erop dat ik mijn gedachten vooruit liet hollen. Het duurde niet lang meer of de exploitatie zou van start gaan. Zou Miss Arden misschien een wens van mij in vervulling willen laten gaan als beloning voor mijn noeste arbeid? De wens om een lab voor producten uit eigen huis in te richten? We hadden genoeg bijgebouwen om er daarvoor een te gebruiken. Ik dacht er nu al over na wat we hier exclusief zouden kunnen aanbieden – iets wat goed genoeg was om bij Miss Arden in de smaak te vallen.

Ook al had ik met veel plezier meegewerkt aan de verbouwing van het huis, toch verlangde ik ernaar om eindelijk weer iets te kunnen doen met crèmes en gezichtslotions. In de twee voorgaande jaren had ik me meer een bouwopzichter gevoeld, die moest opletten dat de werklui niets deden wat tegen Miss Ardens ideeën in ging. Toch hadden ze me aanvankelijk beschouwd als een uitheems wezen. Maar mettertijd waren ze eraan gewend geraakt dat ik hun instructies gaf. Net als ik moesten ook zij leren dat mijn werkgeefster geen nee accepteerde, behalve van haar vriendin Bessie, waarschijnlijk de enige die vrijelijk haar mening tegen haar kon spuien.

Maine Chance was als een bubbel geweest waarin we van de buitenwereld afgeschermd zaten. Terwijl in het hele land honger en ellende heersten, voorzag Miss Arden ons van alles wat we nodig hadden. Ze gunde zichzelf de luxe in het weekend haar stallen te komen inspecteren en de daarvoor geschikte paarden te kopen. Haar en mijn lievelingspaard was een sneeuwwitte half-arabier, die werd getraind door een – als je hem kon geloven – rasechte Russische prins. Helen had gelijk gehad. Prins Kader Guirey, die enige tijd geleden naar Amerika was geëmigreerd, maakte door de week poeder in een van Miss Ardens fabrieken, maar in het weekend trok hij zijn rijbroek aan en stoof dan met het vuur van een Russische kozak over de velden. Onder de meisjes die hier werkten was er vrijwel niet een die niet verliefd op hem was.

Af en toe ging ik naar het dorp in de buurt, waar ik alles wat wij niet meer nodig hadden, zoals houtresten, bouwmateriaal of oude vensters, aan de bewoners gaf, wat de acceptatie van mijzelf en de reputatie van Miss Arden in de buurt sterk bevorderde. Ook Miss Marbury toonde zich enthousiast. De afgelopen maanden, die ze in haar landhuis had doorgebracht, was haar gezondheid niet zo goed geweest, wat gezien het weer niet zo verwonderlijk was. Ik was ook zo nu en dan bij haar gaan kijken, omdat ik wist dat Miss Arden dat prettig zou vinden. Na alles wat ze voor mij en ook voor Kate had gedaan, voelde ik me verplicht om me ook om haar vriendinnen te bekommeren als ik daar gelegenheid voor had.

Ondertussen was er een nieuwe president verkozen, maar nog niet geïnaugureerd. Franklin D. Roosevelt had beloofd de economie weer uit het slop te trekken en daarmee de hongersnood die vele Amerikaanse gezinnen plaagde in zijn greep te krijgen. Hij was geliefd bij het volk en na lezing van een interview met hem in de krant had ik mijn hoop op hem gevestigd. Het werd tijd dat iemand het volk eindelijk uit de misère zou helpen.

Terwijl het licht begon te sneeuwen en achter me het vuur in de haard brandde keek ik uit op de binnenplaats. Langzaam verdwenen de hoefafdrukken die de ruiters tijdens hun ochtendrit hadden achtergelaten. Miss Arden hechtte er zeer aan dat de dieren dagelijks werden meegenomen voor een buitenrit, zelfs bij weer als dit.

Als ik even tijd had ging ik kijken als de mannen bezig waren. Sommigen waren heel aantrekkelijk en een paar hadden ook wel een oogje op mij, maar ik schrok ervoor terug hen te na te komen. Een relatie beginnen hield in dat ik mijn geheim moest prijsgeven. Hoewel ik nog maar zelden aan Darren terugdacht, kwamen de herinneringen meestal onverhoeds boven en waren ze reden om af te zien van verder contact. De mannen waren net als ik werknemers van Miss Arden. Ik begon me erbij neer te leggen dat ik alleen zou blijven. Geen enkele man leek het me waard me voor hem open te stellen en hem mijn geheim te vertellen.

Van beneden hoorde ik opeens luid rumoer. Hadden we bezoek gekregen? Ik stond op van mijn zitplaats aan het raam en liep mijn kamer uit. Peg, de kokkin, voerde een opgewonden gesprek met een van de dienstmeisjes. Zodra ik beneden was, stormde ze op me af. 'Goeie genade, Miss Krohn!'

'Wat is er, Peg?'

'Ik kom net uit het dorp. Miss Marbury is vannacht in New York overleden. Haar huishoudster heeft het telegram zojuist ontvangen. Ze is in alle staten.'

Ik staarde haar geschrokken aan. Ik had haar met de kerst nog gezien! Ze wilde teruggaan naar New York nadat ze een brief van Miss de Wolfe had gekregen. Blijkbaar was haar gezondheid door de reis verder achteruitgegaan. 'Wat vreselijk,' wist ik uit te brengen. 'Hoe kan dat nu zo gauw zijn gegaan?'

'Dat weten we niet. Waarschijnlijk was het hartfalen.'

Ik knikte en bedacht hoe het destijds voor Kate was geweest toen Mr Parker was gestorven. Moesten Miss Marbury's werknemers nu ook vrezen dat haar erfgenamen haar huizen zouden verkopen?

‘Dank je, Peg, ik zal Miss Arden bellen. Ik neem aan dat ze al op de hoogte is?’

‘Ze zal het vast als eerste hebben gehoord,’ antwoordde Peg. ‘O jee, die arme vrouw. Ze zal er kapot van zijn. Miss Marbury was haar beste vriendin.’

Daar twijfelde ik niet aan. En daarom haalde ik even diep adem voordat ik de hoorn pakte en me liet doorverbinden met Miss Ardens kantoor. Haar stem klonk verdrietig toen ik haar eindelijk te spreken kreeg. ‘Het is verschrikkelijk, die arme Bessie,’ zei ze met nasale stem. Ik durfde te wedden dat ze een zakdoekje tegen haar ogen drukte. ‘Zo was ze nog in de bloei van haar leven en nu...’

In de bloei van haar leven was Miss Marbury allang niet meer geweest, maar we hadden allemaal gehoopt dat het met haar gezondheid weer de goede kant op zou gaan als het voorjaar aanbrak.

‘Hoe is het met Miss de Wolfe?’ vroeg ik. ‘Hebt u haar al kunnen spreken?’

‘Nee, nog niet. Haar hoofd staat op het moment niet naar bezoek of telefoontjes.’

‘Dat is begrijpelijk.’ Ik wist niet wat ik verder nog moest zeggen.

‘Komt u naar de rouwplechtigheid?’ vroeg Miss Arden. ‘Ik weet dat Bessie erg op u gesteld was.’

‘Natuurlijk kom ik. Er is hier op het moment niet veel waarvoor mijn aanwezigheid vereist is. De werklui weten wat hun te doen staat en de rest moet wachten tot de bijgebouwen met de verblijven voor het personeel helemaal af zijn.’

‘Goed.’ Miss Ardens stem klonk weer wat krachtiger. ‘Ik laat een hotelkamer voor u reserveren. Ik hoop dat het Waldorf Astoria u aanstaat?’

Het Waldorf Astoria? Ik had het nog niet gezien, maar er al veel over gehoord. Het hotel had een geweldige reputatie, er verbleven filmsterren en politici. Ray, die er altijd van had gedroomd met een rijke man te trouwen, zou opgetogen zijn geweest. Het was eigenlijk veel te chic voor mij, maar ik wist dat Miss Arden er niet van af te brengen zou zijn. Bovendien was ik ondanks alles benieuwd naar het hotel.

'Zeker,' antwoordde ik. 'Hartelijk dank, Miss Arden.'

'Mooi. Mijn secretaresse zal u het tijdstip van de rouwplechtigheid doorgeven. We zien elkaar daar.' Daarna verbrak ze de verbinding.

Ook als Miss Arden me niet had verzocht de begrafenis van Miss Marbury bij te wonen zou ik zijn gegaan, alleen al omdat ik grote waardering voor haar had om haar intelligentie en haar rebelse geest.

Tegen tien uur 's ochtends stapte ik in de trein naar New York. Ik verheugde me erop om de stad weer te zien. Het gerucht deed de ronde dat enkele vrienden van Bessie Marbury waren samengekomen om haar nalatenschap te aanvaarden. Onder hen bevond zich niet alleen de toekomstige president Roosevelt, maar ook Mr Vanderbilt, met wie ik via madame had kennisgemaakt, en Anne Morgan. Door de laatste hoopte ik Kate terug te zien, die nog steeds bij haar in dienst was. Af en toe correspondeerden we met elkaar, maar het was helaas niet meer tot een ontmoeting gekomen sinds we beiden het huis van Mr Parker hadden verlaten.

Toen ik die avond aankwam op Central Station werd ik opgewacht door Miss Ardens chauffeur. Ze had erop gestaan dat hij me naar het Waldorf Astoria zou brengen. 'Goedenavond, Miss Krohn, mag ik uw bagage aannemen?' vroeg James.

'Ja, natuurlijk. Bedankt, James,' antwoordde ik terwijl ik hem mijn tas overhandigde. Ik had hem best zelf kunnen dragen, maar in de afgelopen jaren had ik geleerd dat het goed was om af en toe iets uit handen te geven.

Vanaf de achterbank van de auto keek ik naar de lichtjes langs de straten. Het aantal neonreclames was toegenomen, en dat terwijl er in het land nog steeds zo'n geldnood heerste. Probeerde de stad op die manier haar inwoners te laten vergeten dat ze in allesbehalve rooskleurige tijden leefden?

Voor een groot wit, door talrijke schijnwerpers verlicht gebouw stopten we. De naam van het hotel stond in goud gevat boven de hoge ramen met zilverachtig gele ruiten die de hele entree lieten baden in een warm licht. Een bediende in een grijze livrei kwam naar Miss Ardens auto en opende het portier voor me. 'Goedenavond, Ma'am, hartelijk welkom in het Waldorf Astoria!'

Ik groette terug, bedankte hem en stapte uit. Inmiddels had James mijn reistas al gepakt. Voordat hij kon aanbieden hem naar binnen te dragen had ik hem al overgenomen. Ik bedankte ook hem en liep naar de ingang. In de lobby bleef ik even staan. De pracht van het interieur was adembenemend. Overal zag ik wit marmer en goud. Het plafond, dat was gedecoreerd met strenge, bijna Grieks aandoende ornamenten, werd gedragen door zuilen van donker hout. Midden in de lobby stond een enorme klok. Ik begaf me naar de zwart marmeren ontvangstbalie, waarachter een receptionist stond die eveneens in een grijze livrei was gekleed. Ik stelde me voor. 'Sophia Krohn. Er moet een kamer voor me zijn gereserveerd.'

'Aha, de dame van Elizabeth Arden,' antwoordde de man. Hij schoof me een vel papier toe. 'Wilt u zo vriendelijk zijn dit formulier in te vullen?'

Terwijl ik mijn naam en geboortedatum noteerde liep de conciërge naar het sleutelbord. Even later legde hij een sleutel met een gouden hangertje op de balie. 'Als u wilt zorgt onze boy voor uw bagage.'

'Dat is niet nodig,' zei ik. 'Ik heb niet veel bij me. Maar het zou fijn zijn als een van mijn japonnen kan worden gestreken.'

'Dat zal ik met alle plezier voor u regelen.'

'Dank u.' Ik pakte de sleutel en liep naar de lift.

Toen ik mijn kamer in liep, was ik nog steeds overweldigd door de luister van het hotel. Ik kon niet geloven dat ik zo ver was gekomen. Niet alleen stuurde ik een van de favoriete projecten van Miss Arden aan, nu verbleef ik ook nog in een hotel waar de top tienduizend van het land en de wereld in en uit ging.

Ik keek eens rond in mijn kamer. De muren waren bespannen met een roomkleurige zijden jacquardstof, die paste bij de Louis XIV-stoeltjes en de draperie voor het bed. Deze suite had in een kasteel niet misstaan. Wat een vooruitgang vergeleken met het kamertje in het pension waar Henny en ik hadden gewoond.

Toen ik mijn spullen had uitgepakt en mijn rouwkleding voor de volgende dag op een knaapje had gehangen, liep ik naar het marmeren tafeltje bij het raam. Daar lag een crèmekleurige envelop op me te wachten. Ik haalde het kaartje eruit en las een bericht in het handschrift van Miss Arden.

Welkom terug in New York. U moet echt het menu à la Oscar proberen! E.A.

Ik had Miss Arden al enige tijd geleden hoog horen opgeven van de maître d'hôtel van het Waldorf Astoria. Hij was niet alleen de trouwste ziel van het hotel en een man van aanzien, zijn ambities in de keuken en zijn capaciteiten aangaande het organiseren van evenementen waren legendarisch. Veel trek had ik na de vermoeienissen van de reis niet, maar omdat ik wist dat de porties klein zouden zijn en Miss Arden me er wel eens naar kon vragen besloot ik naar het restaurant te gaan en Oscars kookkunsten eens uit te proberen.

Toen ik de enorme zaal in liep, kon ik mijn ogen nauwelijks geloven. Aanvankelijk viel me alleen de glinstering van twee reusachtige edelstenen op, en toen zag ik haar gezicht: madame Rubinstein. Ze zat midden in mijn blikveld op een zitje van geel leer met donker hout, geflankeerd door twee chic geklede heren. Alsof er sinds onze laatste ontmoeting geen vier jaren waren verstreken, droeg ze haar zwarte haar nog steeds strak naar achteren gekamd in een wrong en was haar huid nog steeds volkomen gaaf. Ze leek geen dag ouder te zijn geworden.

Ik aarzelde. Zou ze me herkennen? Alsof ze mijn aanwezigheid voelde, viel haar blik opeens op mij. Nu kon ik niet langer doen alsof ik haar niet zag. Ik rechtte mijn schouders en liep naar haar toe om gedag te zeggen. Als Miss Arden hier lucht van kreeg, zou ze me waarschijnlijk de grond in boren, maar ik wilde niet onbeleefd zijn. Bovendien had madame het me mogelijk gemaakt naar New York te komen. Ze had me mijn eerste grote kans gegeven.

'Sophia Krohn!' riep ze uit en dat verbaasde me hogelijk. Helena Rubinstein onthield nooit namen. Haar zakenpartners en werknemers waren voor haar altijd alleen maar 'de verpakkingsman' of 'de man wiens vrouw is overleden' of 'de vrouw van die zenuwinzinking'. Slechts zelden noemde ze iemand over wie ze sprak bij de naam.

'Madame Rubinstein. Het doet me plezier om u weer te zien.' Ik stak mijn handen naar haar uit en zoals het in deze kringen gebruikelijk was kusten we elkaar symbolisch links en rechts op de wangen.

'Goeie genade, u bent nog mooier geworden!' zei ze met een verrukte blik in haar ogen.

Dat maakte me wantrouwig. Ze was nooit zo enthousiast geweest om me te zien. Misschien lag het aan de twee mannen met wie ze dineerde en tegenover wie ze zich niet bloot wenste te geven door kwaad op me te reageren.

'Mijne heren, dit is een van de meest getalenteerde scheikundigen die ooit voor me heeft gewerkt!'

De heren stelden zich voor, maar ik kon geen van beide namen met onze branche in verband brengen.

'Het doet me genoegen u weer te zien. En dan op een plek als deze. Het lijkt u goed te gaan.' Ze nam me van top tot teen op en uiteindelijk boorde haar blik zich in mijn gezicht. 'Uw huid ziet er prachtig uit! U moet mijn producten trouw gebleven zijn.'

Ik zette een neutrale glimlach op. Het zou in het bijzijn van de twee heren onbeleefd zijn geweest toe te geven dat ik gebruikmaakte van het assortiment van Arden, omdat ik daar korting op kreeg.

'Hebt u misschien een momentje, Fräulein Krohn?' vroeg ze. Ze was met 'Fräulein' op Duits overgegaan. Kennelijk was ze haar gewoonte om in een mengeling van talen te spreken nog niet kwijtgeraakt. 'Ik zou u graag iets willen vragen, onder vier ogen.'

'Wilt u dat we u alleen laten?' vroeg een van de mannen.

Madame zei dat dat niet nodig was. 'Het is toch tijd dat ik even de benen strek.'

'Maar natuurlijk, madame,' zei ik en ik liep met haar mee naar de salon. Daar zaten talloze gasten onder zware kristallen kroonluchters te genieten van het spel van de pianist. Niemand nam notitie van ons en de muziek verhinderde dat we afgeluisterd werden.

'Naar ik hoor werkt u tegenwoordig voor dat mens,' begon madame zonder omhaal, zoals haar gewoonte was. 'Wat voor de duivel is er in u gevaren dat u bij haar aanklopte na alles wat ik voor u heb gedaan?'

Verschrikt keek ik haar aan. Hoe was ze dat te weten gekomen? Toen werd me duidelijk dat Miss Arden het nodig moest hebben gevonden haar die informatie toe te spelen nadat madame haar plaats achter haar bureau in New York weer had ingenomen.

'Ik had geen andere keuze,' antwoordde ik. 'Nadat ik mijn ontslag had gekregen moest ik op zoek gaan naar een andere baan. Miss Arden heeft me een kans gegeven.'

Helena Rubinstein vertrok haar gezicht op dezelfde manier als Miss Arden deed als ik het in haar bijzijn over madame had.'U bent ontslagen?' vroeg ze toen. 'Hoe kon dat nu gebeuren?'

Ik keek haar verbaasd aan. 'Is u nooit iets verteld over de ontslagronden? Een paar collega's moesten vlak na de verkoop vertrekken. Ik zat bij de eerste groep, omdat ze van mening waren dat Glory niet goed had gelopen en ik daarom overbodig was.'

Opeens fonkelden Helena Rubinsteins ogen van woede. 'Wat een ellendelingen!' mompelde ze. 'Ik was met hen overeengekomen dat er geen ontslagen zouden vallen.'

'Blijkbaar is die overeenkomst van weinig waarde gebleken. Ze hebben me er gewoon uit gegooid en me niet eens een getuigschrift gegeven. Dat Miss Arden me heeft aangenomen, mag een wonder heten.'

'Een wonder was het niet,' wierp ze tegen, alsof ze mijn gedachten kon lezen. Maar ze kon eigenlijk niets weten van de brief die Miss Arden me na het feest bij de Vanderbilts had gestuurd. 'Ze wist precies wie ze voor zich had. En ze moet u met veel plezier in dienst hebben genomen, want ze weet heel goed dat ik er een gruwelijke hekel aan heb als er onder mijn duiven wordt geschoten. Maar ze zal ervoor boeten.'

Haar duistere en wraaklustige toon deed me huiveren. Ze was blijkbaar toch veranderd, al was het niet uiterlijk. Ze bleef even mokken en zei toen: 'U moet hebben gehoord dat ik mijn aandelen heb teruggekocht. Waarom hebt u zich toen niet bij me gemeld? Uw ontslag was een grote fout!'

'Ik werkte toen al bij Miss Arden en durfde niet naar u toe te gaan. U had vast wel andere dingen aan uw hoofd met uw scheiding en...'

Madame viel me in de rede. 'Scheiding?' Ze trok haar wenkbrauwen op. 'Hoezo scheiding?'

Ik bloosde en kreeg het zo warm, dat het leek of ik naast een kachel stond. 'Miss Arden zei...'

'Pah!' riep ze uit, zo luid dat er nu toch een paar mensen naar ons keken. 'Die vrouw kan zich beter met haar eigen huwelijk bemoeien.' Ze zweeg om tot bedaren te komen en gaf me toen een paar vriendelijke tikjes op mijn hand. 'Maakt u zich geen zorgen, u kunt er tenslotte niets aan doen als iemand u onzin vertelt.'

'Dan bent u dus weer samen?'

De kille uitdrukking in haar ogen verried dat het niet zo was. 'Laat ik het zo zeggen: Edward gaat in Europa zijn eigen gang en ik hier de mijne. Maar gescheiden zijn we niet.'

Ik wist niet of me dat opluchtte. Het klonk alsof ze zich niet konden bevrijden van de boeien die ze elkaar hadden omgedaan.

'Wat naar dat het zo is gelopen,' zei ik en nadat ze me een tijdje in de ogen had gekeken, knikte ze.

'Ik waardeer uw medeleven, Miss Krohn. Des te fijner zou ik het vinden als u bij me terugkwam.'

Ik trok mijn wenkbrauwen op. Ik had er geen rekening mee gehouden dat ze me wilde ronselen. 'Ik... Ik ben sprakeloos,' zei ik.

'Er zijn tijdens mijn afwezigheid erg veel nare dingen gebeurd,' ging madame verder. 'Dingen die ik heb laten gebeuren omdat ik mijn huwelijk wilde redden. Maar dat is nu voorbij. De naam Rubinstein straalt helderder dan ooit. Ik heb nieuwe vestigingen in Rome en Milaan geopend en sinds ik de zaken hier weer heb overgenomen loopt mijn onderneming fantastisch. Ik ben ervan overtuigd dat dat mens kookt van woede.'

Ik had geen idee in hoeverre de successen van madame Miss Arden hadden getroffen. Met de beautyfarm in gedachten en het feit dat ze daarmee iets had gewaagd wat nooit eerder iemand had opgezet, kon ze die vast makkelijker hebben dan vroeger.

'Ik zou u een baan in een van mijn laboratoria kunnen aanbieden. Of ik kan u aanstellen als assistente van mijn zus in Rome, als dat uw interesse heeft. Rome is een geweldige stad. Dan zou u daar een van de bestbetaalde vrouwen zijn.'

Mijn hoofd tolde. Rome was vast heel mooi en er was niets wat me hier hield. Bovendien zou ik dichter bij Frankrijk zijn en de mogelijkheid hebben monsieur Martin te bezoeken en hem actief bij zijn zoektocht te ondersteunen. Maar wat zou er worden van al mijn werk aan Maine Chance? Van al die jaren die ik daarin had geïnvesteerd? Miss Arden mocht dan haar eigenaardigheden hebben en soms onbeheerst reageren, maar ze had me nooit slecht behandeld. Ik stond wat haar betrof voor hetzelfde duivelse dilemma als bij madame. Ieder van hen had me op haar eigen manier een kans op overleven geboden.

'Ik zal erover nadenken,' antwoordde ik ontwijkend, want ik wilde madame noch haar kennissen tot vijand maken. Als de wind draaide, kon het zijn dat ik bij een andere deur dan de rode moest aankloppen. Ik wilde niet dat die dan op slot zat. 'U begrijpt wel dat ik hier connecties heb en eerst eens moet kijken of die mijn overplaatsing naar Rome aan zouden kunnen.'

Madame glimlachte naar me alsof ze mijn leugentje doorzag, maar toen knikte ze. 'Goed, denkt u erover na. Maar niet te lang. Vacatures als deze moeten vlug worden vervuld. Ik kan de positie niet eindeloos beschikbaar houden.'

'Dat weet ik, madame, en ik dank u voor uw aanbod,' zei ik. 'En ik waardeer het ook dat u mijn ontslag als een fout ziet. Ik was er kapot van dat ik de fabriek moest verlaten.'

'Als u bij me terugkomt, zal ik proberen dat goed te maken,' antwoordde ze. Ze drukte me nog eens de hand en liep weg.

Ik volgde haar voorbeeld niet meteen, maar bleef even naar de muziek zitten luisteren. Ik kon haar aanbod absoluut niet aannemen, dat wist ik, en toch had het me iets gedaan. Had ik werkelijk moeten afwachten? Nee, want ik had geld nodig gehad en niemand had kunnen voorzien dat madame naar Amerika zou terugkeren. Maar het was goed om te weten dat madame geen wrok tegen me koesterde. In elk geval niet zolang ze hoopte dat ik zou terugkomen.

Na een tijdje maakte ik me los van de muziek; ik stond op en liep terug naar het restaurant. Ik had trek gekregen en was benieuwd naar de keuken, waarvan de reputatie zelfs tot Maine was doorgedrongen.

Mijn blik gleed naar de tafel waaraan madame had gezeten, maar daar zat niemand meer.

34

Hoewel Miss Marbury geen vriendin van mij was, voelde ik me droefgeestig toen ik die ochtend mijn zwarte kleding aantrok. Het was geen verdriet, maar medeleven. Ze was een aardige vrouw geweest, en haar hadden gerust nog een paar jaar gegund mogen zijn.

Onvermijdelijk moest ik aan mijn zoontje denken. Zijn vermeende dood en het feit dat ik niet bij zijn begrafenis had kunnen zijn, hadden me lang achtervolgd. Als ik hem had kunnen zien, als ik had kunnen meemaken dat hij aan de aarde werd toevertrouwd, dan had ik misschien anders over die brief gedacht. Nu verkeerde ik echter nog altijd in onzekerheid.

Maar Bessie Marbury zou, dat wist ik, niet meer uit de dood herrijzen.

Bij aankomst op het kerkhof moest ik constateren dat ik niet als enige op het idee gekomen was ruim op tijd te verschijnen. De niet-gereserveerde zitplaatsen waren al bezet. Alle andere gasten die Miss Marbury de laatste eer wilden bewijzen, moesten genoegen nemen met een staanplaats.

Dat kwam me wel goed uit, want staand had ik een goed overzicht. Vooraan, op de eerste rij, ontdekte ik Miss Arden en een mij onbekende vrouw, allebei met een hoed met voile op, als weduwen die treurden om hun echtgenoten. Miss de Wolfe was nog nergens te bekennen. Was ze bezig bij de kist afscheid te nemen van haar levensgezellin? Ze was vast ontroostbaar. Als je de geruchten die in de salon rondgingen kon geloven, had Miss Marbury er nooit een geheim van gemaakt dat ze op romantisch gebied de voorkeur aan vrouwen gaf. En haar hart had volledig aan Miss de Wolfe toebehoord.

Miss Arden daarentegen was haar beste vriendin, en volgens alles wat ik de afgelopen jaren had gehoord, had ze aan Bessie veel meer te danken dan Maine Chance. Hun vriendschap leek zo sterk op die van Henny en mij, dat het pijn deed, vooral omdat Henny voor mij niet meer bereikbaar was.

Na een poosje verscheen er een stel donker geklede mannen, die ik eerst voor een erewacht hield. Maar toen begreep ik dat het de lijfwachten van de aanstaande president Roosevelt waren. Hij kwam langzaam naar voren en liep op krukken. Ik had gelezen dat hij in zijn jonge jaren kinderverlamming had gehad. Dat hij desondanks op zijn eigen benen stond was bijna een wonder. Het getuigde van een sterke wil, zelfdiscipline en gehardheid, eigenschappen die bij de verkiezingscampagne van pas waren gekomen. De aanwezigen stonden op om hem respect te betuigen, als een zee van golvende zwarte mantels.

Toen alle begrafenisgangers binnen waren begon de dominee met zijn toespraak. Die was heel plechtig en duurde buitengewoon lang. Naast persoonlijke hoogtepunten in haar leven werden de namen van beroemdheden genoemd met wie Elisabeth Marbury bevriend was of voor wie ze zich had ingezet. Hier en daar klonk gesnik. De meeste mensen stonden met gebogen hoofd, maar ik was ervan overtuigd dat sommigen van hen hun aandacht bij heel andere dingen hadden dan de ziel van Miss Marbury.

Ik keek rond, op zoek naar bekenden. Toen zag ik helemaal achteraan Kate staan. Waarschijnlijk had Miss Morgan, die zich onder de begrafenisgangers bevond, erop gestaan dat haar huishoudelijk personeel de begrafenis bijwoonde. Zo onopvallend mogelijk verliet ik mijn plaats en liep ik naar haar toe.

Toen ze me zag, glimlachte ze breed. 'Hallo,' fluisterde ik en ik gaf een licht kneepje in haar hand. Ze beantwoordde mijn groet en keek toen weer ernstig, want een paar aanwezigen keken naar ons. Ik besloot voorlopig te zwijgen.

De toespraak duurde nog een hele tijd, en mijn benen begonnen pijn te doen. Ik had heel wat overgehad voor een houten klapstoel! Eindelijk was de dominee klaar, en het koortje dat achter hem stond zette een treurlied in. Toen Miss Marbury's stoffelijk overschot langzaam in de aarde was neergelaten, stonden de aanwezigen op om langs het graf te lopen.

Nu had ik eindelijk gelegenheid om met Kate te praten. 'Hoe gaat het met je?' vroeg ik.

'Goed,' antwoordde ze, 'zoals je ziet. Ik ben een paar pond afgevallen, niet omdat het werk zo zwaar is, maar omdat Miss Morgan erg op de gezondheid van haar personeel let. Zo'n werkgever heb ik nog nooit meegemaakt.'

'Dat klinkt geweldig!'

'En jou lijkt het landleven ook goed te doen,' constateerde ze. 'Je hebt roze appelwangen.'

'Het is wel wat anders dan in de stad,' zei ik. 'Je kunt niet even naar een delicatessenzaak gaan om iets te eten te halen. Er is alleen een winkeltje in het dorp, dat niet altijd alles heeft wat je nodig hebt. De dichtstbijzijnde grotere plaats is een heel eind weg, zodat je de auto moet nemen. Of te paard moet gaan.'

'Ik kan me jou helemaal niet op een paard voorstellen,' zei Kate lachend.

'Ik ook niet, om eerlijk te zijn,' viel ik haar bij. 'Ik hou van paarden en kijk er graag naar. Maar ik zou er nooit op gaan zitten. Als ik eraf zou vallen en daarbij mijn gezicht beschadigde, zou Miss Arden me vast ontslaan.' Ik keek in de richting van mijn bazin, die met een paar mannen stond te praten. 'Ben je nog in het huis van Mr Parker geweest?' vroeg ik. 'Weet je wie het gekocht heeft?'

'Nee,' antwoordde ze. 'Toen je weg was, ging het allemaal tamelijk vlug. Ik heb mijn tassen gepakt, heb een bericht aan de jonge Mr Parker geschreven en ben weggegaan. Ontslag nemen leek me niet gepast, omdat mijn eigenlijke werkgever overleden was. Parker junior heeft me ook mijn resterende loon niet betaald. Maar dat neem ik hem niet kwalijk. Hij lette toch al nauwelijks op me; waarschijnlijk dacht hij dat eten en koffie als bij toverslag vanzelf op tafel verschijnen.' Ze schudde haar hoofd.

'Het is haast niet te geloven dat hij de zoon van Mr Parker is,' zei ik.

'Gezien zijn manieren zou je daaraan kunnen twijfelen. Maar bij het zien van zijn gezicht...' Ze haalde haar schouders op. 'Wat maakt het uit? Het leven gaat verder. En Miss Morgan is echt geweldig. Ik ben vlug aan het leven als hoofd huishoudelijke dienst gewend geraakt.' Ze pakte mijn hand. 'Daar kan ik je niet genoeg voor bedanken.'

'Dat hoeft niet, ik ben blij dat je goed terechtgekomen bent.'

We glimlachten naar elkaar, toen vroeg Kate: 'Heb je zin in een kopje thee? Miss Morgan wilde dat ik naar de begrafenis ging, maar de receptie is voorbehouden aan voorname gasten. We kunnen in Miss Morgans keuken gaan zitten praten, net als vroeger.'

Wat had ik dat aanbod graag aangenomen! Maar ik was uitgenodigd voor de receptie, daar had Miss Arden voor gezorgd. 'Het spijt me, ik zal naar de receptie moeten. Een andere keer graag.'

'Oké.' Kate knikte en leek een beetje teleurgesteld, toen pakte ze mijn hand vast. 'Kom gauw weer eens naar New York, hè.'

'Als het kan...'

'Kate!' riep een vrouwenstem.

Ze trok haar hand weer terug. 'Geen rust voor de verdoemden, nietwaar? Het beste op het platteland.'

'En jij in de grote stad!'

Met die woorden namen we afscheid. Kate liep naar Miss Morgan, die haar had geroepen. Ik ging naar Miss Arden.

Het merendeel van de begrafenisgasten was intussen weggegaan, waarschijnlijk waren sommigen van hen al onderweg naar het hotel waar de receptie werd gehouden. Alleen de kring van Miss Marbury's intiemere bekenden was er nog om toe te kijken terwijl het graf werd dichtgegooid. Voor zover ik kon zien, was

Miss de Wolfe niet verschenen. Was ze er misschien slecht aan toe?

Ik wachtte tot Miss Arden me opmerkte en ging toen naast haar staan. 'Miss Krohn, fijn u te zien,' zei ze met een alarmerende ondertoon. Ze mocht dan in de rouw zijn, maar daarbij vergat ze haar bedrijf geen moment. Daar hoorde ook bij dat haar personeel onberispelijk gekleed en opgemaakt was.

Dat gold voor mij in beide opzichten, dat dacht ik tenminste, dus moest het iets anders zijn. 'Ik ben ook blij om u te zien, Miss Arden,' antwoordde ik beleefd. 'Hartelijk dank dat u me in dat prachtige hotel hebt ondergebracht. Ik heb uw advies opgevolgd en heb een menu van Oscar genomen. Het was goddelijk!'

'Dat is mooi,' antwoordde ze. 'Maar ik vraag me af waarom u met bedienden omgaat.'

Had ze gemerkt dat ik met Kate had gepraat? Zij had toch vooraan op de eerste rij gezeten en ik stond helemaal achteraan. 'Kate is een bekende van me,' zei ik, verbaasd over de eigenaardige vijandige toon in haar stem. De vrouw voor wie ik u om hulp heb gevraagd.'

'Uw plaats is bij mij! Bij mensen zoals ik. U wilt toch succesvol zijn?'

'Natuurlijk,' antwoordde ik. Ondertussen moest ik mijn onbegrip beteugelen. Wat was er verkeerd aan dat ik met Kate had gepraat?

'U had in die tijd belangrijke contacten kunnen aanknopen. Het wemelde immers van belangrijke personen. Al weet ik zeker dat geen van hen Bessie zo wist te waarderen als ik.'

Wie van die mensen zou er behoefte aan hebben gehad mij de hand te schudden? Ten slotte behoorde ik niet tot het personeel van Miss Marbury en was ik ook geen vriendin van haar.

Miss Arden leek gedachten te kunnen lezen. 'U hebt de leiding over mijn belangrijkste project. Dan verwacht ik dat u zich ook aan mensen laat zien die u niet kent. Het is uw taak mijn bedrijf te vertegenwoordigen, zelfs op een begrafenis.'

'Ja, Miss Arden,' antwoordde ik, hoewel ik vanbinnen kookte.

Wellicht zocht ze een mogelijkheid om haar verdriet af te reageren.

'Mooi. Komt u dan met me mee, dan zal ik u aan een paar mensen voorstellen. Uw kennis kunt u voor mijn part schrijven, maar voortaan richt u zich op de zaak.' Met die woorden draaide ze zich om, en er zat voor mij niets anders op dan haar te volgen.

Die avond kon ik de gezichten voor mijn geestesoog niet uit elkaar houden. Had ik de hand van de aanstaande president nu geschud of niet? Dat wist ik niet zeker meer. Maar ik had met veel vertegenwoordigers uit de handelswereld kennisgemaakt. Het deed me een beetje aan de Vanderbilt-party denken waar ik met madame mee naartoe had gemoeten, alleen was dat niet onder zulke trieste omstandigheden geweest.

Terwijl ik Miss Arden met de mannen hoorde praten, besefte ik dat het door haar tentoongespreide verdriet de zaken aardig ten goede kwam. Nadat ze Miss Marbury – dat moest ik toegeven – oprecht had geprezen, wees ze er telkens op dat ze met iets baanbrekends bezig was. Ik viel haar bij, maar wist dat ik niets mocht verklappen. Zoiets werd in onze branche al vlug bekend, en het zou een kwestie van tijd zijn voordat het madame ter ore kwam. Behendig als Helena Rubinstein was, zou ze misschien een schoonheidsclub uit de grond stampen voor we die van ons konden openen.

Later op de avond leek Miss Arden weer tevreden over me te zijn. Ze ging naast me zitten op een sofa en leunde met een vermoeid zuchtje naar achteren. Zulke momenten maakte je zelden met haar mee.

Om de een of andere reden moest ik aan Miss de Wolfe denken. Ik had haar ook op de receptie niet gezien. 'Is met Miss Marbury's vriendin alles in orde?' vroeg ik, waarop Miss Arden me enigszins verward aankeek, alsof ze niet wist wie ik bedoelde. 'Miss de Wolfe,' verduidelijkte ik. 'Ik zag haar nergens.'

'Ze is niet hier,' antwoordde Miss Arden uitdrukkingsloos 'Ze wilde dit zichzelf niet aandoen.'

Ik fronste mijn voorhoofd. Een begrafenis bijwonen was vreselijk, maar was je dat iemand van wie je hield niet verplicht? In mijn ogen waren alleen ziekte of een verblijf in een ver buitenland voldoende reden om bij zo'n gelegenheid te verzuimen. 'Maar Miss de Wolfe was toch de intiemste... vertrouwelinge van Miss Marbury.'

'Ach, wie kan in de harten van de mensen kijken,' antwoordde Miss Arden, en de blik die ze me toewierp liet me weten dat het beter was niet door te vragen. In plaats daarvan verklaarde Miss Arden dat ik nu naar het hotel terug kon gaan. 'Het zakelijke gedeelte is voorbij, morgen moet u weer naar Maine. Gaat u maar uitrusten.'

Het bevreemdde me nog steeds een beetje dat ze de dood van haar vriendin onverbloemd ook als een zakelijke gebeurtenis beschouwde. Die gedachte bleef me bij toen ik weer in de taxi naar het Waldorf Astoria zat.

Tegen middernacht kon ik me eindelijk op het zachte hotelbed neer laten vallen. Ik schopte mijn schoenen uit en leunde achterover. Terwijl ik mijn ogen dichtdeed verdwenen de indrukken van de avond min of meer en ik merkte dat ik langzaamaan tot rust kwam. Rust waar ik naar had verlangd. Was dat een teken dat ik oud werd? Of was ik er alleen maar zo aan gewend geraakt dat het klokje op het platteland anders tikte dan in New York?

Het was in elk geval fijn geweest om Kate weer te zien, al was het maar kort en had het me een berisping van Miss Arden opgeleverd. Nu verheugde ik me weer op Maine Chance en het ruisen van de wind in de bomen voor mijn raam. De eerste tijd had het me gestoord, maar nu kon ik me niets rustgevenders en vrediger voorstellen.

35

Enkele dagen na mijn terugkomst verscheen Miss Arden in gezelschap van Miss de Wolfe op Maine Chance. De laatste leek inmiddels over het ergste verdriet heen te zijn. Hoewel ze om welke reden dan ook niet de kracht had gehad om de rouwplechtigheid voor haar vriendin bij te wonen, kwam ze nu energiek het pad op lopen. Mr Jenkins was er ook ditmaal niet bij, wat me wel verbaasde. Hij had zich hier in het begin vrij vaak laten zien, hoewel Miss Marbury hem nogal eens fel kon bejegenen. Maar de laatste tijd was Miss Arden altijd alleen of met haar secretaresse gekomen.

Miss de Wolfe zag er nog steeds erg aangeslagen uit. Maar Miss Ardens ogen straalden alweer van ondernemingsgeest. Ze wees mij aan om haar gast rond te leiden. We hoefden niets voor haar geheim te houden, want Miss Marbury had haar ongetwijfeld alles al verteld. En zo kwam het dat Elsie de Wolfe de eerste vrouw uit de hogere kringen was die de behandelsalons en de gymlokalen te zien kreeg. 'We zijn van plan om ook yoga in ons schoonheidsplan op te nemen,' legde Miss Arden vol trots uit. 'Ik ben van plan om daarvoor een leraar rechtstreeks uit India te halen. De mannen daar zijn uiterlijk weliswaar niet bijzonder aantrekkelijk, vooral degenen die zich aan yoga wijden niet, maar ze doen ongelooflijke dingen.'

'Je clientèle zal heus ander fraais vinden om naar te kijken,' verzekerde Miss de Wolfe haar. 'Veel van die succesvolle zakenvrouwen zullen hun beaus in de buurt onderbrengen of zijn niet eens in mannen geïnteresseerd. Bovendien zijn je staljongens het aanzien meer dan waard.'

'Dat klopt, maar hun eerste taak is de zorg voor de paarden. De komende jaren zal ik ook mijn stal uitbreiden. En dat niet alleen om de dames de mogelijkheid te bieden om een ritje te maken.'

'Je gaat je dus serieus bezighouden met de rensport?'

'Iemand als ik moet toch iets hebben waarover binnen de society wordt gepraat, vind je niet?' Terwijl Miss Arden begon uit te weiden over volbloeden en fokprogramma's, kreeg ik het gevoel dat ik met elke stap minder zichtbaar werd. En Miss de Wolfe ging zo op in het gesprek met Miss Arden, dat het vast niet zou zijn opgevallen als ik was weggegaan.

Pas toen we het zaaltje waar de dames les in cosmetica konden volgen achter ons hadden gelaten, schoot mijn aanwezigheid Miss Arden weer in gedachten. 'Miss Krohn, u zult wel blij zijn te horen dat ik eindelijk iemand heb gevonden die u kan helpen bij het ontwikkelen van de reclamecampagne voor de beautyfarm.'

Ik trok mijn wenkbrauwen op. Iemand die de reclamecampagne zou ontwikkelen? Ik was ervan uitgegaan dat Mr Jenkins daarvoor zoals altijd verantwoordelijk zou zijn. Gelukkig was ik verstandig genoeg om haar echtgenoot niet ter sprake te brengen. 'Dat is heel goed nieuws,' antwoordde ik in plaats daarvan. 'Ik reken erop dat we op z'n laatst in de zomer de eerste cliëntes kunnen ontvangen. Eigenlijk ontbreken er alleen nog een aantal goed opgeleide schoonheidsspecialistes en cursusleiders.'

'Ik heb er al een paar op het oog. U weet natuurlijk hoe goed Miss Hodgson is in het opleiden van nieuwe medewerksters.'

Het verraste me enigszins dat ze Miss Hodgson noemde. Zeker, ze was nog steeds de beste filiaalleidster die ze had. Maar sinds wanneer leidde zij medewerksters voor Miss Ardens prestigeproject op? Wilde dat misschien zeggen dat zij ook hiernaartoe zou komen? Terwijl Miss Arden verder praatte deed ik een schietgebedje dat dat niet zou gebeuren.

'Hij is een voortreffelijke man, competent en hij ziet er goed uit. Toen ik vorige maand op een feestje kennis met hem maakte, wist ik meteen dat hij de juiste man voor deze taak was.'

Dat het een man was leek typisch iets voor Miss Arden te zijn. Ze had er geen probleem mee om vrouwen haar salons te laten leiden. En mij had ze de inrichting van het huis en het opzetten van de beautyfarm toevertrouwd. Maar zodra het zaken betrof waarmee haar bedrijf in de openbaarheid trad, gaf ze de voorkeur aan mannen.

'Mag ik vragen wie die man is?'

'Hij heet Darren O'Connor. Voor zover ik heb begrepen heeft hij ook eens meegewerkt aan een project van Mrs Titus.'

Ik verstijfde. Darren O'Connor?! Hoe groot was de kans dat het iemand anders met dezelfde naam was? Heel klein, nam ik aan. Ik schudde mijn hoofd.

'Is er iets mis?' vroeg Miss Arden.

'Nee, ik... Ik kijk er nogal van op.' Ik merkte dat ook Miss de Wolfe me aanstaarde.

'Hoezo? Kent u Mr O'Connor?'

'Ja,' gaf ik toe. 'Ik heb met hem samengewerkt aan de productlijn Glory. Hij heeft de verpakkingen ontworpen.'

'Maar dat is geweldig!' Miss Arden klapte in haar handen en haar ogen lichtten op. 'U en Mr O'Connor kennen elkaar dus! Daar heeft hij niets van gezegd!'

Ze had hem dus mijn naam genoemd en Darren wist dat hij met mij zou moeten samenwerken? Mijn hart sloeg op hol. Tegelijkertijd vroeg ik me af waarom hij niets over mij had gezegd. Was hij me vergeten? Had hij deze opdracht zo hard nodig dat hij op de koop toe nam dat hij met mij zou moeten samenwerken? Had hij me misschien vergeven? Er waren nu eenmaal vier jaren voorbijgegaan sinds we elkaar voor het laatst hadden gezien.

'U ziet er aangedaan uit, is er iets niet in orde?' vroeg Miss Arden.

'Nee, het... is alleen zo onverwacht.'

'Zijn er misschien problemen met Mr O'Connor geweest?'

'Nee, beslist niet.' Ik wist dat Miss Arden achterdochtig zou worden als ik me nog langer zo vreemd gedroeg. 'Ik heb gewoon heel lang niets van hem gehoord, meer niet.'

'Goed,' zei ze, terwijl ze me nog eens onderzoekend opnam. Toen wendde ze zich weer tot Miss de Wolfe. 'Heb je zin om de stallen te bekijken? Een van onze merries heeft vlak voor de kerst een schattig veulentje op de wereld gezet.'

'Heel graag, liefje,' antwoordde Miss de Wolfe en Miss Arden liet me gaan.

Op 4 maart stond ik na een rusteloze nacht in alle vroegte op. Die dag zou onze nieuwe president geïnaugureerd worden. Die dag zou ik Darren terugzien. Toen ik klaar was met mijn ochtendtoilet liep ik naar mijn kledingkast. Wat zou ik aantrekken? Tijdens mijn laatste verblijf in New York had ik een paar warme truien en wollen rokken aangeschaft. Het waren ideale kledingstukken voor het weer hier. Maar ze leken allemaal opeens veel te ingetogen.

Al had ik sinds hem geen andere man meer gehad, toch wilde ik niet als een oude vrijster voor hem verschijnen. Maar waarom was dat zo belangrijk voor me? Darren en ik zouden weer gaan samenwerken. En al geloofde ik er niet in, de kans bestond dat hij nog niet wist dat ik hier was. Miss Arden had althans gezegd dat hij haar niets over onze samenwerking had verteld.

Er liep een rilling over mijn rug, die me tot spoed aanzette. De kachels op Maine Chance functioneerden goed, maar ook die raakten 's nachts hun warmte kwijt en ik had geen zin om me in de kilte van de ochtend een verkoudheid op de hals te halen. Dus koos ik een zachtroze pullover en een grijze prince-de-gallesrok, die ik vlug aantrok.

Ik droeg mijn haar inmiddels op schouderlengte en met behulp van een krultang kreeg ik mijn kapsel goed in vorm. Toen ik klaar was bekeek ik mezelf in de spiegel. Als Miss Arden er niet was, maakte ik me niet op, maar het was te verwachten dat ze met Darren mee zou komen. Dus ging ik aan de slag. Ik koos een lippenstift in de donkere tint van rozenhout en maakte deze keer zelfs mijn ogen op. Zelfs als het Darren om het even was, zou Miss Arden in elk geval tevreden zijn.

O God, Darren zou me zien! Mijn hart bonsde in mijn keel en hoewel het nog even zou duren voordat hij aankwam, voelde ik mijn knieën slap worden. Kon ik hem ergens een plezier mee doen? De hanger die hij me toen op Martha's Vineyard cadeau had gedaan schoot me in gedachten. Ik had hem al die jaren bewaard, maar had nooit de moed gehad hem te dragen. Af en toe had ik hem in handen gehad als ik iets zocht in mijn ladekastje, maar dan had ik hem gauw weer weggelegd en vergeten. Ik liep naar het kastje en trok de bovenste la open. De hanger lag helemaal achterin in het doosje dat ik van Darren had gekregen.

Het karton leek te trillen toen ik het aanraakte. Weer zag ik voor me hoe het met ons was misgegaan. De woede op zijn gezicht, de verwijten en mijn eigen schaamte. Ik maakte het doosje open en streek met mijn vinger over de oude piratenmunt. Die had niets aan glans ingeboet en nog steeds wist ik niet welke koningin erop was afgebeeld. Als het destijds anders was gelopen, had Darren dat vast en zeker voor me uitgezocht. Ik pakte de hanger, maar aarzelde of ik hem zou omdoen.

Bijna wenste ik dat Miss Arden hem niet was tegengekomen. Dan had ik alles gewoon kunnen laten rusten. Maar het lot leek te willen dat ik nog eens met hem zou samenwerken. Hij zou hier vanmiddag tegen één uur aankomen. Ik kon alleen nog hopen dat hij de opdracht zou afwijzen als hij mij zag. Maar ik vermoedde dat hij dat niet zou doen. Een man als hij liet zich een opdracht als deze niet ontgaan. Dus restte me niets anders dan te zorgen dat zijn kamer in orde was en ik hem goed kon ontvangen. Met een vastberaden trek op mijn gezicht deed ik de ketting met de hanger om, en daarna liep ik de gang op.

Ik vond het prettig als het nog zo stil in huis was. De dienstmeisjes waren er nooit voor zes uur. Meestal kwamen de meisjes allebei vermoeid en met opgezette ogen binnen. Peg, de kokkin, was daarentegen altijd bijna onfatsoenlijk monter. Bij aankomst leek het of ze al een halve dag aan inkopen had besteed, en toch liep ze over van energie. Maar er was nog niemand aanwezig. Ik stak de kachel in de keuken aan en ging weer naar boven.

De kamer die voor Darren bestemd was, zou later worden gebruikt als verblijf voor de vermogendere gasten. Het was dan ook een van de fraaiste kamers die we te bieden hadden. De schilder had het oude vergeelde behang, dat ik ook in mijn kamer had, eraf gehaald en vervangen door een houten lambrisering, die hij zachtroze had geschilderd. De draperieën bij de ramen waren van zwaar velours in de tint van rozenhout en sloten het licht desgewenst perfect buiten.

De schilderijtjes in witte lijsten die de wanden sierden waren allemaal originele werken van Franse schilders. Ik had hun namen niet onthouden. Ook had ik geen tijd gehad om me in de motieven te verdiepen. Er was te veel te doen, hoewel we goed op schema lagen. Wat nog ontbrak was de reclamecampagne. En een openingsdatum.

Daarop wachtte ik nu al enige tijd. Om de een of andere reden leek Miss Arden het lastig te vinden de datum vast te leggen. Daar kwam bij dat ze de laatste tijd serieuze problemen met Mr Jenkins leek te hebben. Nieuws bereikte ons slechts traag, maar Peg had van Miss Marbury's kokkin gehoord dat Arden en Jenkins steeds vaker onenigheid hadden omdat hij buiten zijn boekje ging. Hij matigde zich aan zijn vrouw de wet voor te schrijven en achter haar rug om te handelen. Volgens hem deed hij dat in haar belang, maar Miss Arden beschouwde het als een vertrouwensbreuk.

'Bij hun huwelijk heeft ze hem duidelijk gemaakt dat het haar bedrijf is en dat hij haar medewerker was en niet meer dan dat,' had de kokkin van Miss Marbury opgevangen. 'Stel je eens voor hoe die fijne dames en heren opkeken toen ze na de huwelijkssluiting gewoon naar haar werk ging. Een feest is er niet geweest.'

Een huwelijksdag zonder feestelijkheden was voor mij ondenkbaar. Destijds in Berlijn had ik kortstondig een beeld voor ogen gehad van mijn bruiloft. Ik wilde toen in het wit trouwen met een feest als uit een sprookje. Dat lag nu verder dan ooit van me vandaan, maar ik wist wel dat ik na de huwelijkssluiting nooit rechtstreeks naar kantoor zou gaan. Wat moest er van zo'n huwelijk worden? Miss Arden had geïnsinueerd dat madame gescheiden was – wat blijkbaar niet waar was –, maar alles wees erop dat zij haar echtgenoot misschien wel eerder zou kwijtraken dan madame de van haar vervreemde Mr Titus.

Ik zette die gedachten uit mijn hoofd en haalde het stoflaken van de sprei af. In dit huis verstofte alles vlug en daarom had ik besloten het bed tot deze ochtend afgedekt te laten. Er kwam een zachtroze quilt onder tevoorschijn die met bloemen en vogels was versierd. De vrouwen die deze spreien maakten hielden zich aan heel strakke regels. Die bepaalden ook de keuze van de motieven die werden gebruikt. Sommigen hadden een voorkeur voor religieuze symboliek, anderen voor wereldser afbeeldingen. Het was geen wonder dat Miss Arden een voorkeur voor de wereldse motieven had. De kardinaalvogels en witte rozen op een roze achtergrond deden misschien enigszins aan de kerst denken, maar ze waren prachtig en pasten bij de stijl van de kamer. Alles bij elkaar was het eerder een kamer voor een vrouw, maar ik was ervan overtuigd dat het Darren niet zou storen. Ik trok de quilt recht en schudde het kussen nog eens op. Toen liep ik de kamer weer uit en stelde opgelucht vast dat hij ver genoeg bij mijn kamer vandaan lag.

Toen ik terugkwam in de keuken was Peg er al, een half uur eerder dan nodig was. Dat was haar gewoonte als Miss Arden haar bezoek aankondigde, alsof dat halfuurtje haar hoogste cheffin blij zou maken.

'Hebt u de kachel soms aangestoken, Miss Krohn?' vroeg ze terwijl ze haar grijze vilten jas uittrok. Hij puilde wat uit bij de ellebogen en ter hoogte van haar buik, maar Peg was dol op haar jas en zou hem waarschijnlijk alleen onder luid protest wegdoen.

'Ik kon niet meer slapen,' legde ik uit.

'Dat is te begrijpen,' antwoordde Peg. Ze haastte zich naar de kleine, bijna antieke waterpomp die in de keuken was geïnstalleerd. 'Eindelijk krijgen we weer een man in huis.'

'U vergeet dat er hiernaast in de stal heel wat mannen zijn,' zei ik.

'Klopt, maar die mogen het huis niet in. Dit is de eerste nadat hier zo lang alleen vrouwen de dienst hebben uitgemaakt. Zou hij knap zijn?'

Behalve Miss Arden wist nog niemand dat ik Darren kende. 'Volgens mij wel,' antwoordde ik, terwijl ik probeerde zo ongeïnteresseerd mogelijk te lijken. Maar Peg liet zich daardoor niet afschrikken.

'Miss Arden is dol op aantrekkelijke mannen. Hebt u niet ook gemerkt dat ze zich in de buitenwereld alleen met beaus omringt?'

'Wanneer hebt u haar ooit omringd door beaus gezien?' vroeg ik verbaasd. Als ik Miss Arden tegenkwam was ze meestal in gezelschap van vrouwen. Mooie vrouwen weliswaar, maar het waren wel vrouwen.

'In *Harper's Bazaar*!' riep Peg uit. 'Mijn vriendin heeft een abonnement. Ik kan me niet voorstellen dat u geen tijdschriften leest.'

'U weet toch dat ik altijd veel te doen heb,' antwoordde ik glimlachend terwijl ik twee kopjes uit de kast pakte. Met een kop sterke koffie en een rondje over het terrein zou ik goed voorbereid zijn op het kantoorwerk dat me wachtte.

36

Toen de auto van Miss Arden voorreed begon mijn hart te galopperen als een paard uit onze stallen. Bij de lunch had ik niets naar binnen kunnen krijgen, hoewel mijn maag knorde. Nu zat mijn keel dichtgesnoerd. De hele tijd had ik me voorgenomen zelfverzekerd te reageren, maar nu was ik het spoor een beetje bijster. Alsof het een reddingsboei was klampte ik me aan de hanger vast. Was het wel juist om hem te dragen? Stel dat het Darren ergerde hem te zien?

Toen er voetstappen klonken, rechtte ik mijn rug en liep naar beneden. Ik was nog maar net de trap af toen de deur openging. Darren liet Miss Arden galant voor. 'Het landgoed is werkelijk indrukwekkend,' zei hij. Bij het horen van zijn stem begon mijn hele lijf te kriebelen, alsof ik in een mierenhoop terecht was gekomen. Een deel van me kon nauwelijks wachten tot hij me zou zien, het andere deel was liever gevlucht uit angst voor zijn reactie. Als een zoutpilaar bleef ik bij de trap staan.

'Zonder mijn vriendin Bessie zaliger had ik nooit durven hopen zo'n heerlijkheid te verwerven,' antwoordde Miss Arden. Het volgende moment zag ik dat Mr Jenkins er ook bij was. Licht ontstemd draafde hij achter Darren en zijn echtgenote aan.

'Ah, daar is onze goede fee!' riep Miss Arden uit terwijl ze naar mij wees. 'Ik heb gehoord dat jullie elkaar kennen.'

Darren keek op en verstijfde. Blijkbaar had Miss Arden hem toch niet verklapt met wie hij te maken kreeg. Ergens stelde me dat een beetje gerust. 'Goedendag,' zei ik en ik liep naar hen toe.

Ik gaf Miss Arden en Mr Jenkins een hand en stak toen ook mijn hand uit naar Darren. 'Het doet me plezier u weer te zien, Mr O'Connor.'

Darren vermande zich vlug en nam mijn hand aan. 'Het genoegen is geheel mijnerzijds, Miss Krohn.' Zijn blik dwaalde naar mijn hanger, maar het was geen plezier dat ik in zijn ogen zag. Op hetzelfde moment wist ik dat ik een vergissing had begaan. Mijn lichaam verstijfde, en ik zou het liefst de hal uit zijn gestormd.

Noch Miss Arden, noch Mr Jenkins leek iets te merken.

'Wat denkt u van een kleine rondleiding door het huis, Miss Krohn?' vroeg Miss Arden.

'Met alle genoegen,' antwoordde ik en ik probeerde de stortvloed aan gevoelens die me dreigde te overspoelen in bedwang te krijgen. Ik liep vooruit, blij dat er blijkbaar niet van me werd verwacht dat ik een conversatie gaande hield.

Het eerste vertrek was ingericht in de stijl van een Engelse herenclub, zij het dat er veel meer vrouwelijke accenten waren. De kleuren waren in rozenhouttinten gehouden, en in plaats van een biljarttafel waren er boekenkasten en vitrines met kunstobjecten. De schilderijen waren nog niet opgehangen, ook stonden nog niet alle kunstobjecten op hun plaats. Omdat ik er rekening mee had gehouden dat Miss Arden Darren het huis wilde laten zien, had ik de lakens van de meubels laten weghalen. Normaliter werden ze afgedekt om te voorkomen dat de bekleding vuil werd of voortijdig verschoot.

'Dit is de lounge, waar de cliëntes zich kunnen ontspannen of de tijd verdrijven tot ze naar een behandeling gaan,' verklaarde ik. 'Sommige meubels hebben we uit Europa laten komen, wat geen eenvoudige opgave was, maar dankzij onze knechten hebben we het transport goed kunnen regelen. Maar tot de opening zullen we ze weer afdekken.' Ik merkte dat het me enigszins opluchtte om over het project te praten. Zie hem als een vreemde, zei ik tegen mezelf. Zie hem als iemand aan wie je alleen het huis wilt laten zien.

We liepen verder naar de gymnastiekzaal en daarna naar de cosmetica- en de kapsalon. Hier ontbrak nog het een en ander aan de inrichting, vooral omdat de glazenmaker een tekort aan spiegels had. 'U moet zich hier rijen spiegels en cosmeticatafeltjes voorstellen, gescheiden door kamerschermen in Aziatische sfeer. Daarnaast komen er ook privéruimten voor behandelingen die de cliënten kunnen reserveren, uitgerust met de modernste techniek die momenteel beschikbaar is.'

Ik richtte mijn blik nu toch op Darren, maar die leek met zijn gedachten ergens anders te zijn. Met zijn handen in zijn broekzakken liet hij zijn blik overal heen dwalen behalve naar mij. Interesseerde het hem dan helemaal niet wat ik zei? Dat maakte me kwaad, en hoe ik ook mijn best deed me in te houden, mijn volgende woorden klonken veel nadrukkelijker.

In de zaal waar onze baden moesten komen stond ik op het punt uit mijn vel te springen. Het liefst had ik Darren naar buiten gesleurd en hem gevraagd waarom hij er eigenlijk in had toegestemd voor Miss Arden te werken. Madame was immers weer terug, en hij had vast ook weer opdrachten van haar kunnen krijgen. Maar ik beheerste me en legde uit dat de dames na het tennissen of paardrijden daar konden uitrusten.

Toen we klaar waren met de rondleiding, nam Mr Jenkins me apart. Darren was met het excuus dat hij wilde roken richting paardenwei verdwenen. Miss Arden telefoneerde met de architecte om haar nog een paar wensen door te geven. 'Is alles met u in orde, Miss Krohn?' vroeg Mr Jenkins. 'Ik voel een zekere... spanning tussen u en Mr O'Connor.'

Hoe had hij dat kunnen merken? Darren en ik hadden niet rechtstreeks met elkaar gesproken en hij had ook geen commentaar gegeven op mijn uitleg. 'Er is niets,' zei ik. 'Ik heb alleen een beetje hoofdpijn.' Ik zag aan hem dat hij me niet geloofde.

'Is er tijdens uw samenwerking bij madame Rubinstein soms wrijving geweest? Mijn vrouw zei dat u een beetje... vreemd reageerde toen ze zijn naam noemde.'

Had zijn vrouw eens een keer geen ruzie met hem gemaakt en hem iets verteld? Dat vond ik opmerkelijk. 'Nee, natuurlijk niet,' antwoordde ik, want ik wilde voor Darren de opdracht niet verpesten. 'Het is alleen zo...'

'Ja?' vroeg Jenkins en ik had mezelf wel voor mijn hoofd kunnen slaan. Wat moest ik nu zeggen? Dat ik een relatie met hem had gehad? Dat hij, toen hij mijn geheim ontdekte, door het lint was gegaan?

'Had u soms... gevoelens voor hem?'

Ik voelde dat ik rood werd. Jenkins interpreteerde dat blijkbaar als een bevestiging, want hij begon te lachen. 'Dat is het. U was smoorverliefd op hem.'

Daarmee zat hij dichter bij de waarheid dan me lief was. Hij leek mijn liefde echter niet serieus te nemen. 'Dat komt wel vaker voor onder collega's, daar hoeft u zich niet voor te schamen,' zei hij, alsof hij wist dat het niet meer dan adoratie was geweest. Of alsof hij vond dat ik niet mooi genoeg was voor een man als Darren. 'Zelfs ik als man moet erkennen dat hij er goed uitziet. Daar heeft mijn vrouw oog voor.' Die laatste woorden bracht hij tandenknarsend uit. 'Concentreer u op het werk,' vervolgde hij, 'dan zal het u gemakkelijker vallen om niet weer uw hart aan hem te verliezen. Ik heb zijn werk gezien en acht hem buitengewoon competent. Samen zult u deze club tot grote hoogte brengen.'

Dat hadden we ook bij madames nieuwe verzorgingslijn gedacht, en die was uiteindelijk net zo vreselijk gestrand als de relatie tussen Darren en mij – al was dat buiten onze schuld. Maar het was goed dat ik niet helemaal eerlijk tegen Mr Jenkins hoefde te zijn. 'Ik zal uw raad ter harte nemen,' zei ik. 'Bovendien voel ik me wat Mr O'Connor betreft aardig stabiel. Ik denk niet dat ik ooit weer verliefd op hem zal worden.'

'Het doet me plezier dat te horen.' Jenkins glimlachte naar me, toen knikte hij. 'Uitstekend, Miss Krohn, dan zal ik u niet langer ophouden.'

'Dank u,' zei ik en ik draaide me om. Ik voelde me opgelucht, maar ook enigszins geïrriteerd. Het ging Mr Jenkins helemaal niet aan hoe mijn relatie met Darren was geweest! Voorbij was voorbij. Maar toen ging ik bij mezelf te rade en vroeg me af waarom het me dan zo veel deed dat hij hier was en dat we weer moesten samenwerken.

Miss Arden en Mr Jenkins bleven niet voor het avondeten, ook al had Peg daarop gerekend en had ze haar uiterste best gedaan. Laat in de middag vertrokken ze weer en lieten mij alleen met Darren. Samen namen we afscheid van hen en keken we de auto na. Mijn innerlijke spanning was haast niet uit te houden. Hoe moest ik me tegenover hem gedragen? Ik had graag iets geestigs of iets verzoenends gezegd, maar de juiste woorden wilden me niet te binnen schieten.

Darren leek het net zo te vergaan. Met zijn handen in zijn broekzakken stond hij naar de neuzen van zijn schoenen te kijken. 'Nou, daar zijn we dan weer,' zei hij ten slotte, terwijl hij opkeek. Zijn ogen stonden eigenaardig gevoelloos. 'Ik had niet verwacht dat we elkaar weer zouden tegenkomen.'

'Ik ook niet,' erkende ik. Hoe graag zou ik hem nog eens hebben verzekerd dat het me speet dat ik hem indertijd niets had verteld! Maar anderzijds waren er nu meer dan vier jaren verstreken. Allebei hadden we de kans gehad ons eigen leven te leiden. Allebei hadden we de kans gehad te vergeven. En als hij echt nog iets voor me voelde, waarom had hij dan nooit contact opgenomen?

'Had het verschil gemaakt?' vroeg ik, waarop hij me verbaasd aankeek.

'Wat?'

'Ik bedoel, als je had geweten dat ik hier was. Had je dan het aanbod van Miss Arden afgeslagen?'

Darren snoof gepikeerd. 'In tijden als deze sla je een aanbod van deze orde van grootte niet af. Ook niet als er een cerberus voor de poort zit te wachten. Je neemt hem aan en maakt er het beste van.'

Ik slikte. Zag hij me zo? Als de hellehond die op de loer lag? Weer viel er een stilte tussen ons. Teleurstelling snoerde mijn keel dicht. Het liefst was ik naar binnen gerend en had ik me ergens verstopt.

'Je hebt hem dus nog,' zei hij ineens. Ik keek hem verward aan, tot me duidelijk werd dat hij de munt aan mijn hanger bedoelde.

'Ja,' zei ik. 'Ik kon hem niet wegdoen, hij is gewoon te mooi.' En hij herinnerde me aan hem, ook al had ik nauwelijks van die herinnering gebruikgemaakt. En nu speet het me ten zeerste dat ik hem weer tevoorschijn had gehaald. 'Ik dacht, ik doe hem vandaag om ter ere van de gelegenheid.'

'Dat is aardig van je, maar het was onnodig,' antwoordde hij met een hardheid in zijn stem die me behoorlijk kwetste. 'Het gaat om een baan, nietwaar? We praten met elkaar als het noodzakelijk is en als alles voorbij is, scheiden onze wegen weer.'

Opeens had ik een brok in mijn keel. We moesten dus doen alsof we onbekenden waren die toevallig met elkaar samenwerkten?

'Best!' zei ik en ik sloeg mijn armen over elkaar en draaide me om. Met grote stappen liep ik het huis weer in. Misschien kreeg Pegs kookkunst het voor elkaar om me weer met deze merkwaardige dag te verzoenen.

De avondmaaltijd gebruikte ik in de keuken en Darren deed dat op zijn kamer. Hij liet hem daar brengen en vertoonde zich de hele avond niet. Zou het hem spijten dat hij mijn geste zo had afgewezen? Het was wel vreemd zoals hij erop gereageerd had, na alle tijd die er was verstreken. Inmiddels had hij vast een nieuwe vriendin, en met zijn werk leek het fantastisch te gaan. Een van de rijkste vrouwen van Amerika had hem in dienst genomen! Viel het hem dan zo zwaar om iets aardiger tegen me te zijn?

Ik had in elk geval de hanger weer in de la laten verdwijnen en gezworen dat ik hem nooit meer tevoorschijn zou halen. En als ik hier op zekere dag wegging en naar New York terugkeerde, zou ik hem hier laten. Misschien kon een van de cliëntes er iets mee.

'U ziet er bedrukt uit,' merkte Peg op, terwijl ze de restanten opborg van het avondeten, waarvoor ze inderdaad ook op Miss Arden en Mr Jenkins had gerekend. De rest van de week zou er ribstuk op het menu staan, maar dat maakte mij niet uit.

'Ik ben gewoon moe,' zei ik en ik werkte nog wat aardappelpuree naar binnen. Als die klef of melig was geweest had ik hem misschien van me af geschoven, maar Peg kreeg het voor elkaar zelfs van zo'n simpel gerecht nog iets te maken.

'Mr O'Connor is echt een knappe man,' vervolgde ze, en ik wist dat ze daarmee alleen maar op ons gesprek van die ochtend terugkwam. Maar de laatste over wie ik wilde praten was Darren. 'Hij schijnt echter nogal gesloten en niet bepaald gezellig in de omgang te zijn.'

'Misschien moet hij eerst met de omgeving vertrouwd raken,' zei ik, en stiekem was ik blij dat hij niet hier was. Hij zou ofwel mij zwijgend hebben zitten veroordelen, ofwel geprobeerd hebben Peg met zijn charmes in zijn kamp te trekken. Ik zou het allebei vervelend hebben gevonden.

'U hebt van begin af aan samen met ons gegeten,' zei Peg, en dat was waar. Ik was meteen bevriend geraakt met de drie vrouwen die me hielpen en voor me zorgden. Misschien was Darren daar juist bang voor.

Ik probeerde Peg gerust te stellen. 'Hij zal nog wel ontdooien, maak je maar niet druk. Je eten zal zijn werk doen.'

'Ik hoop dat het hem zal smaken,' zei ze. 'Ik heb er een hekel aan als mensen hun eten op hun kamer laten brengen als ze niet echt ziek zijn. Je ziet niet hoe ze reageren. Achteraf zijn ze altijd aardig en zeggen ze dat het lekker was, maar misschien vonden ze het wel afschuwelijk.'

'Mr O'Connor zal beslist zijn beklag doen als hem iets niet bevalt,' zei ik luid en ik voegde er fluisterend aan toe: 'Vroeger had hij daar ook geen moeite mee.'

'Wat zei u?' vroeg Peg, die die dag blijkbaar bijzonder goede oren had.

'Niets belangrijks,' antwoordde ik hoofdschuddend. 'Ik dacht alleen even hardop, dat is alles.'

’s Nachts lag ik te staren naar het plafond, dat inmiddels net als de rest van het huis was gerenoveerd. Ik had gevraagd om de kleine gipsrozet waaraan de lampenkap hing als een gigantische vrucht intact te laten. Ergens tussen de wolken moest de maan schijnen. Ik kon hem niet zien, maar het licht was alomtegenwoordig. Het ruisen van de wind was ondanks de nieuwe ramen nog steeds te horen. Anders had het een kalmerende uitwerking op me, maar nu stond mijn hoofd er niet naar.

Het voelde vreemd om met Darren onder één dak te zijn. Hij was ver weg, de gastenverblijven bevonden zich in een andere vleugel dan mijn kamer, en toch meende ik zijn aanwezigheid bijna fysiek te merken. Er waren momenten geweest dat ik naar zijn terugkeer had verlangd. Maar dat was steeds minder geworden, en de afgelopen jaren was hij nog slechts een schaduw aan de rand van mijn gezichtsveld geweest. Ik had gedacht dat ik over hem heen was, maar op dit moment merkte ik duidelijk dat dat niet zo was.

Hoe zou mijn leven zijn gelopen als we niet uit elkaar waren gegaan? Als ik hem vanaf het begin deelgenoot had gemaakt van mijn geheim? Zou ik dan al getrouwd zijn geweest? Zou ik dan nooit bij Miss Arden zijn begonnen? Zou ik dan intussen een kind hebben gehad dat me had doen vergeten dat ik nog steeds niet wist wat er van mijn zoontje was geworden? En van monsieur Martin, die sinds zijn laatste brief in januari niet meer van zich had laten horen?

Antwoord vinden op al die vragen was onmogelijk. Die hoorden bij een andere versie van mezelf, een vrouw die ik nooit was geworden. Voelde ik me daar verdrietig over? Jazeker. Ik treurde ook nog steeds om mijn leven in Berlijn. Het leven waarin ik Georg nooit had ontmoet en niet had toegelaten dat hij alles verwoestte. Maar er was geen weg terug. Ik was wie ik in de afgelopen jaren geworden was. Ik kon alleen nog vooruitkijken.

37

In de loop van de dagen die volgden werd mijn stemming er niet beter op. Hoewel alles zijn gebruikelijke gangetje ging en we elkaar niet vaak tegen het lijf liepen, was ik door Darrens aanwezigheid voortdurend gespannen. Ik kon er alleen aan ontkomen als ik bij de paardenstallen was of langs de wei stond te kijken naar de staljongens die daar de paarden bereden. Zodra ik het huis in liep verstrakten alle spieren in mijn lichaam, alsof zich elk moment iets kon voordoen waarop het moest reageren. Dat was vreemd, want Darren hield zich eigenlijk voornamelijk op in het kantoor, waar hij aan zijn ontwerpen werkte. Buiten de maaltijden om kreeg ik hem nauwelijks te zien en ook dan zeiden we alleen het hoogstnodige tegen elkaar.

Miss Arden had hem weliswaar opgedragen om bij mij aan te kloppen voor alle informatie die hij nodig had, maar daar zag hij meestal van af. Hij dokterde alles liever zelf uit en ging af op zijn eigen indrukken. Aanvankelijk voelde ik me daardoor gekwetst, maar na een tijdje was dat mijn eer te na. Hij moest het zelf maar uitzoeken als hij dacht dat hij daarmee succes zou hebben. Hoe eerder hij klaar was, hoe eerder ik weer van hem af was.

Ik probeerde voor afleiding te zorgen door de gymlokalen eens wat nauwkeuriger te bekijken. Er ontbraken nog een paar apparaten om de spieren te harden. Zo had Miss Arden een soort machine besteld om de armen krachtiger te maken met behulp van gewichten die je via stalen kabels optrok. Wat dat te maken had met schoonheidsverzorging en cosmetica was me een raadsel, maar Miss Arden deed nooit zomaar iets.

Voordat ik rond het middaguur een eenvoudige lunch at liep ik mijn rondje over het terrein. Nu de meeste werklui weg waren lag alles er vreemd rustig bij. Alleen in de stallen heerste altijd bedrijvigheid. Miss Ardens paardenbestand nam voortdurend toe. Ik vroeg me af waarom ze niet helemaal op het land kwam wonen. Als ze hier zuiver voor haar plezier was droeg ze altijd vrij rustieke kleding, soms ook wel eens een rijbroek, want ze vond het heerlijk om haar paarden door het landschap te jagen.

Prins Guirey had me rijlessen aangeboden, maar daar had ik voor bedankt. Paarden lagen me gewoon niet en ik wilde niet dat mijn werk hier in gevaar werd gebracht door een botbreuk. Maar soms was ik toch een beetje jaloers op de mannen, die één leken te worden met hun paard als ze die de sporen gaven.

Bij mijn terugkomst stond een van de dienstmeisjes me bij de voordeur op te wachten. 'Dit is voor u afgegeven,' zei Ella terwijl ze me een brief overhandigde. Het stempel verraadde al van verre dat die in Frankrijk was gepost.

Mijn hart begon als een razende te kloppen. Vlug draaide ik de envelop om. Een brief van monsieur Martin! Ik zag dat de envelop een tijd onderweg was geweest en dat hij twee keer was doorgestuurd. Kennelijk had de detective mijn adres niet helemaal correct opgeschreven.

'Dank je wel,' zei ik tegen Ella en ik nam de brief mee naar mijn kantoor. Dat lag op de begane grond en als Miss Arden aanwezig was, nam zij het in beslag. De rest van de tijd was het mijn domein, tenminste, zolang ik hier nog bezig was met het opbouwen van de beautyfarm. Ik sloot de deur achter me, liep naar het bureau en pakte met trillende handen de briefopener. Ik voelde de verwarring waarmee ik vanwege Darren te kampen had van me af glijden.

Het verbaasde me dat monsieur Martin zijn brief op de schrijfmachine had getikt, want hij had al zijn eerdere brieven met de hand geschreven. Het papier was van mindere kwaliteit, en hier en daar waren de letters bij het typen door het papier gedrukt. Goed briefpapier zou door de algehele economische crisis ook in Frankrijk wel slecht te krijgen zijn. Maar op dit moment had ik net zo lief toiletpapier in mijn handen gehad. Ik ging bij het raam staan en begon te lezen.

Chère mademoiselle Krohn,

Hopelijk draagt u nog steeds deze naam en kan ik u op deze manier bereiken. Neemt u me niet kwalijk dat ik pas nu van me laat horen. Drie jaar is een lange tijd en ik kan u verzekeren dat mijn geweten ernstig heeft opgespeeld. Maar wat had ik u moeten schrijven? De wereld verkeert in steeds grotere mate in chaos en in dat opzicht is Parijs, waar alles normaal gesproken veel stralender is dan elders, geen uitzondering.
Ik weet niet of u berichten uit Duitsland ontvangt, maar de ontwikkelingen zijn onrustbarend. Hetzelfde geldt voor mijn eigen land. Het wordt niet echt makkelijker om informatie te vinden. Na de dood van Aline DuBois heb ik lange tijd moeite gehad om de eindjes aan elkaar te knopen en ik moest zelf eerst zien hoe ik er weer bovenop kwam. Ik hoop dat u daar begrip voor hebt.
Maar nu ben ik er weer. De reden is dat ik opeens de behoefte heb uw zaak weer op te pakken. Soms is het nodig om wat afstand in acht te nemen om nieuwe aanknopingspunten te vinden. Dat klinkt in uw oren misschien als een bittere pil. Tenslotte moet uw kindje, als de afzender van de brief van toen niet heeft gelogen, binnenkort al zeven jaar oud zijn. Maar in mijn ervaring worden daders vaak lichtzinnig als ze denken dat men het zoeken heeft opgegeven.
Een paar dagen geleden zijn me eigenlijk bij toeval gevallen van kinderroof uit andere steden ter ore gekomen. Het ligt in die gevallen een beetje anders, want het gaat daarbij om zuigelingen die uit hun wiegje zijn gestolen en kleine kinderen die tijdens een wandeling zijn ontvoerd. Waar die arme kleintjes naartoe zijn gebracht kun je alleen maar vermoeden. Ik probeer contact te leggen met alle mogelijke kanalen in de hoop dat men me iets naders kan vertellen.

De politie in die andere steden is niet zo onkundig bezig als de onze. Ze hebben me hun steun toegezegd, misschien ook wel omdat het onderzoek erg traag verloopt. Maar ik beloof u dat ik u niet nog eens jaren zal laten wachten. Zodra ik iets nieuws hoor, laat ik het u weten. En stuurt u me alstublieft geen geld. Hoewel ik het goed kan gebruiken, zegt mijn eergevoel me dat ik mijn honorarium van destijds nog niet heb verdiend. Ik houd me weer met uw zaak bezig en zal proberen het spoor opnieuw op te pakken.

Ik wens u inmiddels alle goeds toe!

Met vriendelijke groet,
Luc Martin

Ik liet de brief op mijn schoot zakken. Er gleed een golf van teleurstelling door mijn lichaam. Na al die tijd liet hij van zich horen, maar er was nog steeds geen resultaat. Maar wel een spoor! Was dat voldoende om te kunnen hopen? Louis zou nu bijna zeven zijn. Als hij bij onbekende ouders was opgegroeid, zou hij me vast niet als zijn moeder accepteren en me niet willen geloven als ik vertelde wat er destijds was gebeurd.

Ik probeerde me zijn gezicht voor te stellen. Zou hij op me lijken? Op mijn vader? Op Georg? De laatste twee verdienden dat eigenlijk niet, want ze hadden hem niet gewild. Maar ik had hem zo graag willen hebben! En het kon me ook helemaal niets schelen op wie hij leek, als ik maar één keer de kans zou krijgen hem te zien. Met hem te praten.

Ik werd uit mijn gedachten gewekt door een klop op de deur. Vlug vouwde ik de brief op en stopte hem in de envelop. Ik nam aan dat het Ella was, die me mijn lunch bracht. Peg maakte heerlijke sandwiches klaar en alleen de gedachte eraan deed me het water in de mond lopen. Maar het was Darren die op mijn reactie binnenkwam. Ik probeerde mijn verwarring te onderdrukken, rechtte mijn rug en vroeg: 'Wat is er?'

Darren keek langs me heen, zoals altijd wanneer we elkaar zagen. 'Ik heb een paar voorstellen uitgewerkt en wil je vragen ernaar te kijken.' Zonder mijn antwoord af te wachten legde hij ze op mijn bureau en stak toen zijn handen in zijn zakken. Geen idee wat dat gebaar moest betekenen, maar hij deed dat altijd als hij iets tegen me had gezegd.

'Dank je, dat zal ik doen,' antwoordde ik. Mijn stem klonk ineens schor.

Hij knikte en draaide zich om. Geen idee waarom, maar opeens voelde ik de drang om hem te vertellen over de brief van de detective. Meteen besefte echter ik dat het hem vast niet zou interesseren. Ik deed mijn mond weer dicht en hoorde de deur in het slot vallen.

De dagen gingen voorbij. Tot aan het weekend kwam ik er niet aan toe om Darrens voorstellen te bekijken. Er waren problemen met een van de bijgebouwen. De bouwvakkers hadden onder de vloer vochtige en door termieten aangevreten plekken aangetroffen. Daardoor waren de stabiliteit van het bouwwerk en onze planning in gevaar gekomen. Het vervelende was dat er momenteel een gebrek aan hout bestond, en bovendien moesten we er een ongediertebestrijder bij halen voor het herstel. Zo iemand vinden was als het zoeken naar een naald in een hooiberg. Verhit en uitgeput door het telefoneren verliet ik op vrijdag mijn kantoor en ging mijn jas halen voor een kort rondje over het terrein.

Ik verheugde me al op het weekend en speelde met de gedachte om de trein te pakken naar een van de naburige steden, daar in een cafeetje te gaan zitten en te vergeten dat ik met Darren onder één dak moest wonen. De gedachte was nog maar nauwelijks bij me opgekomen of ik hoorde stappen in de gang. Ik keek op en verstijfde toen ik Darren zag. Hij kwam me tegemoet en leek ook in gedachten verzonken te zijn. Ik wou dat ik een paar tellen later de gang op was gegaan, maar het zou belachelijk zijn geweest mijn kantoor weer in te vluchten.

Toen hij me in het oog kreeg, hief hij zijn hoofd op en heel even keken we elkaar aan. Maar daarna dwaalde zijn blik weer langs me heen, alsof ik lucht was. 'Heb je naar de ontwerpen gekeken?' vroeg hij koeltjes.

Ik schudde mijn hoofd. 'Nog niet. Ik had nog geen gelegenheid.'

Hij snoof.

'Ik heb het de afgelopen dagen erg druk gehad,' zei ik ter verdediging, hoewel er niets te verdedigen was. Tenslotte bemoeide ik me ook niet met zijn werk.

'Je weet dat Miss Arden mijn ontwerpen al vlug wil hebben. En eerlijk gezegd werk ik me uit de naad om ze stipt op tijd af te leveren. Dan wil ik niet dat jij me in diskrediet brengt.'

'Ik breng jou in diskrediet?' antwoordde ik, terwijl ik mijn handen in mijn zij plantte. Er leek iets van binnenuit tegen mijn borst te drukken, als een dier dat zich tegen de tralies van zijn kooi werpt.

Darren trok een gezicht. 'Dus je draagt me die kwestie van toen nog steeds na? Is dat waarom je mijn werk negeert? Om me in de wielen te rijden? Om van me af te komen?'

Ik keek hem aan en merkte dat het gevoel in mijn borst zich nu vrij baan verschafte. In één klap was ik alle nervositeit kwijt die me in zijn aanwezigheid altijd beving. In plaats daarvan welde er een emotie op die ik meestal wist te beheersen, maar die ik nu de vrije loop wilde laten. Ik kon er zo langzamerhand wel mee leven dat hij deed of ik lucht was. Maar dat hij me verweet mijn plicht te verzuimen omwille van persoonlijke gevoelens ging absoluut te ver.

Mijn ogen brandden en even stond het huilen me nader dan het lachen. Maar toen nam mijn woede de overhand. 'Komt u even mee, Mr O'Connor,' zei ik zo beheerst mogelijk, terwijl ik zonder zijn reactie af te wachten langs hem heen liep.

Even later kwam hij achter me aan.

Ik liep naar buiten, want ik wilde geen scène maken in het bijzijn van Peg en de meisjes. Ik voelde hun verbaasde blik toen ik met driftige passen langs hen heen beende. Hoe zouden ze Darren wel niet aankijken, die ze heimelijk verafgoodden? Ik stapte over het grindpad naar de wei, die een flink stuk verderop lag.

'Waar voor den duivel wil jij naartoe?' klonk het achter me. Darren volgde me nog steeds op de voet. Mooi. Bij het hek draaide ik me abrupt om. 'Wat denk jij eigenlijk wel?' Tot mijn voldoening zag ik dat hij een stukje achteruitweek. 'Dat is vier jaar geleden! Vier jaar! Denk je echt dat ik daar nog niet overheen ben? Serieus?' Er vloog wat speeksel uit mijn mond toen ik die woorden uitspuwde, maar dat deerde me niet. Mijn woede zette mijn binnenste in lichterlaaie en als ik een vaas in mijn hand had gehad, had ik die waarschijnlijk naar hem toe gesmeten. 'En het is niet waar dat ik niet met je wil werken! Jij sluit mij buiten, omdat jij degene bent die mij nog steeds verwijt dat ik toen niets heb gezegd!'

'Ik...' begon hij, maar ik viel hem in de rede.

'Goed dan! Ga wat mij betreft vooral zo door! Maar ik ben niet degene die jouw kantoor mijdt, jij mijdt míjn kantoor. Denk je dat ik je achternaloop? Als er iets moet worden opgelost kun je altijd bij me langskomen, maar nee, daar voel je je te goed voor!' Terwijl ik dit zei, voelde ik mijn woede tot ongekende hoogten toenemen. Ik was nooit eerder zo uit mijn slof geschoten. Het leek of ik niet alleen tegen Darren stond te schreeuwen, maar ook tegen Georg, mijn vader en Henny. Al die mensen die me in de steek hadden gelaten en deden alsof ik de boosdoener was. 'En dat verandert er allemaal niets aan dat mijn stilzwijgen destijds een futiliteit was die geen reden was om met me te breken!' ging ik verder. 'Maar jij voelde je geraakt in je kostbare eer en in een wereld die alleen maar om jou draait is dat natuurlijk onacceptabel!'

'Dus dat je me je kind verzweeg was maar een futiliteit?' vroeg hij. Hij leek zich te herstellen van de schrik. Op hetzelfde moment zag ik in dat het daar inderdaad om ging. Nog steeds.

'Ik zou je heus wel over mijn zoontje hebben verteld,' antwoordde ik. 'Misschien niet meteen, maar ik had het zeker gedaan. Alleen ging alles opeens zo vlug, en al wat ik vreesde is door jou ten volle bewaarheid!'

Hij liet zijn hoofd zakken als een kat die zich op de aanval voorbereidt, maar ik was hem voor. 'En dan maak je mij het kinderachtige verwijt dat ik er niet overheen zou zijn, terwijl je zelf overduidelijk degene bent die er niet overheen is!' Ik hapte even naar adem en ging toen verder: 'Weet je wat ik al die tijd al met me meedraag? Weet je hoe schuld voelt? De vraag of je genoeg hebt gedaan om ervoor te zorgen dat je kind in leven blijft? Al was het alleen in de moederschoot?' Ik zweeg even, maar niet lang genoeg om hem de kans te geven hierop te antwoorden. 'Sinds ik hoorde dat hij was overleden hebben die vragen me niet losgelaten. Ik was woest op mezelf. Woest, omdat ik me met zijn vader had ingelaten. Woest, omdat ik er niet in was geslaagd hem in mijn lichaam zo goed te voeden dat hij een kans op overleven had. Toen jij je oordeel over me velde, had je geen idee wat ik heb doorgemaakt. Je was de eerste man die ik naar mijn idee weer kon vertrouwen. Alleen zou dat vertrouwen nog even moeten groeien. Ik zou je zeker over mijn kind hebben verteld! Maar naderhand kon ik alleen nog maar denken dat ik weer tekort was geschoten. Dat ik je niet de maagd kon bieden die je blijkbaar wilde hebben!'

'Dat is niet waar,' wierp hij tegen.

'O nee? Dan was het dus niet vanwege je gekrenkte trots dat je ervandoor bent gegaan en me bij ons vertrek hebt behandeld alsof ik lucht was? Dan heb je dus ook niet mijn excuses weggewuifd omdat ik je in je ijdelheid had gekrenkt?'

Darren perste zijn lippen op elkaar en bewees daarmee mijn gelijk. Zijn trots en zijn ijdelheid waren de eigenlijke reden voor onze breuk geweest. Niet het feit dat ik iets had verzwegen en mijn angst me voor hem open te stellen.

'Ik was er helemaal kapot van en heb nooit meer een andere man in mijn buurt laten komen, omdat altijd weer de herinnering aan jouw reactie de kop opstak,' ging ik verder. 'Je reactie op iets wat zo ver in mijn verleden lag! Dat was het enige waaraan ik kon denken!' Zwaar ademend liet ik mijn hoofd zakken. Ik zette mijn handen in mijn zij. 'Al meer dan vier jaar vraag ik me af of mijn zoontje nog leeft! Vier jaar en ik weet het nog steeds niet. Als jij destijds niet zo laf van me was weggelopen had je het hele verhaal te horen gekregen. En dan had je me kunnen steunen. We hadden samen naar Parijs kunnen gaan, maar jij koos ervoor de beledigde partij te spelen.'

Darren schudde verbouwereerd zijn hoofd. 'Wil je daarmee zeggen dat jouw misère mijn schuld is?'

'Nee, dat is niet mijn bedoeling!' wierp ik tegen. Mijn keel brandde en ik voelde dat ik mijn tranen niet langer kon tegenhouden. Maar als ik nu zou gaan huilen, zouden de tranen mijn woede wegspoelen. En ik wilde op dit moment woedend zijn. 'En ik heb je ook nooit de schuld gegeven! Maar je had geduld met me moeten hebben en niet de benen mogen nemen toen je mijn litteken had gezien. Je had het gesprek moeten aangaan en niet beledigd moeten zijn. Heb je enig idee hoe krankzinnig je je hebt gedragen? Als een verongelijkt kind dat merkt dat zijn speelgoed toch niet is wat hij wilde hebben!' Ik haalde diep adem. Ik werd steeds heser, het praten vermoeide me enorm. Maar nu ik toch bezig was, was er nog iets wat ik aan hem kwijt wilde. 'En nu heb je zelfs de brutaliteit me te verwijten dat ik erop uit ben jouw opdracht om zeep te helpen. Denk je echt dat ik zo ben? Jij was degene die mij vanaf het moment dat je hier binnenkwam hebt buitengesloten. Dacht je echt dat ik weer iets met je wilde beginnen? Dacht je soms dat ik daarom die hanger droeg?'

Hij antwoordde niet.

'Ik droeg die hanger als een zoenoffer; het zou immers kinderachtig zijn geweest om hem weg te gooien, of niet soms?' Ik zette nogmaals mijn handen in mijn zij, alsof ik mezelf steun wilde geven. O, jij zult dat wel met mijn dasspeld hebben gedaan, maar ik ben zo niet! Ik wil het hier ook allemaal tot een goed einde brengen, zoals jij dat noemde. Maar als ik geen tijd heb om je ontwerpen te bekijken, dan heeft dat niets met jou te maken! Je kunt wat mij betreft naar de hel lopen!' Ik draaide me om en liep met lange passen naar het bos achter de wei. Ik wilde hem niet meer horen of zien. Ik wilde noch een nieuw verwijt, noch een halfhartig excuus. Op dit moment wilde ik alleen maar dat hij uit mijn leven zou verdwijnen.

Toen ik ten slotte buiten adem raakte had ik Darren en de wei al ver achter me gelaten. Ik leunde tegen een van de knoestige boomstammen en sloot mijn ogen. Het had me goedgedaan hem alles te zeggen wat onuitgesproken was gebleven, ja, hem alles regelrecht naar het hoofd te slingeren. Het zou kunnen dat hij er nog steeds niets van begreep. Maar waarom wenste ik zo vurig dat hij dat wel deed? Waarom wenste ik zo vurig dat hij inzag dat hij destijds op Martha's Vineyard een fout had gemaakt?

Ik bleef daar een poosje staan met mijn blik gericht op de hemel tussen de boomkronen. De takken waren nog kaal en af en toe landde er een bonte kraai op. Miss Arden was van plan de beautyfarm in de herfst te openen, half oktober, als het *leafing season* hier in de streek begon en alle loofbomen in de bossen getooid waren met bladeren in de fraaiste gele en rode tinten. Daarop moest ik me concentreren. Wat kon mij Darren schelen, die zou vertrekken zodra hij zijn reclamecampagne had uitgewerkt? Ik zou naar zijn ontwerpen kijken. Misschien waren ze wel goed genoeg, zodat hij alweer gauw kon vertrekken.

Ik hoorde een krakend geluid dat me deed opschrikken uit mijn rancuneuze gedachten. Maar toen ik omkeek zag ik alleen een eekhoorntje, dat over de droge bladeren rende en vervolgens tegen de boom op klom.

Toen ik terugkwam bij de wei was Darren er niet meer. Typisch Darren. Wie weet was hij met Miss Arden aan het bellen om te vertellen dat hij het niet langer kon opbrengen hier te werken.

Ik werd een lichte angst gewaar en ook knaagde mijn geweten. Ik had niet zo tegen hem mogen schreeuwen. Hij had het misschien wel verdiend, maar ik had me niet zo mogen laten gaan. Stel dat hij het hele verhaal aan Miss Arden vertelde? Tot nu toe had hij altijd op een teleurstelling of een vervelend voorval gereageerd door weg te lopen. Dat had hij gedaan toen ik hem destijds voor de speakeasy niet wilde kussen en ook toen hij mijn litteken had ontdekt. Het zou me niet hebben verbaasd als ik onder aan de trap ingepakte koffers had aangetroffen. Maar het was stil in huis, afgezien van het gekletter van borden in de keuken.

'Ah, Miss Krohn, ik wilde juist uw eten naar boven laten brengen.'

Het lag me voor op de tong om te zeggen dat ik geen trek had, maar toen zag ik de sandwiches. Dik belegd met mayonaise, plakjes van de ham die beneden in de kelder hing en augurkjes die Peg de zomer tevoren had ingelegd.

'Hebt u er bezwaar tegen dat ik hier eet?' vroeg ik terwijl ik op de lange bank ging zitten, die eigenlijk was voorbehouden aan het bedienend personeel. 'Ik heb even geen zin in mijn kantoor.'

'Is er iets vervelends gebeurd?' vroeg Peg.

'Alleen wat meningsverschilletjes. Mr O'Connor dacht waarschijnlijk dat hij nog in New York was...'

'Ja, mensen uit de grote stad moeten altijd erg wennen aan het landleven,' zei ze goedmoedig. 'Maar dat is omgekeerd vast ook het geval.'

Ik maakte haar niet wijzer en begon aan mijn sandwich.

Na het eten liep ik terug naar mijn kantoor. De map met Darrens ontwerpen en ideeën lag als een aanklacht naast de andere documenten die ik moest doornemen. Mijn verlangen om terug te gaan naar een laboratorium was heviger dan ooit. Of madame Rubinstein me weer in de fabriek zou laten werken? Het leven van toen leek me ondanks alle moeilijkheden waarmee ik was geconfronteerd heel wat makkelijker dan mijn huidige leven met alle planningen, vergunningen en suggesties voor stoffen voor draperieën en kussens waarin ik dreigde te verdrinken.

Ik zette een raam open en liet de voorjaarslucht binnen. Vanuit de bomen klonk vogelgekwetter. Het zou niet lang meer duren of de hele omgeving zou opnieuw tot bloei komen. Nadat ik een tijdje naar buiten had staan kijken voelde ik me sterk genoeg om weer aan mijn bureau te gaan zitten.

Ik sloeg de map open. Darren had zich de afgelopen twee weken beziggehouden met advertenties voor de beautyfarm ontwerpen en met de eerste notities voor een campagneconcept maken. Net als destijds was ik onder de indruk van zijn tekeningen, maar ik zag direct al dat het concept en de meeste tekeningen niet pasten bij hetgeen Miss Arden op Maine Chance wilde opbouwen. De algehele indruk was eerder dat hij een golfclub probeerde aan te prijzen.

Met een zucht sloeg ik de map weer dicht. Hij had eigenlijk moeten weten dat de clientèle hier overwegend uit succesvolle vrouwen vol ondernemingsgeest zou bestaan. Had Miss Arden hem dan in dat opzicht geen aanwijzingen gegeven? Dat kon ik me nauwelijks voorstellen. Als ik me voorstelde voor wie deze beautyfarm was bedoeld, dacht ik aan vrouwen als Anne Morgan, Bessie Marbury of Elsie de Wolfe. Vrouwen voor wie mannen een zeker respect hadden, maar die ook wilden zorgen dat ze op een party van Mr Vanderbilt of de Astors om hun uiterlijk werden bewonderd. Natuurlijk waren ook de echtgenotes van rijke mannen hier welkom, maar ik kende Miss Arden goed genoeg om te weten dat ze een voorkeur had voor invloedrijke vrouwen. Vrouwen die ze misschien voor haar vriendenkring kon winnen. Zou het voldoende zijn voor Darren als ik een notitie in die richting tussen zijn mappen stopte?

Toen ik zijn kantoor binnenkwam, zat er niemand aan het bureau. Alles was zo netjes opgeruimd, dat ik er rekening mee hield dat hij zijn spullen had gepakt en vertrokken was. Zou hij een taxi hebben besteld? Nee, in de stilte die hier heerste hoorde je elk gemotoriseerd voertuig en ik zou het dus hebben gemerkt als er een taxi was voorgereden. Waar zou hij zijn?

Bij nader inzien was ik blij dat ik hem niet had aangetroffen. Ik geneerde me een beetje over mijn uitbarsting, al was ik nog steeds van mening dat hij die had verdiend. Ik slaakte een zucht, liep het kantoor uit en deed de deur achter me dicht.

38

De hele volgende dag kreeg ik Darren niet te zien. Ik informeerde bij Peg, die zei dat ze hem de vorige middag het landgoed had zien verlaten, maar dat hij nog niet terug was. Of hij bagage bij zich had gehad, wist ze niet.

Even voelde ik me bezorgd. Zou er iets met hem gebeurd zijn? Ik geloofde niet dat mijn woorden Darren ertoe konden hebben gebracht zichzelf iets aan te doen. Maar het was mogelijk dat hij in het bos gevallen was of dat hij in de kroeg in het naburige dorp heibel had veroorzaakt. Mijn plannen om die zaterdag een tochtje te ondernemen waren in elk geval naar de maan.

Na het ontbijt trok ik mijn jas aan en liep het huis uit om bij de tennisbanen te gaan kijken. Na de regenbuien van de afgelopen weken had zich daar behoorlijk wat water verzameld. De werklui hadden beloofd voor drainage te zorgen en ik hoopte dat ze er intussen aan toe waren gekomen de banen droog te maken.

Als je Miss Arden kon geloven, was tennis bij de hogere kringen in New York nog steeds de nieuwste rage. In Berlijn had ik ook een keer vrouwen zien tennissen, in lange rokken en met pothoeden op. De kostuums waren intussen veranderd, zoals ook de mode voortdurend aan verandering onderhevig was. Pasgeleden had ik een blouse teruggevonden die ik uit Berlijn had meegenomen en die nu hopeloos verouderd was. En ook ik was ouder geworden. Met mijn inmiddels zevenentwintig jaar gold ik al als een oude vrijster. Wat ging de tijd toch snel, en hoeveel ging daarbij wel niet verloren.

Ik dacht inmiddels niet vaak meer aan mijn ouders, hoewel ik hun na mijn verhuizing hierheen een brief had gestuurd met mijn nieuwe adres. Ook Henny had ik geschreven, maar ik betwijfelde of ze mijn brief had gekregen. Geen van allen had een antwoord gestuurd, maar dat deed me niet meer zo veel pijn als vroeger.

Bij de tennisbanen bleef ik staan. Die zagen er niet meer uit als tennisbanen, of beter gezegd, nog niet. De palen waaraan de netten werden vastgemaakt stonden er nog, maar de markering was het slachtoffer van de drainagewerkzaamheden geworden. Die zou als het droog werd weer moeten worden aangebracht.

Ineens voelde ik dat ik niet meer alleen was. Ik draaide me om. Drie armlengten van me vandaan stond Darren. Zijn gezicht was rood. Het leek bijna of hij gehuild had, maar dat paste niet echt bij hem. Waar kwam hij nou vandaan? Had hij inderdaad heibel veroorzaakt? Hoe het ook zij, ik was erg opgelucht om hem te zien.

'Ik zou vaker naar buiten moeten gaan,' zei hij, en ik merkte dat hij niet goed wist waar hij moest beginnen.

'Waar ben je geweest?' vroeg ik. 'Ik dacht dat je vertrokken was.'

Darren sloeg zijn ogen neer. 'Ik had tijd nodig om na te denken. Ik heb daarginds in het gastenverblijf geslapen.'

Die informatie nam ik met een knikje in ontvangst. Even zwegen we allebei, en ik merkte dat hij ergens op wachtte. Mijn woede was in elk geval genoeg afgezwakt om de eerste stap te zetten. 'Hoor eens, het spijt me dat ik zo tegen je ben uitgevallen,' zei ik. 'De afgelopen dagen heb ik zo veel opgekropt, ook dingen die weer naar boven kwamen sinds ik had gehoord dat je zou komen. Ik wist gewoon niet meer wat ik ermee moest beginnen.'

Darren schudde zijn hoofd. 'Ik heb me als een idioot gedragen. Toen en nu.'

Hij gaf me even de tijd om een antwoord te formuleren.

'Ik had het je moeten vertellen. Toen. Maar dat weet je. Ik was ook een idioot. Voor zover ik heb gehoord, is idiotie echter tegenwoordig te genezen.' Ik glimlachte scheef naar hem. 'Je weet niet hoe graag ik je indertijd het een en ander had willen vertellen. Maar misschien kunnen we dat nog inhalen. Ooit.'

Darren knikte. 'Je zoontje leeft dus nog?' vroeg hij toen.

Ik haalde diep adem en schoof een haarlok achter mijn rechteroor. 'Interesseert dat je echt?'

'Ja, dat interesseert me,' antwoordde hij zachtjes.

Nu draaide ik me helemaal naar hem om. We stonden nog steeds ver van elkaar, en ik was nog steeds bang om die afstand kleiner te maken. Nog een hele tijd nadat we uit elkaar waren gegaan had ik gewenst dat we samen verder konden, maar ik merkte dat er geen vonk meer was. Misschien was vriendschap echter wel mogelijk? Een vriendschap waarin we onze geheimen net zo lang konden bewaren als we wilden. Een vriendschap waarin plaats was voor begrip dat niet alles meteen kon worden verteld.

'Vlak nadat we uit elkaar waren gegaan,' begon ik, 'vlak nadat het bedrijf van madame me had ontslagen, kreeg ik een brief waarin iemand me om vergiffenis vroeg en me liet weten dat mijn zoontje nog leefde. Ik ben naar Parijs gegaan om uit te zoeken of dat klopte. Maar ik kon niet ontdekken wie de afzender was, en kon ook mijn zoontje niet vinden. Resteert de kwestie of hij nog leeft of dat het allemaal bedrog was.'

'Dat moet vreselijk voor je zijn.' Hij boog zijn hoofd en duwde met de neuzen van zijn schoenen een paar bladeren opzij, als een jongetje dat iets heeft uitgehaald.

'Ja, dat is het ook. Maar ik red het wel. Ik heb hier werk, en er is iemand die hem voor me zoekt.'

'Een detective?'

Ik knikte.

'Denk je dan dat hij je kind zal vinden? Na al die jaren?'

'Ik hoop het. Zolang hij het niet opgeeft, is er niets verloren. Maar als hij het moet opgeven omdat er echt geen hoop meer is, zal ik dat accepteren.'

Ik staarde een poosje naar de grond, en toen hoorde ik Darren zeggen: 'Ik hoop dat je duidelijkheid krijgt.'

'Dank je wel, fijn dat je dat zegt.'

We keken elkaar aan, en ik kon een beetje de warmte voelen die indertijd door me heen was gestroomd als ik hem aankeek. Maar nu was het anders. Het was geen liefde meer wat ik voelde.

'Geloof je dat we met het werk kunnen doorgaan – als vrienden?' vroeg hij ten slotte. 'Of op z'n minst als beschaafde volwassenen die elkaar niet in de haren vliegen?'

'Aan mij zal het niet liggen,' antwoordde ik. 'Maar als je op een gegeven moment denkt dat je het niet volhoudt...'

Hij produceerde een scheef glimlachje. 'Zoals ik al zei, is het in tijden als deze moeilijk om aan grote opdrachten te komen. Het leek me een wonder dat iemand als zij me wilde inhuren.'

'Ze heeft een zwak voor mensen die ooit voor madame Rubinstein hebben gewerkt,' zei ik. 'Om die reden heeft ze ook mij in dienst genomen.'

Darren begon te lachen. 'Ja, dat is mogelijk. Misschien moet ik die goede oude madame dankbaar zijn, ook al kan ze zich mij waarschijnlijk niet herinneren.' Hij zweeg even, toen voegde hij eraan toe: 'Vergeef me alsjeblieft dat ik het over een cerberus had. Dat ben je beslist niet.'

'Dat is wel oké.' We gaven elkaar een hand en keken elkaar een poosje als verlegen kinderen aan. Uiteindelijk zei ik: 'Ik heb naar je ontwerpen gekeken, maar die zullen niet voldoen. Miss Arden mag dan een zwak voor paarden hebben en bij tijd en wijle geporteerd zijn van het landleven, maar het is hier geen golfclub. Je moet er je gedachten nog eens over laten gaan en het vooral vrouwelijker maken.'

'Vrouwelijker?'

'Hier wordt niet gegolft, maar getennist.' Ik wees naar de bodem onder onze voeten. 'Het mag er nu dan nog niet zo uitzien, maar hier komen de tennisbanen.' Er verscheen een glimlach op mijn gezicht toen ik er weer aan dacht hoe we voor de etalages van Macy's hadden gestaan en het erover hadden gehad aan welke kleuren madame Rubinstein de voorkeur gaf. Een plotseling gevoel van verbondenheid overspoelde me. Nu ik alles eruit had gegooid, voelde ik dat dit een nieuw begin zou kunnen worden.

'Oké, tennis dan.' Darren wachtte even. 'Wat denk je, heeft Peg een plaatsje voor me aan de keukentafel? In mijn eentje op mijn kamer eten is toch een beetje... saai.'

Ik glimlachte. 'Ik weet zeker dat we nog wel een stoel kunnen vinden.'

Inderdaad verscheen Darren bij het avondeten, tot grote vreugde van onze kokkin en de dienstmeisjes. Alsof hij een ander mens was geworden vertelde hij over zijn tijd in New York, de periode nadat we uit elkaar waren gegaan. Ik kwam te weten dat hij met een compagnon in zee was gegaan, die hem in de steek had gelaten, en dat door de economische crisis de markt sterk was gekrompen. Bijna niemand had behoefte aan reclameposters, want niemand wist of zijn zaak lang genoeg bleef bestaan om mee te maken dat de affiches konden worden gedrukt. Naar luxueuze verpakkingen was steeds minder vraag en de bereidheid om geld uit te geven aan iets wat niet onvoorwaardelijk nodig was, was op een dieptepunt beland.

Maar cosmetica leek hierop een uitzondering te zijn. Dat wist ik al, want anders had Miss Arden zich niet aan een project als dit kunnen wagen.

Aan het einde van de avond gloeiden Pegs wangen van enthousiasme. 'Ik weet niet wat er met hem gebeurd is, maar Mr O'Connor leek vandaag heel anders. Wat een interessante man, vindt u ook niet?'

'Zeker,' antwoordde ik, en ik probeerde niet al te breed te glimlachen.

'Hij zou wel iets voor u zijn,' voegde Peg eraan toe en ze keek me afwachtend aan, maar ik schudde mijn hoofd.

'Nee, absoluut niet. Hij heeft vast een vriendin.'

'Maar daarover heeft hij niets gezegd.'

'Zoiets vertel je toch ook niet meteen aan onbekenden.'

'Wij zijn toch geen onbekenden,' zei Peg verontwaardigd.

'Dat kan wel zijn, maar vandaag was het de eerste keer dat hij zich zijn kamer uit waagde. We moeten hem de tijd geven.' Ik wilde niet laten merken dat het ook mij was opgevallen dat hij het niet over een vrouw had gehad. En dat hij geen ring droeg. Maar ik verdrong verdere gedachten daarover. We waren collega's en als zodanig hadden we afgesproken dat we elkaar zouden verdragen. Bij het werk. Niet meer, niet minder. Meer kon ik ook niet verwachten, niet na alles wat er gebeurd was.

39

De donderbui die de lucht tussen ons had geklaard had wonderen gedaan. Darren luisterde nu bereidwillig naar mijn adviezen, en af en toe konden we zelfs grapjes maken over triviale zaken en er dan samen om lachen. Ik zag hem in een heel ander daglicht dan toen onze gevoelens ons het hoofd op hol brachten. Hij was een goede tekenaar, die heel vlug kon verwerken wat hem werd gezegd. Ik wenste bijna dat ik destijds bij de opdracht voor madame al over zijn schouder had kunnen meekijken.

Ik maakte me nogal zorgen over de berichten uit mijn vaderland. Toen ik even in New York was las ik in de krantenkoppen dat een man die Adolf Hitler heette de macht in mijn vaderland had overgenomen. Hij had de Duitsers werk en een uitweg uit de huidige armoede beloofd. Eigenlijk had dat me moeten geruststellen, maar toen ik een foto van hem zag waarop hij omgeven was door zijn vertrouwelingen, werd ik overvallen door een onbestemd onbehagen. Alles aan hem deed zo militaristisch aan. De gezichten van die mannen stonden hard en onverbiddelijk. Ik had dat voor het laatst gezien op foto's van de Grote Oorlog, die inmiddels vijftien jaar achter ons lag. Hoe wilde hij het land uit de recessie trekken?

'Hij zal niet lang aan de macht blijven,' meende de prins tijdens een avondmaaltijd waarbij ook Miss Arden aanwezig was. 'Mannen als hij beloven veel maar komen hun beloften zelden na. Geloof me, over een paar jaar heeft niemand het meer over hem.'

'Dat is te hopen,' zei ze. 'Voordat hij mijn salons in Duitsland gaat zwartmaken. Ik hoor nu al daarvandaan dat ze er een nieuw beeld van de vrouw door willen drukken. Dat van een onbeschaafde vrouw die geen smaak heeft maar wel vruchtbaar is.' Ze snoof verachtelijk. 'Daar zullen ze niet in slagen. Vrouwen willen mooi zijn, in wat voor tijd ze ook leven. Onze omzetcijfers van de afgelopen crisisjaren tonen dat wel aan.'

Ik hoopte dat de prins gelijk zou krijgen, niet alleen omwille van Miss Ardens zakelijke belangen, maar ook omwille van mijn ouders. Een nieuwe oorlog zou het leven van iedereen schade toebrengen en ook al hadden ze het contact met me verbroken, ik hechtte eraan te weten dat ze in veiligheid waren.

Veel tijd om me het hoofd te breken over de situatie in Duitsland had ik niet. Er lag elke ochtend werk op me te wachten en hoe meer werk we verzetten, des te duidelijker werd het hoeveel er nog te doen was. Miss Arden had grote verwachtingen van haar nieuwe club. Naast schoonheidsbehandelingen en fysieke krachttraining voor goed gesitueerde dames nam het thema gezondheid een steeds grotere plaats in. Miss Arden had me een dossier gestuurd waarin werd beweerd dat het voor de vrouw steeds belangrijker werd geacht haar lichaam ook van binnenuit te verzorgen. Ze overwoog zelfs om een kuurarts aan te nemen die de dames diëten voor gewichtsafname of een mooie huid kon voorschrijven. Daardoor moesten sommige van Darrens ideeën natuurlijk worden aangepast.

'Het moet dus eigenlijk eerder een reclamecampagne voor een gezondheidsclub worden?' vroeg hij toen ik hem dat had verteld en de relevante documenten voor hem op het bureau had neergelegd.

'Een gezonde combinatie van beide,' preciseerde ik. Ik zag het allemaal duidelijk voor me. Vrouwen die de dag begonnen met een ritje te paard of gymnastiekoefeningen, dan genoten van een goed ontbijt, waarna ze diverse schoonheidsbehandelingen ondergingen voordat ze zich 's middags ontspanden met muziek en culturele evenementen.

'Waarom eigenlijk alleen voor succesvolle vrouwen?' vroeg Darren door. 'Ik weet dat Miss Arden dat destijds ook al zei, maar zou het niet verstandiger zijn om toch alle lagen van de bevolking aan te spreken? Juist vrouwen uit een eenvoudiger milieu zouden baat hebben bij aandacht voor hun gezondheid.'

Ik schudde mijn hoofd. 'Door de economische crisis zullen velen zich zo'n verblijf niet kunnen permitteren. Bovendien hebben zij wel andere zaken aan hun hoofd dan er op een party stralend uit te zien.'

Darren aanvaardde mijn uitleg met een hoofdknik. 'Misschien wil ze wel dat jij de kuurmiddeltjes samenstelt.'

'Ik ben geen apotheker,' antwoordde ik schertsend.

Darren trok zijn wenkbrauwen op. 'Je hebt research gedaan. Ik acht je daar zeker toe in staat. Tenslotte zijn medicamenten ook gewoon scheikundige producten en volgens mij ben je bijzonder getalenteerd.'

Ik glimlachte. Dat Darren in me geloofde deed me plezier. De laatste man die dat had gedaan was Georg geweest. Opeens zag ik zijn gezicht weer voor me. De manier waarop hij met me had gepraat. Verschrikt en uit het veld geslagen verstijfde ik.

'Wat is er?' vroeg Darren.

Ik schudde mijn hoofd en zette het beeld van Georg van me af. In mijn leven had hij niets meer te zoeken. 'Niets, ik moest alleen ergens aan denken.' Ik zweeg even en voegde er toen aan toe: 'Zijn we het dus eens?'

Darren keek me verbaasd aan en knikte. 'Jazeker. Ik zal het thema gezondheid erin verwerken. Ik zal eens zien of dat me lukt zonder dat het overkomt als reclame voor een ziekenhuis. Wat denk je, mag er ook een plaatje van het zwembad in?'

'Dat is nog niet eens klaar,' zei ik.

'Dacht je soms dat ik geen voorstellingsvermogen had? Ik maak gewoon aanschouwelijk hoe het eruit zal zien. En het water erin zal blauw zijn zoals op Maui en glinsteren als een diamant.'

Ik wist dat hij droomde van een reis naar Hawaï. 'Je hebt echt iets met eilanden, hè?' vroeg ik, terugdenkend aan de zondagse uitstapjes langs de kust van New England die we samen hadden gemaakt, heel lang geleden.

'Op een eiland vind je rust, nietwaar?' antwoordde hij. 'Maar geloof me, Maui is heel anders dan Martha's Vineyard. Als je wilt, neem ik je mee.'

En of ik dat wilde! Maar ik riep mezelf tot de orde. Darren en ik waren nog steeds dezelfde mensen. En al was mijn litteken inmiddels wit geworden, het was nog steeds zichtbaar en stond voor datgene wat hij destijds niet had kunnen tolereren.

Toen de stoomcabines en de gymnastiekzalen klaar waren, kondigde een Mr Gayelord Hauser zijn bezoek bij ons aan. Miss Arden had hem tijdens haar bezoekjes telkens weer ter sprake gebracht en hoog van hem opgegeven als expert op het gebied van voeding. Hij was geen arts, maar in zijn vakgebied toch een coryfee. Dat ze hem had aangenomen om met hem dieetconcepten te ontwikkelen verbaasde me niet.

Zijn aanwezigheid werd voor ons een test van onze beautyfarm, voor zover het ging om de kamers voor de gasten en alles daaromheen. Het zou natuurlijk anders zijn als er vijftien uiterst verwende gasten tegelijk aanwezig waren, aan wie een persoonlijk programma was beloofd. Maar Mr Hauser was ook erg veeleisend. De diëten waarmee hij de dames in conditie wilde brengen volgde hij zelf ook. Zo kreeg Peg al een dag voor zijn aankomst een nauwkeurig schema met zijn voedingswensen. 'Is dat niet een beetje overdreven?' vroeg ze weifelend toen ze het briefje goed had bekeken. Er stonden dingen als melasse, biergist, tarwekiemen, magere melk en yoghurt op.

'We moeten ons erop instellen dat onze gasten speciale wensen zullen hebben,' antwoordde ik en ik fronste mijn voorhoofd. We hadden hier echter geen winkels waar we zulke zaken makkelijk konden kopen. In New York lag dat anders, maar New York was ver weg.

'Jawel, maar om alles ter beschikking te hebben wat de dames kunnen verlangen zal er nog een grotere voorraadkamer aangebouwd moeten worden,' mopperde de kokkin. Even later stuurde ze de loopjongen eropuit om de benodigde levensmiddelen ergens op de kop te tikken.

Toen Mr Hauser arriveerde, leek het of er een filmster kwam logeren. Hij kwam aanrijden in een crèmekleurige auto zoals ik er nooit eerder een had gezien. Tot zijn entourage behoorden een trainer en een soort kamerdienaar, die hem achterna kwam met koffers die zo groot waren dat het leek of hij van plan was maanden te blijven.

Hijzelf had een atletisch voorkomen en donker haar en in zijn lichte kostuum ontlokte hij de dienstmeisjes diepe zuchten. Ik had de indruk dat zelfs Peg niet langer boos op hem kon zijn toen hij haar eenmaal een galante handkus had gegeven.

'Het is me een genoegen dat u ons etablissement bezoekt,' zei ik terwijl we door de foyer liepen. Het personeel ging achter ons ten slotte weer elk haars weegs, maar ik hoorde de meisjes nog een tijdlang smoezen en giechelen. Waarschijnlijk hielden ze ons vanuit de verte in het oog.

'Ik werk nu al enige tijd samen met Miss Arden en ze laat zich zeer lovend over u uit.' Tot mijn verrassing bespeurde ik hierin een Duits accent. Hij nam me even op voordat hij verderging. 'Miss Arden heeft me al verteld dat we uit hetzelfde land komen,' zei hij in het Duits. 'Succesvolle immigranten, waren haar woorden.' Hij schoot even in de lach.

'Uit welk deel van Duitsland komt u?' vroeg ik. Het voelde erg onwennig aan om Duits te spreken. Ik droomde in mijn moedertaal, ik dacht in die taal, maar uit mijn mond kwam alleen Engels.

'Uit Tübingen. Uit het zuiden dus. En u?'

De vraag waarom zijn ouders hem een naam als Gayelord hadden gegeven drong zich bij me op. Maar toen besefte ik dat hij dit pseudoniem zelf moest hebben bedacht, omdat zijn Duitse naam misschien te uitheems klonk in de oren van een Amerikaan.

'Uit Berlijn,' antwoordde ik op zijn vraag.

'Hoe komt een vrouw uit Berlijn ertoe om te emigreren? Heeft uw echtgenoot hier een baan gekregen?'

Ik schudde mijn hoofd. 'Nee, ik ben niet getrouwd.' Wat zou een man als hij er wel niet van zeggen als hij hoorde dat ik uit noodzaak was geëmigreerd? 'Helena Rubinstein zag iets in me toen ik in Parijs woonde,' voegde ik eraan toe.

Bij het horen van haar naam kromp hij licht ineen. Toen keek hij me aan; hij leek haast onder de indruk te zijn. 'Helena Rubinstein! Een fascinerende vrouw. Een beetje corpulent voor haar leeftijd, maar ze weet veel te presteren. Als ik zie hoe ze haar merk na haar terugkeer weer opbouwt... Ze weet opnieuw goud te maken van de catastrofe die de Lehman Brothers hebben veroorzaakt.' Hij zweeg even en vroeg toen: 'Waarom bent u bij haar weggegaan? Heeft Miss Arden u zo'n geweldig aanbod gedaan?'

Ik was ervan overtuigd dat alles wat ik nu zei vroeg of laat ook Miss Arden ter ore zou komen. 'Dat heeft ze inderdaad gedaan. Maar om precies te zijn was de catastrofe die de Lehman Brothers hebben veroorzaakt de aanleiding voor mijn vertrek.'

'En Mrs Rubinstein heeft geen aanstalten gemaakt om u opnieuw aan zich te binden?'

'Ik ben niet wispelturig,' reageerde ik. 'Ik ben trouw aan degenen die me een kans geven.'

Mr Hauser knikte. En ik was ervan overtuigd dat ook Miss Arden tevreden zou zijn met mijn antwoord.

'Wilt u me dan nu mijn verblijf laten zien? Ik wil mijn twee begeleiders in de buurt hebben, als dat mogelijk is.'

'Vanzelfsprekend is dat mogelijk,' zei ik. 'Wilt u me volgen?' Ik besloot even met Mr Hauser om te lopen door de salon en hem ook een van de behandelkamers te laten zien. Miss Arden zou ongetwijfeld een verslag van hem verwachten.

'Het ziet er allemaal nog veel mooier uit dan Miss Arden het me heeft beschreven,' merkte hij op toen we door de schoonheidssalon liepen.

'Ze is hier al een poos niet geweest, maar er verandert bijna dagelijks wel iets,' legde ik uit. Inderdaad vertoonde Miss Arden zich hier nog maar zelden sinds het overlijden van Bessie Marbury. Ik nam aan dat het te pijnlijk voor haar was niet meer naar het landhuis van Miss Marbury te kunnen gaan om daar de middag met haar vriendinnen door te brengen.

'In elk geval lijkt u goed werk te leveren. Ik zal mijn uiterste best doen om een passend dieetprogramma op poten te zetten. Ik hoop dat u een goede kokkin hebt?'

'U hebt haar zojuist een handkus gegeven,' antwoordde ik. 'Peg is de beste kokkin in de wijde omtrek.'

'Dat zullen we nog wel eens zien. Als ze tekortschiet zal ik mijn eigen dieetkok laten bijspringen.'

Dat kon nog wat worden! Ik besloot Peg hier voorlopig nog niets over te vertellen, anders dreigde er nog een explosie in de keuken!

In aansluiting op de korte rondleiding bracht ik Mr Hauser naar zijn kamer. Ook die leek bij hem in de smaak te vallen. Miss Arden had de architecten opdracht gegeven elke kamer apart vorm te geven, zonder dat het ene vertrek minder fraai was dan het andere. De trainer en de kamerdienaar zouden daar vast blij om zijn.

'Maakt u het zich eerst maar eens gemakkelijk. Ik zal Peg vragen iets kleins voor u klaar te maken.'

'Hebt u mijn richtlijnen daarvoor ontvangen?'

Ik knikte. 'Ja, en het is ons een genoegen aan uw wensen tegemoet te komen.' Met die woorden nam ik voorlopig afscheid van hem. Ik keek al uit naar het gemopper van Peg over Mr Hausers maaltijd.

's Middags vond de eerste bespreking met Mr Hauser plaats, waaraan ook Darren deelnam. Hij had opdracht om een brochure te ontwerpen waarin niet alleen de inrichting, maar ook de aangeboden schoonheidsbehandelingen iets concreter werden beschreven. Om te beginnen konden we genieten van een presentatie over alles wat Mr Hauser voor de gasten van de club in petto had.

Kennelijk moesten er zeer strenge regels gelden waar het ging om voeding en sportieve bezigheden: geen alcohol, weinig vet en suiker. Daarentegen veel groenten en granen, weinig vlees en ook geen zoetigheden. Bovendien raadde hij datgene aan wat er op het briefje stond dat Peg bijna tot wanhoop had gedreven.

'U hebt geen idee hoe enthousiast de sterren in Hollywood erover zijn! Marlene Dietrich en Greta Garbo zien er alleen dankzij mijn dieet zo fantastisch uit! En zelfs baron de Rothschild heeft me een bedankbrief gestuurd!'

Ik keek hem een beetje weifelend aan. Het was de bedoeling dat onze vrouwelijke gasten hier konden bijkomen en zich zouden ontspannen; hoorden daar geen lekkere gerechten bij? En af en toe een klein dessert? Toen ik deze gedachte hardop verwoordde, keek hij me aan alsof ik hem een klap in zijn gezicht had gegeven.

'U weet dit misschien niet, maar in mijn jonge jaren, vlak na mijn aankomst in Amerika, kreeg ik heuptuberculose. Ik was na vele operaties door de artsen opgegeven en toen ben ik naar een natuurgenezer gegaan. Die heeft me op een plantaardig dieet gezet en mijn toestand verbeterde. Direct daarna ben ik in Zwitserland gaan kuren en daar heb ik ook zuiver plantaardig gegeten. Binnen een paar weken regenereerde mijn heupbeen. Een resultaat dat ik met conservatieve geneeskunde vast nooit had kunnen bereiken. En ook niet met desserts.'

Darren en ik wisselden een korte blik. Ik kon me voorstellen wat er door zijn hoofd ging. Ik had Hauser er graag aan herinnerd dat dit etablissement een beautyfarm was en geen kliniek, maar ik hield me in. Ik hield mezelf maar voor dat de rijke gasten van Miss Arden alleen al vanwege de grote namen zouden komen. 'Mogen we de acteurs en actrices met wie u hebt gewerkt in onze brochure noemen?' vroeg ik.

'Maar natuurlijk! En vergeet vooral niet mijn naam te vermelden.'

'O, uw naam zullen we heel prominent vermelden!' zei Darren en ik ontwaarde een zweempje van spot in zijn stem. Maar Mr Hauser leek het niet te merken.

Toen hij met zijn trainer voor een gymnastiekles was vertrokken vroeg Darren: 'Geloof je echt dat die rijke dames genoegen zullen nemen met tarwekiemen en hun champagne willen laten staan? Het moet toch een luxe vakantie voor ze zijn? Als je het mij vraagt, wordt het wat het eten en drinken betreft eerder een lijdensweg.'

'Je hebt het gehoord: Marlene Dietrich en Greta Garbo zijn dolenthousiast.'

'Ja, die zijn vermoedelijk tot alles in staat, als ze horen dat ze dan voor altijd twintig blijven.'

'Denk je dat succesvolle zakenvrouwen iets anders willen?' Ik glimlachte naar hem. 'Iedere vrouw wil voor altijd twintig zijn!'

Mr Hauser vertrok en de zomer kwam. Eindelijk konden we het zwembad dat Miss Carpenter kort voor haar dood nog had ontworpen in bedrijf nemen. Het duurde bijna de hele dag om het met water te vullen, maar uiteindelijk konden we er op die nog steeds warme avond in springen, wat heel verkwikkend was.

'Zoiets zou ik wel willen hebben bij mijn eigen huis,' zei Darren, terwijl hij ruggelings op het water dobberde. 'Ik zou er de hele zomer niet uit komen.'

'En wie zou je werk dan doen?' vroeg ik. Ik hield me vast aan de rand en zag dat Peg naar buiten kwam met een grote karaf limonade.

'Als ik rijk genoeg ben om me zoiets te veroorloven, heb ik waarschijnlijk ook personeel dat voor me tekent.'

'Dan hopen we maar dat je meer opdrachten als deze zult krijgen.' Ik grijnsde en ging even op in het schouwspel dat Darren bood. Hij zag er waanzinnig aantrekkelijk uit in zijn strakke zwembroek. Had hij destijds ook al zo'n gespierd bovenlichaam gehad?

Als ik terugdacht aan die nacht toen we bijna met elkaar naar bed waren gegaan, kon ik me alleen nog de woede op zijn gezicht en de felheid in zijn ogen herinneren. De Darren hier voor me, die zich nu omdraaide en een baantje begon te trekken, leek een andere, een nieuwe man te zijn. En ik betrapte mezelf erop dat ik er zin in begon te krijgen hem opnieuw te leren kennen.

40

Eind september werd ik naar New York ontboden. Blijkbaar had Miss Arden zoals elk jaar een grote personeelsbijeenkomst georganiseerd. Omdat de openingsdatum van de beautyfarm binnen handbereik lag, hield ik er rekening mee dat ik weer rekenschap van de voortgang moest geven. Verheugd pakte ik mijn tas in en vroeg Darren me naar het station te brengen.

'Vreemd dat ik geen uitnodiging heb gekregen,' merkte hij op toen we vroeg in de ochtend op weg gingen. 'Ik behoor toch ook tot de ploeg? In elk geval heeft ze de PR voor de farm aan me overgedragen.' De desbetreffende brief was eind augustus gekomen. Eigenlijk had Darren zijn ontwerpen af gehad, maar Miss Arden had erop gestaan verder van zijn diensten gebruik te maken. Dat hij daarvoor op de farm mocht blijven vond ik prima.

'Waarschijnlijk wil ze weer met haar filiaalhoudsters praten. Hoewel we hier nog geen cliënten hebben, behoor ik daar wel toe.'

'Geluksvogel,' zei hij. 'Jij mag eindelijk weer stadslucht opsnuiven.'

'Je zou voor eigen rekening mee kunnen gaan.'

Darren schudde zijn hoofd. 'Een van ons tweeën moet een oogje in het zeil houden. Bovendien wil de prins me leren paardrijden.'

'Jij en paardrijden?' vroeg ik verbaasd. 'Stel dat je eraf valt en je handen breekt?'

'Ik zal bokshandschoenen kopen,' zei hij schertsend.

'Daar heb je niets aan als het paard ervandoor gaat.' Ik had nog steeds groot ontzag voor die dieren. Een goede amazone zou ik waarschijnlijk nooit worden. In plaats daarvan dacht ik er steeds meer over te leren autorijden. Een auto was handig, en misschien kon ik Darren overhalen om me een paar rijlessen te geven.

Stralende zonneschijn schitterde op de voorgevels van de kantoorgebouwen toen ik uit de subway kwam. Ik was in een uitstekend humeur, want ik ging ervan uit dat ook de andere deelnemers aan de conferentie onder de indruk zouden zijn van de ontwikkelingen op de farm. De ideeën van Darren en mij hadden bij Miss Arden grote weerklank gevonden, en ze ging zelfs zover mij met haar overleden vriendin Miss Carpenter te vergelijken. 'Het lijkt of u door haar geest bezield bent,' had ze gezegd toen we haar in augustus tijdens een wandeling over het terrein van Maine Chance over de stand van zaken geïnformeerd hadden.

Daarom stapte ik hoopvol gestemd in de lift. Daarbij verbaasde het me dat er niet ook nog andere medewerkers in stonden. Was ik misschien te laat? Ik keek op mijn horloge en constateerde opgelucht dat ik zelfs nog wat tijd overhad.

Maar ook op de kantooretage was het relatief stil. 'Wat is er aan de hand?' vroeg ik aan de secretaresse, die een lichtelijk verschrikte indruk wekte. 'Waar zijn de anderen?'

'Hoe bedoelt u?' vroeg ze verward.

'Nou, de andere filiaalleidsters. Is er vandaag geen bijeenkomst?'

De secretaresse keek even alsof ze door de bliksem was getroffen, toen antwoordde ze: 'Er is geen bijeenkomst. Miss Arden wil u persoonlijk spreken. Hebben ze dat niet tegen u gezegd?'

Ik trok verbaasd mijn wenkbrauwen op. 'Nee, ik dacht...'

'Miss Arden heeft gezegd dat ik het haar moest laten weten als u er was. Wilt u zolang plaatsnemen?'

Verwonderd ging ik op een van de gestoffeerde stoelen zitten. Wat had dit te betekenen? Waarom had ik niet te horen gekregen waar het om ging?

Even later werd ik door Miss Arden ontvangen. Ze droeg een donker mantelpakje en de donderwolk die boven haar hoofd hing was duidelijk waarneembaar. 'Gaat u zitten, Miss Krohn.'

Wat was er aan de hand? Had ik zonder het te merken haar wrevel gewekt? Had Mr Hauser zich misschien op de een of andere manier respectloos over mij uitgelaten? Dat kon ik na alles wat we voor hem gedaan hadden nauwelijks geloven.

'We zullen de opening van de club moeten uitstellen,' verklaarde Miss Arden met een bitter gezicht.

'Uitstellen?' herhaalde ik. 'Maar we zijn zo goed als klaar!'

Miss Arden overhandigde me een blaadje. 'Lees.'

Ik nam het schrijven aan en las het vlug door. Het ging om een vordering. Daarin werd beweerd dat Elizabeth Arden smeergeld had betaald. Dat begrip zei me niets. 'Smeergeld?' vroeg ik. 'Wat betekent dat?'

'Het is bij sommige bedrijven gebruikelijk om vertegenwoordigers van een concurrerend bedrijf, zoals verkoopsters in warenhuizen of handelsvertegenwoordigers, hoge bedragen te betalen om hen in plaats van hun eigen producten de producten van de concurrentie aan te bevelen. Daarvoor hebben ze ons samen met een paar andere bedrijven aangeklaagd.'

Ik fronste mijn voorhoofd. In eerste instantie leek het me absurd. 'Daar doen die mensen aan mee?'

'Voor zo'n bedrag, uiteraard.'

Ik begreep het nog steeds niet. 'Wat is daar onwettig aan, zodat het tot een aanklacht komt?'

'Op die manier worden klanten verleid om in plaats van het product dat ze gewoonlijk kopen, dat van de concurrent te kopen. Dat is niet toegestaan.'

Die woorden troffen me als een klap in mijn gezicht. Ik dacht terug aan Glory en madames opmerking dat Miss Arden ervoor had gezorgd dat de handelaren het niet in hun assortiment hadden willen opnemen. Was dat het? Of bedoelde ze iets anders, iets wat nog veel duisterder was?

'Dat hebben we aan die Poolse heks te danken!' siste ze, terwijl mijn gedachten nog steeds in kringetjes ronddraaiden.

Zou madame Rubinstein die aanklacht hebben ingediend? Dat kon ik niet geloven. Onder de aanklacht stond niet haar naam, maar die van een officier van justitie. 'Ik denk niet dat madame zo gemeen is.'

Miss Arden viel tegen me uit. 'Noem die bedriegster niet madame!'

Ik voelde dat ze op het punt stond een woede-uitbarsting te krijgen. 'Miss Arden,' begon ik sussend, hoewel de mededeling me diep geschokt had. 'De voornaamste vraag is of er bij ons inderdaad sprake is van zulke praktijken en of daar bewijs voor is.'

Als Glory indertijd beter was ontvangen, hadden de Lehman Brothers me misschien niet ontslagen en had ik nog steeds voor madame kunnen werken.

'Bent u nu mijn juridisch adviseur geworden?' vroeg Miss Arden smalend.

Ik schudde mijn hoofd. Ik wist wel hoe moeilijk het was gehoor bij haar te vinden als ze eenmaal kwaad werd. Maar de woede die ik nu bij haar zag had een totaal nieuwe dimensie. 'Nee, Miss Arden, ik denk dat uw juridisch adviseurs u in deze situatie veel beter kunnen vertegenwoordigen.' Ik keek haar recht in de ogen. Als je op momenten als deze niet de confrontatie aanging, was je verloren. 'Maar ik moet weten of ik al dan niet lieg als me wordt gevraagd of die aantijgingen gerechtvaardigd zijn.'

Miss Arden keek me lange tijd aan, en ik zag de woede smeulen in haar blik. Gold die mij, of de aanklacht? 'Het is natuurlijk geen leugen als u de aantijgingen afwijst,' zei ze ten slotte. 'Ik heb zulke praktijken nooit overwogen.'

'Hoe staat het met Mr Jenkins?' begon ik voorzichtig. 'Zou hij...'

'Ik ben de baas van dit bedrijf,' antwoordde Miss Arden. 'Alles wat er is gebeurd is via mij gegaan.'

Ik knikte. Dit was genoeg, meer informatie kon ik op dat moment niet van haar verlangen. 'Bedankt voor uw openheid, Miss

Arden,' zei ik. 'Mr O'Connor en ik zullen ervoor zorgen dat het uitstel van de opening niet in een verkeerd daglicht wordt gesteld.'

'Dank u,' antwoordde Miss Arden koeltjes.

Ik zat te wachten tot ze me weg zou sturen, maar dat deed ze niet. In plaats daarvan nam ze me een hele tijd op. 'Ik zal die onzin bestrijden,' zei ze ten slotte. 'Ik laat niet toe dat die aanklacht mijn reputatie beschadigt.' Ze zweeg even, en toen vervolgde ze: 'We zullen de beautyfarm de komende zomer openen. Dan zal het stof wel zijn neergedaald. Tot zolang houden we ons gedeisd.'

Betekende dat dat ik het nog een jaar in Maine moest zien uit te houden, zonder echt iets te doen te hebben? Dat vooruitzicht beviel me niet. 'En wat moeten Mr O'Connor en ik daar zo lang doen?'

'De schade beperken. De pers in toom houden. U hebt vast al afspraken gemaakt met de leveranciers en de bladen.'

'Uiteraard,' antwoordde ik, want advertentieruimte moest vroegtijdig gereserveerd worden. Daar had Darren zich mee beziggehouden, terwijl ik al was begonnen levensmiddelen te bestellen. De bestellingen stonden nog open, maar de leveranciers zouden niet blij zijn met het uitstel. Ik zag een enorme berg werk op me afkomen.

'Bovendien moet u proberen te verhinderen dat er geruchten worden rondgestrooid. Vooral momenteel is dat belangrijk.' Er gleed een grimmig lachje over haar gezicht. 'Als er nieuws is en duidelijk wordt wanneer die onzin ophoudt, zal ik het u laten weten.'

'Uitstekend, Miss Arden.' Ik probeerde mijn teleurstelling te verbergen. Wat zouden Darren en de anderen daar wel niet op zeggen?

Het afzeggen van de opening hield me onderweg naar het station zo bezig, dat ik meermalen per ongeluk tegen iemand op botste en daarom scheldwoorden oogstte. Ik trilde inwendig, mijn hart bonsde en mijn oren suisden.

Om mezelf een beetje af te leiden kocht ik bij de stationskiosk een tijdschrift, lichte lectuur ter verstrooiing. Ik had gehoopt me te kunnen ontspannen, maar we waren Central Station nog niet uit of ik stuitte op een artikel dat me de adem benam.

Scheiden weldra de wegen van Miss Arden en Thomas Jenkins? luidde de titel. Geagiteerd las ik verder. *Eerst werden ze steeds minder in het openbaar gezien. Geruchten dat het met hun relatie niet al te best ging deden de ronde. Nu schijnt er een affront te zijn geweest dat het einde van het huwelijk zou kunnen betekenen. Een officieuze bron zegt dat Mr Jenkins zou hebben geprobeerd achter de rug van zijn vrouw om berichten over zakelijke activiteiten van alle filialen en salons uitsluitend aan zijn adres te laten doorgeven. Wie Miss Arden kent, die met ijzeren wil haar imperium heeft opgebouwd en de koningin van de wereldwijde schoonheidsindustrie is geworden, weet hoezeer dit bedrog haar moet hebben aangegrepen...*

Ik liet het blad zakken en wist even niet hoe ik mijn verontwaardiging moest bedwingen. Miss Ardens bedrijf had niet alleen te maken met beschuldiging van oneerlijke praktijken, maar nu gooide ook de roddelpers nog met modder.

Even had ik de neiging het tijdschrift uit het raam te gooien. Maar toen herinnerde ik me de grote ruzie die ik vlak voor mijn vertrek naar Maine Chance had gehoord. Toen leek het er al om te gaan wie de baas van het bedrijf was. Zou Mr Jenkins, die ik altijd bezig had gezien met het heil van zijn vrouw en haar bedrijf, inderdaad zo'n faux pas hebben begaan?

Ik keek naar het blad, naar de titelpagina, waarop een jonge actrice met een voor mij onbekende naam naar de lezer glimlachte. Kon je de verslaggever en diens 'officieuze bron' geloven? Bedoelde Miss Arden dat toen ze zei dat we geruchten moesten tegengaan? Was dat de verklaring voor haar lichtgeraaktheid?

Bij mijn terugkeer voelde ik een sterke drang om Darren op te zoeken. Het uitstel van de opening en de geruchten over een scheiding van Miss Arden en Mr Jenkins hadden me aangegrepen. Misschien had de journalist het bij het verkeerde eind. Roddelbladen waren er bovendien dol op onjuiste verhalen de wereld in te sturen om de oplage te vergroten.

Ik hing mijn jas aan de kapstok en liep vlug naar Darrens kantoor. Daar vond ik hem over zijn bureau gebogen, boven de afdruk van een reclameaffiche die hij een paar weken terug had ontworpen. Die was verdeeld in drie verschillende vlakken; op een ervan stond het zwembad. Hij had het voor elkaar gekregen dat het water fonkelde als een edelsteen. Met een pen bracht hij kleine correcties aan.

'Je handen zijn nog heel,' begon ik schertsend, terugkomend op het gesprek dat we vlak voor mijn vertrek hadden gevoerd.

Darren schrok op. 'Lieve help! Ik heb je helemaal niet gehoord!'

'Dat maakt deel uit van mijn tactiek, de vijand verzwakken.' Ik glimlachte schuins.

'Hoe was het in New York? Staat Manhattan er nog?'

'Alles staat nog op zijn plaats. Maar ik vrees dat ik slecht nieuws heb.' Ik zweeg even en zag dat Darren zijn voorhoofd fronste.

'Miss Arden is samen met andere bedrijfseigenaren aangeklaagd. Het gaat om een vorm van bedrog. Gesteld wordt dat verscheidene ondernemingen medewerkers van warenhuizen betaald hebben om hun producten aan te bevelen in plaats van die van de concurrentie.'

'Maar dat is verschrikkelijk! Wat zegt Miss Arden daarop?'

'Ze is erg kwaad en beweert dat het kwalijke laster is. Haar mensen hebben nooit zoiets gedaan.'

'Je zegt dat ze dat beweert...'

'Ik moet geloven wat ze zegt, nietwaar?'

'Maar je twijfelt.'

'Niemand weet waartoe iemand die zijn bedrijf in gevaar ziet in staat is. Madame is terug...'

Ik hield op. Ik wilde niet speculeren, maar de mogelijkheid bestond dat Miss Ardens handelsvertegenwoordigers een handje hielpen als het erom ging ervoor te zorgen dat het merk Arden het merk Rubinstein overtroefde.

'In elk geval wil ze de opening van de beautyfarm uitstellen tot de volgende zomer.' Ik zuchtte. Ik zou nog een hele tijd moeten doen alsof ik toezicht hield op de verbouwing. Het was mogelijk een slecht moment om Miss Arden te vragen of ik een laboratorium op het terrein mocht opzetten. Wellicht zou ze zelfs zover gaan dat ze het idee van een beautyfarm helemaal opgaf. Er was wel veel geld in het opzetten ervan gestoken, maar ik had al meegekregen dat Miss Arden in haar wispelturigheid soms extreme beslissingen nam.

'Dan kunnen we niet anders dan afwachten.' Darren dacht even na en keek me aan. 'Heeft ze er iets over gezegd wat wij hier moeten doen?'

'We moeten de schade beperken. Jij bekommert je om de journalisten en de reclame en ik stel de leveranciers gerust.' Ik masseerde mijn slapen en keek ondertussen naar de conceptadvertenties op het bureaublad. Wanneer zouden we daarmee naar de pers kunnen gaan?

Darren knikte. Ik kon hem zijn teleurstelling aanzien. Ik voelde het net zo. Maar hoe je het ook wendde of keerde, we moesten ons richten naar wat Miss Arden besloot.

'Verder zag ik nog iets verontrustends,' zei ik. 'Misschien betekent het niets, maar gezien het feit dat Miss Arden ons heeft opgedragen geruchten te bestrijden...'

Darren fronste zijn voorhoofd. 'Hopelijk niet nog zo'n bom.'

'Ik vrees van wel,' antwoordde ik. 'Tussen Miss Arden en Mr Jenkins gaat het zo slecht, dat ze over scheiden denken. Mr Jenkins zou geprobeerd hebben zijn vrouw te bedriegen.'

'Met een andere vrouw?' ontschoot het Darren.

'Nee, op zakelijk gebied. Het klonk nogal vaag. Hij zou salons en filialen hebben gesommeerd alleen aan hem verslag uit te brengen. Ik heb hen al eens ruzie horen maken, maar dat hij zoiets zou kunnen doen...'

Ik keek naar Darren. Die zweeg peinzend. 'Als het klopt, is het wel schandalig,' zei hij uiteindelijk. 'Maar in dat geval zou Miss Arden hem vast aanklagen, of er nog andere consequenties aan verbinden.'

'Wie kan die journalist zoiets hebben verteld?' Ik schudde hulpeloos mijn hoofd.

'Nou, misschien iemand die hun niet bepaald goedgezind is.'

'Dan geloof je dus wat er wordt geschreven?'

Darren zuchtte. 'Dat valt me zwaar, maar het zou waar kunnen zijn. En het verklaart waarom Miss Arden wil dat we de pers rustig houden. De scheiding en de aanklacht zijn al erg genoeg, dan wil ze niet dat Maine Chance nog vóór de opening schade ondervindt.'

'Wat kunnen we dan doen?'

'Ik bedenk wel iets,' zei Darren. 'In elk geval raad ik je aan als je iets gevraagd wordt vol te houden dat je van niets weet. Als Miss Arden had gewild dat we iets wisten, dan had ze het ons beslist laten weten.'

'Dan blijft er dus een beetje hoop dat het niet waar is,' zei ik, maar ik kon aan Darren zien dat hij het betwijfelde.

'Laten we afwachten wat er aan officiële berichten binnenkomt. Tot zolang houden we ons koest en blijven we eraan werken om Maine Chance er goed uit te laten zien.' Darren glimlachte opmonterend naar me en streelde troostend over mijn arm. 'Dat krijgen we wel voor elkaar.'

Ik keek hem aan. Graag had ik me tegen zijn borst gevlijd en me door hem laten vasthouden, maar dat durfde ik niet. In plaats daarvan knikte ik hem dankbaar toe en daarna verliet ik zijn kantoor om in de keuken iets eetbaars te zoeken.

41

Helaas werden in de weken die volgden de beweringen van de journalist bewaarheid. In november riep Miss Arden alle filiaalleiders en andere leidinggevende medewerkers bijeen om ze officieel op de hoogte te stellen van haar scheiding van Mr Jenkins. Bij die gelegenheid kregen we ook te horen dat ze hem een concurrentiebeding had opgelegd, waardoor het hem werd verboden de komende vijf jaar voor een andere firma te werken.

Dat was een jobstijding en alle aanwezigen waren erdoor geschokt. Mr Jenkins werd ondanks zijn misstap door de meeste personeelsleden gewaardeerd. Maar iedereen wist dat vanaf dat moment alleen al het noemen van zijn naam een kruitvat was dat elk moment kon ontploffen.

Ik had gehoopt dat ik nu eindelijk de nieuwe openingsdatum te horen zou krijgen, maar Miss Arden hield ons nog steeds in het ongewisse.

Darren en ik hadden onze handen vol aan ons werk. Terwijl hij probeerde het contact met de media te intensiveren, beantwoordde ik bijna dagelijks telefoontjes van mensen die van me wilden horen wat er waar was van de scheidingsgeruchten en of de verdere samenwerking erdoor zou worden beïnvloed. Eigenlijk behoorde dit tot Darrens takenpakket, maar het ging hierbij niet om nieuwsgierige journalisten, maar om fabrikanten van tafelkleden, servetten, handdoeken of sportattributen. 's Avonds gloeiden mijn oren nog na en ik hoopte dat alles met een sisser zou aflopen en de mensen hun belangstelling zouden verliezen.

Ondanks alle onrust brachten we de kerstdagen in een ontspannen sfeer door met het inwonend personeel. Zelfs prins Guirey, de paardenliefhebber, was gebleven. Peg hoopte dat ook Miss Arden zou langskomen, maar zij ging New York niet uit. Ik begreep wel dat alle narigheid haar aangreep. Een andere reden was het feit dat Miss Marbury er niet meer was. Vroeger zou Miss Arden omwille van haar zelfs een sneeuwstorm op de koop toe hebben genomen. Maar het gat dat de dood van haar vriendin had geslagen, hield haar er mede van af Maine Chance te bezoeken.

We probeerden het ons ondanks alle vervelende gebeurtenissen rond de jaarwisseling gezellig te maken. Het kerstdiner viel een beetje karig uit, maar Peg was erin geslaagd een recept voor *lebkuchen* te vinden, nadat ik haar had verteld over de kerstviering in mijn jeugd. Bij het aanbreken van het nieuwe jaar kwam er weer post van monsieur Martin. Tot mijn verrassing was het een kerstkaart. Hij verzekerde me nog steeds bezig te zijn met de zaak.

Ik bekeek de kaart en probeerde ondertussen mijn gevoelens te definiëren. Wat er bij me opkwam was nauwelijks nog hoop te noemen. Ik wist zijn inspanningen te waarderen, maar waarschijnlijk waren ze vergeefs. Ik legde de kaart bij zijn andere brieven en ook al deed ik een schietgebedje dat hij mijn kind mocht vinden, ik hield mezelf voor dat sommige wensen niet in vervulling konden gaan.

De sneeuw waaronder we begin 1934 bijna waren begraven smolt pas eind maart weg.

Darren had zich inderdaad bereid verklaard me te leren autorijden. De theorie die ik moest kennen had ik al geleerd. Maar ik stond te popelen om het eindelijk te gaan proberen. 'Maar denk erom dat je mijn auto niet in de prak rijdt!' zei Darren dreigend toen we instapten. De auto waarmee hij me alweer een paar jaar eerder had afgehaald voor onze uitstapjes was inmiddels op leeftijd, maar Darren onderhield hem nog steeds tot in de puntjes en bewaakte hem als zijn oogappel.

'Jij zit toch naast me,' antwoordde ik. 'Hoe erg kan het dan nog worden?'

Darren wierp me een kritische blik toe, maar gaf me toen toch het contactsleuteltje.

De rijles begon met een verhandeling van Darren over de functie van elk hendeltje en pedaal. Daarbij kwamen onze handen af en toe met elkaar in aanraking, geheel toevallig, waarbij ik telkens een vurige huivering over mijn rug voelde gaan. Ik dacht weer terug aan de tijd van onze zondagse uitstapjes met de auto. Heel even leek het of we nooit uit elkaar waren geweest.

Maar ik riep mezelf tot de orde. Darren en ik waren vrienden, meer niet. Maar terwijl hij tegen me praatte merkte ik zo nu en dan dat hij me net iets langer dan nodig aankeek. Ik probeerde het te negeren, maar de reactie van mijn lichaam op hem was niet mis te verstaan.

'En draai nu het contactsleuteltje om en start de auto.'

Ik deed wat me werd gezegd en de motor kwam ronkend tot leven.

'Nu trap je de koppeling in, zet je de auto in de versnelling en dan trap je heel voorzichtig het gaspedaal in terwijl je je voet van de koppeling haalt.'

Hij pakte mijn hand en legde hem op de versnellingspook, en toen tikte hij licht op mijn knie. 'Eerst dit been, dan het andere.'

Ik deed wat hij had gezegd, maar de auto kwam niet in beweging; in plaats daarvan trok er een hevige schok door het voertuig, waarna de motor afsloeg.

Darren slaakte een zucht van frustratie. 'Langzaam. Je moet de koppeling langzaam laten opkomen.'

'Dat zei je er niet bij,' antwoordde ik.

'Probeer het nog maar eens. Maar doe dit niet te vaak, anders krijgen we de motor helemaal niet meer aan de praat.'

Ik draaide het sleuteltje om en omdat de motor heel vlug weer bromde vatte ik Darrens opmerking op als een loos dreigement. Maar toen ik de koppeling opnieuw niet langzaam genoeg liet opkomen en zijn gezicht zag, sloeg de angst me om het hart. 'Sorry,' zei ik bedeesd.

'Ach, je moet het nog leren,' antwoordde hij terwijl hij gebaarde dat ik de motor moest starten.

Zo ging het nog een paar keer. Darren snoof. Ik kon het geduld dat hij voor me moest opbrengen van zijn gezicht aflezen. Ik wilde het heus beter doen, maar kreeg het gewoon niet voor elkaar. 'Darren, ik...' Mijn stem begaf het toen ik hem aankeek. Mijn hart had al lang niet meer zo hard geklopt en opeens verlangde ik ernaar om zoals vroeger door hem in zijn armen te worden genomen.

Zou dat aan de auto liggen?

'Wat is er?' vroeg hij met opgetrokken wenkbrauwen. 'Wil je ermee ophouden?' Zijn stem klonk bijna hoopvol.

Ik schudde mijn hoofd. Dat gebaar was overigens niet alleen een antwoord op zijn vraag. Ik kon hem onmogelijk vertellen wat ik voelde. Ik wilde onze vriendschap niet schaden door herinneringen die we allang achter ons hadden moeten laten.

Maar waarom keek hij me zo aan, waarom raakte hij me zo zachtjes aan, bijna te zacht om toevallig te zijn? Om een eind te maken aan die gedachten draaide ik de sleutel in het contactslot nog eens om. Ditmaal lukte het me de pedalen in de juiste volgorde in te trappen en de auto zonder akelig geluid in de versnelling te zetten.

'Zie je wel, je kunt het!' riep Darren enthousiast uit toen we in een slakkengangetje op de toegangspoort af reden.

Ik bleef de hele rit stapvoets rijden; mijn handen waren zo bezweet, dat ze bijna aan het stuur vastgeplakt zaten. De auto leek me veel te groot en hij stuurde zwaar; ik had het gevoel al mijn krachten te moeten inzetten om hem de bocht om te krijgen. Maar gaandeweg ging het beter. Toen ons een vrachtwagentje tegemoetkwam, zonk de moed me in de schoenen, maar eerder dan ik had gedacht was het alweer voorbij.

'Zie je, zo moeilijk is het echt niet,' zei Darren, en ik meende iets van trots in zijn woorden te horen. Ik was zelf ook trots. Ik leerde autorijden!

Op de terugweg raadde Darren me aan om mijn rijbewijs hier

in de buurt te halen. 'Het stadsverkeer is om gek van te worden. En de rijinstructeurs hebben er maar weinig geduld.'

'Maar ik zal voornamelijk in de stad onderweg zijn,' wierp ik tegen.

'Hoezo?' vroeg Darren. 'Daar kun je met de subway reizen. Als ik niet af en toe de stad uit moest had ik waarschijnlijk helemaal geen auto.'

'Echt niet? Je lijkt nogal aan je auto gehecht te zijn.'

Er viel een korte stilte.

'Waar heb jij het geleerd?' vroeg ik met mijn blik strak op de weg gericht.

'Op het platteland,' antwoordde hij. 'Nog op de boerderij van mijn vader. Het leek me van belang de mogelijkheid te hebben om daar weg te komen.'

Ik herinnerde me het trieste verhaal over zijn familie nog goed en ik begreep waarom Darren het belangrijk had gevonden een eigen leven op te bouwen. 'Als vrouw is het ook belangrijk om je los te maken,' zei ik. 'Dat heb ik de afgelopen jaren wel geleerd. Ik had nooit gedacht dat ik ooit uit Duitsland weg zou gaan. Maar nu ben ik hier en ik voel me hier nu op mijn plaats, al heeft het me heel wat gekost.'

Ik voelde Darrens blik op mijn wang. Alles in me schreeuwde erom zijn blik te beantwoorden, maar inmiddels naderden we het huis en het laatste wat ik wilde was Darrens auto tegen het hek parkeren.

Toen ik de wagen voor het huis tot stilstand bracht, liep een van de dienstmeisjes op ons af. Ik was in een uitstekende stemming, want al hadden we de rest van het traject in hetzelfde slakkengangetje afgelegd, mijn angst was verdwenen.

Maar Mindy's opgewonden gezicht verontrustte me. 'Miss Krohn! Ik heb Miss Arden aan de telefoon!'

Die woorden troffen me als een bliksemstraal. Wat zou ze willen? Had de rechter uitspraak gedaan? Ik wierp Darren een vlugge blik toe. Hij leek net zo verbaasd als ik. Toen sprong ik de auto uit en rende het huis in.

In het kantoor pakte ik de hoorn op en noemde mijn naam.

'Goed nieuws, Miss Krohn!' klonk het verrassend van de andere kant van de lijn. 'We kunnen de club aan het begin van de zomer openen. Op 1 juni is het zover!'

Er ontsnapte me een korte vreugdekreet. Miss Arden viel geschrokken stil. 'Neemt u me alstublieft niet kwalijk, mijn enthousiasme kreeg even de overhand,' zei ik. 'We gaan dus echt van start?'

'Jazeker. En ik kan u niet genoeg bedanken voor uw inzet en uw geduld. We zullen de wereld versteld laten staan.'

Dat was waar. Wat wij hier hadden opgebouwd was uniek. Ik kon me voorstellen dat madame gif en gal zou spuwen als ze hoorde dat de stallen met rijpaarden hier niet meer dan een dekmantel voor iets veel groters waren.

Toen ik de hoorn weer op de haak had gelegd liep ik vliegensvlug naar Darren, die in de keuken net een glas water had ingeschonken. 'We gaan van start!' riep ik hem toe. 'De beautyfarm. Volgens Miss Arden kunnen we op 1 juni open!'

Peg slaakte een triomfkreet, waarop Darren van schrik de inhoud van zijn glas over zijn kleren gooide.

'Sorry, sir!' zei Peg terwijl ze vlug met een doekje aan kwam lopen.

'Maar dat is fantastisch!' zei hij. Hij zette zijn glas neer en begon zijn kleren te deppen.

'Dat is het zeker!' Ik drukte mijn handen tegen mijn borst en glimlachte zo breed dat mijn mondhoeken er bijna pijn van deden.

'We moeten het vieren!' vond Peg. 'Voordat al die zakenvrouwen hier komen binnenvallen, moeten we de tijd nog even benutten.'

'Dat gaan we doen!' zei ik en ik keek naar Darren. Er kwam opeens een verontrustende gedachte bij me op. Als de beautyfarm eenmaal open was, was hij vast niet meer nodig. Dat deed me meer verdriet dan ik nog maar een paar weken geleden zou hebben gedacht. We waren bevriend, we mochten elkaar, maar als hij eenmaal weg was, zou ik nooit weten of we weer dichter tot elkaar hadden kunnen komen.

Twee dagen later was het besef dat we binnenkort open zouden gaan helemaal tot me doorgedrongen. Mijn handen jeukten en 's ochtends hield ik het in bed niet meer uit. Bij zonsopgang glipte ik onder de deken vandaan, kleedde me vlug aan en liep door de behandelings- en rustruimten. Dan probeerde ik me voor te stellen hoe het zou zijn als ze volop in bedrijf waren.

Ik zag ze helemaal voor me, al die knappe jonge en oudere vrouwen die zich hier mooi lieten maken nadat ze zich aan het dieetprogramma van Mr Hauser hadden onderworpen. Ik rook gewoon de geur van zeep, parfum, gezichtslotion en haarkuren!

Was dit het juiste moment om Miss Arden voor te stellen een eigen laboratorium in te richten? Sanatoria die waren gericht op herstel en ontspanning beschikten vaak ook over zo'n faciliteit. Waarom een schoonheidsclub dan niet? Ik dacht aan madame, die had gezegd dat ze wou dat de cosmetiek een aparte tak van de geneeskunde was. Misschien zou Miss Arden er wel oren naar hebben. Het huis kon ook door iemand anders worden geleid. Ik zou dan research gaan doen. En misschien lukte het me dan ook haar enthousiast te maken voor het idee om Darren hier te houden. Ik wist natuurlijk niet wat zijn plannen waren, maar ik hoopte dat hij zo'n aanbod niet zou afslaan.

Ik liep naar de keuken. Peg was meestal aan de vroege kant, dus misschien had ik geluk en kon ik nu al een kopje koffie krijgen. Onze kokkin zette heerlijke koffie, die inmiddels mijn levenselixer was.

Tot mijn grote verbazing trof ik in de keuken niet Peg maar Darren aan. Hij zat voorovergebogen zijn slapen te masseren. Je zou bijna denken dat hij een kater had. 'Is alles in orde met je?' vroeg ik bezorgd.

Hij keek op. 'Ja, ik heb alleen een houten kop. Terwijl ik gisteren geen druppel heb gedronken.'

Zonder lang na te denken legde ik mijn hand op zijn voorhoofd. Gelukkig was dat koel. Darren keek me verbaasd aan en ik schaamde me bijna dat ik hem zomaar had aangeraakt. Maar toen glimlachte hij.

'Dat komt ervan als je zo lang aan je bureau zit. Die houding kan niet goed zijn.' Ik herinnerde me nog als de dag van gisteren hoe pijnlijk mijn nek aanvoelde nadat ik mijn eerste cliëntes had behandeld.

'Daar kon je wel eens gelijk in hebben. Maar wat moet ik anders? Ik kan mijn grafische ontwerpen niet maken terwijl ik rondloop.'

'Ik zou Miss Arden moeten vragen om de masseur wat eerder te laten beginnen. Tenslotte heeft ze haar reclameman hard nodig.'

'Reclameman,' herhaalde Darren. 'Dat klinkt bijna als iets wat madame destijds zei.'

'Verpakkingsman,' herinnerde ik me hardop. 'Ze had moeite met het onthouden van namen.'

'Dat zal nog steeds zo zijn, neem ik aan. In elk geval heeft ze me nooit reclameman genoemd.'

'Wat je wel bent.' Ik zweeg even en voegde er toen aan toe: 'Als je wilt, kan ik je nek een beetje losmaken. Zoiets moest ik in de salon van Miss Hodgson ook doen.'

'Echt waar?' vroeg hij. 'Ik zou je eeuwig dankbaar zijn.' Hij trok zijn ochtendjas uit en knoopte zijn pyjamajasje los. De aanblik van zijn naakte borst bracht me lichtelijk in verwarring. Met kloppend hart liep ik naar hem toe terwijl ik mijn handen wreef, die koud waren geworden. Ik droomde er soms stiekem van om hem aan te raken, maar nu had ik het liefst rechtsomkeert gemaakt. Wat had me bezield om hem een massage aan te bieden? Maar nu was er geen weg terug meer. Behoedzaam legde ik mijn handen op zijn schouders.

Darren kromp ineen. 'Je vingers lijken wel ijspegels!'

'Sorry,' zei ik terwijl ik probeerde tot rust te komen. 'Het wordt zo beter.' Ik probeerde mezelf wijs te maken dat ik gewoon met een cliënte bezig was, wat niet meeviel vanwege de spieren die zich onder zijn huid aftekenden. Maar toen begonnen mijn handen als vanzelf met de massage.

Darren kreunde van genoegen. Dat maakte mijn verwarring alleen maar groter. 'Je spieren zijn totaal verkrampt en hard,' oordeelde ik en ik was blij dat hij mijn blozende wangen niet kon zien. 'Geen wonder dat je hoofdpijn krijgt.'

'Dan moet je me misschien wat vaker masseren. Ze hebben je daar bij Miss Hodgson echt iets geleerd!'

Mijn gezicht werd nog roder terwijl mijn vingers behoedzaam hun werk deden om zijn verharde spiervezels te laten ontspannen. Er kriebelde iets in mijn buik en er overviel me een gevoel van lust zoals ik nooit eerder had ervaren.

'Wat is hier aan de hand?'

Ik kromp ineen en stopte direct met masseren. Peg, die net was binnengekomen, keek ons grijnzend aan.

'Het is niet wat het lijkt,' zei ik gauw.

'Dus dit is wat jullie uitspoken als ik er niet ben.'

'Ik heb verkrampte spieren en daardoor hevige hoofdpijn,' legde Darren uit. 'Ik zou jou toch nooit ontrouw zijn, Peg!'

'Haha, grapjes maken ten koste van een oud vrouwtje?' Peg pakte haar keukenschort. 'Wilt u een kopje koffie?'

'Ja, graag,' zei Darren, terwijl ik er als verstijfd bij stond. Hij kon misschien niet zien wat voor gezicht ik trok, maar het was Peg beslist niet ontgaan.

Ik werd gered doordat de bel ging.

'Ik ga wel!' riep ik uit, want de meisjes waren er nog niet. 'Bedek uw spieren, Mr O'Connor, zodat ze niet meteen weer afkoelen.'

'Doe ik, dokter!' Zijn glimlach volgde me toen ik de keuken uit liep.

Voor de deur stond Pete, de loopjongen van het telegraafkantoor, een slungelige zestienjarige met beginnende baardgroei. Hij was zo buiten adem, dat hij de hele weg rennend moest hebben afgelegd.

'Goeiemorgen, Pete!' zei ik als begroeting. 'Wat brengt jou hier?'

'Er is een telegram voor u gekomen, Ma'am.' Hij haalde een envelop uit zijn tas. 'Mr Usher zei dat ik het meteen moest brengen.'

Ik keek naar de envelop, maar kon nergens uit opmaken wie de afzender was. 'Dank je wel,' zei ik en ik stak mijn hand uit naar het stapeltje muntjes dat op het ladekastje bij de deur lag. Ik had altijd wat geld voor een fooi klaarliggen voor het geval dat er een bezorger langskwam. 'Hier. En doe Mr Usher de groeten van me!'

'Zal ik doen!' De jongen tikte tegen zijn pet en ging ervandoor.

Ik deed de deur achter hem dicht en nam het telegram mee naar de keuken. Daar hing de geur van verse koffie. 'Dat was Pete,' zei ik.

'Pete?' vroeg Darren verbaasd. 'Heeft Phil tegenwoordig een leerling?'

De postbode was in de afgelopen maanden een goede bekende van Darren geworden, want zijn komst viel meestal samen met Darrens middagwandeling.

'Pete werkt op het telegraafkantoor,' legde ik uit, terwijl ik met trillende handen de envelop openscheurde. Wat kon er gebeurd zijn? Een telegram betekende zelden goed nieuws. Had Miss Arden haar plannen soms toch nog omgegooid?

Ik haalde het telegram tevoorschijn, vouwde het open en verstijfde.

DRINGEND! +++ MELDT U ZICH BIJ NOTARIS BALDER IN BERLIJN +++ NALATENSCHAP KROHN +++ BOEDELVERDELING VAN UW MOEDER +++

De tekst werd gevolgd door een rijtje getallen, waarschijnlijk het telefoonnummer van de notaris. De letters en cijfers leken te branden voor mijn ogen. Ik kreunde, struikelde achterover en kon nog net een stoel grijpen om op te gaan zitten. Ik plofte er zwaar op neer.

'Sophia?' vroeg Darren, maar zijn stem kwam uit de verte, alsof hij in een heel andere kamer stond.

Ik kon niet antwoorden. In plaats daarvan kwamen mijn gedachten in beweging, maar waar ze ook naartoe gingen, ze vonden geen houvast. De prettige opwinding die ik kort tevoren nog had gevoeld verschaalde. Ik schaamde me er nu bijna voor.

'Sophia, wat is er aan de hand?' Darren stond nu naast me. Ik rook zijn aftershave en hoorde zijn stem, maar kon me nog steeds niet bewegen. 'Nalatenschap', zo galmde het als klokslagen door mijn brein. 'Boedelverdeling van uw moeder'. Moeder dood? Dat kon niet waar zijn! Ze was nog maar begin vijftig. Dat was geen leeftijd waarop je kwam te overlijden.

'Sophia?' vroeg Darren opnieuw. Maar pas toen zijn hand licht mijn schouder raakte, kon ik door de maalstroom van gedachten die me in zijn greep had heen dringen.

'Mijn moeder,' zei ik zachtjes en intuïtief in het Duits. Daarna herhaalde ik de woorden in het Engels en voegde eraan toe: 'Ze is overleden. Onze notaris heeft me ervan in kennis gesteld.'

'O God!' hoorde ik Peg op de achtergrond zeggen.

'Wat erg,' zei Darren terwijl hij naast me neerhurkte. Hij liet zijn hand op mijn arm rusten, alsof hij wilde verhinderen dat ik weer in de maalstroom van mijn gedachten verdween. 'Kan ik iets voor je doen?'

Als verdoofd schudde ik mijn hoofd. Hij kon niets veranderen aan wat er was gebeurd. Evenmin kon hij het afschuwelijke feit ongedaan maken dat mijn vader het niet nodig had gevonden me te informeren over mijn moeders toestand. Of haar overlijden.

'Ik... Ik moet bellen,' zei ik verward terwijl ik opstond. 'Ik moet de notaris bellen, in Berlijn.'

'Dat zal geen probleem zijn,' zei Darren. 'Maar je bent lijkbleek. Misschien kun je beter nog even blijven zitten.'

Opnieuw schudde ik mijn hoofd en ik voelde de woede als een vlam door mijn lichaam schieten. 'Ik moet bellen. Nu meteen!' Ik stormde de keuken uit naar de telefoon.

Darren kwam achter me aan. 'Vind je dat wel een goed idee? Je kunt beter eerst even van de schrik bekomen.'

'Ik wil niet van de schrik bekomen!' snauwde ik hem toe. Wat hielp het om te blijven zitten? Moeder zou er haar leven niet door terugkrijgen. En vaders grove nalatigheid zou er niet minder kwalijk om worden. 'Ik moet weten wat er is gebeurd! Waarom mijn vader...' Ik sloeg mijn hand voor mijn mond toen de tranen me in de ogen sprongen. Ik kon me opeens niet meer bewegen.

Darren kwam naast me staan en legde zijn arm om mijn schouders. In mijn oren klonk een bonzend geluid en mijn knieën begonnen te trillen. Dit bericht was wel het allerlaatste wat ik had verwacht. En het ergste was dat ik zo had verlangd naar een bericht van mijn ouders – en nu had ik dit gekregen.

Ik liet toe dat Darren me van het kantoor naar de salon loodste, waar comfortabele sofa's stonden. Even later zat ik in de zachte kussens. Meer nam ik niet waar van mijn omgeving. Mijn tranen bleven maar stromen; ik kon ze niet inhouden. Mijn hart ging als een razende tekeer, mijn bloed ruiste en ik werd dusdanig verscheurd door verdriet dat ook Darrens nabijheid en zijn tedere strelingen langs mijn rug er niets tegen konden doen.

42

Op een gegeven moment hield de tranenvloed op. Het verdriet was er nog en bezorgde me buikpijn, net zo hevig als toen ik het nieuws had gehoord dat mijn zoontje gestorven was. Maar het suizen in mijn oren ebde weg en mijn verstand keerde in de realiteit terug.

'Ik moet bellen.' Ik snifte, terwijl ik mijn ogen bette met de zakdoek die Darren me had aangeboden. Veel hielp dat niet tegen mijn gezwollen oogleden. Mijn keel was rauw en schor. Maar als ik nu niet naar de telefoon ging, zou ik het waarschijnlijk niet meer kunnen opbrengen.

'Vanzelfsprekend,' zei Darren zachtjes en hij streek een haarlok uit mijn gezicht. 'Maar voor de zekerheid ga ik met je mee. Ik wil niet dat je iets overkomt.'

Ik wilde al vragen wat me dan zou moeten overkomen, maar toen ik opstond en door een lichte duizeling werd bevangen, zweeg ik en was ik blij met het aanbod.

Op weg naar de telefoon hoorde ik gekletter in de keuken, maar niemand waagde zich naar buiten. In het kantoor ging ik zitten en pakte de hoorn vast. De stem van de telefoniste voor internationale communicatie klonk zo fris, dat ik het bijna onaangenaam vond sniffend en schor mijn verzoek door te geven. Het duurde een poosje voor de telefoniste verbinding met Europa wist te maken. Terwijl ik wachtte, bedacht ik dat het verbazingwekkend was wat de moderne techniek allemaal vermocht. We konden over de oceaan reizen, telegraferen en inmiddels ook telefoneren.

Toen voelde ik ineens woede opkomen. Wat zou het mijn vader hebben gekost om me te bereiken? Al die jaren geen enkel bericht. En nu moest ik van een vreemde vernemen dat mijn moeder gestorven was. Mijn hart verkrampte en ik moest vechten tegen de tranen.

'Hallo?' vroeg de stem van de telefoniste, wat me ertoe bracht me te vermannen. 'U kunt nu de abonnee spreken.'

'Bedankt,' zei ik en ik hoorde gekraak.

Even later klonk er een mannenstem in het toestel. 'Juffrouw Krohn?' Het was ongewoon om Duits te horen.

Even dacht ik het Duits spreken verleerd te hebben, maar toen kwamen de woorden als vanzelf uit mijn mond. 'Daar spreekt u mee. Goedendag, meneer Balder.'

'Goedemorgen, of hier bij ons eerder goedendag. Maar dat doet er niet toe. Ik vermoed dat u het telegram hebt ontvangen.'

'Jazeker.' Ik onderdrukte een snik.

'Het spijt me bijzonder voor u,' ging de man verder. 'Uw moeder kampte al een tijdje met gezondheidsproblemen. Ik wilde dat er een mogelijkheid was geweest om het u eerder te laten weten, maar uw vader...' Hij stokte even, toen vervolgde hij: 'Uw vader had me gesommeerd tegenover u te zwijgen.'

Ik sloeg mijn hand voor mijn mond, want ik wilde niet luid in huilen uitbarsten. Mijn vader rekende me mijn zwangerschap dus nog altijd zodanig aan, dat hij me niet eens had willen laten weten dat het slecht met mijn moeder ging? Dat besef was als een dolkstoot in mijn rug.

'Juffrouw Krohn?' vroeg de stem van de notaris. 'Bent u daar nog?'

Het kostte me moeite weer tot mezelf te komen, maar ten slotte wist ik een klaaglijk 'ja' uit te brengen.

'Uw moeder heeft u wat geld en een kistje nagelaten. Uw vader weet blijkbaar niet wat erin zit en het behoort ook niet tot zijn erfdeel. Moet ik het u toesturen?'

'Nee!' ontviel me.

'Nee?' zei meneer Balder verbaasd. 'Wil dat zeggen dat u de erfenis weigert?'

Ik dwong mezelf mijn gedachten te ordenen. 'Nee, dat bedoel ik niet,' antwoordde ik. 'Dat wil zeggen dat ik naar u toe kom. Als u dat uitkomt.'

'Natuurlijk,' antwoordde de notaris. 'Maar van Amerika naar hier is het een lange reis.'

'Dat heb ik er wel voor over. Ik... Ik wil beslist mijn moeders graf bezoeken. U weet toch vast wel waar ze ligt?'

'Vanzelfsprekend. Op het kerkhof van Zehlendorf.'

'Zehlendorf?' herhaalde ik verrast.

'Wist u dat dan niet?' vroeg de notaris. 'Uw ouders zijn drie jaar geleden naar Zehlendorf verhuisd, naar de Kronprinzenallee.'

Ook dat nieuws was een klap in mijn gezicht. Al die jaren had ik mijn ouders geschreven wanneer ik was verhuisd. Dat ze er niet eens aan hadden gedacht mij te laten weten dat ze verhuisd waren, zij het via een advocaat, zij het via de notaris, maakte mijn verdriet en teleurstelling nog erger. 'Nee, dat wist ik niet,' hoorde ik mezelf als verdoofd antwoorden.

'Nou, het ziet ernaar uit dat een bezoek hier hard nodig is. U moet proberen met uw vader in gesprek te komen.'

Bijna begon ik bitter te lachen. Ik wist niet wat mijn vader had verteld. Waarom moest ik met hem in gesprek komen? Als hij van plan was geweest zich met me te verzoenen, had hij me persoonlijk kunnen benaderen.

De verleiding om de hoorn op de haak te gooien was groot. Maar toen kwam ik tot het besef dat niet meneer Balder de schuldige was. 'Ik zal proberen op te helderen wat er op te helderen valt.'

'Uitstekend,' antwoordde Balder. 'Laat me per telegram uw vermoedelijke aankomstdatum weten. Ik zal alle vragen met betrekking tot uw erfenis graag beantwoorden, voor zover mogelijk. Mijn deelneming, juffrouw Krohn.'

Ik bedankte hem en zei gedag.

Toen Balder had opgehangen, liet ik mijn arm zakken. Het gewicht van de hoorn voelde ik niet meer, en van mijn omgeving was ik me nauwelijks bewust.

Verwarring. Verdriet en woede. Aan zulke en andere niet te bevatten of te benoemen gevoelens was ik ten prooi. De dood van mijn moeder leek me onwerkelijk, een vergissing die naar ik hoopte weldra zou worden opgehelderd. En dan die verhuizing...

Ik rekende het na. Mijn vader was inmiddels eind vijftig. Het was nog te vroeg om te gaan rentenieren. Waarom dan die verhuizing? Had de herinnering aan mij hen uit het huis weggejaagd? Of de economische crisis? Was het slecht met de zaak gegaan?

Mijn vader was altijd vol enthousiasme geweest. Maar ik had moeten meemaken dat veel grotere bedrijven door de crisis ter ziele waren gegaan. Was hem dat ook overkomen? Was de drogisterij waarop hij altijd zo trots was geweest en waar ik voor het eerst in aanraking met scheikunde was gekomen er niet meer? En in dat geval: wat deed hij dan tegenwoordig? Waar leefde hij van?

Dat hij naar Zehlendorf verhuisd was, betekende echter dat hij beslist niet in de ellende zat. Bij uitstapjes daarheen had dat nieuwe deel van Berlijn me behoorlijk chic toegeschenen...

'Sophia?' Darrens stem haalde me uit de wirwar van mijn gedachten.

Ik keek op en constateerde dat ik nog steeds bij het telefoontoestel zat. Langzaam, alsof er reusachtige keien om mijn nek hingen, draaide ik me om. Darren had niets van het gesprek verstaan, want ik had Duits gesproken.

'Mijn ouders zijn verhuisd,' verklaarde ik.

Darren fronste zijn voorhoofd. 'Maar...' Hij stokte toen ik gebaarde dat hij me moest laten uitpraten.

'De notaris heeft me verteld dat mijn moeder in Zehlendorf begraven is. Dat is een wijk in het zuidwesten van Berlijn. Mijn ouders woonden echter nog in Charlottenburg toen ik wegging. Ze hadden een prachtig huis, dus eigenlijk was er geen reden om te verhuizen.'

'De tijden veranderen,' antwoordde Darren. 'Misschien is er iets in het leven van je ouders veranderd.'

‘Ik ben weggegaan.’ Mijn stem klonk me in de oren alsof hij van heel ver kwam. ‘Ik ben weggegaan, maar ik heb mijn ouders altijd laten weten waar ik was. Maar zij... Zij hadden niet eens het fatsoen mij op de hoogte te stellen.’

Darren zei niets. Wat moest je ook zeggen tegen iemand wier ouders hun kind helemaal uit hun leven hadden geschrapt, terwijl dat kind zelf nog een piepklein beetje hoop was blijven koesteren?

Voor ik weer in verdriet kon verzinken besloot ik Miss Arden te bellen. Darren was met de auto op weg naar Portland, de dichtstbijzijnde grote stad; hij wilde een plaats op een schip regelen. Ik was hem heel dankbaar dat hij die taak van me overnam. Maar voor het gesprek met Miss Arden was ik een beetje bang. Op 1 juni zou de opening plaatsvinden. Door de reis zou ik minstens drie weken weg zijn. Wie moest hier voor alles zorgen? Darren kon natuurlijk een oogje in het zeil houden. Het meeste werk was toch al afgerond. Maar de verantwoordelijkheid berustte bij mij.

Met het gevoel een baksteen te hebben ingeslikt ging ik aan het einde van de middag weer bij de telefoon zitten en liet me met New York verbinden. Ik hoopte dat Miss Arden op het kantoor was. Gelukkig kwam haar secretaresse al vlug aan de lijn en verbond ze me door met Miss Arden.

‘Wat is er, Miss Krohn?’ vroeg mijn cheffin goedgemutst, wat niet altijd het geval was.

‘Miss Arden, is het goed als ik drie weken naar Europa ga? Mijn moeder is overleden, en ik...’

‘Uw moeder?’ vroeg Miss Arden zachtjes.

‘Ja,’ zei ik en ik snikte.

‘Dat is vreselijk!’ Miss Arden schoof hoorbaar haar bureaustoel naar achteren en het klonk alsof ze wilde opspringen. ‘Mijn deelneming... Is er iets wat ik kan doen?’

‘Ik... Ik moet naar Berlijn. Het zal een tijdje duren voor ik er ben. Drie weken zou genoeg moeten zijn, denk ik.’

'Dat is heel redelijk,' antwoordde ze. 'Ik heb een zaak in Duitsland en ik weet hoe vermoeiend de reis is.'

'U geeft dus toestemming?'

'Vanzelfsprekend,' zei ze, waarbij ze ongewoon moederlijk klonk. 'Ga maar. Iedereen heeft het recht de begrafenis van zijn moeder bij te wonen.'

Ik zei maar niet dat het niet om de begrafenis ging. 'Dank u wel.' Het liefst had ik haar verteld wat mijn vader had gedaan. Dat hij me niets had laten weten, zelfs niet toen mijn moeder op sterven lag. Maar Miss Arden was geen vriendin. Zoals ik bij Miss Hodgson had geleerd, was het beter om me niet al te zwak te tonen.

'Kan ik u verder nog ergens mee helpen? Hebt u geld nodig, of een andere vorm van ondersteuning?'

'Nee dank u, het is al genoeg dat ik de tijd kan nemen en op reis mag.' Ik haalde mijn neus op en zocht met mijn vrije hand naar mijn doorweekte zakdoek.

'U hebt vast ook onderdak nodig,' zei Miss Arden. 'Ik zal mijn vestiging in Berlijn laten weten dat ze een kamer voor u in orde moeten maken.'

Ik wilde al tegenwerpen dat dat niet nodig was, maar toen bedacht ik dat hotels duur waren en er niemand was bij wie ik terechtkon. Mijn vader zou me beslist niet bij hem laten overnachten. 'Dat is heel aardig, hartelijk dank. En wat Maine Chance betreft...'

'Ik zal een vervanger voor de komende weken sturen,' onderbrak Miss Arden me voordat ik een voorstel kon doen. 'Laat me maar weten wanneer u vertrekt. En maakt u zich geen zorgen: wanneer u terug bent, gaat alles weer zijn oude gangetje.'

Zou Miss Arden op dat moment doorhebben wat een opluchting haar woorden voor me betekenden? Ook al kon ze mijn verdriet niet wegnemen, het was goed te weten dat mijn cheffin achter me stond. 'Dank u, Miss Arden,' zei ik, terwijl ik tegen mijn ontroering over haar vriendelijkheid vocht. Wat er de komende weken ook op me afkwam, ik zou het redden. En daarna zou ik uitkijken naar een mooie tijd hier op Maine Chance.

’s Avonds zat ik in de lege salon op de sofa, waar Darren het laken vanaf had gehaald. De andere meubels waren nog afgedekt. Ik kon me er niet toe zetten weer naar mijn kamer te gaan. Daar had ik al een paar uren in foetushouding op mijn bed doorgebracht zonder dat het verdriet minder was geworden. Bij het schijnsel van een lampje keek ik in het niets, waar voor mijn geestesoog gedachten vorm aannamen en even vlug weer verdwenen als ze waren opgekomen. Buiten voor het raam ruiste de wind. Af en toe hoorde ik iets kraken in de keuken, maar Peg was al weg. Ze had aangeboden wat langer te blijven voor het geval dat ik iets nodig had. Maar ik had niets nodig. Ik had geen honger, alleen dorst. De waterkaraf naast me op de vloer was halfleeg.

Darren was nog niet terug. Zou het lastig zijn om aan een scheepsticket te komen? Stel dat het hem niet lukte?

Knarsende banden haalden me uit mijn gedachten. Het licht van koplampen gleed langs de ruiten en zette het vertrek ineens vol in het licht. Ik keek opzij. Darren. Ik zou naar hem toe moeten gaan, maar op dat moment had ik het gevoel dat ik niet overeind kon komen. Met mijn handen in mijn schoot wachtte ik tot de deur openging.

‘Sophia?’ riep hij door het huis. Hij wist dat er behalve ik niemand in het gebouw was.

‘Ik ben in de salon!’ antwoordde ik zo hard als ik kon met mijn gehavende stembanden.

Even later kwam Darren binnen. ‘Waarom zit je in het donker?’ De plafondlamp flitste aan.

Verblind door het licht van de kristallen luchter antwoordde ik: ‘Het is toch helemaal niet donker? Ik heb een lampje aan.’

‘Een oud olielichtje. Alsof hier geen elektriciteit is.’

Ik keek naar het lampje. In de eerste tijd hier had ik het vaak moeten gebruiken. De stroomvoorziening was erg onregelmatig en dat was er door de verbouwingswerkzaamheden niet beter op geworden. ‘Het heeft me vroeger goede diensten bewezen,’ verklaarde ik. ‘In dat licht voelde ik me... geborgen.’

Darren haalde diep adem en knikte. 'Dat begrijp ik. Het spijt me.'

We zwegen even, toen begon Darren: 'Ik heb een schip gevonden. De Mary of the Seas vaart over twee dagen om tien uur af vanuit New York. Je moet je koffer inpakken en morgenochtend meteen vertrekken.'

'Dus het is je gelukt?'

'Het was lastig. Ik zag me al naar New York rijden. Maar waar een wil is, is een weg.'

'Bedankt.' Opgelucht haalde ik adem. Het liefst was ik hem om zijn hals gevallen, maar op dat moment leek me dat een beetje raar.

'Er is nog iets,' zei hij.

Ik trok mijn wenkbrauwen op. 'Wat dan?'

'Nou, ik weet niet hoe jij dat ziet, maar ik denk dat je wel iemand kunt gebruiken die je bij deze hele aangelegenheid terzijde staat. Vooral ten opzichte van je vader.'

Ik keek Darren verward aan. 'Wat bedoel je?'

'Als je er niets op tegen hebt, ga ik graag met je mee.'

'Naar Berlijn?'

'Ja,' antwoordde hij. 'Ik ben nog nooit in Europa geweest, en het zou me plezier doen je geboortestad te leren kennen.' Hij stak zijn handen in de zakken van zijn jasje. 'Het is geen gemakkelijke reis en het zou kunnen dat je op verkeerde momenten door je gevoelens wordt overmand. Ik zou een beetje op je passen, als je me dat toestaat.'

Hoe wilde hij dan op me passen? Wat verwachtte hij dat ik zou kunnen doen? Maar toen ik hem in de ogen keek, wist ik dat het in deze situatie niet nodig was de sterke vrouw uit te hangen. Mijn vader had mijn moeders dood voor me verzwegen. Hij had me de kans ontnomen haar nog eenmaal te zien en afscheid van haar te nemen. Waarschijnlijk had ik inderdaad iemand nodig die me ervan zou weerhouden hem te vermoorden. Tegelijkertijd was ik zo ontroerd door zijn aanbod, dat de tranen me in de ogen sprongen.

'En Miss Arden dan?' vroeg ik.

'Ik zal het haar laten weten,' zei hij.

'Maar heb je dan een ticket?' Ik onderdrukte een snik.

Darren tastte in de zak van zijn jasje en haalde papieren tevoorschijn. 'Ik wist niet zeker of je het goed zou vinden, maar ik heb uit voorzorg twee kaartjes gekocht. Desnoods had ik geprobeerd je om te praten.'

Terwijl zijn beeld voor mijn ogen vervaagde, viel ik hem snikkend om de hals.

'Kom op, zo'n heldendaad is het nou ook weer niet,' zei hij, terwijl hij me zachtjes over mijn rug streelde.

Maar voor mij betekenden zijn woorden op dat moment heel veel. 'Ja, dat is het wel,' antwoordde ik. 'Ik zou het alleen nooit hebben gered.'

'Je had het beslist ook in je eentje gered. Maar ik ben blij dat het niet hoeft.' Hij hield me nog een poosje vast, en toen keek hij me aan. 'Je moet gaan slapen. De komende dagen heb je veel voor de boeg, en je hebt energie nodig voor de reis.'

Ik wilde tegenwerpen dat ik na alles wat er gebeurd was toch niet zou kunnen slapen. Maar toen hij zachtjes mijn wang streelde, brak mijn weerstand. 'Goed dan,' zei ik en ik wenste stiekem dat ik hem mee naar mijn bed kon nemen. Al was het maar om me tegen hem aan te vlijen en te weten dat ik niet alleen was. Maar dat durfde ik niet voor te stellen. Dus sloop ik alleen naar boven, met het besef dat mijn reis binnenkort zou beginnen.

Ik kwam er niet meer aan toe me om te kleden. Zodra mijn lichaam het bed raakte toen ik even wilde gaan liggen, viel ik in een diepe slaap.

43

Mijn hart was zo zwaar als een brok graniet toen we Maine Chance verlieten. Wat was ik graag al in Berlijn geweest. Wat was ik graag alweer terug geweest. De reisdagen kwamen me voor als een onneembare horde. Ik wilde het graf van mijn moeder zien, zeker, maar ik was ook bang. Bang voor de confrontatie met mijn vader. Bang voor alles wat er nog op me af zou komen. 'Waarom is er eigenlijk nog steeds geen andere manier om de oceaan over te steken?' vroeg ik, terwijl ik in Darrens auto stapte. 'Een snellere manier.'

'De Mary of the Seas zou het snelste stoomschip zijn dat de rederij te bieden heeft,' zei Darren, terwijl hij de bagage nog eens inspecteerde. '"Gegarandeerd in één week naar Europa" staat er in de brochure.'

'Dat is nog steeds te lang.' Ik haalde diep adem en dacht terug aan de afgelopen nacht, toen ik met trillende handen had geprobeerd mijn koffer te pakken en had gemerkt dat de zwarte blouse die ik bij Miss Marbury's begrafenis had gedragen aan de motten ten prooi was gevallen. Het mantelpakje was gelukkig nog heel. Als ik in Berlijn was zou ik een nieuwe blouse kopen.

'Ooit zullen we vast sneller kunnen reizen,' zei Darren, terwijl hij naast me achter het stuur sprong. 'Maar voorlopig moeten we het zo doen. Die nieuwe zeppelins zijn immers nog niet operationeel.'

Nog maar een paar dagen geleden had Darren bij het ontbijt een artikel voorgelezen waarin stond dat Duitsland bezig was nieuwe types zeppelin in bedrijf te nemen. Met zo'n bakbeest van textiel en glas kon je aanzienlijk sneller en comfortabeler over de oceaan reizen. Een van die luchtschepen had bij een recordpoging maar vier dagen nodig gehad om de reis van Europa naar Amerika te maken. Maar afgezien van het feit dat de zeppelins niet zo'n regelmatige lijndienst onderhielden als de stoomschepen, was de overtocht nauwelijks te betalen.

Darren startte de motor en even later reden we van het terrein af. Ik dacht er weer aan dat ik zelf mijn rijbewijs wilde halen. Eigenlijk had ik me voorgenomen om me na de opening van Maine Chance aan te melden bij een rijschool. Het was te hopen dat mijn werk me daartoe ruimte zou bieden.

We brachten de nacht door in een pensionnetje aan de rand van New York. Het was geen erg riant onderkomen, maar het deed ons goed om een bad te kunnen nemen, in het warme water even alles te vergeten en aansluitend een eenvoudige avondmaaltijd te nuttigen, die in de prijs was inbegrepen.

Om geld uit te sparen hadden we als echtpaar een tweepersoonskamer genomen. De portier had gelukkig nagelaten onze identiteitsbewijzen te controleren. Hij had alleen Darren om zijn papieren gevraagd.

Terwijl Darren algauw naast me lag te snurken, bleef ik naar het plafond staren. Ik was doodmoe, maar ook te nerveus om tot rust te komen. Mijn lichaam voelde zwaar aan, in mijn hoofd draaiden echter opnieuw dezelfde gedachten in kringetjes rond. Ik vroeg me af waaraan mijn moeder was overleden. Was het plotseling gebeurd? In haar slaap? In het ziekenhuis? Had ze in haar laatste ogenblikken naar me gevraagd?

Uiteindelijk dommelde ik toch in, maar het was een slaap vol warrige en onrustbarende dromen waaruit ik met moeite kon ontwaken. Gelukkig had ik Darren bij me, die me ervoor behoedde me te verslapen. 'Verdomme,' mopperde ik toen ik overeind kwam. Mijn slapen bonsden en ik leek wel watten in mijn hoofd te hebben.

'Hoofdpijn?' vroeg Darren, terwijl hij in zijn tas rommelde.

'Alsof ik te veel heb gedronken.'

'Weet je dan niets meer van onze kroegentocht?'

'Wat?' vroeg ik geschrokken. Pas toen had ik in de gaten dat hij een grapje had gemaakt.

'Hier,' zei hij en hij reikte me een tabletje aan. 'Aspirine. Daarmee voel je je straks een stuk beter.'

Bij het zien van het witte tabletje dacht ik weer aan mijn vader. Hij verkocht in zijn drogisterij ook aspirine en ik moest vroeger wel eens de flesjes opstapelen in de schappen. Maar dat weerhield me er niet van het middeltje in dank aan te nemen en het even later met een glas water door te slikken. Terwijl ik wachtte tot het ging werken bekeek ik mezelf in het spiegeltje in de badkamer. Gedurende de nacht waren de kringen onder mijn ogen nog iets donkerder geworden. Ik ontdekte een zorgelijke rimpel tussen mijn wenkbrauwen. Had die er altijd al gezeten? Ik probeerde me enigszins te fatsoeneren met behulp van crèmes en make-up. Ik wilde tenslotte niet voor een zwerfster worden aangezien als ik aan boord ging. Maar ik zag af van lippenstift. Dat leek me ongepast.

Toen ik uit de badkamer kwam zat Darren gekleed in onderhemd en pantalon op het bed zijn schoenen te poetsen. Ook hij wilde waarschijnlijk goed voor de dag komen op het schip. Toen hij me zag staakte hij zijn bezigheid. 'Hoe gaat het nu?' vroeg hij na me even te hebben opgenomen.

'Ik zie er afgepeigerd uit.'

'Nee hoor, je ziet er geweldig uit.'

'Hou toch op!' zei ik en ik snoof.

'Nee, echt. Je ziet er keurig uit. Natuurlijk weet ik maar al te goed dat het uiterlijk niet altijd overeenkomt met het innerlijk. Dus, hoe voel je je?'

Ik zuchtte. 'Niet zo goed.'

'Je weet dat het even duurt voordat aspirine gaat werken.'

'Dat weet ik, ja.' Ik keek hem aan. 'Maar... Ik heb het gevoel dat ik niet meer doe dan functioneren. In mijn binnenste heerst chaos.'

'Dat is in jouw situatie maar al te begrijpelijk. En daarom ben ik blij dat ik bij je ben.'

'Daar ben ik ook blij om,' zei ik. 'Maar die lange reis... Ik zal veel tijd hebben om me ongerust te maken.'

'Dat moet je niet doen,' zei Darren en hij stond op. 'Je krijgt zo juist de kans om je voor te bereiden.'

'Hoe moet ik me voorbereiden op de ontmoeting met een man die me uit zijn leven heeft verbannen? Ik begrijp niet hoe de notaris erbij komt dat ik met hem moet gaan praten.'

'Misschien wil je vader je wel om vergiffenis vragen. Misschien is hij van mening veranderd.'

Ik schudde mijn hoofd. 'Daar geloof ik niets van. Hij heeft me niet vergeven. Daarvoor ken ik hem te goed.'

'Mensen veranderen.'

'Mijn vader heeft daar moeite mee, dat is altijd al zo geweest. Als ik terugkijk op mijn jeugd kan ik me niet herinneren dat hij ooit maar een millimeter van zijn overtuigingen is afgeweken. Als hij me had vergeven, had hij zich persoonlijk tot mij gericht.' Ik liet mijn hoofd zakken. De tablet begon langzamerhand te werken, de pijn werd minder en ook het gevoel van watten in mijn hoofd nam geleidelijk af. 'Nee, waarschijnlijk ziet de notaris er meer de noodzaak van in dan mijn vader. Dat ik niet wist van de dood van mijn moeder en waarschijnlijk ook niets had gehoord als er geen nalatenschap was, is een duidelijke aanwijzing dat er iets niet in de haak is, en dat moet opgehelderd worden.'

'Maar wil je het wel ophelderen?' Darren pakte mijn handen en dwong me hem aan te kijken.

'Aan de ene kant wel. God, wat had ik er veel voor gegeven als hij me maar één keer had geschreven!' Ik sloot mijn ogen, want ik wilde niet weer gaan huilen. 'Maar nu... ben ik alleen maar bang. Bang dat het misschien nog erger is geworden. Ik weet eigenlijk niet of ik hem moet opzoeken.'

Darren dacht daar even over na en zei toen: 'Nou, als je dat niet wilt kan niemand je ertoe dwingen. We gaan naar de notaris, dan naar het graf en daarna vertrekken we weer. Hij zal er niet zijn om je te veroordelen, als jij dat niet wilt.'

Ik knikte. 'Je hebt vast gelijk. Maar...'

Darren trok me in zijn armen. 'Maak jezelf niet gek. We gaan eerst eens genieten van de overtocht en misschien is er in je geboortestad wel iets wat je me wilt laten zien. Ik kijk er erg naar uit om te zien waar je bent geboren en hebt gewoond.'

Daar had ik niet aan gedacht. Maar inderdaad, Darren was nog nooit in Berlijn geweest! Ik keek hem aan en voelde dat de pijn even dat scherpe randje kwijtraakte. 'Ik denk dat daar heel wat is dat je zal interesseren,' zei ik. Ik dacht opeens weer aan meneer Nelson en verlangde ernaar hem terug te zien. Hij had me destijds, toen ik in nood zat, geholpen en me moed ingesproken. Het kon best zijn dat hij het leuk zou vinden om te zien wat er van me geworden was. 'We kunnen naar meneer Nelson gaan, naar zijn theater.'

Even werd ik door twijfel bevangen. Was dat wel gepast na het overlijden van mijn moeder? Maar wanneer zou Darren nog eens in de gelegenheid zijn naar Berlijn te reizen?

'Nelson? Is hij een Amerikaan?' vroeg hij.

'Nee, een Duitser, voor zover ik weet. Hij heeft in elk geval nooit iets anders beweerd. Waarschijnlijk is het een pseudoniem. Mijn vriendin Henny heeft eens gezegd dat veel mensen in de theaterwereld zich een andere naam aanmeten. Daarmee schijnen ze... professioneler over te komen.'

Darren glimlachte naar me en daardoor verdween de lichte steek die ik voelde als ik aan Henny dacht of over haar sprak. 'Ik ga heel graag met je naar het theater. En ik ga ook met je mee naar elke andere afspraak.'

'Je zult geen woord kunnen verstaan,' wierp ik tegen. Toen kwam ik op een idee. 'Maar we zouden de reistijd nuttig kunnen besteden aan wat lesjes in mijn moedertaal. Gesproken Duits is helemaal niet zo lastig.'

'O nee? Ik heb je aan de telefoon gehoord. Het klonk me behoorlijk lastig in de oren.'

'Dat is een kwestie van wennen.' Er gleed een glimlach over mijn gezicht, maar iets in mijn borst hield mijn opkomende vrolijkheid tegen. 'We moesten ons maar eens klaarmaken,' zei ik. 'Je weet nooit hoe druk het onderweg is.'

Darren knikte. 'Ja, je hebt gelijk. Laten we opbreken.'

De ochtendlucht was helder en fris en dankzij de hoofdpijntablet en het gesprek met Darren voelde ik me weer iets beter. De rit door de stad was niet zo tijdrovend als ik had gevreesd en ik was blij dat we al wat eerder bij de haven aankwamen. De rij passagiers voor de steiger was lang. Hier en daar omhelsden reizigers elkaar in tranen. Toen we aan de beurt waren lieten we onze tickets zien.

Ditmaal wilde ik ervan afzien te blijven kijken hoe het Vrijheidsbeeld achter de horizon verdween. Ik wilde niet onder de mensen zijn. Ik wilde me alleen maar onder de dekens verstoppen en de reisdagen slapend doorbrengen. Darren had er gelukkig begrip voor. Hij bracht mijn koffer naar mijn hut en trok zich toen terug. Om mij rust te verschaffen had hij er genoegen mee genomen een hut te delen met een wildvreemde passagier. Daar was ik hem heel dankbaar voor.

Toen het schip van wal stak liep ik toch even naar de patrijspoort in mijn hut, maar van daaruit was de stad niet te zien. In plaats daarvan richtte ik mijn blik op de oceaan voor me. Op de weg naar huis.

44

De dagen van de overtocht gingen vlugger voorbij dan ik had verwacht. Het merendeel van de tijd sliep ik, want bij vlagen overviel het verdriet me, waardoor ik erg moe werd. Darren probeerde me zo goed mogelijk op te monteren, maar helemaal lukte hem dat niet. Wel slaagde ik er inderdaad in hem een beetje Duits bij te brengen. Zo kon hij in elk geval ergens voor bedanken en de weg vragen als hij op het idee kwam alleen op pad te gaan.

Dat hij bij me was had het voordeel dat ik niet door mannen werd aangesproken, zoals bij mijn laatste reis het geval was geweest. Ik voelde hun blikken, maar meestal wendden ze die vlug af zodra ze merkten dat Darren bij me hoorde. Regelmatig betrapte ik mezelf erop dat ik hem heimelijk opnam en me afvroeg hoe het zou zijn als we opnieuw zouden beginnen. Per slot van rekening bestond er nu geen geheim meer tussen ons. Maar zou hij dat ook willen?

In Dover stapten we op de veerboot naar Calais, en vandaar reisden we verder met de trein. Ik genoot van de aanblik van het landschap, dat leidde me een beetje af. Maar hoe dichter we bij Duitsland kwamen, hoe onrustiger ik werd. Wat zou mijn moeder me hebben nagelaten? Waarom wilde de notaris dat ik met mijn vader praatte?

Ten slotte kwamen we de volgende dag aan het eind van de middag aan in Berlijn. Het Lehrter Bahnhof krioelde van de mensen. Tussen hen stonden de locomotieven hun rookpluimen uit te stoten en vochten duiven om kruimels brood.

Voor het eerst sinds lange tijd nam ik een wirwar van flarden in mijn moedertaal waar. Onwillekeurig schoten de tranen me in de ogen. Ik zag mezelf weer op het perron staan, indertijd, toen ik met Henny naar een nieuw leven was vertrokken.

Wat was er sindsdien veel veranderd...

Ook het station was veranderd. Ik ontwaarde veel meer geüniformeerde mensen. Geen politieagenten, maar mannen die me aan soldaten deden denken, hoewel hun kleding in niets leek op die van het oude keizerlijke leger, die ik van foto's uit vroeger tijden kende.

Eerst zochten we het douanekantoor op. Tenslotte waren we buitenlanders, ook al had ik nog een Duits paspoort. Er stond gelukkig geen al te lange rij, zodat we algauw voor het loket stonden.

'Heil Hitler,' zei de douanebeambte, terwijl hij zijn hand naar voren stak.

Die begroeting bevreemdde me een beetje. Daarover had ik wel in krantenberichten over de nieuwe regering gelezen, maar ook toen al had ik het merkwaardig gevonden.

'Goedendag,' antwoordde ik lichtelijk onzeker. 'Wij komen uit New York en willen graag onze bagage aangeven.'

De man nam me op. 'Amerika? U spreekt uitstekend Duits!'

'Ik ben hier geboren, maar woon al bijna zeven jaar in de Verenigde Staten.'

'Bent u Joods?' vroeg hij door. Ik trok mijn wenkbrauwen op. Wat ging mijn geloof die man aan?

'Nee, protestants.' Al moest ik toegeven dat ik al heel lang niet meer in een kerk was geweest, Maar dat hoefde de douanier niet te weten.

'En uw man?'

'O, dat is niet mijn man. Hij is een kennis die met me meegekomen is vanwege een sterfgeval in de familie.'

'Ik bedoel of hij Joods is,' bromde de man.

'Nee, hij is geen Jood.'

Darren keek me vragend aan. Ik legde hem kort uit wat er aan de hand was. Omdat ik niet wist of de beambte Engels sprak, gebruikte ik zo neutraal mogelijke bewoordingen.

'Wat zegt hij?' vroeg de beambte nadat Darren me antwoord had gegeven.

'Hij zegt dat hij katholiek is. Maar dat moet toch allemaal ook in onze paspoorten staan.'

De beambte mompelde iets wat ik niet verstond en bekeek onze paspoorten. 'Hebt u iets aan te geven?' vroeg hij toen. 'Koffie, sigaretten, alcohol?'

'Nee,' antwoordde ik. 'Zoals ik al zei, zijn we hier vanwege een sterfgeval.'

'Hoelang bent u van plan te blijven?'

'Slechts een paar dagen. Ik moet een bezoek brengen aan de notaris van mijn moeder.'

Vlug bekeek hij Darrens visum, toen zette hij een stempel in de paspoorten. Brommend schoof hij de documenten weer naar ons toe.

'Aardige mensen, die landgenoten van jou,' merkte Darren op toen we het station uit liepen naar de taxistandplaats.

'Douaneambtenaren zijn nooit echt aardig, maar dat ze nu zo groeten in plaats van goedendag te zeggen, dat verraste me.'

'En die vraag daarna, of we Joods zijn?'

'Dat ook,' erkende ik. 'Met de nieuwe regering lijkt hier veel te zijn veranderd.'

Darren stak zijn hand op, en even later stopte er een taxi voor ons. Ik noemde de chauffeur de bestemming, waarna we instapten.

Tijdens de rit naar Miss Ardens vestiging in de Budapester Strasse ontdekte ik grote affiches waarop Hitler als redder van het Duitse volk werd afgebeeld en verder ideaalbeelden van forse blonde mannen die in onderhemd en met hamers in de hand 'de Duitse economie vooruithielpen'. De reclames van vroeger waren er nog steeds, maar leken ingetogener.

'Willen ze daar iets mee verkopen?' was Darrens commentaar

terwijl hij zijn hals strekte. 'Sinds wanneer zijn politici reclamemateriaal?' Hij kende Hitlers portret natuurlijk uit de kranten.

'Het gaat niet om de verkoop, als ik de affiches goed interpreteer. Ze willen de mensen vertellen wat ze moeten doen.' Ik stopte even, toen voegde ik eraan toe: 'Dit kwam hier vroeger alleen voor als er gemobiliseerd ging worden.'

'Ze willen toch hopelijk geen oorlog beginnen?'

'Dat weet ik niet,' zei ik. 'Dat zou dom zijn, toch? Zo vlak na de laatste oorlog.'

'Heel dom. Maar wie kan er in de hoofden van politici kijken?'

Darren richtte zijn blik weer naar buiten. Nu waren er nog nauwelijks affiches te zien. Maar Darrens woorden hadden me bezorgd gemaakt. Stel dat er weer onlusten uitbraken? Ik kon me nog goed de angst herinneren die mijn ouders hadden gehad tijdens de putsch van 1920. En het leed dat de Grote Oorlog had gebracht.

De vestiging van Miss Arden bevond zich in de buurt van de dierentuin, en de Kurfürstendamm was er ook niet ver vandaan. Tijdens mijn wandelingen met Henny had ik het gebouw misschien wel gezien, maar niet waargenomen als een filiaal van een groot cosmeticaconcern. Nu zag ik de uitnodigende etalage en de potjes en flacons die glansden in het licht. Ook hier kwamen de cliëntes binnen door een rode deur. Miss Arden zag erop toe dat het uniforme beeld van het bedrijf wereldwijd in stand werd gehouden.

Onder het klingelen van de deurbel liepen we naar binnen. Zoals ik het in de Amerikaanse salons gewend was, waren er een receptie met een glazen balie en ruime fauteuils voor wachtende cliëntes. Een jonge vrouw met gewatergolfde blonde krullen en roze lippenstift lachte ons vriendelijk toe.

'Goedendag, ik ben Sophia Krohn uit New York,' zei ik. 'Heeft Miss Arden laten weten dat ik zou komen? Ik bedoel, wij...'

Ik voelde me warm worden bij het besef dat ik Miss Arden niet had verteld dat Darren met me mee zou gaan. Had hij haar voor ons vertrek nog geïnformeerd? Ik had zo veel aan mijn hoofd gehad dat ik er niet op had gelet.

Er verscheen een begrijpende uitdrukking op het gezicht van de receptioniste. 'Een momentje, ik ga juffrouw Rieker halen.' Met die woorden verdween ze achter een fluwelen gordijn dat de receptie scheidde van de achtergelegen ruimten.

Ik keek om me heen. Miss Ardens smaak was ook hier duidelijk herkenbaar. Oudroze gordijnen, zware, comfortabele fauteuils en bonte schilderijen vormden een fraai contrast met de affiches buiten. Het was goed te weten dat hier blijkbaar niet veel veranderd was.

Het gordijn werd opzijgeschoven en er verscheen een keurige jonge vrouw met donker haar in een blauw mantelpakje. Ze had een map onder haar arm en leek heel drukbezet. Ze gaf ons een hand en stelde zich voor. 'Ik ben Käthe Rieker, assistent-bedrijfsleider. Bent u Mr Krohn?' vroeg ze, waarop Darren zijn hoofd schudde.

'Nee, mijn naam is O'Connor, Darren O'Connor. Ik ben met Miss Krohn meegekomen. Dat was een... min of meer spontane beslissing.'

De jonge vrouw nam dat met een knikje ter kennis. 'Juffrouw Wienicke heeft me opgedragen er voor u te zijn en u uw kamer te wijzen. Onze bedrijfsleider, Mr Yates, is helaas niet aanwezig, maar juffrouw Wienicke hoopt tijd voor een gesprek met u te vinden.'

'Dank u wel, dat is heel aardig, maar eigenlijk niet nodig,' antwoordde ik enigszins overweldigd. Ze behandelde ons als hoogwaardigheidsbekleders, terwijl het toch maar om een privéaangelegenheid ging. 'Ik ben hier alleen maar vanwege mijn moeder...'

'Dat weet ik. Mijn deelneming voor uw verlies. Miss Arden heeft ons ingelicht.'

'Dank u. En ik waardeer het zeer dat u ons onderdak biedt.'

Juffrouw Riecker knikte, toen draaide ze zich om. 'Wilt u me volgen, alstublieft?'

We liepen de trap op, kwamen langs behandelingsruimten en liepen nog meer trappen op. Ten slotte bereikten we de privévertrekken waar Miss Arden tijdens haar verblijf in Berlijn woonde. Voor mijn ogen verscheen een enorme eetkamer, gevolgd door een slaapkamer.

'Dit zijn uw kamers,' verklaarde juffrouw Rieker en toen keek ze naar Darren. 'Mr O'Connor krijgt een kamer aan het einde van de gang. Dat is de slaapkamer van Mr Jenkins als hij hier verblijft. Die houden we steeds in gereedheid voor het geval dat Miss Arden en haar echtgenoot bij ons op bezoek komen.'

'Geweldig,' hoorde ik Darren zeggen. Toen wendde hij zich tot mij en knipoogde naar me zonder dat juffrouw Rieker het zag.

Käthe Rieker knikte. 'Gaat u mee, alstublieft. Ik heb een tafeltje in een restaurant in de buurt gereserveerd. Daar kunnen we wat praten als u wilt.'

Ik had wel trek, maar ik had weinig zin om met juffrouw Rieker te converseren. Het liefst was ik samen met Darren gebleven, zoals steeds de afgelopen dagen. Ik keek naar hem en zag in zijn ogen dat hij er ook zo over dacht. Maar ik wilde niet onbeleefd zijn, en hij vast ook niet. 'Dat is heel aardig van u, juffrouw Rieker.'

Ik keek Darren en de jonge vrouw nog even na terwijl ze door de gang liepen, toen ging ik mijn kamer in. Het eerste wat me daarbij in het oog viel was de roze sprei op het brede bed. Het interieur was verder in crème en goud gehouden, maar helemaal zonder een spoortje Arden-Pink kon Miss Arden blijkbaar ook bij de woninginrichting niet.

Ik zette mijn koffer neer op de vloer en liep naar het raam. De zon zakte naar de horizon en de schaduwen waren lang geworden. Er reden een paar fietsers langs. Voor me strekte zich de dierentuin uit.

Het was lang geleden dat mijn ouders er met mij waren geweest. Indertijd waren de nieuwe buitenverblijven in gebruik genomen. Intussen waren kleine bomen grote bomen geworden en kon je niet meer over toen nog lage hagen heen kijken. Misschien zou het fijn zijn daar een keer te gaan wandelen...

Er werd geklopt. 'Binnen,' zei ik, en het volgende ogenblik verscheen Darren in de deuropening.

'Zo te zien heb jij de betere kamer gekregen,' zei hij en hij kwam binnen.

'Ze waren niet op jou voorbereid,' merkte ik op, waarop hij begon te lachen.

'Toch wel, ze zijn altijd voorbereid. Maar het lijkt erop dat Mr Jenkins het graag een beetje... spartaans heeft.'

'Dat kan ik me helemaal niet voorstellen,' antwoordde ik, en ik wilde al naar de deur lopen om het te controleren, maar Darren hield me tegen door zachtjes zijn handen op mijn armen te leggen.

'Het is wel goed, maak je niet ongerust,' zei hij en hij schonk me een blik waarvan mijn buik begon te kriebelen. Alles in me verlangde ernaar hem te kussen. Waarom deed ik dat niet gewoon?

Geklop doorkruiste mijn plan. Mijn wangen begonnen ineens te gloeien, terwijl er toch niets was gebeurd.

'Juffrouw Krohn?' klonk een vragende stem.

'Ja?'

De deur ging open en er verscheen een meisje met een mandje waarin ik een witte handdoek en een aantal flesjes en potjes met Arden-verzorgingsproducten ontdekte.

'Een geschenk van het huis,' zei ze, terwijl ze me het mandje overhandigde. 'Juffrouw Rieker staat beneden te wachten.'

'Bedankt, we komen eraan.'

Het meisje trok zich met een knicksje terug en verdween naar de gang. Ik keek naar het mandje en wenste opeens vol verdriet dat ik het aan mijn moeder kon geven. Hoofdschuddend zette ik het idee van me af.

'Dan moesten we onze gastvrouw maar niet laten wachten,' zei Darren, terwijl hij het cadeau bekeek. 'Ik ben benieuwd of juffrouw Rieker voor mij ook zo'n mandje heeft.'

'Miss Arden maakt geen producten voor heren,' zei ik meesmuilend. 'Maar ik geef je heel graag wat van de mijne, als je wilt.'

'Dank je wel, dat aanbod weet ik te waarderen.' Hij kwam naar me toe, sloeg een arm om mijn schouders en kuste me op mijn voorhoofd.

Onwillekeurig verstijfde ik, maar toen wenste ik dat dit moment nooit zou eindigen.

Juffrouw Rieker nam ons mee naar het Gourmenia-Palast, dat niet ver van Bahnhof Zoo lag. 'Restaurant Traube is een van de beste van de stad. Ik hoop dat u van wijn houdt.'

'Een groot wijnkenner ben ik niet, maar ze zullen er vast ook iets te eten hebben, nietwaar?' Ik keek naar Darren, die geamuseerd leek.

'Vanzelfsprekend. Het is een van de geliefdste gelegenheden van de stad. Het wordt steeds lastiger om daar aan een tafeltje te komen, maar de echtgenote van de eigenaar zweert bij onze producten. Ze heeft zich nog niet door de propaganda laten afschrikken.'

'Propaganda?'

'Ja, de vrouwen hier wordt aangepraat dat make-up gebruiken on-Duits is. Water en zeep zouden alles zijn wat de Duitse vrouw nodig heeft.'

'Serieus?'

Juffrouw Rieker knikte. Ik schudde verbijsterd mijn hoofd. 'En doen de vrouwen dat ook?'

'Sommigen wel. Vooral die uit de onderste lagen van de bevolking. Die zie je in onze salons toch al niet veel, maar het breidt zich ook uit onder vrouwen uit de bourgeoisie. Sommigen van hen hebben echtgenoten die helemaal in hun partijlidmaatschap opgaan.'

Ik had al in de krant gelezen dat met 'de partij' de NSDAP werd bedoeld, waarvan Hitler de leider was en die sinds vorig jaar regeerde.

Juffrouw Rieker zweeg even, toen voegde ze er op fluistertoon aan toe: 'Maar u zou de vrouwen van de hoge pieten eens moeten zien! Die geven niets om het gezwets van hun mannen. Die blijven bij ons komen en de beste behandelingen boeken. Mijn collega's zeggen wel schertsend dat de oekaze over water en zeep afkomstig is van de echtgenotes, zodat die geen concurrentie meer hoeven te vrezen.' Ze giechelde even, bedacht zich toen en keek om zich heen alsof ze bang was dat iemand haar gehoord had. 'Maar dat moet u tegen niemand zeggen. Tegenwoordig hebben de muren overal oren, en de ramen ogen. U kunt het best voorzichtig zijn. Binnenshuis kan ik nog garanderen dat er niets naar buiten wordt gebracht, maar daarbuiten wordt het steeds erger. Er zijn veel mensen die in een goed blaadje willen komen te staan bij de nieuwe ambtenaren.'

'Dan moet u zich er misschien hierbuiten niet meer over uitspreken,' zei ik, terwijl er een rilling over mijn rug liep. Het was in Berlijn nooit zo geweest dat je iets niet durfde te zeggen.

'Maakt u zich geen zorgen, we spreken immers Engels,' antwoordde ze. 'De meesten hier beheersen die taal niet. Hitlers mensen vinden dat alleen de taal van het "Herrenras" telt.'

Dat klonk evenmin goed. Het begrip alleen al: 'Herrenras'! Ik kreeg voor de tweede keer de rillingen.

Even later kwamen we aan bij het Gourmenia-Palast, waarin blijkbaar diverse cafés en eetgelegenheden waren ondergebracht. Ik ontdekte het uithangbord van Café Berlin en een restaurant met de naam Stadt Pilsen. Darrens ogen begonnen zichtbaar te schitteren toen hij het American Buffet ontdekte. Hoelang zou dat het nog uithouden, gezien de veranderingen in het land? Als make-up al als on-Duits werd beschouwd...

Het Palast zelf was aan de buitenkant strak en sober vormgegeven, en leek afkomstig uit een andere, nog ongekende tijd. Dat gold ook voor Weinlokal Traube. De architectuur van het interieur was eenvoudig, maar tegelijkertijd geweldig en adembenemend. Verdeeld over drie etages zaten de gasten op balkons die aan die van veel gebouwen in New York deden denken. Grote ronde lampen aan de plafonds verspreidden warm licht.

In alle hoekjes groeiden verschillende planten. Zo ontdekte ik ergens reusachtige bananenplanten, ergens anders palmen en andere exotisch ogende gewassen. In het midden van de ruimte bevond zich een glazen atrium, dat ook belicht was en grotere planten de mogelijkheid bood tot volle wasdom te komen.

Ik was ervan overtuigd dat dit restaurant zowel madame als Miss Arden zou aanstaan.

'Je zou bijna denken dat je in de Botanischer Garten was, hè?' zei juffrouw Rieker, en ze gebaarde dat we haar moesten volgen.

Dat kon ik alleen maar beamen, vooral omdat het gekwetter dat ik hoorde inderdaad afkomstig was van levende vogels, die over de hoofden van de gasten vlogen.

'Ongelofelijk, hè,' zei ik tegen Darren, terwijl juffrouw Rieker met de ober aan de balie sprak.

'Zoiets zou het bij veel zakenlui in New York ook goed doen,' zei hij en hij keek om zich heen. 'Gewoonweg verbazingwekkend dat er in de Oude Wereld zoiets bestaat.'

'Ons tafeltje is vrij,' deelde juffrouw Rieker ons mee. De ober bracht ons naar de tweede etage, waarvandaan we een mooi uitzicht hadden op het atrium en de prachtige planten daarin. Een geel met wit vogeltje streek neer op de balustrade en kwetterde luid. 'Een kanarie!' zei Darren enthousiast. 'Lieve help, laten ze die hier vrij rondvliegen?'

'De vogels weten waarschijnlijk dat ze het best kunnen blijven waar hun voer is,' antwoordde juffrouw Rieker.

Ik keek om me heen. De mensen hier hadden net zo goed in een New Yorks restaurant kunnen zitten, afgezien van een paar mannen in zwarte uniformen. Veel vrouwen waren opgemaakt, maar de kapsels waren anders. Korte coupes leken te zijn verdwenen. Bij sommige dames viel het haar in zachte golven over de schouders, andere droegen het in strakke knotten in de nek.

De gasten aan de tafeltjes onder ons leken wat minder in goeden doen dan degenen die vlak bij ons zaten. De vrouwen hadden als kleine meisjes vlechten in hun haar gemaakt. Sommigen hadden de vlechten om hun hoofd geslagen en hun gezichten waren zo flets en bleek, dat Miss Arden ervan had gegruwd. Ook hun kleding was anders. De rokken waren langer, jurken werden rondom het middel met een ceintuur vastgesnoerd, en daarboven droegen de dames meestal een soort jasje. Bij het vrouwelijke gezelschap van de uniformdragers zag ik echter avondjurken van glanzende stoffen. Blijkbaar werd er ook in de mode met twee maten gemeten.

De ober bracht ons de menukaart. Juffrouw Rieker beval de rosbief aan, met een Franse bourgogne. Daar had Darren noch ik iets tegen in te brengen.

Nadat de bestelling was doorgegeven zei onze gastvrouw: 'Weet u, ik zou dolgraag het moederbedrijf van Miss Arden eens zien. Als ze hier is, vertoont ze altijd zo'n elegant flair... Ik benijd u dat het u gelukt is de sprong over de oceaan te maken, juffrouw Krohn.'

'Nou, dat was niet echt eenvoudig, maar ik ben ook blij dat Miss Arden me in haar bedrijf heeft opgenomen.' Ik besloot te verzwijgen dat het Helena Rubinstein was geweest die de weg naar de Nieuwe Wereld voor me had geëffend.

'Bedoelt u dat Miss Arden iemand zoals ik ook naar New York kan halen?' De stem van de verder zo zelfverzekerd lijkende vrouw werd bijna meisjesachtig. Haar motivatie was beslist heel anders dan de mijne, maar ik herkende mezelf in haar. Ook ik had gehoopt door Miss Arden naar een door mij gewenste plaats te worden gestuurd. Maar Miss Arden had zo haar eigen plannen, dat wist ik nu. En misschien was het ook wel goed dat ze me niet, zoals ik gewild had, naar Parijs had overgeplaatst. Het spoor was praktisch doodgelopen, en wellicht had ik er spijt van gekregen als ik daar was geweest.

'Veel mensen emigreren vanhier naar Amerika,' vervolgde juffrouw Rieker. 'Men zegt dat het daarginds makkelijk is om rijk te worden.'

'Ik vrees dat dat een mythe is,' zei Darren. 'Natuurlijk klopt het voor sommigen. Maar inmiddels is het moeilijker geworden. Dit zegt iemand die probeert zijn broek op te houden.'

'Toch weerhoudt dat de mensen niet.'

Juffrouw Rieker draaide zich om en ging fluisterend verder: 'En als u het mij vraagt, ik kan dat begrijpen. Op het eerste gezicht zou je zeggen dat het hier beter gaat dan vroeger, maar ik ben bang dat dit niet goed afloopt. Ik ben blij dat ik voor Miss Arden werk. Mogelijk biedt ze ons een uitweg als de toestand verslechtert.'

'In hoeverre zou daarvan sprake zijn?'

'Ik weet het niet, maar ik heb zo'n gevoel. Misschien komen de nieuwe leiders wel op het idee cosmetica helemaal te verbieden. Elke dag lijkt nieuwe verordeningen te brengen. Wie weet wat er allemaal nog komt.'

Ik wilde vragen wat voor verordeningen dat waren. En wat een regering tegen make-up zou kunnen hebben. Madame Rubinstein had me verteld dat make-up indertijd, toen zij met haar bedrijf was begonnen, voor vrouwen een vorm van bevrijding betekende. Waren de machthebbers hier bang voor vrijheid? Waren ze bang voor vrouwen?

Maar toen verscheen de ober met ons eten. Het water liep me in de mond. Peg was een uitstekende kokkin, maar zelfs zij kreeg de rosbief niet zo zacht en mals.

De rest van de avond hadden we het over vrij onbelangrijke onderwerpen en het werk. Juffrouw Rieker wilde alles weten over het project waarmee ik bezig was. Nu de opening nog een kwestie van tijd was, vertelde ik een paar dingen, voornamelijk anekdotes zoals die van de overstroomde tennisbanen of de ijdele voedingsdeskundige met zijn personal trainer. Darren deed verslag van de reclamecampagne die hij had opgezet.

Ze luisterde met glinsterende ogen, en ik voelde duidelijk haar verlangen naar den vreemde – en haar angst dat alles wat hier was opgebouwd kon worden verwoest. Op de terugweg naar het Arden-filiaal was ze nogal stilletjes. We kwamen vrijwel niemand tegen; blijkbaar had de nieuwe regering ook haar uitwerking op de uitgaansbehoefte van de mensen. Vroeger kon je 's avonds laat niet door de stad lopen zonder aangeschoten nachtbrakers tegen te komen, maar nu waren de trottoirs zo goed als leeg.

Bij de deur nam juffrouw Rieker afscheid van ons en overhandigde me een voordeursleutel. 'Ik woon in de buurt en heb mijn telefoonnummer bij de receptie achtergelaten. Voor het geval dat er iets is...'

'Hartelijk dank,' antwoordde ik. 'Maar ik ben niet alleen.'

Ze keek naar Darren en glimlachte een beetje verlegen.

'Het was een fijne avond,' zei ik, 'dank u wel.'

'Ik moet ú bedanken. Sinds hier alles veranderd is, kun je nauwelijks meer een realistische blik op de buitenwereld werpen. Alles is doortrokken van ideologie. Ik zou willen dat ik met u mee kon.'

'Misschien haalt Miss Arden u ooit naar de Verenigde Staten. Je weet nooit welke wending het leven neemt, dat kan ik u uit ervaring zeggen.'

Ze knikte, toen zei ze gedag en deed ik de deur open. Het was een beetje vreemd om alleen in het filiaal te zijn. Elke stap klonk overdreven luid en de crèmes en parfums leken sterker te geuren.

Alleen met Darren zijn prikkelde mijn fantasie, maar ik riep mezelf tot de orde. We stonden dicht bij een lichte toenadering, en ik merkte dat Darren dat ook fijn vond. Maar doen waarnaar mijn hart op dat moment verlangde durfde ik niet, want ik had het gevoel dat ik op dun ijs stond, dat bij elke onverhoedse beweging kon breken.

'Wat vind je van mijn vaderland?' vroeg ik aan Darren toen we de trap naar onze kamers op liepen. 'Ik moet erkennen dat het nogal veranderd is. Alleen al dat verhaal over make-up...'

'Het is Amerika niet,' zei Darren.' Eigenlijk lijkt het me hier wel leuk. Een beetje stijfjes en formeel misschien. Heel ordelijk. Maar ik vind het verontrustend dat de mensen niet meer hardop mogen zeggen wat ze denken. Heb je gemerkt dat ze telkens om zich heen keek? En dat terwijl ze geen woord Duits heeft gesproken.'

'Jazeker. Dat was er in mijn tijd ook niet. In elk geval heb ik daar toen niets van gemerkt.' Ik zuchtte diep. Ik had me de terugkeer naar mijn vaderland anders voorgesteld. En het ergste moest nog komen! 'Eerst maar eens zien wat de dag van morgen brengt.'

'Ik ben bij je,' zei Darren en hij streelde eventjes over mijn arm. Je hoeft het maar te zeggen en dan kom ik naar je toe en sta je in alles bij.'

Ik schudde mijn hoofd. 'Dat is lief van je, maar naar de afspraak bij de notaris moet ik in elk geval in mijn eentje. Het is echter fijn dat je er bent. Ik weet niet of ik het allemaal zou kunnen volhouden zonder iemand om mee te praten.'

'Je hebt al erger meegemaakt, als ik het wel heb.'

'Daar heb je gelijk in.' Ik probeerde te glimlachen, maar blijkbaar waren zelfs mijn mondhoeken daarvoor te moe.

Darren glimlachte naar me, en ineens was zijn gezicht zo dicht bij het mijne dat ik recht in zijn prachtige groene ogen keek.

Ik wilde iets zeggen, maar op dat moment voelde mijn keel rauw en droog. Darren leek het net zo te vergaan. Ik kon me onze eerste kus nog goed herinneren. Destijds was het bijna net zo geweest toen we tegenover elkaar hadden gestaan. Als ik hem toch een teken zou kunnen geven! Nog steeds had ik het gevoel dat ik het spel van de liefde niet beheerste. Ik was goed in mijn werk, maar met mannen flirten viel me zwaar.

Dat leek hem echter niet uit te maken. Nadat we elkaar een poosje hadden aangekeken boog hij zich voorover en even later voelde ik zijn lippen op de mijne. Warm en zacht, slechts even, alsof hij wilde testen of ik er klaar voor was. Dat was ik, en ik verlangde naar meer.

Ditmaal kuste ik hém, langer en intenser. Ik sloot mijn ogen om er helemaal in op te gaan. Ineens was het alsof we nooit uit elkaar waren gegaan. Alsof er geen jaren waren verstreken voor we elkaar terugzagen. Een tijdje bleven we zo staan, verbonden in de kus, toen trok hij zich opeens bevend terug.

'Heb ik iets verkeerd gedaan?' vroeg ik verbaasd.

'Nee, nee, integendeel zelfs. Ik...' Hij stokte. 'Vergeef me alsjeblieft.'

Ik voelde dat het bloed naar mijn wangen steeg. 'Wat zou ik je dan moeten vergeven?' vroeg ik. 'Dat was een van de fijnste kussen die ik ooit van je heb gekregen.' Het was vooral ook de eerste kus sinds we uit elkaar waren gegaan. Nu wist ik weer waarom ik mijn hart niet voor een andere man had geopend.

'Zou je willen dat wij weer... Ik bedoel...'

'Je bedoelt dat we elkaar weer kussen?'

'Dat we weer met elkaar omgaan, samen zijn. Je weet wel wat ik bedoel.' Hij, die anders nooit om woorden verlegen zat, draaide er nu ineens omheen.

'Ik ben nog steeds de vrouw die ik vier jaar geleden was. Goed, ik ben wat ouder, en ik heb een andere bril, maar...' Ik zweeg even en keek hem aan. Het lukte me slechts met moeite te verbergen dat ik inwendig trilde van verlangen. 'Maar het litteken zit er nog steeds. En alles waarvoor dat staat is nog altijd met me verbonden.'

'Dat weet ik,' zei hij. 'Daar hebben we het toch over gehad, nietwaar? Als je nog andere dingen op je hart hebt, vertel me dat dan gerust.'

'Die zijn er niet,' antwoordde ik. 'Maar mijn zoontje... De vraag of hij nog leeft of niet, zal eeuwig blijven. Die blijft me net zolang bij tot hij gevonden wordt of ik sterf.'

Darren trok me in zijn armen. 'Ik weet het. En ik kan je verzekeren dat dat voor mij geen verschil maakt. Als het kon...'

Ik legde mijn vinger op zijn mond. 'Doe alsjeblieft geen beloften die je niet kunt waarmaken. De zoektocht naar mijn zoontje is... lastig. Dat zal altijd zo zijn zolang monsieur Martin geen nieuw spoor vindt. Misschien geef ik het op een dag op.'

'Ik zal je steunen, dat beloof ik. Wat je ook van plan bent.'

'Dank je wel.' Ik maakte me voorzichtig van hem los. Mijn hart bonsde hevig, en ik stond op het punt hem mee naar mijn kamer te nemen. Maar toen deed ik een stap achteruit. 'We moeten gaan slapen,' zei ik. 'Morgen wordt het een vermoeiende dag.'

Darren knikte en stak zijn handen in zijn zakken. 'Zeker.'

'En wat je voorstel betreft: daar denk ik over na. Ik glimlachte. 'Zelfs serieus. Ik ben nooit opgehouden van je te houden, maar het gaat nu juist zo goed met ons. We zijn goede vrienden. Ik heb tijd nodig om te kunnen beslissen of we samen verder kunnen.'

'Prima.' Nu verscheen er op Darrens gezicht een glimlachje. Hij keek een poosje naar me, stak toen zijn hand uit en streelde me teder over mijn wang. 'Welterusten, Sophia,' zei hij en hij verdween naar de gang.

Ik trok me in mijn kamer terug. Daar bleef ik tegen de deurpost staan leunen, want mijn knieën waren slap en mijn hartslag was nog steeds niet tot rust gekomen. Eerlijk gezegd zou ik het echt fijn vinden om weer samen met Darren te zijn. Het was een geweldige kus geweest, waardoor mijn verdriet een beetje naar de achtergrond was verdwenen. Maar kon ik het echt wagen die stap te zetten? Een kus was een kus, niet meer en niet minder. Het hoefde niet onherroepelijk tot iets te leiden, al wilde ik het wel. We hadden geen geheimen meer voor elkaar, maar ik wist dat hij soms een beetje overdreven reageerde. We konden goed met elkaar overweg, als vrienden, maar als stel? Ook al verlangde ik hevig naar hem...

Ik deed mijn ogen dicht om naar mijn hartslag en mijn gedachten te luisteren. Toen die allebei tot rust waren gekomen, kwam ik van mijn plaats en begon ik me klaar te maken voor de nacht.

45

Omdat ik pas later op de dag bij notaris Balder moest zijn ging ik 's ochtends met Darren naar de Leipziger Strasse. Misschien zou ik daar wel een blouse kunnen vinden voor bij mijn donkere mantelpakje.

Vroeger waren mijn moeder en ik altijd naar warenhuis Wertheim gegaan om ons in het nieuw te steken voor het volgende seizoen. Ik had ook naar een andere winkel kunnen gaan, maar ik wilde herinneringen aan mijn moeder ophalen. Ik had al heel lang niet meer aan haar gedacht en het leek een eeuwigheid geleden dat we hier voor het laatst eensgezind hadden rondgewandeld.

Het weer was zacht en de zon scheen. Op straat heerste de gebruikelijke bedrijvigheid. We namen de bus, waar op deze ochtend niet alleen veel gewone mensen in zaten; ik zag er ook een paar in uniform. Ze waren ontspannen in gesprek met hun buren en het leek niemand te storen dat er een zekere militante sfeer om hen heen hing. Ik moest mezelf er echt toe dwingen hen niet aan te staren. Hun gesprekken hadden ook door heel gewone arbeiders gevoerd kunnen worden, maar door hun uiterlijke verschijning kregen hun onschuldige opmerkingen iets absurds. Ik was blij toen we bij onze halte waren en konden uitstappen.

Op het eerste gezicht was het warenhuis niet veranderd. Het was nog steeds het eerbiedwaardige consumentenpaleis uit mijn kinderjaren. Maar toen we dichterbij kwamen zag ik een jongeman met een bord bij de ingang staan. Eerst zag ik het aan voor een reclamebord, maar toen las ik de tekst die in vette letters op het papier stond: KOOP NIET BIJ JODEN! Het lettertype had veel weg van dat wat ik ook al op de affiches had zien staan.

'Wat is dat?' vroeg Darren. 'Hebben ze een speciale aanbieding of zo?'

Uit het veld geslagen schudde ik mijn hoofd. 'Nee, het... betekent iets anders.'

Darren trok vragend zijn wenkbrauwen op.

Ik keek naar de jongeman en merkte duidelijk dat hij ons onderzoekend opnam. Daarom zag ik ervan af Darren uitleg te geven en liep ik gewoon door naar de ingang.

'Waarom wilt u bij die Jood kopen?' vroeg hij terwijl hij ons de weg versperde. Ik verstijfde. Even wist ik me geen houding te geven. Ik besloot te doen alsof ik hem niet had verstaan.

'*Excuse me, sir*?' vroeg ik in het Engels. De jongeman keek me met grote ogen aan. '*I don't understand you*.'

'Buitenlands tuig,' gromde hij, maar hij liet ons door.

'Wat was dat nou?' vroeg Darren verbaasd toen we de deur door waren.

'Ik weet niet wat die mensen bezielt,' antwoordde ik. Het had me aangegrepen.

'Waarom sprak je hem in het Engels aan?'

'Omdat ik wilde doen alsof ik niet had verstaan wat hij zei.'

'Wat zei hij dan? Wilde hij je een onzedelijk voorstel doen?'

Ik schudde mijn hoofd. 'Nee. Hij wilde me ervan afhouden hier iets te kopen.'

'Neemt u me niet kwalijk,' klonk een wat onzekere vrouwenstem. 'Kan ik u van dienst zijn?'

'Ja, ik...' Ik keek op. De jonge verkoopster klonk niet alleen verschrikt, ze zag er ook zo uit. Pas nu viel me op dat er bijna niemand in het warenhuis was. Trokken de mensen zich dan werkelijk iets aan van dat bord van die man daarbuiten? Luisterden ze naar hem en lieten ze zich intimideren? 'Ik zoek een zwarte blouse. Mijn moeder is overleden en...'

De jonge vrouw staarde me aan. 'O... wat erg.'

'Ik kwam hier vroeger vaak met haar.'

'Dat... was heel aardig van u,' antwoordde ze en nadat ze nog een angstige blik naar de deur had geworpen wenkte ze ons haar te volgen.

Ik verkeerde in tweestrijd. Zou ik haar vragen wat daar aan de hand was?

Ook op de afdeling damesmode was vrijwel niemand te zien. Een oudere dame bij een kledingrek was de enige klant.

De verkoopster ging ons voor naar een sofa en nodigde ons uit om plaats te nemen. Zo'n behandeling viel anders alleen de vaste clientèle te beurt. Daartoe hadden mijn moeder en ik niet behoord. Maar blijkbaar had ze nu de tijd. Even later kwam ze terug met een kledingrek op wieltjes waaraan diverse blouses hingen. Sommige hadden ruches en zagen er haast een beetje ouderwets uit. Maar er hingen ook smallere modellen met een slankere snit bij.

'Dit is alles wat we momenteel aan zwarte blouses hebben. Als u wilt, laat ik ze zien op onze modellen.'

'Niet nodig,' zei ik vlug, want ik wilde haar geen extra werk bezorgen. 'Ik kijk even en als ik er een zie die me bevalt, pas ik die.'

De jonge vrouw knikte en deed een stap naar achteren. Daarbij vouwde ze haar handen voor haar schoot en boog ze haar hoofd.

Met een bedrukt gemoed bekeek ik de blouses. Ik nam ze een voor een van hun hanger om te zien of er een bij zat die voor de gelegenheid geschikt was. De stilte in het warenhuis bracht een eigenaardige sfeer met zich mee. In New York leek de lucht te vibreren van geroezemoes en zachte achtergrondmuziek. Maar hier hing de sfeer van een mausoleum.

'Hoe... Hoelang staat die man al bij u voor de deur?' vroeg ik ten slotte.

'Welke man?' antwoordde ze, maar haar stem beefde. Ze wist wie ik bedoelde.

'Die man met dat bord,' zei ik. 'De man die probeert de mensen ervan af te brengen hier naar binnen te gaan.'

De verkoopster begon rusteloos aan de ceintuur van haar jurk te frummelen. 'Hij houdt niet iedereen tegen,' antwoordde ze voorzichtig. 'Onze Joodse klanten mogen hier kopen.'

'En de andere klanten? Ik bedoel, degenen die niet Joods zijn?'

'Die kunnen natuurlijk ook komen, maar...' Ze beefde terwijl ze diep ademhaalde. 'Ik kan u beter niet meer vertellen... U weet vast wel hoe het hier de laatste jaren gaat.'

'Nee, dat weet ik niet,' antwoordde ik. 'Ik woon al heel lang in Amerika.' Ik was blij dat ik had gedaan alsof ik hem niet verstond. Wie weet hoezeer hij ons anders nog had belaagd.

'Nou, dan hebt u geluk...' Ze lachte onzeker. 'Mijn oom is ook naar Amerika gegaan. Hij wil dat wij ook komen, maar... we kunnen hier toch niet alles zomaar achterlaten?'

Ik had haar graag verteld dat ik wel alles had achtergelaten. Maar dat was niet hetzelfde. Ik was door mijn vader verstoten en hier stond een onbekende voor de deur, die er blijkbaar op uit was het warenhuis schade te berokkenen. 'En als u de politie erbij haalt? Zodat ze die man wegsturen?'

'Ze zouden hem niet wegsturen,' zei ze. 'Zo is het hier nu. En we hebben nog geluk dat we het warenhuis open mogen houden. Voor andere winkels was het nog erger. Daar kwamen helemaal geen klanten meer, zodat ze moesten sluiten. Bij een aantal winkels die niet wilden sluiten werden de ruiten ingegooid. Maar dit warenhuis is waardevol. Ze durven het niet kapot te maken. Tenminste, tot nu toe niet.'

Er liep een ijzige rilling over mijn rug. *Zo is het hier nu.*

'En waarom dan?' Ik sprak mijn gedachten hardop uit.

Het meisje kreeg een gelaten blik in haar ogen. 'Ze vinden dat we geen nut hebben. Daar zullen we voortaan mee moeten leven. Joden raken overal in het land hun werk kwijt. Er is een nieuwe wet waarin staat dat Joden geen functie bij de overheid mogen hebben. Als gevolg daarvan is mijn broer ook zijn werk als gemeenteambtenaar kwijtgeraakt.'

Vol ongeloof schudde ik mijn hoofd. 'Dat kan toch niet waar zijn!'

Het meisje glimlachte droevig. 'Het is aardig van u dat u het zo bekijkt. Maar ik verzin het niet. Vraag het maar in de stad. U vindt nergens meer een Jood die in dienst is bij de overheid, bij een ziekenhuis of waar dan ook. En wie weet, misschien verdwijnen Joodse bedrijven binnenkort ook wel.'

Haar verhaal greep me zo aan, dat ik geen woord kon uitbrengen.

De verkoopster zweeg even nadenkend, zuchtte toen en zei met zakelijke stem: 'We kunnen u een beetje korting op de blouses geven als u er meer dan een neemt.'

Ik wist niet wat ik met twee zwarte blouses aan moest, maar omdat ik met het meisje en de eigenaren van het warenhuis te doen had koos ik er twee uit. Ze verdween ermee naar de kassa en we liepen achter haar aan.

Toen we het warenhuis verlieten stond de jongeman er nog steeds, maar het bord had hij in een hoek neergezet. Hij nam grote happen van een boterham en ik rook de kaas die erop zat van verre. Gelukkig verwaardigde hij ons met geen enkele blik.

'Laten we naar meneer Balder gaan,' zei ik en ik gaf Darren een arm. Vlug liepen we bij het warenhuis vandaan. Er ging opeens zo veel door mijn hoofd wat ik wilde zeggen, maar ik waagde het niet dat hierbuiten te doen, waar iemand me misschien toch kon verstaan.

We namen de ondergrondse en stonden een half uur later in Charlottenburg. De straat, waar talloze wandelaars liepen, baadde in het zonlicht. Het viel me op dat de mode hier heel anders was dan in New York. Daar liepen de vrouwen in felgekleurde jurken als ze zich die konden permitteren. En konden ze dat niet, dan maakten ze het beste van wat ze hadden. Ze maakten zich op en droegen bonte linten in het haar. Ze watergolfden het haar en droegen parfum, desnoods een van een paar cent.

De vrouwen die me nu tegemoetliepen zagen er anders uit.

Hun jassen waren kleur- en vormeloos en hun haar... Ik zag bijna geen pagekopjes of andere elegante kapsels meer. Alles zag er hetzelfde uit, karakterloos. Ik moest denken aan wat juffrouw Rieker had gezegd; ik vond het onrustbarend dat er vrouwen waren die geen make-up durfden te kopen. Waar was de tijd gebleven dat vrouwen zich graag lieten zien en opgemaakt het huis uit gingen?

Ik merkte dat ze naar me keken als ze me passeerden en voelde me bijna naakt. En dat terwijl juist zij geen enkele kleur op hun gezicht hadden, afgezien van hun door de zon licht gebruinde teint. Madame had gegruwd van zo'n uiterlijk.

We hadden nog wat tijd over, dus zochten we een cafeetje in de buurt van het notariskantoor. Omdat het een doordeweekse dag was, waren er maar weinig klanten. Er zaten alleen een paar oudere heren op de sofa's, verdiept in hun krant. Het was bijna als vroeger, toen ik me wel eens terugtrok in een café vlak bij de universiteit. Ik werd overvallen door heimwee naar mijn studie. Tot ik Georg tegenkwam was dat een heel zorgeloze tijd geweest, een tijd vol hoop. We gingen aan een vrij tafeltje zitten en bestelden koffie en een karaf water.

'Je bent zo stil,' merkte Darren op toen de kelner weg was.

'Er speelt het een en ander door mijn hoofd,' zei ik.

'Vanwege het warenhuis bedoel je?'

'Vanwege het warenhuis, juffrouw Rieker... Ik heb zoiets nog nooit gezien of gehoord. Ik bedoel, iemand die voor een warenhuis staat met een bord dat schadelijk is voor het bedrijf? Hoelang denk je dat zo iemand voor Macy's zou kunnen blijven staan?'

'Niet erg lang, want de beveiliging zou hem direct verwijderen. Of beter gezegd, hij zou er flink van langs krijgen.'

'Maar hier... Het lijkt niemand te interesseren. En die verkoopster was bang. Al probeerde ze het niet te laten merken.'

Het middagzonnetje scheen helder vanuit een bijna wolkeloze hemel, maar mijn hart werd verduisterd door dikke wolken toen ik de trap naar het notariskantoor op liep. Het trappenhuis deed me enigszins denken aan dat van de praktijk van dokter Sahler, de vrouwelijke arts die meer dan acht jaar geleden mijn zwangerschap had vastgesteld. Het rook hier alleen niet naar carbol, maar naar boenwas. Er klonken gedempte stemmen van achter de deur waar ik even later aanklopte.

De jonge vrouw die opendeed had haar haar strak naar achteren gekamd in een chignon. Ze droeg een blauwe blouse met een matrozenkraag en een rok tot over de knie. 'Wat kan ik voor u doen?' vroeg ze.

'Mijn naam is Sophia Krohn. Ik heb een afspraak met de heer Balder.'

Er verscheen een blik van herkenning in haar ogen. Ze vroeg me even in de wachtkamer plaats te nemen.

Ik liet mijn blik over de gevel van het huis aan de overkant gaan. Daar stond een raam open en er fladderde telkens een wit gordijntje naar buiten. Het leek me te wenken.

Darren was buiten gebleven, want hij wilde de huizen in de omgeving bekijken. Toch had ik hem nu liever bij me gehad.

'Juffrouw Krohn?'

Ik draaide me om. Notaris Balder was een grote, breedgeschouderde man met stevige armen. Op het eerste gezicht had hij veel weg van een worstelaar. Hij had een zilverkleurige nikkelen bril op zijn neus, die aan de kleine kant was voor zijn brede gezicht. Zijn huid met daarin oplichtende grijze ogen was bruinverbrand. Zijn haar, dat al wat dun was, had bijna alle kleur verloren. Hier en daar scheen er nog wat donkerblond doorheen. De notaris nam me van top tot teen op, alsof ik een visioen was.

'Het is lang geleden, zie ik,' zei hij, terwijl hij me zijn stevige hand toestak. 'U bent allang niet meer dat jonge meisje met wie ik in het huis van uw ouders heb kennisgemaakt.'

Destijds had ik een lelijke bril gedragen en was mijn gezicht ontsierd door acne. Het was dus geen kunst om er anders en zelfs beter uit te zien. Maar natuurlijk deed zijn compliment me plezier. Als mijn moeder niet was overleden, had ik mijn blijdschap ook beter kunnen laten blijken. 'Ja, het is lang geleden,' zei ik alleen maar. 'Ik ben blij dat u tijd voor me hebt.'

'Altijd graag tot uw dienst.' Balder gebaarde me mee te komen.

Het kantoor baadde in het milde middaglicht. Er dansten kleine stofdeeltjes in de zonnestralen. Het rook er naar hout en papier en er hing een lichte koffiegeur. De planken knarsten onder mijn voeten toen ik naar het bureau liep, waarvoor twee gecapitonneerde stoelen stonden.

'Neemt u alstublieft plaats!' zei Balder, terwijl hij op zijn bureaustoel ging zitten.

Met een beklemd gevoel in mijn borst liet ik me op een stoel zakken. De dood van mijn moeder voelde nog steeds onrealistisch aan. Dat zou ook niet anders worden zolang ik haar grafsteen niet had gezien.

'Zo,' begon Balder, waarna hij een lang aangehouden zucht slaakte. 'Het valt me eigenlijk nooit zwaar om een testament te openen, maar in uw geval...'

'Meneer Balder, alstublieft,' antwoordde ik. 'Ik weet niet wat mijn vader u heeft verteld. Maar ik ben er de afgelopen jaren in geslaagd een goed leven op te bouwen. Ik heb een baan met veel verantwoordelijkheid. Ik heb iets bereikt. En dat alles terwijl mijn vader van mening was dat ik in de goot zou belanden.' Ik voelde een rilling door mijn lichaam gaan. Dit was hiervoor niet de juiste plaats. En meneer Balder had het ook niet verdiend om de ergernis over zich heen te krijgen die mijn vader feitelijk had verdiend. Ik haalde diep adem. 'Neemt u me niet kwalijk.'

'Al goed,' zei Balder. 'We hebben allemaal ons kruis te dragen. Laten we eens kijken wat uw moeder u wilde meegeven.'

Hij zei niet 'heeft nagelaten'. Hij zei 'wilde meegeven'. Ik leunde naar achter en keek toe terwijl hij de envelop pakte en het kistje waarover hij het aan de telefoon had gehad ernaast zette. Het had het formaat van een sigarendoos. Onwillekeurig dacht ik aan de sigarendozen van mijn vader. Ik kreeg een droge mond.

'Ik zal nu de laatste wil voorlezen van Elisabeth Krohn, geboren Gründling, geboren op 21 maart 1883, overleden op 5 maart 1934.' De notaris zweeg even en vervolgde toen:

Lieve Sophia,

Het spijt me dat ons leven zo is gelopen. Ik wil je in de allereerste plaats vragen om vergiffenis voor alles wat ik heb gedaan en wat ik niet heb gedaan. Tijdens mijn ziekte, op mijn ziekbed, heb ik veel tijd gehad om na te denken. Het verlies van mijn dochter heeft me meer pijn gedaan dan de kanker waardoor ik langzaam ben weggeteerd. Ik hoopte zo dat je zou komen, maar hoe had je het kunnen weten? Ik heb je vader gevraagd je op de hoogte te stellen. Maar hij wilde het niet doen. En zo kan ik alleen nog afscheid van je nemen met deze brief.

Toen ik begon te snikken, hield de notaris op met lezen. Hij trok de la van zijn bureau open en pakte er een fris gestreken zakdoek uit.

'Dank u wel,' zei ik sniffend en ik veegde mijn wangen droog. 'Het gaat wel weer. Maar... Mijn moeder... Die ziekte...' Ik keek hem aan door een mist van tranen.

'Uw moeder droeg het heel moedig. Ik ben aan haar ziekbed geweest om deze brief op te nemen. Ze had de kracht niet meer om hem zelf te schrijven.'

Ik probeerde me mijn moeder voor te stellen in een ziekenhuis. In een bed als dat in het ziekenhuis in Parijs. Moeder was nooit ziek geweest. En nu was ze ten prooi gevallen aan dat vreselijke lijden.

'Gaat u verder, alstublieft,' zei ik en ik verfrommelde de zakdoek in mijn vuist. Ik wilde ontzettend graag weg, want mijn borst voelde aan alsof er een steen op lag. Maar ik kon pas gaan als de brief van mijn moeder in zijn geheel was voorgelezen en ik mijn erfenis had ontvangen. Ik had natuurlijk weg kunnen lopen, maar dat was niets voor mij. Ik zou ook niet zijn weggelopen als mijn vader me niet het huis had uit gegooid.

Notaris Balder keek me even meelevend aan en las toen verder.

Ik, Elisabeth Krohn, laat je mijn spaargeld, mijn sieraden en mijn bijouteriekistje na. Daarin zitten alle brieven die je me hebt geschreven. Ik heb ze niet allemaal uit handen van je vader kunnen redden. Als hij ze uit het postkastje haalde belandden ze direct in het vuur, zonder dat ik de kans had ze te lezen. Toch zijn er heel wat aan zijn aandacht ontsnapt! En geloof me, ik had graag teruggeschreven, maar je vader stond het me niet toe, hoewel ik je allang had vergeven. Maar was er eigenlijk wel iets te vergeven? Je hebt een misstap begaan, een misstap die te wijten was aan je jeugdige leeftijd. Je had een kans verdiend. Maar ik was te zwak om je die te geven.
Heinrich was onverbiddelijk. Nadat hij een van je brieven te pakken had gekregen, begon hij uiterst nauwkeurig op het huishoudgeld te letten en de postzegels in zijn werkkamer achter slot en grendel te bewaren. Hij vroeg me in de winkel te komen helpen, op het gevaar af dat alles in huis bleef liggen. Als ik 's avonds uitgeput thuiskwam wachtte het huishoudelijk werk. Daarna had ik geen energie meer. Ter wille van de lieve vrede heb ik ervan afgezien je te antwoorden. Kun je je voorstellen hoe het is geweest?

Notaris Balders stem beefde. Ik merkte dat deze woorden hem recht in zijn hart troffen. Waarschijnlijk had ook hij altijd een ander beeld van mijn vader gehad. Hij had hoorbaar moeite om zijn kalmte te bewaren.

Vaak heb ik erover nagedacht hoe ik je kon bereiken. Maar je vader hield me steeds in het oog. Gaandeweg werd hij achterdochtiger en ten slotte heeft hij besloten te verhuizen naar een ander stadsdeel. Ik heb geprobeerd me ertegen te verzetten, maar zonder resultaat. Een vrouw als ik heeft niet veel mogelijkheden. Hoewel ik je nu een kleinigheid kan nalaten, een bedrag

dat vooral afkomstig is uit de verkoop van mijn sieraden, waartoe ik notaris Balder opdracht heb gegeven, was dat niet voldoende geweest om Heinrich te verlaten en een zelfstandig leven te leiden.
Zo is Heinrichs poging om je uit ons leven weg te houden geslaagd.
Ik heb je brieven gelezen, telkens weer, als ik bevangen werd door verlangen naar jou. Ik heb gelezen dat je bij Henny was, dat je met haar naar Parijs bent gegaan. Ik heb meegeleefd met je verlies, de dood van mijn kleinzoontje. Wat had ik hem graag leren kennen! Wat heb ik gewenst dat hij was blijven leven. Dat ik naar jou toe had kunnen komen.
Maar dat is allemaal niet gebeurd. En dus kan ik alleen nog hopen dat ik je in de hemel zal terugzien. Ik hoop dat je ooit weer met je vader kunt praten. Ik heb hem vergeven wat hij mij heeft aangedaan en ik hoop dat jij dat eens ook zult kunnen.
Ik hou van je, lieve kind.

Je moeder

Er viel een stilte na zijn woorden. Buiten voor het raam kwinkeleerden een paar mussen zo luid, dat het leek of ze ruziemaakten. Ze waren zelfs door het gesloten raam te horen.

Mijn hartslag dreunde in mijn oren. Tussendoor weerklonken de woorden van mijn moeder. Ze had me vergeven. Ze had me vergeven! Alleen mijn vader had haar ervan afgehouden om contact met me op te nemen.

Blijkbaar was hij zo verbitterd, dat hij haar in mijn plaats had laten boeten. Hij had haar als een gevangene behandeld! Hij had controle over haar uitgeoefend en haar waarschijnlijk ook bang gemaakt. En toen was hij verhuisd, alleen maar om te voorkomen dat ik haar zou bereiken. Wat had hem bezield?

Ik onderbrak mijn gedachtestroom toen ik opnieuw tranen voelde opwellen. Daarvoor was dit niet de juiste plaats. Ik zou dit buiten kunnen overdenken. En als het nodig was, zou ik huilen. Want buiten zou ik niet alleen zijn. Daar had ik Darren. Hij zou me opvangen.

'Accepteert u de erfenis van uw moeder?' vroeg notaris Balder, zichtbaar ontroerd.

'Ik accepteer de erfenis,' antwoordde ik. 'Maar... hoe hebt u me eigenlijk gevonden?' Ik had mijn ouders mijn adres in Maine gestuurd, maar mijn vader had die brief vermoedelijk direct vernietigd.

'Ik heb u via de officiële kanalen laten opsporen.'

'U had kunnen navragen bij Elizabeth Arden,' antwoordde ik. Ik probeerde nog steeds mijn kalmte te herwinnen. 'Daar werk ik, weet u... Dat had ik mijn moeder geschreven.'

Balder schudde zijn hoofd. 'Het spijt me, maar daarover heeft ze niets gezegd.'

Ik kon me voorstellen waarom niet. 'Mijn vader zal de brief wel hebben onderschept.' Woedend perste ik mijn lippen op elkaar, want ik wilde in aanwezigheid van Balder geen verwensingen uiten, al had mijn vader die ongetwijfeld verdiend.

De notaris keek me bedremmeld aan en schoof me toen enkele documenten toe. 'Als u deze tekent mag u het kistje meenemen. Ik geef vandaag nog opdracht het geld over te maken. Het gaat om ruim duizend rentenmark.'

'Duizend?' Dat leek me een enorm bedrag. Ik kende moeders sieraden. Ze had veel erfstukken van haar grootmoeder bezeten, deels van goud met echte edelstenen. Mijn moeder had altijd geweigerd afstand te doen van haar juwelen, ook toen dat ten tijde van de Grote Oorlog verplicht was gesteld. Destijds had mijn vader haar nog gesteund... En nu waren al die sieraden weg omdat ze mij iets wilde nalaten. Mijn hart brak.

'Ik heb geprobeerd de hoogste prijs te krijgen,' zei Balder.

'En mijn vader? Vond hij dat zomaar goed?'

'Hij wist er niets van. Uw moeder heeft me de sleutel gegeven en me verteld waar ik de sieraden kon vinden.'

'Dan bent u dus als een dief het huis binnengeslopen?'

'Niet als een dief. In opdracht en met toestemming van uw

moeder. Geloof me, ik voelde me er niet prettig bij. Toen uw vader erachter kwam dat de sieraden weg waren, waren de rapen gaar.'

Ik vroeg me steeds meer af waarom Balder me had geadviseerd met mijn vader te gaan praten, want wat hij had gedaan was onvergeeflijk. 'Heeft hij het u lastig gemaakt?'

'Nee,' antwoordde Balder, 'want hij wist niet wie de sieraden had verkocht. Ik ben heel discreet te werk gegaan. Toen aan het licht kwam dat uw moeder een testament had opgesteld voor u alleen, werd hij natuurlijk boos.'

Ik wist maar al te goed hoe het eruitzag als vader boos werd. Ik schudde mijn hoofd. Er was al veel ongewoons voorgevallen in mijn leven, maar dat mijn vader zou veranderen in een gevangenbewaarder en dat onze notaris de sieraden van mijn moeder stiekem uit hun huis had moeten halen, was niet te bevatten. Met trillende vingers pakte ik de penhouder en ondertekende ik diverse documenten, die de notaris vervolgens weer innam.

'Waarom hebt u me eigenlijk geadviseerd om met mijn vader te gaan praten?' vroeg ik. 'Na alles wat hij mijn moeder heeft aangedaan.'

De notaris haalde diep adem. 'Ik vermoed dat uw vader ziek is. Op het eerste gezicht lijkt hij misschien normaal, maar ik ben bang dat er achter alles wat hij heeft gedaan een ingrijpende stoornis ligt.'

'U bedoelt dat mijn vader krankzinnig is geworden?'

'Nee, dat beslist niet. Hij lijkt bij zijn volle verstand te zijn. Maar zoals hij met uw moeder is omgegaan... Het zou misschien aanbeveling verdienen dat hij een arts bezoekt die hierin gespecialiseerd is. Ik ben natuurlijk niet in de positie hem naar zo iemand toe te sturen. Dat kan alleen zijn dochter doen.'

'Als u het hem zou vragen zou hij zeggen dat hij geen dochter meer had,' antwoordde ik stug. Ik voelde steken in mijn borst, bijna even erg als op de dag dat ik het bericht van moeders overlijden had ontvangen.

'Probeert u het op z'n minst. Als uw vader iets overkomt...

Dan zou u zichzelf vast verwijten maken.'

Ik kwam in de verleiding nee te zeggen, maar ik hield me in. Wat zou mijn vader kunnen overkomen? 'Bedoelt u dat hij zichzelf iets zou kunnen aandoen?'

'Nee, ik denk niet dat hij zover zou gaan. Maar als hem een ongeluk overkomt... Hij is de enige die u nog heeft.'

'Hij heeft mijn moeder gevangengehouden!' wierp ik tegen.

'Dat mag wel zo zijn, maar dat is misschien een uiting van zijn ziekte geweest. Hij is nog altijd uw vader.'

Ik keek Balder verbijsterd aan. Even tevoren was zijn ontroering door de brief van mijn moeder nog duidelijk zichtbaar geweest. En nu pleitte hij ervoor dat ik mijn vader zou opzoeken en hem ertoe zou overhalen een arts te consulteren?

'Ik zal zien wat ik kan doen,' antwoordde ik gemakshalve. Ik stond op. Het had geen zin om met een onbekende een discussie aan te gaan over de misstappen van mijn vader, al stond meneer Balder overduidelijk aan de kant van mijn moeder. Ik moest zelf beslissen of ik vader zou opzoeken, of hem naar de maan zou wensen. 'Hebt u nog meer van me nodig?'

'Nee.' Notaris Balder stond ook op. 'U mag het kistje meenemen. En laat u alstublieft uw bankgegevens achter bij juffrouw Weber, zodat we het bedrag aan u kunnen overmaken.'

'Hartelijk dank, meneer Balder!' We schudden elkaar de hand, ik klemde het kistje onder mijn arm en deed de deur open.

Ik liep langzaam de trap af. Het kistje lag zwaar in mijn handen. Niet vanwege het gewicht, maar door de betekenis ervan.

Wat had ik hevig verlangd naar antwoord van mijn ouders op mijn brieven! Het leven zou me daardoor misschien stukken lichter zijn gevallen. En als ik had gehoord hoe mijn moeder eraan toe was... Ik zou er voor haar zijn geweest. Die gedachte benam me de adem, zodat ik moest blijven staan en steun moest zoeken tegen de muur.

Mijn vader... Wat hij had gedaan was niet te bevatten! Moeder behandelen als zijn bezit, haar gangen en handelingen bepalen, allemaal om ervoor te zorgen dat ze niet op het idee kwam contact met mij op te nemen. Verdiende iemand die dat had gedaan dat ik me zorgen om hem maakte? Was het niet om het even hoe het met hem ging als het hem niets had kunnen schelen hoe hij moeder behandelde? Uiteindelijk was ik weer in staat door te lopen. De woede op mijn vader dreef me daartoe.

Toen ik het gebouw verliet, kwamen er een paar jongemannen in bruine hemden aanlopen. Ze keken me aan en namen me zo indringend op dat ik er bijna ongemakkelijk van werd, maar toen liepen ze langs me heen. Om hun arm droegen ze een band met een hakenkruis erop. Een van hen mompelde iets wat ik niet verstond. De anderen lachten. Ik verstijfde. Het was misschien niets naars geweest, maar ik voelde me er onbehaaglijk door. Alleen al de uitstraling van die mannen was zo grof, zo bruut. Als ik types als zij in de subway in New York zou zien, zou ik waarschijnlijk een trein later nemen.

Het volgende moment verscheen Darren. Kennelijk was hij een blokje om geweest. 'Hoe ging het?'

'Goed. Als je dat onder deze omstandigheden kunt zeggen.' Ik hield hem het kistje voor. Mijn knieën trilden nog steeds en er lag een grauwsluier om mijn hart. 'Mijn moeder heeft me dit nagelaten. En wat geld.'

'Wat zit erin?' vroeg Darren.

'Brieven. Mijn brieven,' antwoordde ik. 'Althans, de brieven die mijn moeder te zien heeft gekregen.' Ik vertelde Darren wat ik bij de notaris had gehoord. Toen ik klaar was, zag ik dat hij onthutst zijn lippen had samengeperst.

'Wat moet ik nu doen?' vroeg ik. 'Inderdaad bij hem langsgaan?'

'Ik ben bang dat je hem levend zou villen,' antwoordde Darren. 'In elk geval heb je daar het volste recht toe als je ziet wat hij je moeder heeft aangedaan.'

Dat zag hij niet verkeerd. Daar had ik inderdaad veel zin in. Maar vanbinnen voelde ik een zwaar en droevig gevoel opkomen, een somberheid die ik voor het laatst bij het verlies van mijn zoontje had ervaren. 'Ik wil terug naar de Arden-vestiging,' was het enige wat ik nog kon uitbrengen. 'Ik wil niet meer buiten zijn. Ik moet nadenken.'

'Oké,' zei Darren en hij pakte mijn hand. 'Ik breng je terug. En als ik iets voor je kan doen, moet je het zeggen. Ik vervul al je wensen.'

Ik keek naar Darren en voelde een ongelooflijke warmte door me heen stromen. Heel even leek alles van me af te vallen, het verdriet, de angst, de woede. Ik zag alleen nog Darren en was blij dat hij bij me was.

46

De volgende twee uren bracht ik door voor het kistje, starend naar het bont beschilderde deksel. Het verdriet om mijn moeder brandde als een laaiend vuur binnen in me. Telkens weer zag ik haar voor me op haar ziekbed en wenste ik dat ik bij haar was geweest. Alle brieven die mama van mij gekregen had... Als ze nou de mogelijkheid had gehad minstens één ervan te beantwoorden! Als ze toch de moed had gehad... Maar ik kon haar niets verwijten. Mijn vader was vreselijk kwaad, en afgezien van de angst hoorde ze als echtgenote tegenover hem loyaal te zijn. Maar het was heel erg dat hij die loyaliteit van haar had geëist.

Moest ik echt naar mijn vader toe gaan? Met hem proberen te praten? Ik wist het niet.

Wat ik vernomen had, ontnam me alle kracht. Toen Darren kwam en vroeg of we niet iets moesten gaan eten, schudde ik mijn hoofd.

'Zal ik kijken of ik ergens iets kan halen? Er is hier in de buurt vast wel een delicatessenzaak of zoiets,' zei hij.

Ik had geen trek, maar ik waardeerde het aanbod. 'Bij Bahnhof Zoo is er zeker iets. Misschien kun je het daar proberen.'

Darren glimlachte, duidelijk blij dat hij iets voor me kon doen.

Toen hij weg was, ging ik op bed liggen. Nog steeds kon ik er niet bij dat mijn vader steeds meer in zijn krankzinnige waanidee was opgegaan. Wat had hij eraan om mijn moeder te beletten contact met me op te nemen? Was ze misschien daardoor ziek geworden? Terwijl ik zo lag te mijmeren vielen mijn ogen dicht en zonk ik weg in een eigenaardige droom.

Ik liep over een mij onbekend kerkhof met een lantaren in mijn hand. Het schemerde en de paden waren lastig te ontwaren. Blijkbaar was ik naar iets op zoek, maar waarnaar, dat wist ik in mijn droom zelf niet. Na een tijdje ontdekte ik graven die voor een deel al heel erg verweerd waren. De opschriften op de meeste stenen waren niet meer te ontcijferen, daarvoor was de moslaag erop te dik. Ik liep en liep, en onder mijn voeten werd de bodem steeds zachter en drassiger, net alsof het pas had geregend.

Ik ontdekte iets wits tussen de bomen. Als betoverd veranderde ik van richting en liep erheen. In het licht van een lantaren die in een van de bomen hing, ontwaarde ik een wit bed. Ik vroeg me af wie er zomaar schoon beddengoed gewoon op drassige grond neerlegde, toen er een gedaante opdook. Ik draaide me om en herkende mijn moeder. Ze droeg een ouderwets nachthemd en was jonger dan ik me haar voor het laatst herinnerde. Ze zag er bijna net zo uit als ik. 'Ik heb zo lang op je gewacht,' zei ze en ze ging zonder nog iets te zeggen op het bed op de grond liggen.

'Maar ik ben hier, mama,' hoorde ik mezelf roepen. 'Ik ben hier, zie je me dan niet?'

Mijn moeder reageerde niet. Ze sloot haar ogen en sliep in.

Met bonzend hart schoot ik overeind. De droombeelden verdwenen en ik besefte dat ik me in mijn kamer bij Miss Arden bevond. En dat het vroeg in de avond van dezelfde dag was.

Ik stond op en ging aan het bureau zitten. Kordaat maakte ik het kistje open en haalde de brieven eruit. Het waren er een heleboel, ook al had ik het mettertijd opgegeven mijn ouders te schrijven. Mijn geweten begon op te spelen. Misschien zou ze die brieven nooit hebben gekregen, maar ik had het ook niet meer geprobeerd... Ik had het allemaal opgegeven, de hoop op verzoening, mijn moeder... Ik keek naar de brieven en zag hoe mijn handschrift in de afgelopen acht jaar veranderd was. Leek het in de eerste brief nog wat kinderlijk, in de laatste was het het handschrift van een volwassen vrouw.

Voor zover ik kon zien, zat de brief waarin ik over mijn aanstelling bij Miss Arden schreef er inderdaad niet bij. Mijn vader had hem te pakken gekregen en waarschijnlijk vernietigd. Vervolgens was hij tot de conclusie gekomen dat mijn post pas zou ophouden als hij verhuisde en er voor mij geen mogelijkheid meer bestond om haar te bereiken.

Toen zag ik nog iets. Naast mijn brieven lagen nog andere. Ze zaten in enveloppen zonder adres erop. Ik haalde er eentje tevoorschijn en maakte hem open.

Lieve Sophia, las ik, *hoewel ik niet weet wanneer mijn brief je zal bereiken en of je hem eigenlijk wel in handen krijgt...*

Ik sloeg mijn hand voor mijn mond. Mama had me geschreven! In het kistje zaten niet alleen mijn brieven aan haar, maar ook haar antwoorden. Ik kon het niet bevatten. Mijn moeder sprak tegen me!

Geklop op de deur haalde me uit mijn gedachten. Darren kwam binnen. Hij had een papieren zak in zijn hand. 'Eén ding kun je wel zeggen: de delicatessenzaken zijn niet zoals bij ons. Maar de bakkerijen zijn geweldig. Ik heb daarvandaan iets voor je meegebracht.'

Ik maakte de zak open en ontdekte een grote *Streuselschnecke.* Bij de aanblik sprongen de tranen me in de ogen.

'Wat is er?' vroeg Darren bezorgd. 'Heb ik iets verkeerd gedaan? Die koek zag er heerlijk uit, hij lijkt een beetje op de kaneelbroodjes bij ons.'

'Nee,' zei ik snikkend en ik veegde de tranen van mijn wangen. Tevergeefs, ze bleven stromen. 'Maar... Mijn moeder ging soms met mij naar de bakker om een Streuselschnecke voor me te kopen.'

'O,' zei Darren, 'dat wist ik niet. Ik kan hem ook zelf opeten, dat is geen probleem.'

'Nee, het is al goed,' zei ik. Het snikken hield langzaam op, maar de tranen bleven komen. 'Ik ben dol op Streuselschnecken. Dank je wel.'

‘Geen dank.’ Darren nam me onderzoekend op. Ik had me het liefst heel klein gemaakt. Wie barstte er nou in tranen uit bij het zien van een koek?

‘Ze heeft me geschreven,’ zei ik en ik stak hem de brief toe die ik tevoorschijn had gehaald. ‘Zo te zien heeft ze mijn brieven voor zover mogelijk beantwoord. Maar ze heeft ze nooit verstuurd.’

‘Dat is... geweldig.’ Darren bekeek de envelop even en gaf hem toen terug.

‘Het is alsof ze tegen me praat. Ik...’ de tranen begonnen weer te stromen.

Darren hurkte voor me neer en streelde teder mijn wangen. ‘Het komt allemaal goed, dat zul je zien. En je moeder waakt over je. Ik ben ervan overtuigd dat er een hemel bestaat en dat ze van nu af aan op je zal passen.’

Ik wist dat zijn woorden als troost bedoeld waren, maar nu braken bij mij de dijken door. Ik sloeg mijn armen om zijn nek, klampte me aan hem vast en liet mijn tranenvloed de vrije loop.

De avond bracht ik door met het lezen van de brieven. Het lukte me niet er veel te doen, omdat ik de meeste telkens opnieuw las. Ik wilde er ook beslist nog een paar bewaren voor de terugreis op het schip.

Mama drukte zich heel voorzichtig uit, alsof ze vreesde dat papa de brieven toch in handen zou krijgen. Toch kreeg ik een kijkje in het leven dat ze had gehad. Ze miste me, maar durfde dat niet te laten merken, want papa hield haar altijd in de gaten. Hij had zich langzaamaan zo in zijn haat tegen mij ingegraven dat hij mijn vroegere kamer leeg liet ruimen en alle foto’s waarop ik stond verbrandde. Ik ging er bijna aan onderdoor toen ik dat las, maar ik dwong mezelf verder te lezen.

Toen ik de brief vond waarin ze uiting gaf aan haar verdriet over de dood van mijn zoontje en aan haar medeleven, werd het me echter definitief te veel. Tranen maakten de woorden wazig en ik was niet in staat de brief uit te lezen. Trillend en snikkend legde ik de brief terug in het kistje en stopte dat weg in de kledingkast. Toen kroop ik onder de dekens en huilde mezelf in slaap.

Het werd een onrustige nacht. Telkens weer schrok ik op uit dromen, die ik me nadien niet meer kon herinneren. Op een gegeven moment gaf ik het op en lag ik alleen nog maar naar het plafond te staren. Het licht veranderde, de duisternis verdween. Ten slotte gleden de eerste zonnestralen over het plafond. Ik stond op en liep naar de badkamer. Terwijl het water in de douche op me neer kletterde vroeg ik me af wat ik hier nog moest. Mijn erfenis had ik. Zou het niet beter zijn om meteen weer te vertrekken?

Maar ik was mijn moeder een bezoek aan haar graf verschuldigd. En ik wilde meneer Nelson zien. Mijn hoofd stond weliswaar niet naar amusement, maar misschien kon ik even met de theaterdirecteur praten en hem laten zien dat ik iets van mezelf had weten te maken.

Toen ik tegen tien uur gekapt en gekleed de kamer verliet, kwam Darren me tegemoet. In tegenstelling tot mij zag hij er bepaald fris uit. 'Hoe was je nacht?' vroeg hij, terwijl hij me zijn arm bood.

'Onrustig,' erkende ik, toen keek ik hem recht aan. 'Ik zou graag naar het kerkhof in Zehlendorf gaan. Ik moet een bezoek brengen aan het graf van mijn moeder.'

Darren knikte. 'Goed. We nemen vlug ergens een ontbijt, en dan gaan we.'

Toen we de trap af liepen hoorde ik de winkelbel klingelen. Het filiaal leek heel bedrijvig. Een kruidig aroma vermengd met de geur van haarlak kwam me tegemoet.

'Goedemorgen,' begroette ik de jonge vrouw bij de receptie. Ze beantwoordde mijn groet en wendde zich tot de cliënte die net binnen was gekomen. Elegant en verzorgd als ze eruitzag kon ze misschien zijn wat Käthe Rieker de 'vrouw van een hoge piet' had genoemd. Daarbij viel me op dat we juffrouw Rieker sinds de eerste avond niet meer hadden gezien. Was ze misschien ziek geworden?

Ik wachtte tot de receptioniste de cliënte had verzocht in de wachtruimte plaats te nemen. 'Hebt u iets van juffrouw Rieker gehoord?' vroeg ik toen.

De jonge vrouw keek me onthutst aan. 'Weet u het dan niet?'

'Wat zou ik dan moeten weten?' vroeg ik.

'Ze is gisteren vertrokken, naar Londen.'

'Is ze daar door Miss Arden heen gestuurd?'

'Nee, blijkbaar was het haar eigen beslissing. Wij waren ook heel verbaasd.'

Ik schudde mijn hoofd. Wat was er gebeurd? Waarom was ze zo ineens verdwenen? 'Heeft ze dan ontslag genomen?' Ik voelde me onrustig worden. Alles wat juffrouw Rieker had verteld over haar verlangen om naar Amerika te emigreren...

'Nee, niet dat ik weet. Misschien moet u het aan juffrouw Wienicke vragen.'

De cheffin van de salon zou het vast weten. Maar zou ze het me vertellen? Ik bedankte de receptioniste en ging weer terug naar Darren.

'Wat is er?' vroeg hij.

'Is het jou niet opgevallen dat we juffrouw Rieker sinds de avond in de Traube niet meer hebben gezien?'

'Nee,' zei hij. 'In elk geval heb ik daar niet op gelet.'

'De receptioniste vertelde me dat juffrouw Rieker naar Engeland is vertrokken.'

'Misschien heeft toch iemand ons gesprek afgeluisterd.' Darren wierp een blik op de jonge vrouw, die iets in het gastenboek doorstreepte en toen naar de behandelingsruimten verdween.

Dat juffrouw Rieker naar Engeland was vertrokken verontrustte me. Was ze misschien bedreigd? Ik nam me voor juffrouw Wienicke erover aan te spreken als ik haar zag. Misschien kon ik ook iets te weten komen wanneer ik weer thuis was. Miss Arden was vast op de hoogte van de gang van zaken in haar Duitse filiaal.

Na een laat licht ontbijt in een café in de buurt, waarbij ik niet veel meer dan koffie naar binnen had gekregen, gingen we op weg naar Zehlendorf. De zon scheen en de lucht was vergeven van de uitlaatgassen. Daartussen waaide een vleugje lentegeur.

We stapten in de bus die vanaf het station vertrok en lieten ons naar Zehlendorf brengen. Ik kende het stadsdeel van vroeger. Met Henny was ik er een paar keer geweest en ook mijn ouders waren er even gestopt wanneer we op weg waren naar Wannsee. Terwijl de bus door de straten stoof probeerde ik me beelden uit die tijd voor de geest te halen. De solide huizen, de winkelstraten, de S-Bahn-stations. Het deed me aan Charlottenburg denken; het verschil was niet heel groot. Wat had mijn vader ertoe bewogen juist hierheen te verhuizen? Zo ver van zijn zaak? Was het hem er alleen om gegaan mij uit zijn leven te bannen? Had het leegruimen van mijn kamer niet volstaan om mij uit zijn leven te wissen?

Nadat we een keer waren overgestapt kwamen we in Zehlendorf. Op een plattegrond die we bij de stationskiosk kochten, zagen we dat het kerkhof in de Onkel-Tom-Straße lag. We slenterden langs huizen en winkels, staken een kruising over en passeerden een paar villa's voor ten slotte het kerkhof verscheen.

De kapel was een groot rood bakstenen gebouw dat nog tamelijk nieuw leek. Lange rijen graven werden afgewisseld met crypten en bomen. Hoewel ik wist waar mijn moeder lag, zou het waarschijnlijk wel even duren voor we op dat grote veld haar laatste rustplaats zouden vinden.

We liepen de poort door en slenterden over het brede pad. Ik stak mijn arm door die van Darren. Dat hij naast me liep kalmeerde me en gaf me kracht. In praten had ik geen zin. Dat leek Darren aan te voelen en hij beperkte zich ertoe af en toe naar een nummer te wijzen zodat we op het juiste pad bleven.

Ik ontdekte prachtige bouwsels die de herinnering aan de overledenen moesten bewaren. Sommige ervan konden met grafmonumenten in New York wedijveren. Bedroefde engelen keken de bezoeker aan, staken hun handen naar hem uit of vlijden zich tegen stenen of muren van een mausoleum aan.

'Sophia, kijk hier eens!' riep Darren plotseling.

Ik draaide me naar opzij. Mijn hart maakte een sprongetje. Hij had haar gevonden. De grafsteen van mijn moeder was bepaald eenvoudig te noemen. Haar naam was samen met haar geboorte- en sterfdatum in lichtgrijze steen gegraveerd. De letters werden bekroond met een klein kruis. De aanblik ervan benam me de adem. Niet omdat het niet bij haar paste. Bij het zien van haar naam op de steen besefte ik echter dat het geen vergissing was. Louis had geen eigen grafsteen gekregen, en daarom koesterde ik onwillekeurig nog steeds hoop dat hij nog leefde. Maar onder die steen rustte mijn moeder. Daar viel niet aan te tornen.

Verdriet vervulde me en snoerde mijn keel dicht. De tranen liepen me over de wangen en drupten op de bloemstukken waarmee het graf bedekt was en die al in een vergevorderd stadium van verval verkeerden. Toen mijn knieën slap werden, hurkte ik neer en legde mijn hand op de grafheuvel. Weer had ik de woorden uit haar brieven in mijn hoofd, ik hoorde haar stem ze uitspreken. Het medeleven, het verlangen... Ik probeerde mijn moeders aanwezigheid te ervaren, maar het enige wat ik voelde waren zand en diepe treurnis in mijn hart.

En ik maakte mezelf verwijten. Als ik indertijd niet op Georgs voorstel was ingegaan... Als ik meer moeite had gedaan om haar te bereiken... Zo veel 'alsen' die door mijn hoofd spookten. Maar wat er gebeurd was kon niet ongedaan worden gemaakt. Ik kon niet teruggaan in de tijd en haar op haar ziekbed bezoeken. Ik kon haar niet nog een keer zien voordat haar ziekte zich manifesteerde.

Terwijl ik in snikken uitbarstte, voelde ik Darrens hand op mijn rug. Hij zei niets, maar de warmte van zijn vingers drong door in mijn lichaam. Het was als een reddingslijn die hij me toewierp terwijl ik in een zee van tranen ronddreef.

Nog steeds een beetje wankel liep ik een half uur later aan Darrens arm naar de uitgang. Even verkeerde ik in de verleiding hem te vragen naar het Arden-filiaal terug te gaan. Maar toen kwamen we uit de schaduw van de bomen vandaan en viel de zon op mijn gezicht. Het voelde alsof mijn moeder me troostend over mijn wangen streelde. Daardoor kreeg ik weer energie en het werd me duidelijk dat ze niet zou hebben gewild dat ik in duisternis wegzonk. Ze zou hebben gewild dat ik leefde, dat ik van het leven genoot. En ik besefte ook dat er in deze stad nog mensen waren die me welgezind waren. Bij de poort bleef ik staan. 'Laten we naar het theater gaan,' zei ik.

'Het theater?' vroeg Darren verbaasd. 'Dat van die meneer Nelson?'

'Ja,' antwoordde ik. 'Rond deze tijd is hij waarschijnlijk op zijn kantoor. Ik wil hem graag gedag zeggen, en misschien kunnen we vanavond nog een voorstelling zien. Zijn revues waren altijd heel leuk.'

Er verscheen een weifelende uitdrukking op Darrens gezicht. 'Vind je dat het goed is om dat te doen? Je moeder...'

'Mijn moeder zou willen dat ik met meneer Nelson ging praten en ook naar het theater ging. Uit de brief die ze aan de notaris dicteerde sprak zo veel weemoed en wanhoop... Mijn vader hield haar gevangen. Ze was vast liever met mij naar het theater gegaan dan door hem in de gaten te worden gehouden.'

'Dat denk ik ook.' Darren trok me naar zich toe en kuste me op mijn hoofd. 'Goed, dan gaan we naar het Nelson Theater. Maar als je je onderweg bedenkt, kunnen we het ook laten zitten. Je hoeft het niet voor mij te doen als je er nog niet aan toe bent.'

Ik keek hem verbaasd aan, toen schoot me ons gesprek tijdens de overtocht weer te binnen. 'Ik doe het niet alleen voor jou,' zei ik. Ik was inderdaad helemaal vergeten dat ik hem beloofd had het theater op te zoeken. 'Ik doe het voor mezelf. Meneer Nelson is altijd zo goed voor me geweest. Praten met hem zal mijn verdriet een beetje lichter maken. Hij was voor mij de vader die ik die winter had verloren.'

'Oké. Dan zie ik ernaar uit die man te leren kennen. Ik mag toch mee?'

'Natuurlijk,' zei ik en toen trok ik hem mee het trottoir op.

47

Op de Kurfürstendamm heerste zoals altijd grote bedrijvigheid. Toen we uit de bus waren gestapt liepen we langs een paar grote etalages waarin kleding of sieraden waren uitgestald.

'Duitsers lijken niet veel op te hebben met glamour,' merkte Darren op. 'Alles ziet er zo...'

'... degelijk uit?' giste ik. Ik vond het er ook allemaal wat karig uitzien, nu ik de spectaculaire etalages van Macy's gewend was.

'Ik zou het eerder braaf noemen,' wierp Darren tegen. 'Met etalages als deze zou je in Amerika niemand kunnen verleiden. Op z'n hoogst mensen die hun dorp zelden uit komen.'

'Oei,' antwoordde ik. 'Zeg dat maar niet te hard, anders krijg je nu al een winkelverbod.'

'Niet dat ik zin heb om zo'n winkel binnen te gaan,' zei hij. 'Waar blijven hier de kleuren? Bij Miss Arden is alles zo fleurig. En zelfs madame Rubinstein weet hoe ze kleuren moet inzetten.'

Hij had gelijk, de etalages zagen er inderdaad wat flets uit. Die indruk had ik vroeger niet gehad. Had ik last van valse herinneringen? Of had alles fraaier geleken omdat ik toen geen geld had?

We liepen over de Kurfürstendamm naar nummer 217. Mijn melancholie maakte langzamerhand plaats voor een opgewonden kriebel. Hoe zou meneer Nelson er nu uitzien? Wat zou hij zeggen als hij me zag? Zouden de meisjes van de kassa en de garderobe er nog zijn? Het voelde een beetje alsof ik thuiskwam bij mijn familie, bij de familie die me onvoorwaardelijk had omarmd nadat ik uit de gratie was geraakt.

Opeens bleef ik staan. Ik kon niet geloven wat ik daar zag.

Terwijl het Nelson Theater ooit zijn deuren wijd open had staan voor de bezoekers, stond het nu verscholen achter bouwsteigers. Aan de deur hing een groot bord met GESLOTEN. Verdwenen waren ook de vitrines met affiches die actuele revues onder de aandacht brachten.

'Weet je zeker dat we hier goed zitten?' vroeg Darren sceptisch.

'Ja.' In verwarring keek ik langs het gebouw omhoog. Het was onmiskenbaar het theater. Ook al kon je dat nergens meer aan zien. Een kloppend geluid haalde me uit mijn verstarring. Ik liep om de steiger heen. Daar zag ik een arbeider die kennelijk net klaar was met zijn lunchpauze.

'Pardon!' riep ik hem toe. 'Weet u waar ik meneer Nelson kan vinden?'

'Wie?' vroeg hij verdwaasd.

'De eigenaar van dit gebouw. Rudolf Nelson.'

'Dit gebouw is niet van ene Nelson. Bent u familie van hem?'

'Nee,' antwoordde ik, voordat ik begreep wat hij eigenlijk bedoelde. 'Ik... Ik heb ooit in dit theater gewerkt.'

'Wees dan maar blij. Die Jood is al een jaar weg. We werken voor Rudolf Möhring. Die wil er een bioscoop van maken. Is ook beter dan zo'n Jodenspektakel.'

Rudolf Möhring. Die naam had ik nooit eerder gehoord. En een bioscoop in het Nelson Theater? Wat zou Henny daarvan zeggen? 'Weet u dan misschien waar meneer Nelson is?' vroeg ik.

'Nee,' brouwde hij. 'En u kunt zijn naam beter niet meer noemen.'

Ik staarde de man aan. Wat mocht meneer Nelson dan wel hebben gedaan? Waarom zou ik niet naar hem mogen vragen? Een merkwaardig gevoel weerhield me ervan door te vragen. 'Dank u,' zei ik slechts en ik draaide me om.

Pas het volgende moment besefte ik de volle omvang van de

woorden van de bouwvakker. Zo minachtend als hij had gesproken over de revue! Dat kwam overeen met het bord bij warenhuis Wertheim. Blijkbaar hadden ze hier de Joden tot vijand verklaard. Maar waarom? Bij ons in de buurt hadden een paar Joden gewoond, deels vermogende mensen van aanzien. Mensen als de familie Wertheim. Wat konden ze hebben gedaan? Geschokt liep ik terug naar Darren.

'Wat is er?' vroeg hij. 'Wat zei die man?'

'Meneer Nelson is hier niet meer,' antwoordde ik terneergeslagen. 'Het theater is nu van iemand anders. Hij wil er een bioscoop van maken. Vandaar die verbouwing.'

'O, wat spijtig.'

'Dat vind ik ook. En het is vreemd. Hij had het over een Jodenspektakel. Weet je nog, dat bord bij de entree van het warenhuis? En de man die ons daar aansprak?'

Darren knikte. 'Ja, kennelijk hebben ze hier iets tegen Joden.'

'Dat was vroeger niet zo.' Ik keek nog eens naar het theater. Ik werd overvallen door een gevoel van beklemming. Berlijn was niet meer mijn Berlijn van toen. De façades waren misschien nog dezelfde, maar daarachter leek er het een en ander veranderd te zijn.

'Kan ik u helpen?' vroeg een stem achter ons. Ik draaide me om en zag een oudere man in een versleten grijsbruine jas staan.

'Ik... We...' Mijn stem stokte en ik keek naar de bouwvakker, maar die was inmiddels weer aan het timmeren geslagen. 'Ik heb net gehoord dat het Nelson Theater gesloten is.'

'Ja, helaas wel. Kort nadat Hitler aan de macht kwam heeft de goede man zijn biezen gepakt.' De onbekende snoof. 'Ik kwam graag in zijn theater. Hij bracht met zijn revues wat leven in de brouwerij.'

Ik probeerde me zijn gezicht te herinneren, maar tussen de vele bezoekers met wie ik dagelijks te maken had gehad, was hij waarschijnlijk niet opgevallen.

De man kneep zijn ogen tot spleetjes. 'U kwam hier vroeger ook, nietwaar? Ik bedoel, u hebt hier gewerkt.'

‘Lang geleden,’ erkende ik. En er leek inderdaad een eeuwigheid te zijn verstreken sinds ik hier de jassen van het publiek had aangenomen.

Er kwam abrupt een einde aan het gehamer. De man hief zijn hoofd op en zei toen zachtjes: ‘Kom even mee. Laten we een ander plekje zoeken, waar we kunnen praten.’

Ik legde Darren de situatie in het kort uit en toen liepen we met de oude man mee. Die zweeg tot we voor een vrij chic uitziend gebouw halthielden. Verbaasd zag ik dat de onbekende een bos sleutels uit zijn zak haalde. ‘Welkom in mijn stulpje,’ zei hij. Toen we aarzelden, voegde hij eraan toe: ‘Ach, ik heb me nog niet eens voorgesteld. Mijn naam is Breisky. Hubert Breisky. En als u geen bezwaar hebt, zou ik u graag een kop koffie aanbieden.’

‘Dat is heel vriendelijk van u, meneer Breisky. Ik heet Sophia Krohn en dit is Darren O’Connor.’

Ik draaide me om naar Darren, die ons gesprek met een vragende blik volgde. De weinige brokjes Duits die ik hem tijdens de overtocht had geleerd waren bij lange na niet genoeg om te begrijpen waarover het ging.

‘Aha, u bent Ier, neem ik aan,’ zei Breisky.

‘Amerikaan.’

‘Ik heb altijd al naar Amerika willen gaan!’ Hij richtte zich tot Darren. ‘Het is me een genoegen kennis met u te maken,’ zei hij in zeer goed Engels, terwijl hij hem de hand reikte.

‘Dat is wederzijds, Mr Breisky,’ antwoordde Darren.

De ogen van de man straalden alsof hij zojuist een cadeau had gekregen. ‘Wat kan het leven toch vreemd lopen! Komt u binnen, ik vind zelf dat ik erg goed ben in koffiezetten. Er moet ook nog wat cake zijn. Bertha bakt de lekkerste cakes ter wereld.’

Ik wist nog steeds niet of we op de uitnodiging van de oude man moesten ingaan. Darren leek er veel meer voor open te staan. ‘Hartelijk dank, sir, we nemen uw aanbod graag aan.’

Voordat ik kon tegenstribbelen trok hij me mee de trap op. Even later stonden we voor de deur van het appartement van

Breisky. Deze deed de deur open en meteen werden we omgeven door een aangenaam zoetige geur.

'Het is lang geleden dat hier iemand uit het buitenland was,' vertelde Breisky terwijl hij ons de hal in dirigeerde. 'Vroeger, toen het theater nog open was, had ik geregeld gasten van elders. Maar nu komt er bijna niemand meer naar de stad. Of eigenlijk komt er niemand meer. Niet meer sinds alles zo is veranderd.'

'Uw vrouw zal het wel missen,' zei ik terwijl ik mijn jas uittrok.

'Mijn vrouw?' vroeg Breisky verbaasd. 'O nee, Bertha is mijn huishoudster. Mijn grote liefde is me al een paar jaar geleden ontvallen. Sindsdien woon ik alleen. Komt u gezellig binnen.'

De inrichting verraste me. Meneer Breisky's jas mocht dan versleten zijn, maar zoals ook zijn verstand niet roestig leek te zijn was de stijl van zijn interieur verbazend modern. Ik zag artistieke foto's van dansers naast moderne bronzen sculpturen, die ook bij madame in de smaak zouden zijn gevallen. En nu zag ik waar de geur vandaan kwam die me bij binnenkomst was opgevallen. Voor het raam stonden orchideeën in bloei in de stralendste kleuren. Sommige konden zeker met het glanzend roze van Arden concurreren. Miss Arden zou vast enthousiast zijn geweest over deze pracht.

We gingen zitten op een zware bruine, Engels aandoende leren sofa, terwijl meneer Breisky druk in de weer was. 'Maakt u het zich vooral gemakkelijk! Mag ik u tot de koffie klaar is een glas limonade aanbieden?'

'Ja, graag,' antwoordde ik, waarop onze gastheer de kamer verliet. Ik vond het allemaal wat vreemd, maar Darren leek heel ontspannen.

'Maak je geen zorgen,' zei hij. 'Die oude knaap bijt niet. Waarschijnlijk heeft hij gewoon zin in gezelschap. En misschien kan hij je meer over meneer Nelson vertellen.'

Ik keek om me heen of ik een portret van zijn overleden echtgenote kon ontdekken, maar zag er geen. Dat verbaasde me een beetje, want hij had haar immers zijn grote liefde genoemd. Zou vader ook geen foto van moeder hebben neergezet?

Ik drukte mijn wrevel weg en even later verspreidde zich koffiegeur door de woning, die de geur van de orchideeën overvleugelde. Breisky kwam binnen met een dienblaadje waarop drie glazen met een lichtgele vloeistof stonden. 'De koffie is zo klaar, hij moet alleen nog even trekken. En wat de cake betreft hebben we inderdaad geluk.'

Ik vond het een beetje onprettig dat hij ons bediende. 'Kan ik u helpen?' bood ik aan, maar dat aanbod wees hij af.

'U bent bij mij te gast! Laat u maar, ik ben niet gebrekkig.'

Terwijl we genoten van zijn heerlijke limonade verdween hij weer de keuken in, eventjes maar, waarna hij terugkwam met een groter dienblad. De kopjes erop rinkelden zachtjes en de koffie in de kan verspreidde een heerlijk aroma.

'Ik hoop dat u van citroencake houdt. U zult in heel Berlijn geen betere kunnen vinden.'

'Dank u, dat is heel vriendelijk van u,' antwoordde ik.

Meneer Breisky schonk de koffie in. Het aroma van de citroencake deed me het water in de mond lopen en hoewel ik de situatie nog steeds wat merkwaardig vond, moest ik me inhouden om het eerste plakje cake niet naar binnen te schrokken.

'U vroeg naar mijn vrouw,' zei meneer Breisky toen hij nadenkend een slokje koffie had genomen. Hij trok een laatje van de salontafel open. Even later hield hij ons met bevende handen een foto voor. De daarop afgebeelde jongeman was ouderwets gekleed. Zijn kuif was met pommade in zachte golven gelegd. Zo droegen mannen hun haardos allang niet meer.

'Dat is mijn Joseph,' legde hij uit en ik kon de tranen in zijn stem duidelijk horen. 'Hij was toneelspeler. Waarschijnlijk ben ik daarom nog steeds het theater van meneer Nelson toegedaan en ga ik van tijd tot tijd kijken wat er daar gebeurt. We zijn er na de opening een paar keer geweest. Toen Joseph in 1925 stierf bleef ik er toch naartoe gaan. Dan kon ik me heel even voorstellen dat hij nog steeds bij me was.'

Opeens moest ik denken aan het feestje dat Miss Marbury had gegeven in het weekend waarin Miss Arden Maine Chance wilde kopen. Nu begreep ik het. En ik keek ervan op dat hij twee wildvreemde mensen dit geheim openbaarde.

'Het kan riskant zijn om die foto te laten zien,' merkte Darren op voordat ik het kon doen. 'Na alles wat ik tot nu toe heb waargenomen...'

'Daar hebt u gelijk in, jongeman,' antwoordde Breisky. 'Maar ik heb veel mensenkennis en ik weet wie ik iets kan laten zien en wie niet, geloof me. Ik wist meteen dat jullie niet met die lui collaboreren.'

Ik kon me voorstellen wie hij bedoelde. Ik kreeg nog steeds kippenvel als ik dacht aan die mannen in hun bruine hemden met een hakenkruis om hun mouw.

'Weet u, dit land staat voor een tijd van grote duisternis,' ging de oude man verder. Hij stopte het portret weer in de la onder de salontafel. 'Onder mijn vrienden zijn er enkelen die voor Hitler hebben gewaarschuwd. Maar de anderen wuifden het weg en deden hem af als niet meer dan een fantast. En nu noemt hij zich Führer! En hij was nog niet in het zadel geholpen of het begon al.'

'Wat begon er?' vroeg ik.

'Aanvankelijk riep hij alleen op tot een boycot. Er stonden opeens mensen met borden voor Joodse winkels, waarmee ze klanten opriepen daar niets meer te kopen. Daarna werd de zogenaamde Wet voor de wederinstelling van het ambtenarenberoep van kracht, die niets anders is dan een verbod op het aannemen van niet-ariërs in overheidsdienst. Daar komt nog bij dat iedere werknemer in overheidsdienst een voorouderpaspoort moest kunnen laten zien. Inmiddels zijn ook bedrijven die niet onder de overheid vallen ertoe overgegaan mensen te ontslaan. En onlangs heb ik in een van de theaters zelf moeten aanzien wat er gebeurt als een van de toneelspelers Joods is. In dit geval ging het om een jonge vrouw. Ze speelde Desdemona, een aangrijpende vertolking! Maar toen kwamen die bruinhemden van de SA, ze gingen op de eerste rij zitten en begonnen de voorstelling te verstoren met kreten en dreigementen. Een groot deel van het publiek is toen weggegaan. Ze hielden pas op toen de theaterdirecteur de actrice van het toneel had gehaald. Dat arme kind...' Zijn stem stokte, en toen voegde hij eraan toe: 'Meneer Nelson heeft het goed aangepakt. Hij is op tijd naar het buitenland vertrokken.'

'Hij zit in het buitenland?'

'Hij is gevlucht, ja. Eerst naar Wenen en nu zit hij in Zwitserland, als ik het wel heb.'

'Maar waarom dan?'

'O, meneer Nelson is Joods, wist u dat niet?'

Ik schudde mijn hoofd. Het had in het theater geen rol gespeeld, in elk geval had ik er nooit iets over gehoord, ook van Henny niet. En wat maakte het ook uit wat je godsdienst was?

'Hij heet eigenlijk Lewysohn. Hij heeft de naam Nelson gekozen omdat die de Duitsers beter in het gehoor ligt. Hoewel het een Engelse naam is.'

'Naar admiraal Nelson?' vroeg Darren.

'Ja, naar admiraal Nelson, de grote zeeheld.' Er gleed een glimlach over meneer Breisky's gezicht, maar die verdween weer gauw. 'Waarschijnlijk wilde hij daarmee zijn etablissement meer allure geven. En het werkte ook wel. Maar onze nieuwe regering heeft geen gevoel voor humor.'

Ik dacht aan juffrouw Rieker van het Arden-filiaal. Blijkbaar was men erop uit Duitsland in een vreugdeloos oord te veranderen. Geen make-up, geen pleziertjes, alleen nog huishoudzeep en troosteloosheid.

'Ik weet niet hoelang de mensen hier nog aan mee zullen werken. Wanneer ze er genoeg van hebben. Tot nog toe gaan ze er graag in mee, omdat hun een opleving wordt voorgespiegeld. Maar hoelang blijft dat zo? Ik ben helaas te oud om nog ergens anders opnieuw te beginnen. En ook vanwege Joseph wil ik hier niet weg. Die zou verbaasd zijn als ik zijn graf niet meer kom bezoeken.'

Er verscheen een weemoedige, bijna droevige trek op zijn gezicht. Toen schudde hij zijn hoofd. 'Maar ik wil u niet vervelen.

U weet nu wat er met meneer Nelson is gebeurd en met zijn theater. Het zal waarschijnlijk nooit meer worden zoals het vroeger was.'

'Dat is spijtig,' zei ik. 'En u verveelt ons niet, hoor. Ik heb me al steeds afgevraagd wat hier aan de hand is. Ik ken Berlijn niet meer terug, hoewel elke steen gewoon nog op zijn oude plek ligt.'

'Nog wel. Voorlopig. Laten we hopen dat die nieuwe machthebbers niet nog meer rare ideeën in hun hoofd krijgen. De duivel hale ze, wat mij betreft.'

Diep onder de indruk van wat meneer Breisky ons had verteld verlieten we een paar uren later zijn huis. We konden geen van beiden een woord uitbrengen. Ik was blij dat meneer Nelson in veiligheid leek te zijn. Maar het feit dat hij had moeten vluchten baarde me zorgen. Wie zou zo'n lot nog meer hebben getroffen? Ik dacht aan de danseressen, de lokettistes en de toneelmeesters. Ze waren niet alleen hun werk kwijtgeraakt, maar sommigen zouden nu misschien geen nieuwe baan vinden omdat ze Joods waren, net als meneer Nelson.

Darren legde zijn hand op mijn schouder. 'Laten we teruggaan.'

Ik schudde krachtig mijn hoofd. 'Nee, we gaan nog even naar Zehlendorf. Ik wil mijn vader spreken.'

'Nu?' vroeg Darren verbaasd. 'Lijkt je dat een goed idee? Na alles wat je net hebt gehoord?'

'Na alles wat ik zojuist heb gehoord wil ik alleen nog maar hiervandaan,' antwoordde ik. 'Weg uit Berlijn. Maar ik ga de stad niet uit zonder hem te vertellen hoe ik over hem denk. Zonder hem te hebben gezegd wat een verdomde schoft hij is! Tegen de tijd dat we in Zehlendorf aankomen is hij misschien al thuis uit de winkel. Als die er nog is.' Ik zette er de pas in. Darren kwam naast me lopen. Mijn hart bonsde en ik kreeg het ontzettend warm onder mijn kleren. Tegelijkertijd voelde ik me vreselijk hulpeloos. Er was maar één manier om niet kapot te gaan aan al mijn gevoelens, zelfs al was mijn vader er maar deels verantwoordelijk voor.

Bij station Uhlandstrasse namen we de ondergrondse tot de Wittenbergplatz. Daar stapten we over op de lijn naar Zehlendorf. Er ging van alles door me heen. Met samengeknepen lippen keek ik uit het raam, terwijl in mijn binnenste mijn verstand met mijn woede streed. Darren probeerde een paar keer een gesprek te beginnen, maar ik bleef zwijgen. Ook al was ik me ervan bewust dat het weinig zin had, ik wilde toch dat mijn vader wist wat ik te weten was gekomen. Ik wilde dat hij wist dat ik hier was en dat ik op het punt stond mijn levensgeluk te vinden.

En ik wilde hem kwetsen zoals hij mij had gekwetst.

Toen we op station Oskar-Helene-Heim uit de ondergrondse kwamen, pakte ik Darrens hand. Hij keek me bezorgd aan.

'Ik moet dit gewoon doen,' zei ik. 'Ik beloof dat ik mijn kalmte zal bewaren. In elk geval zo goed als ik kan. Maar ik heb behoefte aan dit gesprek. Hij mag er niet zomaar mee wegkomen. Hij moet weten dat ik nog leef. En dat ik heb gehoord wat hij mijn moeder heeft aangedaan.'

'Is het niet beter hem te straffen door hem te vergeten?' vroeg Darren weifelend. 'Ik heb ook problemen met mijn vader gehad. Ik heb hem gewoon uit mijn leven verbannen om alles wat hij mijn moeder heeft aangedaan en dat bevalt me heel goed.'

'Ik vrees dat dat in mijn geval niet zo makkelijk is.' Vanuit mijn ooghoeken zag ik dat de mensen ons nieuwsgierig opnamen. Dachten ze misschien dat we ruzie hadden? Ik was ervan overtuigd dat zelfs in het chique Zehlendorf niet iedereen Engels verstond. 'Hij zal altijd deel van me uitmaken. Door mijn naam en door wat er gebeurd is, wat ik eenvoudigweg niet kan vergeten. En wat mijn moeder is overkomen... Het is onvergeeflijk en ik wil dat hij dat weet. Hij heeft me destijds het huis uit gegooid. Nu wil ik dat hij weet dat ik hem mijn leven uitgooi!'

Darren knikte. 'Oké. Maar beloof me dat je je niet te veel opwindt. Dat heeft die hufter niet verdiend.' Hij zweeg even en schonk me een bemoedigende glimlach. 'Het liefst zou ik met hem gaan praten, maar ik ben bang dat mijn Duits niet toereikend is.'

'Dat is ook nergens voor nodig,' antwoordde ik. 'Ik had vroeger al vaak ruzie met hem. Geen probleem!'

Ik pakte zijn hand en trok hem mee naar de uitgang.

Het huis dat volgens de notaris het adres van mijn ouders was, zag er somber en vreemd uit. Het had twee etages en werd bekroond door een donkerrood mansardedak met ramen erin. Een van de vensters op de onderste etage stond open en ik hoorde gestommel in de kamer. Het klonk alsof iemand meubels verplaatste. Was dit de woning van mijn vader?

Ik keek op mijn horloge. Het was inmiddels even voor zes uur 's avonds. Hij was hier ergens, dat voelde ik. Mijn vingers waren ijskoud en mijn hart leek te fladderen. Maar ik moest dit doen.

'Het gaat je lukken!' Darren kneep in mijn hand en ik draaide me om.

Ik opende het ijzeren hek van het voortuintje, dat verscholen lag achter een dichte haag, en liep naar de voordeur. Mijn woede was onderweg enigszins gezakt en ik was ook een beetje bang. Hoe zou het zijn om tegenover elkaar te staan? Ik wapende me vanbinnen tegen de confrontatie, maar had het gevoel dat er geen enkel pantser bestond dat stevig genoeg was om me hier ongedeerd uit te laten komen.

Ik keek nog eens om naar het hek, waar Darren stond te wachten en drukte toen op de knop op het belbord. Mijn hart bonsde in mijn keel. Ik wist niet of hij me zou vragen om binnen te komen. Wie weet zou hij me bij de voordeur al afpoeieren of kwam hij zelfs naar beneden.

Er gebeurde een tijdlang niets; toen klonk er een krakend geluid. 'Wie is daar?'

Mijn vaders stem was niet veranderd. Nu ik hem hoorde zag ik alles wat zich destijds had afgespeeld weer voor me. Hoe we die laatste avond thuis met elkaar hadden gesproken, hoe hij zich over me heen had gebogen toen ik was flauwgevallen. En hoe zijn stemming was veranderd toen hij hoorde dat ik zwanger was. 'Ik heb geen dochter meer!' Zijn stem had woedend door het huis geschald en daarna was hij in zijn werkkamer verdwenen.

'Hallo?' vroeg hij, nu al wat meer geërgerd.

'Hier is Sophia,' wist ik met een droge mond uit te brengen. Mijn keel was schraal, alsof er een infectie kwam opzetten, en ik had pijn in mijn buik. Alle moed die ik aanvankelijk had gehad zakte me in de schoenen.

Stilte aan de andere kant. Misschien had hij zich weer teruggetrokken in zijn werkkamer en negeerde hij me. Mijn hand zweefde boven de bel. Zou ik nog eens aanbellen? Ik liet mijn hand weer zakken. Als hij me niet wilde binnenlaten, kon ik niets doen. Ik wilde me juist omdraaien toen de deur openging.

Even later zag ik het woedende gezicht van mijn vader. 'Wat moet jij hier?' snauwde hij me toe. Afgezien van zijn haar, dat nog grijzer en dunner was geworden, leek hij niet te zijn veranderd. Ook zijn boosheid op mij was er nog steeds. Zijn woedende blik maakte me bang, maar toen schoten de woorden van mijn moeder me weer te binnen.

'Ik ben bij notaris Balder geweest,' zei ik en ik merkte dat mijn vader ineenkromp. 'En maakt u zich geen zorgen, dit is geen beleefdheidsbezoekje. Ik ben ook niet gekomen om u nogmaals om vergeving te vragen.' Ik zweeg even en vroeg me af hoe hij het voor elkaar kreeg om na al die tijd nog steeds zo onverzoenlijk te zijn. Er stond immers geen bedelares voor zijn neus. Ik had iets van mijn leven gemaakt! Maar dat leek hem niets te kunnen schelen. Zoals het hem ook niets leek te kunnen schelen of er voor zijn huis voor de ogen van zijn buren ruzie tussen ons ontstond. 'Ik ben hier omdat notaris Balder me moeders testament heeft voorgelezen,' ging ik verder. 'Beseft u eigenlijk wel wat u haar hebt aangedaan? Weet u wel hoe ze zich voelde toen u mijn brieven bij haar weghield?'

Ik wachtte op een antwoord.

Mijn vader knarsetandde. Zijn ogen schoten vuur en ik zag dat hij al zijn spieren spande. Maar ik week niet terug.

'Jij hebt wel lef, dat je me onder ogen durft te komen,' wist hij uiteindelijk uit te brengen terwijl hij zich probeerde te beheersen. Kennelijk wilde hij toch niet dat de buren iets van ons gesprek zouden opvangen. 'Na alles wat je ons hebt aangedaan.'

'Wat heb ik jullie eigenlijk aangedaan?' vroeg ik uitdagend.

'Dat weet je best.'

'Ik heb een misstap gemaakt. Ik ben zwanger geworden. Moeder scheen het me te hebben vergeven. Waarom kon u haar besluit niet accepteren?'

'Je moeder wist niet wat goed voor haar was,' antwoordde hij. 'Hoe haal je het in je hoofd te beweren dat je weet hoe het voor je moeder is geweest!'

'Ze heeft een brief voor me achtergelaten. Notaris Balder heeft hem me voorgelezen. Haar laatste wil. Waarvan u waarschijnlijk niet op de hoogte was!' Ik kreeg het warm. De woede laaide hoog in me op. Tegelijkertijd leek niets van wat ik kon zeggen voldoende om de pijn van mijn moeder te wreken. Om mijn eigen brandende pijn te doven.

'Je brieven hebben alles alleen maar erger gemaakt!' snauwde vader me opeens toe. Hij begon over zijn hele lichaam te beven. 'Ze wilde het gewoon niet loslaten! Ze dacht nog steeds een dochter te hebben.'

'En waarom ook niet?' reageerde ik. 'Ik ben immers haar dochter! Denkt u soms dat daar iets aan is veranderd?' Mijn stem klonk schril en ik haalde diep adem om geen al te hysterische indruk te maken. 'Denkt u dat ik niet weet hoe het is om een kind te verliezen? Ik weet dat inmiddels en kan haar begrijpen. Maar dat u haar ervan hebt afgehouden in contact te komen met haar levende kind! Ondanks al mijn pogingen! U hebt haar als een gevangene behandeld. U hebt controle over haar uitgeoefend. Daartoe had u het recht niet.'

'Ze was mijn vrouw!' schreeuwde hij. 'Ik heb gedaan wat me juist leek. En verdwijn nu! Ik wil je hier niet meer zien.'

Ik kromp ineen toen hij zijn hand ophief. Hij had me nog nooit geslagen en toch schrok ik van zijn gebaar. Maar hij gebaarde alleen maar over mijn schouder naar het tuinhek.

'U wilt dus niet weten hoe het me is vergaan?' vroeg ik, terwijl ik nog steeds de woede in mijn binnenste voelde borrelen.

'Nee!' antwoordde hij zonder aarzeling.

Wat had ik ook eigenlijk verwacht? Ik perste mijn lippen op elkaar. Ik had geleerd mijn ouders met respect te bejegenen, maar op dit moment had ik er veel zin in hem een draai om zijn oren te geven. Ik balde mijn vuisten, maar liet mijn armen hangen. 'Goed dan. Wis me maar uit uw leven!' riep ik. 'Dat verandert niets aan het feit dat u moeder, de vrouw die het meeste vertrouwen in u had, geweld hebt aangedaan!' Ik draaide me om, bleef staan en wendde me toen nogmaals tot hem. Mijn gezicht gloeide, maar mijn woede kolkte in me als een reinigend vuur. 'Voor mij bent u gestorven! Een vader als u kan ik niet gebruiken! Loop wat mij betreft naar de hel!'

Met die woorden ging ik weg. Ik zag vaders van woede vertrokken gezicht nog steeds voor me. Mijn ogen schoten vol tranen en mijn keel zat dichtgeknepen, zo ontgoocheld was ik. Ik had zoiets nooit eerder durven zeggen, maar het was de waarheid. Ik had hem niet nodig en ik wilde ook niet meer aan hem denken.

Buiten het hek stond Darren. Hij had het gesprek tussen mijn vader en mij gevolgd. Zijn kennis van het Duits mocht dan zeer rudimentair zijn, de emoties die in de woorden doorklonken konden hem niet zijn ontgaan.

'Alles oké?' vroeg hij en hij nam me onderzoekend op. Ik knikte, hoewel er niets oké was. Maar wat ik zojuist had meegemaakt was eigenlijk geen verrassing voor me geweest. Mijn vader was niet veranderd. Dat zou vast ook nooit gebeuren. Nu mijn moeder was overleden, was het waarschijnlijk tijd om voorgoed afscheid te nemen van hem en daarmee ook van mijn jeugd. 'Laten we gaan,' antwoordde ik en ik moest me beheersen om niet nog eens door het hek naar het huis te kijken. Zou mijn vader daar nog staan? Ik wist het niet en ik wilde het niet weten ook.

Die avond, nadat Darren opnieuw iets eetbaars voor me had gehaald, bleef ik lang uit het raam staren. Ik zag de zon achter de horizon verdwijnen en hoorde het verkeerslawaai voor het gebouw verflauwen. Het enige wat nog tot me doordrong was het verre geluid van de treinen die het station binnenreden: het dreunen van de wielen over de rails en het schrille gekrijs van de stoomfluiten.

Darren, die zich bewust was van mijn emotionele toestand, liet me met rust. Onderweg hadden we nauwelijks gesproken. Maar hoe donkerder het werd, des te groter werd mijn verlangen. Ik wilde niet alleen zijn.

Toen er van het zonlicht alleen nog een smalle rode streep achter de dierentuin over was, stond ik op en liep mijn kamer uit. Bij zijn deur aangekomen aarzelde ik. Was het wel goed wat ik wilde? Mijn lichaam stond in brand, het deed pijn en voor al die gevoelens leek er maar één remedie te bestaan: Darrens warmte.

Uiteindelijk klopte ik aan. Ik hoorde iets bewegen en even later ging de deur open. Darren gluurde met een slaperig hoofd door de kier van de deur. Hij was blijkbaar al naar bed gegaan. Toen hij me zag richtte hij zich op. 'Sophia! Wat is er aan de hand?'

'Sorry dat ik je stoor,' zei ik. 'Ik... Ik wilde vragen...' Ik verstomde. Ik voelde mijn hart in mijn keel kloppen en het duurde even tot ik verder kon spreken. 'Ik wil liever niet alleen zijn. Ik... Ik heb behoefte aan iemand om tegenaan te leunen.'

Darren keek me even aan, stapte toen opzij en deed de deur verder open. Zijn kamer was inderdaad spartaans ingericht. Ik moest aan Mr Jenkins denken, die veel te levenslustig had geleken om zijn dagen in een kamer als deze door te brengen. De muren waren geschilderd in een blauwgrijze tint en het meubilair was beperkt tot het hoognodige. Er stonden een bed, een kast en een bureau. Allemaal heel eenvoudig en strak. Het enige wat er aan de wand hing was een moderne expressionistische reproductie van een mij onbekende schilder. Door het raam, dat op een kier stond, kwam frisse avondlucht binnen die me deed huiveren.

Toen ik al die jaren geleden voor het eerst met Darren in een slaapkamer was geweest, was dat niet goed afgelopen. Maar ik probeerde daar niet aan te denken. Ik wilde hem voelen, wilde door hem worden vastgehouden.

'Sophia...' begon hij, maar ik draaide me om en sloot zijn mond met mijn lippen.

Eerst leek hij enigszins verrast, maar ik voelde duidelijk zijn verlangen groeien. Uiteindelijk begonnen we elkaar uit te kleden.

'Weet je het zeker?' vroeg Darren toen we elkaar even hadden losgelaten.

'Ja,' antwoordde ik. 'Als je me wilt.'

'Ik wil je,' antwoordde hij. Hij trok me naar zich toe en kuste mijn hals. Zijn handen lieten mijn ondergoed van mijn lichaam glijden. Heel even kromp ik ineen, toen hij mijn buik aanraakte en zijn vinger over mijn litteken gleed.

Dat was de reden geweest dat we uit elkaar waren gegaan. Nu ging hij er bijna teder overheen, boog zich ernaartoe en kuste het voorzichtig. Ik had er zelf al lang niet meer op gelet, maar nu maakten zijn kussen dat er vurige stormen door mijn lichaam trokken, zoals ik nooit eerder had ervaren.

Toen we ons ten slotte op het bed lieten vallen, ineengestrengeld en vervuld van genot, leek er om ons heen niets meer te bestaan. Geen land dat blijkbaar steeds krankzinniger werd, geen vaders met wie we niet overweg konden en ook geen firma of werk. Alleen wij waren er, twee naakte lichamen die bewogen en over het laken gleden tot we ons hoogtepunt bereikten en de lust ons als een vloedgolf meesleurde.

Later, toen we uitgeput naast elkaar lagen, streek Darren behoedzaam over mijn taille. Zijn hand ging telkens weer naar mijn litteken en dan streelde hij het. 'Ik kan niet geloven dat ik me zo idioot heb gedragen,' zei hij zachtjes en peinzend. 'Je litteken...'

Ik pakte zijn hand. 'Het is allemaal oké,' zei ik. 'We hebben het uit de weg geruimd. En als je er geen last van hebt...'

'Nee. Je ziet het trouwens nauwelijks meer.'

Mijn litteken was inmiddels niet meer dan een wit streepje. Dat wist ik ook zonder het goed te bekijken. Natuurlijk was het nog zichtbaar en ik zou het ook nooit kwijtraken. Maar tegenover Darren schaamde ik me er niet meer voor.

'Je zoontje,' begon hij even later. 'Denk je dat die detective hem nu nog vindt?'

'Ik weet het niet,' zei ik. 'Het lijkt al zo lang geleden. In zijn laatste bericht zei hij dat het spoor koud was geworden. Sindsdien heb ik niets meer van hem gehoord.'

Er liep een rilling door mijn lichaam. Darren trok me naar zich toe en legde de deken over ons heen. 'Dat vind ik spijtig.'

'Ik ook.' Ik ging mijn gevoelens voor mijn zoontje na. Ze waren er nog steeds, zwakker maar voelbaar. Ze zouden altijd bij me blijven, dat wist ik. 'Maar ik heb jou,' ging ik verder. 'Eigenlijk verlangde ik daar al die jaren naar. Ik dacht dat mijn werk me zou verhinderen een relatie aan te gaan, maar nu heeft juist mijn werk me een man gebracht die ik in mijn hart kan sluiten.'

We zeiden geen van beiden nog iets, we hielden elkaar alleen maar vast en uiteindelijk viel ik in zijn armen in slaap.

De volgende ochtend glipte ik Darrens bed uit en ging terug naar mijn eigen kamer. Ik voelde de drang om mijn koffers te pakken en te vertrekken. Ik kon Berlijn niet langer verdragen en verlangde terug naar Maine Chance. Nadat ik had gedoucht en me had aangekleed haalde ik mijn koffer uit de kast en begon met inpakken. Even later werd er aangeklopt.

'Ja!' riep ik en Darren kwam binnen.

'Hier ben je dus!' zei hij. 'Ik vroeg het me al af.'

Pas nu zag ik dat hij zijn ochtendjas nog aanhad. 'Ik wilde je niet wakker maken,' legde ik uit.

'En dat daar?' Hij wees naar mijn koffer.

'Ik wil terug naar New York.'

‘Maar het schip vertrekt toch pas over vier dagen!’

‘Ik wil hier niet meer blijven. Ik wil terug naar Maine Chance. Met jou.’

Hij sloot de deur achter zich, kwam naar me toe en nam me in zijn armen. Hij kuste me teder en hield me een poosje vast. ‘We kunnen ook naar een andere stad gaan,’ zei hij toen. ‘Hamburg moet heel mooi zijn, heb ik me laten vertellen.’

Ik hield even stil. ‘Hoe weet je dat?’

‘Ik heb ooit met iemand uit de voedingsindustrie samengewerkt. Hij had een tijdje in Hamburg gezeten. Hij vond dat daar veel moois te zien was. De Reeperbahn bijvoorbeeld.’

‘Daar kun je beter niet naartoe gaan,’ wierp ik tegen. Een van de toneelknechten uit het Nelson Theater had erover opgeschept dat hij daar was geweest en gebruik had gemaakt van de diensten van prostituées. ‘Anders ben je niet alleen je portefeuille kwijt, maar loop je ook nog iets op.’

Darren lachte. ‘Ik weet zeker dat er daar ook onschuldig amusement is.’

Ik slaakte een zucht. Ik had maar al te graag een reis door Duitsland met hem gemaakt. Maar wat ik hier had gehoord en gezien greep me naar de keel.

‘Weet je nog wat meneer Breisky zei?’ vroeg ik. ‘Die toestanden heersen in het hele land, niet alleen in Berlijn.’

Darren knikte en na enige overweging zei hij: ‘Ik kan proberen onze tickets om te boeken. Misschien is er plaats voor ons op een eerder schip.’

Ik knikte. ‘Dat zou fijn zijn. En het hoeft ook geen erg snel schip te zijn. Laten we de tijd nemen.’ Ik wierp een blik op het doosje met de brieven van mij en mijn moeder. Er zou op zee heel wat te doen zijn.

‘Zoals u wenst, mevrouw!’ reageerde Darren glimlachend. Toen trok hij me naar zich toe en kuste me.

48

Anderhalve week later kwamen we in New York aan. Ditmaal stond ik op het dek om te zien hoe het Vrijheidsbeeld ons verwelkomde. Darren had zijn arm om me heen geslagen en voor het eerst sinds lange tijd had ik weer een gevoel van geborgenheid. Toch was ik nog een beetje beducht om plannen te maken, want ik wist hoe vlug de wind uit een andere hoek kon gaan waaien.

Toen we van boord gingen, stroomde de vertrouwde New Yorkse lucht me tegemoet. Het deed goed weer daar te zijn! Aan Darrens arm liep ik de landingsbrug af. Het liefst had ik hem nooit meer losgelaten. De dagen op het schip hadden we meestal in mijn bed doorgebracht, waar ik mezelf had toegestaan weer van een toekomst met hem te dromen. Ik wendde me tot Darren: 'Wat zou je ervan vinden bekend te maken dat we samen zijn?'

'Nou, als je wilt, stoppen we bij het kantoor van *The New York Times* en plaatsen meteen een advertentie.'

'Dan verslikt Miss Arden zich vast bij het ontbijt.' Ik lachte. Tijdens de overtocht waren de dagen in Berlijn een beetje naar de achtergrond verdwenen, en dat terwijl ik nog meer brieven van mijn moeder had gelezen. Een paar ervan had ik voor Darren vertaald en hij was er voor me geweest en had me in zijn armen gehouden als de tranen kwamen. Mama's woorden boden me de gelegenheid om afscheid van haar te nemen, en dat ze me vergeven had verwarmde mijn hart. Hoewel dat een bijzonder trieste aangelegenheid was, was ik toch, wat Darren betrof, nog nooit zo gelukkig geweest.

'We zullen het kalm aan doen,' zei ik uiteindelijk. 'De mensen op de farm zullen er nog aan moeten wennen. En ze moeten ook niet gaan denken dat ons werk eronder lijdt. Ik weet niet hoe Miss Arden het zal opvatten.'

'Je hebt gelijk. Gelukkig zijn er nog geen gasten die ons kunnen verrassen bij het kussen.'

'Daar ben ik blij om,' antwoordde ik. 'Maar als het zover is...' Ik zweeg. Miss Arden had nog niet bekendgemaakt wie de leiding van de beautyfarm op zich zou gaan nemen. Ze had me opdracht gegeven tot het verbouwen en inrichten van het pand, maar wat zou er gebeuren als dat af was? Zou ze me daar willen houden? Of kon ik haar vragen me eindelijk in het laboratorium in te zetten? Me dat laten doen wat ik altijd al had gewild?

'Wat zou je ervan vinden als ik weer als scheikundige ging werken?' vroeg ik toen we in Darrens auto stapten.

Darren trok zijn wenkbrauwen op. 'Heb je geen plezier meer in het werk op de farm?'

'Jawel, maar ik zou me zo graag weer bezig willen houden met dat wat ik echt kan. Crèmes samenstellen. Een verzorgingslijn ontwikkelen. Misschien zelfs een die exclusief is voor Maine Chance.'

'Dat klinkt geweldig. Je moet met Miss Arden gaan praten. Ze zal voor jou vast een luisterend oor hebben.' Darren dacht even na, toen voegde hij eraan toe: 'Maar ik ben van mening dat je het ook als bedrijfsleider van de farm goed zou doen. Wat jij de afgelopen jaren allemaal voor elkaar hebt gekregen...'

'Dat is lief van je,' zei ik. 'Hopelijk ziet Miss Arden dat ook zo. Maar ik hoop nog meer dat ze me op het terrein een laboratorium laat opzetten.'

'Waarom heb je dat niet al lang voorgesteld?' Darren startte de motor, toen voegde hij in in het verkeer.

'Er was geen gelegenheid voor,' antwoordde ik. 'En eerlijk gezegd ben ik meestal zo ingenomen met Miss Ardens voorstellen dat ik het vergeet.'

'Ja, ze kan heel overtuigend zijn.' Er gleed een glimlachje over Darrens gezicht. 'Maar misschien staat ze na de opening van haar beautyfarm open voor wat je te zeggen hebt.'

'Dat is te hopen,' zei ik, en terwijl Darrens auto door de huizencanyons van New York stoof en uiteindelijk bij de voorsteden kwam, stond ik mezelf toe van een laboratorium te dromen. En van een toekomst met hem.

De avondzon gleed over het platteland toen Maine Chance voor ons opdoemde en liet de gevels en daken van de gebouwen oplichten. Die aanblik gaf me een huiselijk gevoel. We hadden het een en ander om ons op te verheugen. Misschien kon ik eindelijk vergeten wat er in Duitsland was gebeurd. Daar zou ik, dat wist ik zeker, niet zo gauw weer heen gaan! Mijn vader had ik voorgoed achter me gelaten en mijn moeder zou ik voortaan in mijn hart bij me dragen.

Toen we het erf op reden, zag ik daar een andere auto staan. Bij nader inzien herkende ik hem. 'Miss Arden is er,' zei ik verrast.

Darren knikte. Ook hij had de wagen herkend.

'Wat zou dat betekenen?' vroeg ik.

'Waarschijnlijk dat ze zelf een oogje in het zeil heeft gehouden. Misschien heeft ze niemand kunnen vinden die kon inspringen.'

Op de een of andere manier stelde dat me gerust, hoewel ik wist dat een slecht geweten in dat geval niet op z'n plaats was. 'Heb je haar laten weten dat je er niet was?' sprak ik mijn volgende gedachte hardop uit.

'Natuurlijk!' antwoordde Darren. 'Maak je niet ongerust. Er is vast niets aan de hand.'

'Als de cheffin zelf verschijnt, ben ik toch echt geneigd me zorgen te maken. Misschien is er wel iets gebeurd.'

'Als dat zo is, ben jij daar niet verantwoordelijk voor,' zei hij, terwijl hij de auto tot stilstand bracht. 'Per slot van rekening heeft ze je toestemming gegeven om naar Duitsland te gaan.'

Toch bezorgde het feit dat Miss Arden er was me buikpijn. Toen we binnenkwamen, zag ik haar in de foyer. Ze moest net terug zijn van een avondrit, want ze droeg rijkleding. Vlug trok ik mijn hand uit die van Darren. Ik had geen idee of het haar goedkeuring zou kunnen wegdragen dat twee van haar werknemers een relatie hadden. Eigenlijk ging het haar niet aan wat Darren en ik privé deden, maar op dat moment zou het niet gepast zijn geweest haar ermee te confronteren.

'Aha, Miss Krohn! U bent weer terug uit Duitsland?'

'Ja, Miss Arden,' antwoordde ik.

'Ik neem aan dat Mr O'Connor u in New York heeft afgehaald?'

Daar had ik in eerste instantie geen antwoord op. Hoelang was ze al hier? En had Darren haar niet laten weten dat hij met me mee zou gaan?

'Ja, ik...' Mijn mond was ineens gortdroog. 'Ik ben wat vroeger teruggekomen. Het bezoek aan mijn vaderland was... nogal deprimerend.'

'Dat spijt me,' zei ze en daarna keek ze naar Darren. Vanuit mijn ooghoeken kon ik zien dat hij rood werd. 'Hebt u dan tenminste een goede vakantie gehad?' vroeg Miss Arden aan hem.

Vakantie? Ik moest mezelf bedwingen om Darren niet verbaasd aan te kijken. Had hij dan niet gezegd dat hij met me mee zou gaan naar Berlijn?

'Heel goed, dank u,' antwoordde hij vliegensvlug. 'Ja, die familiekwestie is opgelost. Nu kan ik me weer volledig aan mijn taken wijden.'

Miss Arden nam die woorden met een knikje ter kennisgeving aan.

'Nu we het toch over het werk hebben, Mr O'Connor: ik zou graag uw ontwerpen bekijken. Hebt u zo even tijd?'

'Natuurlijk,' antwoordde Darren. 'Ik breng even Miss Krohns koffer naar boven en dan zal ik ze u laten zien.'

'Uitstekend.' Miss Arden wierp me nog een blik toe die ik niet kon duiden, toen verdween ze de gang op.

Pas nu durfde ik Darren aan te kijken. Kon hij mijn vraag van mijn gezicht aflezen? Ik stelde hem niet, maar liep de trap op. Darren kwam even later achter me aan nadat hij mijn koffer uit de auto had gehaald.

Toen we in mijn kamer waren, deed ik de deur dicht en vroeg: 'Waarom heb je tegen haar gezegd dat je met vakantie wilde?'

Darren werd rood. 'Ik... Ik wilde het niet doen voorkomen...'

'... alsof we weer samen waren?' Ik trok mijn wenkbrauwen op. Voordat we weggingen waren we goede bekenden, misschien ook weer vrienden geweest. Dat was niet iets waarvoor hij had hoeven te vrezen.

'Ik wilde niet dat ze verkeerde conclusies zou trekken of afwijzend zou reageren. Ik heb haar verteld dat ik naar een familielid wilde gaan vanwege een probleem in de familie. Strikt genomen was dat maar een klein leugentje.'

'Het was een behoorlijke leugen,' antwoordde ik. 'Als ze erachter komt...'

'Hoe zou ze?' vroeg hij met een onbeschaamd lachje. 'Tenzij je me verraadt.' Hij zette de koffer neer, sloeg zijn arm om mijn middel en trok me naar zich toe.

'Ik ben niet van plan om je te verraden,' zei ik en ik vlijde me tegen hem aan. 'Maar je moet voorzichtig zijn. 'Je weet, werken voor Miss Arden betekent soms dat je door een draaideur gaat: vlug erin en vlug er weer uit.'

'Ze zal geen reden hebben om me te ontslaan. Mijn ontwerpen zijn geweldig!'

'Dat vind ik ook, maar je moet echt voorzichtig zijn. Ik heb ergens het gevoel...'

'Lief van je dat je bezorgd bent, maar ik weet zeker dat ik haar met mijn charme om mijn vinger zal winden.' Darren boog zich voorover en kuste me. De warmte van zijn lippen verspreidde zich door mijn lichaam en wekte het verlangen op heel zijn lichaam te voelen.

Maar Miss Arden zat beneden te wachten. En al wist ik nog

steeds niet wat haar aanwezigheid te betekenen had, het was beter als Darren nu niet te veel tijd nam.

Terwijl Darren met Miss Arden praatte, pakte ik mijn koffer uit en controleerde of alles geregeld was. Peg was al weg, maar had een driegangenmenu voor ons achtergelaten. Ella en Mindy, de dienstmeisjes, waren er nog en zouden het eten opdienen. Eigenlijk deden we dat altijd zelf, maar nu was Miss Arden er. Als de beautyfarm goed van start ging, zou hier voortdurend personeel rondlopen om de gasten te verwennen. Een plezierige tinteling overviel me als ik daaraan dacht.

Ik zag Darren pas weer bij het avondeten. Hij leek ontspannen, alsof het echt een goed gesprek was geweest. Ik voelde me enigszins opgelucht. Zijn ontwerpen waren Miss Arden vast bevallen.

Omdat Miss Arden er steeds bij was, kon ik niet onder vier ogen met hem praten. Na het eten, toen Ella en Mindy het dessert afruimden, richtte Miss Arden zich tot mij. 'Kan ik u even spreken voordat u naar boven verdwijnt? U zult wel moe zijn na die lange reis. Maar er is iets wat ik graag met u wil bespreken.'

Bijna was me de vraag ontglipt of dat niet tot morgen kon wachten. Maar natuurlijk knikte ik. 'Ja, Miss Arden, met alle plezier.'

Ik liep achter haar aan naar het kantoor, dat ze in de tussentijd in beslag had genomen. Ze had me inderdaad zelf vervangen en was hier niet alleen maar op bezoek. Op het bureau ontwaarde ik een paar documenten, maar ook dikke woninginrichtingscatalogussen en tijdschriften. Blijkbaar had ze de tijd goed gebruikt.

Miss Arden gebaarde me plaats te nemen, waarna ze de deur dichtdeed. 'Wilt u een glas limonade?' vroeg ze.

'Ja, graag,' antwoordde ik, want mijn tong plakte aan mijn gehemelte van opwinding. Ik wou dat ik minder had gegeten, maar Pegs stoofvlees was het beste wat je hier kon krijgen.

Miss Arden schonk twee glazen vol en gaf me er een aan. Toen ging ze tegenover me zitten. 'U hebt werkelijk heel goed werk afgeleverd,' begon ze. 'Alles is klaar voor de opening. Ik kan niet zeggen hoe blij dat me maakt.' Ze glimlachte en proostte naar me.

Ik beantwoordde haar glimlach. Misschien was alles wel in orde. 'Ik heb er veel plezier aan beleefd,' zei ik. 'En ik heb een heleboel ideeën die we misschien na de opening kunnen uitvoeren.'

'En die zijn?' vroeg Miss Arden.

Was nu echt het moment gekomen om haar mijn wensen te openbaren? 'Nou, ik heb erover nagedacht of we niet een laboratorium op het terrein zouden moeten openen. Misschien in een van de buitengebouwen. We zouden dan hier ter plaatse de cosmetica voor de beautyfarm kunnen maken en exclusief aan de cliënten geven. Dat zou nog een grotere prikkel zijn om een verblijf te boeken, want de dames zouden hier producten kunnen krijgen die nergens anders verkrijgbaar zijn.'

Miss Arden nam me onderzoekend op. 'Wilt u graag weer als scheikundige werken? Ik dacht dat u er de afgelopen jaren van overtuigd was geraakt dat u ook andere talenten hebt.'

'Scheikunde is altijd mijn passie geweest,' zei ik. 'Daar ben ik al vroeg in mijn jeugd mee begonnen.'

'Maar u bent ook een goed organisatrice,' antwoordde ze. 'Zoals u wellicht weet bezet ik mijn posten niet altijd met mensen die daarvoor opgeleid zijn. Ook u bent iemand in wie ik meer zie.' Ze keek me in de ogen op een manier die me eigenaardig voorkwam. Het was niet onvriendelijk, maar ik voelde me er onbehaaglijk bij.

'Vooral de laatste tijd verlang ik echter weer naar het laboratoriumwerk,' erkende ik. 'En ik geloof dat het een zinvolle aanvulling zou zijn op dat wat u hier in gang zet.'

'Nou, het doet me plezier dat u zo denkt,' zei ze. 'Maar ik heb al heel goede chemici. Zonder uw talent te willen betwijfelen, blijf ik in dit opzicht bij het beproefde. En u zou een uitstekende bedrijfsleidster van mijn beautyfarm zijn. Maar...'

'Ja?' Wat had dat te betekenen?

Miss Arden hield een korte gedachtepauze, toen zei ze: 'Uw

omgang met Mr O'Connor lijkt nogal intiem van aard te zijn.'

Ik keek haar verbaasd aan. Wat had dat te maken met mijn competentie om de beautyfarm te leiden? 'Ja, we... Hij is een grote steun voor me geweest nadat ik het nieuws had gekregen,' antwoordde ik verward. Het zweet brak me uit. Ik kon haar onmogelijk vertellen dat hij met me mee naar Duitsland was geweest.

'Het is altijd goed iemand naast je te hebben. Maar dat bedoel ik niet. Het viel me op hoe hij naar u kijkt.'

Ik werd rood. Was het dan zo duidelijk? Zo viel mijn mooie plannetje om het de mensen hier langzaamaan duidelijk te maken in duigen.

Miss Arden wachtte mijn antwoord niet af. 'Bent u van plan uw vriendschap tot meer te laten uitgroeien?' vroeg ze door.

Ik staarde haar met grote ogen aan. Hoe bedoelde ze dat? En waar maakte ze zich eigenlijk druk om? 'Ik... Ik weet het niet,' zei ik ontwijkend. 'Mr O'Connor is een goede vriend.'

Er verscheen een glimlachje om haar lippen dat ik niet zo goed kon duiden. Was het instemmend of afwijzend? 'U kunt eerlijk zijn. Bij iedere vrouw komt het moment dat ze een partner wil kiezen. Is Mr O'Connor de uitverkorene?'

'Misschien,' antwoordde ik ietwat onzeker. Dit hele gesprek viel buiten het kader. Miss Arden was geen vriendin van me met wie ik over mijn relatie wilde praten. Waarom bleef ze zo vasthoudend? Het ging haar toch niets aan? Of wilde ze er op deze manier achter komen of Darren met me mee was gegaan en dus tegen haar had gelogen? Ik was het liefst het kantoor uit gevlucht.

Miss Arden zweeg een poosje. 'Ik wil me niet met uw privéleven bemoeien,' zei ze toen, 'maar is het wel verstandig op dit moment aan een relatie te denken?'

'Hoe bedoelt u?' flapte ik eruit.

Er verscheen een glimlach op haar gezicht terwijl ze naar me keek. 'U hebt alles wat ons bedrijf nodig heeft. Hersens, een goed uiterlijk en ideeën. U kunt een hoge positie verwerven.'

'En u denkt dat dat niet kan met een man aan mijn zijde?'

Miss Arden dacht even na. 'Ik heb ervaren dat de meeste vrouwen mijn visie op het huwelijk niet delen.' Ze stopte even en vervolgde: 'Toen ik trouwde, ging ik met mijn man naar de burgerlijke stand en ben ik meteen daarna weer aan het werk gegaan. lk wilde niet vanwege mijn echtgenoot van mijn carrière afzien. Maar veel vrouwen zetten hun talent opzij zodra ze getrouwd zijn. Dan verkommert het, en pas als het huwelijk schipbreuk lijdt of de echtgenoot sterft, beseffen ze dat dat een grote vergissing was. Maar dan is het voor hen te laat.'

Ik had het gevoel dat iemand een zware steen op mijn borst had gelegd. Miss Arden dacht dus dat ik niet meer zou willen werken zodra ik getrouwd was? 'Ik zal mijn beroep beslist niet opgeven,' bezwoer ik. 'Cosmetica zijn mijn passie. Die zal ik altijd volgen, ook als ik ooit ga trouwen.'

Bij het zien van de twijfel op Miss Ardens gezicht verstomde ik. Hoe kwam ze erbij! Ik was pas sinds iets meer dan een week met Darren samen. We hadden nog geen toekomstplannen. En hij was er niet de man naar me te verbieden om te blijven werken. Integendeel, als ik terugdacht aan het gesprek dat we tijdens de overtocht op de terugweg hadden gevoerd. In tegenstelling tot Miss Arden was hij wel geporteerd geweest van het idee om een laboratorium op te zetten...

'Nou, dan moesten we maar eens zien hoe de dingen zich ontwikkelen, nietwaar?' zei ze terwijl ze opstond.

Ik keek naar het glas limonade in mijn hand. Ik had er nog geen slok van genomen. En het zag ernaar uit dat ik weer kon gaan.

'Ik vertrek morgenochtend vroeg,' zei Miss Arden. 'U bent er immers weer.'

'Ja, dat is zo,' antwoordde ik en ik stond ook op. Teleurstelling en ook enige verbazing overmanden me. Wat was de bedoeling van dit gesprek? En waarom had ze niet één keer naar mijn moeder en mijn tijd in Duitsland gevraagd? Ik liep naar de deur, bleef staan en draaide me nog even om. 'Bedankt dat ik in uw Duitse vestiging mocht overnachten,' zei ik.

'Graag gedaan. U bent in al mijn filialen altijd van harte welkom.'

Ik knikte en verliet het kantoor. Pas daarbuiten drong tot me door dat ze van de Duitse vestiging zou vernemen – of dat misschien al had gedaan – dat Darren bij me was geweest.

49

De volgende ochtend nam Miss Arden afscheid van ons. Zonder te hebben ontbeten stapte ze met haar chauffeur in de auto en reed weg. Ik keek haar met een onaangenaam gevoel in mijn maag na. Ze had verder niets meer gezegd en daardoor wist ik niet hoe ze mijn woorden had opgevat. Ook had ze Darren niet nogmaals ontboden.

Uit voorzichtigheid was ik die nacht niet naar hem toe gegaan. Ik wilde niet dat ze iets zou merken. Bovendien benauwde haar aanwezigheid me een beetje. Maar misschien maakte ik mezelf ook wel gek, zoals de keer dat ik me bij de eerste bezichtiging van het huis die opmerking over madame had laten ontvallen.

Of ik nu wel of niet de leiding van de beautyfarm op me zou nemen was eigenlijk maar bijzaak. Wat me wel hoofdbrekens kostte was de mening van Miss Arden dat ik net zo was als de meeste andere vrouwen en mijn carrière vaarwel zou zeggen zodra ik een echtgenoot had. Daar dacht ik in de verste verte niet aan!

Darren legde zijn arm om mijn schouder. 'Eindelijk weer alleen,' zei hij.

Ik vlijde me tegen hem aan. 'Ja, daar ziet het wel naar uit.'

'Wat is er?' vroeg hij.

'We moeten even praten,' zei ik.

'O, o! Dat klinkt niet best.'

'Het heeft niets met jou te maken. Of liever gezegd: niets met ons. Aan de andere kant...' Ik onderbrak mezelf toen ik iets zag bewegen. Ella liep door de hal. Met een blik wenkte ik Darren om me te volgen.

We liepen de tuin in. Daar, waar al enkele prieeltjes stonden in afwachting van bezoekers, zouden we ongestoord kunnen praten, want om deze tijd waren de meeste staljongens bij de paarden, de dienstmeisjes binnen en de tuinlieden nog niet aanwezig. We gingen op een van de bankjes zitten.

Darren zag er bezorgd uit. 'En?' vroeg hij. 'Wat heb je te vertellen?'

Ik haalde diep adem. 'Heeft Miss Arden het gisteren nog met jou over onze relatie gehad?'

Darren schudde zijn hoofd. 'Nee, hoe kom je daarbij?'

'Dat heeft ze met mij namelijk wel gedaan.'

Hij trok zijn wenkbrauwen op en keek me ongelovig aan. 'Wat zei ze dan?'

'Ze wilde weten of er iets tussen ons speelde. En toen vroeg ze me of ik dat wel een goed idee vond, nu mijn carrière op het punt stond echt te beginnen. Ze is bang dat ik ophoud met werken zodra ik getrouwd ben.'

Darren keek me als versteend aan. 'Dat kan ze toch niet menen! Waarom heb je me dat niet verteld?'

'Daar was nog geen gelegenheid voor.'

'Je had naar me toe kunnen komen.'

'Ik durfde niet. Het was... alsof we een boosaardige schoonmoeder in huis hadden.'

Darren schoot in de lach. 'Nou, dat is geen slechte vergelijking. Na wat ik net heb gehoord.'

'Ik vond het ook vreemd, geloof me. Ik heb haar verzekerd dat ik mijn carrière niet zou opgeven. Bovendien is het ook niet zo dat we vlak voor onze bruiloft staan, toch?'

Darren keek me enigszins terneergeslagen aan. 'Nee, inderdaad niet.'

Ik trok mijn wenkbrauwen op. Waarom sloeg zijn stemming opeens om?

'Nou dan! Bovendien zou jij me toch niet verbieden om te blijven werken?'

Hij pakte mijn hand en keek me diep in de ogen. 'Dat zou ik nooit doen! Je bent een geweldige vrouw en ik wil dat je gelukkig bent. En als je werk deel uitmaakt van je geluk, dan moet dat zo blijven!'

Ik glimlachte naar hem, nam hem in mijn armen en kuste hem. Even later sloeg ook hij zijn armen om me heen en zo bleven we enkele innige momenten op dat bankje zitten voordat we naar het huis terugkeerden.

De volgende dagen verliepen net als voor mijn vertrek naar Duitsland. Ik hield me bezig met het regelen van gebruiksartikelen en de laatste meubelstukken voor de gastenkamers. Darren zette de puntjes op de i wat de reclamecampagne betreft. Het was alsof ik nooit weg was geweest.

Langzamerhand verdween het eigenaardige gesprek met Miss Arden uit mijn gedachten. Omdat we onze relatie nog niet aan de medewerkers bekend wilden maken, namen we overdag genoegen met kleine liefkozingen. Maar 's avonds slopen we afwisselend naar de kamer van de ander en genoten dan hartstochtelijk van de liefde. De gedachte dat ik zwanger kon worden bekroop me zo nu en dan wel. Toen ik dit bij Darren aankaartte trok hij me naar zich toe. 'En wat dan nog! Ik zal je heus niet in de steek laten zoals die smeerlap!'

Op een vrijdag vroeg Darren me naar zijn kantoor te komen. 'Wat vind je?' vroeg hij, wijzend naar de ontwerpen die hij op zijn bureau had uitgespreid.

'Ze zijn prachtig,' antwoordde ik. De kleuren straalden en zouden zeker alle aandacht naar de afbeeldingen trekken. In mijn ogen vormden ze een waardige reclame voor de schoonheidsclub. Ik was ervan overtuigd dat zowel Ray als Henny graag op de aanbieding zou ingaan, ook al waren ze geen rijke, succesvolle zakenvrouwen. Hiertegen kon geen enkele vrouw nee zeggen. 'Ik denk dat Miss Arden heel tevreden zal zijn.'

'Dat was ze al toen ze ze laatst zag. Maar ik heb er hier en daar nog wat aan geschaafd.'

'Beter kunnen ze echt niet worden.'

Darren ging naast me staan en legde zijn arm om mijn middel. 'Laten we dit weekend een uitstapje maken. Jij en ik alleen ergens in de wildernis.'

'Maar de beautyfarm moet op 1 juni open,' wierp ik tegen.

'Des te noodzakelijker om even iets te ondernemen. Zolang al die rijke vrouwen hier nog niet komen binnenstormen... Daarna heb je er waarschijnlijk geen tijd meer voor.'

Ik verkeerde in tweestrijd. Kon ik mijn post echt wel verlaten? Vooral nu, na dat eigenaardige gesprek met Miss Arden? Er was nog veel te doen. Miss Arden hield ons dan wel iets anders voor, maar zelf had ik het gevoel dat we nog lang niet klaar waren.

'Oké!' zei ik toch maar.

Darren glimlachte breed. 'Zo ken ik je weer!'

'Maar we blijven niet langer dan twee dagen weg en komen op z'n laatst maandagochtend terug, goed?'

'Beloofd. Pak je koffer maar en laat de rest aan mij over.'

Die avond zat ik met bonzend hart in mijn kamer te wachten. Darren had de hele dag niet willen verklappen waar de reis naartoe zou gaan. Het was een flink stuk naar de kust, maar er waren ook erg leuke kleine overnachtingsmogelijkheden in de buurt van de meren.

Toen hij mijn kamer binnenkwam straalde hij van oor tot oor. 'Ben je zover?'

'Waar gaan we naartoe?' wilde ik weten.

'Dat vroeg je vroeger ook altijd.'

'En dan gaf je pas op het allerlaatst antwoord.'

'Zo ben ik nu eenmaal!'

Ja, zo was hij. En ik was dol op zijn rijkdom aan ideeën.

Nadat ik Peg een fijn weekend had gewenst reden we weg. Darren stuurde zijn auto langs ettelijke smalle landweggetjes en na een tijdje werd me duidelijk dat we naar de andere kant van de meren reden. We doorkruisten talrijke bossen en zagen uitgestrekte velden, die er in dit jaargetijde nog onbewerkt bij lagen.

Maar aan de rand van de weg kwam het eerste jonge groen al op.

'Er is daar een vissershutje waar niemand ons zal storen,' legde hij uit toen we ons doel naderden. 'Geen staljongens, geen prins en ook geen Peg of dienstmeisjes. Alleen wij tweeën.'

'Niet dat daar een week geleden op het schip geen sprake van was,' zei ik lachend.

'Tja, helaas kan ik er geen genoeg van krijgen.'

We bereikten de hut toen de zon al achter de horizon was verdwenen. Binnen brandde licht.

'Weet je zeker dat we hier goed zitten?' vroeg ik sceptisch.

'Hoezo?'

'Dat licht! Er is iemand in de hut.'

'Dat heb ik zo met Hank afgesproken,' legde Darren uit. 'Hank is de eigenaar van dit pareltje. Als het morgenochtend licht is, zul je zien wat een leuk huisje het is. Gelukkig heeft Miss Arden het niet gezien en gekocht.'

'Zou Hank het dan hebben verkocht?' vroeg ik.

Darren schudde zijn hoofd. 'Absoluut niet.'

Toen hij de deur opendeed en het lichtschijnsel over me heen viel, was het eerste wat ik zag een rijk gedekte tafel. Op het roodwit geruite tafellaken stonden een paar mandjes met brood en fruit, in het midden een etagère met kreeftenstaarten. Hank moest ze nog maar net hebben neergezet, want ze zagen er heel vers en smakelijk uit.

'Waar ken je Hank van?' vroeg ik verbaasd terwijl ik naar binnen liep. Er stond zelfs een fles champagne in een wijnkoeler.

'Ik heb hem in de pub ontmoet. Die keer dat je me de mantel had uitgeveegd.'

'Echt waar?' vroeg ik en ik voelde dat mijn wangen begonnen te gloeien.

'Ja. Hij heeft me toen over zijn hutje verteld. Ik heb hem aangehoord en de informatie in mijn brein opgeslagen. Ik wist toen nog niet hoe die me van pas kon komen. Maar dat weet ik nu wel en ik heb hem gebeld.'

Ik keek om me heen. Je kon het eigenlijk geen hutje noemen, het was eerder een weekendhuisje. Daarvan had je er ettelijke in de omgeving van de Belgrade Lakes. Het meubilair was net als de muren wit gehouden en kwam oorspronkelijk waarschijnlijk uit diverse huishoudens. Elke stoel was een beetje anders. Er was een smalle trap, die vast naar de slaapkamer boven zou leiden. Schilderijtjes en oude touwen, die kennelijk werden gebruikt bij de visvangst, zorgden voor wat kleur.

Darren zette onze reistassen op het tafeltje naast de deur. Toen pakte hij me van achteren vast. 'Zullen we eerst wat eten of...' fluisterde hij en hij kuste me in mijn nek.

'Eten,' zei ik, want ik rammelde van de honger. Ik pakte een stuk kreeftenstaart, doopte het in de cocktailsaus die klaarstond in een kristallen schaaltje en stopte het in zijn mond. 'Daarna komt de rest.'

Toen we die nacht naast elkaar lagen, uitgeput van urenlange hartstocht, zei Darren opeens: 'Laten we het doen!'

'Wat?' vroeg ik verbaasd.

'Laten we gaan trouwen.'

Ik trok mijn wenkbrauwen op.

'Ik bedoel, Miss Arden heeft daar een goede neus voor. Anders had ze die vraag niet gesteld.' Hij keek me aan en streelde me liefkozend over mijn wangen. 'Wat vind je ervan? Zullen we zorgen dat ze gelijk krijgt?'

'Moet dit een aanzoek voorstellen?' reageerde ik enigszins verrast. 'Normaal gesproken gaat de man dan voor de vrouw op de knieën en biedt hij haar een ring aan.'

Darren glimlachte. 'Maar zo'n vrouw ben jij toch niet? Of wil je het echt op de ouderwetse manier hebben?'

Ik had geen idee wat ik wilde. Maar zijn woorden brachten mijn gevoelens flink in beroering. Tot dan toe had ik nooit goed over de toekomst nagedacht. Ik wilde alleen maar van hem genieten, net als toen we de eerste keer samen waren. Wat we hadden was fijn. Er waren geen geheimen meer, er was niets onuitgesproken gebleven. Het voelde als een grote bevrijding dat ik niet meer op mijn woorden hoefde te letten. Maar ik had Miss Arden geen onwaarheid verteld: ik had tot dusver niet aan trouwen gedacht.

'Denk er even over na,' zei hij en hij kuste me zachtjes op mijn mond. 'Als je ja zegt, krijg je je ouderwetse aanzoek, inclusief ring en knieval, beloofd.'

'Dat is echt niet nodig,' wierp ik tegen. Ik voelde vlinders in mijn buik en betrapte mezelf op een brede glimlach. 'Althans wat die knieval betreft. De ring wil ik wel graag hebben.'

'Die krijg je. Daar heb ik ook al een idee over.'

'Een idee?' vroeg ik. 'Voor de ring?'

'Ja. Het mag niet zomaar een ring zijn.'

'O? En hoe kom je ineens aan het geld voor iets bijzonders?'

'Misschien heb ik er wel geen geld voor nodig,' antwoordde hij. 'Maar als ik je nu wijzer maak is het geen verrassing meer, hè?'

'Daar heb je gelijk in.' Ik richtte mijn aandacht even op zijn hartslag en zei toen: 'Maar ik hou maar tot op zekere hoogte van verrassingen.'

'Geldt dat voor alle of alleen voor de onaangename?'

'Ik heb het zeker niet zo op onaangename. Maar ook leuke verrassingen zie ik soms liever aankomen.'

'Nou, ik heb je in elk geval gewaarschuwd!' Darren lachte. Toen hij merkte dat ik stilviel, vroeg hij: 'Is alles oké? Dring ik te veel aan?'

Ik schudde mijn hoofd. 'Nee, alleen... Miss Arden...'

Darren gaf lucht aan zijn wrevel. 'Wat heeft zij ermee te maken?'

'Ik moest bij haar komen voor een gesprek, kort na onze aankomst uit New York. Ze vroeg me of er tussen ons een relatie zou kunnen ontstaan.'

Darrens blik kreeg iets vijandigs. 'Dat gaat haar toch helemaal niets aan? Of vraag ik haar soms hoe het de laatste tijd met Jenkins zit?'

'Ze is al een tijdje van hem gescheiden.'

'Precies! En heeft ze ons gevraagd of we het daarmee eens waren?' Hij rechtte zijn rug en leek gespannen.

'Je hebt gelijk. Sorry dat ik erover begon.' Ik slaakte een zucht. 'Ik heb dit al eens meegemaakt met madame. In mijn contract was vastgelegd dat ik tien jaar lang niet mocht trouwen. Als het toen anders was gelopen... Ik bedoel, als we niet uit elkaar waren gegaan, had je me dan om mijn hand gevraagd?'

'Dat was een andere tijd,' antwoordde Darren. 'En wat Mrs Titus betreft, ook zij had niet het recht je zo'n bepaling op te leggen.'

'Noem haar niet zo!'

'Waarom niet?' Darren trok zijn wenkbrauwen op. 'Na wat ze van jou heeft geëist, zou ik haar het liefst een stom takkewijf noemen.'

'Alsjeblieft, zeg!' Ik keek hem aan en vroeg me af of ik destijds bereid zou zijn geweest alles voor Darren op te geven. Ik werkte toen in een lab. Achteraf gezien was mijn droom om zelf cosmetica te produceren dichterbij geweest dan nu. Miss Arden had niets van een lab willen weten. Het was precies zo gegaan als toen ik haar had gevraagd of ze me naar Frankrijk wilde sturen.

'En?' vroeg hij zachtjes, terwijl hij mijn haar streelde. 'Kun je je voorstellen mijn vrouw te worden? Ook al zou Miss Arden ontploffen?'

Ik keek hem in de ogen in het volle besef dat hij nog steeds een kort lontje had. Maar ik hield van hem, dat wist ik zeker. En ik voelde dat er inmiddels in hem ook iets was veranderd. Miss Arden noch madame kon me ervan afhouden. En als ik sinds mijn ontslag bij Rubinstein iets had geleerd, dan was het dat er belangrijker zaken bestonden dan werk.

'Ja, dat kan ik me zeker voorstellen,' antwoordde ik glimlachend, waarop hij me hartstochtelijk omhelsde.

'Dat wilde ik horen!' Hij gaf me een klapzoen op mijn mond en daarna werden zijn kussen weer inniger en begeriger. Mrs O'Connor, dacht ik. Het geluk explodeerde in mijn borst toen we opnieuw onder de dekens verdwenen.

50

Ons heerlijke weekend ging veel te vlug voorbij. We verlieten het huisje nauwelijks, zo groot was ons verlangen naar elkaar. Toen we toch even naar buiten gingen, bleven we lang aan het meer zitten dromen over onze toekomst. Darren en ik zouden een huisje kopen en proberen iets in de omgeving van de beautyfarm te vinden. Wie weet kon hij wel een baan in Portland krijgen. Ik zou leren autorijden en misschien konden we dan een tweede auto aanschaffen. En wie weet zouden we ooit ook kinderen hebben.

De gedachte aan Louis was in de afgelopen jaren steeds verder op de achtergrond geraakt. Omdat monsieur Martin niets van zich liet horen was er waarschijnlijk geen hoop meer. Dat brak mijn hart, maar ik probeerde vooruit te kijken. Misschien kon ik geluk vinden als ik samen met Darren een kind had.

Met een buik vol vlinders en een hoofd vol plannen stapte ik maandagochtend uit Darrens auto. Ik ging binnenkort trouwen! Ik had allang niet meer gedacht dat dat zou gebeuren. Het liefst had ik het nieuws luidkeels over het terrein van Maine Chance geroepen! Maar eerst wilde ik het Peg vertellen. Zou ze de afgelopen week hebben gemerkt dat Darren en ik anders met elkaar omgingen? Zo ja, dan had ze er vast niets over durven zeggen.

Bij binnenkomst zag ik een brief op de vloer liggen. De postbode moest hem nog maar net in de brievenbus hebben laten glijden. Hij was geadresseerd aan Darren. Een elegante envelop met als afzender E. Arden. Wat zou Miss Arden hem te vertellen hebben? 'Er is een brief voor je,' zei ik en ik gaf hem de envelop.

Darren fronste zijn wenkbrauwen. 'Van Miss Arden?' Hij draaide hem een paar keer om. 'Wat zou zij nu willen?'

'Daar kom je pas achter als je hem openmaakt,' zei ik. 'Misschien is het een uitnodiging.' Als dat het was, vond ik het vreemd dat ik er niet ook een had gekregen.

Het onbehaaglijke gevoel dat ik sinds mijn merkwaardige gesprek met Miss Arden had gehad en dat dit weekend wat op de achtergrond was geraakt, kwam nu in alle hevigheid terug. Het volgende moment zag ik Darren verbleken.

'Dit kan niet waar zijn!' zei hij geschokt.

'Wat is er?' Mijn borst verkrampte.

'Ze geeft me mijn congé!'

Ik deed mijn mond open, maar de woorden bleven in mijn keel steken. Ongelovig schudde ik mijn hoofd. Darren hield me de brief voor. Ik pakte hem aan en las:

Zeer geëerde Mr O'Connor,

Hiermee moet ik u tot mijn spijt meedelen dat ik u uit mijn dienst ontsla. Het laatste werk dat u me hebt laten zien is niet meer in overeenstemming met het niveau dat ik in mijn firma handhaaf. Ik zal u het restant van uw honorarium nog uitbetalen, maar verzoek u Maine Chance zo spoedig mogelijk te verlaten.

Groet,
Elizabeth Arden

'Wat is ze toch een kreng!' mompelde hij.

Mindy, die juist op dat moment de hal in kwam, bleef abrupt staan en staarde ons met grote ogen aan. 'Alles is in orde, het gaat niet over jou,' zei ik, waarop ze vlug rechtsomkeert maakte.

'Kom,' zei ik, terwijl ik hem mee naar buiten trok.

Op de binnenplaats legde Darren zijn hoofd in zijn nek en

snoof. Het greep hem overduidelijk aan. Hij leek wel een staaf dynamiet die elk moment kon ontploffen.

'Heb je enig idee waar dit vandaan komt?' vroeg ik. 'Ik bedoel, ze zei toch...'

'Kennelijk kun je bij Miss Arden niet afgaan op wat ze zegt,' antwoordde Darren boos. Hij keek me aan. 'Heeft ze tegenover jou iets losgelaten?'

Ik schudde mijn hoofd. 'Nee! Ik heb je alles verteld over dat rare gesprek. Jouw werkprestatie is niet aan de orde geweest.' Ik zweeg even. Darrens ogen stonden net zo donker als toen hij van het bestaan van mijn zoontje had gehoord. 'Ik dacht dat ze je had gezegd dat ze tevreden was.'

'Dat klopt. Maar dat was wel voordat ze erachter kwam dat wij een stel zijn.'

'Maar het een heeft toch niets met het ander te maken?'

'Dat lijkt Miss Arden anders te zien.' Darrens blik gleed naar de verte. Hij klemde zijn kaken opeen.

Ik voelde me opeens schuldig, hoewel ik niets had gedaan. Ik wist ook niet wat ik moest zeggen. Ik raakte zijn arm aan. 'Darren, ik...'

Hij trok zijn arm terug. 'Ik moet even alleen zijn, oké?'

Ik wilde vragen waarom, maar ik zag in dat het beter was om gewoon te knikken en hem te laten gaan.

Darren beende naar de stallen. Ik was hem maar al te graag achternagegaan om hem in mijn armen te sluiten, maar dat had hij waarschijnlijk niet prettig gevonden.

Ik keek naar de brief in mijn hand. De tranen sprongen me in de ogen en ik voelde woede opkomen. We hadden het allemaal net perfect voor elkaar. Waarom deed Miss Arden ons dit aan? Juist nu, vlak voor de opening van Maine Chance! Toen besefte ik dat het gesprek over Darren geen toeval was geweest. Het zou kunnen dat ik haar ertoe had gebracht Darren te ontslaan door mijn relatie met hem toe te geven.

'Miss Krohn! U bent er weer!' klonk het achter me. Peg.

Ik sloot even mijn ogen en probeerde mijn gevoelens de baas

te worden. Toen draaide ik me om en dwong mezelf te glimlachen. 'Ja, ik ben er weer!' zei ik. 'Wat is er?'

'Ik zou graag het menuplan voor de komende week met u bespreken, als het u schikt.'

Ik wierp nog een blik in de richting waarin Darren was vertrokken, maar ik zag hem niet meer. Toen liep ik achter Peg aan het huis in.

Darren bleef de hele dag weg en verscheen ook niet voor het avondeten. Zat hij weer in de pub? Liep hij in de omgeving rond? Ik wou dat hij was gebleven om met me te praten. Waarom reageerde hij toch altijd zo?

Peg had zich natuurlijk verbaasd over zijn afwezigheid, net als de rest van het personeel. Ik had haar uitgelegd dat hij een brief had gekregen. Over de inhoud had ik haar niets verteld, dat was Darrens zaak. Vervolgens werd er gespeculeerd of het misschien een bericht van zijn familie was geweest. Ik zweeg en dacht er het mijne van. Dat hij zijn congé had gekregen, zou de anderen vast net zo choqueren als mij.

Ondertussen zakte de zon naar de horizon. Ik liep in mijn kantoor te ijsberen en keek telkens weer uit het raam. Kon ik iets doen? In Berlijn had Darren mij bijgestaan, nu wilde ik dat voor hem doen. Tenslotte zou ik binnenkort zijn verloofde zijn. Waarom sloot hij me buiten? Toen ik de voordeur hoorde kromp ik ineen en rende mijn kantoor uit. Op hetzelfde moment kwam Darren in de gang aanlopen.

'Waar ben je toch geweest?' vroeg ik, maar hij nam me zonder iets te zeggen in zijn armen en kuste me.

'Ik moest nadenken,' zei hij toen.

'Ga je met haar praten?' vroeg ik. 'Misschien is het allemaal een misverstand.'

Darren schudde zijn hoofd. 'Nee, dat is het niet. En ik ben ervan overtuigd dat het niet aan mijn ontwerpen ligt.' Hij keek me aan. 'Ze wil me bij jou vandaan hebben. Om wat voor reden dan ook.'

‘Maar daar heeft ze het recht niet toe. Dat moet je haar vertellen!’

‘Ik denk niet dat dat iets zou uithalen. Als je Miss Arden kwaad maakt, is ze net een wild dier. Dat kan Thomas Jenkins vast bevestigen, nu hij van haar is gescheiden en haar scherpe tanden heeft gevoeld. Wie weet, misschien had hij toen ook al nergens schuld aan. Misschien wilde ze net zo graag van hem af als van mij.’ Hij zweeg even en kuste me opnieuw. ‘Ze wil dat jij zo wordt als zij.’

‘Wat ze ook doet, dat zal nooit gebeuren!’ antwoordde ik.

Toen Darren de volgende ochtend vertrok had ik het gevoel dat er een stuk van mijn ziel uit mijn lichaam werd gerukt. Huilend lag ik in zijn armen. Hij hield me stevig vast en fluisterde zachtjes: ‘We overleven het wel, jij en ik. Als ik eenmaal een baan heb gevonden, zien we wel verder. Misschien zit ik hier dan niet eens zo ver vandaan.’

‘Maar hoe denk je hier werk te vinden?’ vroeg ik snikkend. ‘Er zijn hier in de buurt geen grote bedrijven die zich een reclamevakman kunnen veroorloven!’

‘Ik ga wat rondvragen en zal niet rusten voordat ik iets heb gevonden. En ooit zullen we hier ons huisje hebben, dat beloof ik je.’

We namen afscheid met een lange kus en toen stapte hij in zijn auto. Ik was maar wat graag met hem meegegaan, maar we verwachtten die dag een belangrijke levering. Ik probeerde me vast te houden aan zijn belofte en dapper te zijn toen zijn auto het terrein af reed. Maar zodra ik de achterlichten niet meer kon zien viel ik op mijn knieën en huilde bittere tranen.

De rest van de dag kwam ik door met een hoofd vol watten. Ik was niet in staat om normaal te werken of te functioneren. Natuurlijk was het niet het einde van de wereld, maar ik was er nu van overtuigd dat Darrens ontslag een andere reden had dan Miss Arden had aangegeven. En die reden was ik, zijn relatie met mij.

Die nacht lag ik lang naar het plafond van mijn kamer te staren. Zonder Darren leek het huis leeg, en van pure woede over zijn ontslag begon ik uiteindelijk te trillen alsof het hartje winter was.

Hij had me opgebeld zodra hij in New York was aangekomen. Gelukkig had hij zijn woning daar niet opgezegd, dus hoefde ik me geen zorgen te maken dat hij geen dak boven zijn hoofd had. Maar het onrecht zat me zo dwars, dat ik uiteindelijk niet langer kon blijven liggen. Was er dan niets wat ik kon doen? Was er geen manier om Miss Arden op andere gedachten te brengen en haar duidelijk te maken dat mijn werk niet onder mijn relatie zou lijden? Hoe kwam ze daar toch bij?

Toen de ochtend aanbrak voelde ik me doodmoe, maar ik was er nu van overtuigd dat ik geen andere keuze had: ik moest naar Miss Arden gaan om met haar te praten. Misschien leidde het tot niets, maar ik wilde het in elk geval geprobeerd hebben

Toen Peg aankwam zat ik al in de keuken. Ik had zelf koffiegezet, die het in kwaliteit overigens niet haalde bij de hare.

'Miss Krohn, wat is er aan de hand?' vroeg ze bezorgd. 'Bent u niet in orde?'

'Zie ik er zo slecht uit?'

'U ziet eruit alsof u vannacht geen oog hebt dichtgedaan.'

'Dat heb ik ook niet,' antwoordde ik en ik nam nog een slokje uit mijn kopje. Het brouwsel smaakte me niet, maar ik voelde dat het langzaam begon te werken. De vermoeidheid viel van me af en ik voelde mijn maag tintelen van boosheid. 'Ik ga naar New York.'

'Vanwege Mr O'Connor?'

Ik knikte. 'Je hebt zijn ontwerpen gezien, Peg. Ze zijn goed.'

'Dat is waar, maar misschien vielen ze gewoon niet bij Miss Arden in de smaak.'

'In zo'n geval vraag je om nieuwe ontwerpen; je ontslaat iemand niet. Het gaat om iets anders.'

'Om wat dan?'

'Dat vertel ik je als ik weer terug ben.' Ik stond op van mijn stoel. Mijn botten voelden loodzwaar aan. Maar het zou wel weer gaan als ik eenmaal in de frisse buitenlucht was.

Ik ging terug naar mijn kamer en pakte vlug mijn tas in. In New York zou ik ergens moeten overnachten. Maar Darren zou me zeker onderdak bieden. En misschien kon ik hem dan meteen goed nieuws brengen.

51

Ik had een wee gevoel in mijn maag toen ik laat in de middag bij het kantoorgebouw van Miss Arden aankwam. Ik had de hele reis geprobeerd tot bedaren te komen, maar ik had nog steeds veel zin om mijn bazin de nek om te draaien.

Was er eigenlijk wel iets waarin zij en madame van elkaar verschilden? Helena Rubinstein had me een bepaling opgedrongen die me verbood binnen tien jaar te trouwen. Miss Arden probeerde Darren en mij uit elkaar te drijven door hem te ontslaan. Maar ik was niet bereid Darren op te geven. Hij had me weliswaar verzekerd dat hij een andere baan zou vinden, maar ik betwijfelde of hij dan bij mij in de buurt zou kunnen zijn. In het ergste geval zou Miss Arden haar invloed doen gelden en ervoor zorgen dat niemand in de omgeving van Maine Chance Darren zou aannemen.

Toen ik het kantoor binnenkwam begroette de secretaresse me vriendelijk, waarna ze me aanmeldde bij Miss Arden. Ik dacht terug aan de eerste keer dat ik hier had gezeten, met hoop in mijn hart. Waarom leek alles opnieuw in duigen te vallen? Wilde het lot dan niet dat ik gelukkig was?

'Miss Arden heeft nu tijd voor u,' vertelde de secretaresse me niet veel later. Dat verbaasde me, maar ik zei niets en liep haastig Miss Ardens kantoor in.

'Ah, Miss Krohn, wat brengt u hier?' vroeg ze, kennelijk goedgemutst. Kon ze niet raden wat de reden voor mijn aanwezigheid was?

Ik rechtte vastberaden mijn rug. 'Ik moet het met u hebben over Mr O'Connor.' Ik had moeite om mijn woede te bedwingen.

'Wat is er met hem?' Miss Arden leunde achterover. Op haar gezicht verscheen een koel glimlachje.

Er was een tijd geweest dat ik eropuit was om bij haar in de smaak te vallen. Toen ik nog hoopte naar Frankrijk te worden overgeplaatst. Maar nu was het me om het even wat ze van me dacht. En waarop dit gesprek zou uitlopen. 'U hebt hem op staande voet ontslagen,' antwoordde ik.

'Ik was niet tevreden over zijn werk. Ik had iets beters verwacht voor de lancering van de beautyfarm.'

'Tijdens uw bezoek hebt u zich heel anders uitgelaten. Mr O'Connor zei dat u er zeer mee ingenomen was.'

'Nou,' antwoordde ze, 'ik heb na terugkomst met mijn adviseurs overlegd en zij waren van mening dat het niet goed genoeg was. Ik heb me naar hen gevoegd.' Miss Arden kneep haar ogen tot spleetjes terwijl ze me opnam. 'Wat vreemd dat u en niet Mr O'Connor hier langskomt,' zei ze toen. 'Hij heeft tot dusver geen protest tegen zijn ontslag ingediend. Kan het zijn dat uw komst persoonlijk gemotiveerd is?'

Mijn keel leek dichtgesnoerd. Natuurlijk was mijn komst persoonlijk gemotiveerd! 'U weet dat ik een relatie met Mr O'Connor heb. Hij... Hij heeft me een huwelijksaanzoek gedaan.'

Miss Ardens perfect geëpileerde wenkbrauwen gingen licht omhoog. 'Een huwelijksaanzoek?'

'Ja. En ik heb het aangenomen.' Er liep een ijskoude rilling over mijn rug. Op hetzelfde moment herwon ik mijn vastberadenheid. Miss Arden had zich niet te bemoeien met mijn privéleven! En er was geen sprake van dat zij uitmaakte of ik trouwde of niet.

'Nou, u vindt vast wel een manier om uw relatie fris te houden,' reageerde Miss Arden bijna spottend.

Ik perste een ogenblik lang mijn lippen samen en balde mijn vuisten. 'Hoe dan, als we elkaar nooit kunnen zien? Als ik op Maine Chance ben en hij weer in New York?'

'Misschien kan hij in dienst gaan bij de autogarage. Of bij het postkantoor. Daar lijkt hij me beter op zijn plaats te zijn. Bovendien zou hij u er maar van afhouden uw taken uit te voeren. Ik kan het niet gebruiken dat mijn toekomstige filiaalhoudster door een huwelijk en wellicht ook kinderen wordt afgeleid.'

Ik had haar het liefst een klap in haar gezicht gegeven. Ze had zelf zo veel te danken aan haar eigen echtgenoot. En nu gunde ze mij mijn geluk niet, alleen omdat zij hem eruit had gegooid? 'Ik wil u vriendelijk vragen Mr O'Connor nog een kans te geven,' zei ik en ik moest daarvoor al mijn zelfbeheersing aanspreken. 'Ik ben ervan overtuigd dat hij u betere ontwerpen kan leveren.'

'Zo zie ik dat niet,' reageerde Miss Arden kil. 'Binnenkort stuur ik de nieuwe grafisch ontwerper bij u langs. Hem kunt u misschien beter laten begrijpen waar het bij ons om gaat.'

'U wilt uw besluit dus niet heroverwegen?' Mijn hart kromp ineen, zodat het als een steen aanvoelde.

'Natuurlijk niet. Mijn besluit staat vast!'

'In dat geval bied ik u mijn ontslag aan,' hoorde ik mezelf zeggen.

Miss Ardens ogen spuwden vuur, maar haar gezicht bleef onbewogen. Een tijdlang zweeg ze. Wilde ze me daardoor onzeker maken? Wachtte ze tot ik zou terugkrabbelen of mijn excuses zou aanbieden?

Misschien maakte ik een fout, maar op dat moment kon ik niet anders. Al die jaren had ik zo veel gegeven in mijn werk, zonder ooit een sprankje liefde te krijgen. Het was dan wel toeval geweest, maar toch had Miss Arden mij Darren gebracht. We hadden elkaar opnieuw gevonden en ik zou hem niet nog eens laten gaan.

'Ik moet toegeven dat u in de afgelopen jaren wel iemand met ruggengraat bent geworden,' zei ze toen. 'Als ik eraan terugdenk dat u zich vroeger de hele tijd verontschuldigde...'

Haar woorden verbaasden me. Ik had eigenlijk een andere reactie verwacht, een donderpreek of een scheldpartij. Maar ze was zo koud als ijs.

'Omdat ik u hoog heb zitten en u goed werk hebt geleverd bij de ontwikkeling van Maine Chance, geef ik u de kans om uw excuses aan te bieden en dan door te gaan als cheffin van Maine Chance. Zonder Mr O'Connor.'

'U wilt dat ik kies tussen u en hem?' Ik snoof spottend.

'Ja, dat is inderdaad wat ik wil,' antwoordde Miss Arden rustig. Ze leek wel versteend.

Ik keek naar mijn handen, die in mijn schoot lagen. Ik moest weer aan mijn moeder denken. Zij had gevangengezeten. Haar man had haar ervan afgehouden contact met me op te nemen. Ik wenste niet gevangengezet te worden door Miss Arden, die zou bepalen of ik verliefd mocht worden of niet. Langzaam stond ik op terwijl ik Miss Arden strak aankeek. 'Ik blijf erbij. Ik neem ontslag.'

Miss Arden knikte. Haar trekken verhardden zich nog meer. 'U verlaat de beautyfarm met onmiddellijke ingang,' zei ze. 'Ik stuur over drie dagen een vervangster. Dan verwacht ik dat u vertrokken bent. En de hemel sta u bij als u mijn bedrijfsgeheimen gaat rondvertellen! Dan zorg ik ervoor dat u nergens meer voet aan de grond krijgt.'

Ik kneep mijn ogen samen. Mijn verstand zei dat het beter was nu gewoon weg te gaan, maar mijn hart beval me iets anders te doen. En ditmaal luisterde mijn mond naar mijn hart. 'Ik heb medelijden met u,' zei ik. 'Misschien was het voor u de beste beslissing om uw man op te offeren, en daarmee uw huwelijk. Maar voor mij ligt het anders. Ik zal niet zo eenzaam zijn als u! En bedreigingen zijn niet nodig. Ik ben een fatsoenlijke vrouw en weet zelf heel goed wat ik moet doen of laten!' Met opgeheven hoofd liep ik resoluut naar de deur.

'Hij heeft gelogen,' zei Miss Arden achter me.

'Pardon?' Ik draaide me abrupt om.

'Mr O'Connor beweerde dat hij naar een familielid was gegaan. U hebt het zelf gehoord!'

Mijn wangen begonnen te gloeien. Was ze er dus toch achter gekomen!

'Hij is met u meegereisd, nietwaar?' Een kil glimlachje trok over Elizabeth Ardens gezicht. 'En u hebt me dat verzwegen.'

'Dan had u mij ook moeten ontslaan,' antwoordde ik. Ik deed de deur open en liep de gang in.

Daar moest ik eerst even houvast zoeken tegen de muur, want mijn knieën werden slap en ik werd bevangen door een lichte duizeling toen tot me doordrong wat ik had gedaan. Ik had Miss Ardens beautyfarm opgebouwd. Als die een succes werd, was dat dankzij mij. En nu zou iemand anders de leiding overnemen. Iemand anders zou de lauweren oogsten. Ik voelde een golf van misselijkheid opkomen. Ik voelde me bedrogen en gebruikt. Maar voor een vrouw die me geen relatie gunde kon ik niet werken. Ieder mens droomde van geluk; ik was daarop geen uitzondering. Ik zou me Darren niet meer laten afpakken.

Toen ik weer enigszins tot mezelf was gekomen vermande ik me en liep de gang door. Voor het laatst. En hoe langer ik liep, hoe meer ik het gevoel had dat er een last van mijn schouders viel. Al had ik met plezier op de beautyfarm gewerkt, het was niet het werk dat ik had willen doen. Miss Arden had me niet naar Parijs gestuurd, noch had ze in overweging genomen me weer daar te laten werken waar ik dat het liefst deed: in een laboratorium. Misschien kreeg ik nu die kans.

Ik liep glimlachend langs de secretaresse, verliet het kantoor en stapte voor het laatst in de lift.

Een half uur later kwam ik uit het station van de subway en ging op zoek naar Darrens woning. Ik had een beetje hetzelfde gevoel als toen ik jaren eerder door Berlijn liep, kort nadat mijn zwangerschap bekend was geworden en mijn vader me het huis uit had gezet. Ik voelde me net als toen ik na mijn ontslag onderweg was van Miss Rubinsteins fabriek naar huis. Alleen had ik deze keer zelf het initiatief genomen.

Mijn knieën waren nog steeds slap, mijn hart bonsde en in mijn hoofd heerste verwarring. Tegelijkertijd voelde ik me zo euforisch dat het leek of ik drugs had gebruikt. Ik had Miss Arden getrotseerd. Ik had dan wel verloren, maar ditmaal was ik niet degene geweest die zich verontschuldigde.

Het was voor het eerst dat ik Darren in New York opzocht. Aan het begin van onze eerste relatie had hij me altijd opgehaald. We waren nooit naar zijn huis gegaan, omdat hij bang was dat ik dan een verkeerd beeld van hem zou krijgen. 'Een fatsoenlijk man neemt een jongedame niet mee naar zijn woning. Ze zou kunnen denken dat hij haar onzedelijk wil benaderen,' had hij eens met een knipoog gezegd toen we onderweg waren naar een weekendbestemming.

Darren woonde vlak bij Central Park en het zag ernaar uit dat je vanuit zijn ramen zelfs uitzicht had op die uitgestrekte oase, de groene longen van New York. Na een tijdje vond ik het huis. Het was gebouwd in de stijl van de vroege negentiende eeuw. De roestbruine verf bladderde van de gevel en het leek toe aan groot onderhoud.

Ik liep het trapje op, belde aan en deed een stap achteruit. Darren zou eigenlijk thuis moeten zijn, tenzij hij een sollicitatiegesprek had. Er waren pas twee dagen verstreken sinds zijn ontslag en ik betwijfelde of hij alweer een baan had gevonden.

Wat zou hij ervan vinden dat ik bij hem op de stoep stond? Wat zou hij van mijn nieuwtje vinden?

Boven me werd een raam opengeschoven.

'Sophia?'

Ik keek schuin omhoog. De zon verblindde me, zodat ik mijn ogen met mijn hand moest afschermen, maar toen zag ik hem. Hij zag er een beetje verfomfaaid uit, bijna alsof hij had liggen slapen. Zijn haar stond alle kanten op en als ik het goed zag, hing er een ochtendjas om zijn schouders.

'Mag ik binnenkomen?' vroeg ik.

'Natuurlijk!' zei hij. 'Een ogenblikje.' Toen verdween hij weer naar binnen. Het 'ogenblikje' duurde enkele minuten, maar daarna hoorde ik voetstappen op de trap.

De deur ging open. Darrens haar was nu gekamd en hij droeg een geruit hemd dat hij een beetje slordig in zijn broeksband had gestopt.

'Hoi,' zei hij toen hij me zag. 'Wat is er gebeurd? Wat doe jij hier in New York? We zouden toch bellen?'

'Tja, ik dacht, ik kom zelf maar even langs.' Mijn glimlachje voelde gemaakt aan. 'Ik moet je iets vertellen.'

Hij zette grote ogen op. 'Je wilt toch niet van me af?!'

Ik keek hem verbaasd aan. Was hij daar echt bang voor? Ik schudde mijn hoofd. 'Nee, van jou niet. Maar ik ben wel van Miss Arden af.'

'Nee!' flapte hij eruit. 'Dat kun je niet... Je carrière!'

'Laten we naar boven gaan, dan leg ik je alles uit.'

Darren knikte en liet me binnen. Zwijgend liepen we de smalle trap op en gingen we zijn woning binnen.

Ik had me vroeger vaak een voorstelling gemaakt van hoe het er bij hem thuis uit zou zien. Nu begreep ik waarom de spartaanse inrichting van het Duitse filiaal van Arden hem niets had uitgemaakt. Hij had zijn appartement ook sober gemeubileerd. Het bestond uit twee kamers en een keuken. Je kon aan de woning zien dat hij er al een tijd niet was geweest. Bovendien was hij kennelijk ergens onderweg zijn kleren kwijtgeraakt. Zijn jasje lag over een stoel, zijn koffer stond half uitgepakt midden in de kamer.

'Neem me niet kwalijk, ik had niet op damesbezoek gerekend,' zei hij terwijl hij zijn bagage vlug opzijschoof. Op de grijze sofa zag ik zijn opgerolde ontwerpen liggen. Darren haalde de rollen papier weg en dirigeerde me naar de kussens. 'Mag ik je iets aanbieden? Ik vrees dat ik alleen thee heb.'

'Ga eerst maar even zitten,' zei ik terwijl ik mijn hand naar hem uitstak. Hij pakte hem en ik trok hem naast me op de sofa. 'Ik ben dus bij Miss Arden geweest,' begon ik. 'En ik heb haar gevraagd je weer aan te nemen.'

'En dat wilde ze niet.' Darren stootte een bitter lachje uit en streek met zijn hand over zijn haar.

'Nee. Maar je had gelijk. Het ging haar er alleen om dat ik niet zou trouwen. En dat was voor mij niet acceptabel.' Ik deed verslag van het gesprek.

Darren schudde bedroefd zijn hoofd. 'Dat had je niet moeten doen. Ik... Ik vind heus wel weer iets.'

'Daar ben ik van overtuigd. Maar ik wil niet voor een vrouw werken die niet kan accepteren dat haar medewerksters bepaalde behoeften hebben. Miss Hodgson, je weet wel...'

'Ja, je eerste leidinggevende in de salon.'

'Zij is waarschijnlijk met reden nog een Miss. En niet omdat de mannen haar niet willen, maar omdat Miss Arden het van haar eist of verwacht. En daar heb ik geen zin in.' Ik legde zijn hand op mijn borst, zodat hij mijn hartslag kon voelen. 'Ik wil een Mrs zijn. Ik wil niet mijn hele leven wijden aan een bazin die blijkbaar geen flauw idee heeft wat liefde is. Madame was daar niet veel anders in. Als die twee geen concurrenten waren, zouden ze vermoedelijk uitstekend met elkaar overweg kunnen.'

'Sophia...'

Ik schudde mijn hoofd. 'Nee. Het is goed zoals het is. Ik heb de juiste beslissing genomen. En ik wil er verder niet over nadenken. Miss Arden heeft jou in mijn leven teruggebracht. Dat was niet gebeurd als ik niet voor haar had gewerkt. Ze heeft me in een ander opzicht teleurgesteld, maar dit moet ik haar nageven.'

Ik keek naar Darren. Zijn gekamde haar, het licht vermoeide trekje om zijn ogen, zijn zinnelijke lippen. Mijn hart barstte bijna van liefde. 'Zou jij me tot echtgenote willen nemen?' hoorde ik mezelf vragen.

'Maar... Ik dacht dat je een echt huwelijksaanzoek wilde krijgen. Met een ring en...'

Ik kuste hem. 'Die ring maakt me niets uit. De vraag is alleen of jij mij net zo graag wilt hebben als ik jou.'

'Ja,' antwoordde hij terwijl hij me in zijn armen trok. 'Ik wil jou en niemand anders!'

52

‘U gaat dus echt weg?’ vroeg Peg bedroefd toen ik mijn koffer in de keuken neerzette en naar de tafel liep om voor het laatst op Maine Chance te ontbijten. Peg had alles al klaargezet. Er was op de gebruikelijke plaats voor me gedekt en bij mijn bord stond een mandje met broodjes. Ze had zich aangewend om een ‘Duits’ ontbijt voor me te maken. De broodjes waren gaandeweg beter gelukt en haar zelfgemaakte jam was gewoon goddelijk. Nu stond ze bij het fornuis *pancakes* te bakken in haar beste pan.

‘Ik moet wel, Peg,’ zei ik. ‘Ik heb ontslag genomen, dat weet je toch?’

‘Een ontslag kan weer ongedaan worden gemaakt.’

‘Dit niet.’ Ik ging op de bank zitten, sloot mijn ogen en snoof het aroma van suiker en boter op. ‘Miss Arden had het niet hoeven te aanvaarden. Maar dat heeft ze wel gedaan en daarom is er geen weg terug meer.’

Peg draaide zich naar me toe en keek me aan. ‘U hebt zo veel werk verricht voor dit huis. Ik begrijp er niets van.’

Ik zuchtte diep. Ik had Kate destijds veel over mezelf verteld; ze had zelfs van Darren geweten. Bij Peg had ik dat nagelaten. ‘Ik ben voor Mr O’Connor opgekomen, want ik vind dat hij goede ontwerpen heeft geleverd. Miss Arden had andere redenen om hem te ontslaan. En daarom kan ik ook niet langer blijven.’

‘U houdt van hem, nietwaar?’

Ik knikte. ‘Ja, inderdaad. Maar dat heeft niets met zijn werk te maken. Ik kan niet voor een baas werken die privé en werk niet kan scheiden. Ik heb er zelf geen moeite mee, maar Miss Arden wel.'

Peg perste haar lippen samen. Ik begreep wel dat ze jegens haar werkgeefster loyaal wilde blijven. En ik verlangde ook niet van haar het met me eens te zijn. Dit was mijn eigen beslissing.

Ik at mijn ontbijt verder in stilte op terwijl ik voelde dat Peg op het punt stond in tranen uit te barsten. Gelukkig waren Ella en Mindy er nog niet. Ik had voor hen een kaartje achtergelaten, want de trein vertrok heel vroeg en ik wilde hem in geen geval missen.

'Hartelijk dank voor alles, Peg,' zei ik toen ik afscheid van haar nam. 'Misschien wil je me een keer komen opzoeken in New York.'

Peg glimlachte scheef. 'Ik moet eerst eens zien wanneer ik bij mijn fornuis weg kan. Het zal zo leeg zijn zonder u, Miss Krohn.'

'Dat zal binnenkort over zijn,' antwoordde ik met een droevig glimlachje. 'Eerst komt er een nieuw hoofd en daarna de cliëntes. Dan draait het hier op volle toeren.'

Peg knikte en sloot me in haar armen. 'Vaarwel, Miss Krohn. Ik zal u nooit vergeten.'

'En ik jou ook niet, Peg.' Met die woorden pakte ik mijn koffer en liep ik naar buiten. Prins Kader Guirey had aangeboden me naar het station te rijden. Dat aanbod had ik graag aangenomen.

Het perron was leeg, maar ik voelde de aanwezigheid van de oude baanwachter. Hij was er ook geweest toen ik hier aankwam. Er waren nooit veel passagiers op het station. Dat was in de beginjaren van de spoorwegen wel anders geweest. Inmiddels bracht de wachter zijn tijd door met het onderhoud van het kleine tuintje achter het station, waarin ook zijn woning was gevestigd.

Even overwoog ik om een praatje met hem aan te knopen. We hadden elkaar vaak gezien, maar tot een gesprek was het nooit gekomen. Waarom eigenlijk niet? Het antwoord lag voor de hand. Als ik hier aankwam, was ik met mijn gedachten alweer een stap verder, bij Maine Chance, en had ik geen oog voor mijn omgeving. Dat was misschien verkeerd geweest.

Na een tijdje besloot ik toch maar op het bankje te gaan zitten. Er klonk gesjirp van krekels. De grashalmen naast de spoordijk wiegden zachtjes in de wind.

Hoe zou mijn toekomst er nu gaan uitzien? Ik vroeg me af of madame Rubinstein me nog een kans zou geven. Of was het tijd voor iets nieuws? Ik keek naar mijn laboratoriumkoffertje, dat zo lang ongebruikt was gebleven. Misschien werd het ook wel tijd om voor mezelf te beginnen. Ik had veel geleerd van mijn werk bij Miss Arden, ik had meer ervaring en wist nu veel beter hoe een bedrijf functioneerde. Misschien was dit het juiste moment.

Een schril gefluit bracht me in de werkelijkheid terug. De trein arriveerde. Eerst zag ik alleen de rook uit de schoorsteen van de locomotief, maar daarna voelde ik de trilling onder mijn voeten, toen het zware gevaarte over de rails denderde en uiteindelijk voor me tot stilstand kwam. Terwijl de weinige passagiers uitstapten wierp ik nog eenmaal een blik achterom. Toen stapte ik in mijn wagon.

In New York werd ik door een stralende zon verwelkomd. Ik nam ook nu weer de subway, waarna ik dwars door Central Park liep. Daar reden de nanny's rond met de kinderwagens van hun werkgevers. Op de bankjes zaten enkele oudere heren over hun krant gebogen. Daartussendoor ravotten kinderen onder het toeziend oog van hun moeder.

Ik zette er stevig de pas in en kwam uiteindelijk aan bij Darrens huis. Het raam boven het zijne stond open en er stroomde muziek naar buiten. De vogels tjilpten. Glimlachend belde ik aan. Darren drukte niet op de zoemer, maar deed net als een paar dagen tevoren zelf de deur open. Ditmaal zag hij er niet uit alsof hij uit zijn bed was gevallen. Hij droeg een lichtblauw overhemd en een donkere pantalon en zag eruit alsof hij op weg was naar een cliënt.

'Daar ben je dan,' zei hij. Hij trok me naar zich toe en kuste me.

'Ja, hier ben ik,' antwoordde ik. 'En ik ben niet van plan weer weg te gaan.'

53

Een maand later stond ik na een drukkend warme nacht voor het raam te kijken hoe de zon zijn eerste licht over de bomen van Central Park liet glijden. Ik voelde een enorme onrust. Het nietsdoen werkte me op de zenuwen. Alles in mijn lichaam spoorde me aan tot handelen. Maar wat kon ik doen? Er leek een overvloed aan kansen te liggen en toch wist ik het niet. Voor mij stond alleen vast dat ik binnenkort Mrs O'Connor zou zijn.

Darren had gelukkig niet lang naar een nieuwe baan hoeven te zoeken. Een firma in voedingsmiddelen had hem een aanbod gedaan om nieuwe ontwerpen voor hun verpakkingen te maken. De concurrentie in deze markt was de laatste tijd hard gegroeid, met inkomstenderving tot gevolg. Darren moest het bedrijf redden. En ik was ervan overtuigd dat hij dat ook zou doen.

'Ik kan vragen of ze een scheikundige nodig hebben,' had hij geopperd, maar ik had mijn hoofd geschud. Ik wist niets van levensmiddelen. En waarschijnlijk had ik voor zo'n functie een universitair diploma nodig. Ik vroeg me opnieuw af of ik niet toch mijn studie zou afronden. Ik had wat geld gespaard en Darren zou me misschien ook financieel willen steunen...

Achter me ging de deur open. Ik hoorde Darrens vertrouwde voetstappen. Even later stond hij naast me. Ik voelde zijn warmte en rook de geur van zijn aftershave. 'Kijk eens,' zei hij terwijl hij me de krant aanreikte. Hij had hem opengeslagen en zo gevouwen dat ik het artikel direct zag.

Elizabeth Arden opent 's werelds eerste beautyfarm, luidde de kop.

Ik had meteen geen zin meer het te lezen. Ik gaf hem de krant terug. 'Geen belangstelling.'

Darren knikte.

Ik dacht even na en vroeg toen: 'Noemt ze mij? Een van ons?'

'Nee. Ze noemt haar vriendin Marbury en die vreselijke vent, hoe heet hij ook alweer... Gaylor?'

'Gayelord Hauser,' corrigeerde ik. 'Hem noemt ze wel?'

'Ja, hem en zijn dieetconcept. En ze heeft de verslaggever verteld dat Rue Carpenter verantwoordelijk is voor het interieur.'

'Dan gaat ze eraan voorbij dat Miss Carpenter al een paar jaar dood is. Die heeft wel wat voorstellen gedaan, maar er zit ook heel veel van mij in.' Ik perste mijn lippen op elkaar. Het ergerde me dat ik gewoon gepasseerd werd. En dat alleen maar omdat ik vond dat ik recht had op een privéleven.

Darren kwam naar me toe en sloeg zijn arm om me heen. 'Trek het je niet aan. Met jouw expertise vind je overal werk.'

'Eigenlijk zou ik terug moeten naar madame. Ik heb horen fluisteren dat ze Thomas Jenkins in dienst wilde nemen, maar dat is hem niet toegestaan.'

'Je mag blij zijn dat Miss Arden jou niet ook een concurrentiebeding van vijf jaar heeft opgelegd. Waarom zou hij zich dat hebben laten welgevallen?'

'Mogelijk stelde ze dat als voorwaarde voor het geld dat hij heeft gekregen. Wie weet.' Ik voelde vanbinnen woede opborrelen.

'Nou, laten we eerst maar eens gaan ontbijten, dan zien we daarna verder.' Darren pakte mijn hand en trok me mee de keuken in.

De geur van eieren met spek hing in de lucht. Als Darren het ontbijt klaarmaakte, kwam er meestal iets stevigs op tafel, zoals gebakken aardappelen. Daar moest ik nog wel aan wennen.

'Geen cornflakes?' grapte ik. Tot zijn takenpakket behoorde inmiddels ook het ontwerpen van verpakkingen daarvoor.

'De directeur van het bedrijf heeft me een jaar lang gratis cornflakes beloofd als mijn ontwerpen meer verkoop genereren.'

'Dan zullen we ons er wel op moeten instellen ze ook op te eten.' Ik wist niet of ik daar blij mee was. Anderzijds had ik het idee dat ik door Darrens Amerikaanse ontbijt al wat pondjes was aangekomen.

'Zo niet, dan geven we ze aan de buren. Mr Harrison zei dat kinderen erg dol zijn op die vlokken.' Hij keek me aan. 'Of we bewaren ze voor ons eigen kroost.'

'Ik denk niet dat ze zo lang houdbaar zijn dat onze kinderen ze nog zullen kunnen eten.' De gedachte met Darren weer een kindje te krijgen maakte me blij, hoewel ik tot dusver niet zwanger was geraakt.

'Hoezo? Ze zijn toch gedroogd, dan blijven ze vast wel een tijdje goed.' Hij schoot in de lach, kuste me en trok me bij zich op schoot.

'We moeten bedenken wanneer we onze verloving bekendmaken,' zei hij. 'Ik weet zeker dat een paar van mijn vrienden dat feestje graag willen meevieren.'

Zijn woorden raakten me pijnlijk. Ik verheugde me op de bruiloft, maar wie zou er dan voor mij in de kerk zitten? Ray zou de uitnodiging zeker aannemen als ik haar adres kon achterhalen. En Henny... Die zou zeker niet komen. Wie had ik verder nog? Kate misschien, en ook Peg zou wel komen als Miss Arden haar vrij gaf. Misschien ook Ella en Mindy, de dienstmeisjes, hoewel ik betwijfelde of de nieuwe bedrijfsleidster hen zou laten gaan.

'Ik verheug me op je vrienden,' zei ik en ik glimlachte. 'Wat denk je, zullen we deze week nog een advertentie zetten? En het feestje plannen voor eind augustus? Als het weer meezit, kunnen we het buiten vieren.'

Darren glimlachte, boog zich naar me over en kuste me. 'Je maakt me gelukkig, weet je dat wel?'

'En jij mij!' antwoordde ik.

Op dat moment ging de bel.

Ik trok mijn wenkbrauwen op. 'Verwacht je iemand?'

Hij schudde zijn hoofd. 'Jij?'

'Nee.' Ik stond op en liep de keuken uit.

Hoewel er veel tijd was verstreken, hoopte ik nog altijd op een brief van monsieur Martin. Misschien was hij me wel vergeten, maar ik zou blijven hopen, ook tegen alle verwachtingen in, dat hij alsnog een spoor vond. Ik liep naar de deur en deed open. Ik ving een schim op van een haveloze gestalte, die me vrijwel meteen in de armen viel.

'Darren!' riep ik verschrikt uit terwijl ik probeerde het lichaam op te vangen. Maar het lukte me niet, ik werd meegesleurd en viel op de grond. Toen zag ik het gezicht.

'Henny?'

Het volgende moment schoot Darren me te hulp, en hij tilde haar van me af. 'Wie is dit?' vroeg hij.

'Mijn vriendin!' bracht ik paniekerig uit. Ik kroop naar haar toe. Ze had diepe groeven in haar wangen. Haar haar was vervilt en vuil. Er kwam een onuitsprekelijke lucht van haar kleren af. Het leek wel of ze nachtenlang buiten had doorgebracht.

'Henny!' riep ik nog eens en ik schudde zachtjes aan haar. Haar ogen waren gesloten, kennelijk had ze het bewustzijn verloren. 'Laat een dokter komen!' riep ik naar Darren.

Hij rende naar de telefoon. Ondertussen probeerde ik Henny weer bij te krijgen. Ik tikte haar zachtjes op haar wangen, maar ze bewoog niet. De tranen sprongen in mijn ogen. Het was fijn haar terug te zien, maar wat was er met haar aan de hand?

'Henny?' fluisterde ik haar toe. 'Hoor je me? Doe je ogen toch open, Henny, alsjeblieft!' Ik begon te snikken. Hoe was ze hier eigenlijk gekomen? Hoe kwam ze aan Darrens adres? Ik veegde de tranen uit mijn ogen en schudde haar heen en weer. Ademde ze eigenlijk nog?

Even later stond Darren weer in de gang. 'Dokter Epstein komt eraan. Ik heb gezegd dat hij zich moet haasten.'

'Mooi.' Ik trok mijn neus op en pakte Henny's hand. Haar anders zo verzorgde vingers zagen er ruw uit en haar nagels waren tot op het leven afgebeten. Zo had ik haar nooit eerder gezien.

Toen kreunde ze zachtjes.

‘Henny?’ riep ik opnieuw. Ditmaal sloeg ze haar ogen op. ‘Hoor je me?’ vroeg ik. ‘Kun je me zien?’ Haar gebarsten lippen bewogen, maar ze leek te zwak om iets te kunnen zeggen.

‘Henny, blijf me aankijken!’ riep ik toen haar oogleden zwaar werden. ‘We hebben een dokter gebeld, die komt je helpen, oké?’ Ik boog me over haar heen en kuste haar voorhoofd. ‘Het komt allemaal weer goed!’

Met piepende remmen stopte er een auto voor het huis. Er werd een portier dichtgeslagen. Darren stond op en deed de voordeur open. Direct daarna verscheen de dokter. Hij was een kale man met een nikkelen brilletje. In zijn beige pak met wit overhemd deed hij me denken aan een ontdekkingsreiziger. Alleen het vlindernetje ontbrak. Ik zette mijn ongepaste gedachte uit mijn hoofd en keek naar Henny, die haar best deed aan mijn verzoek gehoor te geven en haar ogen open te houden. Het kostte haar zichtbaar steeds meer moeite.

‘Ik ben dokter Epstein,’ zei de man. Hij knielde naast ons neer en maakte zijn dokterstas open. ‘Wat is er met de patiënte aan de hand?’

‘Ze viel me zomaar in de armen,’ legde ik uit en ik voelde in mijn keel een snik opkomen. ‘Ze... Ze is mijn vriendin. Ze moet een heel lange reis achter de rug hebben. En...’ Ik aarzelde en keek naar Henny. Waarschijnlijk kon ze me horen. Maar wat ik te zeggen had was belangrijk. Ik mocht het niet verzwijgen als ik haar het leven wilde redden.

‘Ze is... een tijd verslaafd geweest aan opium. Of ze dat nog steeds is weet ik niet.’ Ik streelde Henny’s voorhoofd. Ze had een afwezige en nog steeds slaperige blik in haar ogen.

‘Goed, ik neem het over,’ zei de arts terwijl hij me gebaarde achteruit te gaan. Ik zag hem haar oogleden openen, haar pols voelen. Toen pakte hij een stethoscoop uit zijn tas en schoof wat kleding opzij. Toen ik de botten zag die tevoorschijn kwamen en haar huid, die vol korsten vuil zat, moest ik me walgend afwenden.

Darren legde zijn arm om mijn schouders. ‘Het komt allemaal

goed,' fluisterde hij in mijn oor. Ik wilde het maar al te graag geloven en vlijde me tegen hem aan.

'Uw vriendin is ernstig uitgedroogd en ondervoed,' verklaarde de arts. 'Bovendien heeft ze koorts. Hebt u de mogelijkheid om haar naar het ziekenhuis te brengen?'

'Ja,' antwoordde Darren zonder aarzelen. 'Ik heb een auto.'

'Mooi zo. Als u het goedvindt, bel ik het ziekenhuis en vertel ik wat er aan de hand is, zodat u daar verwacht wordt. En dan help ik u om mevrouw naar de auto te brengen.'

'Heeft ze dan nog iets anders? Die koorts moet toch ergens vandaan komen?' Mijn hart ging tekeer. Henny was bij me, na al die tijd! Ik wilde haar niet nog eens kwijtraken!

'Dat zullen mijn collega's in het ziekenhuis moeten vaststellen. Het ziet er niet naar uit dat ze een longontsteking heeft, maar u hebt gelijk, de koorts moet een oorzaak hebben.'

Darren nam de arts mee naar de telefoon en ging toen naar buiten om de auto te halen, die een paar straten verderop geparkeerd stond. Ik hurkte neer bij Henny. Nu viel het me ook op dat haar voorhoofd gloeide.

'Henny, hoe ben je hier terechtgekomen?' vroeg ik en ik streelde haar haar. Ze bleef me het antwoord schuldig.

Darren kwam terug en droeg Henny samen met dokter Epstein naar de auto. Ze legden haar op de achterbank en ik ging naast haar zitten. Het leek slechter met haar te gaan, haar ogen waren nu gesloten. Ik was bevangen door een wurgende angst. Stel dat ze zou sterven? Er rolden tranen over mijn wangen, maar ik veegde ze vlug van mijn gezicht. Henny was destijds, toen ik was verstoten en bibberend van de kou voor haar had gestaan, sterk voor me geweest. Nu moest ik sterk voor haar zijn.

Darren nam vlug afscheid van dokter Epstein en sprong achter het stuur. Even later ontwaakte de motor met een luid gebrom. We zigzagden door het verkeer; Henny's hoofd lag comfortabel op mijn schoot. Ik negeerde de zurige lucht die ze verspreidde en die aangaf dat ze lang niet meer in een fatsoenlijk bed had geslapen. Er kwamen talloze vragen bij me op. Hoe was ze in Amerika terechtgekomen? Had haar gezelschap in New York opgetreden en was ze hier Jouelle ontvlucht? Ik wist dat ik zelf ook net zo had kunnen verkommeren als zij me indertijd niet onder haar hoede had genomen. Maar waarom had het zover moeten komen?

Darren parkeerde voor de deur van de spoedeisende hulp. 'Wacht hier, ik ga ons binnen aanmelden,' zei hij en hij stapte uit.

Ik wendde me weer tot Henny. 'Henny? Kun je me horen?' vroeg ik, maar ze reageerde niet.

Even later kwamen er twee verplegers met een brancard op onze auto af. Ik stapte uit en keek toe terwijl mijn vriendin van de achterbank werd getild. Ik voelde opnieuw een heftige steek van angst in mijn maag. Het liefst had ik de verplegers toegeroepen dat ze moesten opschieten. Maar ik hield me in. De mannen deden wat ze konden. Mijn wanhoop zou ze alleen maar hinderen bij hun werk.

Algauw werd Henny naar binnen gereden. Ik volgde haar en kwam onderweg in de gang al een arts tegen. Hij had grijzende slapen en droeg een grijs gemêleerde volle baard. Zijn doktersjas zat strak om zijn buikje. Hij leek Henny al te hebben verwacht, want hij boog zich meteen over haar heen.

'Dokter, alstublieft,' zei ik paniekerig. 'Ik ben Sophia Krohn en dit is mijn vriendin Henny Wegstein. Ze... Ze heeft een tijdlang opium gebruikt, maar ik weet niet of het daaraan ligt...'

'Rustig maar, Miss Krohn,' zei de man. 'Ik ben dokter Miller. Ik ga voor uw vriendin zorgen. U moet me alleen even uitleggen wat er is gebeurd.'

Ik vertelde het hem terwijl hij Henny begon te onderzoeken.

'Breng haar maar naar de spoedafdeling,' instrueerde hij de verplegers voordat hij zich weer tot mij wendde. 'Ik vraag u een beetje geduld te hebben. Ik zal alles doen wat in mijn vermogen ligt.'

Toen ze naar de spoedafdeling verdwenen kwam Darren bij me staan.

'Hoe is het toch mogelijk?' vroeg ik als verdoofd. 'Dat ze me heeft weten te vinden?'

'Geen idee, maar ze is er,' zei hij. 'Laten we hopen dat de artsen haar weer op de been krijgen.' Hij gaf me een kus op mijn kruin en vroeg: 'Zullen we maar naar huis gaan?'

Ik schudde mijn hoofd. 'Nee, ik wil op de dokter wachten.'

'Maar hij zei dat het wel even kon duren.'

'Laten we blijven wachten,' zei ik zacht maar beslist. Toen liep ik naar een van de houten bankjes die langs de muur stonden.

De hele dag zat ik op hete kolen. Er werden patiënten langs ons heen gereden, andere liepen zelfstandig weer naar buiten. De bedrijvigheid in het ziekenhuis deed me denken aan een mierenhoop. Maar op den duur werd het wat rustiger.

Mijn lichaam voelde loodzwaar aan. Ik had wat graag een dutje gedaan, maar mijn hoofd wilde niet tot rust komen. Net toen het me lukte tegen Darren aan in te dommelen, kwam er iemand naar ons toe. Ik schrok op toen ik tussen mijn halfgeopende oogleden een witte jas ontwaarde.

Dit was een andere arts dan degene die Henny had opgenomen. Hij was nog vrij jong en had zijn haar met pommade glad naar achteren gekamd. Op zijn neus droeg hij een moderne hoornen bril. 'Miss Krohn?' vroeg hij met een ernstig gezicht.

Als door de bliksem getroffen schoot ik overeind. 'Ja, dat ben ik.'

'Mijn naam is dokter Jackson. Miss Wegstein heeft me toestemming gegeven u op de hoogte te brengen.'

Dat betekende dat ze nog leefde! 'Hoe gaat het met haar? Is ze bij?' De woorden schoten uit mijn mond.

'Ze is even wakker geweest en was ook helder. Maar ik heb haar wel weer in slaap gebracht. Ze is volkomen uitgeput en uitgemergeld. Bovendien heeft haar verslaving in haar lichaam het een en ander aangericht. Haar hart klopt niet zoals het zou moeten.'

Ik sloeg ontsteld mijn hand voor mijn mond. Er liepen tranen over de rug van mijn hand.

'Wordt ze weer beter?' vroeg Darren.

'We hopen van wel. Maar we zullen haar goed in de gaten moeten houden. U kunt het best met uw vrouw naar huis gaan, we stellen u op de hoogte zodra we meer weten.'

'Dank u,' hoorde ik Darren zeggen en de arts vertrok weer.

'Heb je het gehoord?' vroeg Darren terwijl hij zijn arm om mijn schouder legde. 'Ze krijgen haar weer op de been. Vast en zeker.'

Wat had ik hem graag geloofd! Maar de woorden van de arts hadden me doodongerust gemaakt. Stel dat haar verzwakte hart het opgaf? Dat ze zou overlijden?

'Kom maar, lieverd,' zei Darren. Hij gaf me een kus op mijn slaap. 'Morgen ziet alles er heel anders uit.'

Ik knikte en liet me gedwee door hem het ziekenhuis uit brengen. Ik had de schrik nog in de benen en kwam pas enigszins tot rust toen we in de buurt van Darrens huis kwamen. Eenmaal thuis trok hij me tegen zich aan en kuste me.

De dokter had beloofd het ons te laten weten als de situatie veranderde. Maar dat nam mijn onrust niet weg. Henny... Hoe was het haar gelukt hier te komen? Het goede aan de zaak was dat ze aan Jouelle leek te zijn ontsnapt. Had hij haar laten vallen? Had ze al haar spaargeld bijeengeschraapt voor de overtocht naar Amerika? Naar mij? Maar waarom had ze me niet geschreven? Ik zou haar met open armen hebben verwelkomd, sterker nog, ik had met liefde de reis voor haar betaald.

Darren merkte hoe onrustig ik was. Hij stak zijn rechterhand naar me uit en streelde mijn hand. 'Ze knapt heus wel op. Dat weet ik gewoon. Ze is niet aan die lange reis begonnen om het nu op te geven.'

Ik knikte. Ik had het wat graag geloofd. Maar de angst boorde zich diep in mijn buik en blokkeerde elk sprankje opkomende hoop.

'Morgen gaat het een stuk beter, daar ben ik van overtuigd,' voegde Darren eraan toe. Hij legde zijn hand weer op het stuur. 'Misschien moet ze gewoon eens goed te eten en te drinken krijgen. De artsen zullen al het mogelijke voor haar doen.'

Toen we de woning binnenkwamen ging de telefoon. Was het de kliniek? Eigenlijk was het nog veel te vroeg voor nieuws. Tenzij... Darren en ik wisselden een korte blik, toen rende ik erheen. Hijgend pakte ik de hoorn van de haak terwijl mijn hart tekeerging alsof ik een marathon had gelopen.

'Miss Krohn?' vroeg een vrouwenstem die me maar al te bekend voorkwam.

'Peg?' vroeg ik verbaasd. 'Hoe... Waar heb je dit nummer vandaan?'

'Pardon, ik wilde niet storen,' antwoordde ze enigszins buiten adem. 'Dit nummer stond op een visitekaartje dat Mr O'Connor hier had laten liggen. Gisteren was hier een vrouw... Henny Wegstein of zo. Ze zag er behoorlijk ziek en haveloos uit. Ze vroeg naar u. Ik heb haar verteld dat u hier niet langer woonde. Eigenlijk wilde ik haar wegsturen, maar ze smeekte me haar uw nieuwe adres te geven. Ik hoop dat ze u niet heeft lastiggevallen. Mijn geweten speelt op.'

'Je hebt het uitstekend aangepakt,' antwoordde ik. 'Ze is een bekende van me... Ze... Ze is hier aangekomen en het is allemaal in orde.'

'Echt waar?' vroeg Peg bezorgd.

'Ja,' antwoordde ik. Ik wilde haar niet vertellen dat Henny hier was ingestort en nu in het ziekenhuis lag.

'Er is ook een brief gekomen, van ene Mr Martin uit Parijs,' ging ze verder. 'Ik heb hem eergisteren doorgestuurd. Misschien komt hij vandaag nog aan. Ach, was u maar hier! U zou een geweldige bedrijfsleidster zijn geweest.'

Haar woorden verwarmden mijn hart, maar stemden me ook droevig. Had ik een fout gemaakt? Ik keek naar Darren. Nee. Hij was de man van wie ik hield.

'Dank je wel, Peg,' zei ik. 'Blijf vooral een goed mens, zoals je altijd bent geweest.'

'U ook, Miss Krohn. En wie weet zien we elkaar nog eens terug.'

‘Ik hoop het,’ antwoordde ik en ik nam afscheid van haar.

‘Wie was dat?’ vroeg Darren toen ik naar de woonkamer liep.

‘Peg van de beautyfarm.’

‘Je meent het!’ Darren glimlachte. ‘Ik was dol op haar stoofvlees.’

‘Ze zei dat Henny daar was geweest en naar me had gevraagd. En ook dat er een brief van de detective was gekomen. Ze heeft hem doorgestuurd. Misschien krijg ik die vandaag nog.’

Darren keek op zijn horloge. ‘De postbode komt meestal tegen de middag.’

Hij nam me in zijn armen, kuste me en hield me een tijdje stevig vast. Zijn nabijheid gaf me vertrouwen en het zorgelijke, brandende gevoel in mijn borst nam iets af.

Inderdaad bracht de postbode rond het middaguur de brief waar ik zo naar uitkeek. Ik scheurde de envelop al in de gang open en haalde hem tevoorschijn.

Chère mademoiselle Krohn,

Vandaag kan ik u tot mijn vreugde nieuws vertellen over uw vriendin, mademoiselle Wegstein. Ze kwam een paar dagen geleden bij me. Ze zag er uitgeput uit en vroeg me haar voor monsieur Jouelle in veiligheid te brengen. Ze is niet in detail getreden, maar het ziet ernaar uit dat ze niet meer met hem samen is. Ze verzocht me haar te helpen bij het boeken van een ticket voor de overtocht. Ik ben natuurlijk graag op haar verzoek ingegaan.

In deze krankzinnige tijd willen veel mensen naar de Nieuwe Wereld trekken, maar er is een man die me uit het verleden nog een wederdienst verschuldigd was. Hij heeft niet alleen een plaats op het schip voor uw vriendin geregeld, maar ook haar overtocht betaald. Ik hoop dat deze brief eerder bij u aankomt dan uw vriendin.

Ik wens u beiden alle denkbare goeds. Wees ervan verzekerd dat ik me meld als ik ooit toch nog nieuwe informatie over uw zoon te pakken krijg.

Met hartelijke groet,
Luc Martin

Ik liet de brief zakken. Ik wist niet hoe ik monsieur Martin en de onbekende weldoener moest bedanken!

'Wat schrijft hij?' vroeg Darren. Hij kwam achter me staan en legde teder zijn armen om mijn middel. Zijn warmte tegen mijn rug voelde als een mantel van troost.

'Henny is naar hem toe gegaan. Ze heeft zich van Jouelle losgemaakt. Een vriend van monsieur Martin heeft haar overtocht betaald.'

'Ik neem aan dat dat goed nieuws is.'

'Jazeker.' Ik draaide me om en keek hem aan. 'Als ze weer is opgeknapt, zou je het dan goedvinden om haar bij ons in huis te nemen? In elk geval de eerste tijd? Ze heeft vroeger zo veel voor me gedaan. Als zij er niet was geweest, weet ik niet hoe ik er nu aan toe zou zijn.'

Darren knikte. 'We nemen haar in huis. En later kan ik wel eens rondvragen of iemand haar misschien aan een woning kan helpen. Ze zal zeker haar eigen bedoening willen hebben.'

'Ja, vast wel.' Weer vloeiden mijn tranen, ditmaal van ontroering. Al was de toekomst op dit moment ongewis, toch stond ik mezelf toe vooruit te kijken – naar Henny en het feit dat ze bij ons huwelijk mijn getuige kon zijn. Misschien was haar komst een teken dat het van nu af aan beter zou worden.

LEES MEER VAN

Sophia's hoop

Het eerste deel van een meeslepende nieuwe trilogie
met een sterke vrouw in de hoofdrol

Berlijn, 1926. Het leven van de twintigjarige Sophia Krohn bevindt zich op een dieptepunt. Haar eerste liefde eindigde in een schandaal, haar vader heeft in zijn woede gezegd dat ze hem niet meer onder ogen mag komen en ze kan het zich niet veroorloven om verder te studeren.

Gedesillusioneerd en met haar dromen in puin vlucht Sophia naar Parijs. Daar krijgt ze tegen al haar verwachtingen in een baan bij een groot cosmetica-imperium. Maar met succes komen ook persoonlijke offers: haar baas eist van haar dat ze tien jaar lang ongetrouwd blijft, en dat terwijl Sophia net weer een beetje hoop begon te koesteren dat de liefde haar niet nogmaals voorbij zou gaan.